READER'S DIGEST
AUSWAHLBÜCHER

Die Kurzfassungen in diesem Buch erscheinen
mit Genehmigung der Autoren und Verleger

204 (253)
Printed in Germany
ISBN 3 89915 161 5

# READER'S DIGEST AUSWAHLBÜCHER

Reader's Digest

DEUTSCHLAND · SCHWEIZ · ÖSTERREICH

# INHALT

John Grisham

## Die Schuld

Viel zu lange schon muss sich Clay Carter als Pflichtverteidiger mit aufreibenden und wenig lukrativen Fällen herumschlagen. Da macht ihm ein geheimnisvoller Fremder ein verlockendes Angebot: Über Nacht könnte Clay als Anwalt reich und berühmt werden. Doch dafür müsste er seinen neuesten Mandanten im Stich lassen und zur Gegenseite überwechseln – ein Schritt, mit dem er alles verraten würde, was ihm bislang wichtig war.

Maiken Nielsen

## Das Haus des Kapitäns

Mit ihrem kessen Mundwerk und eigenständigen Denken ist Aline eine für ihre Zeit ungewöhnliche junge Frau. Zu Beginn des 20. Jahrhunderts als Tochter eines Kapitäns in einem Haus an der Elbe aufgewachsen, hat sie nur einen großen Wunsch: Sie möchte Ärztin werden. Doch ihre Eltern, die zunehmend in wirtschaftliche Not geraten, haben ganz andere Pläne mit ihr.

Seite 331

Felix Thijssen

## Ingrid

Die ländliche Idylle in Max Winters neuem Wohnort am Deich wird jäh gestört, als er seine Nachbarin Jenny mit eingeschlagenem Schädel in ihrer Küche findet. Doch wer sollte die allein erziehende Mutter eines zweijährigen Jungen ermorden? Ein benachbartes Ehepaar möchte den Jungen adoptieren und beauftragt den Privatdetektiv Max mit der Suche nach dem Vater. Schon bald wird daraus auch die Suche nach dem Mörder.

Seite 485

Nicholas Sparks

## Das Lächeln der Sterne

Seit dem Tod ihres Mannes ist Adriennes Tochter Amanda in tiefer Trauer gefangen. Sie bringt immer weniger Kraft auf, um für sich und ihre beiden kleinen Söhne zu sorgen. Um ihr Mut zu machen, beschließt Adrienne, der Tochter ein Geheimnis anzuvertrauen, das sie lange in ihrem Herzen verborgen hat – das Geheimnis der Liebe ihres Lebens …

JOHN GRISHAM

# DIE SCHULD

Wovon andere ein Leben lang nur träumen, wird für den Anwalt Clay Carter plötzlich erreichbar: Ansehen und Ruhm und Geld im Überfluss. Doch der Preis dafür ist hoch – Schwindel erregend hoch!

# 1

Als die Kugeln in Pumpkins Kopf eindrangen, hörten nicht weniger als acht Leute die Schüsse. Drei machten instinktiv die Fenster zu, überprüften die Türschlösser und verharrten in ihren kleinen Wohnungen, wo sie sich halbwegs in Sicherheit wähnten. Zwei andere, denen derartige Vorfälle vertraut waren, suchten schneller das Weite als der Mörder. Ein weiterer, der Mülltrennungsfanatiker des Viertels, hörte die kurzen, scharfen Explosionen aus nächster Nähe, als er gerade auf der Suche nach Getränkedosen den Abfall durchwühlte. Da solche Scharmützel hier an der Tagesordnung waren, sprang er hinter einen Berg aufeinander getürmter Kartons und wartete dort, bis der letzte Schuss verklungen war. Dann trat er vorsichtig in die kleine Gasse, wo sein Blick auf das fiel, was von Pumpkin noch übrig war.

Die restlichen zwei Personen sahen fast alles. Sie saßen an der Ecke Georgia Avenue und Lamont Street auf Plastikkästen vor einem Spirituosenladen. Gegenüber der Polizei gaben sie später übereinstimmend zu Protokoll, ein junger Mann habe eine kleine schwarze Pistole aus der Tasche gezogen. Gleich danach seien die Schüsse gefallen. Einen Augenblick darauf sei der junge Mann aus der Seitengasse aufgetaucht und davongerannt, die Waffe noch in der Hand.

Einer der beiden Zeugen stieß die Tür des Spirituosenladens auf und schrie hinein, jemand solle die Bullen benachrichtigen, es habe eine Schießerei gegeben.

Wenig später wurde der Polizei gemeldet, dass ein junger Mann, auf den die Beschreibung von Pumpkins Mörder passte, in der Ninth Street gesehen worden sei. Er habe die Pistole immer noch in der Hand und verhalte sich einigermaßen auffällig.

Eine Stunde danach wurde der Mann verhaftet. Er hieß Tequila Watson, war 20 Jahre alt, schwarz und besaß das übliche Vorstrafenregister eines Drogenabhängigen. Keine Familie, kein fester Wohnsitz. Zuletzt hatte er in einer Drogenentzugseinrichtung in der W Street gewohnt. Die Pistole hatte er mittlerweile verschwinden lassen. Falls er Pumpkin etwas geraubt hatte, musste er auch die Beute weggeworfen haben, denn in seinen Taschen war nichts zu finden. Sein Blick wirkte klar, die

Polizeibeamten waren sicher, dass er bei der Festnahme weder unter Drogen- noch unter Alkoholeinfluss stand. Man legte ihm Handschellen an und verfrachtete ihn dann auf die Rückbank eines Streifenwagens.

Die Polizisten brachten den Verdächtigen zur Lamont Street zurück, wo sie ihn in die Seitengasse führten, in der der Mord geschehen war. „Schon mal hier gewesen?“, fragte einer der Beamten.

Statt zu antworten, starrte Tequila nur auf die Blutlache auf dem schmutzigen Asphalt.

Mittlerweile wurden unauffällig die beiden Zeugen herbeigeholt. „Das ist er“, sagten sie wie aus einem Mund. „Kein Zweifel.“

Daraufhin brachte man Tequila ins Gefängnis und sperrte ihn wegen Mordverdachts ein. Ob aus Erfahrung oder aus Angst – er sagte kein Wort, als die Polizeibeamten ihn zunächst befragten, dann bedrängten und schließlich sogar bedrohten. Er machte keinerlei Angaben zu einem möglichen Motiv für den Mord an Pumpkin.

Tequila bat nicht einmal darum, telefonieren zu dürfen. Er wirkte benommen und schien damit zufrieden zu sein, in einer überfüllten Zelle zu sitzen und auf den Boden zu starren.

DER AUFENTHALTSORT von Pumpkins Vater war nicht zu ermitteln, doch seine Mutter arbeitete als Sicherheitsbeamtin in einem großen Bürogebäude in der New York Avenue in Washington. Die Polizei hatte drei Stunden benötigt, um den richtigen Namen des Mordopfers – Ramón Pumphrey – und seine Adresse herauszubekommen sowie einen Nachbarn zu finden, der bereit gewesen war, den Beamten zu sagen, dass Ramón Pumphrey noch eine Mutter hatte.

Als die Polizisten an ihrem Arbeitsplatz eintrafen, saß Adelfa Pumphrey hinter einem Tisch und starrte unbeteiligt auf mehrere Monitore. Sie war groß, dick und trug eine eng sitzende Khakiuniform, an deren Gürtel eine Pistole baumelte. Nachdem die Beamten ihr die schlechte Nachricht überbracht hatten, weinte sie und schwor demjenigen Rache, der Ramón getötet hatte.

ALS DIE Anklageanhörung stattfand, war auch Adelfa Pumphrey anwesend. Sie wollte den Kerl sehen, der ihren Sohn umgebracht hatte. Die Polizisten hatten ihr erzählt, dies sei der erste Auftritt von Ramóns Mörder vor dem Richter – eine reine Routineangelegenheit, die schnell über die Bühne gehen werde. Der Tatverdächtige werde sich nicht schuldig bekennen und einen Anwalt verlangen.

Nacheinander wurden die Kriminellen wie Rinder bei einer Viehauktion durch den Raum getrieben. Es waren ausnahmslos junge Schwarze, alle in orangefarbenen Overalls und in Handschellen.

Bei Tequila hatte man sich damit nicht begnügt, sondern zusätzlich seine Handgelenke und Fußknöchel aneinander gekettet, da er ein besonders gewalttätiges Verbrechen begangen hatte. Dennoch machte er einen ziemlich harmlosen Eindruck, als er in den Gerichtssaal gebracht wurde.

Während Adelfa den dürren Jungen in dem viel zu großen Overall anstarrte, fragte sie sich, wie und warum sich die Wege dieses Burschen und ihres Sohnes gekreuzt hatten. Die Polizeibeamten hatten ihr berichtet, bislang deute bei diesem Mord nichts darauf hin, dass Drogen im Spiel gewesen seien. Aber Adelfa wusste es besser. Bei dem, was auf den Straßen passierte, waren auf die eine oder andere Weise immer Drogen im Spiel. Sie kannte sich aus. Auch Pumphrey hatte Marihuana und Crack konsumiert; einmal war er sogar wegen Drogenbesitzes festgenommen worden. Aber gewalttätig war er nie gewesen.

An einem Tisch auf der einen Seite des Gerichtssaals saßen die Vertreter des Staates. Die Polizisten flüsterten mit den Staatsanwälten, während diese Akten und Berichte durchblätterten und sich tapfer bemühten, mit ihrem Papierkram nicht hinter den vorgeführten Kriminellen zurückzubleiben. Auf der anderen Seite stand ein Tisch für die Rechtsanwälte, die kamen und gingen, während die Verdächtigen an dem Richter vorbeidefilierten. Wenn die Namen der Angeklagten aufgerufen wurden, brachte man sie vor die Richterbank, wo sie wortlos warteten. Nachdem die Formalitäten erledigt waren, wurden sie unsanft weggezerrt und wieder in ihre Zellen gebracht.

„Tequila Watson!", rief ein Gerichtsdiener schließlich.

Einer seiner Kollegen half Tequila aufzustehen. Während dieser mit kleinen Trippelschritten auf den Richter zustolperte, hallte das Klirren der Ketten durch den Raum.

„Sie sind des Mordes angeklagt, Mr Watson", sagte der Richter laut. „Können Sie sich einen Anwalt leisten?"

„Nein."

„Hätte mich auch gewundert", murmelte der Richter, während sein Blick bereits zum Tisch der Anwälte schweifte.

Beim Obersten Gerichtshof des Distrikts von Columbia, Abteilung Strafrecht, gab es fruchtbare Felder zu beackern, auf denen sich Tag für Tag die Anwälte des OPD, des Büros der Pflichtverteidiger, abmühten. Das OPD war die letzte Hoffnung aller mittellosen Angeklagten, und in der Regel war immer ein halbes Dutzend Pflichtverteidiger anwesend. Doch ausgerechnet in diesem Augenblick war nur ein einziger von ihnen vor Ort, der Ehrenwerte Clay Carter II., der kurz vorbeigeschaut hatte, um sich um zwei Verbrecher von deutlich weniger schwerem Kaliber zu kümmern. Doch nun hatte er nur einen Wunsch – diesen Gerichtssaal so schnell wie möglich zu verlassen. Er blickte nach links und nach rechts. Wo waren bloß die anderen Pflichtverteidiger abgeblieben?

Vor einer Woche hatte er einen Mordfall abgeschlossen, der ihn fast drei Jahre beschäftigt und damit geendet hatte, dass sein Mandant lebenslänglich hinter Gitter musste. Clay war ziemlich erleichtert darüber, dass im Augenblick keine Akten auf seinem Schreibtisch herumlagen, die irgendetwas mit Mord zu tun hatten.

Doch das sollte sich jetzt offensichtlich ändern.

„Mr Carter?", fragte der Richter. Das war kein Befehl, sondern eine Einladung, vorzutreten und das zu tun, was Pflichtverteidiger eben tun: die Mittellosen vertreten, egal, worum es geht.

In Anwesenheit von Staatsanwälten und Polizisten durfte sich Clay keine Verunsicherung anmerken lassen. Er schluckte schwer und trat vor den Richter. Der reichte ihm eine dünne Akte, und Clay blätterte sie flüchtig durch. „Wir werden auf nicht schuldig plädieren, Euer Ehren."

„Danke, Mr Carter. Heißt das, dass Sie die Verteidigung übernehmen?"

„Zumindest fürs Erste." Clay überlegte bereits fieberhaft, unter welchem Vorwand er diesen Fall einem seiner Kollegen aufhalsen konnte.

„Gut, vielen Dank." Der Richter griff nach den Unterlagen zum nächsten Fall.

Für ein paar Minuten nahm Clay mit seinem neuen Mandanten am Tisch der Verteidigung Platz. Tequila Watson rückte allerdings nur ein paar äußerst dürftige Informationen heraus. Abschließend versprach Clay, am nächsten Tag im Gefängnis vorbeizuschauen, damit sie ein längeres Gespräch führen konnten.

Er klemmte sich seine Aktentasche unter den Arm und stürmte aus dem Saal. Sollte er jemals den Wunsch verspürt haben, als Pflichtverteidiger im OPD Karriere zu machen, so war ihm der Grund dafür mittlerweile entfallen. In einer Woche stand sein fünfjähriges Dienstjubiläum an, doch zum Feiern gab es keinen Anlass. Er hoffte, dass sich niemand daran erinnern würde. Mit seinen 31 Jahren war Clay bereits ausgebrannt, gefangen in einem Büro, das er seinen Freunden allenfalls beschämt präsentieren konnte, und auf der Suche nach einem Ausweg aus seiner Misere. Doch er fand keinen. Und jetzt hatte er auch noch diese sinnlose neue Mordgeschichte am Hals.

Im Aufzug verfluchte er sich, weil er so blöd gewesen war, sich den Fall aufbürden zu lassen. Er hatte einen echten Anfängerfehler gemacht, weil er sich nicht wie seine Kollegen rechtzeitig verdrückt hatte. Ich schmeiß den ganzen Kram hin, schwor er sich, doch das hatte er während des vergangenen Jahres fast jeden Tag vor sich hin gemurmelt.

In Washington gibt es etwa 76000 Rechtsanwälte, von denen viele für die riesigen Kanzleien arbeiten, die sich in Steinwurfnähe zum Kapitol befinden. Das OPD spielt nicht annähernd in dieser Liga.

Einige Pflichtverteidiger glauben mit missionarischem Eifer daran, die Armen und Unterdrückten verteidigen zu müssen. Für sie ist dieser Job kein Sprungbrett für eine aussichtsreichere Karriere an anderer Stelle. Ungeachtet des miserablen Gehalts verschafft es ihnen innere Befriedigung, ihre schützende Hand über die Unterprivilegierten zu halten. Die anderen sehen diese Stelle nur als Übergangslösung, als hartes Grundlagentraining, das für einen späteren Karrieresprung unabdingbar ist. Eine unerschöpfliche praktische Erfahrung mit Prozessen, die Bekanntschaft mit Richtern, Gerichtsschreibern und Polizisten sowie der geschickte Umgang mit den schwierigsten Mandanten – dies sind nur einige der Pluspunkte, die ein Pflichtverteidiger bereits nach ein paar Jahren gesammelt hat.

Beim OPD arbeiteten 80 Anwälte, die in zwei Stockwerken des Gebäudes der Distriktsverwaltung untergebracht waren. Außer ihnen waren im Gewirr der mikroskopisch kleinen Büros noch etwa 40 Sekretärinnen und drei Dutzend Anwaltsassistenten tätig. Das Anfangsgehalt eines Pflichtverteidigers betrug 36000 Dollar im Jahr. Erhöhungen gab es nur in großen Abständen, und sie fielen immer minimal aus. Dagegen wurde die Arbeitsbelastung immer größer, weil Washington den Kampf gegen das Verbrechen verloren hatte und der Strom der Kriminellen niemals versiegte. Seit acht Jahren beantragte Glenda, die Chefin des OPD, zehn weitere Rechtsanwälte und ein Dutzend Anwaltsassistenten. Stattdessen wurde ihr das Budget seit vier Jahren im Vergleich zu dem des Vorjahrs immer weiter zusammengestrichen.

Wie die meisten seiner Kollegen hatte auch Clay Carter nicht Jura studiert, um eines Tages als Pflichtverteidiger mittelloser Krimineller sein Geld zu verdienen – nicht einmal übergangsweise. Während seines Studiums hatte sein Vater noch eine eigene Anwaltskanzlei in Washington geführt, in der Clay jahrelang stundenweise gearbeitet hatte. Damals hatte er sich noch ausschweifenden Träumen hingeben können, in denen er gemeinsam mit seinem Vater finanziell lukrative Prozesse führte.

Doch in Clays letztem Jahr an der Georgetown-Universität hatte sein Vater die Kanzlei dichtmachen müssen und Washington anschließend verlassen – aber das war eine andere Geschichte. So war Clay Pflichtverteidiger geworden, weil er kurzfristig keine andere Stelle hatte ergattern können. An seinem neuen Arbeitsplatz musste er drei Jahre lang taktieren, um ein eigenes Büro zu bekommen. Leider war der fensterlose Raum nur so groß wie eine Abstellkammer.

Clay warf Tequila Watsons Akte auf seinen Schreibtisch und überlegte einmal mehr, wie er diesen undankbaren Job einem Kollegen aufhalsen konnte. Er hatte die Nase voll von den schwierigen Fällen und all den anderen unsinnigen Aufgaben, mit denen man sich als unterbezahlter Pflichtverteidiger gewöhnlich abfinden musste.

Sechs Zettel auf seinem Schreibtisch informierten ihn darüber, dass er sechs Rückrufe tätigen musste, fünf davon geschäftlicher Natur, einen an seine Freundin Rebecca. Sie rief er zuerst an.

„Ich habe wahnsinnig viel zu tun“, stöhnte sie, nachdem sie die obligatorischen einleitenden Nettigkeiten hinter sich gebracht hatten.

„*Du* hast mich angerufen“, erinnerte Clay sie.

„Ja, aber jetzt habe ich trotzdem nur eine Minute.“ Rebecca arbeitete als Assistentin für einen Hinterbänkler aus dem Kongress, der Vorsitzender eines überflüssigen Unterausschusses war. Doch wegen dieser Funktion hatte man ihm ein weiteres Büro für zusätzliches Personal wie Rebecca zugebilligt, die tagaus, tagein damit beschäftigt war, sich hektisch auf die nächsten, vor leeren Reihen stattfindenden Anhörungen vorzubereiten. Den Job verdankte sie ihrem Vater, der im Hintergrund die Fäden gezogen hatte.

„Ich kann mich vor Arbeit auch kaum retten. Gerade kam wieder ein Mordfall rein.“ Irgendwie schaffte Clay es, ein bisschen Stolz in seiner Stimme mitschwingen zu lassen, als wäre es eine Ehre, den Pflichtverteidiger für Tequila Watson spielen zu dürfen.

Diese Gespräche waren bei ihnen ein Ritual. Wer hatte am meisten zu tun, wer den wichtigeren Job? Wer musste dem größeren Druck standhalten?

„Morgen hat Mutter Geburtstag“, wechselte Rebecca das Thema.

Sie machte eine kleine Kunstpause, die Clay die Chance zu der Bemerkung gab, er habe es nicht vergessen. Aber so war es nicht. Dieser Geburtstag war ihm herzlich egal. Er mochte Rebeccas Mutter nicht.

„Meine Eltern haben uns zum Essen im Klub eingeladen“, setzte seine Freundin hinzu.

Ein ohnehin schlimmer Tag drohte zum Fiasko zu werden. Clay fiel nur ein reflexhaftes „Ja, natürlich“ ein.

„Also, so gegen sieben. Mit Jackett und Krawatte.“

„Natürlich."

„Ich muss weitermachen", schloss Rebecca. „Ich liebe dich."

„Ich dich auch."

Clay blickte auf ihr Foto, das vor ihm auf dem Schreibtisch stand. Die Komplikationen ihrer bisherigen Beziehung hätten völlig ausgereicht, um zehn Ehen zu zerstören. Weil Rebeccas Vater durch rücksichtslose Naturzerstörung im Norden Virginias Bauland für die wuchernden Vorstädte von Washington erschloss, wurde er allgemein „Bennett, der Bulldozer" genannt. Rebeccas Mutter hingegen hatte nichts als den gesellschaftlichen Aufstieg der Familie im Sinn und hätte es am liebsten gesehen, wenn ihre Tochter einen schwerreichen Mann geheiratet hätte.

Clay hatte seine Mutter seit elf Jahren nicht mehr gesehen. Gesellschaftliche Ambitionen waren ihm fremd. Und Geld hatte er auch nicht.

Seit fast vier Jahren gab es zwischen Rebecca und ihm jeden Monat heftige Auseinandersetzungen, die in den meisten Fällen von ihrer Mutter angezettelt wurden. Liebe, Lust und die Entschlossenheit, allen Widrigkeiten zu trotzen, hatten ihre Beziehung bisher dennoch am Leben gehalten. Aber in letzter Zeit glaubte Clay bei Rebecca eine gewisse Ermüdung wahrzunehmen, einen sich unmerklich steigernden Überdruss, der vermutlich etwas mit dem Älterwerden und dem permanenten Druck ihrer Familie zu tun hatte. Mittlerweile war sie 28. An einer beruflichen Karriere hatte sie eigentlich kein Interesse. Sie wollte einen Ehemann und eine Familie. Sie sehnte sich nach müßigen Tagen im „Country Club", wo sie ihre Kinder verwöhnen, Tennis spielen und mit ihrer Mutter essen gehen konnte.

Als plötzlich wie aus dem Nichts Paulette Tullos auftauchte, zuckte Clay erschrocken zusammen. „Sie haben dich drangekriegt und dir einen Mordfall aufs Auge gedrückt, oder?", fragte sie schmunzelnd.

„Warst du etwa dort?"

„Ich habe das Unheil kommen sehen. Leider konnte ich nichts für dich tun. Ich musste sehen, dass ich wegkam."

„Wirklich sehr kollegial." Er machte eine kurze Pause. „Wie stehen meine Chancen, mir diesen Fall vom Hals zu schaffen?"

„Schlecht bis aussichtslos. Auf wen wolltest du ihn denn abwälzen?"

„Eigentlich hatte ich an dich gedacht."

„Tut mir Leid, ich habe bereits zwei Mordfälle."

Von seinen Kollegen im OPD war Clay mit Paulette am engsten befreundet. Sie stammte aus einer üblen Gegend der Stadt und hatte College und Jurastudium mühsam in Abendkursen absolviert. Dann lernte sie einen wohlhabenden alten Griechen kennen, der ein Faible für junge schwarze Frauen hatte. Er heiratete sie und brachte sie in einer komfortablen Wohnung im Nordwesten Washingtons unter. Kurz darauf entschloss er sich überraschend, doch wieder in Europa zu leben, und entschwand über den Ozean. Paulette vermutete, dass er dort eine oder zwei weitere Ehefrauen hatte, aber das bereitete ihr kein sonderliches Kopfzerbrechen. In finanzieller Hinsicht hatte sie keinen Grund zu klagen, und sie war alles andere als einsam. Nach zehn Jahren funktionierte das Arrangement mit ihrem Mann bestens.

„Ich habe noch mitbekommen, was der Staatsanwalt gesagt hat", meinte sie. „Wieder ein Mord auf offener Straße, aber das Motiv ist unklar."

„Irgendein Motiv gibt's immer: Geld, Drogen, Sex oder auch nur ein Paar neue Sportschuhe."

UM NEUN Uhr am nächsten Morgen trug sich Clay in das Besucherregister des Gefängnisses ein. Ein mürrischer Wärter führte ihn durch einen Flur in einen länglichen Raum, der in der Mitte durch eine dicke Scheibe aus Plexiglas geteilt wurde. Der Wärter zeigte auf die vierte Kabine, und Clay setzte sich.

„Ihr Mandant hat eine schlechte Nacht hinter sich", berichtete der Wärter. „Um zwei Uhr hat er sich auf einen anderen Häftling gestürzt, ihn windelweich geschlagen und damit einen hübschen kleinen Aufruhr provoziert. Wir mussten sechs Leute schicken, um die Lage unter Kontrolle zu kriegen. Ihr Mandant wurde übel zugerichtet. Der andere Kerl liegt sogar auf der Krankenstation. Rechnen Sie damit, dass die Anklage um ein paar Punkte erweitert wird."

Der Wärter unterbrach sich, als zwei seiner Kollegen Tequila Watson zu dessen Platz führten. Normalerweise wurden den Häftlingen die Handschellen abgenommen, wenn sie mit ihren Anwälten sprachen. Doch hatte man sich in Tequilas Fall dagegen entschieden. Und als er sich setzte, traten die Wärter zwar etwas zurück, blieben aber in der Nähe.

Tequilas linkes Auge war zugeschwollen, seine Augenwinkel waren mit getrocknetem Blut verklebt. Das rechte Auge war nicht geschwollen, aber die Pupille war grellrot. Auf Tequilas Stirn prangte ein Klebeband, das eine Mullbinde fixierte, und auf seinem Kinn klebte ein Pflaster. Auch seine Lippen und Wangen waren so stark angeschwollen, dass sich Clay unwillkürlich fragte, ob das tatsächlich sein Mandant sei.

Er nahm den schwarzen Hörer auf und forderte Tequila durch eine Geste auf, dasselbe zu tun. Umständlich ergriff Tequila den Hörer auf seiner Seite mit beiden Händen.

„Sie sind Tequila Watson?“, versicherte sich Clay.

Sein Gegenüber nickte sehr langsam.

„Waren Sie beim Arzt?“

Ein Nicken.

„Haben die Wärter Sie so zugerichtet?“

Tequila schüttelte den Kopf, ohne zu zögern.

„Die anderen Jungs aus Ihrer Zelle?“

Ein Nicken.

„Die Wärter haben mir gesagt, dass Sie einen Mithäftling verprügelt haben. Stimmt das?“

Ein Nicken.

Es war schwer vorstellbar, dass sich ein Leichtgewicht wie Tequila Watson, der deutlich unter 70 Kilo wog, die anderen Insassen einer überbelegten Gefängniszelle vornehmen konnte.

„Kannten Sie den Typ?“

Ein Kopfschütteln.

„Warum haben Sie ihn verprügelt?“

Unter großer Anstrengung öffnete Tequila die geschwollenen Lippen. „Weiß ich nicht.“

„Hat er Sie angegriffen? Hat er Sie beleidigt oder bedroht?“

„Nein … geschlafen.“

„Wie bitte?“

„Er hat geschlafen.“

„Und dabei zu laut geschnarcht? Vergessen Sie's.“

Clay begann, Datum, Zeit und Ort des Gesprächs sowie den Namen seines Mandanten auf einen gelben Notizblock zu kritzeln. Dann fiel ihm nichts Wichtiges mehr ein, das festgehalten zu werden lohnte, obwohl in seinem Gedächtnis hunderte Fragen gespeichert waren. Denn bei diesen ersten Gesprächen wurden immer dieselben Dinge gefragt. Man erkundigte sich beim Mandanten nach seinem elenden Leben und wie es dazu gekommen war, dass man sich jetzt hier gegenübersaß. Doch wenn es um das Verbrechen selbst ging, musste man äußerst geschickt agieren. Jeder Strafverteidiger wusste, dass es zu Anfang wenig förderlich war, sich zu sehr auf die Straftat zu konzentrieren.

Doch bei Tequila schien es sich anders zu verhalten. Angst vor der Wahrheit konnte man ihm bislang nicht vorwerfen. Clay entschloss sich zu einem Schritt, der ihm unter Umständen viel wertvolle Zeit ersparen konnte. Er beugte sich vor und sagte mit gedämpfter Stimme: „Es heißt, Sie haben einen Burschen durch fünf Schüsse in den Kopf getötet.“

Tequila nickte leicht.

„Einen gewissen Ramón Pumphrey, auch Pumpkin genannt. Kannten Sie ihn?"

Wieder ein Nicken.

„Um was ging es dabei? Um Drogen?"

„Nein."

„Haben Sie ihn ausgeraubt?"

„Nein."

„Sie müssen mir schon helfen, Tequila. Ich bin Ihr Anwalt und der einzige Mensch auf diesem Planeten, der Ihnen helfen will. Geben Sie mir was, womit ich arbeiten kann."

„Ich erzähl Ihnen, wie's war. Ich hatte 'ne Pistole und wollte jemand umbringen, egal, wen. Nachdem ich das Camp verlassen hatte, bin ich los, ohne Ziel. Ich habe nur jemand gesucht, den ich umlegen kann. Dann habe ich Pumpkin gesehen, den kannte ich ja. Wir haben kurz gequatscht, und dann habe ich gesagt, ich habe Stoff dabei, wenn er was will. Wir sind in die Gasse, und ich habe ihn erschossen. Keine Ahnung, warum. Ich wollte einfach jemand töten."

Als klar war, dass Tequilas Geschichte beendet war, fragte Clay: „Was ist das Camp?"

„Deliverance Camp, das Entzugsheim, wo ich zuletzt gelebt habe."

„Wie lange?"

„115 Tage."

„Sie waren 115 Tage clean?"

„Ja."

„Und als Sie Pumpkin erschossen haben, standen Sie auch nicht unter Drogen?"

„Nein. Ich bin immer noch clean. Sind jetzt 116 Tage."

„Haben Sie vorher schon mal jemanden erschossen?"

„Nein."

„Wo hatten Sie die Pistole her?"

„Habe ich aus der Wohnung von meinem Cousin geklaut."

„Sie haben also das Camp verlassen, sind zur Wohnung Ihres Cousins gegangen, haben die Pistole geklaut, sind dann einfach so rumgelaufen, um jemanden zu finden, den Sie umbringen können, und dann sind Sie Pumpkin begegnet."

Tequila nickte schon, als Clay noch gar nicht ausgeredet hatte. „Genau. Fragen Sie mich nicht, warum. Ich weiß es nicht. Ich habe keine Ahnung."

Clay glaubte zu sehen, dass Tequilas gerötetes rechtes Auge etwas feucht wurde. Vielleicht empfand er Schuldgefühle oder Reue, aber Clay war sich nicht sicher. Er zog ein paar Papiere aus seiner Aktentasche und schob sie durch den Schlitz unten in der Plexiglasscheibe. „Unterschreiben Sie diese Formulare. In ein paar Tagen komme ich wieder."

„Was passiert jetzt mit mir?", fragte Tequila.

„Darüber reden wir später."

„Wann komm ich hier raus?"

„Das könnte lange dauern."

DELIVERANCE CAMP, das „Haus der Befreiung", war keine abgelegene Entzugsanstalt auf dem Land, auch keine hinter Mauern verborgene Klinik in einem wohlhabenden Viertel der Stadt. Die Einrichtung lag vielmehr in der W Street im Norden Washingtons, in genau jener Gegend, welche die Opfer hervorbrachte, deren letzte Hoffnung eine rigorose Therapie war. In Sichtweite befand sich ein verwaistes Grundstück, auf dem früher eine Tankstelle betrieben worden war. Hier trafen die kleinen Dealer ihre Zulieferer, und die Geschäfte wurden in aller Öffentlichkeit abgewickelt. Wollte man den inoffiziellen Angaben der Polizei Glauben schenken, dann waren auf diesem Grundstück schon mehr von Kugeln durchsiebte Leichen gefunden worden als irgendwo sonst in Washington.

Clay fuhr langsam die W Street hinab. Die Fenster seines Autos waren geschlossen, seine Hände umklammerten krampfhaft das Lenkrad. In diesem Ghetto war ein Weißer für viele eine unwiderstehliche Zielscheibe.

Das D-Camp war in einem ehemaligen Lagerhaus untergebracht, das lange leer gestanden hatte und dann für ein paar Dollar an eine Wohltätigkeitsorganisation verkauft wurde, die mit gutem Grund in dieser Gegend reichlich Kunden vermutete.

Clay parkte seinen Wagen direkt vor dem Gebäude. Dort lungerten genau die Charaktere herum, mit denen man in dieser Gegend rechnen musste: die übliche Horde abgebrühter Ghettoburschen, die mit Sicherheit mit Drogen handelten und genügend Waffen dabeihatten, um die Polizei fern zu halten, ein paar alkoholisierte Penner sowie Leute, die Verwandte im D-Camp besuchen wollten. Clays Job hatte ihn schon in die meisten ungemütlichen Stadtteile Washingtons geführt, und mittlerweile hatte er genügend Erfahrung gesammelt, um den Furchtlosen mimen zu können. Ich bin Anwalt und geschäftlich hier. Halten Sie den Mund, und treten Sie zur Seite.

Während er seinen Wagen abschloss, musste er sich bekümmert eingestehen, dass höchstwahrscheinlich keiner dieser Kriminellen Interesse daran hatte, seine kümmerliche Karre zu klauen, die mittlerweile zwölf Jahre und 300 000 Kilometer auf dem Buckel hatte.

Mit angehaltenem Atem ging er los und ignorierte die neugierigen Blicke der auf dem Bürgersteig herumlungernden Jugendlichen. Nachdem er auf den Klingelknopf neben der Tür gedrückt hatte, meldete sich eine krächzende Stimme über die Gegensprechanlage. „Wer ist da?“

„Mein Name ist Clay Carter. Ich bin Rechtsanwalt und habe um elf Uhr eine Verabredung mit Talmadge X.“ Noch immer davon überzeugt, dass es sich um ein Missverständnis handeln musste, sprach er den Namen sehr deutlich aus. Am Telefon hatte er die Sekretärin gebeten, ihm den Nachnamen zu buchstabieren, doch sie hatte ihm barsch geantwortet, dies sei kein Nachname. Was dann? Einfach ein X. Ob es ihm passe oder nicht.

Die Tür öffnete sich mit einem Klicken, und Clay trat ein. Der Empfangsbereich glich einem Bunker: Boden und Wände aus Beton, Stahltüren, keine Fenster, eine niedrige Decke, ein paar grelle Lampen. Eigentlich fehlten nur noch Sandsäcke und Waffen. Hinter einem großen Behördenschreibtisch saß eine Frau, die telefonierte. „Er kommt gleich“, sagte sie, ohne aufzusehen.

Talmadge X war ein drahtiger Mann um die 50. Auf seinem faltigen und frühzeitig gealterten Gesicht zeichnete sich nicht einmal der Anflug eines Lächelns ab. Seine Hautfarbe war sehr dunkel – ein augenfälliger Kontrast zu dem gestärkten weißen Baumwollhemd und der ebenfalls strahlend weißen Latzhose. Die schwarzen Kampfstiefel waren gewienert und glänzten mit seiner Vollglatze um die Wette.

Er wies auf den einzigen Stuhl in seinem nur mit dem Notwendigsten eingerichteten Büro. „Haben Sie den Papierkram dabei?“ Einleitender Smalltalk gehörte offensichtlich nicht zu seinen Stärken.

Clay reichte ihm die erforderlichen, von Tequila Watson unterzeichneten Formulare. Wegen der Handschellen, die sein Mandant getragen hatte, war die Schrift jedoch kaum zu entziffern.

„Sie sind sein Pflichtverteidiger?“, fragte Talmadge X. „Offiziell?“

„Ja. Wussten Sie das mit dem Mord schon?“

„Bis zu Ihrem Anruf vor einer Stunde nicht. Als Tequila am Dienstag nicht von seinem Ausgang zurückgekommen ist, war uns allerdings klar, dass etwas nicht stimmte. Erzählen Sie mir, was passiert ist.“

„Das ist vertraulich, okay?“

„Ich bin sein Betreuer und sein religiöser Beistand. Sie sind sein Anwalt. Alles, was in diesem Raum gesagt wird, bleibt unter uns.“

„In Ordnung.“

Clay informierte Talmadge X über die Details, die er bisher zusammengetragen hatte. Als er geendet hatte, schloss Talmadge kurz die Augen, dann fragte er: „Was kann ich tun?“

„Ich würde gern die Akte sehen, die Sie über Tequila angelegt haben. Er hat sein Einverständnis gegeben."

Die Akte lag bereits vor Talmadge auf dem Schreibtisch. „Später", sagte er jedoch. „Zuerst sollten wir reden. Was wollen Sie wissen?"

„Lassen Sie uns mit Tequila beginnen. Wo kommt er her?"

„Von der Straße wie alle hier. Er wurde von der Fürsorge überwiesen, weil er ein hoffnungsloser Fall war. Seinen Vater hat er nicht gekannt, seine Mutter starb an Aids, als er drei war. Aufgezogen haben ihn eine oder zwei Tanten. Dann Pflegeheime hier und da, manchmal auf richterlichen Beschluss, schließlich Jugenderziehungsanstalten. Die Schule hat er geschmissen. Für uns hier ein typischer Fall. Wissen Sie über diese Einrichtung Bescheid?"

„Nein."

„Wir sind für die schlimmsten Fälle zuständig, für die Schwerstabhängigen. Wir sperren sie monatelang ein, und es geht ähnlich zu wie in der Grundausbildung bei der Armee. Was das Beraterpersonal angeht, haben wir außer mir sieben Leute, alles Drogenabhängige. Einmal süchtig, immer süchtig – auch wenn man clean ist. Ich habe 13 Jahre lang wegen Drogendelikten und Raub gesessen. Dann habe ich den Weg zu Jesus gefunden. Wie auch immer, wir sind auf die jungen Cracksüchtigen spezialisiert, denen sonst niemand mehr helfen kann."

„Tequila konnte mir nicht viel über seine Vorstrafen erzählen."

Talmadge X öffnete die Akte und blätterte darin herum. „Ein paar kleinere Delikte in der Jugend: Diebstahl, geklaute Autos, das Übliche. Mit 18 hat er vier Monate wegen Ladendiebstahls gesessen. Letztes Jahr haben sie ihn wegen Drogenbesitzes drangekriegt, dafür gab's drei Monate. Gewalt war nie im Spiel."

„Das könnte hilfreich sein", sagte Clay. „In gewisser Hinsicht."

„Hört sich für mich eher so an, als könnte ihm nichts mehr helfen. Klingt nach lebenslänglich ohne Bewährung", meinte Talmadge X. Hier sprach die Stimme der Erfahrung. „Das Traurige ist, dass Tequila einer der seltenen Fälle war, der es hätte schaffen können."

„Warum?"

„Er hat Grips. Nachdem er erst mal clean und gesund war, hat er sich gut gefühlt. Er konnte nicht lesen, also haben wir es ihm beigebracht. Er hat gern gemalt, und wir haben sein Talent gefördert. Wir machen uns keine Illusionen hier, aber auf Tequila waren wir stolz."

„Sie machen sich keine Illusionen?"

„66 Prozent unserer Schützlinge werden rückfällig, Mr Carter. Zwei Drittel. Wenn wir sie hier aufnehmen, sind sie krank und zugedröhnt, das Crack hat ihren Körpern und Gehirnen bereits schwer zugesetzt. Sie sind unterernährt, fast verhungert. Wir entziehen ihnen das Gift, päppeln sie wieder auf und verordnen ihnen die erwähnte Grundausbildung. Wie bei der Armee stehen sie um sechs Uhr morgens auf, schrubben ihre Zimmer und warten die Inspektion ab. Um halb sieben gibt's Frühstück, dann werden sie einer Nonstop-Gehirnwäsche unterzogen. Wir Betreuer kennen keinen Spaß. Wir haben früher dasselbe durchgemacht wie unsere Schützlinge. Nach einem Monat sind sie clean und sehr stolz auf sich. Nach drei Monaten gestatten wir ihnen unter Umständen ein bis zwei Stunden Ausgang pro Tag. Neun von zehn kommen zurück und können es gar nicht abwarten, endlich wieder in ihren kleinen Zimmern zu sein. Ein Jahr lang behalten wir sie hier und versuchen, ihnen was beizubringen, zum Beispiel, wie man mit einem Computer umgeht. Sachen, die ihnen später mal bei einem Job nützlich sein könnten. Und wir geben uns jede nur erdenkliche Mühe, um Stellen für sie zu finden. Wenn sie sich gut entwickeln, verdrücken wir ein paar Freudentränen. Dann verlassen sie uns, und innerhalb eines Jahres sind zwei Drittel wieder auf Crack und auf dem Weg in die Gosse."

„Nehmen Sie sie ein zweites Mal auf?"

„Selten. Wenn sie wissen, dass ihnen unsere Tür noch mal offen steht, ist die Wahrscheinlichkeit größer, dass sie wieder Mist bauen."

„Was passiert mit dem restlichen Drittel?"

„Wegen denen sind wir hier. Deshalb bin ich Betreuer. Viele von denen, die es geschafft haben, arbeiten heute selbst mit Abhängigen."

Talmadge X blätterte die Unterlagen weiter durch, als hätte er etwas Bestimmtes im Kopf. Clay vermutete, dass er nach Notizen oder Einträgen suchte, die er herausnehmen wollte, bevor er ihm die Akte übergab.

„Wann kann ich sie haben?", fragte Clay.

„Wie wär's mit morgen? Ich möchte sie mir gern noch mal anschauen."

Clay zuckte die Achseln. Wenn Talmadge X morgen sagte, hieß das morgen. „Ich finde kein Motiv", gestand Clay ihm ein. „Was Sie mir erzählt haben, hört sich nach einem Vorzeigepatienten an. Sie haben Tequila erlebt. Sagen Sie mir, warum er es getan hat."

„Ich habe schon fast alles gesehen. Aber so was ist mir noch nie untergekommen. Dieser Bursche hatte geradezu Angst vor Gewalt. Prügeleien dulden wir hier nicht, aber Jungs sind Jungs, und Einschüchterungsrituale wird es immer geben. Tequila war einer von den Schwachen. Es ist vollkommen ausgeschlossen, dass er hier rausspaziert, eine Pistole stiehlt, sich aufs Geratewohl ein Opfer rauspickt und es umbringt.

Und ich halte es für genauso ausgeschlossen, dass er sich im Gefängnis auf einen Zellengenossen stürzt und ihn krankenhausreif schlägt."

„Okay, und was soll ich den Geschworenen erzählen?"

„Welchen Geschworenen? Er muss sich schuldig bekennen, und das wissen Sie. Die Sache ist gelaufen. Er wird für den Rest seines Lebens im Gefängnis verschwinden." Talmadge X schloss die Akte und schob sie zur Seite. Das Gespräch war zu Ende.

## 2

Der „Potomac Country Club" war vor 100 Jahren von ein paar wohlhabenden Leuten gegründet worden, denen andere Country Clubs die kalte Schulter gezeigt hatten. Die Ausgeschlossenen pumpten beträchtliche Summen in das „Potomac"-Projekt und errichteten einen der exklusivsten Klubs im Großraum Washington. Sie warben bei rivalisierenden Klubs ein paar Senatoren ab, köderten andere Prominente und investierten so in ihre Respektabilität. Nachdem man genug Mitglieder hatte, um sich mit Beiträgen finanzieren zu können, ging man auch hier zu der obligatorischen Praxis über, andere auszugrenzen.

Lediglich einen signifikanten Unterschied gab es. Im Potomac Country Club hatte man nie ein Geheimnis daraus gemacht, dass man sich mit dem entsprechenden Vermögen die Mitgliedschaft erkaufen konnte. Von Wartelisten, Auswahlkomitees und geheimen Abstimmungen war dann keine Rede mehr. Wenn man erst kürzlich nach Washington gezogen oder plötzlich reich geworden war, konnte man, falls der Geldbetrag stimmte, über Nacht Status und Prestige erwerben.

Soweit Clay wusste, gehörte Bennett van Horn zu denen, die einen dicken Scheck ausgestellt hatten. In den späten Achtzigerjahren war Bennett, der Bulldozer, auf Gold gestoßen, als er die sanfte Hügellandschaft Virginias für seine geschäftlichen Aktivitäten entdeckt hatte und regelrecht darüber hergefallen war. Auf unberührten Hügeln wurden Einkaufszentren, Apartmentkomplexe und Eigenheime errichtet. Auch wenn ihm die Ironie nicht auffiel, taufte der Baulöwe seine genormten Projekte im Zuckerbäckerstil auf Namen, die einen direkten Bezug zu den von ihm zerstörten Landschaften hatten – „Wiesengrund", „Eichenhain", „Waldsenke" und so weiter und so fort. Er tat sich mit anderen zusammen, die auf dem Gebiet der metastasenhaften Städteausdehnung zu wahren Künstlern geworden waren, und verrichtete Lobbyarbeit bei der in Richmond residierenden Regierung des Bundesstaates Virginia, um mehr Geld für den Straßenbau und die Besiedlungspolitik herauszuholen. Auf diese Weise gelangte Bennett zu Einfluss auf dem politischen Parkett, und sein Ego schwoll immer mehr an.

In den frühen Neunzigerjahren wuchs die BvH-Gruppe in rasantem Tempo, wobei die Gewinne schneller stiegen als die für die Schuldentilgung erforderlichen Summen. Bennett und seine Frau Barb kauften sich ein Haus in einem teuren Stadtteil von McLean, Virginia, und im Potomac Country Club gehörten sie bald fast zum Inventar. Die beiden gaben sich alle Mühe, bei anderen den Eindruck zu erwecken, sie wären schon immer reich gewesen.

1994 ging Bennett mit seinem Unternehmen an die Börse. Ein Blue-Chip-Investmentbanker ebnete der Aktie der BvH-Gruppe den Weg, die nach einem Emissionskurs von zehn Dollar rasch einen Höchststand von 16,50 Dollar erreichte. Im Freiverkehr wurde sie aber schnell auf den Boden der Tatsachen zurückgeholt und war nach dieser Bauchlandung noch etwa sechs Dollar wert. Bennett war nicht klug genug, sich wie alle guten Unternehmer von einem Teil seiner Aktien zu trennen. Er hielt seine vier Millionen Stück und sah zu, wie der Marktwert der Firma von einst 66 Millionen auf beinahe null fiel. Aktuell wurde die BvHG-Aktie zu 87 Cent gehandelt.

„Wie steht die Aktie?“ Diese Frage wäre die schallende Ohrfeige gewesen, die Clay Bennett van Horn gern verpasst hätte. Bisher hatte er sich aber noch nicht getraut.

„Vielleicht heute Abend“, murmelte er vor sich hin, während er auf das Gelände des Potomac Country Club einbog.

Weil er das Trinkgeld für den Parkservice sparen wollte, stellte er den Wagen auf einem abgelegenen Streifen hinter ein paar Tennisplätzen ab. Auf dem Weg zum Klubhaus richtete er seinen Krawattenknoten. Er hasste diesen Klub – wegen all der Idioten, die hier Mitglied waren, weil er selbst es nicht werden konnte und weil der Klub das Revier der van Horns war, die ihm nur zu gern das Gefühl vermittelten, dass er nicht hierher gehörte. Zum hundertsten Mal stellte er sich die Frage, warum er sich in eine Frau mit so unerträglichen Eltern verliebt hatte. Wenn er überhaupt einen Plan hatte, dann den, mit Rebecca nach Neuseeland durchzubrennen – so weit wie möglich weg von ihren Eltern.

Ich weiß, dass Sie kein Mitglied sind, werde Sie aber trotzdem an Ihren Tisch geleiten, schien ihm der frostige Blick der Empfangsdame bedeuten zu wollen. „Folgen Sie mir“, sagte sie mit dem Anflug eines falschen Lächelns.

Bennett war noch nicht da. Clay begrüßte Mrs van Horn mit einer vorsichtigen Umarmung – ein Ritual, das sie beide nicht mochten. Dann entrichtete er eher kläglich seine Glückwünsche: „Alles Gute zum Geburtstag.“ Rebecca wurde mit einem Küsschen auf die Wange bedacht.

„Wo ist denn Mr van Horn?“, fragte Clay. Hoffentlich nicht in der Stadt. Noch besser wäre es, wenn er auf der Intensivstation im Krankenhaus läge.

„Er ist auf dem Weg“, antwortete Rebecca.

„Mein Mann hat sich heute in Richmond mit dem Gouverneur getroffen“, fügte Barb van Horn hinzu.

Sie konnten es einfach nicht lassen. Ihr habt gewonnen!, hätte Clay am liebsten geschrien. Ihr habt gewonnen! Ihr seid wichtiger als ich!

„Woran arbeitet er gerade?“, erkundigte er sich höflich, wieder einmal erstaunt darüber, wie aufrichtig er klingen konnte.

„Irgendwas Politisches“, antwortete Barb. Wahrscheinlich hatte sie keinen blassen Schimmer, worüber ihr Mann mit dem Gouverneur debattierte. Vermutlich wusste sie nicht einmal, wie die BvHG-Aktie zurzeit stand. Sie kannte die Termine ihres Bridgeklubs und wusste, wie wenig Clay verdiente, aber der Rest war Bennetts Sache.

„Wie ist es denn bei dir heute gelaufen?“, fragte Rebecca, um eine politisch angehauchte Diskussion im Keim zu ersticken. Ihre Eltern waren stark rechts gerichtete Republikaner, was man von Clay nicht behaupten konnte. Er hatte in Gesprächen mit Bennett ein paarmal das Wort „Zersiedlung“ fallen lassen, was sofort zu einer angespannten Atmosphäre geführt hatte.

„Das Übliche“, antwortete Clay. „Und bei dir?“

„Morgen finden Anhörungen statt, sodass heute im Büro alles drunter und drüber ging.“

„Rebecca hat mir erzählt, dass man Ihnen einen neuen Mordfall übertragen hat“, flötete Barb.

„Das stimmt.“ Clay fragte sich, über welche anderen Aspekte seiner Arbeit als Pflichtverteidiger sie wohl noch gesprochen haben mochten.

„Wer ist denn Ihr Mandant?“

„Ein schwarzer Junge von der Straße.“

„Und wen hat er getötet?“

„Einen anderen schwarzen Straßenjungen.“

Das schien Barb etwas zu erleichtern. Schwarze gegen Schwarze. Wen kümmerte das schon, solange sie sich nur gegenseitig umbrachten? „Und, war er es?“, fragte sie.

„Es scheint so.“

„Wie können Sie solche Leute verteidigen, wenn Sie wissen, dass sie schuldig sind? Wie kann man nur so hart arbeiten, um die da rauszuholen?“

Rebecca trank einen großen Schluck Wein und beschloss, die Sache auszusitzen. In den letzten Monaten war sie Clay immer seltener zur Seite gesprungen. Ihn belastete der Gedanke, dass das Leben mit ihr einerseits zwar wunderbar, wegen ihrer Eltern andererseits aber auch ein Albtraum werden würde. Und Albträume wogen schwerer.

„Unsere Verfassung garantiert jedem einen Rechtsanwalt und ein faires Gerichtsverfahren“, erwiderte Clay in herablassendem Ton, der zu verstehen gab, dass das doch jeder Idiot wissen musste. „Ich tue nur meinen Job.“

Barb rollte die Augen, mit denen sich kürzlich ein Schönheitschirurg befasst hatte, und blickte auf den Golfplatz hinaus. Viele der Damen im Potomac Country Club hatten einen plastischen Chirurgen aufgesucht, dessen Spezialität offenbar der asiatische Look war. Nach der zweiten Sitzung war die gestraffte Haut an den Augenwinkeln zwar faltenfrei, wirkte aber gespannt und völlig unnatürlich. Bei der guten alten Barb hatte man ohne Plan abgesaugt, geklammert und gespritzt, und das Resultat war alles andere als überzeugend ausgefallen.

Rebecca trank einen weiteren großen Schluck. Als Clay und sie zum ersten Mal von ihren Eltern zum Essen in diesen Klub eingeladen worden waren, hatte sie unter dem Tisch einen Schuh abgestreift und mit den Zehen sein Bein liebkost, als wollte sie sagen: Lass uns abhauen und in die Kiste hüpfen. Doch heute Abend war alles anders. Sie wirkte kühl und geistesabwesend.

In diesem Augenblick stürmte Bennett an ihren Tisch, wobei er seine Verspätung wortreich entschuldigte. Er klopfte Clay jovial auf die Schulter, dann küsste er seine Frau und seine Tochter auf beide Wangen.

„Wie geht es dem Gouverneur?“, fragte Barb so laut, dass es auch dem letzten Gast im Speisesaal nicht entging.

„Großartig“, antwortete Bennett. „Er lässt beste Grüße ausrichten. Nächste Woche ist der Präsident von Südkorea in der Stadt. Der Gouverneur hat uns zu einer Feier in seinem Landhaus eingeladen. Abendkleidung ist Vorschrift.“ Auch seine Stentorstimme hallte durch den ganzen Raum.

„Wirklich?“, kreischte Barb. Der verzerrte Ausdruck ihres kürzlich überholten Gesichts sollte offenbar Entzücken ausdrücken.

Mit diesen Augen müsste sie sich unter den Koreanern wie zu Hause fühlen, dachte Clay.

„Wird eine großartige Feier“, tönte Bennett, während er eine ganze

Kollektion von Handys aus der Tasche zog und sie vor sich auf dem Tisch anordnete. Nur ein paar Sekunden nach seinem Eintreffen tauchte hinter ihm ein Kellner mit einem doppelten Scotch auf. Chivas mit ein bisschen Eis, ganz wie immer.

Clay bestellte einen Eistee.

„Wie geht's dir, Liebes?", fragte Bennett in Rebeccas Richtung. „Du siehst müde aus. War's ein harter Tag?"

„Nicht schlimmer als sonst."

Die drei van Horns tranken einen Schluck. In letzter Zeit war Rebeccas Müdigkeit eines der Lieblingsthemen ihrer Eltern. Nach deren Meinung arbeitete sie zu hart und hätte es eigentlich überhaupt nicht tun sollen. Sie näherte sich den 30, und es war an der Zeit, dass sie einen netten jungen Mann mit gut bezahltem Job heiratete, ihnen Enkelkinder gebar und den Rest ihres Lebens im Potomac Country Club verbrachte.

Was sie wollten, wäre Clay im Grunde herzlich egal gewesen, wenn nicht Rebecca denselben Träumen nachgehangen hätte. Früher hatte sie davon geredet, sich im Dienst für die Allgemeinheit eine Karriere aufbauen zu wollen. Doch nach vier Jahren Capitol Hill hatte sie von der Bürokratie die Nase voll. Auch sie wollte nur noch einen Ehemann, Kinder und ein großes Haus in der Vorstadt.

Die Speisekarten wurden verteilt. Eines von Bennetts Handys piepte, und er erledigte das Telefonat vom Tisch aus. Irgendein Deal schien zu platzen.

„Lass uns Samstag zusammen einkaufen gehen", schlug Barb ihrer Tochter vor, während sich Clay hinter der Speisekarte verschanzte.

„Gute Idee", erwiderte Rebecca. „Ich brauche etwas Neues zum Anziehen."

Der große Geschäftsmann rettete den Deal, dann bestellten sie. Anschließend informierte Bennett die anderen über den Anruf. Angeblich agierte irgendeine Bank nicht schnell genug, und er hatte den Leuten Feuer unterm Hintern gemacht. Blablabla. Erst als der Salat gebracht wurde, nahm die Suada ein Ende.

Aber nach ein paar Bissen begann Bennett schon wieder zu reden, wie üblich mit vollem Mund. „In Richmond habe ich mit meinem guten Freund Ian Ludkin gegessen, dem Sprecher des dortigen Repräsentantenhauses. Wirklich, Clay, der Mann würde Ihnen gefallen. Ein perfekter Gentleman."

Clay nickte, als könnte er es gar nicht abwarten, ihn zu treffen.

„Wie auch immer, Ian schuldet mir wie fast alle dort ein paar Gefälligkeiten. Also habe ich ihn einfach gefragt."

Clay brauchte einen Augenblick, bis er bemerkte, dass die Frauen nicht mehr aßen und ihre Gabeln hingelegt hatten. Beide hörten erwartungsvoll zu.

„Was haben Sie ihn gefragt?“, erkundigte er sich, weil er den Eindruck hatte, dass es von ihm erwartet wurde.

„Nun, ich habe Ian von Ihnen erzählt, Clay. Begabter junger Anwalt, messerscharfer Verstand, keine Angst vor der Arbeit, Absolvent der juristischen Fakultät der Georgetown-Universität, ein stattlicher junger Mann mit Charakter. Ian antwortete, er sei immer auf der Suche nach unverbrauchten Talenten. Er sprach von einer freien Stelle für einen Anwalt. Ich habe geantwortet, ich hätte keine Ahnung, ob Sie interessiert wären, würde Ihnen aber gern von dem Angebot erzählen. Also, wie denken Sie darüber?“

Ich denke, dass ich hier in einen Hinterhalt geraten bin, wäre Clay fast herausgeplatzt.

Rebecca starrte ihn an und schien genau auf seine erste Reaktion zu achten.

„Das ist ja wunderbar“, jubelte Barb, als stünde es so im Drehbuch.

Begabt, keine Angst vor der Arbeit, gute Universitätsausbildung, sogar stattlich. Erstaunt nahm Clay zur Kenntnis, wie schnell seine Aktien gestiegen waren. „Klingt interessant.“ Und in gewisser Weise war es das auch. Jeder einzelne Aspekt dieser Inszenierung war interessant.

Jetzt wollte Bennett Nägel mit Köpfen machen, denn das Überraschungsmoment verschaffte ihm natürlich einen Vorteil. „Es ist eine großartige Position. Faszinierende Arbeit. Klar, es werden jede Menge Überstunden anfallen, zumindest während der Sitzungsperioden des dortigen Repräsentantenhauses, aber ich habe Ian versichert, dass Ihre breiten Schultern dazu geschaffen sind, Verantwortung zu tragen.“

„Und so weit weg ist Richmond auch gar nicht“, warf Barb ein.

Auf jeden Fall sehr viel näher als Neuseeland, dachte Clay. Vermutlich plante Barb bereits die Hochzeit. Was Rebecca darüber dachte, konnte er nicht einschätzen. Manchmal schien es zwar, als würde sie sich von ihren Eltern erdrückt fühlen, aber nur selten ließ sie den Wunsch erkennen, ihnen den Rücken zu kehren.

„Nun, äh, danke“, stammelte Clay.

„Anfangsgehalt 95 000 Dollar im Jahr“, setzte Bennett obendrauf.

Das war mehr als das Doppelte seines gegenwärtigen Verdienstes. Clay ging davon aus, dass das allen am Tisch bewusst war. „Ein hübsches Sümmchen“, räumte er ein.

„Ja, kein übler Start“, bemerkte Bennett. „Ian sagt, Sie würden dort wirklich bedeutende Anwälte kennen lernen. Solche, die die Strippen ziehen. In diesem Leben kommt's nur auf Beziehungen an. Reißen Sie ein paar Jahre ab, dann können Sie sich im Unternehmensrecht selbstständig machen. Da ist das große Geld zu holen."

Es war kein angenehmer Gedanke, dass Bennett plötzlich Gefallen daran gefunden hatte, Clays Lebensplanung zu übernehmen. Aber dieses Interesse hatte natürlich nichts mit ihm zu tun. Es ging nur um Rebecca.

„Lassen Sie es sich durch den Kopf gehen, und schlafen Sie eine Nacht darüber", sagte Bennett. Das Angebot stand, jetzt musste man abwarten, ob der Junge clever genug war, es auch anzunehmen.

Clay hatte einen guten Grund, seinen Salat hinunterzuschlingen. Er nickte lediglich, als könnte er jetzt nicht antworten.

Nachdem Bennetts zweiter Scotch eingetroffen war, entspannte sich die Situation, und es wurde der jüngste Klatsch aus Richmond kolportiert. Rebecca ignorierte Clay, und umgekehrt war es genauso.

Beim Hauptgang folgten Geschichten über den Gouverneur – auch er selbstredend einer von Bennetts „guten Freunden" –, der gerade ein Team zusammenstellte, weil er in den Senat gewählt werden wollte. Natürlich sollte Bennett auch dabei eine Hauptrolle spielen.

Clay kam es so vor, als dauerte dieses Essen bereits zwei Stunden. Doch es waren erst 90 Minuten verstrichen, als sich das Ehepaar van Horn gegen ein Dessert entschied und sich zum Aufbruch rüstete.

Clay bedankte sich für das Essen und versprach, sich hinsichtlich des Jobs in Richmond rasch zu entscheiden.

„So ein Angebot bekommt man nur einmal im Leben", verkündete Bennett feierlich. „Vermasseln Sie sich diese Chance nicht."

Als Clay sicher war, dass ihre Eltern verschwunden waren, bat er Rebecca, ihn in die Bar zu begleiten. Dort warteten sie in angespanntem Schweigen auf ihre Drinks.

„Von der Geschichte mit dem Job in Richmond wusste ich nichts", begann Rebecca schließlich.

„Es fällt mir schwer, das zu glauben. Deine Mutter wusste mit Sicherheit davon."

„Mein Vater macht sich nur Sorgen um dich, das ist alles."

Dein Vater ist ein Idiot, hätte Clay am liebsten geantwortet. „Nein, er sorgt sich um *dich*. Schließlich kann er es nicht zulassen, dass du einen Mann ohne Zukunft heiratest. Also versucht er, unsere Zukunft zu managen. Findest du es nicht anmaßend, dass er glaubt, mir einen neuen Job besorgen zu müssen, weil ihm mein jetziger nicht passt?"

„Vielleicht versucht er einfach nur zu helfen. Er liebt es, seine Beziehungen spielen zu lassen."

„Wie kommt er denn zu der Annahme, dass ich Hilfe benötige?"

„Du kannst nicht bis ans Ende deiner Tage im OPD arbeiten, Clay. Du bist ein guter Pflichtverteidiger und ganz für deine Mandanten da, aber vielleicht ist es wirklich an der Zeit, dir einen anderen Job zu suchen."

„Vielleicht habe ich aber keine Lust, in Richmond zu leben. Und hast du schon mal darüber nachgedacht, dass mir die Vorstellung zuwider sein könnte, mich mit einer Horde Lokalpolitiker herumzuschlagen? Ich bin Anwalt, Rebecca, kein subalterner Sachbearbeiter."

„Na gut. Wie du meinst."

„Ist dieser Job ein Ultimatum?"

„In welcher Hinsicht?"

„In jeder Hinsicht. Was ist, wenn ich Nein sage?"

Sie zuckte nur die Achseln und nippte an ihrem Drink. Über eine Heirat war schon etliche Male gesprochen worden, aber sie hatten nichts vereinbart. Sie waren nicht verlobt, es gab keinen Zeitplan. Für einen Rückzieher hatten sie sich genügend Spielraum gelassen. Doch nach vier Jahren, in denen keiner der beiden eine Affäre gehabt hatte und sie sich permanent gegenseitig ihrer Liebe versichert hatten, schien alles auf eine dauerhafte Beziehung hinauszulaufen.

„Ich würde gern gehen", sagte Rebecca.

„Natürlich." Clay folgte ihr nach draußen und hielt ihr die Tür ihres BMW auf.

In Rodneys Begleitung fühlte sich Clay in der Lamont Street etwas sicherer. Außerdem waren die gefährlichen Zeitgenossen um neun Uhr morgens noch nicht auf der Straße. Was immer sie in der vergangenen Nacht an legalen oder illegalen Drogen konsumiert haben mochten, jetzt schliefen sie ihren Rausch aus.

Rodney war ein schwarzer Anwaltsassistent beim OPD. Er studierte seit zehn Jahren – mit diversen Unterbrechungen – in Abendkursen Jura und sprach immer noch davon, eines Tages seinen Abschluss zu machen. Doch da er vier Kinder hatte, waren Geld und Zeit gleichermaßen knapp. Weil Rodney selbst in den Straßen von Washington aufgewachsen war, kannte er sich hier bestens aus. Folglich wurde er praktisch täglich von einem – in der Regel weißen, verängstigten und unerfahrenen – OPD-Anwalt gebeten, ihn in gefährliche Gegenden der Stadt zu begleiten, um irgendein abscheuliches Verbrechen zu untersuchen. Da er aber Anwaltsassistent und kein Ermittlungsbeamter war, entsprach er höchstens jeder zweiten Bitte. Bei Clay hatte er allerdings noch nie Nein gesagt, und die beiden hatten schon bei vielen Fällen zusammengearbeitet.

Clay parkte in der Nähe der Gasse, und sie untersuchten die Stelle, wo Ramón Pumphrey ermordet worden war. Dann nahmen sie die Umgebung des Tatorts in Augenschein, verschossen einen ganzen Film und schickten sich danach an, nach Zeugen zu suchen.

Sie fanden keine – was kein Wunder war. Nachdem sie eine Viertelstunde vor Ort waren, hatte sich bereits herumgesprochen, dass zwei Fremde sich mit dem jüngsten Mord in der Gegend befassten. So verriegelten alle ihre Türen und blieben stumm. Der Besitzer des Spirituosenladens schien überrascht, dass es überhaupt eine Schießerei gegeben hatte. „Bei uns?"

Nach einer Stunde setzten sich die beiden ins Auto, um zum Deliverance Camp zu fahren. „Vor ein paar Tagen hat Jermaine einen ähnlichen Fall übernommen", berichtete Rodney, während Clay durch den Verkehr steuerte. „Ein Junge, der für den Entzug ein paar Monate weggesperrt war. Dann ist er rausgekommen und hat sich innerhalb von 24 Stunden eine Waffe besorgt und zwei Leute erschossen."

„Ging es um Drogen, Raub oder Notwehr?"

„Meiner Meinung nach war es blanker Zufall. Und es ist überhaupt kein Motiv erkennbar."

Nachdem Clay den Wagen direkt vor der Tür des D-Camps geparkt hatte, stürmten sie hinein. Talmadge X war nicht im Haus, sondern wegen eines Notfalls in eine Klinik gerufen worden. Doch einer seiner Kollegen namens Noland empfing sie freundlich. Er sei der Chef der Betreuer, stellte er sich vor. In seinem Büro gab er ihnen Tequila Watsons Akte und forderte sie auf, sie in Ruhe durchzusehen. Doch Clay war sicher, dass die Akte seinetwegen gesäubert worden war.

„Wir halten es hier immer so, dass einer von uns im Raum bleibt, wenn Fremde sich eine Akte ansehen. Kopien kosten 25 Cent pro Stück, falls Sie welche brauchen sollten." Noland setzte sich hinter seinen Schreibtisch, wo jede Menge Papierkram auf ihn wartete.

Clay begann die Akte durchzublättern, und Rodney machte nach seinen Anweisungen Notizen.

Tequila war im Januar von der Sozialfürsorge ins D-Camp eingewiesen worden, nachdem er zuvor aus mehreren Entzugseinrichtungen geflogen war. Zu dieser Zeit wog er bei einer Körpergröße von 1,80 Meter gerade 55 Kilo. Im Camp wurde er zunächst einer gründlichen medizinischen Untersuchung unterzogen. Er hatte etwas Fieber, Schüttelfrost und Kopfschmerzen, nichts Ungewöhnliches bei einem Schwerstabhängigen.

Ansonsten wurde außer Unterernährung nichts Bemerkenswertes festgestellt – abgesehen davon, dass sein Körper durch den Drogenmissbrauch insgesamt in einem desolaten Zustand war. Wie alle neu aufgenommenen Patienten wurde er für 30 Tage eingesperrt und erst einmal regelmäßig ernährt.

Tequilas Vorgeschichte mochte deprimierend sein, aber bemerkenswert blieb, dass er nie gewalttätig geworden war. Fünfmal war er wegen Einbruchs festgenommen und verurteilt worden, einmal wegen Ladendiebstahls und zweimal wegen Besitzes geringfügiger Mengen von Drogen. Aber er hatte nie eine Waffe benutzt, um ein Verbrechen zu begehen. Das war Talmadge X nicht entgangen: *Neigt dazu, jeglicher gewalttätigen Auseinandersetzung aus dem Weg zu gehen*, hatte er in einer Aktennotiz am 39. Tag von Tequilas Aufenthalt im Camp festgehalten.

Am 45. Tag wurde Tequila erneut von einem Arzt untersucht. Mittlerweile hatte er deutlich zugenommen und wog knapp 63 Kilo. Einige Notizen berichteten, er mache Fortschritte beim Lesenlernen, und auch seine künstlerischen Neigungen fanden Erwähnung.

Der Eintrag vom 100. Tag lautete: *Ab sofort hat Tequila zwei Stunden Ausgang.*

104. Tag: *Zwei Stunden Ausgang. Nach 20 Minuten wieder da. Hatte sich nur ein Eis gekauft.*

107. Tag: *Schickte ihn zur Post. War fast eine Stunde weg, kam zurück.*

110. Tag: *Zwei Stunden Ausgang, kam zurück, keine Probleme.*

Der letzte Eintrag stammte vom 115. Tag: *Zwei Stunden Ausgang, kam nicht zurück.*

Noland bemerkte, dass sie die Akte fast durchgesehen hatten. „Noch Fragen?“, erkundigte er sich, als hätten Clay und Rodney bereits genug von seiner Zeit in Anspruch genommen.

„Eine ziemlich traurige Geschichte.“ Mit einem tiefen Seufzer klappte Clay die Akte zu. Fragen hatte er reichlich, doch Noland würde sie nicht beantworten können oder wollen.

DER MANDANT von Clays Kollegen Jermaine Vance war ein hartgesottener Krimineller namens Washad Porter, dessen langes und Furcht erregendes Vorstrafenregister im Gegensatz zu dem von Tequila Watson auf einen gewalttätigen Charakter schließen ließ. Wegen Mordversuchs verurteilt, hatte Washad bereits sieben seiner 24 Lebensjahre hinter Gittern verbracht und dabei wenig Interesse gezeigt, sich von seiner Drogensucht zu befreien. Einmal hatte er im Gefängnis einen Entzug probiert, doch ohne Erfolg. Nach seiner Entlassung hatte er es im Clean Streets, einer ähnlich harten Entzugseinrichtung wie das D-Camp, noch einmal sechs Monate versucht, und offensichtlich war ihm der rigorose Entzug dort gut bekommen. Jermaine hatte mit Washads Betreuer gesprochen. Die Unterhaltung war ähnlich verlaufen wie die von Clay mit Talmadge X. Washad war ein Vorzeigepatient gewesen. Er war bald clean geworden, sein gesundheitlicher Zustand hatte sich deutlich gebessert, und jeden Tag hatte er mehr Selbstvertrauen gewonnen.

Im April war er aus dem Clean Streets entlassen worden. Schon am nächsten Tag schoss er mit einer gestohlenen Waffe auf zwei Männer. Die Opfer schien er sich aufs Geratewohl herausgepickt zu haben. Zuerst provozierte er einen Auslieferungsfahrer. Nach einem heftigen Wortwechsel kam es zu einer Rangelei, und Washad schoss dem Mann viermal in den Kopf. Zeugen sahen, wie er flüchtete. Der Fahrer lag noch immer im Koma.

Eine Stunde später tötete Washad mit seinen letzten beiden Kugeln einen ihm bekannten Kleindealer. Die Freunde des Ermordeten hielten Washad fest, bis die Polizei eintraf.

Bisher hatte Jermaine nur während der Anklageanhörung einmal kurz mit seinem Mandanten gesprochen. „Er hat alles abgestritten", berichtete er Clay. „Er hatte diesen leeren Blick und beteuerte immer wieder, er könne sich einfach nicht vorstellen, dass er jemanden erschossen habe. Er sagte: ‚Das kann nur der alte Washad gewesen sein, nicht der neue.'"

CLAY konnte sich nur an eine Gelegenheit in den letzten vier Jahren erinnern, bei der er Bennett, den Bulldozer, angerufen oder es zumindest versucht hatte. Seine Bemühungen waren damals kläglich gescheitert, weil er den großen Meister, der sich aus Wichtigtuerei rar machte, nicht an den Apparat bekommen hatte.

Als Clay jetzt anrief, verstrichen mindestens fünf Minuten, bis er schließlich Bennetts persönliche Sekretärin am Apparat hatte. „Er arbeitet", teilte sie ihm barsch mit. „Geben Sie mir Ihre Nummer, und ich setze Sie auf die Liste der Leute, die er zurückrufen soll."

„Vielen Dank." Clay nannte ihr die Nummer seines Büros.

Eine halbe Stunde später rief Bennett zurück. Es klang nicht so, als würde er „arbeiten". Vielleicht saß er im Potomac Country Club und spielte mit seinen Freunden eine Partie Rommee, den obligatorischen doppelten Scotch in der Hand und eine dicke Zigarre im Mund.

„Wie geht's denn so, Clay?", fragte er, als hätten sie sich monatelang nicht gesehen.

„Gut, Mr van Horn, und Ihnen?"

„Großartig. Unser gemeinsames Essen gestern habe ich sehr genossen. Was kann ich für Sie tun, mein Sohn?"

„Nun, Sie sollten wissen, dass ich Ihre Bemühungen, mir den Job in Richmond zu verschaffen, sehr zu schätzen weiß." Clay musste kurz schlucken. „Aber ehrlich gesagt glaube ich nicht, dass ich in der nächsten Zeit nach Richmond umziehen möchte. Ich habe immer hier gelebt. Washington ist meine Heimat."

Clay hatte etliche Gründe, die Offerte zurückzuweisen, und sein Wunsch, in Washington zu bleiben, stand keineswegs ganz oben auf der Liste. Der vorrangige Grund für seine Absage bestand darin, dass er keine Lust hatte, sich sein Leben von Bennett van Horn planen zu lassen und anschließend in seiner Schuld zu stehen.

„Das kann nicht Ihr Ernst sein, Clay."

„Doch, ist es. Ich bin Ihnen dankbar, sage aber trotzdem Nein."

„Sie machen einen großen Fehler, und ich befürchte, dass er ernsthafte Konsequenzen haben könnte."

„Was für Konsequenzen?"

„Dieser Fehler könnte Auswirkungen auf Ihre Zukunft haben."

„Es ist meine Zukunft, nicht Ihre. Sollte ich einen neuen Job brauchen, suche ich ihn mir selbst. Aber im Augenblick bin ich mit meiner Arbeit sehr zufrieden."

„Es geht um eine enorme Gehaltserhöhung. Mehr Geld, bessere Arbeit. Wachen Sie endlich auf, Junge!"

Mit zusammengebissenen Zähnen nahm Clay den „Jungen" kommentarlos hin. „Ich werde mich nicht mit Ihnen streiten, Mr van Horn. Ich habe Sie lediglich angerufen, um Ihr Angebot abzulehnen."

„Das sollten Sie sich lieber noch mal überlegen."

„Das habe ich bereits. Besten Dank, aber ich habe kein Interesse."

„Sie sind ein Verlierer, Clay. Sie haben keinen Ehrgeiz, keinen Mumm und keine Visionen."

„Gestern Abend war ich noch ein begabter Anwalt mit Charakter und einem messerscharfen Verstand."

„Das nehme ich zurück. Sie sind ein Verlierer."

„Ich hatte außerdem eine sehr gute Universitätsausbildung und war ein stattlicher junger Mann."

„Das war alles Unsinn. Sie sind ein Verlierer."

Mit einem Lächeln knallte Clay den Hörer auf die Gabel. Er hatte Bennett deutlich zu verstehen gegeben, dass er sich nicht herumschubsen ließ.

Mit Rebecca würde er später reden. Es würde kein angenehmes Gespräch werden.

CLAYS dritter Besuch im Deliverance Camp verlief dramatischer als die beiden ersten. Er folgte einem Streifenwagen der Washingtoner Polizei. Neben ihm auf dem Beifahrersitz saß Jermaine, auf der Rückbank Rodney. Auch diesmal parkte Clay direkt vor dem Gebäude. Zwei junge schwarze Polizisten, die es zu langweilen schien, unter Strafandrohung richterliche Anordnungen durchsetzen zu müssen, verschafften ihnen Zutritt.

Innerhalb weniger Minuten waren sie in eine hitzige Auseinandersetzung mit Talmadge X und Noland verstrickt.

Die zwei Betreuer reagierten ihre Wut vor allem an Clay ab, weil er die richterliche Anordnung erwirkt hatte.

„Sie haben die Akte doch durchgesehen!“, brüllte Noland ihn an.

„Ich habe das gesehen, was Sie mich sehen lassen wollten“, entgegnete Clay. „Jetzt möchte ich auch den Rest haben.“

„Wovon reden Sie?“, fragte Talmadge X.

„Ich will jedes einzelne Blatt sehen, auf dem Tequilas Name steht.“

„Das ist unmöglich.“

Clay wandte sich einem der Polizisten zu. „Würden Sie bitte die richterliche Anordnung vorlesen?“

Der Beamte hielt das Dokument hoch, damit alle es sehen konnten, und las: „... Herausgabe aller Akten, die die Aufnahme, medizinischen Untersuchungen, medizinische Behandlung, den Entzug, die Drogenberatung und die Therapie Tequila Watsons betreffen. Angeordnet vom Ehrenwerten F. Floyd Sackman, Richter am Obersten Gerichtshof des Distrikts von Columbia, Abteilung Strafrecht.“

„Wir haben Ihnen alles gezeigt“, knurrte Noland Clay an.

„Das bezweifle ich. Ich merke es, wenn eine Akte manipuliert worden ist.“

„Wir wollen keinen Streit“, sagte der größere der beiden Polizisten, doch sein Tonfall ließ keinen Zweifel daran, dass er nichts gegen eine kleine Auseinandersetzung gehabt hätte. „Wo fangen wir an?“

„Die medizinischen Unterlagen sind vertraulich“, protestierte Talmadge X. „Immerhin gibt es die ärztliche Schweigepflicht.“

„Die Unterlagen des Arztes sind selbstverständlich vertraulich“, erwiderte Clay. „Aber nicht die des Patienten. Ich habe hier eine von Tequila Watson unterzeichnete Vollmacht. Er gestattet mir umfassende Einsicht in seine Akten. Das schließt die medizinischen Unterlagen ein.“

Sie begannen in einem fensterlosen Raum, in dem nicht zueinander passende Aktenschränke an den Wänden standen. Nach einer Stunde hatten sie immer noch nichts Nützliches gefunden. Clay und Jermaine beauftragten Rodney, die Suche allein fortzusetzen, denn sie hatten ein weiteres Rendezvous mit der Polizei.

Die Aktion im Clean Streets verlief ähnlich. Mit den Polizisten im Schlepptau marschierten die beiden Anwälte hinein. Die Leiterin wurde aus einer Besprechung geholt. Sie war äußerst verärgert, aber die richterliche Anordnung ließ an Deutlichkeit nichts zu wünschen übrig.

„Das war wirklich überflüssig", beklagte sich die Frau bei Clay. „Wir kooperieren immer mit Anwälten."

„Da habe ich aber was anderes gehört", bemerkte Jermaine. Tatsächlich stand das Clean Streets in dem Ruf, selbst die höflichsten Bitten des OPD abzulehnen.

Nachdem die Leiterin die richterliche Anordnung ein zweites Mal gelesen hatte, drängte einer der Polizeibeamten: „Wir haben nicht den ganzen Tag Zeit."

Endlich führte sie die Besucher in ein geräumiges Büro und beauftragte einen Assistenten, die Akten herbeizuschleppen. „Wann bekomme ich sie zurück?"

„Wenn wir sie nicht mehr brauchen", antwortete Jermaine.

Sie hatten sich in einer Bar namens „Abe's Place" kennen gelernt. Rebecca hatte mit zwei Freundinnen in einer Nische gesessen. Als Clay auf dem Weg zur Toilette an ihr vorbeikam, trafen sich ihre Blicke, und er hielt unwillkürlich einen Moment inne. Bald gingen die beiden Freundinnen, und Clay verließ seine Trinkkumpane. Rebecca und er setzten sich an die Bar und unterhielten sich zwei Stunden lang. Am nächsten Abend hatten sie ihr erstes Rendezvous.

Jetzt, vier Jahre später, war ihre Beziehung Routine geworden, und Rebecca stand unter dem Druck, sich neu zu orientieren. Da schien es nur passend, das Ganze auch in Abe's Place zu beenden.

Clay traf zuerst ein und wartete an der Bar.

Das Lokal war nichts als eine strategisch günstig gelegene Tränke in der Nähe des Capitol Hill, wo die Herden aus den Regierungsbüros auf dem Heimweg in die Vorstädte ihren Durst stillen konnte. Clay fielen etliche großartig aussehende und gut angezogene Frauen auf, von denen viele auf der Jagd zu sein schienen. Er stolperte über ein paar einladende Blicke.

Rebecca wirkte dagegen ruhig, entschlossen und kühl, als sie eintraf. „Ich habe mit meinem Vater gesprochen", begann sie, als die bestellten Drinks vor ihnen standen.

„Ich auch."

„Warum hast du mir nicht gesagt, dass dich der Job in Richmond nicht interessiert?"

„Und warum hast du mir nicht gesagt, dass dein Vater im Hintergrund Strippen gezogen hat, um mir einen Job zu verschaffen?"

„Du hättest es mir sagen sollen."

„Ich dachte, meine Entscheidung wäre auch so klar gewesen."

„Bei dir ist nichts klar."

„Dein Vater hat mich einen Verlierer genannt. Ist das die in deiner Familie vorherrschende Meinung?"

„Im Augenblick sieht's so aus."

„Willst du Schluss machen, Rebecca?"

„Ich denke schon." Tränen stiegen ihr in die Augen.

„Gibt es einen anderen?"

„Nein. Es ist nur … Du lässt dich ziellos treiben, Clay. Du bist intelligent und begabt, hast aber keinen Ehrgeiz."

„Wie schön, mal wieder zu hören, dass ich intelligent und begabt bin."

„Versuchst du jetzt, witzig zu sein?"

„Warum nicht, Rebecca? Was spricht dagegen? Wir lieben uns, aber ich bin ein Verlierer, der ziellos der Zukunft entgegentaumelt. Dein Problem, wenn du das so siehst. Mein Problem sind deine Eltern. Sie werden den armen Kerl, den du eines Tages heiraten wirst, ganz schön fertig machen."

„Den armen Kerl, den ich heiraten werde?" Von Tränen war nichts mehr zu sehen. Jetzt blitzten ihre Augen.

„Hör zu, ich mach dir ein Angebot. Wir schmeißen unsere Jobs und heiraten auf der Stelle, ganz ohne Gäste und Zeremonie. Wir verkaufen alles und fliegen nach … vielleicht nach Seattle. Dann werden wir eine Zeit lang nur von Luft und Liebe leben."

„Nach Richmond willst du nicht ziehen, aber nach Seattle?"

„In Richmond wären deine Eltern nicht weit genug weg."

„Und wie ginge es dann weiter?"

„Wir werden uns Jobs suchen."

„Und was für Jobs? Herrscht im Westen etwa ein großer Mangel an Anwälten?"

„Du vergisst etwas, Rebecca. Erinnerst du dich an gestern Abend? Ich bin ein begabter Anwalt mit einer hervorragenden Universitätsausbildung und einem messerscharfen Verstand. Die großen Kanzleien werden förmlich Jagd auf mich machen. Nach eineinhalb Jahren bin ich irgendwo Teilhaber. Wir werden Kinder haben."

„Spätestens dann werden meine Eltern kommen."

„Nein, denn wir werden ihnen nicht sagen, wo wir sind. Sollten sie uns trotzdem finden, werden wir unseren Namen ändern und nach Kanada ziehen."

Der unbeschwerte Moment war schnell wieder vorbei. Aber er hatte beide daran erinnert, warum sie sich liebten und wie sehr sie das Zusammensein genossen hatten. Insgesamt hatte es in ihrer Beziehung mehr erfreuliche als traurige Momente gegeben, aber die Dinge hatten sich geändert. Weniger heitere Augenblicke, mehr Einflussnahme seitens ihrer Familie.

Was immer Rebecca auch im Hinterkopf haben mochte, jetzt musste sie damit herausrücken. Sie blickte Clay direkt in die Augen. „Ich brauche Zeit für mich."

„Einen Monat?"

„Länger."

„Nein, das akzeptiere ich nicht. Wir einigen uns darauf, uns einen Monat lang nicht zu sehen und auch nicht zu telefonieren, okay? Heute ist der siebte Mai. Wir treffen uns am sechsten Juni hier an diesem Tisch. Dann können wir über eine Verlängerung reden, oder wie immer du es nennen willst."

„Ich nenne es eine Trennung, Clay, das Ende. Du gehst deinen Weg, ich meinen. Wir werden in einem Monat reden, aber ich glaube kaum, dass sich dann etwas geändert hat. Genauso wie sich im letzten Jahr nicht viel geändert hat."

Sie griff nach ihrer Handtasche, sprang auf und schaffte es im Vorbeigehen gerade noch, Clay einen flüchtigen Kuss auf die rechte Schläfe zu drücken. Clay nahm es kaum wahr. Er blickte ihr nicht nach.

Auch Rebecca drehte sich nicht um.

# 3

Clay teilte sich eine Wohnung mit Jonah, einem alten Freund aus Studentenzeiten, der beim Juraexamen viermal durchgefallen war und es erst beim fünften Anlauf geschafft hatte. Jetzt verkaufte er Computer. Das war zwar nur ein Teilzeitjob, aber er verdiente trotzdem mehr als Clay, und das war beiden unterschwellig immer präsent.

Am Morgen nach der Trennung von Rebecca setzte sich Clay mit der Zeitung an den Küchentisch und trank die erste Tasse Kaffee. Um zwanzig nach sieben, genau zu der Zeit, da er sich gewöhnlich eine Schüssel Cornflakes einverleibte, klingelte das Telefon. Das ist sie, dachte er lächelnd. Sie hat es sich schon anders überlegt.

Zu dieser frühen Tageszeit würde außer Rebecca niemand anrufen, abgesehen vielleicht vom Freund oder Ehemann der Frau, die vermutlich gerade mit Jonah ihren gemeinsamen Rausch ausschlief. Solche Anrufe hatte Clay im Laufe der Jahre gelegentlich erhalten. Jonah liebte die Frauen – besonders solche, die vergeben waren. Seinen Worten zufolge waren sie eine größere Herausforderung.

Aber es war weder Rebecca noch ein Ehemann oder Freund.

„Mr Carter, mein Name ist Max Pace“, meldete sich eine unbekannte Männerstimme. „Ich arbeite für Anwaltskanzleien aus New York und Washington und treffe eine Vorauswahl für potenzielle zukünftige Mitarbeiter. Ihr Name hat unser Interesse geweckt, und ich kann Ihnen zwei sehr gute Positionen anbieten, die Sie möglicherweise interessieren werden. Sind Sie heute Mittag zum Essen frei?“

Clay verschlug es die Sprache. Später sollte er sich daran erinnern, dass er merkwürdigerweise zuerst nur an die Aussicht auf ein gutes Essen gedacht hatte.

„Äh, natürlich“, brachte er schließlich mühsam hervor. Genau wie für jeden anderen Beruf gab es auch für Anwälte Headhunter. Aber es kam selten vor, dass sie sich in jene Niederungen verirrten, in denen das OPD angesiedelt war.

„Gut, dann treffen wir uns im ‚Hotel Willard‘. Ist Ihnen zwölf Uhr recht?“

„Passt mir gut.“ Clay richtete den Blick auf den Berg schmutziger Teller im Spülbecken. Kein Traum. Es passierte wirklich.

„Dann sehen wir uns heute Mittag, Mr Carter.“

Max Pace legte auf, und einen Augenblick lang fragte sich Clay, welcher seiner ehemaligen Kommilitonen von der juristischen Fakultät ihm da einen Streich spielte. Oder steckte Bennett, der Bulldozer, dahinter? Wollte er sich an ihm rächen?

Er hatte nicht einmal die Geistesgegenwart besessen, Pace nach dessen Telefonnummer oder dem Namen seiner Firma zu fragen.

Und er hatte keinen frisch gereinigten Anzug. Er besaß zwei graue Anzüge, beide alt und reichlich abgetragen, die er für den Gerichtssaal benutzte. Da es im OPD glücklicherweise keine verbindliche Kleiderordnung gab, erschien er dort in der Regel in legeren Baumwollhosen und einem marineblauen Blazer. Auch eine Krawatte trug er nur vor Gericht, und er nahm sie sofort ab, sobald er wieder in seinem Büro war.

Unter der Dusche sagte er sich, dass seine Garderobe eigentlich keine Rolle spielte. Da Max Pace wusste, wo er arbeitete, musste er auch eine ungefähre Vorstellung davon haben, wie wenig man beim OPD verdiente.

Wenn Clay mit einer abgenutzten Baumwollhose auftauchte, konnte er auch mehr Geld verlangen.

Als er auf der Arlington Memorial Bridge in einen Stau geriet, gelangte er zu dem Schluss, dass sein Vater hinter dieser Geschichte stecken musste. Auch wenn er nicht mehr in Washington war, hatte er immer noch Beziehungen. Endlich hatte er jemanden gefunden, der ihm noch einen Gefallen schuldete, und jetzt wollte er seinem Sohn einen anständigen Job besorgen. Als Jarrett Carters illustre Anwaltskarriere nach einem langen und aufwühlenden letzten Akt zu Ende gegangen war, hatte er seinen Sohn dazu gedrängt, den Job beim OPD anzunehmen. Jetzt hatte Clay diese Lehrzeit überstanden, fünf lange, harte Jahre. Es war an der Zeit, dass er eine respektable Position erhielt.

NACHDEM er den unproduktivsten Vormittag seiner bisherigen Laufbahn überstanden hatte, fuhr Clay zum Willard, wo man ihn zu einer Suite im neunten Stock schickte. Clay klopfte an die Tür, die sich sofort öffnete.

Max Pace begrüßte ihn mit einem geschäftsmäßigen Lächeln. Er war etwa Mitte 40, hatte sehr dunkles, welliges Haar und einen Schnurrbart. Seine Garderobe orientierte sich an der Haarfarbe: schwarze Jeans, schwarzes T-Shirt, spitze schwarze Stiefel. Er stemmte offensichtlich Gewichte und nahm das so ernst, dass er es andere wissen lassen wollte. Sein enges T-Shirt klebte förmlich an seinem Brustkasten und seinen muskulösen Armen. Diese Kleidung entsprach nicht ganz dem Businesslook, den Clay erwartet hatte. Die beiden gaben sich die Hand.

„Danke, dass Sie gekommen sind“, sagte Pace.

„Keine Ursache.“ Clay studierte die weitläufige, mit viel Leder und exquisiten Stoffen ausgestattete Suite. „Ein hübscher Ort.“

„Ich werde noch für ein paar Tage hier wohnen. Lassen Sie uns beim Zimmerservice bestellen und hier oben essen. Dann können wir uns ungestört unterhalten.“

„Soll mir recht sein.“ Clay schoss eine Frage durch den Kopf. Die erste von vielen. Warum mietete ein Headhunter aus Washington eine sündhaft teure Hotelsuite, warum hatte er nicht in der Nähe ein Büro?

Während Max Pace den Zimmerservice anrief, bewunderte Clay die Aussicht auf die Pennsylvania Avenue. Als das Essen bestellt war, nahmen sie Platz. Der einleitende Smalltalk wurde schnell erledigt: das Wetter, die jüngste Niederlagenserie der Orioles. Pace beherrschte die Kunst der ungezwungenen Konversation und schien über jedes Thema nur so lange zu reden, wie es seinen Gast interessierte.

Nach zehn Minuten machte Clay dem oberflächlichen Geplauder ein

Ende. „Warum erzählen Sie mir nicht ein bisschen was über die beiden Kanzleien, die Sie erwähnt haben?"

„Weil es sie nicht gibt", antwortete Pace. „Ich gebe zu, ich habe Sie angelogen, verspreche aber, dass Sie ab jetzt nur noch die Wahrheit hören werden."

„Sie sind gar kein Headhunter?"

„Nein. Ich bin Feuerwehrmann."

„Danke, sehr erhellend."

„Lassen Sie es mich erklären. Ich habe einiges zu sagen und bin sicher, dass es Ihnen gefallen wird."

„Dann sollten Sie sich beeilen, Mr Pace. Sonst bin ich nämlich ganz schnell wieder weg."

„Wie Sie wünschen. Ich bin eine Art Freiberufler mit einem Spezialgebiet. Wenn es brennt, heuern mich große Unternehmen an, um den Brand zu löschen. Sie haben Mist gebaut und erkennen ihre Fehler, bevor sie irgendwelchen Anwälten auffallen. Ich erscheine auf der Bildfläche, um den ganzen Schlamassel klammheimlich zu bereinigen und den Unternehmen eine Menge Geld zu sparen. Meine Dienste sind sehr gefragt. Ob ich nun Max Pace heiße oder nicht, spielt keine Rolle. Wichtig ist nur, dass ein großes Unternehmen von mir erwartet, dass ich einen Brand lösche. Irgendwelche Fragen?"

„Zu viele, um sie jetzt stellen zu können."

„Dann hören Sie weiter zu. Den Namen meines Auftraggebers kann ich Ihnen nicht nennen. Sollten wir zu einer Einigung gelangen, kann ich Ihnen aber sehr viel mehr erzählen. Also, es geht um Folgendes: Mein Auftraggeber ist ein multinationaler Pharmakonzern. Das Unternehmen hat eine breite Produktpalette, die von gängigen Arzneien bis zu Medikamenten reicht, die im Kampf gegen Krebs eingesetzt werden. Vor zwei Jahren hat es ein Medikament entwickelt, mit dem die Hoffnung verbunden war, dass es die Abhängigkeit von Drogen auf Opium- oder Kokainbasis heilen kann. Lassen Sie uns dieses Wundermittel Tarvan nennen, was in der Entwicklungsphase tatsächlich eine Zeit lang sein Spitzname war. Ursprünglich durch ein Versehen entdeckt, wurde Tarvan schnell an jedem verfügbaren Labortier getestet. Die Resultate übertrafen alle Erwartungen, aber die Ergebnisse und das Suchtverhalten von Ratten lassen sich nur schwer auf Menschen übertragen."

„Also brauchten sie menschliche Versuchskaninchen", warf Clay ein.

„Ja. Das Marktpotenzial von Tarvan war so groß, dass die hohen Tiere in den teuren Anzügen nachts kein Auge mehr zutaten. Stellen Sie sich das mal vor: Man nimmt drei Monate lang eine Pille am Tag und wird seine Sucht los, unabhängig davon, ob man kokain-, heroin- oder cracksüchtig ist. Wenn man dann clean ist, nimmt man alle zwei Tage eine Pille und hat sich das Problem lebenslang vom Hals geschafft. Eine fast sofortige Heilung für Millionen Süchtige. Denken Sie an die vielen Leben, die gerettet werden könnten, die vielen Verbrechen, die gar nicht erst begangen würden, die vielen Familien, die nicht auseinander brächen, die Milliarden für Entzugstherapien, die eingespart werden könnten. Ganz zu schweigen vom Profit. Je länger die hohen Tiere darüber nachdachten, wie großartig Tarvan sein könnte, desto schneller wollten sie das Medikament auf den Markt bringen. Aber wie Sie bereits sagten: Sie brauchten menschliche Versuchskaninchen."

Eine kurze Pause, ein Schluck Kaffee. Der Stoff des T-Shirts spannte sich über seinen Bizeps.

„Und damit begannen die Fehler", fuhr Pace fort. „Sie suchten sich drei Orte aus, die außerhalb des Zuständigkeitsbereichs der FDA, der US-Behörde für Nahrungs- und Arzneimittel, liegen: Mexiko-Stadt, Singapur und Belgrad. Unter dem Deckmantel einer nebulösen internationalen Hilfsorganisation für Drogensüchtige richteten sie hübsche Entzugskliniken ein, in denen man die Patienten permanent kontrollieren konnte. Nachdem sie sich die übelsten Fälle unter den Schwerstabhängigen ausgesucht hatten, packten sie sie in die Kliniken, um nach dem einleitenden Entzug sofort mit der Tarvan-Therapie zu beginnen."

„Laboratorien für Menschenversuche", bemerkte Clay.

„Sie sagen es. Und das Medikament übertraf alle Erwartungen. Nach 30 Tagen hatte Tarvan das Verlangen nach Drogen besiegt, nach 60 Tagen waren die Süchtigen schon ziemlich zufrieden damit, dass sie clean waren, und nach 90 hatten sie keine Angst mehr, in der Welt draußen wieder unter die Räder zu kommen. Alles wurde genauestens überwacht – Ernährung, Körperübungen, die eigentliche Therapie. Selbst Gespräche wurden aufgezeichnet. Nach drei Monaten wurden die Patienten mit der Auflage entlassen, sich jeden zweiten Tag in der Klinik ihre Tarvan-Pille abzuholen. 90 Prozent hielten sich daran und blieben clean. 90 Prozent! Nur zwei Prozent wurden rückfällig."

„Und die restlichen acht Prozent?"

„Die wurden zu einem ernsthaften Problem, mit dem mein Auftraggeber nicht gerechnet hatte. Wie auch immer, die Betten waren weiterhin voll belegt, und im Verlauf von 18 Monaten wurden über 1000 Süchtige mit Tarvan behandelt. Die Resultate übertrafen alle Erwartungen, und mein Auftraggeber witterte einen Milliardenprofit."

Der Zimmerservice klingelte. Ein Kellner rollte einen Wagen mit dem

Essen herein und brauchte fünf Minuten, bis er alles arrangiert hatte. Nachdem er sein Trinkgeld erhalten hatte, verschwand er endlich.

„Haben Sie Hunger?“, fragte Pace.

„Nein. Fahren Sie fort. Ich glaube, jetzt wird’s langsam interessant.“

„So kann man es auch nennen. Der nächste Fehler bestand darin, einen Teil der Veranstaltung in die Vereinigten Staaten zu verlegen. Mein Auftraggeber hatte sich nach einem sorgfältigen Blick auf den Globus drei Städte ausgesucht – eine für Weiße, eine für Latinos, eine für Asiaten. Jetzt brauchten sie noch Schwarze.“

„Die haben wir in Washington reichlich.“

„Genau das hat sich mein Auftraggeber auch gedacht.“

Clay stand langsam auf und ging erneut zum Fenster hinüber. Pace beobachtete ihn aufmerksam. Das Essen wurde kalt, aber keiner der beiden verschwendete einen Gedanken daran.

Clay drehte sich um. „Tequila Watson?“

Pace nickte. „Ja.“

„Und Washad Porter?“

„Ja.“

Eine Minute verstrich. Clay verschränkte die Arme vor der Brust, lehnte sich an die Wand und sah Pace an. „Erzählen Sie weiter“, forderte er ihn schließlich auf.

„Bei ungefähr acht Prozent der Patienten geht etwas schief“, fuhr Pace fort. „Mein Auftraggeber kann sich keinen Reim darauf machen, was es ist, wie es passiert und wer gefährdet ist. Aber Tarvan macht die Probanden zu Mördern, daran gibt es nichts zu deuteln. Nach ungefähr 100 Tagen passiert etwas in ihrem Gehirn, und sie empfinden das unwiderstehliche Bedürfnis zu morden. Dabei spielt es keine Rolle, ob sie vorher gewalttätig waren. Auch Alter, Rasse und Geschlecht lassen keinerlei Rückschlüsse zu.“

„Dann haben wir also 80 Mordopfer?“

„Mindestens. In den Slums von Mexiko-Stadt kommt man nicht so leicht an entsprechende Informationen heran.“

„Wie viele Morde sind es in Washington?“

Dies war die erste Frage, die Pace zusammenzucken ließ, und er antwortete ausweichend. „In ein paar Minuten sage ich es Ihnen. Lassen Sie mich die Geschichte erst zu Ende erzählen.“

Clay nahm wieder Platz.

„Der nächste Fehler bestand darin, dass mein Auftraggeber die FDA umgehen wollte.“

„Klar.“

„Er hat viele einflussreiche Freunde in dieser Stadt. Er ist ein alter Profi, wenn es darum geht, bei Politikern eigene Interessen durchzusetzen. So kam ein schmutziger Deal zustande, in den auch hohe Tiere aus dem Weißen Haus, dem Außenministerium, der Drogenbekämpfungsbehörde im Justizministerium und dem FBI verwickelt waren. Über diesen Deal existieren keinerlei schriftliche Unterlagen, Bestechung spielte allerdings keine Rolle. Mein Auftraggeber hat alle auf eine sehr geschickte Weise davon überzeugt, dass Tarvan vielleicht die Welt retten könnte. Aber eben nur dann, wenn das Medikament noch in einem weiteren Menschenversuch getestet werden konnte. Der Deal wurde abgeschlossen, weil das reguläre Genehmigungsverfahren durch die FDA zwei bis drei Jahre in Anspruch genommen hätte. Die hohen Tiere, deren Namen sich nicht mehr ermitteln lassen, haben einen Weg gefunden, Tarvan in ein paar sorgfältig ausgewählte, vom Staat finanzierte Entzugseinrichtungen in Washington einzuschmuggeln. Wenn das Experiment erfolgreich verlaufen wäre, hätten das Weiße Haus und die hohen Tiere erbarmungslosen Druck auf die FDA ausgeübt, die Zulassung des Medikaments umgehend zu genehmigen."

„Wusste Ihr Auftraggeber von den acht Prozent, als das Geschäft abgeschlossen wurde?"

„Keine Ahnung. Er hat mir nicht alles erzählt, wird es auch nie tun. Aber ich vermute, dass er nichts wusste. Sonst wäre es ein zu großes Risiko gewesen, das Experiment hier in Washington zu starten. Alles ging sehr schnell, Mr Carter. Ich habe Ihnen erzählt, dass Bestechung keine Rolle spielte. Zumindest hat mein Auftraggeber das behauptet. Aber lassen Sie uns die Sache mal realistisch betrachten. Bei der Schätzung, wie viel Reingewinn Tarvan während der nächsten zehn Jahre bringen würde, ging man von 30 Milliarden Dollar aus. Da ist es praktisch unvorstellbar, dass kein Schmiergeld im Spiel gewesen sein soll."

„Aber all das ist bereits Schnee von gestern?"

„Richtig. Vor sechs Tagen wurde das Medikament zurückgezogen. All die tollen Entzugseinrichtungen in Mexiko-Stadt, Singapur und Belgrad wurden mitten in der Nacht dichtgemacht, und das nette Personal verschwand spurlos. Die Experimente haben nie stattgefunden, alle Unterlagen landeten im Reißwolf. Mein Auftraggeber hat nie etwas von einem Medikament namens Tarvan gehört. Wir wollen, dass auch nie wieder die Rede davon sein wird."

„Ich schätze, damit trete ich auf die Bühne."

„Nur, wenn Sie die Rolle übernehmen wollen. Sollten Sie ablehnen, werde ich mit einem anderen Anwalt reden."

„Was ablehnen?“

„Mein Angebot, Mr Carter, unser Geschäft. Mit Tarvan behandelte Abhängige haben in Washington bisher fünf Menschen umgebracht. Ein armer Kerl, Washad Porters erstes Opfer, liegt noch im Koma und wird es wahrscheinlich nicht schaffen. Er wäre Nummer sechs. Wir kennen die Namen der Mörder und die ihrer Opfer, und wir wissen, warum diese ums Leben gekommen sind. Unser Wunsch ist es, dass Sie ihre Familien vertreten. Sie gewinnen sie als Mandanten, wir zahlen sie aus, und dann ist alles schnell in trockenen Tüchern. Die Sache geht in aller Stille über die Bühne: ohne Klage, ohne Gerichtsverfahren, ohne jede Öffentlichkeit. Es dürfen keine Spuren zurückbleiben.“

„Warum sollten sich die Familien von mir vertreten lassen?“

„Weil sie bis jetzt keine Ahnung haben, dass es einen Grund gibt, weshalb sie Klage erheben könnten. Sie glauben, ihre Lieben wären aus blankem Zufall von irgendwelchen Kriminellen umgebracht worden. Sie, Mr Carter, werden sie aufsuchen und ihnen sagen, dass sie einen Grund hätten, vor Gericht zu gehen. Dann werden Sie ihnen in Aussicht stellen, dass sie sehr schnell vier Millionen Dollar bekommen, wenn sie einer vertraulichen außergerichtlichen Einigung zustimmen.“

„Vier Millionen.“ Clay war nicht sicher, ob das zu viel oder zu wenig war.

„Jetzt zum Risiko. Bisher sind Sie der Einzige, der ein bisschen was weiß. Wenn aber einer Ihrer Kollegen von der Geschichte Wind kriegen sollte, könnte es doch zu einem Gerichtsverfahren kommen. Nehmen wir einmal an, dieser Anwalt liebt Schwurgerichtsverfahren und kommt irgendwie an die richtigen Beweise heran. Vielleicht an ein paar schriftliche Unterlagen, die nicht im Reißwolf gelandet sind. Wahrscheinlicher ist allerdings, dass er einen Mitarbeiter meines Auftraggebers präsentieren kann, der die Geschichte auffliegen lassen will. Wie auch immer, er sucht sich eine Jury zusammen, die ausschließlich aus Schwarzen besteht, was hier in Washington keine Probleme bereiten dürfte, und das Verfahren läuft ganz im Sinne der Familie der Ermordeten. Am Ende des Prozesses könnte ein Urteil mit einer spektakulären Schadenersatzsumme stehen. Für meinen Auftraggeber wäre die negative Publicity allerdings noch verheerender. Der Aktienkurs würde einbrechen. Diese Leute haben etwas Schlimmes getan und wollen es wieder gutmachen. Aber natürlich sind sie auch an Schadensbegrenzung interessiert.“

„Für die sind vier Millionen ein gutes Geschäft.“

„Ja und nein. Nehmen Sie Ramón Pumphrey: 22 Jahre alt, Teilzeitjob, Jahresverdienst 6000 Dollar. Bei einer durchschnittlichen Lebenserwartung von 53 weiteren Lebensjahren und einem geschätzten Jahresverdienst, der etwa doppelt so hoch wie der gesetzlich vorgeschriebene Mindestlohn ist, beträgt der volkswirtschaftliche Wert seines Lebens nach dem heutigen Geldwert ungefähr eine halbe Million Dollar. So viel ist er wert."

„Eine Schadenersatzforderung wäre leicht durchzusetzen."

„Kommt drauf an. Weil es keine schriftlichen Unterlagen gibt, ist die Beweislage sehr kompliziert. Die Akten, die Sie gestern konfisziert haben, werden gar nichts enthüllen. Das Personal von Deliverance Camp und von Clean Streets hatte keine Ahnung, was für Medikamente es da verabreicht hat. Mein Auftraggeber würde eine Milliarde lockermachen, um sich durch die besten Anwälte und Experten zu schützen."

„Sechs mal vier Millionen macht 24 Millionen."

„Rechnen Sie zehn für den Anwalt hinzu."

„Zehn Millionen?"

„Genau, Clay, das ist unser Geschäft. Zehn Millionen für Sie."

„Sie machen wohl Witze!"

„Ich meine es völlig ernst. Ich kann die betreffenden Schecks sofort ausstellen."

„Ich muss einen kleinen Spaziergang machen."

CLAY ließ sich durch die Straßen treiben. Er schlenderte durch den Lafayette Park, dann zu einer Bank am Farragut Square, wo er sich setzte. Sein Gehirn arbeitete langsam, in seinen Gedanken herrschte Konfusion. Obwohl es bereits Mai war, konnte von einem klaren Tag keine Rede sein. Die hohe Luftfeuchtigkeit trug auch nicht dazu bei, dass er wieder einen klaren Kopf bekam.

Vor seinem geistigen Auge sah Clay zwölf wütende schwarze Geschworene, die sich eine Woche lang die schockierende Wahrheit über Tarvan angehört hatten. In seinem Schlussplädoyer sagte er zu ihnen: „Sie brauchten schwarze Laborratten, meine Damen und Herren. Also haben sie das Wundermittel Tarvan in unsere Stadt gebracht." Zwölf Köpfe nickten zustimmend. Die Geschworenen konnten es gar nicht abwarten, sich zurückzuziehen und der Gerechtigkeit Genüge zu tun.

Welches war das in puncto Schadenersatz spektakulärste Urteil, das jemals gefällt worden war? Wie groß diese Summe auch immer gewesen sein mochte, er könnte sie fordern.

Aber dieser Fall würde nie vor Gericht verhandelt werden. Wer immer Tarvan produziert haben mochte, er würde es sich 34 Millionen Dollar kosten lassen, die Wahrheit für alle Zeiten aus der Welt zu schaffen. Und diese Leute würden Gangster jeglicher Provenienz anheuern, damit sie Knochen brachen, Dokumente stahlen und Telefone abhörten. Man würde nichts unversucht lassen, damit das Geheimnis nicht gelüftet würde.

Seine Gedanken schweiften zu Rebecca ab. Was würden seine zehn Millionen Dollar aus ihr machen! Innerhalb von drei Monaten hätten sie geheiratet. Danach würde sich Rebecca mit einem Leben als Ehefrau und Mutter begnügen.

Doch seltsamerweise erschienen ihm die van Horns bereits als Fremde, die nichts mehr mit seinem Leben zu tun hatten. Nach vier Jahren Gängelung hatte er sich von diesen Leuten befreit; nie wieder würden sie ihn quälen.

Und bald brauchte er sich auch um viele andere Dinge keine Gedanken mehr zu machen.

Eine Stunde verstrich. Schließlich fand sich Clay am Dupont Circle wieder. Während er den Bürgersteig hinabschlenderte, wurde ihm fast übel bei dem Gedanken, dass ein angesehenes Unternehmen die schwächsten Mitglieder der Gesellschaft als Versuchskaninchen für seine verwerflichen Experimente ausgenutzt hatte. Doch schon ein paar Sekunden später faszinierte ihn die Aussicht auf einen Reichtum, von dem er nie auch nur hatte träumen können.

Eine weitere Stunde ging dahin. Im OPD wartete man sicherlich auf ihn, weil die wöchentliche Mitarbeiterbesprechung anstand. „Sollen sie mich doch rauswerfen", murmelte er lächelnd.

Um Punkt 15 Uhr betrat er das im hinteren Teil der Buchhandlung Kramer untergebrachte Café. Dort saß Max Pace und trank Limonade. Offensichtlich freute er sich, Clay zu sehen.

„Haben Sie mich verfolgt?", fragte dieser, während er Platz nahm.

„Natürlich. Möchten Sie etwas trinken?"

„Nein. Was wäre, wenn ich morgen als Anwalt der Familie von Ramón Pumphrey Klage einreichen würde? Allein dieser Fall könnte mehr wert sein als das, was Sie für alle sechs Fälle bieten."

Offensichtlich hatte Pace diese Frage erwartet, denn er hatte schon eine Antwort parat. „Dann hätten Sie eine lange Liste von Problemen, von denen ich hier nur die ersten drei erwähnen will. Zunächst einmal wissen Sie gar nicht, wen Sie verklagen sollten. Sie haben keine Ahnung, wer Tarvan produziert hat, und es ist durchaus denkbar, dass niemand es je erfahren wird. Zweitens: Sie haben nicht das erforderliche Geld, um es mit meinem Auftraggeber aufzunehmen. Für einen Erfolg versprechenden Angriff brauchten Sie mindestens zehn Millionen Dollar. Und drittens würden Sie damit die Chance verspielen, alle sechs potenziellen Kläger zu vertreten. Wenn Sie nicht bald zusagen, werde ich dem nächsten Anwalt auf meiner Liste dasselbe Angebot machen."

„Ich könnte zu einer großen, auf Schadenersatzklagen spezialisierten Kanzlei gehen."

„Ja, könnten Sie, und dann hätten Sie noch mehr Probleme am Hals. Zunächst müssten Sie mindestens die Hälfte Ihres Anwaltshonorars herausrücken. Zweitens würde es fünf Jahre dauern, bis ein Urteil zustande käme, vielleicht sogar noch länger. Drittens könnte selbst die größte, auf Schadenersatzklagen spezialisierte Kanzlei diesen Prozess verlieren. Unter Umständen wird die Wahrheit nie ans Licht kommen."

„Das sollte sie aber."

„Vielleicht, aber das ist nicht mein Problem. Meine Aufgabe ist es, jegliche Publicity zu verhindern, die Opfer angemessen zu entschädigen und die ganze Geschichte dann für immer zu begraben."

„Sie haben eine Liste von Anwälten?"

„Ja, und es stehen noch zwei weitere Namen darauf. Die beiden sind Ihnen sehr ähnlich."

„Mit anderen Worten, auch sie sind arme Schlucker."

„Genau. Aber Sie sind nicht nur ein armer Schlucker, sondern auch intelligent. Heute ist Donnerstag. Sie haben bis Montag Zeit. Dann muss ich wissen, wie Sie sich entscheiden, sonst gehe ich zum nächsten Kandidaten."

„Wie viele Menschen wurden in Washington mit Tarvan behandelt?"

„Ungefähr 100, vielleicht ein paar mehr, vielleicht ein paar weniger."

„Dann laufen hier also noch mehr potenzielle Killer herum?"

„Gut möglich. Ich brauche wohl nicht eigens zu betonen, dass wir die Lage mit großer Sorge beobachten."

„Können Sie ihnen nicht irgendwie Einhalt gebieten?"

„Das Wissen über Tarvan lässt keine Rückschlüsse darauf zu, wer wann durchdrehen könnte. Doch es spricht einiges dafür, dass die Versuchspersonen keine Gefahr mehr darstellen, wenn sie Tarvan erst einmal zehn Tage abgesetzt haben. Aber letztlich ist das reine Spekulation."

„Dann könnte es mit den Morden also in wenigen Tagen vorbei sein."

„Darauf zählen wir. Ich hoffe, dass wir das Wochenende ohne weitere Vorfälle überstehen."

„Ihr Auftraggeber sollte im Gefängnis sitzen."

„Mein Auftraggeber ist ein Unternehmen."

„Auch Unternehmen können strafrechtlich verfolgt werden."

„Wir sollten uns diese Diskussion ersparen. Wir müssen uns ausschließlich auf die Frage konzentrieren, ob Sie diese Herausforderung annehmen wollen."

„Wie ich Sie einschätze, haben Sie bestimmt einen Plan für mich."

„Ja, und zwar einen sehr detaillierten."

„Also, zuerst kündige ich meinen gegenwärtigen Job. Wie geht es dann weiter?"

Pace schob sein Limonadenglas zur Seite und beugte sich etwas vor. „Sie werden eine eigene Kanzlei gründen. Neue Büroräume, eine nette Einrichtung und so weiter. Sie müssen wie ein erfolgreicher Prozessanwalt aussehen und auftreten. Ihre potenziellen Mandanten werden Sie in Ihrer Kanzlei aufsuchen und müssen schwer beeindruckt sein. Dafür sind auch Angestellte erforderlich, außerdem ein paar andere Anwälte, die in Ihren Diensten stehen. Glauben Sie mir, alles kommt auf den äußeren Eindruck an. Ich habe selbst mal als Anwalt gearbeitet. Mandanten erwarten ein hübsches Ambiente. Für sie ist das ein Zeichen für Erfolg."

„Ich hab's kapiert. Im Übrigen habe ich bei meinem Vater lange Jahre in einer sehr erfolgreichen Kanzlei gearbeitet."

„Wissen wir. Auch das hat für Sie gesprochen."

„Ist Büroraum im Augenblick sehr knapp?"

„Wir haben an der Connecticut Avenue ein Objekt angemietet. Möchten Sie es gern sehen?"

Nachdem sie das Café verlassen hatten, schlenderten sie den Bürgersteig hinab. „Im Augenblick vertrete ich noch einen der Täter", gab Clay zu bedenken. „Wie bringe ich das Kunststück zustande, bald die Mutter seines Opfers zu vertreten?"

„Mit den Standesregeln für Anwälte haben wir uns eingehend befasst. Sobald Sie Ihren Job beim OPD gekündigt haben, steht es Ihnen frei, eine eigene Kanzlei zu eröffnen und Fälle anzunehmen."

„Aber was ist mit Tequila Watson? Mittlerweile weiß ich, warum er zum Mörder wurde. Dieses Wissen kann ich ihm nicht vorenthalten. Dasselbe gilt für den Kollegen, der den Fall von mir übernehmen wird."

„Man kann die Verteidigung bei einem Verbrechen nicht auf Drogeneinfluss aufbauen. Er ist schuldig, und Ramón Pumphrey ist tot. Tequilas Akte können Sie schließen."

„Die Antwort gefällt mir nicht."

„Eine bessere habe ich nicht anzubieten. Wenn Sie mir einen Korb geben und Ihren jetzigen Mandanten weiterhin vertreten wollen, wird es Ihnen praktisch unmöglich sein, einen Beweis dafür zu erbringen, dass Tequila Watson jemals ein Medikament namens Tarvan eingenommen hat. Obwohl Sie es wissen, werden Sie es nicht beweisen können. Wenn Sie anfangen, darauf Ihre Verteidigung aufzubauen, machen Sie sich zum Narren. Hier ist es."

Sie hatten die Connecticut Avenue erreicht und standen vor einem modernen Gebäude mit einem Portal aus Glas und Bronze, das sich bis zum dritten Stock in die Höhe zog.

Clay blickte an der Fassade hinauf. „Die Gegend mit den höchsten Mieten.“

„Kommen Sie! Das Büro ist im vierten Stock.“

Ein riesiges Foyer, Wände und Boden aus Marmor. Eine Wandtafel mit einem Verzeichnis der Mieter, das einem Who's who der Topjuristen von Washington glich. „Nicht ganz meine Liga“, bemerkte Clay, während sein Blick über die Namen der Kanzleien glitt.

„Das kann sich bald ändern“, sagte Max Pace.

„Was wäre, wenn ich hier nicht arbeiten möchte?“

„Das ist Ihre Sache. Wir haben hier einfach zufällig etwas Büroraum frei und würden ihn sehr günstig an Sie untervermieten.“

In den für Clay vorgesehenen Räumlichkeiten im vierten Stock wurden gerade die Wände gestrichen und Teppichböden verlegt. Teure Teppichböden. Die beiden Männer stellten sich ans Fenster eines der großen, leeren Büros und beobachteten den unter ihnen auf der Connecticut Avenue fließenden Verkehr. Wenn man eine neue Anwaltskanzlei eröffnen wollte, mussten tausend Dinge erledigt werden, von denen Clay im Moment allenfalls hundert einfielen. Aber er hatte so eine Ahnung, dass Max Pace an alles gedacht hatte.

„Die für die Gründung einer Kanzlei unerlässlichen Formalitäten können Sie online erledigen, was etwa eine Stunde dauern wird“, sagte Pace, als ob er Clays Gedanken lesen könnte. „Suchen Sie sich eine Bank aus, eröffnen Sie ein Konto. Papier mit Briefkopf und anderer Kleinkram kann über Nacht besorgt werden. In ein paar Tagen ist Ihr neues Büro möbliert und bezugsfertig. Schon nächsten Mittwoch können Sie hier hinter einem imposanten Schreibtisch sitzen und auf eigene Rechnung arbeiten.“

„Wie bringe ich die Familien der anderen Opfer dazu, sich von mir vertreten zu lassen?“

„Ich nehme an, dass Ihre Freunde Rodney und Paulette Ihnen da helfen könnten. Sie kennen sich mit dieser Stadt und ihren Bewohnern aus. Stellen Sie sie ein, verdreifachen Sie ihr Gehalt, und geben Sie ihnen ein hübsches Büro weiter unten auf dem Flur. Die beiden können mit den Familien der Opfer reden.“

„Sie haben wirklich an alles gedacht.“

„Ja, an absolut alles. Jetzt brauchen wir nur noch jemanden, der die Sache zu Ende bringt, Clay.“

Auf dem Weg nach unten hielt der Lift im dritten Stock. Drei Männer und eine Frau traten in die Kabine. Alle vier waren gut gekleidet und trugen teure Aktentaschen aus feinstem Leder unter dem Arm. Sie verströmten die Aura von Bedeutung, welche die Arbeit in einer renommierten Kanzlei mit sich brachte. Sie nahmen Clay nicht zur Kenntnis. Aber mit seiner alten Baumwollhose und den abgestoßenen Schuhen entsprach er auch nicht gerade dem Bild, das man sich von einem vorzeigbaren Mitglied der Washingtoner Anwaltschaft machte.

Das konnte sich jetzt über Nacht ändern.

Nachdem sich Clay von Max Pace verabschiedet hatte, ging er zurück zum OPD. Dort angekommen, fand er auf seinem Schreibtisch keine einzige wichtige Notiz. Offensichtlich hatten außer ihm viele andere Kollegen die Besprechung ausfallen lassen. Tatsächlich schien keinem aufgefallen zu sein, dass er den ganzen Nachmittag über durch Abwesenheit geglänzt hatte.

Plötzlich kam ihm sein Büro noch kleiner und schäbiger vor. Auf seinem Schreibtisch türmte sich ein Stapel Akten mit Fällen, an die er jetzt nicht denken konnte oder wollte.

Eigentlich galt beim OPD eine Kündigungsfrist von 30 Tagen. Doch niemand verlangte, dass diese Frist eingehalten wurde, weil sie sich ganz einfach nicht durchsetzen ließ. Ständig kündigten Mitarbeiter kurzfristig oder gar mit sofortiger Wirkung. Glenda würde ihm einen bedrohlich klingenden Brief schreiben, er würde freundlich antworten, und damit wäre die Sache erledigt.

Die beste Sekretärin beim OPD war Miss Glick, eine erfahrene Kraft, die vielleicht nur zu glücklich wäre, die Chance beim Schopf zu packen, ihr Gehalt zu verdoppeln und ihren trostlosen Arbeitsplatz hinter sich zu lassen. Für Clay stand fest, dass allen die Arbeit in seiner neuen Kanzlei Spaß machen sollte.

AM ABEND traf er sich zum dritten Mal an diesem Tag mit Max Pace. Sie waren im „Old Ebbitt Grill“, zwei Blocks hinter dem Willard, verabredet. Zu Clays Überraschung begann Pace den Abend mit einem trockenen Martini, der ihn bald deutlich gelöster wirken ließ. Der Drink half, den Druck, unter dem er stand, zu vergessen, und Max wurde zu einem Menschen aus Fleisch und Blut. Früher hatte er selbst als Prozessanwalt in Kalifornien gearbeitet, doch ein unglückliches Ereignis bereitete seiner Karriere ein Ende. Anschließend fand er durch Beziehungen seine Nische in der Welt der Prozesse und wurde zum Brandlöscher. Zum Mittelsmann. Zum hoch bezahlten Spezialisten, der unauffällig auf der Bildfläche erschien, den Schlamassel bereinigte und wieder verschwand, ohne Spuren zu hinterlassen.

Während sie ihre Steaks aßen und die erste Flasche Bordeaux leerten, stellte er Clay schon den nächsten Auftrag in Aussicht. „Ein sehr viel größerer Fall als die Tarvan-Geschichte."

„Wie bitte?", fragte Clay nach einer langen Pause.

„Mein Auftraggeber hat einen Konkurrenten, der ein gefährliches Medikament auf den Markt gebracht hat. Bisher weiß noch niemand davon. Das Medikament der Konkurrenz verkauft sich sehr viel besser als seines, aber mein Auftraggeber verfügt mittlerweile über verlässliche Beweise, dass es die Bildung von Tumoren auslöst. Jetzt wartet er auf den richtigen Moment für einen Angriff."

„Einen Angriff?"

„Ja, etwa in Gestalt einer Sammelklage, die von einem aggressiven jungen Anwalt eingereicht wird, der über die richtigen Beweise verfügt."

„Sie bieten mir einen weiteren Fall an?"

„Ja. Akzeptieren Sie meinen Tarvan-Vorschlag, und wickeln Sie die Geschichte ab. Anschließend überantworten wir Ihnen einen Fall, der viel mehr wert ist als die Tarvan-Sache."

„Warum ich?", fragte Clay mehr sich selbst als seinen neuen Freund.

„Das fragen sich Leute, die in der Lotterie gewonnen haben, auch. Sie haben das große Los gezogen, Clay, sozusagen in der Lotterie für Anwälte den Jackpot abgeräumt. Sie waren clever genug, haben bei Tarvan ansatzweise Lunte gerochen, und exakt zu diesem Zeitpunkt suchten wir verzweifelt einen jungen, vertrauenswürdigen Anwalt. Wenn Sie zusagen, werden Sie ein sehr bedeutender Anwalt, sagen Sie Nein, ziehen Sie bei dieser Lotterie eine Niete."

„Das habe ich schon kapiert. Aber ich brauche ein bisschen Zeit, um wieder klar denken und mir alles in Ruhe überlegen zu können."

„Sie haben das ganze Wochenende."

# 4

Die Suite befand sich in einem anderen Hotel. Max Pace wechselte seinen Aufenthaltsort, als wären ihm Spione auf den Fersen. Eine kurze Begrüßung und die Frage: „Kaffee?", dann setzten sie sich, um übers Geschäft zu reden. Clay sah Pace an, dass ihn die Geheimniskrämerei belastete. Er wirkte müde, und das Lächeln war verschwunden. Keine Frage darüber, wie das Wochenende gewesen sei. Pace war dabei, einen Handel abzuschließen, und wenn nicht mit Clay Carter, dann eben mit dem nächsten Anwalt auf seiner Liste. Sie saßen am Tisch, jeder einen Notizblock vor sich und einen Stift in der Hand.

„Ich finde, fünf Millionen pro Toten klingt besser", fing Clay an. „Gut, es sind Straßenjungs, deren Leben keinen hohen wirtschaftlichen Wert besitzt. Aber was Ihr Auftraggeber getan hat, ist einen Strafschadenersatz in Millionenhöhe wert. Wenn wir einen Mittelwert zwischen dem tatsächlichen Wert und der Summe nehmen, die Geschworene den Klägern möglicherweise zusprechen könnten, kommen wir auf fünf Millionen."

„Der Typ, der im Koma lag, ist letzte Nacht gestorben."

„Dann haben wir jetzt sechs Opfer", sagte Clay.

„Sieben. Am Samstagmorgen kam noch eins dazu."

Clay hatte die fünf Millionen schon so oft im Kopf mit sechs malgenommen, dass er sich jetzt nur schwer an die neue Zahl gewöhnen konnte. „Wer? Wo?"

„Die Details liefere ich nach. Sagen wir, es war ein sehr langes Wochenende. Wir haben die Notrufzentrale der Polizei abgehört, und dazu braucht es an einem ereignisreichen Wochenende in dieser Stadt eine kleine Armee."

„Sind Sie sicher, dass es sich um einen Tarvan-Fall handelt?"

„Sind wir."

Clay kritzelte sinnlose Zeichen auf seinen Block und versuchte dabei, sich eine Strategie zurechtzulegen. „Einigen wir uns auf fünf Millionen pro Toten."

„Einverstanden."

Clay hatte sich vorgenommen, die Angelegenheit als ein Spiel um die Anzahl der Nullen in irgendwelchen Beträgen zu betrachten. Sieh es nicht als echtes Geld an, hatte er sich eingeredet. Denk nicht an die einschneidenden Veränderungen, die es mit sich bringen würde. Denk nicht an die spitze Klinge, die in deinem Bauch wütet. Dein Gegner ist schwach und ängstlich, extrem reich und ohne jeden Zweifel im Unrecht.

Clay schluckte angestrengt und versuchte, seine Stimme normal klingen zu lassen. „Das Honorar ist zu niedrig."

„Ach, tatsächlich?" Pace zeigte sogar ein Lächeln. „Zehn Millionen reichen nicht?"

„Nicht in diesem Fall. Die finanziellen Aufwendungen für das Unternehmen wären viel höher, wenn eine große Kanzlei beteiligt wäre."

„Sie begreifen ja schnell."

„Sehen Sie, die Hälfte des Honorars geht für die Steuern drauf. Dann werden weitere sehr hohe Kosten anfallen, wenn ich die Kanzlei auf die

Beine stelle. Außerdem möchte ich etwas für Tequila und die anderen Angeklagten tun, die bei der ganzen Sache außen vor gelassen werden."

„Nennen Sie mir einfach eine Zahl." Pace kritzelte bereits etwas auf seinen Block.

„15 Millionen würden die Übergangszeit erleichtern."

„Sind wir hier beim Pokern?"

„Durchaus nicht, ich verhandle nur."

„Das heißt also, Sie wollen 50 Millionen – 35 für die Familien, 15 für sich selbst. Ist das korrekt?"

„Das sollte genügen."

„Einverstanden." Pace streckte die Hand aus. „Gratuliere."

Clay schlug ein. Mehr als „Danke" fiel ihm nicht ein.

Pace griff in seine Aktentasche. „Hier ist ein Vertrag mit den Einzelheiten und ein paar Bedingungen."

„Was für Bedingungen?"

„Erstens: Sie dürfen Tarvan Tequila Watson, seinem neuen Anwalt oder einem der anderen Angeklagten gegenüber niemals erwähnen. Das würde die ganze Sache ernstlich gefährden. Wir haben ja bereits darüber gesprochen: Drogensucht ist vor Gericht keine Rechtfertigung für ein Verbrechen. Sie könnte sich zwar strafmildernd auswirken, doch Watson hat einen Mord begangen."

„Davon verstehe ich mehr als Sie."

„Dann vergessen Sie die Mörder. Sie vertreten jetzt die Familien der Opfer. Unsere Vereinbarung garantiert Ihnen fünf Millionen vorab, weitere fünf in zehn Tagen und die restlichen fünf, sobald alle Vergleiche geschlossen sind. Sollten Sie mit irgendjemandem über Tarvan sprechen, ist der Deal geplatzt."

Clay nickte und sah auf das dicke Vertragswerk, das inzwischen auf dem Tisch lag.

„Das ist eine Art vertrauliche Vereinbarung", fuhr Pace fort. „Sie steckt voller Geheimnisse, die Sie zum größten Teil sogar vor Ihrer Sekretärin verbergen sollten. Der Name meines Auftraggebers ist nirgends erwähnt. Auf den Bermudas existiert eine eigens gegründete Mantelgesellschaft mit einem neuen Unternehmensbereich auf den Niederländischen Antillen, der wiederum einer Schweizer Firma mit Sitz in Luxemburg untersteht. Dort beginnt und endet die Spur. Niemand, nicht einmal ich, kann sie verfolgen, ohne sich zu verirren. Ihre neuen Mandanten bekommen Geld, sie sollen keine Fragen stellen. Und Sie verdienen ein Vermögen. Wir erwarten keine Moralpredigten. Sie nehmen einfach Ihr Geld, erledigen den Job, und alle sind glücklich."

„Ich soll also meine Seele verkaufen?“

„Wie gesagt, keine Moralpredigten. Sie tun nichts Verwerfliches.“ Pace füllte in den Tiefen des Vertrages noch ein paar Lücken aus, dann schob er ihn über den Tisch. „Lesen Sie es sich durch. Ich lasse uns inzwischen Kaffee bringen.“

Clay begann zu lesen. Pace telefonierte währenddessen mit dem Zimmerservice.

Clay würde noch am selben Tag seine Stelle beim OPD kündigen und sein Mandat als Rechtsvertreter von Tequila Watson abgeben. Er würde umgehend eine eigene Kanzlei eröffnen, Personal einstellen, Bankkonten eröffnen – und so weiter. Der Entwurf einer Gründungsurkunde für die Kanzlei von J. Clay Carter II. lag ebenfalls bei, alles sauber und ordentlich vorbereitet. So bald wie möglich würde er dann Kontakt zu den sieben Familien aufnehmen und sich um ihre Einwilligung bemühen.

Als der Kaffee kam, war Clay noch beim Lesen. Pace flüsterte am anderen Ende der Suite mit ernster Stimme in sein Handy. Wahrscheinlich informierte er seinen Auftraggeber über die jüngste Entwicklung.

Für seine Unterschrift würde Clay per Direktüberweisung unverzüglich fünf Millionen Dollar erhalten. Die Zahl hatte Pace gerade eben fein säuberlich eingetragen. Clays Hand zitterte beim Unterschreiben, nicht aus Angst oder wegen moralischer Bedenken, sondern weil ihn die vielen Nullen erschreckten.

Nachdem sie die ersten Formalitäten erledigt hatten, verließen sie das Hotel und stiegen in einen Wagen mit Chauffeur. „Ich schlage vor, wir eröffnen zuerst das Konto“, sagte Pace leise, aber bestimmt.

Clay kam sich vor wie Aschenputtel auf dem Weg zum Ball. Das alles erschien ihm wie ein Traum. „Klar, gute Idee“, brachte er heraus.

„Soll es eine bestimmte Bank sein?“, wollte Pace wissen.

Bei Clays Bank würden Kontobewegungen dieser Dimension große Aufregung hervorrufen. „Sie haben sicher eine im Sinn“, erwiderte er.

„Zur Chase Bank, Fifteenth Street“, wies Pace den Fahrer an. Dann holte er weitere Unterlagen hervor. „Hier sind Miet- und Untermietvertrag für Ihr Büro. Mein Auftraggeber hat eine Scheinfirma benutzt, die es für zwei Jahre für 18 000 Dollar im Monat gemietet hat. Wir können es Ihnen für denselben Preis untervermieten.“

„Das sind insgesamt mehr als 400 000 Dollar.“

Pace lächelte. „Sie können es sich leisten, Sir.“

Der stellvertretende Direktor der Bank war über ihr Kommen informiert. Als Pace ihn zu sprechen verlangte, wurden sofort auf allen Fluren rote Teppiche ausgerollt. Dann war Clay an der Reihe, seine

Angelegenheiten selbst zu übernehmen. Er setzte unter alle notwendigen Dokumente seine Unterschrift. Dem Bankdirektor zufolge sollte der Betrag gegen 17 Uhr auf dem Konto gebucht sein.

Zurück im Wagen, gab sich Max Pace wieder ganz geschäftsmäßig. „Wie Sie im Vertrag gesehen haben, haben wir uns die Freiheit genommen, das Dokument für die Gründung Ihrer Kanzlei vorzubereiten." Er reichte Clay weitere Unterlagen. „Sie können die Registrierung über Internet von Ihrem Schreibtisch im OPD aus erledigen."

Clay blickte aus dem Fenster. Neben ihnen an der Ampel stand ein graziler burgunderroter Jaguar. Seine Gedanken schweiften ab.

„Apropos OPD", holte Pace ihn in die Realität zurück. „Wie wollen Sie es den Leuten dort erklären?"

„Erledigen wir das gleich."

„M Street, Ecke Eighteenth", wies Pace den Fahrer an. Zu Clay sagte er: „Haben Sie sich schon Gedanken über Rodney und Paulette gemacht?"

„Ja. Ich werde umgehend mit ihnen reden. Sieht allerdings so aus, als müsste ich den beiden alles erzählen."

„Fast alles. Sie werden die Einzigen in Ihrer Kanzlei sein, die wissen, was passiert ist. Dennoch dürfen Sie niemals Tarvan erwähnen."

Falls Clay im OPD vermisst worden war, so war das nicht offensichtlich. Auf seinem Schreibtisch warteten ein Dutzend Nachrichten, die jedoch inzwischen belanglos waren. Glenda war auf einer Konferenz in New York. Clay setzte rasch ein Kündigungsschreiben auf, das er ihr per E-Mail schickte. Dann packte er seine persönlichen Sachen zusammen.

Rodneys Schreibtisch stand in einem winzigen Büro, das er sich mit zwei Kollegen teilte. „Hast du eine Minute Zeit?", fragte Clay.

„Eigentlich nicht", entgegnete Rodney, kaum den Blick von einem Stapel Berichte hebend.

„Es gibt einen Durchbruch im Watson-Fall. Nur eine Minute."

Widerstrebend folgte Rodney ihm in sein Büro. „Ich habe gekündigt", fing Clay an, nachdem er die Tür hinter ihnen geschlossen hatte.

Sie redeten fast eine Stunde, während Max Pace im Wagen wartete. Als Clay schließlich mit zwei voll gestopften Aktentaschen wieder draußen auftauchte, war Rodney bei ihm, ebenfalls beladen mit einer Aktentasche und einer vollen Einkaufstüte. Er ging zu seinem Auto und fuhr davon.

Clay setzte sich zu Pace in den Wagen. „Er ist dabei."

„Was für eine Überraschung."

Im Büro in der Connecticut Avenue trafen sie sich mit einer Einrichtungsberaterin, die Pace beauftragt hatte. Clay bekam ein Sortiment ziemlich teurer Modelle und Muster gezeigt, die alle am oberen Ende der Preisskala angesiedelt waren. Er suchte sich etwas aus und unterschrieb eine Bestellung. Nachdem die Einrichtungsberaterin gegangen war, erschien ein Computerspezialist.

Kurz vor 17 Uhr kam Pace aus einem der frisch gestrichenen Büros und steckte sein Handy in die Hosentasche. „Die Überweisung ist da."

„Fünf Millionen?"

„So ist es. Sie sind jetzt Multimillionär."

„Ich muss weg", sagte Clay abrupt. „Wir sehen uns morgen."

„Wohin gehen Sie?"

„Stellen Sie mir diese Frage nie wieder, okay? Sie sind nicht mein Boss. Und folgen Sie mir nicht. Wir haben eine Abmachung."

Ein dümmliches Grinsen im Gesicht, schwebte Clay förmlich über die Connecticut Avenue, wo er im Feierabendgetümmel immer wieder mit Passanten zusammenstieß. Er folgte der Seventeenth Street, bis er das Washington Monument sehen konnte. Dann wandte er sich nach rechts und ging am Vietnam Memorial vorbei. An einem Kiosk kaufte er zwei billige Zigarren. Er zündete sich eine an und ging weiter, die Stufen des Lincoln Memorial hinauf. Dort setzte er sich und blickte lange Zeit über die Mall hinweg auf die Kuppel des Kapitols.

Klar zu denken war unmöglich. Ein guter Gedanke wurde augenblicklich vom nächsten verdrängt. Er sog an seiner Zigarre und machte in Gedanken einen Einkaufsbummel. Nur so zum Spaß versuchte er zusammenzurechnen, wie viel er ausgeben würde, wenn er sich alles leistete, was er sich wünschte – eine neue Garderobe, ein schönes Auto, eine Stereoanlage, ein paar Reisen. Was unter dem Strich herauskam, war nur ein winziger Bruchteil seines Vermögens.

Und natürlich brauchte er eine neue Adresse. Er würde sich in Georgetown nach einem pittoresken alten Stadthaus umsehen. Er war zuversichtlich, dass er dafür mit einer Million hinkommen würde.

Er dachte an Rebecca, versuchte aber, nicht zu lange bei ihr zu verweilen. In den letzten vier Jahren war sie der einzige Mensch gewesen, mit dem er alles geteilt hatte. Jetzt hatte er niemanden mehr zum Reden. Ihre Beziehung war erst vor fünf Tagen in die Brüche gegangen, doch seither war so viel passiert, dass er nicht viel Zeit gehabt hatte, über sie nachzudenken.

„Vergiss die van Horns", sagte er laut und stieß eine dicke Rauchwolke aus.

Er entzündete die zweite Zigarre und rief Jonah an, der im Computerladen ein paar Extrastunden einlegte. „Ich habe heute Abend um acht einen Tisch im ‚Citronelle' reserviert", teilte Clay ihm mit. Es war zurzeit das beliebteste französische Restaurant der Stadt.

„Ja sicher", spottete Jonah.

„Ich meine es ernst. Wir haben was zu feiern. Ich habe einen neuen Job. Erkläre ich dir später."

IN SEINER Hemdtasche hatte Rodney druckfrische Visitenkarten stecken, die ihn als Rodney Albritton, den leitenden Anwaltsassistenten der Kanzlei J. Clay Carter II., auswiesen. Selbst wenn er Zeit gehabt hätte, einen neuen Anzug zu kaufen, hätte er ihn für seine erste Mission sicher nicht angezogen. Die alte „Uniform" passte dazu besser – das marineblaue Jackett, die locker sitzende Krawatte, die verwaschenen Jeans.

Er fand Adelfa Pumphrey an ihrem Arbeitsplatz, wo sie mit leerem Blick auf eine Wand voller Überwachungsmonitore starrte. Ihr Sohn war seit zehn Tagen tot.

Sie sah Rodney an und deutete auf ein Klemmbrett, auf dem sich alle Gäste eintragen mussten. Er zog eine seiner Visitenkarten aus der Hemdtasche und stellte sich vor. „Ich arbeite für einen Anwalt in der Innenstadt. Ich würde gern ein paar Minuten mit Ihnen über Ihren Sohn Ramón sprechen."

„Was ist mit ihm?"

„Ich weiß ein paar Dinge über seinen Tod, die Sie nicht wissen."

„Ist im Moment nicht mein Lieblingsthema."

„Verstehe ich, und es tut mir Leid, dass ich davon reden muss. Aber was ich zu sagen habe, wird Ihnen gefallen, und ich werde mich kurz fassen."

„Ich kann in 20 Minuten Pause machen. Warten Sie in der Kantine im ersten Stock."

Während er davonging, sagte sich Rodney, dass er jeden Cent seines üppigen neuen Gehaltes wert war. Hätte sich ein Weißer Adelfa Pumphrey in einer so heiklen Angelegenheit genähert, hätte sie ihm nicht über den Weg getraut. Zumindest nicht in den ersten 15 Minuten. Doch Rodney strahlte Ruhe aus. Er war klug, er war schwarz, und sie brauchte jemanden zum Reden.

MAX PACES Akte über Ramón Pumphrey war dünn, aber umfassend. Sein mutmaßlicher Vater hatte seine Mutter nicht geheiratet. Der Name des Mannes war Leon Tease. Zurzeit saß er in Pennsylvania eine 30-jährige Haftstrafe wegen bewaffneten Raubüberfalls und versuchten Mordes ab. Offenbar hatten er und Adelfa gerade lange genug zusammengelebt, um zwei Kinder zu bekommen – Ramón und seinen etwas jüngeren Bruder Michael. Ein weiterer Bruder stammte von einem Mann, den Adelfa später geheiratet hatte und von dem sie bereits wieder geschieden war. Im Moment war sie nicht verheiratet und versuchte, zusätzlich zu ihren Söhnen die zwei kleinen Töchter ihrer Schwester durchzubringen, die wegen Crackhandels im Gefängnis saß.

Adelfa verdiente 21000 Dollar im Jahr bei einem privaten Sicherheitsdienst, der in Washington Bürogebäude mit geringem Sicherheitsrisiko überwachte. Neben Beruf und Familie schien sie sich nur noch für das Old Salem Gospel Center unweit ihrer Sozialwohnung in Lincoln Towers im Nordosten der Stadt zu interessieren.

DA BEIDE in Washington aufgewachsen waren, spielten sie ein paar Minuten „Stadtteilraten". Wo sind Sie zur Schule gegangen? Woher kamen Ihre Eltern? Es fanden sich ein paar dürftige Übereinstimmungen. Adelfa saß vor einer Cola, Rodney trank schwarzen Kaffee.

„Sie wollten über meinen Sohn sprechen", sagte Adelfa nach ein paar Minuten zähen Smalltalks. Ihre Stimme war leise und schwach, sie klang erschöpft.

Rodney wurde leicht nervös und beugte sich weiter vor. „Ja … und wie gesagt, es tut mir wirklich Leid, über ihn sprechen zu müssen. Ich habe selber Kinder. Ich weiß, dass Sie eine schwere Zeit durchmachen."

„Was Sie nicht sagen."

„Ich arbeite für einen Anwalt hier in der Stadt, einen jungen Kerl, sehr clever. Er ist einer Sache auf der Spur, die Ihnen viel Geld einbringen kann. Der Junge, der Ramón getötet hat, kam geradewegs aus einer Entzugseinrichtung. Der Entzug wurde medikamentös unterstützt. Wir glauben, dass ihn eines der Medikamente so hat durchdrehen lassen, dass er sich wahllos ein Opfer suchte und einfach abdrückte."

Ihr Blick schweifte ins Leere, ihre Augen wurden feucht, und einen Augenblick lang rechnete Rodney mit einem Zusammenbruch. Doch dann sah sie ihn an und fragte: „Viel Geld? Wie viel?"

„Mehrere Millionen Dollar", erwiderte er, ohne mit der Wimper zu zucken. Er hatte diese Miene ein Dutzend Mal geübt, weil ihm klar gewesen war, dass er sonst nicht hätte antworten können, ohne dass seine Augen leuchteten.

Wieder glitt Adelfas Blick durch den Raum. „Wollen Sie mich auf den Arm nehmen?"

„Das Geld liegt auf dem Tisch, viel Geld von der Pharmaindustrie. Und jemand möchte, dass Sie es nehmen und den Mund halten."

„Welche Firma?"

„Hören Sie, ich habe Ihnen alles gesagt, was ich weiß. Meine Aufgabe ist es, Kontakt zu Ihnen aufzunehmen, Ihnen zu erzählen, worum es geht, und Sie einzuladen, sich mit Mr Carter zu treffen. Das ist der Anwalt, für den ich arbeite. Er wird Ihnen alles erklären."

Die eben noch feuchten Augen waren wieder klar. Sie zuckte mit den Achseln. „Okay."

„Wann haben Sie Feierabend?"

„Um halb fünf."

„Unser Büro liegt in der Connecticut Avenue, 15 Minuten von hier. Mr Carter wird Sie dort erwarten. Sie haben ja meine Karte. Und noch etwas sehr Wichtiges", fügte Rodney leise hinzu. „Das Ganze funktioniert nur, wenn Sie Stillschweigen bewahren. Es muss geheim bleiben. Wenn Sie tun, was Mr Carter Ihnen rät, haben Sie bald mehr Geld, als Sie sich je erträumt haben. Wenn Sie reden, gehen Sie leer aus."

Adelfa nickte.

„Und Sie müssen sich über einen Umzug Gedanken machen."

„Einen Umzug?"

„Ja. In eine andere Wohnung in einer anderen Stadt. Wenn Sie das Geld mit nach Lincoln Towers nehmen, wird man Sie bei lebendigem Leib auffressen."

BEI SEINEM Beutezug im OPD hatte Clay Miss Glick abgeworben, die fleißige Sekretärin, die bei der Aussicht auf eine Gehaltsverdoppelung nur leicht gezögert hatte, Paulette Tullos, die zwar durch ihren abwesenden griechischen Gatten gut versorgt war, sich aber dennoch die Chance nicht entgehen ließ, 200 000 Dollar im Jahr zu verdienen, und natürlich Rodney.

Als Gegengewicht für die guten Leute hatte er außerdem seinen Mitbewohner Jonah engagiert. Der hatte zwar beim fünften Anlauf endlich die Zulassung als Anwalt erlangt, jedoch nie als solcher gearbeitet. Gleichwohl war er ein Freund und Vertrauter, der, wie Clay hoffte, vielleicht irgendwann doch noch juristisches Geschick entwickelte. Jonah hatte das Geld irgendwie gewittert und ein Anfangsgehalt von 90 000 Dollar im Jahr ausgehandelt. Das war geringer als das des leitenden Anwaltsassistenten, doch die Kanzleimitarbeiter wussten nicht, was ihre Kollegen verdienten. Buchführung mitsamt Gehaltsabrechnung hatte das Buchhaltungsbüro im dritten Stock übernommen.

Paulette und Jonah hatte Clay die gleiche vage Erklärung gegeben wie Rodney: Im Zusammenhang mit einem Medikament sei er auf eine Verschwörung gestoßen. Den Namen des Präparats und den des Herstellers würden weder sie noch sonst jemand jemals erfahren. Er habe Kontakt zu dem Unternehmen aufgenommen. Man sei schnell handelseinig geworden. Erhebliche Geldmengen seien geflossen. Geheimhaltung sei oberstes Gebot. Erledigt euren Job, und stellt keine Fragen. Wir werden eine nette kleine Kanzlei aufbauen, mit der wir jede Menge Geld machen und dabei noch ein wenig Spaß haben werden.

Wer würde so ein Angebot ablehnen?

MISS GLICK begrüßte Adelfa Pumphrey, als wäre sie die erste Mandantin, die die brandneue Kanzlei betrat – was ja auch stimmte. Alles roch neu: die Farbe, der Teppich, die Tapete, die italienischen Ledermöbel im Empfangsbereich. Miss Glick brachte Adelfa Wasser in einem Kristallglas, das noch nie benutzt worden war. Dann wandte sie sich wieder ihrer Beschäftigung zu, die darin bestand, ihren neuen Schreibtisch aus Glas und Chrom einzurichten.

Jetzt war Paulette an der Reihe. Sie nahm Adelfa mit in ihr Büro, um das Vorgespräch zu führen. Sie machte sich Notizen zu Adelfas Familie und Hintergrund, die sich mit den Informationen von Max Pace deckten. Und sie fand ein paar passende Worte für die trauernde Mutter.

Bislang waren alle Angestellten Schwarze gewesen, was Adelfa ein beruhigendes Gefühl vermittelte.

„Vielleicht haben Sie Mr Carter schon einmal gesehen." Paulette hakte damit einen weiteren Punkt des Drehbuchs ab, das sie und Clay erstellt hatten. „Er war im Gericht, als Sie auch dort waren. Der Richter hatte ihn angewiesen, Tequila Watson zu vertreten, aber er ist von dem Mandat zurückgetreten. So kam es, dass er in diese Geschichte involviert wurde."

Adelfa blickte erwartungsgemäß verwirrt drein.

Paulette fuhr ohne Pause fort. „Wir haben fünf Jahre lang im OPD zusammengearbeitet. Erst vor ein paar Tagen haben wir gekündigt und diese Kanzlei eröffnet. Sie werden ihn mögen. Er ist ein sehr netter Mensch und ein guter Anwalt. Ehrlich und loyal seinen Mandanten gegenüber. Bei ihm sind Sie in guten Händen."

Die Verwirrung in Adelfas Miene nahm zu.

„Haben Sie Fragen?", wollte Paulette wissen.

„So viele, dass ich gar nicht weiß, wo ich anfangen soll."

„Verstehe. Ich rate Ihnen Folgendes: Stellen Sie nicht zu viele Fragen. Ein großes Unternehmen ist bereit, Ihnen viel Geld zu geben, damit Sie den Tod Ihres Sohnes nicht vor Gericht bringen. Wenn Sie zögern und zu viel wissen wollen, kann es passieren, dass Sie am Ende mit leeren Händen dastehen. Nehmen Sie das Geld. Nehmen Sie es, und machen Sie sich vom Acker."

Dann führte Paulette Adelfa den Flur entlang zu einem großen Eckbüro. Clay war dort eine Stunde lang nervös auf und ab gegangen, doch jetzt begrüßte er Adelfa ruhig und hieß sie freundlich in der Kanzlei willkommen. Seine Krawatte saß locker, die Ärmel hatte er hochgekrempelt, der Schreibtisch war über und über mit Akten und Papier bedeckt, als kämpfte er an vielen Fronten gleichzeitig. Plangemäß blieb Paulette, bis das Eis gebrochen war, und entschuldigte sich dann.

Clay setzte sich auf den Rand des Schreibtischs und blickte zu Adelfa hinunter. Die Arme vor der Brust verschränkt, begann er, die Geschichte von dem bösen Pharmariesen zu erzählen. Adelfa saß in einem tiefen Ledersessel, die Hände im Schoß ihrer Uniformhose gefaltet, und schaute ihn an, ohne zu blinzeln. Sie war unsicher, was sie von alledem halten sollte.

Als Clay am Ende angelangt war, fügte er hinzu: „Und jetzt wollen sie Ihnen einen Haufen Geld zahlen."

„Wer genau sind ‚sie'?"

„Sie werden die wahre Identität dieses Pharmaunternehmens nie erfahren. Das ist Teil der Abmachung. Wir beide, Sie und ich, Mandantin und Anwalt, müssen übereinkommen, dass alles geheim bleibt."

Adelfa blinzelte, löste ihre Hände voneinander und verlagerte das Gewicht. „Wie viel?", fragte sie leise.

„Fünf Millionen Dollar."

„Gott im Himmel!", brachte sie noch heraus, dann kam der Zusammenbruch. Sie bedeckte ihre Augen mit den Händen, fing an zu schluchzen und versuchte eine ganze Weile gar nicht, sich zusammenzureißen.

Clay zog ein Papiertaschentuch aus einer Box und reichte es ihr.

DIE ENTSCHÄDIGUNGSSUMME lag wie Clays Geld ebenfalls auf der Chase Bank und wartete darauf, verteilt zu werden. Die Unterlagen von Max Pace befanden sich auf dem Schreibtisch, ein dicker Stapel Papier. Clay ging alles mit Adelfa durch und erklärte ihr, das Geld würde gleich am nächsten Morgen, sobald die Bank öffnete, auf ihr Konto transferiert werden. Er blätterte eine Seite nach der anderen um und ließ sie unterschreiben, wo es notwendig war. Adelfa war zu verwirrt, um viel zu sagen. „Vertrauen Sie mir", wiederholte Clay mehrmals. „Wenn Sie das Geld wollen, unterschreiben Sie hier."

„Ich habe das Gefühl, was Unrechtes zu tun", murmelte sie.

„Nein. Sie sind das Opfer, Adelfa, das Opfer und jetzt auch die Mandantin."

Bei einer weiteren Unterschrift sagte sie: „Ich muss mit jemandem reden."

Doch sie hatte niemanden zum Reden. Paces Informationen zufolge gab es einen Freund, der ab und zu auftauchte, aber er war nicht der Typ Mensch, bei dem man sich Rat holte. Außerdem hatte sie Geschwister, die zwischen Washington und Philadelphia verstreut lebten, aber die waren sicherlich nicht gebildeter als sie.

„Das wäre ein Fehler", wandte Clay vorsichtig ein. „Dieses Geld wird Ihr Leben zum Besseren wenden, aber nur, wenn Sie schweigen. Sobald Sie darüber reden, wird es Sie zerstören."

„Ich kann nicht gut mit Geld umgehen."

„Da können wir behilflich sein. Wenn Sie möchten, kann Paulette ein Auge auf Ihre Finanzen haben und Sie beraten."

„Das wäre schön."

„Dafür sind wir da."

Paulette fuhr sie schließlich nach Hause. Später berichtete sie Clay, dass Adelfa nicht hatte aussteigen wollen, als sie vor ihrer Wohnanlage angekommen waren. Also blieben sie noch eine halbe Stunde im Auto sitzen und redeten über ihr neues Leben. Nie mehr Sozialhilfe, nie mehr nächtliche Schießereien. Keine Gangs mehr. Keine schlechten Schulen mehr. Nie mehr Gebete, in denen sie Gott anflehte, ihre Kinder zu beschützen.

Als sie sich schließlich verabschiedete, weinte sie wieder.

IM SCHATTEN eines Baumes in der Dumbarton Street kam der schwarze Porsche zum Stehen. Clay stieg aus und schaffte es, sein neues Spielzeug für ein paar Sekunden zu ignorieren. Doch nach einem kurzen Blick in alle Richtungen betrachtete er es wieder voller Erstaunen. Der Wagen gehörte ihm seit drei Tagen, und er konnte es immer noch nicht fassen.

Er war acht Häuserblocks vom zentralen Campus der Georgetown-Universität entfernt, wo er vier Jahre lang studiert hatte, bevor er an die juristische Fakultät in der Nähe des Capitol Hill gewechselt hatte. Die Stadthäuser hier waren malerische Altbauten, die schmalen Rasenstreifen davor fein säuberlich gemäht, die Straßen von alten Eichen und Ahornbäumen gesäumt. Die Kneipen, Bars und Restaurants, in denen er viele lange Nächte mit Freunden zugebracht hatte, befanden sich zwei Blocks weiter in der M Street.

Bald würde er hier wohnen.

Das Stadthaus, das er sich ausgesucht hatte, war für 1,3 Millionen ausgeschrieben. Es hatte vier Etagen, das Souterrain mitgerechnet.

Clay war eine Viertelstunde zu früh dran. Das Haus stand leer. Dem Makler zufolge lebten die Besitzer in einer Seniorenresidenz. Clay ging durch ein Seitentor und bewunderte den kleinen Garten hinter dem Haus.

Das Haus und die Straße gefielen ihm genauso sehr wie das ganze gemütliche Viertel. Auf den Stufen zum Vordereingang sitzend, beschloss er, zunächst eine Million zu bieten. Er würde hart verhandeln, bis zum Äußersten bluffen und die ganze Zeit amüsiert beobachten, wie sich der Makler abmühte. Am Ende würde er den geforderten Preis zahlen.

AUF PACES Liste der Opfer standen sieben Namen. Tarvan war inzwischen seit 18 Tagen aus dem Verkehr gezogen. Der Kenntnis des Herstellers zufolge ließ die Wirkung, die Menschen zu Mördern machte, nach zehn Tagen nach. Die Liste war chronologisch geordnet, Ramón Pumphrey war Nummer sechs.

Nummer eins war ein Student von der George-Washington-Universität. Er war gerade aus einem „Starbucks Café“ auf die Wisconsin Avenue getreten, als er von einem Unbekannten erschossen wurde. Er stammte aus Bluefield in West Virginia, das rund fünf Stunden von Washington entfernt lag. Clay schaffte die Strecke in Rekordzeit. Nicht dass er es eilig gehabt hätte. Trotzdem raste er wie ein Rennfahrer durch das Shenandoah Valley. Mithilfe von Paces detaillierten Anweisungen fand er das Haus der Eltern, einen ziemlich traurig aussehenden kleinen Bungalow nahe der Innenstadt.

Die Mutter war zu Hause, der Vater arbeitete noch. Widerstrebend bat sie Clay herein, bot ihm dann aber doch Eistee und Kekse an. Er wartete im Wohnzimmer auf dem Sofa. Überall bemerkte er Fotos des toten Sohnes. Es war schon länger nicht mehr aufgeräumt worden.

Was tue ich hier bloß?, dachte er. Aber nur kurz.

Der Vater arbeitete als Versicherungsvertreter und war nur ein paar Straßen weiter bei einem Kunden. Er kam nach Hause, bevor das Eis im Glas geschmolzen war. Clay erzählte den beiden die Geschichte so ausführlich wie möglich. Zunächst kamen ein paar vorsichtige Fragen: Wie viele andere sind aus demselben Grund gestorben? Warum können wir uns nicht an die Behörden wenden? Clay parierte wie ein alter Hase. Pace hatte ihn gut vorbereitet.

Wie alle Opfer standen sie vor der Wahl. Sie konnten wütend werden, Forderungen geltend machen, Gerechtigkeit verlangen. Oder sie konnten stillschweigend das Geld nehmen. Die Summe von fünf Millionen Dollar machte zunächst keinen Eindruck auf sie, und wenn doch, gelang es ihnen vorzüglich, das zu verbergen. Sie wollten wütend sein und gleichgültig gegenüber dem Geld, zumindest am Anfang. Sie hatten gerade ihren jüngsten Sohn zu Grabe getragen, und der Schmerz war unermesslich. Es war ihnen nicht geheuer, dass Clay da war, und doch waren sie ihm für seine Anteilnahme mehr als dankbar. Sie misstrauten dem Großstadtanwalt, der offensichtlich nicht die Wahrheit über diese unverschämt hohe Entschädigung sagte. Dennoch baten sie ihn, zum Abendbrot zu bleiben.

Nach dem Essen wurde Clay aufdringlicher. Außer ihm würde ihnen nie wieder jemand so einen Deal anbieten. Kurz nach zehn Uhr unterschrieben sie die Dokumente.

## 5

Die letzten Tarvan-Mandanten, die noch unterschreiben mussten, waren die Eltern einer ermordeten 20-jährigen Studentin. Sie saßen eine Stunde in Clays Büro. Manchmal weinten sie und ließen ihrem Kummer freien Lauf. Dann wieder waren sie stoisch, stark und scheinbar unbeeindruckt von dem Geld.

Clay begann daran zu zweifeln, dass sie die Entschädigung annehmen würden.

Am Ende taten sie es doch, wobei Clay sicher war, dass von allen Mandanten sie das Geld am wenigsten interessierte. Erst mit der Zeit würden sie es schätzen lernen, doch im Moment wollten sie nur eines: ihre Tochter zurückhaben.

Paulette und Miss Glick begleiteten sie aus dem Büro zum Aufzug, wo man sich zum Abschied umarmte. Als sich die Türen schlossen, kämpfte das Elternpaar mit den Tränen.

Clays kleines Team kam im Konferenzraum zusammen, um die jüngsten Ereignisse Revue passieren zu lassen. Erleichtert dachten sie daran, dass zumindest in der nahen Zukunft keine trauernden Witwen und Eltern mehr vorbeikommen würden. Sündhaft teurer Champagner war für diesen Augenblick kalt gestellt worden, und Clay begann die Gläser zu füllen.

Bei der zweiten Flasche erhob er sich, um ein paar Worte zu sagen. „Ich habe einiges zu verkünden." Er klopfte an sein Glas. „Erstens: Die Tylenol-Fälle sind hiermit vollständig. Herzlichen Glückwunsch und vielen Dank an alle.“ Er benutzte „Tylenol“ für Tarvan, den Namen, den die anderen niemals hören durften. Ebenso wie sie nie erfahren würden, wie hoch sein Honorar war.

Sie klatschten sich selbst Beifall.

„Zweitens: Wir feiern heute Abend mit einem Essen im Citronelle. Punkt acht Uhr. Könnte ein langer Abend werden, denn morgen wird nicht gearbeitet. Das Büro bleibt geschlossen.“

Wieder Beifall und mehr Champagner.

„Drittens: In zwei Wochen fliegen wir zusammen nach Paris. Alle mit je einer Begleitperson. Die Kosten werden vollständig übernommen. Flug erster Klasse, Luxushotel, das ganze Programm. Es gibt keine Ausnahmen. Ich bin der Boss und beordere euch hiermit alle nach Paris.“

Miss Glick legte beide Hände vor den Mund. Als sie ihre Sprache wieder gefunden hatte, sagte sie: „Ich brauche einen Pass.“

„Die Formulare liegen bereits auf meinem Schreibtisch. Ich werde mich darum kümmern. Sonst noch was?“

„Wen wirst du mitnehmen?“, wollte Paulette wissen.

„Vielleicht niemanden“, antwortete Clay, und für einen Moment wurde es still im Raum. Die anderen hatten über Rebecca und die Trennung getuschelt, wobei sich Jonah besonders hervorgetan hatte. Sie wollten ihren Chef glücklich sehen, standen ihm aber nicht nahe genug, um sich einzumischen.

„Wie lange genau werden wir bleiben?“, fragte Miss Glick.

„Sieben Nächte“, erwiderte Clay. „Sieben Nächte in Paris.“

Dann schweiften sie ab, vom Champagner beflügelt.

Max Pace wollte reden. Da die Kanzlei geschlossen war, schlug Clay vor, sich dort mittags zu treffen.

„Sie sehen übel aus“, begann Pace scherzhaft.

„Wir haben gestern Abend gefeiert.“

„Was ich mit Ihnen zu besprechen habe, ist sehr wichtig. Sind Sie fit genug?“

„Schießen Sie los!“

„Das Tarvan-Chaos ist vorbei. Wir haben alle Fälle in der Tasche. Sie haben gute Arbeit geleistet, Clay.“

„Ich werde auch ganz anständig dafür bezahlt.“

„Heute werde ich die letzte Rate überweisen. Bald sind die ganzen 15 Millionen auf Ihrem Konto. Zumindest das, was übrig ist.“

„Was erwarten Sie? Sie haben selbst gesagt, ich muss Geld ausgeben, um den richtigen Eindruck zu erzeugen.“

„Ich mache nur Spaß. Passen Sie aber auf. Wecken Sie nicht zu viel Aufmerksamkeit."

„Sprechen wir über den nächsten Fall."

Pace setzte sich und schob eine Akte über den Tisch. „Das Medikament heißt Dyloft und wird von Ackerman Labs hergestellt. Es ist ein starker Entzündungshemmer, der bei akuter Arthritis eingesetzt wird. Dyloft ist neu, und die Ärzte sind hellauf begeistert davon. Es wirkt Wunder, die Patienten lieben es. Aber es hat zwei Haken. Erstens wurde es von einem Wettbewerber meines Auftraggebers entwickelt. Zweitens wird es mit der Entstehung von kleinen Tumoren in der Blase in Verbindung gebracht. Mein Auftraggeber, derselbe wie bei Tarvan, stellt ein ähnliches Mittel her, das bis vor zwölf Monaten, als Dyloft auf den Markt kam, sehr beliebt war. Der Markt hat eine Größe von rund drei Milliarden Dollar im Jahr. Das Medikament meines Auftraggebers hat dieses Jahr eineinhalb Milliarden Umsatz erzielt, verliert aber gegenüber Dyloft schnell an Boden. Vor ein paar Monaten hat mein Auftraggeber ein kleines belgisches Pharmaunternehmen gekauft. Der Laden hatte einmal einen Bereich, der später von Ackerman geschluckt wurde. Ein paar Wissenschaftler wurden damals unter ziemlich unschönen Bedingungen an die Luft gesetzt, woraufhin Laborstudien verschwanden und an Orten wieder auftauchten, wo sie eigentlich nicht hingehörten. Mein Auftraggeber hat Zeugen und Dokumente, die belegen, dass Ackerman von den potenziellen Problemen weiß, und zwar seit mindestens sechs Monaten. Können Sie mir folgen?"

„Ja. Wie viele Patienten haben Dyloft eingenommen?"

„Rund eine Million vielleicht."

„Wie viele davon haben einen Tumor bekommen?"

„Die Studie geht von fünf Prozent aus. Das reicht, um das Mittel vom Markt verschwinden zu lassen."

„Wollen Sie, dass ich Ackerman Labs verklage?"

„Einen Augenblick. Die Wahrheit über Dyloft wird in Kürze bekannt werden. Bis zum heutigen Tag hat es keine Verfahren, keine Klagen, nicht einmal eine negative Berichterstattung in den Medien gegeben. Doch unsere Informanten berichten, dass bei Ackerman bereits fleißig Geld gezählt und beiseite geschafft wird, damit die Anwälte bezahlt werden können, sobald der Sturm losbricht. Aber Ackerman ist knapp bei Kasse. Sie haben sich hoch verschuldet, um andere Unternehmen aufzukaufen, doch die meisten davon haben sich nicht rentiert. Die Aktie steht bei rund 42 Dollar. Vor einem Jahr war sie noch 80 wert."

„Wie werden sich die Neuigkeiten über Dyloft auf das Unternehmen auswirken?"

„Die Aktienkurse werden ins Bodenlose fallen. Das ist genau das, was mein Auftraggeber will. Wenn das Verfahren richtig geführt wird, werden die Meldungen für Ackerman das Aus bedeuten. Und da wir interne Beweise dafür haben, dass Dyloft schädlich ist, hat die Firma keine andere Wahl, als einen Vergleich zu schließen. Die können keinen Prozess riskieren, nicht mit einem so gefährlichen Produkt."

„Wo ist der Pferdefuß?"

„95 Prozent der Tumoren sind gutartig und sehr klein. Die Blase wird nicht ernstlich geschädigt."

„Der Rechtsstreit soll also nur den Markt erschüttern?"

„Genau, und natürlich Schadenersatz für die Opfer bringen. Ich will keinen Tumor in meiner Blase, ob nun gutartig oder nicht. Die meisten Geschworenen werden ebenso empfinden. Es wird folgendermaßen ablaufen: Sie stellen eine Gruppe von rund 50 Klägern zusammen und reichen eine Sammelklage im Namen aller Dyloft-Patienten ein. Gleichzeitig gehen Fernsehspots auf Sendung, mit denen nach weiteren Fällen gesucht wird. Wenn Sie hart und schnell zuschlagen, haben Sie bald tausende Fälle an der Hand. Die Spots werden überall in den Staaten laufen – kurze Clips, die den Leuten einen Schrecken einjagen, sodass sie sofort die gebührenfreie Nummer hier bei Ihnen in Washington anrufen, wo bereits eine ganze Armee von Anwaltsassistenten an den Hörern sitzt und die Kärrnerarbeit leistet. Es wird Sie ein bisschen was kosten, aber wenn Sie, sagen wir, 5000 Fälle haben und bei jedem eine Entschädigung von 20 000 Dollar herausholen, sind das zusammen 100 Millionen. Und ein Drittel davon gehört Ihnen."

„Das ist geradezu unanständig."

„Nein, Clay, es ist eine Schadenersatzklage vom Feinsten. So funktioniert das System heutzutage. Und ich garantiere Ihnen, wenn Sie es nicht tun, kommt jemand anders. Und zwar bald."

„Wo bekomme ich die 50 Mandanten her?"

Pace tippte auf eine weitere Akte. „Wir kennen mindestens 1000. Mit Namen und Adressen, alle hier drin."

„Sie erwähnten eine kleine Armee von Anwaltsassistenten."

„Ein halbes Dutzend. So viele sind nötig, um die Anrufe entgegenzunehmen und die Akten zu bearbeiten. Wie gesagt, Sie könnten am Ende auf 5000 Mandanten kommen."

„Was ist mit den Fernsehspots?"

„Ich habe die Adresse einer Firma, die solche Spots in maximal drei Tagen produziert. Nichts Besonderes – ein paar Bilder von Pillen, die auf einen Tisch fallen, ein Begleitkommentar über die Schäden, die Dyloft hervorrufen kann, 15 Sekunden Angst und Schrecken, die die Leute dazu bringen sollen, in der Kanzlei von J. Clay Carter II. anzurufen. Diese Spots tun ihre Wirkung, glauben Sie mir. Lassen Sie sie eine Woche lang auf allen großen Kanälen laufen, und Sie haben mehr Mandanten, als Sie zählen können."

„Was wird das kosten?"

„Ein paar Millionen, aber Sie können es sich leisten."

„Wie sieht der Zeitplan aus?"

„Sie müssen die Mandate unter Dach und Fach bringen, das wird höchstens zwei Wochen dauern. Drei Tage, bis der Spot gedreht ist. Ein paar Tage, um die Sendezeiten zu bekommen. Sie müssen Anwaltsassistenten einstellen und irgendwo am Stadtrand Räume für sie anmieten, hier ist es zu teuer. Die Klageschrift muss abgefasst werden. Sie sollten es in weniger als 30 Tagen schaffen."

„Ich fahre mit den Kanzleimitarbeitern für eine Woche nach Paris, aber wir werden es schaffen."

„Mein Mandant will, dass die Klage innerhalb eines Monats eingereicht wird. Bis zum zweiten Juli, um genau zu sein. Er will genau wissen, wann das geschieht, damit er auf den Markt reagieren kann."

„Ich habe noch nie so eine Klage geführt."

Pace zog eine Broschüre aus seinen Akten. „Haben Sie schon mal was vom ‚Juristenzirkel' gehört? Prozessanwälte, die auf Sammelklagen spezialisiert sind. Zweimal im Jahr kommen sie zusammen und reden über die neuesten Trends in der Rechtsprechung. Es wäre ein produktives Wochenende." Er schob Clay die Broschüre hin. Die Titelseite schmückte ein Farbfoto des „Royal Sonesta Hotel" in New Orleans.

NEW ORLEANS war wie immer warm und schwül. Als Clay die Lobby des Royal Sonesta betrat, war sein Hemd schweißnass und klebte ihm am Rücken. Die Teilnahmegebühr betrug 5000 Dollar, ein unverschämt hoher Preis für ein paar Tage Herumhängen mit einer Horde Anwälte. Die Summe machte deutlich, dass hier nicht jeder aus der Welt der Juristen willkommen war, sondern nur die Reichen, die es wirklich ernst meinten mit ihren Sammelklagen auf Schadenersatz.

Die einzige Neunuhrveranstaltung am Samstagmorgen war ein Vortrag über eine Änderung des Sammelklagengesetzes, die gerade im Kongress diskutiert wurde. Das Thema zog kaum Zuhörer an, doch für 5000 Dollar wollte Clay so viel Informationen wie möglich mitnehmen.

Der Referent war ein Anwalt aus Washington. Sein Vortrag begann zotig und ging langweilig weiter, doch zumindest für Clay war der Inhalt einigermaßen interessant und informativ. Er hatte nicht viel Ahnung von Sammelklagen, also war alles neu für ihn.

Um zehn Uhr ging er zu einer Podiumsdiskussion über die neuesten Entwicklungen im Skinny-Ben-Fall. Hier war der Raum voll.

Skinny Ben war der Spitzname einer in Verruf geratenen Diätpille, die Millionen Patienten verschrieben worden war. Die Herstellerfirma hatte Milliarden damit verdient und war geradezu unerschütterlich in ihrem Selbstbewusstsein gewesen, als sich bei einer beträchtlichen Anzahl von Patienten Herzprobleme einstellten, die leicht auf das Medikament zurückzuführen waren. Das Verfahren kochte gleichsam über Nacht hoch, und das Unternehmen hatte kein Interesse daran, vor Gericht zu gehen. Die Kassen waren voll, und so speiste man die Kläger mit satten Entschädigungen ab. In den letzten drei Jahren hatten sich auf Schadenersatzklagen spezialisierte Anwälte um Skinny-Ben-Fälle gerissen.

Vier Anwälte und ein Moderator saßen, dem Publikum zugewandt, auf dem Podium. Als einer der Diskussionsteilnehmer zu reden begann, wurde es im Saal still.

„Das ist Patton French“, flüsterte Clays Sitznachbar.

„Und wer ist das?“

„Der erfolgreichste Anwalt, wenn es um Schadenersatzklagen geht. Hat letztes Jahr 300 Millionen an Honoraren eingestrichen.“

French erläuterte, dass bislang bei rund 300 000 Skinny-Ben-Fällen Entschädigungen in Höhe von etwa 7,5 Milliarden Dollar gezahlt worden seien. Er schätzte, dass sicherlich weitere 100 000 Fälle im Gesamtwert von zwei bis drei Milliarden auf einen Vergleich warteten. Das Unternehmen habe genügend Rücklagen, um die Verfahren tragen zu können. Man müsse nur losziehen und diese Fälle ausfindig machen. Dieser Satz riss die Zuhörer beinahe von den Sitzen.

Clay hatte nicht das Bedürfnis, in die Begeisterung mit einzustimmen. Er konnte es nicht fassen, dass dieser dickliche, aufgeblasene Blödmann am Mikrofon letztes Jahr 300 Millionen eingenommen hatte und trotzdem darauf versessen war, noch mehr zu verdienen.

Jetzt sprach man über die vielfältigen Möglichkeiten, neue Mandanten zu gewinnen. Einer der Diskussionsteilnehmer verließ sich ausschließlich auf Fernsehspots, ein Thema, das Clay verständlicherweise sehr spannend fand.

Zu seinem Erstaunen wurde aber kein einziges Wort über Prozessstrategien verloren, also über den Umgang mit Sachverständigen, Zeugen, die unerwartet alles auffliegen ließen, die Auswahl der Geschworenen, medizinisches Beweismaterial – kurzum die üblichen Themen, über die Anwälte sonst bei solchen Veranstaltungen redeten. Doch dann erfuhr er, dass die Fälle, um die es ging, selten überhaupt vor Gericht kamen. Fähigkeiten, die man im Gerichtssaal brauchte, waren also nicht gefragt. Es ging nur darum, wie man an Fälle herankam. Und Riesenhonorare einstrich.

Um elf Uhr fand am Stand des örtlichen Porsche-Händlers ein gut besuchter Umtrunk statt. Es gab Austern, Bloody Mary und endloses Geplauder darüber, wie viele Fälle jeder hatte. Und wie man noch mehr bekam. Mal 1000 hier, mal 2000 dort. Die bevorzugte Taktik bestand anscheinend darin, dass man so viele Fälle wie möglich auftrieb und sich dann an Patton French hängte. Der verleibte sie mit Freuden seiner eigenen Sammelklage auf heimischem Boden in Biloxi, Mississippi, ein, wo Richter, Geschworene und Urteile stets in seinem Sinne ausfielen und Hersteller sich vor lauter Angst kaum blicken ließen.

French bearbeitete die Menge wie ein Wahlkampfredner und erzählte schamlos von seiner 60-Meter-Jacht, seinem Gulfstream-Jet und davon, dass er die Scheidung von seiner dritten Frau mit einer Wohnung in London erkauft hatte.

Der Nachmittag versprach eine Fortsetzung des Vormittags zu werden.

Clay hatte genug von dieser durchorganisierten und spezialisierten Clique von Anwälten, die auf so vulgäre Weise offen über Reichtum redeten und dabei nicht einmal besonders intelligent zu sein schienen. So streifte er durch das French Quarter und klapperte Antiquitätenläden und Galerien ab.

Abends saß er in einem Straßencafé am Jackson Square. Er versuchte, den heißen Zichorienkaffee zu genießen, aber das wollte nicht recht gelingen. Schwarz auf weiß hatte er die Zahlen noch nicht, doch im Kopf hatte er bereits alles durchgerechnet. Vom Tarvan-Honorar blieben ihm nach Abzug von Steuern und Betriebsausgaben – zusammen rund 45 Prozent – und dem, was er bereits ausgegeben hatte, noch 6,5 Millionen. Er konnte das Geld auf einem Konto deponieren und pro Jahr 300 000 Dollar Zinsen erbringen lassen. Das war ungefähr achtmal so viel, wie er als Pflichtverteidiger verdient hatte. Er konnte sich nicht vorstellen, wie er jemals so viel Geld ausgeben sollte.

Es gab nur ein wirklich ernst zu nehmendes Problem. Rodney, Paulette, Jonah und Miss Glick hatten sichere Arbeitsplätze aufgegeben und blindes Vertrauen in ihn gesetzt. Es war unmöglich, jetzt einfach den Hahn zuzudrehen, sein Geld zu nehmen und abzuhauen.

Er stieg auf Bier um und traf eine grundlegende Entscheidung. Er würde für kurze Zeit hart arbeiten, und zwar an den Dyloft-Fällen. Sie abzulehnen wäre wirklich dumm gewesen, denn Max Pace bot ihm da eine wahre Goldmine an. Wenn das Verfahren abgeschlossen war, würde er seinem Personal hohe Prämien zahlen und die Kanzlei schließen. Er würde in Georgetown ein beschauliches Leben führen, die Welt bereisen, wenn ihm danach war, mit seinem Vater fischen gehen und unter gar keinen Umständen jemals wieder eine Veranstaltung des Juristenzirkels besuchen.

CLAY hatte eben beim Zimmerservice ein Frühstück bestellt, da klingelte das Telefon. Es war Paulette. „Hast du ein schönes Zimmer?", fragte sie.

„Kann man wohl sagen."

„Gibt es da ein Faxgerät?"

„Selbstverständlich."

„Sag mir die Nummer, dann faxe ich dir was durch."

Es war die Kopie eines Zeitungsausschnitts aus der Sonntagsausgabe der *Washington Post*. Eine Verlobungsanzeige.

> Mr und Mrs Bennett van Horn aus McLean, Virginia, haben die Ehre, die Verlobung ihrer Tochter Rebecca mit Mr Jason Shubert Myers IV., Sohn von Mr und Mrs D. Stephens Myers aus Falls Church, bekannt zu geben …

D. Stephens Myers war der Sohn von Dallas Myers, der von Woodrow Wilson bis zu Dwight Eisenhower alle US-Präsidenten beraten hatte. Der Anzeige zufolge war Jason Absolvent der juristischen Fakultäten von Brown und Harvard und bereits Partner bei Myers & O'Malley, der jüngste in der Geschichte der Kanzlei.

Die Hochzeit war für Dezember geplant. In weniger als einem Monat hatte Rebecca jemanden gefunden, den sie genug liebte, um ihn zu heiraten. Jemanden, der bereit war, ein Leben mit ihren Eltern auszuhalten. Jemanden, der genügend Geld hatte, um die van Horns zu beeindrucken.

Das Telefon klingelte erneut. Es war wieder Paulette. „Bist du okay?"

„Mir geht's prima", zwang er sich zu antworten.

„Tut mir sehr Leid, Clay."

„Ach, es war vorbei, Paulette. Das hatte sich schon vor einem Jahr angekündigt. Es ist gut so. Jetzt kann ich sie endgültig vergessen."

„Wenn du meinst."

„Mir geht's wirklich gut. Danke für deinen Anruf."

# 6

Die Kleiderordnung der Kanzlei hatte sich rasch gelockert, jeder trug, was ihm am liebsten war. Tonangebend war der Chef, der Jeans und T-Shirts bevorzugte, dazu ein sportliches Jackett, wenn er zum Mittagessen ging. Er besaß Designeranzüge für offizielle Besprechungen und Termine bei Gericht, doch im Augenblick konnte er sie nur selten anziehen, da die Kanzlei weder Mandanten noch Fälle hatte.

Am späten Montagvormittag traf er sich im Konferenzraum mit Paulette, Rodney und Jonah. Obwohl sie in der kurzen Zeit seit Gründung der Kanzlei viel an Einfluss dazugewonnen hatte, war Miss Glick nach wie vor „nur" Sekretärin und Empfangsdame.

„Leute, es gibt etwas zu tun." Clay berichtete von Dyloft, gab ihnen, basierend auf Paces kurzer Zusammenfassung, alle Informationen zu dem Medikament und resümierte kurz die Situation von Ackerman Labs – Absatz, Gewinn, rechtliche Probleme. Das „Bonbon" hob er sich bis zum Schluss auf: die schrecklichen Nebenwirkungen von Dyloft, die Blasentumoren, von denen das Unternehmen bereits wusste.

„Bis heute wurde noch keine Klage eingereicht. Das werden wir bald ändern. Am zweiten Juli werden wir die Sache lostreten, indem wir in Washington eine Sammelklage im Namen aller Patienten einreichen, die durch das Medikament geschädigt wurden."

„Vertreten wir schon welche von diesen Patienten?", fragte Paulette.

„Noch nicht. Aber wir haben Namen und Adressen. Wir fangen heute an und arbeiten einen Plan aus, wie wir Mandanten gewinnen."

Obwohl Clay Vorbehalte gegen Fernsehspots hatte, war er sich mittlerweile darüber klar geworden, dass es keine zuverlässige Alternative gab. Sobald er Klage eingereicht und das Medikament in die Schlagzeilen gebracht hatte, würden die Aasgeier, die er gerade beim Juristenzirkel kennen gelernt hatte, ausschwärmen, um selbst Mandanten zu sammeln. TV-Spots waren die effektivste Methode, um möglichst rasch möglichst viele Dyloft-Patienten ausfindig zu machen.

Das erklärte er auch seinen Leuten, dann fügte er hinzu: „Das Ganze wird mindestens zwei Millionen Dollar kosten."

„Diese Kanzlei hat zwei Millionen?", rief Jonah aus.

„Ja. Mit der Arbeit an den Spots fangen wir auch heute noch an."

„Wie viele potenzielle Mandanten gibt es?", wollte Rodney wissen.

„Tausende. Schwer zu sagen."

Rodney zeigte mit dem Finger nacheinander auf die Anwesenden und zählte durch. „Nach meiner Rechnung sind wir nur zu viert."

„Wir holen noch ein paar Leute ins Boot. Jonah organisiert die Erweiterung der Kanzlei. Wir werden am Stadtrand Räume anmieten und Anwaltsassistenten hineinsetzen. Sie werden am Telefon hocken und die Akten füttern."

„Wo findet man Anwaltsassistenten?", fragte Jonah.

„Im Stellenteil der juristischen Fachzeitschriften. Fang gleich an, die Anzeigen durchzusehen. Heute Nachmittag hast du einen Termin mit einem Immobilienmakler draußen in Manassas. Wir brauchen rund 500 Quadratmeter. Es müssen genügend Steckdosen vorhanden sein für Telefone und Computer. Du mietest die Räume, besorgst Ausstattung und Personal und organisierst den Laden. Und zwar je eher, desto besser."

„Jawohl, Sir."

„Was bringt denn so ein Dyloft-Fall?", erkundigte sich Paulette.

„Je nachdem, wie viel Ackerman zahlen wird. Das kann von kleineren Beträgen um die 10000 bis hin zu 50000 Dollar gehen. Es hängt von verschiedenen Faktoren ab, nicht zuletzt davon, wie sehr die jeweilige Blase geschädigt wurde."

„Und wie viele Fälle könnten wir bekommen?"

„Ich weiß es nicht. Ein paar tausend."

„Okay, nehmen wir an, es sind 3000. 3000 Fälle mal 10000 Dollar ... Wenn wir den niedrigsten Betrag ansetzen, macht das 30 Millionen. Und wie hoch ist der Anteil für die Kanzlei?" Alle sahen Clay gespannt an.

„Ein Drittel", antwortete er.

„Das bedeutet ein Honorar von zehn Millionen", resümierte Paulette langsam. „Und alles für die Kanzlei?"

„Ja. Wir werden das Honorar teilen."

Das Wort „teilen" hallte noch ein paar Sekunden durch den Raum. Jonah und Rodney blickten Paulette an, als wollten sie sagen: Los, mach den Sack zu!

„Und wie teilen wir es?", hakte sie bedächtig nach.

„Zehn Prozent für jeden von euch."

„Bei meiner Modellrechnung wäre mein Anteil am Honorar also eine Million Dollar?"

„Genau."

Sie ließen die Zahl schweigend auf sich wirken, und jeder gab im Geiste ein wenig von dem Geld aus.

Rodney wollte seine Kinder aufs College schicken. Paulette könnte sich endlich von ihrem Griechen scheiden lassen, den sie im vergangenen Jahr nur einmal gesehen hatte. Jonah träumte vom Leben auf einer Segeljacht.

„Ist das dein Ernst, Clay?“, fragte er.

„Mein voller Ernst. Wenn wir uns im kommenden Jahr den Hintern aufreißen, haben wir gute Chancen auf ein Leben als Frührentner.“

„Von wem hast du die Dyloft-Geschichte?“, wollte Rodney wissen.

„Diese Frage kann ich nicht beantworten. Tut mir Leid. Vertraut mir.“

Jonah sprang auf und griff nach seinem Notizblock. „Wie heißt der Makler?“

IM ZWEITEN Stock seines Hauses hatte sich Clay ein kleines Arbeitszimmer eingerichtet. Von hier aus würde er den ersten vorsichtigen Schritt in die Welt der Schadenersatzklagen tun. Bis abends um neun schob er den Anruf hinaus. Um diese Zeit gingen manche Menschen bereits zu Bett, vor allem ältere oder solche mit Arthritis. Noch ein starker Drink zum Mutmachen, dann wählte er eine Nummer.

Am anderen Ende meldete sich eine Frau, vermutlich Mrs Ted Worley aus Upper Marlboro, Maryland. Clay stellte sich freundlich als Anwalt vor, dann fragte er nach Mr Worley.

„Er sieht Baseball“, antwortete sie. „Was hat er jetzt wieder angestellt?“

„Oh, nichts, gar nichts. Ich möchte mit ihm nur über seine Arthritis sprechen.“ Clay verspürte kurz den Drang, einfach aufzulegen. Er dankte Gott dafür, dass ihm niemand zusah oder zuhörte. Denk an das Geld, sagte er sich. Denk an die Honorare.

„Seine Arthritis? Sind Sie jetzt Anwalt oder Arzt?“

„Ich bin Anwalt, Madam, und habe Anlass zu glauben, dass er gegen seine Arthritis ein Medikament mit gefährlichen Nebenwirkungen einnimmt. Ich muss nur kurz mit ihm sprechen, wenn das möglich ist.“

Im Hintergrund ertönten Stimmen; sie rief ihrem Mann etwas zu, er rief zurück. Schließlich kam er ans Telefon. „Wer ist da?“

Clay stellte sich rasch vor. „Wie steht's im Spiel?“

„Drei zu eins für die Red Sox im fünften Inning. Kenne ich Sie?“ Mr Worley war 70 Jahre alt.

„Nein, Sir. Ich bin ein Rechtsanwalt aus Washington und habe mich auf Klagen im Bereich fehlerhafter Medikamente spezialisiert.“

„Und was wollen Sie?“

„Unsere Internetrecherche hat ergeben, dass Sie möglicherweise ein Arthritis-Medikament namens Dyloft einnehmen. Stimmt es, dass Sie dieses Mittel nehmen?“

„Ich weiß nicht, ob ich Ihnen sagen will, welche Medizin ich nehme.“

„Selbstverständlich müssen Sie das nicht, Mr Worley. Aber nur dann, wenn Sie mir sagen, ob Sie das Medikament nehmen, lässt sich herausfinden, ob Sie Anspruch auf eine Entschädigung haben."

„Na ja, äh, ich denke, das ist kein Geheimnis, oder?"

„Nein, Sir." Natürlich war es ein Geheimnis. Die Krankheitsgeschichte eines Menschen war selbstredend streng vertraulich. Aber diese kleinen Flunkereien waren notwendig, sagte sich Clay. Man musste das große Ganze betrachten. Mr Worley und tausende andere würden vielleicht nie erfahren, dass sie ein fehlerhaftes Produkt benutzten, solange man sie nicht darauf hinwies. Ackerman Labs selbst würde sicherlich nie mit der Wahrheit herausrücken.

„Ja, stimmt, ich nehme Dyloft."

„Gibt es irgendwelche Nebenwirkungen?"

„Zum Beispiel?"

„Blut im Urin. Ein Brennen beim Wasserlassen."

„Nein. Warum?"

„Wir sind im Besitz gewisser Studien, deren Ergebnisse Ackerman Labs, der Hersteller von Dyloft, vertuschen möchte. Sie besagen, dass das Medikament bei manchen Patienten einen Blasentumor hervorruft."

Eben noch war Ted Worley in seiner kleinen Welt zufrieden gewesen. Nun würde er die Nacht und den größten Teil der kommenden Woche damit verbringen, sich Sorgen zu machen. Clay fühlte sich schrecklich und hätte sich am liebsten entschuldigt. Doch dann sagte er sich erneut, dass es sein musste.

„Wissen Sie, wenn ich so darüber nachdenke …" Worley stockte. „Ich hatte tatsächlich vor ein paar Tagen so ein Brennen."

„Meine Kanzlei vertritt viele Dyloft-Patienten. Ich glaube, Sie sollten sich überlegen, ob Sie einen Test machen lassen. Wir haben einen Arzt an der Hand, der gleich morgen eine Urinanalyse bei Ihnen durchführen kann. Es wird Sie keinen Cent kosten."

„Und wenn er was findet?"

„Dann reden wir darüber, welche Optionen Sie haben. Wenn in ein paar Tagen die Neuigkeit über Dyloft bekannt wird, ist eine Welle von Klagen zu erwarten. Meine Kanzlei wird beim Schlag gegen Ackerman Labs ganz vorne dabei sein. Ich möchte Sie gern als Mandanten haben."

„Vielleicht sollte ich erst mal mit meinem Arzt reden."

„Das können Sie selbstverständlich tun, Mr Worley. Aber auch er ist gewissen Zwängen ausgesetzt. Schließlich hat er Ihnen das Mittel verschrieben. Vielleicht wäre es besser, wenn Sie eine objektive Meinung einholen würden."

„Wo kann ich den Test machen lassen?“

Clay gab ihm Namen und Adresse eines Arztes, den Max Pace ausfindig gemacht hatte. Für die Untersuchung, die normalerweise 80 Dollar kostete, würde Clay 300 pro Patient zahlen, aber jedes Geschäft hatte eben seinen Preis.

Als die Einzelheiten besprochen waren, entschuldigte sich Clay bei Mr Worley für die Störung, bedankte sich für seine Geduld und legte auf. Am Telefon Mandanten anwerben? Was für ein Anwalt war nur aus ihm geworden?

ZWEI Tage später bog Clay in die Auffahrt der Worleys ein. Sie erwarteten ihn an der Eingangstür. Der Test hatte entartete Zellen im Urin zutage gefördert. Laut Max Pace und seiner geklauten, nichtsdestoweniger umfassenden medizinischen Studie war das ein untrügliches Anzeichen dafür, dass Tumoren in der Blase waren. Mr Worley war an einen Urologen überwiesen worden, den er in der kommenden Woche aufsuchen würde. Untersuchung und Entfernung der Tumoren würden durch einen zystoskopischen Eingriff vorgenommen. Dabei würden in einem Schlauch eine winzige Sonde und ein Skalpell durch den Penis in die Blase eingeführt werden. Angeblich handelte es sich um einen Routineeingriff. Dennoch waren die Worleys außer sich vor Angst.

Clay konnte ihnen nicht sagen, dass die Tumoren höchstwahrscheinlich gutartig waren, so gern er das auch getan hätte. Das sollten lieber die Ärzte nach der Operation übernehmen.

Beim Kaffee erläuterte Clay den Vertrag, in dem seine Dienste geregelt wurden, und beantwortete die Fragen des alten Ehepaars zu dem Rechtsstreit. Mit seiner Unterschrift wurde Ted Worley zum ersten Dyloft-Kläger des Landes.

Eine Zeit lang hatte es den Anschein, als bliebe er auch der Einzige. Obwohl Clay den Hörer gleichsam nicht mehr aus der Hand legte, brachte er gerade einmal elf Leute dazu, den Urintest machen zu lassen. Alle elf wurden negativ getestet. „Bleiben Sie dran!“, drängte Pace.

Am Ende der Woche hatte Clay drei neue Mandanten an der Angel, bei denen entartete Zellen gefunden worden waren. Rodney und Paulette, die als Team arbeiteten, hatten weitere sieben aufgetrieben.

Die Dyloft-Sammelklage war fertig, der Angriff konnte beginnen.

DAS PARIS-ABENTEUER kostete Clay genau 95 300 Dollar, wie sein Buchhalter Rex Crittle errechnete, der sich gewissenhaft um seine Zahlen kümmerte und zunehmend mit sämtlichen Bereichen seines Lebens vertrauter wurde. Er arbeitete für das mittelgroße Buchhaltungsbüro, das eine Etage unter der Kanzlei lag. Wie nicht anders zu erwarten, war auch er von Max Pace empfohlen worden.

Mindestens einmal pro Woche redeten Clay und Crittle eine halbe Stunde lang über Clays Geld und darüber, was er am besten damit anfangen sollte. Die Kanzlei bekam ein einfaches Buchführungsprogramm, in das Miss Glick sämtliche Buchungen eintrug und per Mausklick direkt an Crittles Computer weiterschickte.

„Was ist das für eine Zahlung über eine halbe Million an East Media?“, wollte der Buchhalter wissen.

„Wir machen Fernsehspots für ein Verfahren. Das ist die erste Rate.“

„Die erste Rate? Von wie vielen?“ Crittle warf Clay einen Blick zu, der diesem inzwischen wohl vertraut war und so viel bedeutete wie: Junge, bist du völlig übergeschnappt?

„Insgesamt handelt es sich um zwei Millionen. Wir reichen in ein paar Tagen eine Sammelklage ein. Gleichzeitig wird eine Fernsehkampagne gestartet, die East Media organisiert hat.“

„Und was hat es mit dem neuen Büro in Manassas auf sich? Eine Mietkaution in Höhe von 15000 Dollar?“

„Wir expandieren. In Manassas sind sechs zusätzliche Anwaltsassistenten untergebracht, weil die Mieten in den Randlagen niedriger sind. Vertrauen Sie mir, Mr Crittle, das Geld wird bald in Strömen fließen.“

„Zumindest fließt es schon mal in Strömen ab.“

„Man muss Geld ausgeben, wenn man welches verdienen will.“

„Ja, das sagt man.“

DIE KAMPAGNE begann am 1. Juli nach Sonnenuntergang. Alle hatten sich im Konferenzraum vor dem Fernseher versammelt. Um 20.32 Uhr verstummten sie und rührten sich nicht mehr vom Fleck. Der 15-Sekunden-Spot begann mit dem Auftritt eines gut aussehenden jungen Schauspielers in einem weißen Kittel, der – ein dickes Buch in der Hand – ernst in die Kamera blickte. „Arthritis-Patienten aufgepasst! Sollten Sie das verschreibungspflichtige Medikament Dyloft einnehmen, haben Sie möglicherweise Ansprüche gegen den Hersteller. Dyloft wird mit mehreren Nebenwirkungen in Verbindung gebracht, darunter Blasentumoren.“ Am unteren Bildrand erschienen in fetter Schrift die Worte: DYLOFT-HOTLINE – WÄHLEN SIE 1800555 DYLO. Der „Arzt“ fuhr fort: „Wählen Sie die eingeblendete Nummer unbedingt sofort. Die Dyloft-Hotline kann eine kostenlose medizinische Untersuchung für Sie arrangieren. Rufen Sie jetzt an!“

Als der Spot zu Ende war, sprach niemand ein Wort. Für Clay war es ein besonders quälender Moment, denn in dieser Sekunde hatte er eine skrupellose und zerstörerische Kampagne gegen einen gewaltigen Konzern losgetreten. Eine Kampagne, die zweifellos einen Rachefeldzug der anderen Seite nach sich ziehen würde. Was, wenn Max Pace ihn als Schachfigur in einem gigantischen Spiel der Pharmakonzerne benutzte? Wenn er nicht beweisen konnte, dass das Medikament die Tumoren verursacht hatte? Wochenlang hatte er sich mit diesen Fragen herumgequält und ein ums andere Mal versucht, Pace Antworten zu entlocken. Am Ende hatte dieser die unrechtmäßig erworbene Studie über die Wirkung von Dyloft herausgerückt. Clay hatte sie von einem Arzt in Baltimore durchsehen lassen, mit dem er zu Universitätszeiten in einer Studentenverbindung gewesen war. Die Studie wirkte ebenso solide wie Unheil verkündend, und Clay war zu der Überzeugung gelangt, dass er Recht hatte und Ackerman Labs im Unrecht war.

Der Spot würde zehn Tage lang überall in den USA in 90 Absatzmärkten ausgestrahlt werden. Geschätzte Zuschauerzahl: 80 Millionen.

Die gebührenfreie Telefonnummer leitete die Anrufer in die „Fabrik", wie man im Hauptbüro die neue Filiale der Kanzlei in Washingtons Vorort Manassas spöttisch nannte. Dort saßen die sechs kürzlich engagierten Anwaltsassistenten und nahmen Anrufe entgegen, stellten vorformulierte Fragen, füllten Fragebögen aus und versprachen den Anrufern, dass sich ein Anwalt bei ihnen melden werde. Zwei Stunden nach den ersten Ausstrahlungen waren alle Leitungen belegt. Eine Computerstimme verwies die Anrufer, die nicht durchkamen, auf die Dyloft-Webseite der Kanzlei.

Um neun Uhr am nächsten Morgen erreichte Clay der Anruf eines Anwalts aus einer großen Kanzlei weiter unten in der Connecticut Avenue. Er vertrat Ackerman Labs und verlangte, die Ausstrahlung der Spots unverzüglich einzustellen. Er drohte mit allen erdenklichen juristischen Gemeinheiten, falls Clay nicht unverzüglich klein beigab.

„Sind Sie in den nächsten Minuten im Büro?", erkundigte er sich.

„Ja, sicher. Warum?"

„Ich möchte Ihnen durch einen Boten was rüberschicken. Wird etwa fünf Minuten dauern."

Rodney eilte mit einer Kopie der zwanzigseitigen Klageschrift die Straße hinunter, während Clay zum Gericht fuhr, um das Original einzureichen. Paces Anweisungen gemäß wurden Kopien auch an die *Washington Post*, das *Wall Street Journal* und die *New York Times* gefaxt.

Im Übrigen hatte Pace angedeutet, dass es eine gute Investition wäre, jetzt Leerverkäufe von Ackerman-Aktien zu tätigen; der Kurs hatte am

Freitag bei Börsenschluss 42,50 Dollar betragen. Das bedeutete, dass Clay die Aktien von einer Bank oder einem Wertpapierhändler auf Spesenbasis leihen und auf dem Markt veräußern würde. Sank die Aktie, würde er die Papiere zum niedrigeren Kurs zurückkaufen und den Differenzgewinn für sich verbuchen.

Bei Eröffnung am Montagmorgen erteilte Clay eine Verkaufsorder über 100 000 Anteile. In ein paar Tagen würde er sie, so hoffte er, für um die 30 Dollar pro Stück zurückkaufen und ganz nebenbei noch ein paar Millionen mitnehmen.

ALS CLAY wieder in die Kanzlei kam, herrschte dort Hochbetrieb. Waren in der Fabrik alle sechs gebührenfreien Leitungen besetzt, wurden die Anrufe mittlerweile ins Hauptbüro umgeleitet, wo Rodney, Paulette und Jonah am Telefon saßen.

„Mr Pace wartet in Ihrem Büro“, teilte Miss Glick Clay mit.

Eine Tasse Kaffee in der Hand, stand Pace vor einem der Fenster.

„Die Klage ist eingereicht“, informierte Clay ihn. „Wir haben in ein Wespennest gestochen. Die gegnerischen Anwälte haben bereits angerufen. Ich habe ihnen eine Kopie der Klageschrift bringen lassen.“

„Gut. Gestellt sind sie schon, und sie wissen genau, dass sie der Vollstreckung nicht entgehen. Das ist der Traum jedes Anwalts, Clay. Machen Sie das Beste daraus.“

„Setzen Sie sich. Ich möchte Sie etwas fragen.“

Pace, wie immer ganz in Schwarz, ließ sich in einen Sessel fallen.

„Wenn Ackerman Labs Sie jetzt als Retter in der Not engagieren würde, was würden Sie dann tun?“, fragte Clay.

„Vor allem erst einmal Wirbel machen. Ich würde die Medien nutzen, alles abstreiten und den habgierigen Rechtsanwälten die Schuld in die Schuhe schieben. Mein Medikament verteidigen. Das vorrangige Ziel wäre, den Aktienkurs zu stabilisieren. Ich würde den Vorstandsvorsitzenden vor die Kamera schicken, um die passenden Worte zu sagen. Ich würde die Anwälte auffordern, die Einrede gegen die Klage vorzubereiten. Und ich würde die Pharmavertreter losschicken, damit sie den Ärzten versichern, dass das Medikament in Ordnung ist.“

„Aber das Medikament ist nicht in Ordnung.“

„Darum würde ich mich später kümmern. In den ersten paar Tagen geht es nur darum, richtig viel Wirbel zu machen. Sobald genügend Bewegung in die Sache gekommen wäre, würde ich ein ernsthaftes Gespräch mit den großen Bossen führen. Sobald ich sicher wäre, dass es Probleme mit dem Medikament gibt, würde ich ein paar Zahlenjongleure darauf ansetzen auszurechnen, was ein Vergleich kosten würde. Man geht mit einem Medikament, das solche Schäden hervorruft, nicht vor Gericht. Da die Geschworenen die Höhe der Entschädigung frei bestimmen dürfen, kann man die Kosten nicht kontrollieren. Vielleicht würden sie dem Kläger eine Million zusprechen. Andere Geschworene in einem anderen Bundesstaat würden aber vielleicht 20 Millionen festsetzen. Es ist ein Vabanquespiel. Also schließt man einen Vergleich. Und wie Sie ja mittlerweile wissen, sind Anwälte bei Schadenersatzklagen prozentual an der Entschädigung beteiligt. Man braucht sie folglich nicht lange zu einem Vergleich zu überreden."

„Wie viel kann sich Ackerman leisten?"

„Das Unternehmen ist für mindestens 300 Millionen versichert. Dazu kommt rund eine halbe Milliarde, die vor allem Dyloft in die Kasse gespült hat. Die Banken geben Ackerman nicht mehr viel Spielraum, aber wenn ich das Sagen hätte, würde ich eine Milliarde zur Zahlung bereitstellen. Und zwar schnell."

„Wird Ackerman schnell reagieren?"

„Ich habe das Unternehmen lange beobachtet. Sie sind nicht besonders intelligent. Wie alle Arzneimittelhersteller haben sie panische Angst vor einem Rechtsstreit. Statt einen Feuerwehrmann wie mich zu holen, bleiben sie lieber bei der traditionellen Methode und vertrauen auf ihre externen Anwälte, die naturgemäß kein Interesse an schnellen Vergleichen haben. Die führende Kanzlei ist Walker-Stearns in New York; wir werden bald von ihr hören. Sie wird 50 ihrer Anwälte auf den Fall ansetzen, denen beim Gedanken an das Honorar die Dollarzeichen in den Augen blinken. Mr Worleys Gruppenklage bringt Ackermans Anwälten vermutlich 100 Millionen ein. Das dürfen Sie nicht vergessen."

„Warum gibt Ackerman nicht einfach mir die 100 Millionen, damit ich von der Bildfläche verschwinde?"

„Sie werden Ihnen sogar noch viel mehr geben, aber zuerst müssen sie ihre Anwälte bezahlen. So funktioniert das."

„Aber Sie würden es nicht so machen, oder?"

„Natürlich nicht. Bei Tarvan hat mir mein Auftraggeber die Wahrheit gesagt, was selten ist. Ich habe meinen Job gemacht, Sie gefunden und alles ruhig, schnell und kostengünstig über die Bühne gebracht. 50 Millionen, und nicht einen Cent für die Anwälte meines Auftraggebers."

Miss Glick erschien in der Tür. „Ein Reporter vom *Wall Street Journal* ist am Telefon."

„Seien Sie nett zu ihm", riet Pace. „Denken Sie immer daran, die gegnerische Seite verfügt über einen kompletten PR-Apparat."

AM NÄCHSTEN Tag brachten die *New York Times* und die *Washington Post* auf der ersten Seite ihres Wirtschaftsteils kurze Meldungen über die Dyloft-Klage. In beiden wurde Clay namentlich erwähnt.

Mehr Zeilen jedoch waren den Reaktionen der beklagten Partei gewidmet. Ackermans Vorstandsvorsitzender sagte, die Klage sei „nur ein weiteres Beispiel für den Missbrauch juristischer Maßnahmen vonseiten der Rechtsvertreter". Dyloft sei „nach allen Richtungen hin getestet worden". Es habe keine Hinweise auf schädliche Nebenwirkungen gegeben.

Beide Zeitungen berichteten außerdem, dass die Ackerman-Aktie durch die unerwartete Klage einen weiteren Wertverlust erlitten hatte.

Das *Wall Street Journal* hatte das Ganze anders aufbereitet. Im Interview hatte der Reporter Clay nach dessen Alter gefragt. „Erst 31?", hatte er sich gewundert und anschließend eine Reihe Fragen zu Clays beruflichem Werdegang und seiner Kanzlei gestellt. Eine Geschichte über David und Goliath war natürlich viel lebendiger und ließ sich leichter lesen als trockene Zahlen und Laborberichte. Sogar ein Fotograf war hinzugeholt worden. Die Kanzlei hatte sich königlich amüsiert, während Clay vor der Kamera posierte.

Die Schlagzeile ganz links auf der ersten Seite lautete: JUNGANWALT LEGT SICH MIT MÄCHTIGEM ACKERMAN-KONZERN AN. Daneben prangte ein Bild des lächelnden Clay. Im ersten Abschnitt des Artikels hieß es:

> Vor knapp zwei Monaten noch kämpfte sich Rechtsanwalt Clay Carter als unbekannter und schlecht bezahlter Pflichtverteidiger durch Washingtons Justizapparat. Gestern hat er als Chef seiner eigenen Kanzlei eine Milliarden-Dollar-Klage gegen das drittgrößte Pharmaunternehmen der Welt eingereicht. Er behauptet, dessen neues Wundermittel Dyloft lindere bei Arthritis-Patienten nicht nur akuten Schmerz, sondern verursache auch Tumoren in ihrer Harnblase.

Das Hauptaugenmerk des Artikels lag auf Clays kometenhaftem Aufstieg in die erste Liga des Schadenersatzgeschäfts. Auch ein paar Nettigkeiten über seinen Vater standen da, der „in Washingtoner Rechtskreisen eine Legende" sei und nun auf den Bahamas seinen „Ruhestand" genieße. Außerdem lobte Glenda, die Chefin des OPD, Clay als „eifrigen Verteidiger der Armen", eine noble Bemerkung, mit der sie sich ein Mittagessen in einem schicken Restaurant verdient hatte.

„Sorg dafür, dass das auf die Webseite kommt." Clay reichte Jonah den Artikel. „Unseren Mandanten wird es gefallen."

TEQUILA WATSON bekannte sich des Mordes an Ramón Pumphrey schuldig und wurde zu lebenslanger Haft verurteilt. Nach 20 Jahren würde geprüft werden, ob eine vorzeitige Entlassung infrage käme. Letzteres stand allerdings nicht in dem Artikel der *Washington Post*. Dort hieß es nur, dass Watsons Opfer eines von mehreren bei einer Reihe Morde gewesen sei, die selbst für die an sinnlose Gewalt gewöhnte Hauptstadt nicht alltäglich seien. Die Polizei habe keine Erklärung.

Clay machte sich eine Notiz, Adelfa anzurufen, um sie zu fragen, wie es ihr ging.

Er schuldete Tequila etwas, wusste aber nicht recht, was. Es gab keine Möglichkeit, seinen ehemaligen Mandanten irgendwie zu entschädigen. Clay redete sich ein, dass der Junge den größten Teil seines Lebens auf Drogen gewesen war und wahrscheinlich ohnehin den Rest seines Lebens hinter Gittern verbracht hätte, ob mit oder ohne Tarvan. Doch auch dieser Gedanke half ihm nicht, sich besser zu fühlen. Es änderte nichts daran, dass er zur anderen Seite übergelaufen war und die Wahrheit unter einem Berg von Geld begraben hatte.

Miss Glick kam herein und reichte ihm eine Anrufnotiz, die ihn Tequila Watson schnell vergessen ließ. Er wählte. „Mr Patton French, bitte." Auf dem Zettel stand, es sei dringend.

„Wer ist am Apparat?"

„Clay Carter aus Washington."

„Ah ja, er erwartet Ihren Anruf bereits."

Innerhalb von Sekunden war der Staranwalt am Hörer. „Hallo, Mr Carter, danke für den Rückruf. Netter Artikel im *Wall Street Journal*, wirklich. Nicht schlecht für einen jungen Mann wie Sie. Tut mir übrigens sehr Leid, dass ich unten in New Orleans keine Gelegenheit hatte, Sie zu begrüßen."

„Kein Problem", erwiderte Clay. Bei der Veranstaltung des Juristenzirkels waren 200 Anwälte gewesen. Für French hatte es keinen Grund gegeben, überhaupt von ihm Notiz zu nehmen. Doch ganz offensichtlich hatte er seine Hausaufgaben gemacht.

„Ich möchte mich mit Ihnen treffen, Mr Carter. Ich denke, wir könnten ein Stück weit zusammenarbeiten. Vor ein paar Monaten war ich Dyloft selbst auf der Spur. Sie haben mich jetzt um Längen abgehängt, aber das Geld liegt ja immer noch tonnenweise auf der Straße."

Clay hatte nicht das Bedürfnis, mit French zusammenzuarbeiten. Auf der anderen Seite waren die Methoden, mit denen dieser Pharmaunternehmen zu hohen Entschädigungszahlungen zwang, legendär.

„Darüber lässt sich reden."

„Ich bin gerade auf dem Weg nach New York, Mr Carter. Wie wär's, wenn ich in Washington einen Zwischenstopp einlege und Sie abhole? Ich habe eine neue Gulfstream 5, die ich Ihnen gern vorführen würde. Wir steigen in Manhattan ab, gehen heute Abend gepflegt essen und reden übers Geschäft. Morgen Abend geht's dann wieder nach Hause. Was halten Sie davon?"

Abgesehen von ein paar Telefonaten hatte Clay an diesem Abend nicht viel vor. Und er war seit Jahren nicht mehr in New York gewesen. „Klar, warum nicht?"

„Kluger Schritt, Mr Carter. Ich hole Sie in drei Stunden am Reagan National Airport ab."

DAS TERMINAL für Privatflugzeuge war mit Topmanagern überfüllt, die im Eilschritt kamen und gingen. Neben dem Empfangsschalter wartete eine süße Brünette im Minirock, die ein handgeschriebenes Schild mit Clays Namen hochhielt. Er stellte sich vor. Sie hieß Julia. Nur Julia.

„Kommen Sie mit", bat sie ihn mit einem vollkommenen Lächeln. Sie wurden durch eine Ausgangstür geleitet und in einem Shuttlebus über die Rollbahn gefahren. Vor dem größten Jet blieb der Bus stehen. „Da sind wir", verkündete Julia, und sie stiegen aus.

Patton French telefonierte natürlich. Er winkte Clay an Bord, wo Julia seine Jacke und sein Übernachtungsgepäck nahm und ihn fragte, ob er etwas trinken wolle. Nur Wasser mit etwas Zitrone. Der erste Blick in einen Privatjet hätte nicht atemberaubender sein können.

Es duftete nach Leder, sehr teurem Leder. Sitze, Sofas, Kopfstützen und Wände waren mit Leder bezogen, Leuchten, Knäufe und Kontrollgeräte vergoldet. Die Ausstattung bestand aus poliertem dunklem Holz, wahrscheinlich Mahagoni. Eine Luxussuite in einem Fünfsternehotel, nur mit Flügeln und Triebwerken.

Clay war gut 1,80 groß, aber es gab immer noch reichlich Platz über seinem Kopf. Der Passagierraum war lang gestreckt, an seinem Ende befand sich eine Art Büro. Dort sprach French immer noch in ein Telefon. Doch als sich der Flieger in Bewegung setzte, beendete er das Gespräch abrupt und kam nach vorn. Er überfiel Clay mit einem festen Handschlag und einem Lächeln, das seine Zähne entblößte. French war Mitte 50, hatte dichtes, gewelltes Haar, das auf attraktive Weise ergraut war, und strotzte vor Vitalität.

Sie setzten sich an einem der Tische einander gegenüber.

„Julia, einen Wodka für mich", bat French.

Sie brachte die beiden Drinks und schnallte sich für den Start an.

„Möchten Sie zu Mittag essen, Mr Carter?“, erkundigte sich French. „Julia kann zubereiten, was immer Sie wollen.“

„Nein, danke. Ich brauche nichts.“

French nahm einen großen Schluck, dann lehnte er sich zurück und schloss die Augen, während die Gulfstream über die Startbahn jagte und abhob.

Ein paar Minuten später hatten sie die Flughöhe erreicht, und Julia verschwand in die Küche.

French schrak aus seiner Meditation auf und trank noch einen Schluck. „Stimmt das alles, was im *Wall Street Journal* steht?“

„Es kommt ziemlich genau hin.“

„Ich muss Ihnen eines sagen: Die Dyloft-Falle, die Sie da ausgelegt haben, ist sehr elegant. Und äußerst ungewöhnlich. In den meisten Fällen sprechen sich solche Nebenwirkungen von Medikamenten langsam herum, und zwar dadurch, dass immer mehr Patienten klagen. Onkel Luke hat plötzlich ohne erkennbaren Grund Blut im Urin. Nachdem er sich das einen Monat lang tatenlos angesehen hat, geht er zum Arzt. Der setzt das neue Wundermittel ab, das er ihm verschrieben hatte. Onkel Luke geht dann vielleicht zum Anwalt der Familie, gewöhnlich einem Rechtsverdreher aus der Provinz, der einen anständigen Schadenersatzfall wahrscheinlich nicht mal erkennen würde, wenn er ihn am Kopf träfe. Es dauert lange, bis fehlerhafte Produkte bekannt werden. Was Sie da geschafft haben, ist einzigartig.“

Clay begnügte sich damit, zuzuhören und zu nicken. Das Ganze würde zweifellos auf irgendetwas hinauslaufen.

„Ich verfüge über ein riesiges Netzwerk von Anwälten und Kontakten überall in den Staaten. Bis vor ein paar Wochen hat kein Mensch auch nur ein Sterbenswort über Probleme mit Dyloft gewusst. Zwei Mitarbeiter in der Kanzlei haben Vorarbeit im Hinblick auf das Medikament geleistet, aber wir waren meilenweit davon entfernt, Klage einzureichen. Ich weiß, wie das Spiel läuft, Mr Carter, und ich weiß, dass Sie über Insiderwissen verfügen.“

„So ist es. Und das werde ich auch ganz sicher für mich behalten.“

„Gut. Da bin ich erleichtert. Ich habe Ihre Fernsehspots gesehen. Wir beobachten natürlich ständig alle Märkte. Diese 15-Sekunden-Masche, die Sie verwendet haben, ist die effektivste. Wie viele Fälle haben Sie auf diese Weise an Land gezogen?“

„Schwer zu sagen. Die Leute müssen zuerst noch die Urintests machen. Aber die Telefone haben nicht mehr aufgehört zu klingeln.“

Julia erschien mit zwei Tabletts. Auf einem befanden sich Schrimps, auf dem anderen verschiedene Käse-, Wurst- und Fleischsorten. „Eine Flasche von dem chilenischen Weißen“, wählte Patton aus. „Der dürfte inzwischen kühl sein. Jedenfalls – wir gehen davon aus, dass es zwischen 50000 und 100000 Dyloft-Fälle geben wird. Kommt das hin?“

„100000 ist vielleicht etwas hoch gegriffen“, schränkte Clay vorsichtig ein.

„Ich mache mir um Ackerman Labs ein wenig Sorgen. Übrigens habe ich die schon zweimal verklagt. Vor zehn Jahren, als sie noch jede Menge Geld hatten. Sie haben ein paar unvernünftige Akquisitionen getätigt. Jetzt sitzen sie auf einem Berg Schulden. Zehn Milliarden. Trotzdem stehen sie nicht vor der Pleite oder so. Außerdem haben sie ein paar Versicherungen.“

Ein Köder. Clay beschloss anzubeißen. „Sie sind auf mindestens 300 Millionen versichert. Und für Dyloft haben sie vermutlich eine halbe Milliarde zusätzlich in petto.“

French lächelte und schien sich über diese Information geradezu diebisch zu freuen. „Eine tolle Sache, mein Sohn, eine ganz tolle Sache. Was taugen die Interna, die Sie haben?“

„Die sind hervorragend. Wir haben Laborberichte, die wir nicht haben dürften. Ackerman kann sich mit Dyloft auf keinen Fall in die Nähe von Geschworenen wagen.“

„Ausgezeichnet.“ French schloss die Augen, um die Worte auf sich wirken zu lassen.

Julia kam mit dem Wein zurück und füllte zwei wertvolle schmale Kelchgläser.

French hielt prüfend die Nase darüber und schnüffelte ausführlich und fachgerecht. Als sein Geruchssinn befriedigt war, nahm er einen Schluck. Schmatzend nickte er, dann sagte er: „Ich möchte Ihnen einen Plan unterbreiten, Mr Carter. Damit werden Sie, das verspreche ich Ihnen, in noch kürzerer Zeit noch mehr Geld verdienen.“

„Ich höre.“

„Ich werde am Ende genauso viele Dyloft-Fälle haben wie Sie. Nun, da Sie die Sache ins Rollen gebracht haben, werden hunderte Anwälte hinter diesen Fällen her sein. Wir beide, Sie und ich, können das ganze Verfahren kontrollieren, wenn wir Ihre Klage von Washington nach Mississippi in mein Heimatrevier transferieren. Das wird Ackerman mehr Angst einjagen, als Sie glauben. Die haben zwar schon jetzt Bammel, dabei denken sie aber noch: Na ja, das ist ein Grünschnabel, er hat noch nie eine Schadenersatzklage geführt, das ist seine erste Sammelklage und so weiter. Wenn wir aber Ihre und meine Fälle zusammenlegen, alles zu einer einzigen Gruppenklage zusammenfassen, bekommt Ackerman einen schweren Herzinfarkt."

Clay wurde fast schwindelig vor lauter Zweifeln und Fragen. „Sprechen Sie weiter" war alles, was er herausbrachte.

„Sie behalten Ihre Fälle, ich behalte meine. Wir werfen sie lediglich zusammen, und sobald die anderen Fälle unter Dach und Fach und alle Anwälte an Bord sind, werde ich zum Richter gehen und ihn bitten, einen Ausschuss aus den Anwälten der Kläger einzuberufen. Den Vorsitz werde ich übernehmen. Sie werden dem Ausschuss ebenfalls angehören, da Sie als Erster Klage eingereicht haben. Ich habe das Dutzende Male gemacht. Der Ausschuss dient uns als Kontrollinstrument, damit die Dinge nicht aus dem Ruder laufen, wenn andere Anwälte beteiligt sind. Wir werden ziemlich bald mit Ackerman in Verhandlungen eintreten. Wenn Ihre Interna so gut sind, wie Sie sagen, drängen wir auf einen baldigen Vergleich."

„Wie bald?"

„Das hängt von verschiedenen Faktoren ab. Wie viele Fälle gibt es tatsächlich? Wie schnell bringen wir sie unter Dach und Fach? Wie viele andere Anwälte stürzen sich ins Getümmel? Und, besonders wichtig, wie groß ist der Schaden für unsere Mandanten?"

„Nicht sehr groß. Praktisch alle Tumoren sind gutartig."

In Anbetracht dieser schlechten Nachricht runzelte French zunächst die Stirn, doch er fand rasch etwas Gutes daran. „Umso besser. Die Heilung erfolgt durch operative Entfernung?"

„Korrekt. Eine ambulante Operation mittels zystoskopischem Eingriff, die rund 1000 Dollar kostet. Und wenn Dyloft dann noch abgesetzt wird, ist das Leben wieder wie vorher."

„Das ist sogar noch viel besser", erwiderte French. „Besser für unsere Mandanten, das ist offensichtlich, weil sie nicht so krank sind, wie sie sein könnten. Besser für uns, weil die Vergleiche schneller geschlossen werden. Das Entscheidende ist, dass wir die Fälle bekommen. Je mehr wir in der Hand haben, desto mehr Kontrolle haben wir über die Sammelklage. Und mehr Fälle heißt mehr Honorar."

Sie spürten ein deutliches Nachlassen des Schubs, als der Jet die Nase absenkte. „Welchen Flugplatz fliegen wir an?", wollte Clay wissen.

„Teterboro in New Jersey. Alle Privatjets landen dort."

Julia räumte die Tabletts ab und informierte sie, dass sie in etwa fünf Minuten landen würden. Clay war hingerissen vom Blick auf die Skyline Manhattans im Osten.

Eine Luxuslimousine holte sie auf dem Rollfeld ab, nur ein paar

Schritte von der Stelle entfernt, wo sie aus dem Flugzeug stiegen. Die Piloten und Julia blieben an Bord, um aufzuräumen und zweifellos auch, um dafür zu sorgen, dass der Wein für den Rückflug gekühlt war.

„Manhattan", wies French den Fahrer an. Dann wandte er sich an Clay. „Mich interessieren Ihre Fernsehspots. Wie bewältigen Sie die Anrufe?"

„Mit neun Leuten – sieben Anwaltsassistenten, zwei Anwälten. Am Montag hatten wir 2000 Anrufe, gestern 3000. Die Dyloft-Webseite hat 8000 Besucher täglich. Wenn man von der üblichen Erfolgsquote ausgeht, ergibt das bereits etwa 1000 Mandanten."

„Wie groß ist das Potenzial insgesamt?"

„50000 bis 75000, laut meiner Quelle, die sich bislang als ziemlich zuverlässig erwiesen hat."

„Die Quelle würde ich gern mal kennen lernen."

„Das können Sie vergessen."

French ließ seine Fingerknöchel knacken und versuchte, die Abfuhr hinzunehmen. „Wir müssen die Fälle bekommen. Mein Spot läuft ab morgen. Wie wäre es, wenn wir das Land aufteilen? Sie nehmen Norden und Osten, ich Süden und Westen. Es wird leichter sein, sich auf kleinere Märkte zu konzentrieren, außerdem lassen sich die Fälle viel besser handhaben. In Miami gibt es einen Kollegen, der innerhalb von wenigen Tagen einen Spot auf Sendung bringen wird. Und in Kalifornien sitzt einer, der garantiert schon längst dabei ist, Ihren Spot zu kopieren. Wir sind Haie, nichts anderes. Das Wettrennen zum Gericht ist eröffnet. Wir hatten beim Start einen verdammt guten Vorsprung, aber der Endspurt steht uns noch bevor. Verraten Sie mir, wie hoch Ihr Budget ist."

Was zum Teufel soll's, dachte Clay. So wie sie da im Fond der Limousine nebeneinander saßen, waren sie beinahe schon Partner. „Zwei Millionen für die Spots, zwei für die Urinanalysen."

„Wir werden Folgendes machen", sagte French ohne Pause. „Investieren Sie das gesamte Geld in die Spots. Ich besorge das Geld für die Urinanalysen, und sobald der Vergleich geschlossen ist, soll Ackerman uns alles zurückerstatten. Es gehört normalerweise zu jedem Vergleich, dass das beklagte Unternehmen alle ärztlichen Untersuchungen übernimmt."

„Ein Test kostet 300 Dollar."

„Da haben Sie sich über den Tisch ziehen lassen. Ich werde ein paar Laboranten zusammenholen, die uns das viel billiger machen."

Von Clays Suite in Manhattan konnte man auf die Fifth Avenue sehen. Als er endlich die Tür hinter sich verschlossen hatte und vor Patton French sicher war, griff er zum Telefon.

# 7

Über die dritte Handynummer erreichte Clay Max Pace schließlich an irgendeinem Ort, den er nicht preisgeben wollte. Der Mann ohne Zuhause hatte sich in den zurückliegenden Wochen immer seltener in Washington aufgehalten. Sicher war er unterwegs, um einen weiteren Brand zu löschen. An schlechten Produkten herrschte kein Mangel.

Clay erklärte, dass er in New York sei, sagte, mit wem und warum.

Paces erste Reaktion besiegelte Clays Abmachung mit French. „Fantastisch!"

„Sie kennen Patton French?"

„Jeder in diesem Geschäft kennt ihn", entgegnete Pace.

Clay gab Frenchs Angebot mitsamt den Bedingungen durch. Pace hörte aufmerksam zu und dachte die Sache dann laut weiter. „Wenn Sie in Biloxi noch mal Klage einreichen, versetzt das den Ackerman-Aktien einen weiteren Schlag. Machen Sie das! Und lesen Sie morgen die *New York Times*. Sie bringt einen großen Artikel über Dyloft. Der erste medizinische Bericht ist draußen. Verheerend."

„Großartig."

Nachdem sie das Gespräch beendet hatten, holte sich Clay ein Bier aus der Minibar, setzte sich ans Fenster und beobachtete eine ganze Weile das Getümmel unten auf der Fifth Avenue. Im letzten Monat hatte er mehr Geld verdient, als er sich jemals erträumt hatte. Jetzt hatte er das Gefühl, es schneller auszugeben, als er es einnehmen konnte. Nur Mut, sagte er sich, schlag schnell zu, ergreif die Chance, lass die Würfel rollen, dann kannst du stinkreich werden. Eine andere Stimme ermahnte ihn, vorsichtig zu sein, das Geld nicht zum Fenster hinauszuwerfen, sondern es zu vergraben und zu behalten.

Eine Million hatte er auf ein Offshore-Konto überwiesen. Dieses Geld würde er nie anfassen, unter gar keinen Umständen. Sollte er wirklich schlecht gesetzt haben und alles verspielen, hätte er immer noch genügend Geld für ein Leben am Strand. Er würde wie sein Vater aus der Stadt verschwinden und nie zurückkommen. Die Million auf dem Geheimkonto war sein Zugeständnis an die andere Stimme in seinem Kopf.

DAS ABENDESSEN fand im „Montrachet" statt, nicht wegen des Essens, das sehr gut war, sondern wegen der Weinkarte, die dicker war als jede andere in New York. French wollte zu seinem Kalbfleisch einige rote

Burgunder probieren. Fünf Flaschen wurden an den Tisch gebracht und geöffnet.

„Ich habe bei mir in der Kanzlei angerufen", berichtete French. „Der Anwalt in Miami ist bereits mit Dyloft-Spots auf Sendung. Er hat zwei Diagnosekliniken eingerichtet, durch die er Patienten schleust wie Rindviecher. Er heißt Carlos Hernández, ein sehr, sehr guter Mann. Also, kommen wir zusammen?"

„Lassen Sie uns die Abmachung noch mal durchgehen."

Daraufhin zog French blitzschnell ein gefaltetes Stück Papier aus der Tasche. „Hier ist ein Gesprächsprotokoll." Er reichte es Clay und griff dann nach der ersten Flasche Wein.

Clay las den Text sorgfältig durch und unterschrieb. Zwischen zwei Schlucken unterzeichnete auch French. Ihre Partnerschaft war besiegelt.

„Reichen wir gleich morgen in Biloxi Klage ein", schlug French vor. „Zwei meiner Anwälte arbeiten zur Stunde bereits daran. Sobald die Klage eingereicht ist, können Sie Ihre in Washington zurückziehen. Ich kenne den Firmenanwalt von Ackerman. Ich glaube, ich kann mit ihm reden. Wenn die Firma direkt mit uns verhandelt und ihre externen Anwälte nicht einschaltet, spart sie ein Vermögen, das sie gleich uns geben kann, und die Sache wird beschleunigt. Falls ihre externen Anwälte die Verhandlungen führen, verlieren wir ein halbes Jahr kostbare Zeit."

In einer seiner Taschen klingelte ein Handy. French fischte es mit der linken Hand heraus, während er in der rechten das Weinglas hielt. „Entschuldigen Sie", sagte er zu Clay.

Bei dem Gespräch ging es um Dyloft. Es war ein Kollege, jemand aus Texas, offenbar ein alter Freund. Sie tauschten höfliches Geplänkel aus, doch French war offensichtlich auf der Hut. Nachdem er die Verbindung unterbrochen hatte, fluchte er: „Verdammt!"

„Ein Konkurrent?"

„Ein ziemlich ernst zu nehmender. Vic Brennan, ein großer Fisch in Houston. Ist ebenfalls hinter Dyloft her. Er will die Spielregeln wissen."

„Sie werden ihm aber nichts abgeben."

„Das weiß er auch. Morgen startet seine Werbekampagne. Radio, Fernsehen, Presse. Das Rennen ist eröffnet, Mr Carter. Wir müssen diese Fälle haben."

„Das Rennen wird schon morgen noch schneller", meinte Clay. „Morgen früh erscheint ein großer Artikel in der *New York Times*. Der erste kritische Bericht über Dyloft, meiner Quelle zufolge."

Was das Dinner anging, hätte Clay nichts Unpassenderes sagen können. Denn welcher Anwalt im Schadenersatzgeschäft konnte sich schon auf Wein und Essen konzentrieren, wenn in wenigen Stunden die *New York Times* den zukünftigen Beklagten mitsamt seinem gefährlichen Arzneimittel an den Pranger stellen würde?

„AUFSTEHEN!", polterte French jenseits der Tür. „Und machen Sie auf!"

Draußen war es noch dunkel. Die Uhr zeigte Viertel vor sechs. Clay hatte kaum geöffnet, da stieß French die Tür bereits auf und marschierte, mit Zeitungen und einer Tasse Kaffee bewaffnet, herein. Er schleuderte die *New York Times* auf Clays Bett. „Sie können doch nicht den ganzen Tag verpennen, Junge. Lesen Sie das!" Er trug den weißen Frotteemantel und die Badeschlappen, die den Gästen vom Hotel zur Verfügung gestellt wurden.

Der Artikel in der *New York Times* zitierte das *Atlantic Journal of Medicine*. Dort war berichtet worden, dass Dylofedamint, bekannt als Dyloft, bei rund sechs Prozent der Patienten, die das Medikament länger als ein Jahr eingenommen hatten, möglicherweise Tumoren in der Harnblase ausgelöst habe.

„Sogar mehr als fünf Prozent", murmelte Clay beim Lesen.

Ackerman Labs brachte ein ziemlich laues Dementi und schob die Schuld wie immer auf die habgierigen Anwälte. Gleichwohl entstand der Eindruck, als zöge sich das Unternehmen in die Defensive zurück.

Die Ackerman-Aktie war von 42,50 Dollar am Montag auf 32,50 bei Börsenschluss am Mittwoch gefallen.

„Ich hätte die verdammten Dinger leer verkaufen sollen", murmelte French.

Clay biss sich auf die Zunge und behielt sein Geheimnis für sich, eines der wenigen, die er in den vergangenen 24 Stunden nicht ausgeplaudert hatte.

„Wir können das im Flugzeug noch mal lesen", sagte French. „Los, kommen Sie!"

DER KURS lag bei 28 Dollar, als Clay in die Kanzlei kam. Er ging ins Internet und rief die aktuellen Börsendaten ab. Es war beruhigend zu sehen, wie sich das Geld auf der einen Seite vermehrte, während er es auf der anderen aus dem Kamin jagte.

Jonah schaute vorbei. „Wir waren gestern bis Mitternacht hier", seufzte er. „Es ist Wahnsinn."

„Und es wird noch schlimmer. Wir verdoppeln die Fernsehspots."

„Wir kommen doch schon jetzt kaum noch mit."

„Dann musst du noch ein paar Assistenten auf Teilzeit einstellen."

„Wir brauchen noch mehr EDV-Leute, weil wir die Daten nicht schnell genug erfassen können."

„Weißt du, wo du welche auftreiben kannst?"

„Einen Typen kenne ich selbst, vielleicht auch zwei."

„Her mit ihnen!"

Jonah wandte sich zum Gehen, drehte sich dann aber wieder um und schloss die Tür hinter sich. „Bist du ganz sicher, dass du weißt, was du tust? Ich meine, du wirfst das Geld schneller raus als irgendjemand sonst. Was ist, wenn was schief geht?"

Clay ging um seinen Schreibtisch herum und setzte sich auf die Kante. „Ich will ehrlich sein, Jonah. Ich denke, ich weiß, was ich tue, aber da ich es nie zuvor getan habe, kann ich natürlich nicht sicher sein. Es ist ein gigantisches Glücksspiel. Wenn ich gewinne, werden wir alle noch mehr Geld machen, und zwar legal. Wenn ich verliere, werden wir zwar nicht reich sein, sind aber trotzdem noch im Geschäft."

„Sag das den anderen auch, wenn sich die Gelegenheit bietet, okay?"

„Mach ich."

Das Mittagessen beschränkte sich auf ein Zehnminutensandwich im Konferenzraum. Jonah hatte die aktuellen Zahlen: In den ersten drei Tagen hatten sich 7100 Anrufer bei der Hotline gemeldet, die Webseite registrierte im Durchschnitt 8000 Anfragen pro Tag. Informationsbroschüren und Mandantenverträge wurden am laufenden Band verschickt, dennoch waren sie bereits im Rückstand. Clay bevollmächtigte Jonah, zwei Teilzeitkräfte für die Datenerfassung einzustellen, und Paulette bekam den Auftrag, weitere drei oder vier Anwaltsassistenten für die Fabrik aufzutreiben.

Danach erzählte Clay von seinem Treffen mit Patton French, erklärte, wic sic von nun an im Dyloft-Verfahren vorgehen würden, und zeigte ihnen den Artikel in der *New York Times*. „Das Rennen ist eröffnet, Leute." Er versuchte sein Bestes, um den müden Haufen wieder auf Trab zu bringen. „Hinter unseren Mandanten sind Haie her."

„Die Haie sind wir", warf Paulette ein.

Am späten Nachmittag rief Patton French an und berichtete, dass die Sammelklage dank einer Ergänzung nun auch Kläger aus Mississippi einschloss und am Obersten Gerichtshof des Bundesstaates Mississippi in Biloxi eingereicht worden sei. „Wir sind genau da, wo wir hinwollten, mein Freund", schloss er.

„Dann ziehe ich meine Klage hier morgen zurück."

Die Ackerman-Aktie schloss an diesem Tag bei 26,25 Dollar. Clay würde 1 625 000 Dollar machen, wenn er seine Leerverkäufe gleich eindeckte, die Aktien also zurückkaufte. Er entschied sich, noch zu warten. Sobald am nächsten Morgen die Nachricht über die Einreichung der Klage in Biloxi bekannt wurde, würde der Kurs weiter fallen.

IMMER mehr schlechte Nachrichten über das Wundermittel Dyloft kamen ans Tageslicht. Zwei weitere medizinische Studien wurden veröffentlicht, von denen die eine glaubwürdig behauptete, dass Ackerman Labs bei der Forschung geknausert habe und sämtliche Beziehungen habe spielen lassen, um die Zulassung für das Medikament zu bekommen. Schließlich nahm die FDA Dyloft vom Markt.

Patton French hatte noch nie eine Schadenersatzklage erlebt, die von Anfang an so problemlos gelaufen war.

Da er und Clay das Rennen zum Gericht in Biloxi gewonnen hatten, wurde ihre Klage zuerst zugelassen. Sämtliche anderen Dyloft-Kläger, die sich einer Sammelklage anschließen wollten, waren gezwungen, sich an ihre anzuhängen, was bedeutete, dass der aus einigen Anwälten der Kläger gebildete Ausschuss ein zusätzliches Honorar für das Verfahren kassieren konnte. Der French wohlgesinnte Richter hatte bereits die fünf Mitglieder des Ausschusses ernannt – French, Clay, Carlos Hernández aus Miami und zwei mit French befreundete Anwälte aus New Orleans.

Theoretisch war es Aufgabe des Ausschusses, den Prozess gegen Ackerman Labs über die Bühne zu bringen. Praktisch sah es allerdings so aus, dass die fünf Anwälte Papier zwischen den Parteien hin- und herschieben und versuchen würden, für die voraussichtlich etwa 50 000 Mandanten und deren Anwälte ein Mindestmaß an Organisation zu gewährleisten.

French redete jeden Tag mit dem Firmenanwalt von Ackerman und machte ihm klar, was er wollte: Lassen Sie uns jetzt über einen Vergleich reden, ohne externe Anwälte, weil Sie genau wissen, dass das Unternehmen mit diesem Medikament keinen Prozess riskieren wird.

Mitte August rief French die Dyloft-Anwälte zu einer Gipfelkonferenz auf seine Ranch in der Nähe von Ketchum, Idaho, zusammen.

Clay charterte einen Lear 35, einen hübschen kleinen Jet, der nur ein Drittel so groß war wie eine Gulfstream 5, aber mehr als genug Platz bot, da er allein reiste. Er traf sich mit den Piloten auf dem Reagan National Airport am Terminal für Privatflugzeuge, wo er versuchte, so zu tun, als wäre es nichts Besonderes, an Bord eines eigenen Flugzeugs zu steigen. Sicher, es war Eigentum einer Chartergesellschaft, aber für die nächsten drei Tage gehörte es ihm.

AUF DEM Ketchum Sun Valley Airport wurde Clay schon von einem Kleinbus erwartet, an dessen Steuer ein Mann saß, der wie die Imitation eines Cowboys aussah. Zum Glück redete der Fahrer nicht viel, und Clay genoss die 40 Minuten dauernde Fahrt schweigend. Es war keine Überraschung, dass Pattons Ranch herrlich lag und brandneu war. Das aus dicken Baumstämmen errichtete Haupthaus hatte so viele Anbauten und Stockwerke, dass man dort sämtliche Mitarbeiter einer mittelgroßen Kanzlei hätte unterbringen können. Ein zweiter Cowboy nahm Clay die Tasche ab. „Mr French erwartet Sie auf der hinteren Terrasse."

Dort saßen die anderen vier Mitglieder des Ausschusses bereits in bequemen Sesseln, rauchten Zigarren und hatten Drinks vor sich stehen. Als Clay dazukam, erhoben sie sich, als hätte ein Richter den Gerichtssaal betreten. In den ersten drei Minuten ihrer angeregten Unterhaltung bezeichnete man ihn als „brillant", „clever", „mutig" und – was ihm am besten gefiel – „einen Visionär".

„Sie müssen uns verraten, wie Sie auf Dyloft gestoßen sind", bat Carlos Hernández.

„Das wird er nicht tun", erwiderte French, während er einen Drink für Clay mixte.

„Jetzt sagen Sie's schon", drängte Wes Saulsberry, einer der beiden Anwälte aus New Orleans.

„Meine Lippen sind versiegelt", antwortete Clay.

Der zweite Anwalt aus New Orleans war Damon Didier, der bei einem der Seminare, an denen Clay während der Tagung des Juristenzirkels teilgenommen hatte, einen Vortrag gehalten hatte. Clay erinnerte sich daran, dass er sich an dem Wochenende gefragt hatte, wie Didier mit seinem steinernen Gesicht und den kalten Augen überhaupt Zugang zu den Geschworenen bekam.

Ein Butler teilte French mit, dass das Abendessen in einer Stunde serviert werde. Daraufhin gingen alle nach unten in ein Spielzimmer mit Billardtischen und großen Fernsehschirmen. Etwa ein Dutzend Männer, von denen manche Billardqueues in der Hand hielten, tranken und unterhielten sich dort miteinander. „Der Rest unserer kleinen Verschwörung", flüsterte Hernández Clay ins Ohr.

Patton stellte ihn den anderen vor. Namen, Gesichter und Städte wirbelten durcheinander. Seattle, Houston, Topeka, Boston und andere, die Clay nicht mitbekam. Sie alle erwiesen dem „brillanten" jungen Anwalt die Ehre, der sie mit seinem gewagten Angriff auf Dyloft überrascht hatte.

Als die Bewunderung schließlich abebbte, verkündete French, dass sie vor dem Essen – bei dem es im Übrigen eine Auswahl berühmter australischer Weine gebe – noch einiges zu besprechen hätten.

„Wie Sie wissen, habe ich viel Zeit mit Wicks verbracht, dem Firmenanwalt von Ackerman Labs. Im Endeffekt läuft es darauf hinaus, dass sie einem Vergleich zustimmen werden, und zwar sehr schnell. Die Aktien sind inzwischen so stark gefallen, dass man eine Übernahme befürchtet. Wenn die Firma weiß, wie viel Dyloft sie kosten wird, kann sie teilweise umschulden und vielleicht überleben."

„In der *Business Week* stand etwas von Bankrott", sagte jemand. „Haben sie schon damit gedroht?"

„Noch nicht. Und ich gehe nicht davon aus, dass sie es tun werden. Ackerman hat zu viele Vermögenswerte. Wir haben gerade die Finanzanalyse abgeschlossen – die Zahlen gehen wir morgen früh durch –, und unsere Jungs glauben, dass das Unternehmen zwei bis drei Milliarden für einen Vergleich hat. Wir müssen uns über zwei Dinge Klarheit verschaffen: Erstens, wie viele potenzielle Kläger gibt es? Zweitens, wie viel ist ein Fall wert?"

„Zählen wir sie doch zusammen", schlug ein anderer mit schleppendem texanischem Akzent vor. „Ich habe 1000."

„Ich 1800", sagte French. „Hernández?"

„2000", antwortete dieser, während er sich die Zahlen notierte.

„Wes?"

„900."

Der Anwalt aus Topeka hatte 600. Und so ging es weiter. French hob sich das Beste zum Schluss auf. „Clay?" Alle spitzten die Ohren.

„3200." Es gelang ihm, ein Pokerface zu machen.

„Saubere Arbeit", lobte jemand.

„Das wären 24 000." Hernández hatte die Zahlen im Kopf addiert.

„Das können wir mit Sicherheit verdoppeln, womit wir bei 50 000 wären, und das ist auch die Zahl, mit der Ackerman rechnet. 50 000 bei zwei Milliarden macht 40 000 Mäuse pro Fall. Keine schlechte Ausgangssituation."

Auch Clay überschlug die Zahlen im Kopf – 40 000 Dollar für seine 3200 Fälle ergaben etwas mehr als 120 Millionen. Und ein Drittel davon gehörte ihm. Sein Herz fing an zu rasen, seine Knie wurden weich.

„Weiß Ackerman, bei wie vielen dieser Fälle es um bösartige Tumoren geht?", fragte ein gewisser Bernie aus Boston.

„Nein. Es gibt nur Schätzungen, die bei etwa einem Prozent liegen."

„Das wären 500 Fälle."

„Und mindestens eine Million für jeden Kläger."

„Das wäre dann noch mal eine halbe Milliarde.“

„Eine Million ist doch wohl ein Witz.“

„In Seattle könnte ich fünf Millionen pro Fall rausholen.“

Jeder Anwalt hatte eine eigene Meinung dazu und vertrat diese lautstark und gleichzeitig mit allen anderen. Nachdem French für Ruhe gesorgt hatte, rief er: „Meine Herren, zu Tisch bitte!“

DAS ABENDESSEN wurde zum Fiasko. Die glänzende Platte des Esszimmertischs war aus einem Baum herausgeschnitten worden, einem riesigen, majestätischen Ahornbaum, der jahrhundertelang in den Wäldern gestanden hatte, bis er für einen reichen Mann gefällt worden war. An dem Tisch fanden mindestens 40 Gäste Platz. Jetzt waren es nur 18 Personen, die man wohlweislich mit viel Abstand zueinander platziert hatte.

Unter den mit einem überbordenden Selbstbewusstsein ausgestatteten Anwesenden tat sich Victor K. Brennan, ein aufdringlicher Texaner, als der unangenehmste Schaumschläger hervor. Nach dem dritten oder vierten Glas Wein fing er an, über die ach so geringe Entschädigung für den einzelnen Mandanten zu lamentieren. Einer seiner Klienten, ein gut verdienender 40-Jähriger, litt dank Dyloft unter bösartigen Tumoren. „Ich kann von jedem Geschworenengericht in Texas zehn Millionen für tatsächlich entstandenen Schaden und 20 Millionen Strafschadenersatz bekommen“, prahlte Brennan.

Die meisten Anwesenden stimmten ihm zu. French dagegen hielt hartnäckig daran fest, dass für die Sammelklage kaum etwas übrig bliebe, wenn einigen wenigen Klägern Millionen zugesprochen würden.

Über diesen Punkt geriet die Gruppe in Streit, aber Ansichten und Loyalitäten änderten sich so schnell, dass Clay kaum mehr feststellen konnte, welchen Standpunkt jemand vertrat. French widersprach Brennan, als dieser behauptete, dass sich ein Strafschadenersatz ganz einfach beweisen lasse.

„Sie haben doch die entsprechenden Unterlagen?“, fragte Brennan.

„Clay hat einige Unterlagen, aber das weiß Ackerman noch nicht. Von Ihnen hat sie auch noch keiner gesehen. Und vielleicht werden Sie sie auch nie sehen, wenn Sie einen Alleingang riskieren wollen.“

Messer und Gabeln hielten abrupt inne, als bis auf Clay und French alle gleichzeitig zu brüllen begannen. Als Clay mitten in der lautstarken Auseinandersetzung einen Blick zur Stirnseite des Tisches warf, sah er, dass French seelenruhig an seinem Wein schnupperte, einen Schluck trank, die Augen schloss und sich dann den nächsten Wein vornahm. Wie viele solche Auseinandersetzungen hatte er wohl schon erlebt?

Nachdem sich die Gemüter wieder beruhigt hatten, erzählte Bernie aus Boston einen Witz. Der Raum bebte vor Lachen. Fünf Minuten lang genossen alle das Essen und den Wein, bis Albert aus Topeka eine Strategie vorschlug, um Ackerman in den Bankrott zu treiben. Alle, die dagegen waren, brachten vehement ihre Einwände vor, und schon war die nächste Auseinandersetzung in vollem Gange.

Sie gerieten sich über alles Mögliche in die Haare – beweiskräftige Unterlagen, ob man auf einen Prozess drängen sollte, Zuständigkeiten, Werbung, Spesen, Honorare. Clays Magen krampfte sich zusammen. Er sagte kein Wort. Die anderen hingegen schienen das Essen zu genießen, während sie gleichzeitig heftige Diskussionen führten.

Nach dem längsten Abendessen in Clays Leben führte French sie wieder nach unten ins Billardzimmer, wo Kognak und noch mehr Zigarren auf sie warteten. Die Anwälte, die sich drei Stunden lang wie die Waschweiber beschimpft hatten, tranken und lachten miteinander, als würden sie derselben Studentenverbindung angehören. Bei der ersten Gelegenheit schlich sich Clay davon und ging auf sein Zimmer, das er nur mit viel Mühe fand.

DIE SHOW von Barry und Harry war für zehn Uhr am Samstagmorgen angesetzt, sodass alle genug Zeit hatten, ihren Rausch auszuschlafen und ein herzhaftes Frühstück einzunehmen.

Barry und Harry besaßen eine Firma in New York, die nichts anderes tat, als die Finanzsituation von Unternehmen, die man ins Visier genommen hatte, unter die Lupe zu nehmen. Sie hatten Quellen, Kontakte und Spione und standen in dem Ruf, hinter den offiziellen Zahlen einer Firma immer die Wahrheit zu finden. French hatte sie zu einer einstündigen Präsentation einfliegen lassen, die 200 000 Dollar kostete.

Die beiden waren ein eingespieltes Team. Barry warf die Grafik an die Wand, Harry hielt den Laserpointer in der Hand. Sie standen vor der Leinwand des kleinen Heimkinos, das einige Stufen unterhalb des Billardzimmers lag. Die Anwälte sagten zur Abwechslung einmal nichts.

Ackerman Labs war für mindestens 500 Millionen Dollar versichert – mit 300 Millionen bei einer Haftpflichtversicherung, mit weiteren 200 bei einem Rückversicherer. Die Cashflow-Analyse war so komplex, dass Barry und Harry gleichzeitig reden mussten, um diesen Punkt abhaken zu können. Zahlen und Prozentsätze hatten bald alle Zuhörer eingelullt.

Da Barry und Harry außerdem Anwälte waren, besaßen sie viel Erfahrung darin, die Reaktion eines Unternehmens auf ruinöse Sammelklagen wie diese einzuschätzen. Sie waren der Meinung, dass es für Ackerman das Beste wäre, einen schnellen, stufenweisen Vergleich anzustreben.

„Phase eins wären zwei Milliarden für alle Kläger der Kategorie eins“, erklärte Harry.

„Wir glauben, dass das innerhalb von 90 Tagen über die Bühne gehen könnte“, fügte Barry hinzu.

„Phase zwei wäre eine halbe Milliarde für Kläger der Kategorie zwei, also alle Kläger mit bösartigen Tumoren, die nicht sterben.“

„Phase drei würde fünf Jahre lang offen bleiben, um die Todesfälle abzudecken.“

„Unseren Informationen nach könnte Ackerman über das nächste Jahr etwa zweieinhalb bis drei Milliarden und dann noch einmal eine halbe Milliarde über die nächsten fünf Jahre zahlen.“

„Alles, was darüber hinausgeht, würde wohl dazu führen, dass Gläubigerschutz beantragt wird, weil der Konkurs drohen würde.“

„Was für dieses Unternehmen nicht ratsam wäre. Es sind zu viele Banken mit vorrangigen Pfandrechten vorhanden.“

„Und eine Insolvenz ließe den Geldfluss versiegen. Es würde drei bis fünf Jahre dauern, um einen anständigen Vergleich durchzusetzen.“

Selbstverständlich wollten die Anwälte eine Weile darüber diskutieren. Doch nachdem alles gesagt worden war, ging French zur Stirnseite des Raums und meinte, jetzt sei es an der Zeit, sich auf eine Strategie zu einigen.

Der erste Schritt bestand darin, noch mehr Fälle an Land zu ziehen. Da bis jetzt nur die Hälfte aller Geschädigten den Weg zu ihnen gefunden hatte, gab es noch eine ganze Menge Menschen, die als Kläger infrage kamen. Und die mussten gefunden werden. Nehmt Kontakt zu den kleinen Anwälten auf, die nur 20 oder 30 Fälle haben, bringt sie dazu, sich der Sammelklage anzuschließen. Es muss alles getan werden, um diese Fälle zu bekommen.

Der zweite Schritt war eine Besprechung mit Ackerman Labs innerhalb von 60 Tagen, bei der über einen Vergleich geredet werden sollte. Der Ausschuss würde einen Termin festlegen und die Ankündigungen verschicken.

Schritt drei: Sie mussten alles daransetzen, um die Klägergruppe zusammenzuhalten. Alle, die aus der Gruppe ausscheiden wollten und einen eigenen Prozess anstrebten, sollten keinen Zugang zu den entscheidenden Unterlagen erhalten.

Jeder der Anwälte hatte etwas anderes an dieser Strategie auszusetzen, aber ihr Bündnis hielt. Der Fall Dyloft schien der schnellste Vergleich in der Geschichte der Sammelklagen zu werden. Die Anwälte konnten das Geld förmlich riechen.

DIE NÄCHSTE Umstrukturierung der jungen Kanzlei ging genauso chaotisch vonstatten wie die vorherigen und aus den gleichen Gründen – zu viele neue Mandanten, nicht genug Personal. Drei Tage nachdem Clay aus Ketchum zurückgekehrt war, hielten ihm Paulette und Jonah eine lange Liste mit Problemen unter die Nase. Eine Meuterei drohte.

Nach den letzten Schätzungen hatte die Kanzlei inzwischen 3320 Dyloft-Mandanten, um die man sich sofort kümmern musste. Paulette, die etwas widerwillig die Rolle der Bürovorsteherin übernommen hatte, Jonah, der zehn Stunden am Tag mit einem Computersystem für die Erfassung der Fälle beschäftigt war, und natürlich Clay, der Chef, nicht eingerechnet, verfügte die Kanzlei über zwei neu angeworbene Anwälte und zehn junge, unerfahrene Anwaltsassistenten.

„Unsere Mandanten wollen, dass man mit ihnen redet", gab Jonah zu bedenken. „Sie haben Angst. Und sie wollen einen richtigen Anwalt am anderen Ende der Leitung, keinen überforderten Assistenten. Ich fürchte, dass wir schon sehr bald einige Mandanten verlieren werden."

„Außerdem ersticken wir im Papierkram", fügte Paulette hinzu. „Die medizinische Erstuntersuchung eines potenziellen Klägers muss analysiert und anschließend durch einen zweiten Test bestätigt werden. Zurzeit gehen wir davon aus, dass bei etwa 400 Leuten ein zweiter Test erforderlich sein wird. Das könnten die schweren Fälle sein. Clay, diese Leute könnten sterben. Jemand muss ihre medizinische Behandlung mit den Ärzten koordinieren. Aber das passiert nicht, weil wir niemanden haben, der sich darum kümmert."

„Ist ja gut", erwiderte Clay. „Wie viele Anwälte brauchen wir?"

Paulette warf Jonah einen müden Blick zu. „Mindestens zehn."

Eine Kanzlei in derselben Straße hatte gerade 35 angestellte Anwälte entlassen, weil die Konjunktur lahmte. In Washington machte so etwas in Windeseile die Runde, da der Arbeitsmarkt für Juristen normalerweise durch nichts zu erschüttern war. Paulette schlug vor, einige der entlassenen Anwälte einzustellen und ihnen einen Vertrag für ein Jahr zu geben. Clay erklärte sich bereit, gleich als Erstes am nächsten Morgen ein paar von ihnen anzurufen.

Jonah hatte zudem die etwas ungewöhnliche Idee, einen Arzt einzustellen, der sich um die Tests und medizinischen Nachweise kümmern sollte. „Jemanden, der gerade Examen gemacht hat, können wir für 100 000 im Jahr bekommen. Er wird nicht viel Erfahrung haben, aber das dürfte nicht so wichtig sein. Schließlich soll er nicht operieren, sondern nur den Papierkram erledigen."

„Kümmere dich darum", bat Clay ihn.

Die Webseite war das nächste Thema auf Jonahs Liste. Aufgrund der Werbespots wurde sie häufig besucht, aber sie brauchten einige Mitarbeiter, die sich in Vollzeit darum kümmerten. Außerdem musste die Seite fast wöchentlich mit Informationen zum Stand der Sammelklage aktualisiert werden.

Für alle Mandanten ohne Internetanschluss – Paulette schätzte, dass dies auf mindestens die Hälfte zutraf – waren darüber hinaus regelmäßige Rundschreiben in Sachen Dyloft äußerst wichtig. „Wir brauchen jemanden, der die Rundschreiben redaktionell bearbeitet und verschickt“, meinte sie.

„Finde jemanden“, trug Clay ihr auf.

PACE wollte sich am späten Abend mit ihm in einer Bar in Georgetown treffen, die von Clays Haus zu Fuß erreichbar war. Er äußerte sich wie immer nur vage darüber, wo er gewesen war und welches Feuer er gelöscht hatte. Seine Kleidung war heller als sonst, er schien jetzt Braun zu bevorzugen – Stiefel aus Schlangenleder und ein Wildlederjackett.

Clay berichtete ihm über seinen Besuch auf Frenchs Ranch.

Beim zweiten Bier fragte Pace: „Sie haben Ackerman-Aktien leer verkauft, nicht wahr?“ Er sah sich um, aber sie wurden von niemandem belauscht.

„100 000 zu 42,5“, erwiderte Clay stolz.

„Ackerman hat heute bei 23 geschlossen.“

„Ich weiß. Ich behalte den Kurs ständig im Auge.“

„Sie sollten Ihre Leerverkäufe eindecken. Am besten gleich morgen früh. Und wenn Sie schon dabei sind, sollten Sie so viele Aktien wie möglich bei 23 kaufen. Der Kurs wird sich verdoppeln.“

Sechs Stunden später – die Sonne war noch nicht aufgegangen – saß Clay wieder im Büro und versuchte, sich auf einen weiteren hektischen Tag vorzubereiten. Außerdem fieberte er der Eröffnung der Börse entgegen. Vor ihm lag eine zweiseitige Liste mit Dingen, die zu erledigen waren. Fast immer ging es dabei um die schier unlösbare Aufgabe, zehn neue Anwälte einzustellen und Büroräume für sie zu finden.

Um halb neun führte er ein zehnminütiges Einstellungsgespräch mit einem jungen Anwalt namens Oscar Mulrooney, der gerade gefeuert worden war. Der arme Kerl war einer der besten Studenten in Yale gewesen, hatte nach dem Examen ein hervorragendes Jobangebot angenommen, war aber nach dem Bankrott des Konzerns und der anschließenden Fusion mit einem Mammutunternehmen überflüssig geworden. Außerdem war er seit zwei Monaten verheiratet und brauchte

Geld. Clay stellte ihn für 75 000 Dollar im Jahr ein, Arbeitsbeginn sofort.

Mulrooney hatte vier Freunde, die ebenfalls in Yale studiert hatten und wie er einen Job suchten. Her mit ihnen!

Um zehn rief Clay seinen Broker an, deckte die Leerverkäufe der Ackerman-Aktien ein und machte dabei einen Differenzgewinn von etwas über 1,9 Millionen Dollar. Mit demselben Anruf nahm er den gesamten Gewinn und kaufte 200 000 Aktien zu 23 Dollar, wofür er auch einen Effektenkredit verwendete, die Kreditaufnahme gegen Verpfändung seines Wertpapierdepots.

Um zwölf war Mulrooney zurück, im Schlepptau seine Freunde, die mit ihrem Eifer an Pfadfinder erinnerten. Clay stellte alle ein, dann wies er sie an, sich Büroräume zu suchen und alles Nötige zu tun, damit sie ihre neue Karriere als Anwälte für Sammelklagen beginnen konnten. Oscar bekam dazu den Auftrag, noch fünf weitere Anwälte einzustellen.

Die „Yale-Filiale" war eröffnet.

UM 17 UHR Ostküstenzeit gab der Pharmahersteller Philo Products bekannt, er wolle sämtliche im Umlauf befindlichen Stammaktien von Ackerman Labs für 50 Dollar je Aktie kaufen – eine Übernahme, die das Unternehmen 14 Milliarden Dollar kosten würde. Clay verfolgte das Drama auf dem großen Bildschirm im Konferenzraum. Er war allein, weil alle anderen an den verdammten Telefonen saßen.

Experten und Börsenanalysten, die in einer endlosen Prozession vor die Kamera geschoben wurden, gaben allerlei Spekulationen von sich. Dyloft wurde schon sehr früh und sehr oft erwähnt. Obwohl Ackerman Labs seit Jahren unter Missmanagement zu leiden hatte, gab es keinen Zweifel daran, dass Dyloft der letzte Nagel für den Sarg des Unternehmens gewesen war.

War Tarvan von Philo hergestellt worden? War Philo der Auftraggeber von Pace? Hatte man Clay manipuliert, um eine 14-Milliarden-Übernahme über die Bühne zu bringen? Die drängendste Frage lautete natürlich, was dies alles für die Zukunft von Ackerman und Dyloft bedeutete. Es war aufregend, den Gewinn zu zählen, den er mit den Ackerman-Aktien gemacht hatte, aber Clay fragte sich, ob dies das Ende des Dyloft-Traums war.

Patton French rief aus seinem Flugzeug an. Er hatte bereits mit Barry und Harry in New York telefoniert, und die beiden sahen einer Übernahme durch Philo recht gelassen entgegen. „Ackerman besitzt zwölf Millionen eigene Aktien, die jetzt mindestens 50 Dollar pro Stück wert sind. Damit hat das Unternehmen sein Eigenkapital auf einen Schlag um

600 Millionen erhöht. Außerdem muss die Übernahme noch von staatlicher Seite genehmigt werden, und in der Regel müssen sämtliche anhängigen Verfahren abgeschlossen sein, bevor die Zustimmung erteilt wird. Und es ist bekannt, dass Philo Gerichtssäle scheut wie der Teufel das Weihwasser. Ein schneller, diskreter Vergleich ist dem Management viel lieber."

Hört sich ganz nach Tarvan an, dachte Clay.

# 8

Sie trafen sich in New York, auf neutralem Boden. Der schmuddelige Bankettsaal eines alten Hotels in der Nähe des Central Park war so ziemlich der letzte Ort, an dem jemand eine derart wichtige Besprechung vermutet hätte. Auf der einen Seite des Tisches saßen die Mitglieder des Ausschusses, der die Kläger im Fall Dyloft vertrat, dahinter alle möglichen Assistenten, Mitarbeiter und Laufburschen, die in Diensten von Patton French standen. Ihnen gegenüber hatte das Team von Ackerman Platz genommen, das unter der Leitung von Cal Wicks stand, einem erfahrenen Anwalt, der von ähnlich vielen Helfern umgeben war.

Eine Woche vorher hatte die Regierung die Fusion mit Philo Products zu 53 Dollar je Aktie genehmigt, was für Clay einen weiteren Gewinn in der Größenordnung von sechs Millionen Dollar bedeutet hatte. Die Hälfte davon hatte er auf dem Offshore-Konto angelegt, das er nicht mehr anrühren wollte.

Patton French hatte zwar jede Menge Unterstützung dabei, doch er brauchte sie nicht. Er übernahm die Leitung der Sitzung, und bald sagte niemand mehr auch nur einen Ton, mit Ausnahme von Wicks, der lediglich das Nötigste von sich gab. Den Vormittag verbrachten sie damit festzulegen, wie viele potenzielle Fälle es gab. Die Gruppe aus Biloxi bestand aus 36 700 Klägern. Einige abtrünnige Anwälte aus Georgia vertraten 5200 Kläger und drohten damit, eine zweite Sammelklage einzureichen. French war zuversichtlich, sie davon abbringen zu können. Außerdem gab es noch ein paar Anwälte, die aus der Sammelklage ausgestiegen waren und es mit Einzelklagen versuchen wollten, aber auch sie sah French nicht als Bedrohung an. Sie würden keinen Zugang zu den entscheidenden Dokumenten bekommen.

Pausenlos ergossen sich Zahlen in den Raum, und bald langweilte sich Clay. Die einzige Zahl, die ihn interessierte, war 5380 – so viele Fälle hatte er. Er vertrat mehr Mandanten als jeder andere Anwalt.

Nach drei Stunden pausenloser Zahlenspielereien einigten sie sich darauf, eine Stunde Mittagspause zu machen. Die Mitglieder des Ausschusses gingen nach oben in eine Suite, wo sie Sandwiches aßen und Wasser tranken. Wes Saulsberry wollte frische Luft schnappen und fragte Clay, ob er ihn auf eine kleine Runde um den Block begleiten wolle. Sie schlenderten am Central Park entlang über die Fifth Avenue. Es war Mitte November, die Luft klar und kühl, Blätter wirbelten über die Straße.

„Haben Sie schon mal was von den Bleimennige-Fällen gehört?“, fragte Saulsberry. „Unsere Mandanten sind Schulen, Kirchen, Krankenhäuser, Gewerbegebäude, alle mit mehreren Schichten Bleimennige an der Wand. Äußerst gefährliches Zeug. Wir haben die Farbenhersteller verklagt, und einige haben sich auf einen Vergleich eingelassen. Es ist eine ziemlich lukrative Angelegenheit. In einem Fall sind wir bei der Recherche auf etwas gestoßen, was das Potenzial für eine Sammelklage hat. Sie sollten es sich unbedingt einmal anschauen. Ich kann die Sache nicht übernehmen, da ein Interessenkonflikt vorliegt.“

„Fahren Sie fort.“

„Das Unternehmen sitzt in Reedsburg, Pennsylvania, und stellt einen Zement her, der beim Bau neuer Häuser verarbeitet wird. Es sieht so aus, als hätten sie Probleme mit einer fehlerhaften Charge Zement. Nach etwa drei Jahren fängt er an zu bröckeln, und die Ziegelverblendung fällt von der Fassade. Der schadhafte Zement wurde nur im Raum Baltimore verwendet, vermutlich sind 2000 Häuser betroffen.“

„Wie hoch sind die Schäden?“

„Es kostet etwa 15 000 Dollar, um ein Haus zu reparieren.“

15 000 Dollar mal 2000 Häuser. Ein Vertrag, der ein Anwaltshonorar in Höhe von einem Drittel des Schadenersatzes vorsah, konnte zehn Millionen bringen.

„Die Beweisführung wird ein Kinderspiel sein“, fuhr Saulsberry fort. „Das Unternehmen weiß, dass es haftbar ist. Ein Vergleich sollte kein Problem sein.“

„Ich würde mir das gern mal ansehen.“

„Ich schicke Ihnen die Unterlagen, aber Sie müssen meinen Namen aus der Sache heraushalten.“

„Bekommen Sie einen Anteil?“

„Nein. Es ist mein Dankeschön für Dyloft. Und wenn Sie eines Tages Gelegenheit haben, mir ebenfalls etwas Gutes zu tun, werde ich natürlich nicht Nein sagen.“

AM SPÄTEN Nachmittag stimmte Ackerman Labs zu, jedem Kläger der Kategorie eins einen Betrag von mindestens 62 000 Dollar zu zahlen. In diese Kategorie fielen Patienten mit gutartigen Tumoren, die durch einen relativ einfachen chirurgischen Eingriff entfernt werden konnten, dessen Kosten ebenfalls von Ackerman übernommen wurden. Der Kategorie gehörten etwa 40 000 Kläger an. Als die Honorare der Anwälte angesprochen wurden, brach ein lautstarker Streit aus. Wie die meisten anderen Anwälte hatte Clay mit seinen Mandanten Verträge abgeschlossen, die ihm ein Erfolgshonorar in Höhe von einem Drittel des jeweils erhaltenen Schadenersatzes garantierten, aber bei solchen Vergleichen wurde der Prozentsatz in der Regel reduziert. Schließlich erklärte sich Ackerman mit 28 Prozent für Kläger der Kategorie eins einverstanden.

In Kategorie zwei fielen Patienten mit bösartigen Tumoren; da ihre Behandlung Monate oder Jahre dauern konnte, blieb der Vergleich offen. Für diese Entschädigung wurde keine Obergrenze vereinbart. Für Kläger der Kategorie zwei sollten die Anwälte 25 Prozent bekommen, wobei Clay keine Ahnung hatte, warum. French ging die Zahlen so schnell durch, dass niemand mehr mitkam.

Kläger der Kategorie drei waren Patienten aus Kategorie zwei, die wegen Dyloft sterben würden. Da es bis jetzt noch keine Todesfälle gegeben hatte, blieb diese Gruppe ebenfalls offen. Als Höchstgrenze für die Honorare wurden 22 Prozent vereinbart.

Um 19 Uhr unterbrachen sie die Besprechung bis zum nächsten Tag. Als Clay im Fahrstuhl nach oben fuhr, reichte French ihm einen Computerausdruck. „Gar nicht schlecht für einen Anfänger“, sagte er lächelnd. Es war eine Zusammenstellung von Clays Fällen und voraussichtlichen Honoraren, darunter auch ein Zuschlag von sieben Prozent für seine Tätigkeit im Ausschuss.

Allein für die Kläger der Kategorie eins konnte Clay mit einem Bruttohonorar von 106 Millionen Dollar rechnen.

Als er endlich allein war, stellte er sich ans Fenster seines Hotelzimmers und starrte nach draußen in die Dämmerung, die sich über den Central Park legte. Er war wie betäubt, unfähig, zu sprechen, sich zu bewegen. Wie angewurzelt stand er am Fenster, während ihm unkontrollierbare Gedanken durch den Kopf schossen, die sich mühsam durch seine überlasteten Gehirngänge kämpften. Dann trank er zwei große Whiskeys aus der Minibar, die jedoch keinerlei Wirkung zeigten.

Zurück am Fenster, rief er Paulette an, die den Hörer abnahm, bevor das erste Klingelzeichen verklungen war. „Wie ist es gelaufen?“, fragte sie, als sie seine Stimme erkannte.

„Du hast gerade zehn Millionen Dollar verdient." Die Wörter schienen von jemand anderem gesprochen zu werden.

Paulette begann zu weinen und sagte eine Weile nichts. Clay ging zu seinem Bett und setzte sich auf den Rand. Am liebsten hätte er auch ein paar Tränen vergossen. „O mein Gott", stammelte Paulette schließlich zweimal.

Auch Jonah war noch in der Kanzlei. Als Clay ihm von der Vereinbarung erzählt hatte, brüllte er etwas ins Telefon, dann ließ er den Hörer fallen und holte Rodney. Clay hörte sie im Hintergrund reden.

Rodney nahm den Hörer auf. „Clay?"

„Dein Anteil liegt bei zehn Millionen", sagte der zum dritten Mal.

„Ich … ich fasse es nicht", stotterte Rodney.

Einen Augenblick lang sah Clay ihn an seinem alten Schreibtisch im OPD vor sich: überall Akten und Papier, Fotos seiner Frau und seiner Kinder an der Wand – ein guter Mann, der für wenig Geld hart arbeitete. Was würde er seiner Frau sagen, wenn er sie in ein paar Minuten anrief?

Nachdem Clay die Telefonate erledigt hatte, saß er lange Zeit auf dem Bettrand. Voller Traurigkeit wurde ihm bewusst, dass er jetzt niemanden mehr anrufen konnte. Er sah Rebecca vor sich, und plötzlich hörte er ihre Stimme, spürte ihren Körper. Sie könnten ein Haus in der Toskana oder auf Maui oder sonstwo auf der Welt kaufen – wo immer sie wollte. Sie könnten dort leben, glücklich, mit einem Dutzend Kinder, ohne Schwiegereltern, mit Kindermädchen, Hausangestellten und Köchen.

Er presste die Kiefer aufeinander und wählte Rebeccas Nummer. Nach dem dritten Klingeln hob sie ab. „Hallo?" Der Klang ihrer Stimme machte ihn schwach.

„Ich bin's, Clay." Er versuchte, lässig zu klingen. Seit sechs Monaten hatten sie kein Wort mehr miteinander gesprochen, aber die alte Vertrautheit war sofort wieder da.

„Hallo, Fremder", erwiderte sie. Freundlich.

„Wie geht es dir?"

„Gut. Viel zu tun, wie immer. Und wie sieht's bei dir aus?"

„Wie bei dir. Ich bin gerade in New York und schließe einige Fälle ab."

„Ich habe gehört, dass es beruflich ganz gut für dich läuft."

Eine Untertreibung. „Ich kann mich nicht beklagen. Was macht dein Job?"

„Ich arbeite noch sechs Tage, dann ist Schluss."

„Du hast gekündigt?"

„Ja. Ich heirate nämlich."

„Ich weiß. Wann ist die Hochzeit?"

„Am 20. Dezember." – In einem Monat.

„Ich habe noch keine Einladung bekommen."

„Weil ich dir keine geschickt habe. Ich dachte, dass du keinen Wert darauf legst zu kommen."

„Du hast vermutlich Recht. Bist du sicher, dass du heiraten willst?"

„Lass uns von was anderem reden. Ich habe gehört, dass du dir ein Haus in Georgetown gekauft hast."

„Das ist schon eine Weile her." Aber er freute sich, dass sie es wusste. „Wo hast du diesen Kerl eigentlich kennen gelernt? Er ist ein Wurm."

„Clay, bitte! Nicht in diesem Ton."

„Heirate ihn nicht, Rebecca. Deine Eltern werden ihn mit Haut und Haaren auffressen. Außerdem werden eure Kinder so aussehen wie er. Ein Haufen kleiner Würmer."

Die Leitung war tot.

AM NÄCHSTEN Morgen stand es im *Wall Street Journal*. ANWÄLTE ERZWINGEN SCHNELLEN VERGLEICH MIT HERSTELLER VON DYLOFT, lautete die Schlagzeile. Philo Products eröffnete bei 82 Dollar und sprang innerhalb kurzer Zeit auf 85. Ein Analyst sagte, die Anleger seien erleichtert gewesen, als sie von dem Vergleich gehört hätten. Das Unternehmen sei nun in der Lage, die Kosten des Verfahrens unter Kontrolle zu halten. Ungenannte Quellen bei Philo bezeichneten den Vergleich als Sieg.

Clay verfolgte die Nachrichtensendungen im Fernsehen zu Hause. Außerdem nahm er Anrufe von Reportern entgegen. Um elf kam jemand vom *Wall Street Journal*, der auch einen Fotografen mitbrachte. Gleich zu Anfang des Gesprächs stellte Clay fest, dass der Reporter genauso viel über den Vergleich wusste wie er selbst.

„So was kann man nicht unter dem Teppich halten", sagte der Journalist. „Wir wissen sogar, in welchem Hotel Sie sich versteckt hatten."

Inoffiziell beantwortete Clay sämtliche Fragen, die ihm gestellt wurden. Offiziell wollte er den Vergleich nicht kommentieren. Allerdings gab er bereitwillig einige Informationen zu seiner Person und sprach über seinen schnellen Aufstieg innerhalb weniger Monate aus den Tiefen des OPD zum sagenhaft reichen Anwalt für Sammelklagen, die erfolgreiche Kanzlei, die er gerade aufbaute, und so weiter und so fort. Er war sich sicher, dass der Artikel sensationell ausfallen würde.

Am nächsten Morgen, noch vor Sonnenaufgang, las er ihn online. Illustriert war der Artikel mit einer jener grässlichen Karikaturen, für die das Magazin bekannt war, und genau über Clays verzerrten Gesichtszügen stand die Schlagzeile: DER KÖNIG DER SAMMELKLAGEN. IN SECHS MONATEN VON 40000 DOLLAR AUF 100 MILLIONEN.

Es war ein sehr langer Artikel, in dem es ausschließlich um Clay ging. Sein beruflicher Werdegang, die Kindheit in Washington, sein Vater, das Jurastudium an der Georgetown-Universität, schmeichelhafte Bemerkungen von Glenda aus dem OPD, ein Kommentar von einem Professor, an den er sich schon gar nicht mehr erinnern konnte, eine kurze Zusammenfassung des Dyloft-Vergleichs. Das Beste war ein ausführliches Gespräch mit Patton French. Darin bezeichnete der „bekannte, auf Sammelklagen spezialisierte Anwalt" Clay als „unseren erfolgreichsten jungen Kollegen" und wurde weiter zitiert mit: „Clay Carter ist der neue König der Sammelklagen, daran gibt es keinen Zweifel."

Clay las den Artikel zweimal, dann schickte er ihn per E-Mail an Rebecca, nachdem er oben und unten REBECCA, WARTE BITTE, CLAY hinzugefügt hatte. Er sandte ihr die Mail nach Hause und ins Büro.

Als er schließlich in der Kanzlei eintraf, ging es dort noch chaotischer zu als sonst. Paulette, Jonah und Rodney rannten hektisch durch die Gegend und wussten nicht, was sie zuerst tun sollten. Sämtliche Mandanten bestanden darauf, ihr Geld noch am selben Tag zu bekommen.

Zum Glück zeigte sich die Yale-Filiale unter Leitung eines zur Höchstform auflaufenden Oscar Mulrooney der Herausforderung gewachsen und entwickelte einen Plan, wie die Kanzlei bis zur Auszahlung des Geldes überleben konnte. Clay sorgte dafür, dass Mulrooney in ein Büro auf derselben Etage umzog, verdoppelte das Gehalt des jungen Anwalts und trug ihm auf, sich um das Chaos zu kümmern.

Er selbst brauchte Urlaub.

GREAT ABACO ist eine lange, schmale Insel am nördlichen Rand der Bahamas und liegt etwa 160 Kilometer östlich von Florida. Vor vier Jahren war Clay, nachdem er genug Geld für den Flug zusammengekratzt hatte, schon einmal auf der Insel zu Besuch gewesen, um mit seinem Vater über ernste Dinge zu sprechen. Doch es sollte anders kommen. Damals lag es noch nicht lange zurück, dass Jarrett Carter in Ungnade gefallen war, und so war er vollauf damit beschäftigt, seine Schmach ab Mittag in Rumpunsch zu ertränken. Man hätte mit ihm über alles reden können, außer über die Juristerei und Anwälte.

Jarrett hatte seine Reputation durch einen Prozess erlangt, bei dem der Vorsitzende der Amerikanischen Ärztevereinigung angeklagt war, ein untadeliger Arzt, dem jedoch bei einer Operation ein Kunstfehler unterlaufen war. Das Urteil wurde von erbarmungslosen Geschworenen in einem konservativen Bezirk gefällt, und nach seinem Sieg war Jarrett plötzlich ein gefragter Prozessanwalt. Er suchte sich nur noch die kompliziertesten

Fälle heraus, die er vor Gericht auch meistens gewann, und mit 40 Jahren war er ein Anwalt mit bestem Renommee. Clay zweifelte nie daran, dass er in die Fußstapfen seines Vaters treten würde.

Die Katastrophe nahm ihren Anfang, als Clay noch das College besuchte, zunächst mit einer unappetitlichen Scheidung, die Jarrett teuer zu stehen kam. Dann ging in der Kanzlei alles schief, und es lief darauf hinaus, dass sich die Teilhaber gegenseitig verklagten. Weil er dadurch abgelenkt war, gewann Jarrett zwei Jahre lang keinen einzigen Prozess mehr, wodurch sein Ruf großen Schaden erlitt. Schließlich machte er seinen schlimmsten Fehler, indem er gemeinsam mit seinem Buchhalter die Bilanzen zu frisieren begann: Einnahmen wurden verschwiegen, Ausgaben übertrieben hoch angesetzt. Als sie erwischt wurden, war Jarrett am Boden zerstört. Es schien wahrscheinlich, dass er ins Gefängnis wandern würde. Davor bewahrte ihn nur der Umstand, dass sich ein alter Studienkollege, der nun der zuständige Oberstaatsanwalt war, der Sache annahm.

Was für ein Abkommen genau die beiden trafen, sollte für immer ein dunkles Geheimnis bleiben. Zu einer formellen Anklage kam es nie, es gab nur ein inoffizielles Arrangement. Jarrett löste in aller Stille seine Kanzlei auf, gab seine Anwaltszulassung zurück und verließ das Land. So wurde aus dem berühmten Jarrett Carter der Kapitän eines Bootes für Hochseeangeln auf den Bahamas.

Bei der nie in schriftlicher Form festgehaltenen Vereinbarung mit den Behörden, die ihm eine Ausreise ohne Anklageerhebung ermöglicht hatte, gab es viele lose Enden. So war sein Reisepass ohne viel Aufhebens vom Justizministerium kassiert worden, was ihn in seiner Bewegungsfreiheit etwas einschränkte. „Wir bleiben besser auf den Bahamas", sagte er, als Clay angekommen war.

Sie verließen Abaco in einer Cessna Citation V, einem anderen Spielzeug aus der Charterflotte, die Clay entdeckt hatte, und flogen ins 30 Minuten entfernte Nassau.

Jarrett wartete, bis sie in der Luft waren. „Leg los!" Er hatte bereits ein Bier in der Hand.

Clay nahm sich ebenfalls eines. Dann fing er bei Tarvan an und hörte bei Dyloft auf. Jarrett hatte bereits Gerüchte über den Erfolg seines Sohnes gehört, aber er las keine Zeitungen und tat sein Bestes, um Neuigkeiten aus der alten Heimat aus dem Weg zu gehen.

Als er von den 100 Millionen hörte, schloss er die Augen, wurde blass – genau genommen wurde die tiefe Sonnenbräune einen Ton heller – und legte die wettergegerbte Stirn in tiefe Falten. Dann schüttelte er den Kopf und fing an zu lachen. „Was willst du mit dem Geld machen?"

„Es mit beiden Händen zum Fenster rauswerfen."

Vor dem Flugplatz von Nassau stiegen sie in ein Taxi, dessen Fahrer einen Joint rauchte. Doch er brachte sie sicher ins „Sunset Casinohotel" auf Paradise Island, das dem Hafen von Nassau gegenüberlag.

Jarrett ging sofort zu den Tischen, an denen Blackjack gespielt wurde, in der Tasche 5000 Dollar in bar, die ihm sein Sohn gegeben hatte. Clay suchte nach der Sonnencreme und dem Pool. Er brauchte jetzt Sonne und Mädchen im Bikini.

DAS BOOT war ein 19 Meter langer Katamaran und von einer renommierten Reederei in Fort Lauderdale gebaut worden. Skipper und Verkäufer war ein griesgrämiger alter Engländer namens Maltbee. Er zeterte und keifte, bis sie den Hafen von Nassau verlassen hatten und in die Bucht hinausfuhren. Sie wollten einen halben Tag lang eine Testfahrt mit dem Boot machen, von dem Jarrett behauptete, man könne damit eine Stange Geld verdienen.

Ihm zufolge verdiente man das große Geld beim Privatcharter von Segelbooten für kleine Gruppen wohlhabender Gäste, die nicht faulenzen, sondern arbeiten wollten. Dazu nahm man ein schönes Boot – das eigene, vorzugsweise eines, das bereits abbezahlt war – und segelte jeweils einen Monat lang durch die Karibik. „10 000 Mäuse pro Woche", sagte Jarrett. „Und man kann segeln, den Wind, die Sonne und das Meer genießen, sich treiben lassen. Das ist was anderes als Angelfahrten, bei denen die Leute einen Wutausbruch bekommen, wenn sie mal keinen großen Marlin fangen."

Der Wind frischte auf. Der Katamaran gewann an Fahrt und schoss durch das ruhige Meer. Clay hatte sich bis auf die Shorts ausgezogen und mit Sonnencreme eingerieben; er war gerade am Einschlafen, als Maltbee neben ihm auftauchte.

„Ihr Vater hat gesagt, dass Sie hier der Mann mit dem Geld sind." Maltbees Augen waren hinter einer dicken Sonnenbrille verborgen.

„Dann wird das wohl so sein", erwiderte Clay.

„Der Kat hat vier Millionen Dollar gekostet und ist so gut wie neu, eines unserer besten Boote. Er wurde für einen dieser Internetmillionäre gebaut, der sein Geld aber schneller verloren hat, als er es verdienen konnte. Jedenfalls haben wir das Boot jetzt am Hals. Zurzeit ist nicht viel los auf dem Markt. Für drei Millionen würden wir es verkaufen, aber bei diesem Preis sollte man Sie eigentlich wegen Diebstahls vor Gericht bringen. Wenn Sie für das Boot eine Chartergesellschaft auf den Bahamas gründen, können Sie jede Menge Steuern sparen. Ich kann

Ihnen die Tricks nicht erklären, aber wir haben einen Anwalt in Nassau, der den Papierkram erledigt."

Drei Tage später unterschrieb Clay einen Vertrag, in dem er sich verpflichtete, 2,9 Millionen Dollar für das Boot zu zahlen. Der Anwalt in Nassau gründete die Chartergesellschaft nur auf Jarretts Namen. Das Boot war ein Geschenk vom Sohn an den Vater, eine Geldanlage, die auf den Bahamas versteckt wurde, genau wie Jarrett selbst es tat.

Am letzten Abend in Nassau saßen sie in einer heruntergekommenen Kneipe zusammen mit Drogenhändlern, Steuerflüchtlingen und unterhaltssäumigen Ehemännern.

Clay knackte die Scheren seiner Königskrabben und stellte schließlich eine Frage, die ihm schon seit Wochen im Kopf herumging. „Besteht eigentlich die Möglichkeit, dass du wieder in die Staaten zurückkehrst?"

„Wozu?"

„Um als Partner in meiner Kanzlei zu arbeiten. Um Prozesse zu führen und den anderen in den Hintern zu treten."

Jarrett musste lächeln bei der Vorstellung, dass sie zusammenarbeiteten, dass er zurückkam – zurück in ein Büro, zurück in einen ehrbaren Beruf. „Ich habe der Anwaltskammer meine Zulassung zurückgegeben und versprochen, für immer wegzubleiben."

„Willst du denn nicht zurückkommen?"

„Vielleicht, aber ganz sicher nicht, um wieder als Anwalt zu arbeiten. Ich bin 55, und das ist ein wenig zu alt, um noch mal von vorn anzufangen."

„Was wird in zehn Jahren sein?"

„So denke ich nicht. Pläne für die Zukunft zu schmieden ist lächerlich. Lebe für den Augenblick, Clay. Die Zukunft wird sich schon richten. Mir scheint, dass du zurzeit alle Hände voll zu tun hast."

„Das Geld sorgt dafür, dass ich beschäftigt bin."

„Verdirb es nicht. Ich weiß, dass das sehr unwahrscheinlich klingt, aber du wirst dich wundern. Plötzlich wirst du jede Menge neuer Freunde haben. Und die Frauen werden dir hinterherlaufen."

„Wann?"

„Wart's ab." Jarrett steckte sich eine Garnele in den Mund und wechselte das Thema. „Wirst du deiner Mutter auch unter die Arme greifen?"

„Sie braucht keine Hilfe. Ihr Mann hat schließlich eine Menge Geld, oder hast du das vergessen?"

„Wann hast du das letzte Mal mit ihr gesprochen?"

„Vor elf Jahren. Warum interessiert dich das eigentlich?"

„Ich bin nur neugierig. Ist schon merkwürdig. Man heiratet eine Frau, lebt 25 Jahre mit ihr zusammen und fragt sich dann manchmal, was sie heute macht."

„Lass uns über was anderes reden."

„Rebecca."

„Nächstes Thema."

ALS TED WORLEY einen dicken Umschlag von der Kanzlei J. Clay Carter II. erhielt, machte er ihn sofort auf. Der alte Mann hatte einige Nachrichtensendungen gesehen, in denen über den Dyloft-Vergleich berichtet worden war. Er hatte die Dyloft-Webseite im Auge behalten und darauf gewartet, dass ihm jemand mitteilte, es sei nun so weit, er könne sein Geld bei Ackerman Labs abholen. In dem Brief stand:

> Sehr geehrter Mr Worley!
> Herzlichen Glückwunsch. Bezüglich Ihres in Form einer Sammelklage gegen Ackerman Labs geltend gemachten Entschädigungsanspruches wurde vor dem Bezirksgericht für Südmississippi ein Vergleich geschlossen. Als Kläger der Kategorie eins beträgt Ihr Anteil an der Entschädigungszahlung 62 000 Dollar. Gemäß dem zwischen Ihnen und dieser Kanzlei geschlossenen Anwaltsvertrag sind 28 Prozent dieser Summe als Erfolgshonorar zu zahlen. Darüber hinaus ist vom Gericht ein Betrag von 1400 Dollar genehmigt worden, der für anteilige Verfahrenskosten in Abzug gebracht wird. Die Entschädigungssumme netto beträgt daher 43 240 Dollar. Bitte unterzeichnen Sie die beigefügte Vereinbarung und die Empfangsbestätigung, und schicken Sie diese baldmöglichst im beigefügten Umschlag an uns zurück.
> Mit freundlichen Grüßen
> Oscar Mulrooney
> Rechtsanwalt

„Jedes Mal ein anderer verdammter Anwalt", knurrte Worley, während er die Seiten umblätterte, die er schon gar nicht mehr lesen wollte.

43 240 Dollar! Diese Summe sollte er von einem niederträchtigen Pharmakonzern bekommen, der ein Medikament auf den Markt gebracht hatte, das vier Tumoren in seiner Blase hatte wachsen lassen. 43 240 Dollar für Monate voller Angst und Stress und Ungewissheit darüber, ob er leben oder sterben würde. 43 240 Dollar für die Tortur, bei der ein winziges Skalpell mit einer Sonde in seinen Penis und seine Blase eingeführt worden war, das die vier Wucherungen eine nach der anderen abgetragen und durch seinen Penis nach draußen befördert hatte. Die Erinnerung daran ließ ihn zusammenzucken.

Worley rief sechsmal an, hinterließ sechs wütende Nachrichten und wartete, bis er von diesem Mulrooney zurückgerufen wurde.

„Wer zum Teufel sind Sie?“, fuhr er ihn an.

Oscar Mulrooney war in den vergangenen Tagen zu einem Experten für Anrufe dieser Art geworden. Er erklärte, dass er der für Mr Worleys Fall zuständige Anwalt sei.

„Dieser Vergleich ist ein Witz“, zeterte Worley. „43 000 – das ist doch kriminell!“

„Die Ihnen zustehende Summe beträgt 62 000“, erwiderte Oscar. „Sie waren damit einverstanden, Ihrem Anwalt, ohne den Sie gar kein Geld bekommen würden, ein Drittel zu zahlen. Beim Abschluss des Vergleichs wurde das Honorar auf 28 Prozent reduziert. Die meisten anderen Anwälte bekommen 45 oder 50 Prozent.“

„Na, da habe ich ja noch mal Glück gehabt! Diesen Vergleich akzeptiere ich nicht.“

Daraufhin erklärte Oscar ihm in einigen auswendig gelernten Sätzen, dass Ackerman Labs nur so und so viel zahlen könne, ohne Bankrott zu gehen, und Mr Worley in diesem Fall erheblich weniger und vielleicht auch gar nichts bekommen würde.

„Das ist ja alles gut und schön“, murrte Worley. „Aber diesen Vergleich akzeptiere ich nicht.“

„Schauen Sie sich Seite elf der Unterlagen an, die wir Ihnen geschickt haben. Lesen Sie sich den Vertrag durch, dann werden Sie feststellen, dass Sie die Kanzlei ermächtigt haben, jedem Vergleich zuzustimmen, bei dem mehr als 50 000 Dollar angeboten werden.“

„Daran kann ich mich erinnern, aber mir wurde gesagt, das wäre bloß ein Ausgangspunkt. Ich habe viel mehr erwartet.“

„Der Vergleich ist bereits vom Gericht genehmigt worden. Das ist bei Sammelklagen immer so. Wenn Sie den Vergleich nicht annehmen, bleibt Ihr Anteil im Topf, und dann bekommt ihn ein anderer.“

„Hat euch eigentlich schon mal jemand gesagt, dass ihr eine Bande von Betrügern seid?“

„Es tut mir Leid, dass Sie so darüber denken.“

„Ihnen tut überhaupt nichts Leid. In der Zeitung steht, dass Sie 100 Millionen bekommen. Diebe!“ Worley knallte den Hörer auf.

AUF DEM Titelbild der Dezemberausgabe des *Capitol Magazine* war ein sonnengebräunter Clay zu sehen, der sich in einem Armani-Anzug in seinem repräsentativen Büro an den Schreibtisch lehnte.

Auch der Artikel war mit Fotos illustriert: Clay auf der Terrasse seines Hauses, Clay in einem leeren Gerichtssaal neben der Geschworenenbank, als hätte er der Jury gerade eine millionenschwere Entschädigung für seine Mandanten abgerungen, und Clay, der seinen neuen Porsche wusch. Außerdem hatte er dem Reporter anvertraut, dass er sich gerade auf den Bahamas ein neues Boot gekauft hatte. Nein, keine feste Beziehung zurzeit. Prompt wurde er zu einem der begehrtesten Junggesellen der Stadt erklärt.

Im hinteren Teil der Zeitschrift wurden Hochzeitsanzeigen abgedruckt. Auf einem der Fotos war auch Rebecca zu sehen, die auf einem Korbstuhl in irgendeinem Garten saß. Es war ein hübsches Bild, das nur durch das Gesicht ihres zukünftigen Ehemanns ruiniert wurde. Jason Shubert Myers IV. schmiegte sich an sie und schien ganz offensichtlich die Aufmerksamkeit der Kamera zu genießen.

Bennett hatte seine Beziehungen spielen lassen; Rebeccas Hochzeitsanzeige war die zweitgrößte von etwa einem Dutzend. Sechs Seiten weiter fand Clay eine ganzseitige Werbeanzeige der BvH-Gruppe. Aha, das Druckmittel.

Clay weidete sich an der Vorstellung des Entsetzens, das die Zeitschrift im Hause van Horn hervorrufen würde. Rebeccas Hochzeit, das große gesellschaftliche Ereignis, mit dem Bennett und Barb die Öffentlichkeit beeindrucken wollten und für das sie so viel Geld ausgaben, wurde von dem Rummel um den Ex ihrer Tochter ruiniert.

Und er arbeitete schon daran, die Braut noch etwas mehr in den Schatten zu stellen.

JONAH hatte verkündet, er werde sich mit großer Wahrscheinlichkeit zur Ruhe setzen. Er war zehn Tage auf Antigua gewesen, und als er Anfang Dezember während eines Schneesturms nach Washington zurückkam, erzählte er Clay, dass er weder geistig noch physisch in der Lage sei, länger in einer Anwaltskanzlei zu arbeiten. Außerdem habe er eine Frau kennen gelernt, die genau wie er gern segle, und er überlege sich, eine Segeljacht zu kaufen.

„Ich brauche eine Blondine“, ließ Clay die Katze aus dem Sack, nachdem er sich in einen Stuhl vor Jonahs Schreibtisch gesetzt hatte.

„Der begehrteste Junggeselle der Stadt hat Probleme, eine Frau aufzureißen?“

„Bin aus der Übung. Ich will zu Rebeccas Hochzeit, und dafür brauche ich eine Begleiterin, die alle anderen in den Schatten stellt.“

„He, das ist gut.“ Jonah lachte und griff in eine Schublade seines Schreibtisches. Er wühlte sich durch einige Papiere, bis er fand, was er suchte. Clay bekam eine zusammengefaltete Zeitung zugeworfen. Sein Blick fiel auf eine Anzeige, mit der ein Kaufhaus für Unterwäsche warb. Das atemberaubende Model trug unterhalb der Taille so gut wie nichts und bedeckte die nackten Brüste nur recht unzulänglich mit den Armen.

„Kennst du sie?“, fragte Clay.

„Natürlich kenne ich sie. Glaubst du, ich bewahre Dessouswerbung nur so zum Spaß auf? Sie heißt Ridley. Zumindest nennt sie sich so.“

„Amerikanerin?“ Clay starrte immer noch auf die junge Schönheit.

„Aus Georgien. Sie ist vor einiger Zeit als Austauschstudentin in die Staaten gekommen und hier geblieben.“

„Wie groß ist sie?“

„Etwa 1,80.“

Clay warf die Zeitung zurück. „Bist du mal mit ihr ausgegangen?“

„Nein. Ein Freund von mir kennt sie. Sie steht noch auf meiner Liste. Ich habe nur darauf gewartet, dass sie mal Zeit hat. Versuch es einfach. Wenn sie dir nicht gefällt, suchen wir dir eine andere Blondine.“

„Kannst du für mich anrufen?“

„Sicher, kein Problem. Jetzt, wo du auf sämtlichen Titelseiten zu bewundern bist, ist das ein Kinderspiel.“

SIE VERABREDETEN sich zum Abendessen in einem japanischen Restaurant, das vor allem die Jungen und Reichen zu seinen Gästen zählte. Ridley sah in persona sogar noch besser aus als auf dem Foto in der Zeitung. Köpfe fuhren herum, Hälse verrenkten sich, als sie in die Mitte des Restaurants geführt wurden und an einem der besten Tische Platz nahmen. Scharen von Kellnern drängten sich um sie. Ridley sprach fließend Englisch mit leichtem Akzent, der gerade so exotisch war, dass sie noch um einiges erotischer wirkte – was sie allerdings gar nicht nötig hatte.

Ihr richtiger Name war Ridal Petashnakol. Zum Glück kamen Models mit einem Namen aus, daher nannte sie sich einfach nur Ridley.

Sie sah blendend aus, er war reich, aber da sie weder über Schönheit noch über Geld sprechen konnten, mussten sie sich einige Minuten abmühen, um ein unverfängliches Gesprächsthema zu finden. Ridley interessierte sich weder für Politik noch für Football. Ah, Kinofilme! Sie sah sich jeden neuen Film an und war von allen begeistert, selbst von den schlechtesten Produktionen, die niemand sonst sehen wollte.

Langsam kamen Clay Zweifel. Sie ist nur Dekoration, sagte er sich. Dieses Abendessen, später Rebeccas Hochzeit, und das war’s.

Immer wieder geriet ihre Unterhaltung ins Stocken, aber beide bemühten sich nach Kräften. Beim Dessert lud er sie zu dem Empfang nach der Hochzeit ein. Er gestand zwar ehrlich ein, dass er mit der Braut einmal zusammen gewesen war, aber er log, als er sagte, sie seien inzwischen gute Freunde.

Ridley zuckte mit den Achseln, als würde sie lieber ins Kino gehen. „Warum nicht?"

ALS ER in die Auffahrt des Potomac Country Club einbog, wurde Clay von Erinnerungen übermannt. Sein letzter Besuch an diesem elenden Ort lag über sieben Monate zurück. Damals hatte er seinen alten Wagen hinter den Tennisplätzen versteckt. Jetzt fuhr er mit einem neuen Porsche vor. Damals hatte er sein Auto nicht von den Angestellten parken lassen, um Geld zu sparen. Jetzt würde er dem Jungen, der ihm den Wagenschlüssel abnahm, ein besonders großzügiges Trinkgeld geben. Damals hatte er sich wie ein Landstreicher gefühlt, der in diesen heiligen Hallen nichts verloren hatte. Jetzt hätte der Klub seinen Aufnahmeantrag innerhalb von 24 Stunden genehmigt, wenn er den richtigen Betrag auf einen Scheck geschrieben hätte.

„Zum Empfang der van-Horn-Hochzeit", sagte er zu dem Sicherheitsbeamten am Eingang.

Sie kamen eine Stunde zu spät, was genau der richtige Zeitpunkt war. Im Ballsaal drängten sich die Gäste, und eine Band spielte.

Die ersten Köpfe fuhren herum. Den Männern fiel die Kinnlade herunter. Da sie schon einige Drinks gekippt hatten, hatten sie keine Hemmungen mehr, Ridley unverhohlen anzustarren, während sich die beiden durch das Gedränge im Saal schoben.

„Hallo, Clay!" Als er sich umdrehte, sah er in das lächelnde Gesicht von Randy Spino, einem ehemaligen Kommilitonen, der in einer Großkanzlei arbeitete und in dieser Umgebung normalerweise kein Wort mit ihm gewechselt hätte.

Doch jetzt hielt er Clay die Hand hin und zeigte Ridley jeden einzelnen seiner Zähne. Um sie herum entstand ein kleiner Menschenauflauf. Spino übernahm das Kommando und stellte seinen guten Freunden seinen guten Freund Clay Carter und Ridley ohne Nachnamen vor. Die Männer rissen sich darum, sie zu begrüßen.

Auf der Bühne griff jemand zum Mikrofon und machte eine Ansage, woraufhin die Gespräche im Saal verstummten. Die Braut und der Bräutigam würden jetzt tanzen, gefolgt von der Braut und ihrem Vater, dann dem Bräutigam und seiner Mutter und so weiter.

„Sie ist sehr hübsch", flüsterte Ridley. Das war Rebecca. Und sie tanzte mit Jason Myers, der für sie der einzige Mensch auf der Welt zu sein schien, obwohl er um einiges kleiner war als sie. Rebecca lächelte und strahlte über das ganze Gesicht, während sie langsam über die Tanzfläche glitten. Die Braut führte, weil Myers steif wie ein Brett war.

Clay wollte sich durch die Menge drängen und Jason mit aller Kraft ins Gesicht schlagen. Er würde sein Mädchen retten, sie von hier wegbringen und ihre Mutter erschießen, falls sie sie fand.

„Du liebst sie immer noch, oder?“, flüsterte Ridley.

„Nein, es ist vorbei“, flüsterte er zurück.

Doch den beiden zuzusehen tat weh, und Clay fragte sich, warum er gekommen war. Um einen Schlussstrich unter das Ganze zu ziehen – was immer das auch bedeuten mochte. Um Abschied zu nehmen. Aber er wollte, dass Rebecca ihn sah, ihn und Ridley, damit sie wusste, dass es ihm gut ging und er sie kein bisschen vermisste.

Clay führte seine Begleiterin zur Tanzfläche, wo sich bereits zahlreiche Gäste aufhielten. Ridley im Stehen war schon ein Kunstwerk, aber Ridley beim Tanzen war eine Offenbarung. Sie bewegte sich mit einem angeborenen Gefühl für Rhythmus und Grazie. Das tief ausgeschnittene Kleid bedeckte nur das Nötigste, und der Schlitz im Rock klaffte so weit auseinander, dass freie Sicht auf viel Haut gewährleistet war. Männer strömten herbei, um zuzusehen.

Rebecca unterhielt sich gerade mit einigen Gästen, als sie den Aufruhr bemerkte und in die Menge sah. Dort entdeckte sie Clay, der mit einer umwerfenden Blondine tanzte. Sie war ebenfalls sprachlos, als sie Ridley sah, aber aus völlig anderen Gründen.

Clay war inzwischen vollauf damit beschäftigt, Rebecca im Auge zu behalten, ohne dabei auch nur eine Bewegung von Ridley zu versäumen. Als das Lied zu Ende war, begann eine langsame Nummer. Rebecca trat zwischen sie. „Hallo, Clay.“ Seine Begleiterin ignorierte sie. „Tanzt du mit mir?“

„Sicher“, erwiderte er.

Ridley zuckte mit den Achseln und ging ein paar Schritte zur Seite, wo sie etwa eine Sekunde lang allein war, bevor ein Massenansturm einsetzte. Sie suchte sich den größten Mann heraus, schlang die Arme um ihn und fing an zu tanzen.

„Ich kann mich nicht daran erinnern, dich eingeladen zu haben“, sagte Rebecca.

„Soll ich gehen?“ Er wollte sie an sich ziehen, aber der weite Rock ihres Hochzeitskleides machte einen engeren Körperkontakt unmöglich.

„Die Leute schauen schon. Wo hast du denn das Blondchen her?“

„Mach dir keine Sorgen, im Bett kommt sie nicht an dich ran.“

„Jason ist gar nicht so schlecht."

„Davon möchte ich jetzt wirklich nichts hören. Pass nur auf, dass du nicht schwanger wirst."

„Das geht dich überhaupt nichts an."

„Es geht mich sehr wohl was an."

Ridley und ihr Verehrer schwebten an ihnen vorbei. Zum ersten Mal an diesem Abend konnte sich Clay ihren Rücken genauer ansehen, der in seiner ganzen Pracht zur Schau gestellt wurde, da ihr Kleid erst ein paar winzige Zentimeter über dem runden, perfekt geformten Po anfing.

„Steht sie auf deiner Gehaltsliste?", erkundigte sich Rebecca.

„Noch nicht."

„Ich halte es für das Beste, wenn du jetzt gehst und sie mitnimmst."

„Sicher, es ist ja deine Party. Ich will nicht stören."

„Das ist doch der einzige Grund, warum du hier bist, Clay." Sie rückte ein Stück von ihm ab.

„Warte ein Jahr auf mich. Dann habe ich 200 Millionen. Wir können an Bord meines Privatjets gehen, den Spießern hier eine lange Nase zeigen und den Rest unseres Lebens auf einer Jacht verbringen. Deine Eltern werden uns nie finden."

Rebecca blieb stehen. „Leb wohl, Clay."

„Ich werde warten."

Plötzlich wurde er von einem über seine eigenen Füße stolpernden Bennett zur Seite gestoßen, dessen Wangen bereits tiefrot waren, weil er zu viel getrunken hatte. Mit den Worten „Sie gestatten?" schnappte er seine Tochter und rettete sie, indem er mit ihr zur anderen Seite der Tanzfläche schlurfte.

Dann war Barb an der Reihe. Sie nahm Clays Hand und warf ihm ein künstliches Lächeln zu. „Keine Szene bitte", sagte sie, ohne die Lippen zu bewegen. Sie machten ein paar steife Schritte, die niemand für einen Tanz halten konnte.

„Wie geht es Ihnen, Mrs van Horn?", erkundigte sich Clay.

„Glänzend, bis ich Sie gesehen habe. Ich bin ganz sicher, dass Sie keine Einladung für diese kleine Party bekommen haben."

„Ich wollte gerade gehen."

„Gut. Den Sicherheitsdienst würde ich nur höchst ungern bemühen."

„Das wird nicht notwendig sein."

Die Musik hörte auf, und Clay ließ Mrs van Horn los. Er zog Ridley mit sich in den hinteren Teil des Ballsaals, wo eine Bar mehr Fans anzog als die Band. Clay nahm sich ein Bier und plante gerade den Rückzug, als sie schon wieder von Männern umzingelt wurden – Rechtsanwälten, die sich über die Freuden von Sammelklagen unterhalten wollten, während sie Ridley auf den Leib rückten.

Nach einigen Minuten idiotischen Smalltalks mit Leuten, die Clay zutiefst verabscheute, stellte sich ein beleibter junger Mann in einem geliehenen Smoking neben ihn und flüsterte: „Ich bin vom Sicherheitsdienst.“ Er hatte ein freundliches Gesicht und sah sehr professionell aus.

„Bin schon weg“, flüsterte Clay zurück.

Er wurde vom Empfang der van-Horn-Hochzeit ausgeschlossen. Man warf ihn aus dem vornehmen Potomac Country Club. Als Clay mit Ridley neben sich davonfuhr, sagte er sich, dass er sich selten so gut amüsiert hatte.

# 9

In der Hochzeitsanzeige war erwähnt worden, dass das frisch vermählte Paar seine Flitterwochen in Mexiko verbringen wolle. Clay beschloss, ebenfalls in Urlaub zu fahren.

Sein einst so effektives Team hatte jeglichen Ehrgeiz verloren. Vielleicht lag es an der Weihnachtszeit, vielleicht am Geld, jedenfalls kamen Jonah, Paulette und Rodney immer seltener in die Kanzlei.

Die Arbeit litt unter der angespannten Atmosphäre. Viele Dyloft-Mandanten waren mit ihrer dürftigen Entschädigung mehr als unzufrieden. Drohbriefe gingen ein. Klingelnde Telefone zu ignorieren hatte sich zu einer Art Sport entwickelt. Nachdem es mehreren Mandanten gelungen war, die Adresse der Kanzlei ausfindig zu machen, waren sie ins Büro gekommen und hatten von Miss Glick verlangt, mit Mr Carter sprechen zu dürfen, der aber zufällig immer mit einem großen Prozess beschäftigt und verreist war. Meistens versteckte er sich bei verriegelter Tür in seinem Büro und wartete, bis sich der Sturm wieder gelegt hatte. Nach einem besonders harten Tag rief er bei Patton French an und fragte ihn um Rat.

„Kopf hoch, alter Junge“, tröstete French ihn. „Sie machen ein Vermögen mit Sammelklagen, und das ist der Nachteil dabei. Dafür braucht man ein dickes Fell.“

Das dickste Fell der Kanzlei hatte Oscar Mulrooney, der Clay immer wieder aufs Neue mit seinem Organisationstalent und seinem Ehrgeiz überraschte. Er schuftete 15 Stunden am Tag und trieb die Yale-Filiale an, das Geld aus dem Vergleich für Dyloft so schnell wie möglich zu kassieren. Da Jonah kein Geheimnis aus seiner geplanten Weltumsegelung machte, Paulette leise andeutete, für ein Jahr nach Afrika gehen zu wollen, um dort Kunst zu studieren, und auch Rodney immer öfter von Kündigung sprach, war klar, dass es bald einige freie Stellen an der Spitze der Kanzlei geben würde.

In der Yale-Filiale arbeiteten inzwischen elf Anwälte, von denen sieben tatsächlich in Yale studiert hatten. In der Fabrik in Manassas waren jetzt zwölf Anwaltsassistenten beschäftigt, die bis über beide Ohren in Akten und Papierkram versanken. Clay hatte keinerlei Bedenken, über Weihnachten wegzufahren und beide Büros unter der Leitung Mulrooneys zu lassen. Er war sicher, dass die Kanzlei bei seiner Rückkehr besser in Schuss sein würde als jetzt.

ES WAR Ridleys erster Flug in einem Privatjet. Nonstop von Washington nach St. Lucia in vier Stunden. Die Stadt war kalt und grau, als sie abflogen, aber als sie den Jet auf dem Flughafen der Insel verließen, schlug ihnen die Hitze wie eine Wand entgegen.

Sie gingen an Bord eines kleines Flugzeugs, das sie in 15 Minuten nach Mustique brachte, auf die exklusive Privatinsel der Reichen und Prominenten. Dort gab es alles, nur keine Landebahn, die für Privatjets lang genug war.

Ihre Villa für die nächste Woche hatte früher einem Prinzen gehört, war dann aber an einen Internetmillionär verkauft worden, der sie vermietete, wenn er nicht auf der Insel war. Marshall, Chauffeur und Butler zugleich, wartete mit einem breiten Grinsen und einem offenen Jeep auf sie. Sie warfen ihre leichten Reisetaschen auf die Ladefläche und fuhren eine kurvenreiche Straße entlang. Keine Hotels, keine Apartmenthäuser, keine Touristen, kein Verkehr. Das Haus lag am Hang eines Hügels. Die Aussicht war grandios – 60 Meter über dem Meer und kilometerweit nur endloses türkisfarbenes Meer.

Noch bevor sie ihre Taschen in der größten Suite ausgepackt hatten, zog sich Ridley bis auf ein winziges Nichts aus und sprang in den Pool. Rebecca kuschelte jetzt in einem öden Touristenhotel in Mexiko mit ihrem kleinen Jason.

Doch das war Clay egal.

ZWEI Tage nach Weihnachten kam Max Pace mit einer Begleiterin an. Sie hieß Valeria und war ein stämmiger, sportlicher Typ mit breiten Schultern, keiner Spur von Make-up und einem sehr zögerlichen Lächeln. Pace war ein gut aussehender Mann, aber an seiner Freundin konnte man beim besten Willen nichts Attraktives entdecken.

Pace zog sich schnell eine Badehose an und sprang in den Pool. Valeria dagegen holte Wanderstiefel aus ihrem Koffer und marschierte los, um sich ein paar Felsen zum Klettern zu suchen. Ridley verschwand im Wohnzimmer des Haupthauses, wo sie einen Stapel Videos bereitgelegt hatte.

Da Pace und Clay nicht viel voneinander wussten, gab es wenig, worüber sie sich unterhalten konnten. Zumindest in den ersten Minuten, denn mit der Zeit wurde klar, dass Pace etwas Wichtiges auf dem Herzen hatte. „Reden wir übers Geschäft", sagte er nach einem kleinen Nickerchen in der Sonne. Sie gingen zur Bar hinüber, und Marshall brachte ihnen etwas zu trinken.

„Ich habe da was über ein weiteres Medikament gehört", fing Pace an. „Eine ganz große Sache. Aber dieses Mal will ich eine Beteiligung."

„Für wen arbeiten Sie?"

„Für mich. Und für Sie. Ich bekomme 25 Prozent Ihres Bruttohonorars."

„Was springt dabei heraus?"

„Die Sache könnte noch größer werden als Dyloft."

„Dann bekommen Sie Ihre 25 Prozent. Wenn Sie wollen, auch mehr."

„25 sind fair", erwiderte Pace und streckte Clay die Hand hin.

Der schlug ein. „Legen Sie los!"

„Es gibt ein Hormonpräparat für Frauen namens Maxatil. Mindestens vier Millionen Frauen zwischen 45 und 75 nehmen es. Maxatil ist vor fünf Jahren auf den Markt gekommen. Es hilft gegen Hitzewallungen und andere Symptome der Wechseljahre. Der Hersteller ist Goffman."

„Goffman? Rasierklingen und Mundwasser?"

„Genau der. 21 Milliarden Dollar Umsatz im letzten Jahr. Der solideste der soliden Konzerne. Kaum Schulden, vernünftiges Management. Maxatil wurde allerdings etwas überstürzt auf den Markt geworfen. Die übliche Geschichte – die Aussicht auf Riesengewinne, das Medikament schien keine größeren Nebenwirkungen zu haben, es wurde durch die FDA geprügelt, und in den ersten Jahren waren alle glücklich und zufrieden."

„Aber?"

„Aber es gibt große Probleme. Im Rahmen einer staatlichen Studie wurden 20000 Frauen untersucht, die vier Jahre lang Maxatil genommen hatten. Die Studie wird in ein paar Wochen veröffentlicht. Sie wird vernichtend sein. Bei etwa acht Prozent der Frauen lässt das Medikament das Risiko für Brustkrebs, Herzinfarkte und Schlaganfälle in die Höhe schnellen."

„Wer weiß noch von diesem Bericht?“

„Nur eine Hand voll Leute. Ich habe eine Kopie davon.“

„Warum überrascht mich das nicht?“ Clay nahm einen großen Schluck von seinem Drink. Sein Puls raste. Mustique war mit einem Mal sehr langweilig geworden.

„Es gibt ein paar Anwälte, die etwas wittern, aber sie haben den Bericht der Behörde nicht gesehen“, fuhr Pace fort. „Bis jetzt ist nur eine Klage eingereicht worden, in Arizona, aber es ist keine Sammelklage, sondern eine altmodische Schadenersatzklage. Ein Einzelverfahren. Der Anwalt ist ein alter Haudegen namens Dale Mooneyham aus Tucson. Er vertritt immer nur einen Mandanten, und er verliert nie. Er wird derjenige sein, der den ersten Schuss auf Goffman abgibt. Das könnte den Tenor für den gesamten Vergleich festlegen. Wir müssen unbedingt die Ersten sein, die eine Sammelklage einreichen. Und Sie können es allein, ohne French und die anderen Halsabschneider. Ich werde im Hintergrund die Fäden ziehen. Ich habe gute Kontakte zu allen möglichen zwielichtigen Gestalten. Es ist unser Verfahren, und wenn Goffman Ihren Namen hört, wird das Unternehmen sofort in Deckung gehen.“

„Ein schneller Vergleich?“

„Vermutlich nicht so schnell wie bei Dyloft, aber da ging es ja auch bemerkenswert zügig.“

„Irgendwelche Nachteile?“ Clay versuchte, vorsichtig auszusehen.

„Meiner Meinung nach keine, bis auf die Tatsache, dass Sie ein paar Millionen für Werbung und die Prozessvorbereitung hinlegen müssen.“

„Damit habe ich kein Problem.“

„Sie scheinen inzwischen gelernt zu haben, wie man Geld ausgibt.“

„Bis jetzt habe ich lediglich die Spitze des Eisbergs angekratzt.“

„Ich möchte eine Vorauszahlung von einer Million Dollar. Gegen Verrechnung mit meinem Honorar.“ Pace trank einen Schluck. „Damit ich einige alte Geschichten bei mir zu Hause abschließen kann.“

Clay fand es eigenartig, dass Pace sofort Geld haben wollte. Aber da es um ein Riesengeschäft ging und nur sie beide von dem Geheimnis um Tarvan wussten, konnte er eigentlich nicht Nein sagen. „In Ordnung.“

Pace und Valeria blieben zwei Tage. Clay sah den beiden nach, als Marshall sie mit dem Jeep davonfuhr.

„Kommen noch mehr Gäste?“, erkundigte sich Ridley misstrauisch. Valeria war nicht einfach gewesen.

„Großer Gott, nein“, beruhigte Clay sie.

„Gut.“

Zum Ende des Jahres wurde die gesamte Etage über der Kanzlei frei. Clay mietete die Hälfte davon und legte seine Büros zusammen. Aus der Fabrik kamen zwölf Anwaltsassistenten und fünf Sekretärinnen; auch die Anwälte der Yale-Filiale wurden in die Connecticut Avenue geholt, wo sie sich mehr zu Hause fühlten.

Das neue Jahr begann Clay mit einem mörderischen Terminplan – um sechs Uhr morgens saß er in seinem Büro. Frühstück, Mittagessen und manchmal auch Abendessen nahm er am Schreibtisch ein. Meist war er bis acht oder neun Uhr abends in der Kanzlei, und er ließ keinen Zweifel daran, dass er von allen, die weiterhin für ihn arbeiten wollten, einen ähnlichen Einsatz verlangte.

Jonah wollte nicht. Er ging Mitte Januar, nachdem er sein Büro leer geräumt und sich kurz verabschiedet hatte. Das Segelboot wartete.

Der alternde griechische Playboy, der Paulette geheiratet und dann verlassen hatte, hatte irgendwie von ihrem neuen Reichtum erfahren. Er kam nach Washington, rief bei ihr zu Hause in der schicken Eigentumswohnung an, die er ihr geschenkt hatte, und hinterließ eine Nachricht auf dem Anrufbeantworter. Als Paulette seine Stimme hörte, flüchtete sie aus der Wohnung und flog nach London, wo sie die Feiertage verbrachte und sich jetzt immer noch aufhielt. Sie schickte Clay eine E-Mail, während dieser auf Mustique war, informierte ihn über ihre missliche Lage und erklärte ihm genau, wie er nach seiner Rückkehr ihre Scheidung über die Bühne bringen sollte. Clay stellte die notwendigen Anträge, aber Paulette wollte in London bleiben. „Es tut mir Leid“, sagte sie ihm am Telefon. „Aber ich möchte wirklich nicht mehr arbeiten.“

Daher wurde Mulrooney zu Clays Vertrautem in der Kanzlei, zu seinem inoffiziellen Partner. Oscar und sein Team hatten die wechselvolle Geschichte von Sammelklagen studiert, und er hatte eine Idee. Da bereits zahlreiche Sammelklagen bei den Gerichten eingereicht waren, könnte die Kanzlei ihre beträchtlichen Ressourcen doch dazu nutzen, neue Mandanten zu akquirieren. Clay hatte das Geld für Werbung und Marketing; also könnten sie sich die lukrativsten Sammelklagen aussuchen und potenzielle Kläger sammeln, die noch nicht von einem Anwalt vertreten wurden. Wie bei Dyloft blieb fast jede Klage, für die ein Vergleich abgeschlossen wurde, einige Jahre offen, damit neue Kläger die Möglichkeit hatten, das einzufordern, was ihnen zustand. Clays Kanzlei könnte sich doch einfach an die Sammelklagen der anderen Anwälte dranhängen – in den USA gab es in diesem Moment etwa 11 000 laufende Verfahren –, sozusagen die Krümel aufpicken, aber natürlich für hohe Honorare. Als Beispiel nannte Oscar Skinny Ben, das Diätpillenfiasko. Es war gut möglich, dass bis zu 100000 Geschädigte noch gar nicht identifiziert waren und keinen Rechtsbeistand hatten.

Wie ein General, der seine Truppen in Stellung brachte, teilte Clay der Skinny-Ben-Front zwei Anwälte und einen Anwaltsassistenten zu. Mulrooney hatte auf mehr personelle Unterstützung gehofft, aber Clay hatte größere Pläne. Er entwarf den Schlachtplan für Maxatil, eine Klage, die er selbst leiten wollte. Der Bericht der staatlichen Behörde, der immer noch nicht veröffentlicht und von Pace offenbar gestohlen worden war, bestand aus 140 Seiten und enthielt vernichtende Testergebnisse. Clay las ihn zweimal durch, bevor er ihn an Mulrooney weitergab.

An einem verschneiten Abend Ende Januar gingen sie den Bericht bis nach Mitternacht miteinander durch und entwickelten dann einen detaillierten Plan für die Klage.

Um zwei Uhr morgens meinte Mulrooney, dass es noch etwas Unangenehmes zu besprechen gebe. „Wir brauchen mehr Geld."

„Wie viel?", fragte Clay.

„Wir sind jetzt 13 Mann und haben alle früher bei großen Firmen gearbeitet, wo wir ganz gut verdient haben, bevor sie uns ohne einen Cent auf die Straße gesetzt haben. Zehn von uns sind verheiratet, die meisten haben Kinder. Sie haben uns Einjahresverträge für 75000 im Jahr gegeben, und glauben Sie mir, wir sind wirklich froh darüber. Sie haben mein Gehalt sogar verdoppelt, und dafür bin ich Ihnen wirklich dankbar. Ich komme zurecht. Aber die anderen schlagen sich gerade so durch. Und sie haben ihren Stolz."

„Ich mache Ihnen einen Vorschlag, Oscar. Ich gebe allen einen neuen Vertrag für ein Jahr, für 200000. Aber dafür bekomme ich jede Menge Überstunden. Wir sind hier einer ganz großen Sache auf der Spur, die noch größer ist als der Fall vom letzten Jahr. Ihre Jungs sorgen dafür, dass alles klappt, und ich gebe allen eine Prämie. Einverstanden?"

„In Ordnung, Boss."

Die Lieferzeit für eine neue Gulfstream 5 lag bei mindestens 22 Monaten, aber das war nicht das größte Hindernis. Der Privatjet kostete 44 Millionen Dollar. Es war einfach zu viel Geld. Der Flugzeugmakler erklärte Clay, dass die meisten neuen G-5 von großen Konzernen gekauft wurden, von milliardenschweren Unternehmen, die dafür sorgten, dass die Maschinen möglichst oft in der Luft waren. Für ihn als Alleinbesitzer sei es ein besseres Geschäft, wenn er ein nicht ganz so neues Flugzeug für sechs Monate lease, bis er sicher sei, dass er es haben wolle. Dann könne er den Leasingvertrag in einen Kaufvertrag umwandeln.

Der Makler hatte auch schon die passende Maschine für ihn, eine G-4, die ein Unternehmen vor kurzem gegen ein neues Flugzeug in Zahlung gegeben hatte. Als Clay die Maschine auf dem Rollfeld des Reagan National Airport sah, ging sein Puls in die Höhe.

„Für 30 Millionen gehört sie Ihnen", sagte der Makler.

Sie setzten sich an einen kleinen Tisch und begannen mit den Verhandlungen. Der Vorschlag, einen Leasingvertrag abzuschließen, wurde bald wieder fallen gelassen. Bei seinem Einkommen würde Clay keine Schwierigkeiten haben, ein günstiges Finanzierungspaket abzuschließen. Die Abzahlungsrate von 300 000 Dollar pro Monat war kaum höher als die Leasingraten. Und wenn er sich etwas Größeres kaufen wollte, würde der Makler die Maschine zum höchsten Schätzwert auf dem Markt in Zahlung nehmen und ihm alles liefern, was er haben wollte.

Zwei Piloten kosteten 200 000 Dollar im Jahr. Clay solle sich überlegen, ob er nicht eine Chartergesellschaft für das Flugzeug gründen wolle, gab der Makler zu bedenken. „Sie könnten bis zu einer Million im Jahr an Chartergebühren verdienen. Das würde die Ausgaben für Piloten, Hangarfläche und Wartung decken."

Die Stimme der Vernunft riet Clay, vorsichtig zu sein, aber warum sollte er warten? Und wen sollte er um Rat fragen? Doch höchstens French und die anderen aus dem Ausschuss, und die würden alle sagen: Was, Sie haben noch kein eigenes Flugzeug? Dann kaufen Sie es!

Also kaufte er es.

AUFGRUND von Rekordumsätzen hatte Goffman im vierten Quartal mehr Gewinn gemacht als im Vorjahr. Die Aktie stand bei 65 Dollar, der höchste Stand seit zwei Jahren. Im Januar hatte der Konzern eine ungewöhnliche Kampagne gestartet, mit der nicht für eines seiner zahlreichen Produkte, sondern für das Unternehmen selbst geworben wurde. „Goffman ist immer für Sie da", lautete der Slogan. In jedem Werbespot fürs Fernsehen waren bekannte Produkte zu sehen, mit denen Amerika getröstet und beschützt wurde.

Mulrooney war fest davon überzeugt, dass die Werbekampagne mit ihrer „Wohlfühl-Botschaft" nur dazu diente, um Anleger und Verbraucher auf den Maxatil-Schock vorzubereiten. Dieser Meinung war auch Max Pace, der inzwischen im „Hotel Hay-Adams" wohnte.

Clay traf sich mit ihm in seiner Suite zu einem späten Abendessen. Pace war nervös und brannte darauf, die Goffman-Bombe platzen zu lassen. „Wie sieht der Plan aus?", erkundigte er sich.

„Die Fernsehspots starten um acht Uhr morgen früh, von Küste zu

Küste. Die Hotline steht. Die Webseite ist fertig. Ich werde gegen zehn Uhr zum Gericht marschieren und die Klage persönlich einreichen."

„Das hier ist nicht Dyloft, vergessen Sie das nicht. Bei Ackerman haben Sie Glück gehabt, weil Sie ein kränkelndes Unternehmen in einem schwachen Moment erwischt haben. Bei Goffman wird es nicht so einfach sein."

„Aber sie haben ein Medikament mit schweren Nebenwirkungen hergestellt. Und mit so einem Produkt riskiert man keinen Prozess."

„Nicht bei einer Sammelklage. Aber meine Kontakte haben mir erzählt, dass Goffman den Prozess in Flagstaff führen will, weil es sich um eine Einzelklage handelt."

„Der Fall von Mooneyham?"

„Genau. Wenn sie gewinnen, könnte es ein langer Kampf werden."

„Sagten Sie nicht, dass Mooneyham noch nie verloren hat?"

„Das letzte Mal vor etwa 20 Jahren. Die Geschworenen lieben ihn. Er trägt im Gerichtssaal Cowboyhüte, Wildlederjacken, rote Stiefel und solche Sachen. Er ist ein Relikt aus den Zeiten, in denen Prozessanwälte sich für ihre Fälle noch richtig ins Zeug gelegt haben. Sie sollten ihn kennen lernen. Ein Besuch bei ihm ist die Mühe wert."

„Ich setze ihn auf meine Liste." Die Gulfstream stand im Hangar und wollte bewegt werden.

Clay übernachtete in der Kanzlei. Neben dem Konferenzraum hatte er ein kleines Schlafzimmer und ein Bad einbauen lassen. Häufig arbeitete er bis nach Mitternacht, nahm dann ein paar Stunden Schlaf und eine schnelle Dusche, und um sechs Uhr morgens saß er schon wieder an seinem Schreibtisch. Sein Arbeitspensum wurde zur Legende, nicht nur in der Kanzlei, sondern in der ganzen Stadt.

Mulrooney erschien kurz nach sechs. Er hatte bereits vier Tassen Kaffee getrunken. „Geht's heute los?", fragte er, als er in Clays Büro platzte.

„Auf sie mit Gebrüll!"

Um sieben wimmelte es in der Kanzlei nur so von Anwälten und Anwaltsassistenten, die immer wieder einen Blick auf die Uhr warfen und auf den Angriff warteten. Sekretärinnen schleppten Kaffee und Brötchen von Büro zu Büro. Um acht zwängten sich alle in den Konferenzraum, um den ersten Fernsehspot zu sehen.

Eine attraktive Frau Anfang 60, modischer Haarschnitt, Designerbrille, saß an einem Küchentisch und starrte traurig aus einem Fenster. Eine Stimme aus dem Off: „Wenn Sie das Hormonpräparat Maxatil nehmen, haben Sie ein erhöhtes Risiko für Brustkrebs, Herzerkrankungen und Schlaganfälle." Nahaufnahme einer auf dem Tisch stehenden kleinen Pillendose, auf der in großen Buchstaben das Wort MAXATIL stand. Die

Stimme aus dem Off: „Bitte setzen Sie sich sofort mit Ihrem Arzt in Verbindung. Maxatil ist unter Umständen eine schwere Bedrohung für Ihre Gesundheit. Weitere Informationen erhalten Sie von der Maxatil-Hotline." Am unteren Bildrand blinkte eine kostenfreie Rufnummer. In der letzten Einstellung sah die Frau noch viel trauriger aus; sie nahm ihre Brille ab und wischte sich eine Träne fort.

Alle klatschten und jubelten, als würde das Geld gleich per Kurier geliefert werden. Dann schickte Clay sie auf ihre Posten, damit sie sich ans Telefon setzten und anfingen, Mandanten zu sammeln. Nach ein paar Minuten kamen die ersten Anrufe. Um Punkt neun wurden wie geplant Kopien der Sammelklage an Zeitungsredaktionen und Börsensender des Kabelnetzes geschickt.

Goffman eröffnete bei 65,25 Dollar, war um zwölf aber bereits auf 61 gefallen. Das Unternehmen gab eilig eine Pressemitteilung heraus, in der es vehement bestritt, dass Maxatil all die furchtbaren Dinge verursachte, die in der Klage behauptet wurden. Es hatte vor, mit allen Mitteln gegen die Klage anzugehen.

Patton French rief an, während Clay hinter seinem Schreibtisch stand, ein Sandwich aß und zusah, wie der Stapel mit den Telefonnachrichten immer höher wurde. „Ich hoffe, Sie wissen, was Sie tun", sagte French.

„Ja, das hoffe ich auch."

„Wir haben uns Maxatil vor etwa sechs Monaten genau angesehen und dann die Finger davon gelassen. Es könnte ein Problem sein, den Kausalzusammenhang nachzuweisen. Bis auf Sie wollte es keiner von uns machen. Saulsberry, Didier, Hernández – alle haben abgewinkt. Ein Typ in Chicago hat ein paar Fälle, aber bis jetzt noch keine Klage eingereicht. Doch vielleicht haben Sie ja Recht, und wir haben es einfach nicht gesehen."

Clay wurde mulmig. Doch dann fiel ihm ein, dass er den Bericht hatte. French hatte nichts. Er fischte im Trüben. „Wir haben etwas gegen Goffman in der Hand."

„Achten Sie darauf, dass Ihre Argumentation wasserdicht ist, Clay. Die Jungs von Goffman sind gut. Im Vergleich zu ihnen sind der alte Wicks und die Leute von Ackerman die reinsten Pfadfinder."

„Das klingt ja so, als hätten Sie Angst. So etwas bin ich von Ihnen gar nicht gewohnt."

„Ich habe keine Angst. Aber wenn Sie Goffman keine Haftung nachweisen können, wird man Sie mit Haut und Haaren auffressen. Viel Glück."

Clay ging zum Fenster und stand mindestens fünf Minuten lang unbeweglich da, bevor ihm bewusst wurde, dass ihm sein durchgeschwitztes Hemd am Rücken klebte. Als er sich mit der Hand über die Stirn fuhr, spürte er Schweißtropfen.

DIE SCHLAGZEILE im *Daily Profit* schrie: 100 MILLIONEN SIND NICHT GENUG! Der Artikel begann mit einem kurzen Absatz über die „leichtfertig erhobene" Klage, die am Tag zuvor in Washington gegen Goffman eingereicht worden war, einen der traditionsreichsten amerikanischen Hersteller von Konsumgütern. Goffmans wunderbares Medikament Maxatil habe zahllosen Frauen durch den Albtraum Wechseljahre geholfen, werde jetzt aber von den Wölfen angegriffen.

Der Artikel wurde noch schärfer im Ton, als die Rede auf den Leitwolf des Rudels kam, einen dreisten jungen Aufsteiger aus Washington namens Clay Carter, der den Quellen zufolge noch nie einen Zivilprozess vor einem Geschworenengericht geführt habe. Trotzdem habe er im letzten Jahr über 100 Millionen Dollar durch Sammelklagen verdient. Ungenannte Quellen bei Goffman selbst sagten, dass sich das Unternehmen mit allen Mitteln verteidigen wolle, sich auf keinen Fall der Erpressung durch eine Sammelklage beugen werde und vorhabe, zu gegebener Zeit die Erstattung von Anwaltshonoraren und Verfahrenskosten zu fordern, da die Klage jeder Grundlage entbehre und leichtfertig erhoben worden sei.

Der Artikel war ein schwerer Schlag für Clay, und es blieb nicht der einzige. In einem Leitartikel der *Investment Times* wurde der Kongress sogar aufgefordert, eine Reform des Prozessrechts in Erwägung zu ziehen. Clay Carter sei nur ein „Rüpel", dessen unrechtmäßig erworbene Reichtümer die Halsabschneider unter seinen Kollegen dazu inspirieren würden, alles und jeden zu verklagen.

Der Spitzname „Rüpel" hielt sich ein paar Tage in der Kanzlei und ersetzte vorübergehend den „König". Clay lächelte und tat so, als wäre es eine Ehre. Aber hinter der verschlossenen Tür seines Büros war er nervös und machte sich Sorgen wegen der Eile, mit der er Goffman verklagt hatte. Die Tatsache, dass French und die anderen nicht auf den fahrenden Zug aufspringen wollten, ließ ihn das Schlimmste befürchten. Auch machte ihm die schlechte Presse zu schaffen. Bis jetzt hatte noch kein einziger Reporter etwas Positives über ihn geschrieben. Pace war verschwunden, was nicht ungewöhnlich war, aber gerade jetzt hätte Clay ihn gebraucht.

Sechs Tage nach Einreichen der Klage rief Pace endlich von Kalifornien aus an. „Morgen ist der große Tag."

„Ich brauche ein paar gute Nachrichten", sagte Clay. „Was ist mit dem Regierungsbericht?"

„Das kann ich Ihnen jetzt nicht sagen. Und keine Anrufe mehr. Wir werden vielleicht abgehört. Ich erkläre es Ihnen bald. Wenn ich wieder in der Stadt bin."

Abgehört? Wer von ihnen beiden? Und von wem, bitte schön? Wieder eine schlaflose Nacht.

Im Rahmen der von einer staatlichen Behörde in Auftrag gegebenen Studie sollten ursprünglich 20000 Frauen zwischen 45 und 75 über einen Zeitraum von sieben Jahren beobachtet werden. Die Gruppe wurde aufgeteilt; eine Hälfte nahm täglich Maxatil ein, die andere ein Placebo. Aber nach vier Jahren wurde die Studie abgebrochen, da die Ergebnisse äußerst beunruhigend waren. Die Ärzte stellten fest, dass sich bei den Frauen, die Maxatil einnahmen, das Brustkrebsrisiko um 31 Prozent erhöhte. Zudem bestanden eine um 21 Prozent höhere Wahrscheinlichkeit von Herzerkrankungen und ein um 20 Prozent höheres Risiko, einen Schlaganfall zu bekommen. Die Studie sah voraus, dass von 100000 Frauen, die Maxatil vier Jahre oder länger genommen hatten, 400 Brustkrebs bekommen, 300 eine Herzkrankheit entwickeln und weitere 300 einen mittelschweren bis schweren Schlaganfall erleiden würden.

Der Bericht wurde am nächsten Morgen veröffentlicht. Goffman geriet an der Börse erneut unter Druck, und die Aktie fiel auf 51 Dollar, als die Meldung in den Nachrichten kam. Clay und Mulrooney behielten den ganzen Tag über Webseiten und Kabelsender im Auge, da sie auf eine Reaktion des Unternehmens warteten, aber es kam keine. Die Reporter der Wirtschaftspresse, die Clay in der Luft zerrissen hatten, nachdem er die Klage eingereicht hatte, riefen nicht an, um nach seiner Meinung zur Studie zu fragen. Er fühlte sich rehabilitiert, aber ignoriert.

Das einzig Positive war die Tatsache, dass von den Maxatil-Patientinnen eine wahre Flut von Anrufen einging.

DIE GULFSTREAM musste in die Luft. Sie hatte acht Tage im Hangar gestanden, und Clay brannte darauf, irgendwohin zu fliegen. Er vereinbarte einen Termin mit dem großen Dale Mooneyham in Tucson, um mit ihm über Maxatil zu sprechen.

Der Anwalt hatte einen alten Bahnhof im Stadtzentrum zu einer auf liebenswürdige Weise schäbig wirkenden Kanzlei umgebaut. Sie war eine Art Museum, eine Ausstellung jener Produkte, die Mooneyham mit vor Gericht genommen und den Geschworenen gezeigt hatte. In einer großen Vitrine stand ein mit Gas betriebener Heißwasserbereiter, und die Bronzeplakette darüber gab Auskunft über den Fall und die Höhe der zugesprochenen Entschädigung – 4,5 MILLIONEN DOLLAR, 3. OKTOBER

1988, STONE COUNTY, ARKANSAS. Unter den Ausstellungsstücken befanden sich auch das Wrack eines dreirädrigen Autos, das Honda in Kalifornien drei Millionen Dollar gekostet hatte, und ein billiges Gewehr, das Geschworene in Texas so erzürnt hatte, dass sie dem Kläger elf Millionen Dollar zuerkannt hatten.

Clay sah sich die einzelnen Stücke an, während er wartete. Schließlich kam eine Assistentin und führte ihn durch einen breiten Korridor.

Mooneyham saß hinter einem Schreibtisch und erhob sich nur halb von seinem Stuhl, als Clay hereinkam. Mooneyhams Handschlag war kalt und förmlich. Er war mindestens 70, ein großer, massiger Mann mit gewaltigem Oberkörper und dickem Bauch. Blaue Jeans, leuchtend rote Stiefel, ein Cowboyhemd und keine Krawatte. Das graue Haar war schwarz gefärbt, aber ein Besuch beim Friseur war längst überfällig, da es an den Seiten und oben grau durchschimmerte. Ein langes, breites Gesicht mit den geschwollenen Augen eines Trinkers.

„Schöne Kanzlei, sehr ungewöhnlich", sagte Clay, um das Eis zu brechen.

„Ich habe sie vor 40 Jahren gekauft", erwiderte Mooneyham. „Für 5000 Dollar."

„Ihre Ausstellung draußen ist sehr beeindruckend."

„Es ist recht gut gelaufen. Seit 21 Jahren habe ich keinen Prozess vor einem Geschworenengericht mehr verloren."

Clay sah sich um und versuchte, sich in dem alten Ledersessel zu entspannen. Das Büro war fünfmal so groß wie seines, und an den Wänden hingen die Köpfe ausgestopfter Jagdtrophäen, die jede seiner Bewegungen verfolgten. Aus den anderen Räumen der Kanzlei waren keine klingelnden Telefone, keine ratternden Faxgeräte zu hören. Und in Mooneyhams Büro stand kein einziger Computer.

„Ich würde mit Ihnen gern über Maxatil sprechen", sagte Clay.

Ein kurzes Blinzeln der kleinen dunklen Augen. „Ein Medikament mit schweren Nebenwirkungen", erwiderte Mooneyham. „Vor fünf Monaten habe ich in Flagstaff Klage eingereicht. Der Prozess wird vermutlich im Frühherbst stattfinden. Im Gegensatz zu Ihnen reiche ich eine Klage erst ein, wenn mein Fall gründlich recherchiert ist."

„Was ist mit Ihrer Mandantin?"

„Ich habe nur eine. Sammelklagen sind Betrug, zumindest dann, wenn man es so macht wie Sie und Ihre Freunde. Schadenersatzklagen im Namen einer Gruppe sind eine Gaunerei, ein Schwindel am Verbraucher. Denn dank Ihrer Gier wird es eines Tages zu einschneidenden Gesetzesreformen kommen. Und darunter leiden werden all die kleinen Leute, die in Zukunft niemanden mehr wegen eines fehlerhaften Produkts verklagen können, weil Anwälte wie Sie das Gesetz missbraucht haben."

„Ich habe nach Ihrer Mandantin gefragt."

„66, weiß, weiblich, Nichtraucherin, hat Maxatil vier Jahre lang genommen. Ich habe sie vor einem Jahr kennen gelernt. Ich lasse mir Zeit, mache meine Hausaufgaben, bevor ich zu schießen anfange."

Clay hatte eigentlich über große Dinge sprechen wollen, etwa darüber, wie viele potenzielle Maxatil-Kläger es geben mochte und welche Gutachter Mooneyham im Prozess einsetzen wollte. Aber jetzt suchte er nur noch nach einem schnellen Abgang. „Sie rechnen also nicht mit einem Vergleich?"

„Ich lasse mich nicht auf Vergleiche ein, mein Junge. Meinen Mandanten sage ich gleich zu Anfang, dass ich meine Zeit nicht damit verschwende, über einen Vergleich nachzudenken. Für Sie sind das natürlich gute Nachrichten. Ich starte den ersten Angriff auf Goffman, und wenn die Geschworenen die Dinge so sehen, wie ich sie sehe, sprechen sie meiner Mandantin eine ansehnliche Entschädigung zu. Sie und die anderen Trittbrettfahrer können dann auf den Zug aufspringen, noch mehr Werbung für neue Mandanten machen, die Kläger mit einem Taschengeld abspeisen und das Honorar kassieren. Ich sorge dafür, dass Sie sich schon wieder eine goldene Nase verdienen."

„Ich würde gern vor Gericht gehen."

„Wenn das, was ich gelesen habe, stimmt, wissen Sie nicht mal, wo das Gerichtsgebäude steht."

„Dann suche ich es eben."

Mooneyham zuckte mit den Achseln. „Die Mühe brauchen Sie sich vermutlich nicht zu machen. Wenn ich mit Goffman fertig bin, geht die Firma sämtlichen Geschworenen aus dem Weg." Und damit stand Mooneyham langsam auf und verabschiedete Clay mit einem schlaffen Händedruck. „Ich habe zu tun."

Clay verließ das Büro und eilte durch den Korridor und das Museum im Eingangsbereich nach draußen in die mörderische Hitze der Wüste.

IRGENDWO über Oklahoma wurde die Reise doch noch gerettet, als das Faxgerät zu brummen begann. Das einseitige Fax kam aus der Kanzlei, von Oscar Mulrooney. Er hatte einen Artikel aus dem Internet heruntergeladen – die jährlich in der Zeitschrift *American Attorney* veröffentlichte Rangliste der Kanzleien und Anwaltshonorare. Neu in der Liste der zwanzig bestbezahlten Anwälte der USA war Mr Clay Carter, der auf dem achten Platz gelandet war und im letzten Jahr ein Einkommen von schätzungsweise 110 Millionen Dollar erzielt hatte. Der Artikel enthielt sogar ein kleines Foto von Clay, unter dem AUFSTEIGER DES JAHRES stand.

Gut geschätzt, dachte er. Leider waren 30 Millionen aus dem Vergleich für Dyloft als Prämie an Paulette, Jonah und Rodney gegangen, eine Belohnung, die, im Nachhinein gesehen, eine Dummheit gewesen war. Es würde nie wieder geschehen. Was aber nicht heißen sollte, dass sich Clay beschwerte. Unter den ersten zwanzig war er schließlich der einzige Anwalt aus Washington.

Er saß in seiner Gulfstream, starrte auf den Zeitungsartikel und sagte sich, dass das alles nur ein Traum war. In Washington gab es 76000 Anwälte, und er war der erfolgreichste von ihnen. Vor einem Jahr war sein größter Traum gewesen, dem OPD zu entkommen und einen Job bei einer anständigen Kanzlei zu finden, die ihm so viel zahlte, dass er sich ein paar neue Anzüge und ein besseres Auto kaufen konnte. Damals hatte er gehofft, dass sein Name im Briefkopf einer Kanzlei Rebecca beeindrucken und ihre Eltern in Schach halten würde. Was für bescheidene Träume!

Ganz Washington würde darüber sprechen, dass sein Name auf der Liste der zwanzig erfolgreichsten Anwälte stand. Er dachte an seine Freunde und Konkurrenten, an seine ehemaligen Kommilitonen und Kollegen vom OPD. Aber vor allem dachte er an Rebecca.

DIE HANNA PORTLAND CEMENT COMPANY war 1946 in Reedsburg, Pennsylvania, gegründet worden. Die Gebrüder Hanna führten das Unternehmen mit eiserner Faust, aber ihre Arbeiter, die auch ihre Nachbarn waren, behandelten sie gerecht. Wenn die Geschäfte gut liefen, bekamen die Arbeiter großzügige Löhne. War die Auftragslage schlecht, schnallten alle den Gürtel enger. Kündigungen kamen selten vor und wurden nur ausgesprochen, wenn es nicht mehr anders ging.

Die Hannas beschäftigten 4000 der 11000 Einwohner der Stadt. Die Gewinne investierten sie in neue Maschinen und Ausrüstung für das Unternehmen sowie in die Stadt selbst. Sie bauten ein städtisches Verwaltungszentrum, ein Krankenhaus, ein Theater und das schönste Highschool-Footballstadion in der Gegend. Im Laufe der Jahre wurden den Gebrüdern Hanna einige sehr gute Kaufangebote gemacht, aber man wollte ihnen nie die Garantie geben, dass das Werk in Reedsburg bleiben würde. Daher behielten sie die Firma.

Zurzeit war Marcus Hanna Chef des Unternehmens, einer der Söhne des Firmengründers. Er saß gerade in einer Besprechung mit seinem Cousin Joel Hanna, dem Firmenanwalt, als sich ein Mann an der Empfangsdame vorbeidrängte und Marcus einen dicken Umschlag hinhielt.

„Sind Sie Marcus Hanna?“, wollte er wissen.

„Ja. Und wer sind Sie?“

„Ich bin Zustellungsbeamter. Hier ist eine Klage.“ Er drückte sie ihm in die Hand und ging wieder.

Es war eine in Howard County, Maryland, eingereichte Klage, mit der ein gewisser Clay Carter, ein Anwalt aus Washington, eine nicht näher bezeichnete Entschädigung für eine Gruppe von Hausbesitzern forderte, die Schadenersatzanspruch aufgrund eines fehlerhaften, von Hanna hergestellten Portlandzements geltend machten.

Dass es in Howard County Ärger gegeben hatte, war keine Überraschung für die Hannas. Vor einigen Jahren war eine fehlerhafte Charge ihres Portlandzements dorthin geliefert worden. Mehrere Bauunternehmen hatten ihn für Ziegelverblendungen an Neubauten verwendet. Sowohl Marcus als auch Joel waren in Howard County gewesen und hatten sich dort mehrere betroffene Häuser angesehen. Zurzeit gingen sie davon aus, dass es etwa 500 potenzielle Schadensfälle gab und die Kosten für die Reparatur pro Haus bei etwa 12 000 Dollar lagen. Das Unternehmen hatte eine Produkthaftpflichtversicherung, die die ersten fünf Millionen Dollar für solche Schadensfälle deckte.

Aber in der Klageschrift wurde behauptet, es gebe eine Gruppe von „mindestens 2000 potenziellen Klägern“, von denen jeder 25 000 Dollar für tatsächlich entstandene Schäden verlange.

„Das sind 50 Millionen“, stöhnte Marcus entgeistert.

Joel verließ das Büro und nahm den Schriftsatz mit. Er musste ihre Versicherung informieren, welche die Klage an eine auf Schadenersatzklagen spezialisierte Kanzlei weitergeben würde, weil der geforderte Betrag erheblich höher als die Versicherungsdeckung war.

# 10

Am 1. Mai kündigte Rex Crittle bei der Buchhaltungsfirma, für die er 18 Jahre lang gearbeitet hatte, und zog eine Etage höher, um Controller bei Clay zu werden. Da dieser ihm ein erheblich höheres Gehalt und bessere Sozialleistungen angeboten hatte, hatte er nicht ablehnen können. Die Kanzlei war ungeheuer erfolgreich, wuchs aber so schnell, dass alles außer Kontrolle zu geraten schien. Clay gab ihm einen großen Handlungsspielraum und ein Büro, das seinem schräg gegenüber lag.

Crittle freute sich natürlich darüber, dass sein Gehalt so hoch war, wunderte sich aber, dass auch die anderen Mitarbeiter der Kanzlei so gut verdienten. Seiner Meinung nach – die er zunächst jedoch für sich behielt – waren die meisten von ihnen überbezahlt. Die Kanzlei beschäftigte inzwischen 14 Anwälte, 21 Anwaltsassistenten, 26 Sekretärinnen, etwa ein Dutzend andere Angestellte und vier Büroboten. Insgesamt waren es 77 Mitarbeiter, Crittle und Clay nicht eingerechnet. Berücksichtigte man die Ausgaben für Sozialleistungen, lagen die gesamten Personalkosten bei 8,4 Millionen Dollar pro Jahr – und sie stiegen fast wöchentlich.

Die Büromiete betrug 72000 Dollar im Monat. Die laufenden Kosten für das Büro – Computer, Telefone, Büromittel – lagen bei monatlich 40000. Die Gulfstream, für die am meisten Geld verschwendet wurde, ohne die Clay angeblich aber nicht leben konnte, kostete die Kanzlei 300000 an monatlichen Abzahlungsraten und weitere 30000 für Piloten, Wartung und Hangargebühren. Von den Einnahmen aus der Vercharterung der Maschine war noch nichts in den Büchern zu sehen, was unter anderem daran lag, dass Clay im Grunde genommen niemand anders mit seiner Gulfstream fliegen lassen wollte.

Nach den Zahlen, die Crittle täglich im Auge behielt, fielen für die Kanzlei monatlich 1,3 Millionen Dollar Gemeinkosten an – 15,6 Millionen im Jahr. Diese Summe musste jeden Buchhalter in Angst und Schrecken versetzen. Aber jede fragwürdige Ausgabe wurde von Clay mit dem üblichen „Geld kann man nur verdienen, wenn man es ausgibt“ kommentiert.

Und das wurde es mit beiden Händen. Crittle zuckte schon zusammen, wenn er die Gemeinkosten sah, aber wenn er sich die Kosten für Werbung vornahm, bekam er ein Magengeschwür. Für den Maxatil-Fall hatte die Kanzlei in den ersten vier Monaten bereits 6,2 Millionen Dollar für Zeitungsanzeigen, Radio- und Fernsehspots sowie Internetwerbung ausgegeben. Als sich Crittle beschwerte, fiel Clays Antwort so aus: „Volle Kraft voraus. Ich will 25000 Fälle!“ Zurzeit waren es 18000.

„Maxatil wird uns noch mehr einbringen als Dyloft“, wiederholte Clay gebetsmühlenartig in der Kanzlei, um die Truppen bei Laune zu halten. Er schien es auch wirklich zu glauben.

Am Tag nachdem Crittle in sein neues Büro eingezogen war, verließ Rodney die Kanzlei. Doch die beiden Vorgänge hatten nichts miteinander zu tun. Er nahm einfach sein Geld und zog in einen Vorort – in ein sehr schönes Haus in einer sehr sicheren Straße, mit einer Kirche am einen Ende, einer Schule am anderen und einem Park um die Ecke. Mit zehn Millionen vor Steuern auf der Bank hatte er keine langfristigen Pläne mehr, er wollte nur noch Vater und Ehemann sein. Und ein Geizkragen.

Mit Clay schlich er sich, ein paar Stunden bevor er die Kanzlei verließ, in ein Café ein Stück die Straße hinunter, um sich von ihm zu verabschieden. Sie hatten sechs Jahre zusammengearbeitet – fünf im OPD, das letzte in der Kanzlei.

„Gib nicht alles aus, Clay", warnte Rodney.

„Das schaffe ich ja gar nicht. Es ist zu viel."

„Sei nicht albern."

In Wahrheit war Rodney insgeheim entsetzt darüber, wie Clay ein Vermögen verpulverte. Eine solche Verschwendung konnte nicht gut gehen.

Da Jonah auf seinem Segelboot ausspannte und Paulette sich immer noch in London aufhielt, war jetzt niemand mehr von der ursprünglichen Mannschaft übrig. Das war traurig, aber Clay war viel zu beschäftigt, um sentimental zu werden.

Ridleys Modelkarriere war jetzt so gut wie beendet; sie verbrachte ihre Zeit im Fitnessstudio und ging mehrere Stunden am Tag einkaufen.

Einen Monat zuvor, nach einem verlängerten Wochenende in New York, waren sie nach Washington zurückgekommen und zu Clay gefahren. Ridley war über Nacht geblieben, nicht zum ersten und schon gar nicht zum letzten Mal. Denn obwohl sie im Grunde genommen nicht über ihren Einzug gesprochen hatten, wohnte sie plötzlich bei ihm. Clay konnte sich nicht mehr daran erinnern, wann ihm aufgefallen war, dass ihr Bademantel, ihre Zahnbürste, ihre Make-up-Utensilien und ihre Unterwäsche in seinem Haus waren – die Sachen waren einfach plötzlich da gewesen. Ridleys Einzug wurde mit keinem Wort erwähnt. Sie blieb drei Nächte hintereinander, machte alles richtig und war ihm nicht im Weg. Dann flüsterte sie, dass sie eine Nacht in ihrer Wohnung verbringen wolle. Zwei Tage lang hörte er nichts von ihr, dann war sie wieder da.

Sie sprachen nie von Heirat. Keiner von beiden schien eine feste Beziehung anzustreben. Sie leisteten sich gegenseitig Gesellschaft und genossen das, aber beide riskierten auch ein Auge auf andere. Ridley sah atemberaubend aus und war nett, aber sie hatte Geheimnisse.

Er auch. Sein größtes Geheimnis war, dass er, wenn Rebecca zur richtigen Zeit anrufen würde, alles bis auf die Gulfstream verkaufen, sie in sein Flugzeug packen und mit ihr zum Mars fliegen würde.

Stattdessen flog er mit Ridley in die Karibik.

SIE HATTEN die Villa auf St. Barth für eine Woche gemietet. Das Haus schmiegte sich an einen Hang über der quirligen Hafenstadt Gustavia. Es war ein schönes Gebäude im traditionellen karibischen Stil mit langen Galerien und Veranden. Die Schlafzimmer und Bäder waren so zahlreich, dass man sich verlaufen konnte. Ein Koch, zwei Dienstmädchen und ein Gärtner gehörten ebenfalls dazu.

Während Mustique ruhig und abgeschieden gewesen war, erwies sich St. Barth als voller Touristen und überbucht. Doch Ridley zog diese Insel wegen der Einkaufsmöglichkeiten und der französischen Gastronomie vor. Sie mochte quirlige Städte und betriebsame Menschen.

Clay war schleierhaft, wie die Immobilienmaklerin den Weg auf die Veranda der Villa gefunden hatte. Als er eines Morgens aufwachte, war sie jedenfalls da, trank Kaffee und plauderte mit Ridley. Sie war eine charmante Französin, die angeblich nur vorbeigekommen war, um nach dem Rechten zu sehen, weil sie ohnehin in der Gegend gewesen sei. Das Anwesen gehörte Kunden von ihr. Und wie ging es Clay und Ridley so?

„Ausgezeichnet", erwiderte er, während er sich setzte. „Ein fantastisches Haus."

„Traumhaft, nicht wahr?", stimmte die Maklerin begeistert zu. „Ich habe Ridley gerade erzählt, dass es erst vier Jahre alt ist. Das kanadische Paar, das es gebaut hat, war nur zweimal da, wenn ich mich nicht täusche. Seine Firma ist in Schwierigkeiten geraten. Deswegen steht es jetzt zu einem sehr günstigen Preis zum Verkauf."

Ein verschwörerischer Blick von Ridley, und Clay sprach die in der Luft hängende Frage aus. „Wie viel?"

„Nur drei Millionen. Zuerst wollten sie fünf haben, aber das gibt der Markt im Augenblick nicht her."

Nachdem die Maklerin gegangen war, schleppte Ridley Clay ins Schlafzimmer. Normalerweise hatte sie für Sex am Vormittag nicht viel übrig, aber für eine Premiere war es ein beeindruckendes Erlebnis. Als sie in einem eleganten Restaurant zu Abend aßen, konnte sie ihre Hände ebenfalls nicht von ihm lassen. Die mitternächtliche Sitzung begann im Schwimmbecken, setzte sich im Whirlpool fort und endete im Schlafzimmer. Nach einer ebenso leidenschaftlichen wie schlaflosen Nacht stand die Maklerin schon vor dem Mittagessen wieder vor der Tür.

Clay war erschöpft und eigentlich nicht in der Stimmung für einen weiteren Immobilienkauf. Aber Ridley wünschte sich das Haus mehr als alles andere bis dahin, also erwarb er es. Er konnte es ja jederzeit mit Gewinn wieder verkaufen, sobald sich der Markt erholt hatte.

„Ich würde gern eine Weile hier bleiben", sagte Ridley an diesem Nachmittag. Clay hatte vor, am nächsten Morgen abzureisen, und war davon ausgegangen, dass sie ihn begleiten würde. „Ich möchte das Haus in Ordnung bringen", erklärte sie. „Mich mit dem Innenarchitekten treffen. Einfach eine Woche oder so ausspannen."

Warum nicht?, dachte Clay. Wenn mir das Ding schon gehört, kann man es auch nutzen.

Er selbst flog nach Washington zurück und genoss zum ersten Mal seit Wochen die Einsamkeit seines Hauses in Georgetown.

EINIGE Tage lang hatte Joel Hanna einen Alleingang in Betracht gezogen – nur er selbst auf der einen Seite des Tisches, während ihm eine kleine Armee von Anwälten gegenübersaß. Er brauchte wirklich keine Hilfe, wenn er den Überlebensplan für das Unternehmen vorstellte, schließlich hatte er ihn sich ausgedacht.

Aber Babcock, der Anwalt der Versicherungsgesellschaft, hatte darauf bestanden, dabei zu sein. Und da es für dessen Mandantin um fünf Millionen Dollar ging, konnte Joel ihn nicht daran hindern.

Gemeinsam betraten sie das Gebäude an der Connecticut Avenue. Im vierten Stock entließ sie der Aufzug in die Kanzlei J. Clay Carter II. Eine Blondine begrüßte sie mit einem Lächeln und deutete auf einen Raum hinten im Gang. Ein Anwalt namens Wyatt empfing sie an der Tür, führte sie hinein und übernahm die Vorstellung der Gegenseite. Während Joel und Babcock ihre Aktentaschen auspackten, nahm eine weitere höchst ansehnliche junge Dame ihre Kaffeebestellung entgegen. Serviert wurde in feinen Porzellantassen.

„Sagen Sie Mr Carter, dass wir vollzählig versammelt sind", blaffte Wyatt einen Assistenten an, als sich alle niedergelassen hatten.

Eine peinliche Minute verstrich, während Mr JCC die Anwesenden warten ließ. Schließlich hastete er herein, wobei er über die Schulter hinweg noch mit einer Sekretärin sprach. Eindeutig ein sehr beschäftigter Mann. Er ging direkt auf Joel Hanna und Babcock zu und stellte sich vor. Dann fegte er um den zweieinhalb Meter breiten Tisch herum und nahm seinen Thron inmitten seines Teams ein.

„Sie sagten, Sie hätten einen Plan", begann er. „Lassen Sie hören."

Der Überlebensplan war relativ einfach. Die Firma war bereit zuzugeben, dass sie eine fehlerhafte Charge Zement hergestellt hatte und dass aus diesem Grund bei einer Reihe neuer Häuser im Raum Baltimore die Ziegelverblendungen frisch gemauert werden mussten. Wenn die Hauseigentümer entschädigt werden sollten, ohne dass dies die Firma in den Ruin trieb, brauchte man einen Zahlungsfonds, und das Unternehmen war bereit, sich hoch zu verschulden, um den Fehler wieder gutzumachen.

Dann sprach Babcock im Namen der Versicherungsgesellschaft. Er räumte ein, dass bis zu einer Höhe von fünf Millionen Versicherungsschutz bestand. Seine Mandantin und Hannas Firma würden einen gemeinsamen Entschädigungsfonds gründen.

„Wissen Sie genau, wie viele Häuser betroffen sind?“, wollte JCC wissen, und jeder seiner Speichellecker schrieb die Frage mit.

„922“, antwortete Joel. „Wir haben uns an die Großhändler gewandt, dann an die Hauptunternehmer und schließlich an die für die Maurerarbeiten zuständigen Subunternehmer. Die Zahl dürfte bis auf fünf Prozent genau sein.“

„Wenn wir also davon ausgehen“, sagte JCC, „dass es 25000 Dollar kostet, jeden unserer Mandanten angemessen zu entschädigen, kommen wir auf etwas über 23 Millionen Dollar.“

„Wir sind davon überzeugt, dass die Nachbesserung keine 10000 Dollar pro Haus kosten wird“, wandte Joel ein.

„Uns liegen Kostenvoranschläge von vier Subunternehmern aus Howard County vor, die den Schaden vor Ort besichtigt haben“, erwiderte JCC. „Der billigste beläuft sich auf 18900, der teuerste auf 21500. Der Durchschnitt aller vier Angebote liegt bei 20000 Dollar.“

„Die Angebote würde ich mir gern ansehen“, meinte Joel.

„Vielleicht später. Außerdem haben die Hausbesitzer Anspruch auf Entschädigung für Unannehmlichkeiten und wegen der Beeinträchtigung ihrer Lebensqualität.“

„Uns liegen Angebote vor, die sich um die 12000 bewegen.“

„Ein Vergleich in dieser Höhe kommt für uns nicht infrage“, erklärte JCC unter allgemeinem Kopfschütteln auf seiner Seite des Tisches.

15000 Dollar wären ein fairer Kompromiss gewesen. Allerdings wären davon für die Mandanten nur 10000 übrig geblieben, nachdem JCC sein Drittel abgezogen hätte. Dieser Betrag hätte gereicht, um die alten Ziegel zu entfernen, aber nicht, um die Maurer zu bezahlen, welche die neuen Ziegel anbringen würden.

922 Fälle zu je 5000 Dollar, das bedeutete, rechnete JCC schnell, Honorare in Höhe von 4,6 Millionen. Das reichte nach Abzug der Steuern gerade mal für die neue Villa auf St. Barth.

Bei 15000 Dollar pro Anspruch konnte Hanna überleben. Zusätzlich zu den fünf Millionen von Babcocks Mandantin besaß die Firma zwei Millionen Barmittel, die eigentlich für Betriebs- und Geschäftsausstattung eingeplant gewesen waren. Die fehlenden acht Millionen konnten geliehen werden.

Im Grunde lief alles auf die Frage hinaus, wie viel Mr JCC für seine Bemühungen verlangte. Er konnte einen fairen Vergleich vermitteln, vielleicht seinen eigenen Anteil reduzieren und dennoch einige Millionen verdienen, seine Mandanten schützen, das Überleben einer renommierten alten Firma sichern und das Ganze als Sieg verbuchen. Oder er konnte sich für die harte Linie entscheiden, bei der am Ende alle draufzahlten.

Miss Glick klang ein wenig verstört, als sie Clay über die Gegensprechanlage Besucher ankündigte. „Sie sind zu zweit, Mr Carter", sagte sie praktisch im Flüsterton. „FBI!"

Die beiden frisch gestriegelten jungen Beamten, die ihre Ausweise schwenkten, um zu beeindrucken, wirkten wie einem Film entsprungen. Der Schwarze hieß Spooner, der Weiße Lohse. Sie knöpften ihre Jacketts auf, während sie sich in der wichtigen Mandanten vorbehaltenen Besprechungsecke von Clays Büro niederließen.

„Kennen Sie jemand namens Martin Grace?", fing Spooner an.

„Nein."

„Mike Packer?", übernahm Lohse.

„Nein."

„Max Pace?"

„Ja."

„Das ist ein und dieselbe Person", erklärte Spooner. „Irgendeine Ahnung, wo er sein könnte?"

„Nein."

„Wann haben Sie ihn zum letzten Mal gesehen?"

Clay war nicht verpflichtet, ihre Fragen zu beantworten, und konnte sie jederzeit auffordern, zu gehen und erst wieder zu kommen, wenn sein Anwalt zugegen war. „Ich bin mir nicht sicher", erwiderte er dennoch. „Das ist schon einige Monate her. Irgendwann Mitte Februar."

Lohse machte Notizen, Spooner stellte die Fragen. „Wo war das?"

„Beim Abendessen in seinem Hotel."

„In welchem Hotel?"

„Das weiß ich nicht mehr. Warum interessieren Sie sich für ihn?"

„Es geht um eine Untersuchung der Börsenaufsichtsbehörde", antwortete Spooner. „Pace hat sich mehrfach des Wertpapierbetrugs und des Insiderhandels schuldig gemacht. Kennen Sie seinen Hintergrund?"

„Nicht genau. Seine Äußerungen klangen ziemlich vage."

„Wie und warum haben Sie sich mit ihm getroffen?"

„Sagen wir, es ging um Geschäfte."

„Die meisten seiner Geschäftspartner landen im Gefängnis. Sie lassen sich besser was anderes einfallen."

„Das reicht. Warum sind Sie hier?"

„Zeugenbefragung. Wir wissen, dass er einige Zeit in Washington verbracht und Sie Weihnachten letztes Jahr auf Mustique besucht hat. Wir wissen auch, dass er im Januar, am Tag bevor Sie in Ihrem Verfahren Klage eingereicht haben, Goffman-Aktien leer verkauft hat, und zwar für 62,25 Dollar. Zurückgekauft hat er sie dann für 49 und dabei einige Millionen verdient. Wir glauben, dass er Zugang zu einem vertraulichen Bericht der Regierung über ein Medikament von Goffman namens Maxatil hatte und diese Informationen für einen Wertpapierbetrug genutzt hat."

„Sonst noch etwas?"

Lohse hörte auf zu schreiben. „Haben Sie Goffman-Aktien leer verkauft, bevor Sie Klage einreichten?"

„Nein, habe ich nicht."

„Haben Sie jemals Goffman-Aktien besessen?"

„Nein."

Lohse steckte seinen Stift in die Tasche. Gute Polizisten hielten die erste Begegnung kurz. Sollte der Zeuge/die Zielperson/der Verdächtige im eigenen Saft schmoren, vielleicht unterlief ihm/ihr dann ein Fehler. Die zweite Befragung würde wesentlich länger ausfallen.

Sie erhoben sich und gingen zur Tür. „Falls Sie von Pace hören, würden wir es gern erfahren", sagte Spooner.

„Darauf würde ich an Ihrer Stelle nicht zählen", entgegnete Clay.

„Doch, wir zählen darauf, Mr Carter. Bei unserem nächsten Besuch unterhalten wir uns über Ackerman Labs."

ALS CLAY gerade gehen wollte, kam Crittle mit saurem Gesicht hereinmarschiert und verkündete: „Unsere Haftpflichtversicherung hat uns den Versicherungsschutz gekündigt."

„Warum?", wollte Clay wissen.

„Die Bewertung Ihres Geschäftsgebarens ist nicht gut ausgefallen. 24000 Maxatil-Fälle sind ihnen zu viel. Falls etwas schief geht, ist das Risiko zu groß. Nachdem ihre zehn Millionen möglicherweise nur ein Tropfen auf den heißen Stein wären, steigen sie lieber aus."

„Können sie das?"

„Natürlich. Eine Versicherung kann den Versicherungsschutz jederzeit kündigen. Wir haben nicht die geringste Deckung."

„Die werden wir auch nicht brauchen."

„Ihr Wort in Gottes Ohr, aber Sorgen mache ich mir trotzdem."

„Bei Dyloft haben Sie sich auch Sorgen gemacht, wenn ich mich recht erinnere."

„Da habe ich mich getäuscht."

„Und bei Maxatil auch, alter Junge. Wenn Mooneyham in Flagstaff mit

Goffman fertig ist, werden sie sich unbedingt vergleichen wollen. Sie stellen jetzt schon Milliarden für Schadenersatz zurück. Haben Sie eine Ahnung, was diese 24 000 Fälle wert sein könnten? Fast eine Milliarde Dollar. Und Goffman kann sich das leisten."

„Ich mache mir trotzdem Sorgen. Wir haben acht Millionen für Werbung und Tests ausgegeben. Können wir nicht wenigstens das Tempo reduzieren? Warum sind 24 000 Fälle für Sie nicht genug?"

„Weil sie nicht genug sind." Lächelnd griff Clay nach seinem Jackett, klopfte Crittle auf die Schulter und ging.

ER HATTE sich für halb neun mit einem früheren Mitbewohner vom College im „Old Ebbitt Grill" verabredet. Als sein Handy klingelte, hatte er bereits fast eine Stunde an der Bar gewartet. Sein Bekannter entschuldigte sich: Er sitze in einer Besprechung fest, die ewig zu dauern scheine.

Auf dem Weg nach draußen warf Clay einen Blick ins Restaurant und entdeckte Rebecca, die dort mit zwei anderen Frauen zu Abend aß. Er kehrte um, setzte sich wieder auf seinen Barhocker und bestellte noch ein Bier. Obwohl er unbedingt mit Rebecca reden wollte, hatte er nicht vor, sich ihr aufzudrängen. Ein Gang zur Toilette war am unauffälligsten.

Als er ihren Tisch passierte, blickte sie auf und lächelte sofort. Sie stellte ihn ihren Freundinnen vor, und er erklärte, dass er in der Bar auf einen alten Freund warte, der spät dran sei. Es kann noch eine Weile dauern, tut mir Leid, wenn ich störe. Ich muss weiter. Schön, dich zu sehen.

Eine Viertelstunde später tauchte Rebecca in der Bar auf und stellte sich neben ihn. Sehr dicht neben ihn. „Ich kann nicht lange bleiben", sagte sie. „Die anderen warten auf mich."

„Du siehst fantastisch aus." Clay musste unbedingt herausfinden, wie es ihr wirklich ging.

„Du auch."

„Wo ist Myers?"

Desinteressiert zuckte sie die Achseln. „Bei der Arbeit. Er arbeitet immer."

„Wie ist das Eheleben?"

„Sehr einsam." Sie wandte den Blick ab.

Clay trank einen Schluck. Hätten sie nicht in einer überfüllten Bar gestanden und hätten ihre Freundinnen nicht im Nebenraum auf sie gewartet, dann hätte sie ihm das Herz ausgeschüttet. Nur mit Mühe konnte er ein Lächeln unterdrücken. „Ich warte immer noch auf dich."

Ihre Augen waren feucht, als sie sich vorbeugte und ihn auf die Wange küsste. Dann war sie ohne ein weiteres Wort verschwunden.

# 11

Als die Orioles gegen die Devil Rays schier aussichtslos zurücklagen, überlegte Ted Worley, ob er sofort zur Toilette gehen oder bis zum siebten Inning warten sollte. Doch nach dem Dyloft-Albtraum wollte er seine Blase nicht überfordern; wenn er musste, ging er sofort. So marschierte er auf die Toilette im Flur. Ein leichtes Brennen beim Wasserlassen ließ ihn nach unten blicken. Fast wäre er in Ohnmacht gefallen.

Sein Urin war dunkelrot. Er rang nach Luft und stützte sich mit einer Hand gegen die Wand. Als er fertig war, sah er sich die tödliche Visitenkarte, die sein Körper hinterlassen hatte, noch einmal an. Schließlich spülte er sie hinunter und ging zurück ins Wohnzimmer. Die Devil Rays führten mittlerweile noch höher, aber das Spiel hatte für ihn jegliche Bedeutung verloren.

Es war eindeutig Blut gewesen. Die Tumoren waren wieder da, und es war wesentlich schlimmer als zuvor.

Am nächsten Morgen erzählte er seiner Frau davon. Sie nahm die Sache umgehend in die Hand, rief seinen Urologen an und ließ sich einen Termin direkt nach der Mittagspause geben.

Vier Tage später wurden in Worleys Nieren bösartige Tumoren entdeckt. In einer fünfstündigen Operation entfernten die Ärzte alle Geschwülste, die sie finden konnten.

Der Leiter der Urologie beobachtete seinen Patienten genau. Einen Monat zuvor hatte ein Kollege an einem Krankenhaus in Kansas City ebenfalls mit einem Fall zu tun gehabt, bei dem nach der Behandlung mit Dyloft Nierentumoren aufgetreten waren. Der Patient in Kansas City erhielt gegenwärtig eine Chemotherapie, doch sein Zustand verschlechterte sich rapide. Für Mr Worley stand Ähnliches zu befürchten.

Bei einem neuerlichen Gespräch mit dem Kollegen in Kansas City erfuhr der Chef der Urologie von einem weiteren Fall. Alle drei Patienten waren Dyloft-Kläger der Kategorie eins gewesen. Jetzt würden sie sterben. Der Name einer Anwältin fiel: Der Patient aus Kansas City wurde von einer kleinen Kanzlei in New York vertreten.

Für einen Arzt war es ein seltenes und erfreuliches Erlebnis, den Namen eines Anwalts weitergeben zu können, der einen anderen Anwalt verklagen würde, und der Leiter der Urologie war entschlossen, diesen Augenblick zu genießen. Er ging zu Mr Worley ins Zimmer, stellte sich vor, weil sie sich noch nicht begegnet waren, und erklärte seine Rolle bei der Behandlung. Bald kam das Gespräch auf Dyloft und den Vergleich. Da erwachte der alte Mann zu neuem Leben. Sein Gesicht bekam etwas Farbe, seine Augen funkelten.

Bei dem Vergleich waren schäbige 43 000 Dollar herausgekommen, wobei der Anwalt den Rest eingestrichen hatte! „Ich war gegen den Vergleich“, wiederholte Worley permanent.

„Jetzt ist es wohl zu spät“, fügte Mrs Worley hinzu.

„Vielleicht nicht.“ Der Arzt erzählte ihnen von dem Patienten aus Kansas City, dessen Schicksal dem von Ted Worley ähnelte. „Er hat eine Anwältin engagiert, die sich seinen Anwalt vornimmt“, verkündete er voller Befriedigung.

„Von Anwälten habe ich die Nase voll“, knurrte Worley.

„Haben Sie die Telefonnummer?“, wollte Mrs Worley wissen, die wesentlich vernünftiger dachte als ihr Mann. Leider musste sie sich überlegen, was in ein oder zwei Jahren sein würde, wenn Ted nicht mehr lebte.

Rein zufällig hatte der Urologe die Nummer bei der Hand.

Auf Schadenersatzklagen spezialisierte Anwälte fürchteten nur eines auf der Welt: jemanden von ihrer eigenen Sorte. Raubritter, Verräter, die zur Stelle waren, wenn sie Fehler begingen. Diese Subspezies bestand aus wenigen brillanten Prozessanwälten, die ihre Berufskollegen wegen fehlerhafter Vergleiche verklagten. Helen Warshaw schrieb gerade das Lehrbuch für sie.

Obwohl sie den Gerichtssaal angeblich so liebten, verließ die Schadenersatzanwälte jeglicher Mut, wenn sie sich vorstellten, wie sie als Beklagte mit belämmertem Gesicht vor den Geschworenen saßen, während ihre persönlichen Vermögensverhältnisse öffentlich diskutiert wurden. Allerdings geschah so etwas äußerst selten, denn niemand schloss schneller einen Vergleich als ein Schadenersatzanwalt, wenn man ihn mit einer beweiskräftigen Klage überzog.

Als Mrs Worley anrief, bearbeitete Helen Warshaw in ihrer New Yorker Kanzlei vier Dyloft-Fälle und ging Hinweisen auf drei weitere nach.

Nach ein paar Minuten am Telefon wusste sie genau, was passiert war. „Ich bin um fünf Uhr bei Ihnen, Mrs Worley.“

Sie nahm den Linienflug nach Dulles, dem internationalen Flughafen von Washington, mietete dort ein Auto und fuhr zum Krankenhaus in Bethesda. Mrs Worley hatte die Unterlagen geholt, über denen Helen eine Stunde lang brütete, während Mr Worley ein Nickerchen hielt. Als er aufwachte, wollte er nicht mit ihr reden. Er traute Anwälten nicht, und das galt besonders für ehrgeizige weibliche New Yorker Exemplare dieser Gattung. Aber seine Frau hatte eine Menge Zeit und fand es einfacher, sich einer Frau anzuvertrauen. Daher gingen die beiden in den Aufenthaltsraum, um sich in aller Ruhe bei einem Kaffee zu unterhalten.

Hauptschuldiger war und blieb Ackerman Labs. Das Unternehmen hatte ein Medikament mit starken, ja heimtückischen Nebenwirkungen hergestellt. Helen befand sich bereits im Besitz von überzeugenden medizinischen Beweisen dafür, dass eine Verbindung zwischen immer wieder auftretenden Tumoren und Dyloft bestand.

Der zweite Schuldige war der Arzt, der das Medikament verschrieben hatte.

Leider waren die beiden ersten Schuldigen bei dem Vergleich, den Mr Worley im Rahmen der Biloxi-Sammelklage geschlossen hatte, vollständig von ihrer Haftung freigestellt worden.

„Aber Ted wollte keinen Vergleich schließen", beteuerte Mrs Worley immer wieder.

Völlig egal, er hatte es getan, indem er seinem Anwalt die Vollmacht dazu erteilt hatte. Der Anwalt hatte den Vergleich geschlossen und wurde so zum dritten Schuldigen. Und zum letzten, der noch übrig war.

EINE Woche später reichte Helen Warshaw Klage gegen J. Clay Carter und alle anderen Anwälte ein, die sich bei Dyloft-Fällen auf vorzeitige Vergleiche eingelassen hatten. Hauptkläger für und im Namen aller bekannten und zum gegenwärtigen Zeitpunkt unbekannten Geschädigten war Ted Worley.

Dem Beispiel der Beklagten folgend, faxte Helen, eine Viertelstunde nachdem sie die Klage eingereicht hatte, Kopien davon an ein Dutzend führende Zeitungen.

Am Empfang von Clays Kanzlei erschien ein stämmiger Zustellungsbeamter, der Mr Carter zu sehen verlangte. Nur widerwillig verließ Clay sein Büro und nahm die Papiere entgegen, die ihm den Tag und vielleicht sogar das ganze Jahr verderben würden.

Er hatte nicht gewusst, dass Worley wieder krank war. Nicht der geringste Hinweis darauf, dass ihm Ärger ins Haus stand. Er ging in Mulrooneys Büro, und sie sprachen über Schadensbegrenzung. Wie sollten sie reagieren? Und wann? Sollten sie in aller Eile ein aggressives Dementi sämtlicher in der Klage erhobener Vorwürfe verfassen und noch am selben Tag bei Gericht vorlegen? Sollte Clay mit den Reportern sprechen? Sie kamen zu keiner Entscheidung, weil sie nicht dazu in der

Lage waren. Das Blatt hatte sich gewendet, das hier war für sie völlig unbekanntes Terrain.

„Wenn ich im Unrecht bin, übernehme ich die Forderung“, beschloss Clay.

„Hoffentlich ist Worley der einzige unserer Mandanten.“

„Das ist die große Frage. Wie viele Ted Worleys gibt es?“

ER FAND keinen Schlaf. Ridley war immer noch auf St. Barth, um sich um die Renovierung der Villa zu kümmern, und dafür war Clay dankbar. Zumindest hatte sie keine Ahnung, wie gedemütigt und beschämt er sich fühlte.

Seine Gedanken weilten bei Ted Worley. Dessen Krebserkrankung war die Nebenwirkung eines Medikaments und nicht durch einen schlechten Anwalt verschuldet. Aber sich in einem Fall, der schließlich und endlich Millionen wert war, auf einen Vergleich in Höhe von 62000 Dollar einzulassen, das klang nach Verletzung der Anwaltspflicht und Habgier. Wer konnte es dem Mann verübeln, wenn er zurückschlug?

Während der endlosen Nacht packte Clay manchmal die Angst. War das der Anfang vom Ende? Wie viele potenzielle Kläger gab es? Jeder Fall war Millionen wert.

Unsinn! Mit 25000 Maxatil-Fällen im Hintergrund konnte er alles durchstehen.

Doch immer wieder kehrten seine Gedanken zu Mr Worley zurück, dem Mandanten, den sein Anwalt nicht geschützt hatte. Seine Schuldgefühle waren so überwältigend, dass er ihn am liebsten angerufen hätte, um ihn um Verzeihung zu bitten.

Kurz nach vier kochte sich Clay die erste Kanne Kaffee. Um fünf ging er ins Internet und las die *Washington Post*. Nachdem sonst nicht viel los war, prangte unten auf der Titelseite das lächelnde Gesicht des „Königs der Sammelklagen“. SCHADENERSATZKLÄGER WIRD AUF SCHADENERSATZ VERKLAGT lautete die treffende Schlagzeile.

Sein Bekannter vom *Wall Street Journal* fuhr schwereres Geschütz auf. STEHT DER KÖNIG DER SAMMELKLAGEN VOR DER ENTTHRONUNG? lautete hier die Schlagzeile. Dabei klang der Artikel eher so, als sollte Clay nicht nur entthront, sondern verurteilt und ins Gefängnis geworfen werden. Im zweiten Absatz wurde über Helen Warshaw berichtet. Ihre Referenzen waren beeindruckend. Von der Kammer zugelassene Prozessanwältin. Nebenher Redakteurin einer juristischen Fachzeitschrift. Sie war 38, lief zum Spaß Marathon und wurde von einem früheren Gegner als „brillant und hartnäckig“ beschrieben.

Um sieben Uhr erschien Clay mit entschlossener Miene und einem Koffeinrausch im Büro, wanderte durch die Gänge und alberte mit der Frühschicht herum. Mutig, wenn auch etwas lahm, witzelte er über Zustellungsbeamte, die bereits unterwegs seien, und Reporter, die überall herumschnüffelten. Es war eine glänzende, tapfere Vorstellung, die seine Kanzlei brauchte und zu schätzen wusste.

Er hielt bis weit in den Vormittag hinein durch. Dann versetzte ihm Miss Glick, die durch die offene Tür in sein Büro kam, den Todesstoß. „Mr Carter, die beiden FBI-Beamten sind wieder da."

„Wunderbar!" Er rieb sich die Hände, als wollte er sie verprügeln.

Spooner und Lohse lächelten angespannt und schüttelten ihm nicht die Hand. Mit zusammengebissenen Zähnen schloss Clay die Tür.

Diesmal redete Lohse, während sich Spooner Notizen machte. Offenbar hatte Clays Bild auf der Titelseite sie daran erinnert, dass sie ihm noch einen zweiten Besuch schuldeten. Das war das Problem, wenn man prominent war.

„Haben Sie von Ihrem Freund Max Pace gehört?", begann Lohse.

„Nein, nicht einen Pieps." Das war die reine Wahrheit, dabei hätte Clay Paces Rat in diesen Zeiten der Krise dringend gebraucht.

„Sie haben am zweiten Juli letzten Jahres Klage gegen Ackerman Labs eingereicht. Ist das richtig?"

„Ja."

„Besaßen Sie vor Einreichung der Klage Aktien des Unternehmens?"

„Nein."

„Haben Sie einen Leerverkauf getätigt und die Aktien dann zu einem niedrigeren Preis zurückgekauft?"

Natürlich hatte er das, auf Vorschlag seines guten Freundes Pace. Sie kannten die Antwort auf diese Frage. Mit Sicherheit waren ihnen die Daten der Transaktionen bekannt. Seit ihrem ersten Besuch hatte sich Clay eingehend mit Wertpapierbetrug und Insiderhandel beschäftigt. Es war eine Grauzone, in seinem Fall eher hellgrau – glaubte er zumindest. Vielleicht war sein Verhalten nicht einwandfrei gewesen, aber bestimmt nicht illegal. Rückblickend hätte er nicht mit den Aktien handeln sollen. Tausendmal hatte er sich gewünscht, es nicht getan zu haben.

„Wird aus irgendeinem Grund gegen mich ermittelt?", fragte er.

Spooner nickte schon, bevor Lohse bejahen konnte.

„Dann ist diese Besprechung beendet. Mein Anwalt wird sich mit Ihnen in Verbindung setzen." Clay hatte sich bereits erhoben und ging zur Tür.

# 12

Für das nächste Treffen des Dyloft-Ausschusses wählte der Beklagte Patton French ein Hotel im Zentrum von Atlanta. Es war eine Notfallbesprechung. Wie zu erwarten, hatte French die Präsidentensuite gebucht, ein buntes Sammelsurium überflüssiger Räume im obersten Stockwerk des Hotels. Dort trafen sie sich.

Carlos Hernández aus Miami wusste von sieben seiner Dyloft-Kläger der Kategorie eins, die mittlerweile unter bösartigen Nierentumoren litten. Sie hatten sich der Sammelklage angeschlossen und wurden nun von Helen Warshaw vertreten. „Die schießen wie Pilze aus dem Boden", klagte er verzweifelt.

„Die Frau ist knallhart", meinte Wes Saulsberry, und die anderen nickten zustimmend. Wes wurde von vier früheren Mandanten verklagt, Damon Didier von drei, French von fünf.

Clay war ungeheuer erleichtert, dass es bei ihm nur einer war, aber dieses Gefühl war nur von kurzer Dauer. „Tatsächlich haben Sie sieben", klärte French ihn auf und reichte ihm einen Ausdruck, der mit Clays Namen überschrieben war. Darunter waren seine Exmandanten und jetzigen Kläger aufgeführt.

„Wicks von Ackerman meint, die Liste wird schnell länger werden", setzte French hinzu.

„Wie ist die Stimmung dort?", fragte Wes.

„Nacktes Entsetzen. Philo hätte am liebsten nie von Ackerman Labs gehört."

„Geht mir genauso", stimmte Didier mit einem giftigen Blick auf Clay zu, dem er offenbar die Schuld an dem Dilemma gab.

Dieser sah sich die sieben Namen auf seiner Liste an. Außer Ted Worley kannte er keinen einzigen davon. Wie war er dazu gekommen, diese Leute zu vertreten? Was für eine lächerliche Art, Recht zu praktizieren, im Namen von Menschen, die er nie gesehen hatte, Klage einzureichen und Vergleiche abzuschließen! Und jetzt verklagten sie ihn!

„Können wir davon ausgehen, dass das medizinische Beweismaterial stichhaltig ist?", erkundigte sich Wes. „Ich wüsste gern, ob sich der Versuch lohnt nachzuweisen, dass die Rückfälle bei Krebspatienten nichts mit Dyloft zu tun haben."

„Vergessen Sie's! Wir sind dran", warf French ein. „Wicks hält das Medikament für gefährlicher als einen Kopfschuss."

„Wir müssen verhandeln“, sagte Didier. „Es geht um unsere Existenz.“

„Was ist ein Fall wert?“, fragte Clay, der fürchtete, seine Stimme würde versagen.

„Vor einem Geschworenengericht zwei bis zehn Millionen, je nachdem, wie hoch der Strafanteil ausfällt“, schätzte French.

„Mich bekommt kein Geschworenengericht zu sehen“, verkündete Didier. „Nicht bei diesen Fakten.“

„Vermutlich werden wir unsere Sammelklage verlieren“, meinte French. „Wer noch dabei ist, wird versuchen herauszukommen. Wie Sie wissen, haben sich nur wenige Kläger der Kategorie zwei und drei auf einen Vergleich eingelassen. Aus offensichtlichen Gründen wollen die nichts von diesem Verfahren wissen. Ich kenne mindestens fünf Gruppen von Anwälten, die nur darauf warten, bei Gericht die Abweisung unserer Sammelklage zu beantragen und uns aus dem Rennen zu werfen. Und ich kann es ihnen nicht verdenken.“

Sie waren alle beunruhigt, wenn auch in unterschiedlichem Maße. French, der vermutlich mehr Geld als alle anderen hatte, schien davon auszugehen, dass er die finanziellen Belastungen eines Verfahrens überstehen würde. Das Gleiche galt für Wes, der mit einer Tabakaffäre 500 Millionen Dollar verdient hatte. Carlos gab sich zwar selbstbewusst, war aber eindeutig nervös. Wirklich panisch reagierte jedoch nur der sonst so eisenharte Didier. Jeder von ihnen besaß mehr Geld als Clay. Dafür hatte dieser mehr Dyloft-Fälle am Hals als irgendeiner von ihnen – eine Rechnung, die ihm überhaupt nicht gefiel.

Sie einigten sich auf einen höchst allgemein gehaltenen Plan, der ein Treffen mit Helen Warshaw vorsah, bei dem sie vorsichtig erkunden wollten, wie die Chancen für Verhandlungen standen. Sie ließ jeden wissen, dass sie nicht an einem Vergleich interessiert war. Ihr ging es um Gerichtsverfahren. Gigantische, Aufsehen erregende Veranstaltungen ohne Gnade, bei denen die gegenwärtigen und früheren Könige der Sammelklagen vor Gericht gezerrt und vor den Geschworenen bloßgestellt wurden.

WÄHREND seiner Jahre als Pflichtverteidiger hatte Clay hunderte von Erstgesprächen geführt, die fast immer im Gefängnis stattgefunden hatten. Der Anfang war zumeist zäh gewesen, weil der Angeklagte – in so gut wie allen Fällen schwarz – nicht sicher war, wie viel er seinem weißen Anwalt erzählen sollte. Welche Ironie des Schicksals, dass Clay nun als weißer Beklagter seinem ersten Gespräch mit seinem schwarzen Anwalt voller Nervosität entgegensah. Bei einem Stundensatz von 750 Dollar konnte er nur hoffen, dass Zack Battle, der größte Strafverteidiger

Washingtons, eine rasche Auffassungsgabe hatte. Zu diesem Preis konnte er sich weder Ausweichmanöver noch Schattenboxen leisten. Battle würde die Wahrheit zu hören bekommen, und zwar so schnell, wie er mitschreiben konnte.

So erzählte Clay die Dyloft-Geschichte, von Max Pace bis zum FBI. Tarvan erwähnte er nicht, aber auch das würde er tun, falls es notwendig wurde.

„Was ist mit dieser von Max Pace gestohlenen Studie?", fragte Battle. „Befand sie sich in Ihrem Besitz, als Sie die Aktien leer verkauft und Klage eingereicht haben?"

„Natürlich. Ich musste ja sicher sein, dass ich Ackerman die Haftung nachweisen konnte, falls der Fall vor Gericht ging."

„Dann war es Insiderhandel. Sie sind schuldig. Fünf Jahre Knast. Aber erzählen Sie mir, wie das FBI Ihnen das beweisen kann."

Clay war das Herz stehen geblieben. „Max Pace könnte es ihnen sagen", entgegnete er, als er sich wieder etwas gefasst hatte.

„Wer hat die Studie sonst noch?"

„Patton French, vielleicht ein oder zwei andere Anwälte."

„Weiß French, dass Sie im Besitz dieser Informationen waren, bevor Sie Klage eingereicht haben?"

„Das weiß ich nicht. Ich habe ihm nie gesagt, wann ich sie bekommen habe."

„Dann ist also Max Pace der Einzige, der Sie festnageln könnte."

Die Geschichte war ziemlich eindeutig. Clay hatte die Dyloft-Sammelklage vorbereitet, aber keine Klage einreichen wollen, solange Pace nicht ausreichende Beweise vorlegte. Mehrmals war es deswegen zu Meinungsverschiedenheiten gekommen. Eines Tages war Pace mit zwei dicken Aktentaschen voller Papiere hereinspaziert und hatte gesagt: „Hier ist das Zeug, aber Sie haben es nicht von mir." Dann war er sofort wieder verschwunden. Clay hatte sich das Material angesehen und einen Freund aus Studienzeiten, der jetzt Arzt in Baltimore war, gebeten, die Zuverlässigkeit der Unterlagen zu überprüfen.

„Ist dieser Arzt vertrauenswürdig?", wollte Battle wissen. Bevor Clay antworten konnte, erläuterte er: „Im Grunde läuft es auf Folgendes hinaus: Wenn das FBI nicht weiß, dass Sie zum Zeitpunkt des Leerverkaufs im Besitz der geheimen Studie waren, kann man Sie nicht wegen Insiderhandels belangen. Die Aufzeichnungen über die Wertpapiertransaktionen allein sind nicht genug. Das FBI muss beweisen, dass Sie Insiderwissen besaßen."

„Soll ich mit meinem Freund in Baltimore reden?"

„Nein. Wenn das FBI von ihm weiß, wird vielleicht sein Telefon abgehört. Dann landen Sie für sieben Jahre im Gefängnis und nicht für fünf. An Ihrer Stelle würde ich die Studie vernichten und meine Akten säubern, nur für den Fall, dass die mit einer richterlichen Anordnung daherkommen. Und dann würde ich Patton French aufsuchen und sicherstellen, dass die Studie nicht zu Ihnen zurückverfolgt werden kann. Und dann würde ich beten, dass Max Pace entweder tot ist oder sich in Europa versteckt hält."

DIE ABSENDERADRESSE war ein Gefängnis. Obwohl viele seiner früheren Mandanten hinter Gittern saßen, konnte sich Clay nicht an jemanden erinnern, der Paul Watson hieß. Er öffnete den Umschlag und holte den Brief heraus.

> Sehr geehrter Mr Carter,
> vielleicht erinnern Sie sich an mich als Tequila Watson. Ich habe meinen Namen geändert, weil der alte nicht mehr zu mir passt. Weil ich jeden Tag die Bibel lese und Paulus mein Lieblingsapostel ist, habe ich mir seinen Namen geborgt.
>
> Ich möchte Sie um einen Gefallen bitten. Vielleicht können Sie irgendwie mit Pumpkins Familie Kontakt aufnehmen und ihr sagen, wie Leid es mir tut. Ich habe zu Gott gebetet, und er hat mir vergeben. Ich würde mich viel besser fühlen, wenn Pumpkins Familie das auch tun könnte. Ich kann immer noch nicht glauben, dass ich ihn einfach so umgebracht habe. Es war der Teufel, der geschossen hat, nicht ich, glaube ich. Aber es gibt keine Entschuldigung für mich.
>
> Ich bin immer noch clean. Es wäre toll, wenn Sie mir schreiben könnten. Schade, dass Sie nicht mehr mein Anwalt sein konnten. Ich fand, Sie waren ein cooler Typ.
>
> Mit den besten Wünschen
> Paul Watson

„Halt durch, Paul", murmelte Clay vor sich hin. „Wenn ich so weitermache, sind wir bald Zellengenossen." Das Klingeln des Telefons riss ihn aus seinen Gedanken. Es war Ridley, die immer noch auf St. Barth saß, aber nach Hause wollte. Ob Clay bitte morgen den Jet schicken könne?

Natürlich, mein Schatz. Eine Flugstunde kostet ja nur 3000 Dollar. Vier Stunden hin, vier Stunden zurück, 24000 Dollar für den kurzen Rundflug. Aber das war nichts im Vergleich zu den Unsummen, die sie für die Villa ausgab.

DER ARTIKEL war im Lokalteil der *Washington Post* abgedruckt, „erst" auf der dritten Seite. Eine angenehme Überraschung, nachdem Clay monatelang auf den Titelseiten zuerst als Held gefeiert und dann als Schurke verdammt worden war. BÖRSENAUFSICHT ERMITTELT GEGEN DEN KÖNIG DER SAMMELKLAGEN. „Ungenannten Quellen zufolge ..." Clay konnte sich nicht vorstellen, wer das an die Presse weitergegeben hatte, wer ihn noch weiter bloßstellen wollte.

Er las den Artikel zu Hause, wo er zum Glück allein war, weil Ridley einen Tag oder zwei in ihrer neuen Wohnung verbrachte, die er für sie gemietet hatte. Sie brauchte die Freiheit, mit und ohne ihn leben zu können, und da ihre alte Wohnung ziemlich klein gewesen war, hatte Clay sich bereit erklärt, für eine angemessenere Unterkunft aufzukommen.

Paulette kam noch am Vormittag vorbei. Sie sah fantastisch aus, hatte ein paar Pfund abgenommen und trug teure Kleidung. In den letzten Monaten hatte sie sich in Europa herumgetrieben, während sie darauf gewartet hatte, dass ihre Scheidung rechtskräftig wurde. Die Gerüchte über Clay waren allgegenwärtig, und sie machte sich Sorgen um ihn. Im Laufe des ausgedehnten Mittagessens, das sie bezahlte, stellte sich allmählich heraus, dass diese Sorgen nicht ganz uneigennützig waren. Ihr Anteil an der Dyloft-Beute hatte zehn Millionen betragen, und sie wollte wissen, ob sie irgendeinem Risiko ausgesetzt war.

Clay versicherte ihr, das sei nicht der Fall. Während des Vergleichs sei sie in der Kanzlei keine Partnerin gewesen, sondern nur Angestellte. Sein Name stehe auf allen Schriftsätzen und Dokumenten.

„Du warst klüger als ich", meinte er. „Du hast das Geld genommen und bist abgehauen."

„Ich habe ein schlechtes Gewissen."

„Brauchst du nicht. Die Fehler habe ich begangen, nicht du."

Obwohl die Warshaw-Sammelklage zum Dyloft-Vergleich ihn teuer zu stehen kommen würde, setzte er immer noch auf Maxatil. Bei 25 000 Fällen würde er ganz groß absahnen.

DAS DRITTE Treffen mit Hanna Portland Cement sollte das letzte werden, auch wenn das zu Beginn der Sitzung weder Clay noch sonst jemandem bewusst war. Joel Hanna hatte diesmal seinen Cousin Marcus, den Chef des Unternehmens, mitgebracht. Wie immer saß den beiden eine kleine Armee gegenüber, in deren Mitte wie ein König Mr JCC thronte.

„Wir sind auf 18 weitere Häuser gestoßen, die auf die Liste gesetzt werden müssen", berichtete Joel. „Das ergibt insgesamt 940. Wir sind sehr zuversichtlich, dass es dabei bleibt."

„Sehr schön“, meinte Clay hartherzig. Je länger die Liste, desto mehr Mandanten. Er vertrat fast 90 Prozent der Kläger. Sein Hanna-Team hatte ausgezeichnete Arbeit geleistet. Es war seinen Leuten gelungen, die Hausbesitzer davon zu überzeugen, dass es sich lohnte, seiner Kanzlei treu zu bleiben. Man hatte ihnen versichert, dass sie mehr Geld bekommen würden, weil Mr Carter Spezialist für Sammelklagen, sozusagen ihr neuer König sei.

Bei der letzten Besprechung hatte Clay seine Forderungen von 25 000 Dollar auf 22 500 reduziert. Ein Vergleich in dieser Höhe bedeutete für ihn Honorareinnahmen von etwa siebeneinhalb Millionen. Die Hannas hatten ein Gegenangebot von 17 000 unterbreitet, damit war der Kreditrahmen der Firma voll ausgeschöpft. Das Unternehmen war auf dem absteigenden Ast, und es sah nicht besonders rosig aus.

17 000 Dollar pro Haus bedeuteten Honorare in Höhe von fünf Millionen Dollar für Mr JCC, wenn er auf einem Anteil von 30 Prozent bestand. Falls er jedoch bereit war, sich mit bescheideneren 20 Prozent zu begnügen, blieben 13 600 Dollar für jeden seiner Mandanten. Ein solcher Nachlass bedeutete für ihn Mindereinnahmen in Höhe von etwa anderthalb Millionen. Marcus Hanna hatte einen renommierten Unternehmer gefunden, der bereit war, die Fassaden für jeweils 13 500 Dollar zu erneuern.

„Irgendeine Bewegung auf Ihrer Seite?“, fragte Clay ohne Umschweife.

„Nein. 17 000 ist eigentlich schon mehr, als wir uns leisten können. Irgendeine Bewegung auf Ihrer Seite?“

„22 500 sind ein fairer Vergleich“, verkündete Clay, ohne mit der Wimper zu zucken. „Wenn Sie sich nicht bewegen, tun wir es auch nicht.“ Seine Stimme klang hart wie Stahl. Wenn er nur genügend Druck ausübte, würden die Hannas in die Knie gehen, davon war er überzeugt.

Seine Mitarbeiter waren beeindruckt. Der Einzige, der es auf Clays Seite gewagt hatte, laut Zweifel zu äußern, war der junge Anwalt Ed Wyatt, der Leiter des Hanna-Teams. Vor dem Treffen hatte er Clay erklärt, dass es seines Erachtens für Hanna nur von Vorteil sein könne, gemäß Kapitel 11 des Konkursgesetzes Gläubigerschutz und Reorganisation zu beantragen. Alle Vergleiche mit den Hausbesitzern würden auf Eis gelegt, bis ein Treuhänder ihre Ansprüche geprüft und entschieden habe, welche Entschädigung angemessen sei. Wyatt meinte, falls Kapitel 11 zur Anwendung komme, könnten sich die Mandanten glücklich schätzen, wenn sie 10 000 Dollar erhielten.

Allerdings hatte das Unternehmen nicht mit Konkurs gedroht, was in einer solchen Situation ein normaler Schachzug gewesen wäre. Clay hatte die Bücher der Firma studiert und war der Meinung, dass sie zu viele Vermögenswerte und zu großen Stolz für solch einen drastischen Schritt besaß. Er setzte alles auf eine Karte. Die Kanzlei brauchte alle Honorare, die sie herauspressen konnte.

„Dann ist es Zeit zu gehen“, sagte Marcus Hanna abrupt. Er und sein Cousin rafften ihre Papiere zusammen und stürmten aus dem Konferenzraum.

Zwei Stunden später beantragte die Hanna Portland Cement Company beim Konkursgericht für Ostpennsylvania Gläubigerschutz gemäß Kapitel 11 des Konkursgesetzes. Die meisten dieser Gläubiger waren in der von J. Clay Carter II. eingereichten Sammelklage zusammengefasst.

EINIGE Tage später erschien in der *Baltimore Press* ein langer Artikel über den Konkurs und die ersten Reaktionen der Hausbesitzer. Die Darstellung stimmte bis ins kleinste Detail, ein Hinweis darauf, dass der Reporter seine Informationen von jemandem bezogen hatte, der an den Vergleichsverhandlungen beteiligt gewesen war, vermutlich den Hannas selbst. Die Firma habe 17 000 Dollar pro Kläger angeboten; eine großzügige Schätzung der Renovierungskosten für jedes Haus belaufe sich auf 15 000. Das Verfahren hätte mit einem fairen Vergleich enden können, wäre da nicht die Frage des Anwaltshonorars gewesen. Die Hannas hätten ihre Verantwortung von Anfang an zugegeben und seien bereit gewesen, sich hoch zu verschulden, um ihre Fehler zu korrigieren. In diesem Tenor ging es weiter.

So begannen in der Kanzlei bald ununterbrochen die Telefone zu klingeln, weil wutschnaubende Mandanten ihrer Empörung Luft machen wollten. In der Eingangshalle hatte Clay für den Fall der Fälle einen Wachmann postiert. Die Anwälte standen in kleinen Gruppen zusammen und fragten sich, ob die Kanzlei überleben würde. Der Boss hatte sich in seinem Büro verbarrikadiert.

Dann schneite wie eine zufällige Besucherin Rebecca herein und überreichte der Empfangsdame eine Nachricht für Clay. „Ich bin eine alte Freundin“, erklärte sie, um den Wachmann zu beruhigen, für den höchste Alarmstufe herrschte.

Wer auch immer sie war, Mr Carter kam so schnell aus den hinteren Räumen der Kanzlei geschossen wie noch nie in der kurzen Geschichte des Unternehmens. Sie ließen sich in der Besprechungsecke seines Büros nieder, Rebecca auf dem Sofa und Clay auf einem Stuhl, den er so nah wie möglich heranzog. Lange Zeit sagte keiner von ihnen etwas. Clay war zu aufgeregt, um einen zusammenhängenden Satz herauszubringen. Ihr Erscheinen konnte hundert verschiedene Dinge bedeuten. Auf jeden Fall war es ein gutes Zeichen.

Am liebsten hätte er sich auf sie gestürzt, um ihren Körper zu spüren, das Parfüm an ihrem Hals zu riechen, mit seinen Händen über ihre Beine zu fahren. Frisur, Make-up, Lippenstift, Armband, alles war gleich geblieben.

„Du schaust mir auf die Beine", sagte sie schließlich.

„Stimmt."

„Clay, geht es dir gut? Ich habe schreckliche Dinge über dich gelesen."

„Und deswegen bist du hier?"

„Ja. Ich mache mir Sorgen."

„Das heißt, dass ich dir nicht gleichgültig bin."

„Nein, das bist du nicht."

„Du hast mich also nicht vergessen?"

„Nein. Im Augenblick bin ich etwas abgelenkt wegen meiner Ehe und so, aber ich denke an dich, immer öfter."

Clay schloss die Augen und legte eine Hand auf ihr Knie. Rebecca stieß sie sofort zur Seite. „Ich bin verheiratet, Clay."

„Dann lass uns Ehebruch begehen."

„Nein."

„Abgelenkt? Das klingt wie eine vorübergehende Angelegenheit. Was ist los, Rebecca?"

„Ich bin nicht hier, um über meine Ehe zu reden. Ich war in der Nähe, musste an dich denken und kam her."

„Wie ein Hund, der sich verlaufen hat? Das glaube ich nicht."

„Brauchst du auch nicht. Wie geht's deiner Gespielin?"

„Sie ist mal hier, mal da. Wir haben uns arrangiert. Wie ist der Wurm denn so?"

„Ganz in Ordnung. Wir kommen zurecht."

„Du bist seit nicht einmal einem Jahr verheiratet, und zu mehr reicht es nicht?"

„Ja."

Sie schwiegen wieder, weil es zu viel zu sagen gab. Unter Clays aufmerksamen Blicken schlug sie die Beine übereinander. Er konnte sie beinahe berühren.

„Wirst du es überleben?", fragte sie.

„Lass uns nicht über mich reden, sondern über uns."

„Ich werde mich nicht auf eine Affäre einlassen."

„Aber du denkst daran, stimmt's?"

„Nein, aber ich weiß, dass du es tust."

„Schön wäre es aber schon, oder?"

„Ja und nein. Ich habe nicht vor, so zu leben."

„Ich auch nicht, Rebecca. Ich will dich nicht teilen. Früher hatte ich dich einmal ganz, und ich habe zugelassen, dass du mir entglitten bist. Ich werde warten, bis du wieder Single bist. Aber bitte beeil dich, okay?"

„Das wird vielleicht nie der Fall sein, Clay."

„Oh doch."

Obwohl Ridley neben ihm lag, träumte Clay die ganze Nacht von Rebecca. Kurz nach fünf Uhr morgens klingelte das Telefon. Er nahm im Schlafzimmer ab, legte das Gespräch aber sofort auf einen Apparat in seinem Arbeitszimmer.

Der Anrufer war Mel Snelling, der befreundete Arzt aus Baltimore, der die gestohlene Dyloft-Studie geprüft hatte, um Clay einen Gefallen zu erweisen. „Wir müssen miteinander reden. Es ist dringend."

„Okay." Clay wurden die Knie weich. Mel hatte Besuch vom FBI bekommen.

„Zehn Uhr vor dem Lincoln Memorial."

„Ich bin dort."

„Es ist möglich, dass mir jemand folgt." Dann war die Verbindung unterbrochen.

Clay kochte Kaffee, nahm eine ausgiebige Dusche und zog sich an.

Es war durchaus möglich, dass Mel ein verstecktes Mikrofon unter der Kleidung trug. Bestimmt hatte das FBI ihm damit gedroht, ihn vor Gericht zu bringen, falls er seinen Freund nicht ans Messer lieferte.

Als Clay am Lincoln Memorial eintraf, mischte er sich dort unter die Touristen. Ob sich Spooner und Lohse in der Nähe versteckt hielten? War dieses Treffen ein Hinterhalt? Wenige Minuten später tauchte Mel auf. Ein Blick in sein Gesicht verriet Clay, dass er schlechte Nachrichten für ihn hatte.

Sie schüttelten sich die Hand, begrüßten sich und versuchten, herzlich zu sein. „Lass uns ein paar Schritte gehen", schlug Clay vor, wobei er auf die Mall zeigte.

„Okay", meinte Mel achselzuckend. Offenbar war keine Falle am Lincoln Memorial geplant.

„Sind sie dir gefolgt?", fragte Clay.

„Ich glaube nicht. Ich bin von Baltimore nach Pittsburgh und weiter zum Reagan National Airport geflogen. Dort habe ich mir ein Taxi genommen. Ich glaube nicht, dass mir jemand auf den Fersen ist."

„Waren es Spooner und Lohse?"

„Ja. Kennst du sie?"

„Sie waren zweimal bei mir." Sie gingen jetzt am Reflecting Pool entlang. Clay hatte nicht vor, etwas zu sagen, was er nicht noch einmal hören wollte. „Mel, ich weiß, wie das FBI arbeitet. Wollten sie dich verkabeln?"

„Ja. Aber ich habe sie zum Teufel geschickt."

„Danke."

„Ich habe einen großartigen Anwalt, Clay, dem ich alles erzählt habe. Ich habe nichts Unrechtes getan, weil ich nicht mit Wertpapieren gehandelt habe. Problematisch wird es, sollte ich im Rahmen einer Voruntersuchung vor die Geschworenen der Grand Jury geladen werden. Wenn ich die anlüge, wird es ihnen schwer fallen, dich anzuklagen." Mel flüsterte fast. „Aber wenn ich dabei erwischt werde, lande ich selbst im Gefängnis. Wer weiß außer dir noch, dass ich die Studie überprüft habe?"

In diesem Augenblick wurde Clay klar, dass es wirklich keine Kabel und keine Mikrofone gab. Niemand belauschte sie. Mel war nicht auf Beweise aus, er wollte nur beruhigt werden. „Dein Name taucht nirgends auf", versicherte Clay ihm. „Ich habe dir das Zeug selbst geschickt. Du hast doch nichts kopiert, oder?"

„Nein."

„Du hast die gesamten Unterlagen zurückgeschickt. Ich bin alles noch einmal durchgegangen, es gibt keinerlei Hinweise auf dich. Wir haben ein halbes Dutzend Mal telefoniert. Alle deine Äußerungen zu der Studie waren mündlich."

„Was ist mit den anderen Anwälten, die an dem Fall beteiligt sind?"

„Sie wissen, dass ich die Studie hatte, bevor wir Klage eingereicht haben. Und sie wissen, dass sie von einem Arzt geprüft wurde, aber sie haben keine Ahnung, von wem genau."

„Kann das FBI sie so unter Druck setzen, dass sie aussagen, dass sich die Studie in deinem Besitz befand, bevor du Klage eingereicht hast?"

„Ausgeschlossen. Diese Typen sind Anwälte, große Anwälte, Mel. Die lassen sich nicht so leicht einschüchtern. Sie haben nichts Unrechtes getan – sie haben nicht mit den Aktien gehandelt –, und das FBI wird nichts aus ihnen herausholen. Von dieser Seite droht mir keine Gefahr."

„Und was soll ich jetzt tun?"

„Es besteht durchaus die Möglichkeit, dass die Sache nicht vor ein Geschworenengericht kommt", sagte Clay, wobei eher der Wunsch der Vater des Gedankens war. „Wenn du hart bleibst, wird sich das Ganze vermutlich in Wohlgefallen auflösen."

Sie blieben in einer Menschenmenge in der Nähe des Washington Monument stehen. „Ich verschwinde. Wenn du nichts von mir hörst, ist alles in Ordnung." Nach diesen Worten zwängte sich Mel durch eine Gruppe von Touristen und war fort.

AM TAG vor Prozessbeginn war es im Gerichtsgebäude von Flagstaff relativ ruhig. Es war die zweite Septemberwoche, und die Temperatur hatte bereits fast die 40-Grad-Marke erreicht. Clay und Oscar Mulrooney flüchteten vor der Hitze in das klimatisierte Gebäude.

Im Gerichtssaal wurde über Anträge aus dem Vorverfahren verhandelt, und die Atmosphäre war angespannt. Die Plätze der Geschworenen waren noch leer; der Auswahlprozess würde am nächsten Morgen beginnen. Dale Mooneyham und sein Team hatten auf der einen Seite der Arena Platz genommen, die Goffman-Leute, die von einem Staranwalt aus Los Angeles namens Roger Redding angeführt wurden, auf der anderen. Reddings Spitzname lautete „Roger, der Trickser“, weil er sich überall im Land mit den größten Prozessanwälten anlegte, um eine Verurteilung seiner Mandanten mit allen Mitteln zu verhindern.

Clay und Oscar setzten sich zu den übrigen Zuschauern, die überraschend zahlreich vertreten waren. Die Wall Street würde den Prozess genau verfolgen, die Wirtschaftspresse lückenlos darüber berichten. Natürlich warteten auch Wölfe wie Clay gespannt auf den Ausgang.

Mooneyham stiefelte im Gerichtssaal umher wie ein Schläger in einer Bar und bellte erst den Richter und dann Roger Redding an. Er war ein alter Haudegen, der gelegentlich nach einem Stock griff, um sich darauf zu stützen. Dann wieder schien er sein Humpeln völlig zu vergessen.

Redding dagegen hätte direkt aus Hollywood kommen können – maßgeschneiderter Anzug, grau meliertes Haar, kräftiges Kinn, perfektes Profil. Er erging sich in beredter Prosa, wunderschöne Sätze kamen ihm ohne jedes Zögern über die Lippen. Seine Ausführungen waren brillant formuliert und dennoch allgemein verständlich. Außerdem besaß er das Talent, drei oder vier Argumente gleichzeitig zu verfolgen, bevor er sie meisterhaft zu einem einzigen Punkt von überzeugender Logik zusammenfasste. Er fürchtete weder Dale Mooneyham noch den Richter und ganz bestimmt nicht die Tatsachen, um die es in diesem Fall ging.

Clay kam ein entsetzlicher Gedanke: Wenn er selbst in Washington vor Gericht musste, würde Goffman bestimmt wieder Roger, den Trickser, in den Kampf schicken.

Der Richter ordnete eine 15-minütige Sitzungspause an, damit er zur Toilette gehen konnte. Clay verließ den Saal, um sich ein Getränk zu besorgen. Als er den Saal wieder betreten wollte, verstellte ihm ein wichtigtuerischer Reporter den Weg. Er hieß Derek Irgendwas, war von der *Financial Weekly* und wollte nur ein, zwei Worte hören. Seine Zeitung stand weit rechts, hasste Prozessanwälte, verabscheute Schadenersatzklagen und betätigte sich allgemein als Sprachrohr der Industrie. Clay konnte es sich nicht erlauben, ihn mit „Kein Kommentar“ oder „Verschwinden Sie!“ abzuspeisen.

„Darf ich Sie fragen, was Sie hier tun?“, fragte Derek.

„Wahrscheinlich das Gleiche wie Sie.“

„Und das wäre?“

„Ich genieße die Wärme.“

„Stimmt es, dass Sie 25 000 Maxatil-Fälle vertreten?“

„Nein.“

„Wie viele dann?“

„26 000.“

„Was sind die wert?“

„Irgendwas zwischen null und ein paar Milliarden.“

Clay hatte keine Ahnung, dass der Richter den Anwälten beider Seiten bis zum Abschluss des Verfahrens ein Interviewverbot erteilt hatte. Dass sich Clay so auskunftsfreudig zeigte, erregte daher die Aufmerksamkeit der Menge. Zu seiner Überraschung fand er sich bald von Reportern umringt. Er beantwortete ein paar weitere Fragen, ohne jedoch wichtige Informationen preiszugeben.

DER *ARIZONA LEDGER* zitierte ihn mit den Worten, seine Fälle könnten zwei Milliarden Dollar wert sein. Dazu erschien ein Foto von Clay vor dem Gerichtssaal mit der Unterschrift DER KÖNIG DER SAMMELKLAGEN IN FLAGSTAFF. Es folgten eine kurze Zusammenfassung über seinen Aufenthalt sowie einige Absätze über den großen Prozess. Der Reporter nannte Clay nicht direkt einen geldgierigen, opportunistischen Rechtsverdreher, gab aber zu verstehen, dass er wie ein hungriger Geier kreise, um zu gegebener Zeit über den Kadaver von Goffman herzufallen.

Der Gerichtssaal war brechend voll mit potenziellen Geschworenen und Zuschauern. Es wurde neun Uhr und später, ohne dass etwas von den Anwälten oder dem Richter zu sehen gewesen wäre. Sie hielten sich im Richterzimmer auf, wahrscheinlich, um Fragen zu besprechen, die noch vor Beginn der Verhandlung zu klären waren. Dann erschien ein junger Mann im Anzug und kam durch den Mittelgang auf Clay zu, wo er abrupt stehen blieb. Er beugte sich vor und flüsterte: „Sind Sie Mr Carter?“

Clay nickte verwirrt.

„Der Richter möchte Sie sprechen.“

Die Zeitung lag mitten auf dem Schreibtisch des Richters. Dale Mooneyham stand in einer Ecke des geräumigen Büros, Roger Redding in der Nähe des Fensters. Der Richter schaukelte in seinem Drehstuhl hin und her. Keiner der drei wirkte besonders glücklich. Die Vorstellung verlief eher peinlich. Mooneyham weigerte sich, vorzutreten und Clay die Hand zu schütteln. Stattdessen nickte er knapp und warf ihm einen hasserfüllten Blick zu.

„Ist Ihnen klar, dass ich ein Interviewverbot verhängt habe, Mr Carter?“, fragte der Richter.

„Nein, Euer Ehren.“

„So ist es aber. Wir hier in Arizona bemühen uns sehr um faire Verfahren, Mr Carter. Beide Seiten wünschen sich Geschworene, die möglichst wenig wissen und daher unvoreingenommen sind. Dank Ihrer Auslassungen ist den potenziellen Geschworenen nun bewusst, dass es mindestens 26000 ähnlich gelagerte Fälle gibt.“

Clay konnte es sich nicht leisten, Schwäche zu zeigen oder sich zu entschuldigen – nicht solange Roger Redding jede seiner Bewegungen beobachtete. „Vielleicht war das unvermeidlich“, gab er zurück.

„Warum verlassen Sie Arizona nicht einfach?“, donnerte Mooneyham aus seiner Ecke.

„Dazu sehe ich keine Veranlassung.“

„Wollen Sie, dass ich verliere?“

Clay hatte keine Ahnung, inwiefern seine Anwesenheit Mooneyhams Fall schaden konnte, aber warum sollte er das Risiko eingehen? „Also gut. Euer Ehren, dann verabschiede ich mich jetzt.“

„Ausgezeichnete Idee“, meinte der Richter.

Oscar erklärte sich bereit, in Flagstaff zu bleiben und den Prozess zu verfolgen. Unterdessen ging Clay an Bord seiner Gulfstream, um eine traurige Heimreise anzutreten. Aus Arizona verbannt!

# 13

Als bekannt wurde, dass die Hannas 1200 Arbeiter entlassen würden, kam das Leben in Reedsburg zum Erliegen. Marcus Hanna hatte sein Personal in einem Brief an alle Mitarbeiter darüber informiert.

Schuld an der jetzigen Situation seien Ereignisse, die außerhalb der Kontrolle der Unternehmensleitung lägen. Ein Faktor sei die schlechte Absatzlage, aber so etwas habe die Firma schon oft erlebt. Vernichtend sei vielmehr die Tatsache, dass in dem Sammelverfahren kein Vergleich habe erreicht werden können. Das Unternehmen habe in gutem Glauben verhandelt, aber eine übereifrige, geldgierige Anwaltskanzlei habe völlig überzogene Forderungen erhoben.

Den 1200 gekündigten Arbeitern versprach Marcus jegliche Unterstützung, die das Unternehmen ihnen geben könne. Ein Jahr lang würden sie Arbeitslosengeld erhalten. Selbstverständlich werde Hanna sie so bald wie möglich wieder einstellen, aber versprechen wolle er nichts. Vielleicht könnten die Entlassungen nicht rückgängig gemacht werden.

In den Cafés, beim Friseur, in den Gängen der Schulen, auf den Kirchenbänken, in den Kneipen und Billardhallen gab es kein anderes Thema. Jeder der 11 000 Einwohner kannte jemanden, der gerade seinen Job bei Hanna verloren hatte. Die Entlassungen waren die größte Katastrophe in der friedlichen Geschichte von Reedsburg.

Doch auch auf Clay wartete ein Albtraum. Eine Woche zuvor hatte ein Reporter von *Newsweek* angerufen, den Miss Glick wie üblich abgewimmelt hatte, denn Clay hegte den Verdacht, dass es hier nicht um ihn ging, sondern dass sich *Newsweek* vielmehr für die Frau interessierte, die ihn zu Fall bringen wollte.

In dem Artikel wurde Helen Warshaw zwei Seiten lang gefeiert. Ein Foto zeigte sie mit entschlossener Miene in einem Gerichtssaal. Sie wirkte nicht nur brillant, sondern auch sehr glaubhaft. Clay, der sie nie zuvor gesehen hatte, hatte gehofft, sie würde so „knallhart" aussehen, wie Saulsberry sie beschrieben hatte, aber das war nicht der Fall. Sie war sehr attraktiv – klein, dunkles Haar und traurige braune Augen, die jedes Geschworenengericht in ihren Bann schlagen würden. Sie vertrat 50 Dyloft-Mandanten, die allesamt im Sterben lagen. Der Bericht schilderte die kurze, schmutzige Geschichte des Sammelverfahrens.

Aus den 50 hatte der Reporter Ted Worley ausgewählt. Ein Foto zeigte den armen Kerl, wie er in seinem Garten saß. Seine Frau stand hinter ihm. Die beiden hatten die Arme vor der Brust verschränkt und wirkten traurig und besorgt. So schwach Worley auch war, als er von seinem ersten Kontakt mit Clay Carter berichtete, zitterte er vor Wut. Ein Telefonanruf aus dem Nichts, während er sich ein Spiel der Orioles angesehen hatte, die alarmierenden Neuigkeiten über Dyloft, die Urinanalyse, der Besuch des jungen Anwalts, die Klage. „Ich wollte den Vergleich nicht", schimpfte er immer wieder.

Für den *Newsweek*-Reporter holte er seine gesamten Unterlagen hervor: die medizinischen Berichte, den hinterhältigen Vertrag mit Carter, der den Anwalt autorisierte, zu jedem Betrag über 50 000 Dollar einen Vergleich zu schließen. Alles, einschließlich der Kopien der beiden Briefe, die Worley Carter geschrieben hatte, um gegen den „Ausverkauf" zu protestieren, und auf die der Anwalt nie geantwortet hatte.

Seine Ärzte gaben Worley weniger als sechs Monate. Helen Warshaw erklärte, dass die Geschworenen viele ihrer Mandanten nur auf Video sähen, weil diese den Beginn des Verfahrens nicht mehr erleben würden.

Mr Carter sei, hieß es weiter, nicht zu sprechen.

Clay schleuderte die Zeitschrift durch sein Büro. Er wünschte sich, er wäre Ted Worley und Max Pace nie begegnet. Warum hatte er überhaupt Jura studieren müssen?

Er rief seine Piloten an und schickte sie zum Flughafen. „Wohin geht's, Sir?"

„Nach Biloxi, Mississippi."

„Ein oder zwei Passagiere?"

„Nur ich." Er hatte Ridley seit 24 Stunden nicht gesehen und keine Lust, sie mitzunehmen. Er brauchte Abstand von Washington und allem, was ihn daran erinnerte.

Doch die beiden Tage, die er bei French verbrachte, halfen auch nicht viel. Clay sehnte sich nach der Gesellschaft eines Mitverschwörers, aber Patton war zu beschäftigt mit anderen Sammelklagen. Außerdem aßen und tranken sie zu viel.

Zwei von Frenchs Anwälten saßen im Gerichtssaal in Flagstaff und schickten ihm stündlich E-Mails. Obwohl Maxatil für ihn als mögliches Ziel weiterhin nicht infrage kam, verfolgte er alle Vorgänge genau. Früher oder später musste jede Sammelklage dieser Art auf seinem Schreibtisch landen. Clay las die E-Mails auch und sprach mit Mulrooney. Dale Mooneyham präsentierte gerade die Vorwürfe der Klägerin gegen das Medikament. „So weit, so gut", meinte Oscar. „Mooneyham ist ein brillanter Schauspieler, aber Redding versteht es besser, mit dem Richter und den Geschworenen umzugehen."

Spät am Nachmittag des zweiten Tages fragte French nach ein paar Wodkas: „Wie viel Geld haben Sie noch übrig?"

„Weiß ich nicht. Ich habe Angst vor den Zahlen."

„Schätzen Sie."

„Vielleicht 20 Millionen."

„Und wie hoch ist Ihre Versicherung?"

„Zehn Millionen. Sie ist mir gekündigt worden, aber für Dyloft müssen sie noch zahlen."

„Ich fürchte, 30 Millionen werden nicht reichen", meinte French. „Sie haben es mittlerweile mit 21 Forderungen zu tun, und es können nur mehr werden. Wir dürfen uns glücklich schätzen, wenn wir einen Vergleich für drei Millionen pro Fall erreichen."

„Wie viele haben Sie?"

„Bis gestern 19."

„Und wie viel flüssiges Geld?"

„200 Millionen. Für mich gibt es kein Problem."

„Und die anderen?", wollte Clay wissen.

„Wes ist okay. Carlos kann überleben, wenn er nicht mehr als 30 Fälle hat. Aber Didier ... Seine beiden letzten Ehefrauen haben ihn bis aufs Hemd ausgezogen. Der Mann ist erledigt. Er wird als Erster bankrott sein, aber das ist für ihn nichts Neues."

„Was passiert, wenn Goffman in Flagstaff gewinnt?", fragte Clay nach langem Schweigen. „Ich habe diese ganzen Fälle am Hals."

„Dann wird es Ihnen dreckig gehen, so viel ist klar. Ist mir vor zehn Jahren mit verkrüppelten Babys passiert. Ich war voll in Aktion, habe überall Mandanten angeworben und übereilt Klage eingereicht. Als die Sache nicht lief, war das Geld futsch. Meine Mandanten hatten Millionen für ihre behinderten Kinder erwartet, und ein paar von ihnen haben mich verklagt, aber ich habe nie gezahlt. Ein Anwalt kann keine Ergebnisse garantieren. Hat mich aber eine schöne Stange Geld gekostet."

„Das höre ich nicht gern."

„Wie viel haben Sie für Maxatil ausgegeben?"

„Acht Millionen allein für die Werbung."

„Ich würde einfach eine Weile abwarten, was Goffman tut. Aber ich glaube nicht, dass die was anbieten, die sind beinhart. Nach und nach werden Ihre Mandanten sauer werden, dann können Sie ihnen sagen, sie sollen abhauen. Aber denken Sie lieber positiv. Mooneyham hat seit Ewigkeiten nicht verloren. Ein großes Urteil, und dann sind Ihre Fälle eine wahre Goldgrube."

Clay brach am nächsten Morgen auf und flog nach Pittsburgh. Bloß nicht zurück nach Washington. Unterwegs sprach er mit Oscar und las E-Mails und Berichte über die Verhandlung in Flagstaff. Die Klägerin, eine 66-jährige Frau mit Brustkrebs, hatte ausgesagt. Sie war sehr sympathisch, und Mooneyham setzte sie optimal ein.

Clay mietete sich ein Auto und fuhr zwei Stunden lang nach Nordosten. Als er über eine Hügelkuppe fuhr, entdeckte er in der Ferne eine gigantische Fabrik. Ein großes Schild verkündete: WILLKOMMEN IN REEDSBURG, SITZ DER HANNA PORTLAND CEMENT COMPANY, GEGRÜNDET 1946. Zwei große Schlote bliesen Kalkstaub in die Luft, der vom Wind langsam fortgetrieben wurde.

Clay parkte in der Hauptstraße und ging in „Ethel's Café". Ethel begrüßte ihn und nahm seine Bestellung entgegen.

„Auf der Durchreise?", erkundigte sie sich, als sie den Kaffee brachte.

„Ja." Clay wurde bewusst, dass sie jeden einzelnen der 11 000 Bürger von Reedsburg kennen musste.

An einem Nachbartisch unterhielten sich zwei jüngere Männer. Bald kristallisierte sich heraus, dass sie arbeitslos waren. Einer von ihnen trug eine Jeanskappe mit dem Logo von Hanna Cement. Während Clay sein Sandwich aß, hörte er zu, wie sie sich besorgt über Arbeitslosengeld, Hypotheken, Kreditkartenabrechnungen und Teilzeitarbeit austauschten. Einer der beiden wollte seinen Pick-up zum hiesigen Autohändler bringen, der versprochen hatte, den Wagen für ihn weiterzuverkaufen.

An der Wand neben der Eingangstür stand ein Tisch mit einer großen Wasserflasche aus Plastik. Ein handgeschriebenes Schild bat alle Gäste um Unterstützung des Hanna-Fonds. Die Flasche war bereits bis zur Hälfte mit Münzen und Scheinen gefüllt.

„Wofür ist das?“, fragte Clay, als Ethel ihm Kaffee nachschenkte.

„Wir sammeln Geld für die Familien, die von den Entlassungen im Werk betroffen sind.“

„In welchem Werk?“ Clay stellte sich unwissend.

„Bei Hanna Cement, dem größten Arbeitgeber der Stadt. 1200 Leute sind letzte Woche auf die Straße gesetzt worden. Hier in der Gegend halten wir zusammen. Solche Sammlungen gibt es überall in der Stadt – in Geschäften, Cafés, Kirchen, sogar in den Schulen. Bis jetzt haben wir über 6000 Dollar zusammen. Wenn es hart auf hart geht, soll das Geld verwendet werden, um Stromrechnungen und Lebensmittel zu bezahlen. Ansonsten geht es ans Krankenhaus.“

Clay nickte und wandte sich eilig seinem Sandwich zu. Die beiden Männer waren aufgestanden und gingen zur Kasse. Ethel verscheuchte sie mit einer Handbewegung. „Das geht aufs Haus, Jungs.“

Sie bedankten sich höflich und warfen beim Hinausgehen ein paar Münzen in die Flasche. Clay verabschiedete sich ein paar Minuten später, dankte Ethel und beteiligte sich mit einem 100-Dollar-Schein am Hanna-Fonds.

Er glaubte nicht, dass er sich jemals schlechter gefühlt hatte als in diesem Moment.

AM FRÜHEN Samstagabend rief eine sehr aufgewühlte Ridley an. Vier Tage lang habe sie Clay nicht erreichen können! Entweder wisse in der Kanzlei niemand, wo er sei, oder sie wollten es ihr nicht sagen. Und er habe noch nicht einmal versucht, sich bei ihr zu melden. Führe man so eine Beziehung?

Nachdem er sich ihr Gejammer einige Minuten angehört hatte, fiel Clay ein Summen in der Leitung auf. „Wo bist du?“

„Auf St. Barth. In unserer Villa.“

„Wie bist du dahin gekommen?" Schließlich hatte er die Gulfstream benutzt.

„Ich habe einen Jet gechartert."

„Was willst du denn da unten?", fragte er ein wenig dümmlich.

„Ich war so verzweifelt, weil ich dich nicht erreicht habe."

„Tut mir Leid. Ich musste schnell weg. Patton French hat mich in Biloxi gebraucht, und ich war zu beschäftigt, um anzurufen."

Im Grunde war Clay erleichtert, Ridley außer Landes zu wissen.

„Kannst du kommen?", fragte sie, aber mehr um die Form zu wahren.

„Nicht jetzt. Das Verfahren in Flagstaff ist eröffnet." Er bezweifelte sehr, dass sie auch nur die geringste Ahnung hatte, wovon er sprach.

„Rufst du mich morgen an?", säuselte sie.

„Natürlich. Erhol dich und genieß es."

JONAH war wieder in der Stadt und wollte von den zahlreichen Segelabenteuern berichten, die er erlebt hatte. Sie waren für 21 Uhr in einem Bistro in der Wisconsin Avenue verabredet. Gegen halb neun klingelte das Telefon. Clay griff danach, während er gerade sein Hemd zuknöpfte.

„Spreche ich mit Clay Carter?", fragte eine Männerstimme.

„Ja, und wer sind Sie?" Angesichts der Unmengen unzufriedener Mandanten – Dyloft und nun vor allem die aufgebrachten Hausbesitzer aus Howard County – hatte Clay kürzlich seine Nummer gewechselt.

„Ich bin aus Reedsburg, Pennsylvania, und habe wertvolle Informationen über die Hanna Company für Sie."

Clay setzte sich auf die Bettkante. „Ich höre." Irgendwie hatte jemand aus Reedsburg seine neue Geheimnummer herausgefunden.

„Nicht am Telefon", erwiderte die Stimme.

„Warum nicht?"

„Es ist eine lange Geschichte. Ich habe ein paar Unterlagen."

„Wo sind Sie?"

„In der Stadt. Wir treffen uns in der Eingangshalle des ‚Four Seasons' in der M Street. Da können wir reden."

Kein schlechter Vorschlag. Die Hotellobby würde ausreichend belebt sein, nur für den Fall, dass jemand Anwälte abknallen wollte. „Wann?", fragte Clay.

„So schnell wie möglich. Ich bin in fünf Minuten da. Wie lange brauchen Sie?"

Er wohnte nur sechs Blocks vom Hotel entfernt. „Zehn Minuten."

„Gut. Ich trage Jeans und eine schwarze Baseballkappe."

„Ich werde Sie finden."

Clay zog sich fertig an und verließ eilig das Haus. Schnellen Schrittes bog er an der Thirty-First Street nach Süden ab. Eine Frau mit einem kleinen Hund kam ihm entgegen. Dann näherte sich ein junger Mann in einer schwarzen Motorradjacke, der eine Zigarette im Mundwinkel hängen hatte. Clay nahm ihn kaum wahr. Doch als sie einander unter den Ästen eines alten Rotahorns passierten, rammte der Mann Clay die rechte Faust gegen das Kinn. Das Timing war perfekt.

Clay hatte den Schlag nicht kommen sehen. Er erinnerte sich später an ein lautes Krachen in seinem Gesicht, dann schlug sein Kopf gegen einen schmiedeeisernen Zaun. Plötzlich tauchte ein Knüppel auf, und aus dem Nichts erschien ein zweiter Mann, der ebenfalls auf ihn eindrosch. Schließlich landete der Knüppel mit Wucht auf seinem Hinterkopf. Bevor er ohnmächtig wurde, hörte er entfernt eine weibliche Stimme.

Die Frau, die ihren Hund spazieren führte, hatte hinter sich Lärm vernommen. Sie drehte sich um und sah zu ihrem Entsetzen zwei Männer in schwarzen Jacken, die mit großen Knüppeln auf ihr Opfer einschlugen, das ohne Chance am Boden lag. Als sie schrie, rannten die beiden davon. Sie riss ihr Handy heraus und wählte die Notrufnummer.

CLAY wurde in die George-Washington-Universitätsklinik gebracht, wo man ihn in der Notaufnahme stabilisierte. Bei der Erstuntersuchung wurden zwei große Kopfwunden, eine Platzwunde am rechten Wangenknochen, eine am linken Ohr sowie zahlreiche Prellungen festgestellt. Seine rechte Wade war gebrochen, sein linker Knöchel ebenfalls, seine linke Kniescheibe zerschmettert. Die beiden großen Wunden wurden mit 81 Stichen genäht. Sein Schädel hatte eine schwere Quetschung erlitten, war aber nicht gebrochen. Sechs Stiche am Wangenknochen, elf am Ohr, dann wurde Clay in den Operationssaal gerollt, wo seine Beine zusammengeflickt werden sollten.

Nachdem Jonah ungeduldig eine halbe Stunde gewartet hatte, fing er an, bei Clay anzurufen. Nach einer Stunde verließ er das Restaurant und ging zu Fuß zu Clays Haus. Leise fluchend klopfte er an die Tür und klingelte. Er wollte schon Steine ans Fenster werfen, da sah er auf der Straße Clays geparkten Porsche. Langsam ging er darauf zu. Irgendetwas stimmte nicht. Der Porsche war von einer weißen Masse überzogen. Jonah rief die Polizei.

Unter dem Porsche wurde ein zerrissener, leerer Sack von Hanna Portland Cement gefunden. Offenbar hatte jemand den Wagen mit Zement bestreut und dann mit Wasser bespritzt. An einigen Stellen, vor allem auf Dach und Motorhaube, waren große Zementbrocken angetrocknet. Während die Polizei das Auto untersuchte, teilte Jonah den Beamten mit, dass der Besitzer des Wagens verschwunden sei. Nach einer langwierigen Computersuche fanden sie Clays Namen schließlich in der Patientenliste der Uniklinik, und Jonah fuhr zum Krankenhaus. Von unterwegs rief er Paulette an, die schon vor ihm dort eintraf. Clay wurde noch operiert.

Die Spaziergängerin mit dem Hund berichtete der Polizei, die beiden Angreifer seien Weiße gewesen. Drei Studenten, die eine Bar in der Wisconsin Avenue hatten betreten wollen, meldeten, sie hätten zwei Weiße in schwarzen Jacken gesehen, die von der N Street aus um die Ecke gerannt und in einen metallicgrünen Kleintransporter gesprungen seien, dessen Fahrer auf sie gewartet habe. Es sei zu dunkel gewesen, um das Kennzeichen zu erkennen.

Die Spur wurde schnell kalt. Schließlich war Clay nur verprügelt worden. In derselben Nacht wurden in Washington zwei Vergewaltigungen, zwei Schießereien aus fahrenden Autos und zwei Morde verzeichnet, für die es kein erkennbares Motiv gab.

DA CLAY in der Stadt keine Angehörigen hatte, fungierten Jonah und Paulette als seine Sprecher und trafen die notwendigen Entscheidungen. Um halb zwei nachts erklärte ihnen die behandelnde Ärztin, die Operation sei reibungslos verlaufen. Sämtliche Knochen seien teils mit Nägeln, teils mit Schrauben fixiert worden und müssten jetzt nur noch heilen. Da Clay mit Sicherheit eine Gehirnerschütterung erlitten hatte, die Ärzte aber nicht wussten, wie schwer sie war, würde seine Gehirnaktivität genau überwacht werden.

Um vier Uhr morgens sahen Jonah und Paulette ihn zum ersten Mal in seinem Privatpatientenzimmer. Beide Beine steckten in dicken Gipsverbänden, die von einem komplizierten System aus Seilen und Flaschenzügen einige Zentimeter über dem Bett gehalten wurden. Brust und Arme waren von einem Laken bedeckt, während dicke Gazeverbände seinen Schädel und sein halbes Gesicht verbargen. Seine Augen waren zugequollen, und zum Glück war er immer noch nicht bei Bewusstsein. Sein Kinn war angeschwollen, die Lippen waren dick und blau. Sein Brustkorb hob und senkte sich ganz langsam.

Stumm registrierten sie das volle Ausmaß seiner Verletzungen.

Ein Krankenpfleger rollte ein zweites Bett herein. Paulette würde die erste Nachtwache übernehmen, Jonah die zweite.

Am Sonntagmittag erstand Clay endlich wieder von den Toten auf. „Wer ist da?“, stöhnte er.

Paulette berührte ihn mit der Hand. „Ich bin es.“

Durch seine verschwollenen Augen glaubte er undeutlich ein schwarzes Gesicht zu erkennen. Ridley war es also nicht. „Wer?“

„Paulette. Kannst du nichts sehen?“

„Nein. Paulette? Was tust du hier?“ Seine Stimme klang belegt, und die Worte kamen langsam und mühsam.

„Auf dich aufpassen, Boss.“

„Wo bin ich?“

„In der George-Washington-Universitätsklinik.“

„Warum, was ist passiert?“

„Du hast eine ziemlich altmodische Abreibung verpasst bekommen. Zwei Männer mit Knüppeln. Brauchst du Schmerztabletten?“

„Ja, bitte.“

Sie stürzte aus dem Zimmer und informierte eine Krankenschwester. Nach einer weiteren Tablette versank Clay wieder in der Bewusstlosigkeit.

Am Montag schlug die Presse mit voller Wucht zu. Paulette stellte den Ton am Fernseher ab, und Jonah versteckte die Zeitungen.

Ridley traf am Montagnachmittag ein. Daraufhin verschwanden Paulette und Jonah, die froh waren, für eine gewisse Zeit aus dem Krankenhaus herauszukommen. Ridley gab sich einige Minuten lang höchst liebevoll und versuchte, Clay für die letzten Verschönerungen an der Villa zu interessieren. Sein Kopf begann noch mehr zu hämmern, sodass er um eine Tablette bitten musste. Ridley legte sich auf das zweite Bett, um ein wenig zu schlafen, weil sie, wie sie sagte, vom Heimflug erschöpft sei. Dabei war es ein Nonstopflug mit der Gulfstream gewesen. Clay nickte ebenfalls ein. Als er erwachte, war Ridley fort.

Kurz darauf erschien ein Detective, um Clay über den Stand der Ermittlungen zu informieren. Der Verdacht richtete sich gegen einige Schläger aus Reedsburg, aber die Beweise waren dürftig.

Früh am Dienstagmorgen kam Zack Battle auf dem Weg in die Kanzlei vorbei, um Clay die gute Nachricht zu überbringen, dass die Börsenaufsicht ihre Ermittlungen gegen ihn einstellen würde. Zack hatte mit Mel Snellings Anwalt in Baltimore gesprochen. Mel gab dem Druck des FBI nicht nach, und ohne ihn hatten sie nicht die nötigen Beweise.

„Wahrscheinlich haben die beim FBI die Zeitungen gelesen und meinen, Sie wären genug gestraft“, erklärte Zack.

„Ich stehe in der Zeitung?“

„Es gibt einige Artikel über Sie.“

„Soll ich die lesen?“

„Besser nicht.“

Die durch nichts unterbrochene Eintönigkeit, nur bewegungslos im

Bett liegen zu können, machte Clay zu schaffen. Wochenlang würde er diese Gipsverbände tragen müssen, und mindestens zwei Operationen standen ihm noch bevor, wenn auch kleinere, wie die Ärzte versichert hatten.

Immer mehr plagten ihn nun die psychischen Nachwirkungen des Angriffs, und er erinnerte sich verstärkt an die Geräusche, aber auch an seine körperlichen Empfindungen, als die beiden auf ihn eingedroschen hatten. Er sah das Gesicht des Mannes vor sich, der ihm den ersten Kinnhaken versetzt hatte, aber da er nicht wusste, ob es nicht nur ein Traum war, erzählte er dem Detective nichts davon.

ALLMÄHLICH gingen die Schwellungen zurück, und Clay konnte wieder klarer denken. Er überflog gerade einen Zeitungsartikel aus Arizona, als Paulette den Hörer des klingelnden Telefons abnahm.

„Es ist Oscar Mulrooney“, teilte sie Clay mit.

„Schießen Sie los!“, forderte Clay ihn auf, nachdem er den Hörer übernommen hatte.

„Mooneyham hat seine Beweisführung am Samstagmorgen vorläufig abgeschlossen. Der Kerl ist brillant, und die Geschworenen fressen ihm aus der Hand. Zu Beginn der Verhandlung platzten die Goffman-Leute geradezu vor Selbstvertrauen, aber ich glaube, inzwischen würden sie sich am liebsten im nächstbesten Loch verkriechen. Gestern Nachmittag hat Redding seinen Stargutachter aufgerufen, einen Forscher, der bezeugte, dass es keine direkte Verbindung zwischen dem Medikament und der Brustkrebserkrankung der Klägerin gebe. Ich fand ihn sehr gut, doch dann zerlegte Mooneyham ihn total. Er präsentierte eine fehlerhafte Studie, die der Mann vor 20 Jahren durchgeführt hat, und stellte seine Referenzen infrage. Ich habe noch nie gesehen, wie ein Zeuge so gedemütigt wird. Die Goffman-Leute saßen auf ihrer Bank wie Verbrecher bei einer polizeilichen Gegenüberstellung.“

„Ausgezeichnet, ausgezeichnet“, murmelte Clay immer wieder.

„Das Beste kommt noch. Ich habe rausgefunden, wo die Goffman-Leute abgestiegen sind, und bin in ihr Hotel umgezogen. Sie wissen, wer ich bin, und wir umkreisen uns wie tollwütige Hunde. Sie haben einen Firmenanwalt namens Fleet dabei, der mich gestern nach dem Desaster mit ihrem Gutachter angesprochen hat. Er wollte mit mir was trinken. Ich habe drei Drinks geschafft, er nur einen, weil er zurück in die Goffman-Suite musste. Die sind da oben die ganze Nacht auf und ab getigert und haben überlegt, ob ein Vergleich infrage kommt.“

„Sagen Sie das noch mal!“

„Sie haben schon richtig verstanden. Goffman überlegt in diesem

Moment, ob ein Vergleich mit Mooneyham möglich ist. Sie sind davon überzeugt, dass die Geschworenen aus ihrer Firma Hackfleisch machen werden. Ein Vergleich wird sie auf jeden Fall ein Vermögen kosten, weil der alte Haudegen eigentlich keinen Vergleich will. Redding ist hervorragend, aber Mooneyham kann er nicht das Wasser reichen."

„Zurück zum Vergleich."

„Fleet wollte wissen, wie viele unserer Mandanten begründete Ansprüche haben. Ich antwortete: alle 26000. Dann fragte er, ob ich glauben würde, dass Sie sich auf einen Vergleich in Höhe von 100000 Dollar pro Fall einließen. Das sind 2,6 Milliarden."

Clays Schmerzen waren wie weggeblasen. Das Pulsieren in seinem Schädel hatte aufgehört. Die empfindlichen Quetschungen gab es nicht mehr. Er hätte am liebsten geweint. „Wann sehen Sie ihn wieder?"

„Hier ist es fast acht, die Verhandlung geht in einer Stunde weiter. Wir wollen uns vor dem Gerichtssaal treffen."

„Rufen Sie mich so bald wie möglich an."

„Keine Sorge, Chef. Wie geht's den gebrochenen Knochen?"

„Jetzt schon viel besser."

Paulette legte das Telefon auf. Sekunden später klingelte es erneut. Sie hob wieder ab und gab es Clay mit den Worten: „Ich verschwinde jetzt."

Es war Rebecca, die aus der Eingangshalle des Krankenhauses vom Handy aus anrief und wissen wollte, ob sie ihn kurz besuchen könne. Wenige Minuten später trat sie ins Zimmer. Schockiert über den Anblick, der sich ihr bot, küsste sie Clay zwischen die blauen Flecken auf die Wange.

„Du siehst fürchterlich aus", sagte sie mit feuchten Augen.

„Danke. Dafür bist du umso schöner."

Sie küsste ihn erneut auf die gleiche Stelle und strich über seinen linken Arm.

„Darf ich dich was fragen?", begann Clay.

„Natürlich."

„Wo ist dein Mann im Augenblick?"

„Entweder in São Paulo oder in Hongkong. Ich habe den Überblick verloren."

„Wie würde er reagieren, wenn er wüsste, dass du hier bist?"

„Er wäre sauer. Wir würden bestimmt deswegen streiten."

„Wäre das ungewöhnlich?"

„Leider passiert das ständig. Es funktioniert einfach nicht, Clay. Ich will da raus."

Trotz seiner Verletzungen hatte Clay einen großartigen Tag. Ein Vermögen und Rebecca in Reichweite!

Da öffnete sich die Tür zu seinem Zimmer leise, und Ridley schlüpfte herein. „Tut mir Leid, wenn ich störe."

„Hallo, Ridley", erwiderte Clay mit schwacher Stimme.

Die beiden Frauen warfen einander giftige Blicke zu. Ridley ging zur einen Seite des Bettes, während Rebecca auf der anderen ihre Hand demonstrativ auf Clays zerschundenem Arm liegen ließ.

„Ridley, das ist Rebecca. Rebecca, das ist Ridley", stellte Clay die beiden vor. Am liebsten hätte er sich die Decke über den Kopf gezogen und sich tot gestellt.

Keine der beiden lächelte. Ridley begann, sanft Clays rechten Arm zu streicheln.

Clay deutete mit dem Kopf nach links. „Rebecca ist eine alte Freundin." Dann wies er nach rechts. „Ridley ist eine neue Freundin."

„Ich glaube, wir waren auf Ihrer Hochzeit", presste Ridley schließlich hervor, ein wenig subtiler Hinweis darauf, dass Rebecca verheiratet war.

„Obwohl Sie nicht eingeladen waren, wenn ich mich recht erinnere", konterte Rebecca.

Doch sie zeigte zuerst Schwäche. Ihr blieb keine Wahl, schließlich war sie immer noch verheiratet. „Ich gehe wohl besser." Sie verließ den Raum langsam und widerwillig, als wollte sie ihr Terrain nicht aufgeben. Clay gefiel das sehr.

Kaum schloss sich die Tür hinter ihr, zog sich Ridley ans Fenster zurück. „Du liebst sie, stimmt's?" Sie sah aus dem Fenster.

„Nein, sie ist nur eine alte Freundin."

Ridley fuhr herum und trat an sein Bett. „Ich bin nicht blöd, Clay!" Sie griff nach ihrer Handtasche und stürzte mit laut klappernden Absätzen aus dem Zimmer.

Wenige Minuten später rief Mulrooney auf dem Handy aus dem Gericht an. Der Richter hatte eine kurze Sitzungspause angeordnet. „Es heißt, Mooneyham habe heute Morgen zehn Millionen abgelehnt", berichtete Oscar.

„Hat Fleet Ihnen das erzählt?"

„Nein, den habe ich noch nicht gesehen. Er ist beschäftigt. Ich werde versuchen, ihn in der Mittagspause zu erwischen. Ich rufe Sie wieder an."

Im Prozess in Flagstaff waren folgende Entscheidungen denkbar: Ein Urteil gegen Goffman würde das Unternehmen enorm unter Druck setzen. Um jahrelange Verfahren zu verhindern, würde sich die Firma auf einen Vergleich einlassen müssen. Und ein Vergleich während des laufenden Verfahrens bedeutete wahrscheinlich einen nationalen Entschädigungsplan für alle Kläger. Ein für Goffman günstiges Urteil dagegen bedeutete, dass sich Clay in aller Eile auf einen Prozess in Washington vorbereiten musste. Bei dieser Aussicht kehrten die stechenden Schmerzen in Schädel und Beinen schlagartig zurück.

Stundenlang bewegungslos in einem Krankenhausbett liegen zu müssen war an sich schon qualvoll genug. Dass nun auch noch das Telefon stumm blieb, verschlimmerte Clays Lage weiter. Jeden Augenblick konnte Goffman Mooneyham so viel Geld anbieten, dass dieser sich auf einen Vergleich einließ. Sein Ego verlangte vielleicht nach einem Urteil, aber konnte er die Interessen seiner Mandantin ignorieren?

## 14

Am nächsten Morgen wurde Clay noch einmal operiert, damit kleinere Korrekturen am Sitz der Nägel und Schrauben in seinen Beinen vorgenommen werden konnten. „Nur zur Optimierung", hatte der Arzt es genannt. Was auch immer es war, er bekam eine Vollnarkose und war für einen Großteil des Tages nicht ansprechbar. Als er endlich erwachte, saß Paulette an seiner Seite.

„Hat sich Mulrooney gemeldet?", fragte er mit schwerer Zunge.

„Er hat angerufen. Das Verfahren läuft gut, viel mehr war nicht zu sagen." Paulette stellte das Bett ein, rückte sein Kissen zurecht und gab ihm Wasser zu trinken. Als er endgültig wach war, ging sie, um Besorgungen zu erledigen. Auf dem Weg nach draußen reichte sie ihm einen ungeöffneten Umschlag, der mit Expresspost gekommen war.

Eine handschriftliche Notiz von Patton French mit den besten Wünschen für seine baldige Genesung. Das beigefügte Memo war an den aus den Anwälten der Dyloft-Kläger gebildeten Ausschuss (jetzt die Beklagten) gerichtet. Helen Warshaw meldete die wöchentlichen Neuzugänge bei ihrer Sammelklage. Mittlerweile vertrat sie 381 Kläger, von denen 24 ehemalige JCC-Mandanten waren.

Später kam Ridley auf dem Rückweg vom Fitnessstudio vorbei. Sie versuchte, besorgt zu wirken. „Clay, der Innenarchitekt hat angerufen", sagte sie nach ein paar Minuten. „Ich muss zurück zur Villa."

Es war eine hervorragende Idee. „Wann?", erkundigte er sich.

„Vielleicht morgen. Wenn das Flugzeug frei ist."

„Klar. Ich rufe die Piloten an." Es würde sein Leben vereinfachen, wenn sie die Stadt verließ. Als Krankenpflegerin war sie nicht zu gebrauchen.

„Danke." Damit setzte sie sich auf einen Stuhl und fing an, in einer

Illustrierten zu blättern. Nach einer halben Stunde hatte sie ihre Zeit abgesessen. Sie küsste ihn auf die Stirn und entschwand.

Kurz darauf erschien der Detective wieder. Am Sonntagmorgen waren nach einer Schlägerei drei Männer aus Reedsburg vor einer Bar in Hagerstown, Maryland, verhaftet worden. Die drei hatten versucht, in einem dunkelgrünen Kleintransporter zu fliehen, aber der Fahrer hatte sich verschätzt und war in einem Entwässerungsgraben gelandet. Der Detective legte Clay Farbfotos der Verdächtigen vor – dem Aussehen nach alles harte Burschen. Clay konnte nicht einen von ihnen identifizieren.

Laut Auskunft der Polizei von Reedsburg arbeiteten sie im Hanna-Werk. Zwei von ihnen waren vor kurzem entlassen worden, aber mehr hatte der Detective nicht herausbekommen. „Wenn Sie die Burschen nicht identifizieren können, muss ich die Akte schließen“, erklärte er.

„Ich habe sie noch nie gesehen.“

Der Detective legte die Fotos in seine Mappe zurück und verschwand auf Nimmerwiedersehen.

GEGEN halb zehn abends rief Oscar Mulrooney an. Die Verhandlung war soeben auf den nächsten Morgen vertagt worden. Alle waren erschöpft, hauptsächlich, weil Mooneyham im Gerichtssaal ein wahres Gemetzel angerichtet hatte. Widerstrebend hatte Goffman seinen dritten Sachverständigen präsentiert, eine rückgratlose Laborratte mit Hornbrille. Der Mann war bei Goffman für die klinische Erprobung von Maxatil zuständig gewesen. Nach der brillant geführten Befragung durch den einfallsreichen Redding hatte Mooneyham den armen Kerl in der Luft zerrissen.

„Vergleich?“, murmelte Clay benommen. Er war von den Medikamenten benebelt und fühlte sich schläfrig.

„Nein, aber es dürfte eine lange Nacht werden. Es heißt, dass Goffman morgen noch einen einzigen weiteren Sachverständigen präsentieren, dann die Schotten dichtmachen und bis zum Urteil in Deckung gehen wird. Mooneyham weigert sich, mit ihnen zu reden. So wie er aussieht und sich benimmt, erwartet er ein Rekordurteil.“

SPÄT am Mittwochabend traf der Vorstandsvorsitzende von Goffman in Flagstaff ein und wurde in aller Eile zu dem Hotel gebracht, in dem die Anwälte berieten. Es ging ausschließlich um Katastrophenszenarien.

Weil Reddings Ego angeschlagen war, bestand er darauf, dass sich die Verteidigung an den ursprünglichen Plan hielt und die verbleibenden Zeugen aufrief. Er vertraute darauf, dass sich das Blatt irgendwann wenden musste. Aber Bob Mitchell, der Leiter der Rechtsabteilung, sowie

Sterling Gibb, langjähriger Anwalt der Firma und Golfpartner des Vorstandsvorsitzenden, hatten genug gesehen. Wenn Mooneyham noch einen ihrer Zeugen zu Kleinholz zerlegte, bestand das Risiko, dass die Geschworenen dem nächstbesten Goffman-Manager an die Gurgel gingen.

Um drei Uhr morgens setzten sich Mitchell und Gibb mit dem Vorstandsvorsitzenden bei ein paar Donuts zusammen. Sonst war niemand zugegen. So schlecht es für die Firma auch aussah, es gab Geheimnisse über Maxatil, die nie jemand erfahren durfte. Falls Mooneyham im Besitz dieser Informationen war oder sie aus einem der Zeugen herauspresste, würde das für Goffman das Aus bedeuten. Schließlich beschloss der große Boss, dem Elend ein Ende zu setzen.

Als das Gericht um neun Uhr morgens wieder zusammentrat, verkündete Redding, die Beweisführung der Verteidigung sei abgeschlossen.

„Keine weiteren Zeugen?“, fragte der Richter. Damit hatte sich das auf zwei Wochen angesetzte Verfahren überraschend auf die Hälfte reduziert. Das hieß eine Woche Golf für ihn!

„Das ist richtig, Euer Ehren“, entgegnete Redding und lächelte die Geschworenen an, als stünde alles zum Besten.

„Irgendwelche Einwände, Mr Mooneyham?“

Der Anwalt der Klägerin erhob sich langsam, kratzte sich am Kopf, blickte Redding finster an und meinte: „Wenn die anderen fertig sind, sind wir es auch.“

Der Richter erklärte den Geschworenen, sie würden in einer Stunde die Schlussplädoyers hören und gegen Mittag liege die Entscheidung in ihren Händen.

ALS OSCAR anrief, war Clay gerade vom Röntgen zurückgekommen. In Washington war es zwanzig nach fünf, in Flagstaff zwanzig nach drei.

„Goffman hat heute gleich in aller Früh das Handtuch geworfen und versucht, einen Vergleich zu erreichen, aber Mooneyham ließ nicht mit sich reden“, berichtete Mulrooney. „Danach ging alles sehr schnell. Die Schlussplädoyers fingen so gegen zehn an. Pünktlich um zwölf ging der Fall an die Geschworenen.“

„Heißt das, sie beraten schon?“ Clay brüllte geradezu ins Telefon.

„Berieten. Es ist vorbei. Nach dreistündiger Beratung haben die Geschworenen zugunsten von Goffman entschieden. Es tut mir Leid, Clay. Wir stehen hier alle unter Schock.“

„Sagen Sie mir, dass das nicht wahr ist!“

„Das würde ich gern. Ich weiß auch nicht, was passiert ist. Niemand hat eine Ahnung. Reddings Schlussplädoyer war spektakulär, aber ich habe die Geschworenen genau beobachtet. Ich dachte, Mooneyham hätte sie in der Tasche."

„Dale Mooneyham hat einen Fall verloren?"

„Nicht irgendeinen Fall, Clay. Unseren Fall. Ich hätte alles darauf gesetzt, dass Goffman verliert."

„Wir *haben* alles darauf gesetzt."

„Es tut mir Leid."

„Hören Sie, Oscar. Ich liege hier mutterseelenallein im Bett. Lassen Sie mich nicht allein. Reden Sie mit mir. Erzählen Sie mir irgendwas."

„Nach dem Urteil wurde ich von Fleet und zwei anderen Typen – Bob Mitchell und Sterling Gibb – in die Enge getrieben. Sie wären vor Freude fast geplatzt. Dann haben sie gesagt, sie würden Redding nach Washington schicken, zum Verfahren gegen Mr Clay Carter, den König der Sammelklagen, der, wie alle wüssten, noch nie mit einem Schadenersatzverfahren vor Gericht gegangen sei. Was sollte ich sagen? Sie hatten soeben einen großen Anwalt auf eigenem Terrain geschlagen."

„Unsere Fälle sind wertlos, Oscar."

„Das denken die auch. Mitchell sagte, sie würden keinen einzigen Cent für einen Maxatil-Fall bieten. Sie wollen einen Prozess, Rehabilitierung, ihren Namen reinwaschen. Blablabla."

Clay hielt Mulrooney eine Stunde lang am Telefon fest. Oscar schilderte die Schlussplädoyers und die steigende Spannung, mit der das Urteil erwartet worden war. Er beschrieb das entsetzte Gesicht der Klägerin, einer unheilbar kranken Frau, deren Anwalt Goffmans Angebot, das angeblich bei zehn Millionen gelegen hatte, nicht hatte annehmen wollen. Er erzählte von Mooneyham, der so lange nicht mehr verloren hatte, dass er vergessen hatte, wie das war, und die Geschworenen hatte zwingen wollen, Fragebogen auszufüllen und ihre Beweggründe zu erklären. Und er berichtete von dem Gedränge unter den Wall-Street-Analysten, die mit ihren Handys aus dem Saal gerannt waren, nachdem der Sprecher der Geschworenen die entscheidenden Worte gesprochen hatte.

„Ich geh jetzt was trinken." Mit diesen Worten beendete Oscar seinen Bericht.

Clay rief eine Schwester und ließ sich eine Schlaftablette geben.

NACHDEM er elf Tage quasi eingesperrt gewesen war, wurde Clay endlich in die Freiheit entlassen. Der Gips an seinem linken Bein war durch einen leichteren Verband ersetzt worden, und wenn er auch nicht gehen konnte, so war er zumindest ein wenig mobil. Paulette schob seinen Rollstuhl aus dem Krankenhaus zu einem gemieteten Kleinbus, den Oscar Mulrooney fuhr. Eine Viertelstunde später rollten sie Clay in sein Haus. Paulette und Miss Glick hatten den Fernsehraum im Erdgeschoss in ein provisorisches Schlaf- und Arbeitszimmer verwandelt. Telefone, Fax und Computer standen auf einem Klapptisch neben dem Bett. Clays Kleidung lag sauber gestapelt auf Plastikregalen neben dem Kamin.

Während der ersten beiden Stunden nach seiner Heimkehr las er Post, Finanzberichte und Zeitungsausschnitte, doch Paulette hatte alles vorzensiert. Er bekam nicht alles zu Gesicht, was über ihn geschrieben wurde.

Als er später nach einem Nickerchen mit Paulette und Oscar am Küchentisch saß, verkündete er, dass es Zeit sei anzufangen.

Der Auflösungsprozess begann.

ALS ERSTES ging es um die Kanzlei. Es war Crittle gelungen, ein paar Einsparungen vorzunehmen, aber die Gemeinkosten lagen mit einer Million Dollar pro Monat immer noch Schwindel erregend hoch. Ohne gegenwärtige oder zu erwartende Einkünfte waren Entlassungen unvermeidlich. Sie gingen die Liste der Angestellten durch und nahmen schmerzliche Einschnitte vor. Obwohl sie die Maxatil-Fälle für wertlos hielten, mussten die Vorgänge abgeschlossen werden. Dafür behielt Clay vier Anwälte und vier Anwaltsassistenten.

Als er sich die Namen der Mitarbeiter ansah, die er entlassen musste, wurde ihm übel. „Ich möchte noch mal darüber schlafen", sagte er, unfähig, eine endgültige Entscheidung zu treffen.

„Die meisten rechnen damit, Clay", sagte Paulette.

Zwei Tage zuvor hatte sich Oscar Mulrooney widerstrebend bereit erklärt, nach New York zu fliegen und mit Helen Warshaw zu sprechen. Er hatte in groben Zügen Clays Vermögenswerte sowie seine potenziellen Verbindlichkeiten geschildert und praktisch um Gnade gefleht. Sein Chef wolle nicht in Konkurs gehen, aber wenn sie zu viel Druck ausübe, bleibe ihm keine andere Wahl.

Doch das hatte Helen Warshaw kalt gelassen. Clay war nur einer aus der Gruppe der von ihr verklagten Anwälte, deshalb konnte sie sich mit ihm unmöglich auf beispielsweise eine armselige Million einigen, wenn Patton Frenchs Fälle vielleicht dreimal so viel einbrachten. Außerdem stand ihr der Sinn nicht nach einem Vergleich. Es würde ein wichtiger Prozess werden – ein kühner Versuch, den Missbrauch des Systems anzuprangern, ein großes Medienspektakel.

Bei seiner Rückkehr war Oscar fast so deprimiert wie Clay selbst. Nachdem er dessen Elend einige Stunden mit angesehen hatte, beschloss er, in die Kanzlei zu fahren.

Paulette schob Clay nach draußen auf die Veranda, wo sie grünen Tee mit Honig tranken. „Ich muss dir zwei Dinge sagen“, begann sie. „Zunächst einmal werde ich dir was von meinem Geld geben.“

„Nein, das wirst du nicht!“

„Doch. Du hast mich reich gemacht, obwohl du nicht dazu verpflichtet warst. Auch wenn du ein weißer Idiot bist, der alles verloren hat, mag ich dich immer noch. Ich werde dir helfen, Clay. Wenn du alles verlierst, lasse ich dich nicht im Stich.“

„Ich weiß nicht, was ich sagen soll.“

„Dann sag einfach nichts.“

Sie hielten einander die Hand. Clay konnte die Tränen nur mühsam unterdrücken. Für einen Augenblick herrschte Schweigen.

„Zum Zweiten“, fuhr Paulette fort, „habe ich mit Rebecca gesprochen. Sie traut sich nicht, dich zu besuchen, weil sie Angst hat, erwischt zu werden. Sie hat ein neues Handy, von dem ihr Mann nichts weiß, und hat mir die Nummer gegeben. Du sollst sie heute Nachmittag anrufen, weil ihr Mann dann unterwegs ist. Ich gehe in ein paar Minuten.“

REBECCA parkte um die Ecke und eilte zu Clays Tür. Heimlichkeiten lagen ihr genauso wenig wie ihm. Ihre erste gemeinsame Entscheidung war, dass damit Schluss sein musste.

Rebecca und Jason Myers hatten sich darauf geeinigt, ihre Ehe freundschaftlich zu beenden. Er verbrachte 18 Stunden pro Tag im Büro oder war dauernd auf Achse. Washington, New York, Palo Alto, Hongkong. Sein Beruf kam für ihn an erster Stelle. Er verließ Rebecca ohne Entschuldigung und ohne die geringste Absicht, sich zu ändern. In zwei Tagen würde der Scheidungsantrag gestellt werden. Sie war bereits beim Packen.

Sie hatte ebenso ihre Gründe, Washington zu verlassen, wie Clay seine. Auf keinen Fall wollte er die nächsten Jahre hier verbringen. Dafür war die Demütigung zu schmerzhaft und saß zu tief. Schließlich gab es jenseits der Stadt eine Welt, in der ihn niemand kannte. Er sehnte sich nach Anonymität.

Und zum ersten Mal in ihrem Leben wollte auch Rebecca einfach nur weg – weg von ihrer gescheiterten Ehe, ihrer Familie, dem Country Club, dem Druck, Geld zu verdienen und Besitz anhäufen zu müssen.

Clay wollte sie im Arm halten, sie küssen und die verlorene Zeit nachholen.

Sie verbrachte die Nacht bei ihm und entschloss sich zu bleiben. Als sie am nächsten Morgen Kaffee tranken, erzählte Clay ihr die ganze Geschichte, die mit Tequila Watson und Tarvan begonnen hatte.

PAULETTE und Oscar brachten weitere unerfreuliche Nachrichten aus der Kanzlei mit. Mittlerweile waren bei der Washingtoner Anwaltskammer mehrere Dutzend Beschwerden von Hausbesitzern in Howard County eingegangen, und bereits sechsmal war Klage gegen Clay eingereicht worden. Unterdessen arbeitete Oscar an einem Vergleichsvorschlag, der dem Richter im Konkursverfahren gegen die Hannas vorgelegt werden sollte. Ironischerweise würde die Kanzlei dafür mit einem Honorar belohnt werden, auch wenn dieses weit unter dem Betrag liegen würde, den Clay abgelehnt hatte.

Helen Warshaw hatte einen Dringlichkeitsantrag gestellt, die Aussagen mehrerer Dyloft-Kläger zu Protokoll zu nehmen. Eile war geboten, weil die Zeugen im Sterben lagen. Ihre auf Video aufgezeichneten Aussagen würden in der Verhandlung, deren Beginn in etwa einem Jahr erwartet wurde, entscheidend sein. Normalerweise setzte die Verteidigung auf Hinhalten, Verzögern und Verschieben, aber diesen Klägern gegenüber wäre das absolut unfair gewesen. So stimmte Clay dem von Helen Warshaw vorgeschlagenen Zeitplan für die Aussagen zu, obwohl er nicht die Absicht hatte, dabei anwesend zu sein.

Er erklärte sich endlich auch bereit, zehn Anwälte sowie die meisten Anwaltsassistenten, Sekretärinnen und Sachbearbeiter zu entlassen. Er unterschrieb die Kündigungsbriefe persönlich. Sie waren kurz gehalten, er entschuldigte sich darin bei den Betroffenen.

Dann wurde ein Schreiben an die Maxatil-Mandantinnen aufgesetzt. Darin fasste Clay die Mooneyham-Verhandlung in Flagstaff zusammen. Auch wenn er, schrieb er, weiterhin von der Gefährlichkeit des Medikaments überzeugt sei, wäre „der Nachweis der Kausalität nunmehr sehr schwierig, wenn nicht unmöglich“. Das Unternehmen sei nicht zu einem außergerichtlichen Vergleich bereit, und angesichts seiner aktuellen gesundheitlichen Probleme sehe er sich nicht in der Lage, einen langwierigen Prozess vorzubereiten.

Es war ihm unangenehm, die Tatsache, dass er zusammengeschlagen worden war, als Vorwand zu benutzen, aber Oscar setzte sich durch. In dem Brief klang diese Entschuldigung glaubwürdig. An diesem Tiefpunkt seiner Karriere musste er jeden Vorteil nutzen, der sich ihm bot.

Aus diesem Grund legte er seine Mandate nieder, und zwar so rechtzeitig, dass seinen bisherigen Klientinnen Zeit blieb, sich einen neuen Anwalt zu suchen, um Goffman zu verklagen.

Immer wieder musste Clay an Max Pace denken, der ihn in die Maxatil-Sache hineingezogen hatte. Pace, der mindestens noch vier andere Namen benutzte und des Wertpapierbetrugs angeklagt worden war, blieb nach wie vor unauffindbar. In der Klageschrift wurde behauptet, er habe aufgrund von Insiderwissen fast eine Million Goffman-Aktien leer verkauft, bevor Clay Klage eingereicht hatte. Später habe er diese Aktien für etwa 15 Millionen Dollar weniger zurückgekauft und mit dem Gewinn das Land verlassen.

Lauf, Max, lauf, dachte Clay. Denn sollte Pace jemals erwischt und vor Gericht gestellt werden, bestand die Gefahr, dass er all ihre schmutzigen Geheimnisse ausspuckte.

Während der nächsten Woche verließ Clay das Haus kaum. Rebecca packte Ridleys gesamten Besitz in 100-Liter-Müllsäcke, die sie im Keller deponierte. Obwohl Clay sie darauf hinwies, dass er das Haus demnächst verlieren würde, holte sie einige eigene Sachen. Sie kochte exquisite Mahlzeiten und pflegte ihn, wann immer es nötig war. Sie sahen sich bis Mitternacht alte Filme an und schliefen dann bis spät in den Vormittag hinein. Sie fuhr ihn auch zum Arzt.

Als Ridley aus der Karibik anrief, sagte Clay ihr nicht, dass ihr Platz nun besetzt war; das würde er von Angesicht zu Angesicht tun, falls sie jemals zurückkam. Die Renovierung machte gute Fortschritte, obwohl Clay das Budget stark gekürzt hatte. Seine finanziellen Probleme schienen Ridley nicht bewusst zu sein.

DER LETZTE Anwalt, der in Clays Leben trat, war Mark Munson, ein Insolvenzexperte, der sich auf große, komplizierte Pleiten von Privatpersonen spezialisiert hatte und den Crittle aufgetan hatte. Nachdem Clay ihn engagiert hatte, zeigte Crittle ihm Bücher, Mietverträge, Vereinbarungen, Prozessakten – einfach alles.

In den 17 Monaten, seit er das OPD verlassen hatte, hatte Clay 120 Millionen Dollar an Honoraren eingenommen. 30 Millionen hatte er als Bonus an Rodney, Paulette und Jonah gezahlt, die Aufwendungen der Kanzlei und die Gulfstream hatten 20 Millionen verschlungen. 16 hatte er für Werbung und Tests für Dyloft, Maxatil und Skinny Ben aufgewendet, 34 für bereits bezahlte oder aufgelaufene Steuern, vier für die Villa, drei für die Segeljacht. Dann noch eine Million hier und dort – das Haus in Georgetown, der „Vorschuss" an Max Pace und die üblichen Extravaganzen eines Neureichen.

Ein interessanter Punkt war Jarretts Katamaran. Zwar hatte Clay ihn bezahlt, aber die Firma mit Sitz auf den Bahamas, in deren Eigentum das Boot sich befand, gehörte ausschließlich seinem Vater. Munson war der Meinung, dass das Konkursgericht die Jacht entweder als Geschenk betrachten würde, was bedeutete, dass Clay Schenkungssteuer zahlen musste, oder davon ausginge, dass sie schlicht und einfach einem Dritten gehörte und damit nicht Clays Vermögensmasse zuzurechnen war. Auf jeden Fall blieb das Boot Eigentum von Jarrett.

Außerdem hatte Clay bei seinem Handel mit Ackerman-Aktien 7,1 Millionen Dollar verdient. Einen Teil davon hatte er zwar auf Offshore-Konten vergraben, aber diese Gelder würde er zurückholen. „Wenn Sie Vermögenswerte verheimlichen, landen Sie im Gefängnis", belehrte ihn Munson.

Die Bilanz wies einen Nettowert von rund 19 Millionen Dollar aus. Dagegen sah es bei den Verbindlichkeiten katastrophal aus. Mittlerweile 26 frühere Mandanten hatten ihn wegen des Dyloft-Fiaskos verklagt. Diese Zahl würde vermutlich noch steigen, und obwohl es unmöglich war, den Wert der einzelnen Fälle genau zu beziffern, überstiegen Clays zu erwartende Zahlungsverpflichtungen sein Nettovermögen beträchtlich. Der Konflikt mit den Mandanten der Hanna-Sammelklage, die dabei waren, sich zu organisieren, schwelte zudem weiter. Und Goffman würde in Sachen Maxatil zu einem heftigen und langwierigen Gegenschlag ausholen. Auch hier ließen sich die Kosten nicht vorhersagen.

„Soll sich der Konkursverwalter damit herumschlagen", meinte Munson. „Sie werden dann nur noch das besitzen, was Sie am Leib tragen, aber zumindest haben Sie keine Schulden."

„Vielen Dank", sagte Clay, der immer noch an die Segeljacht dachte. Wenn es ihnen gelang, sie aus der Insolvenz herauszuhalten, konnte Jarrett das Schiff verkaufen, ein kleineres Boot erwerben und seinem Sohn etwas Bargeld zukommen lassen, um dessen Überleben zu sichern.

Nach zwei Stunden mit Munson und Crittle war der Küchentisch mit Tabellen und Ausdrucken bedeckt, ein Trümmerhaufen, der von der Gier und Dummheit der letzten 17 Monate zeugte. Es war widerlich, was das Geld aus ihm gemacht hatte.

Der Gedanke daran, dass er aus Washington weggehen würde, half Clay, die Tage zu überstehen.

RIDLEY rief von St. Barth an, um ihm alarmiert mitzuteilen, dass vor „unserer" Villa ein Schild mit der Aufschrift ZU VERKAUFEN stehe.

„Das liegt daran, dass sie zu verkaufen ist", erläuterte Clay.

„Das verstehe ich nicht."

„Komm nach Hause, und ich erkläre es dir."

„Gibt es Ärger?"

„Das kann man wohl sagen."

„Ich bleibe lieber hier", erwiderte sie nach einer langen Pause.

„Gut. Bleib in der Villa, bis sie verkauft ist. Mir ist es egal."

„Wie lang wird das dauern?"

Er konnte sich lebhaft vorstellen, wie sie versuchte, jeden eventuellen Verkauf zu sabotieren. Im Augenblick war ihm das jedoch schlicht und einfach gleichgültig. „Ich weiß es nicht."

„Ich bleibe", schmollte sie.

„Auch gut."

ALS RODNEY eintraf, saß sein alter Freund Clay, die Krücken neben sich, auf den Stufen vor seinem malerischen Stadthaus. Gegen die kühle Herbstluft hatte er sich einen Schal um die Schultern gelegt. Der Wind trieb welke Blätter in Spiralen durch die Dumbarton Street.

„Ich brauche frische Luft", erklärte Clay. „Ich war drei Wochen lang eingesperrt."

„Wie geht's den Knochen?", erkundigte sich Rodney, während er sich neben ihn setzte.

„Verheilt alles gut."

Rodney war ein echter Vorstädter geworden. Khakihose, Turnschuhe und ein schicker Geländewagen, um die Kinder zu chauffieren. „Wie geht's deinem Kopf?"

„Keine weiteren Hirnschäden."

„Und was macht die Seele?"

„Zu sagen, dass ich leide, wäre eine Untertreibung. Aber ich werde es überleben."

„Paulette sagt, du verlässt Washington."

„Zumindest für eine Weile. Nächste Woche melde ich Insolvenz an, und bis dahin will ich weg sein. Paulette hat eine Wohnung in London, die ich ein paar Monate lang benutzen kann. Wir werden uns da verstecken."

„Führt denn kein Weg an der Insolvenz vorbei?"

„Nein. Es gibt zu viele begründete Ansprüche. Erinnerst du dich an Ted Worley, unseren ersten Dyloft-Kläger?"

„Klar."

„Er ist gestern gestorben. Ich habe zwar nicht den Abzug betätigt, aber ich habe auch nicht einen Finger gerührt, um ihn zu schützen. Vor einem Geschworenengericht ist sein Fall fünf Millionen Dollar wert, und es gibt 26 solche Fälle. Ich gehe nach London."

„Clay, ich möchte dir helfen."

„Ich nehme kein Geld von dir. Dieses Gespräch habe ich schon zweimal mit Paulette und mit Jonah geführt. Ihr habt Geld gemacht und wart schlau genug auszusteigen. Ich nicht."

„Aber wir lassen dich nicht vor die Hunde gehen. Du warst nicht verpflichtet, uns zehn Millionen zu zahlen, und hast es trotzdem getan. Jetzt geben wir dir was davon zurück."

„Nein."

„Doch. Wir drei haben das bereits besprochen. Wenn dein Insolvenzverfahren abgeschlossen ist, wird dir jeder von uns was überweisen. Es ist ein Geschenk."

„Du hast das Geld verdient, Rodney. Behalte es."

„Niemand verdient zehn Millionen Dollar in sechs Monaten, Clay. Eine solche Summe kann man gewinnen, stehlen, vielleicht fällt sie auch vom Himmel, aber niemand verdient so viel. Es ist lächerlich und obszön."

„Wie geht's den Kindern?"

„Du wechselst das Thema."

„Stimmt, ich wechsle das Thema."

Und so redeten sie über Kinder, alte Freunde beim OPD, frühere Mandanten und Fälle. Es wurde dunkel, aber sie saßen immer noch auf den Stufen, als Rebecca eintraf und es Zeit fürs Abendessen wurde.

ART MARIANI, ein junger Reporter, arbeitete für die *Washington Post*. Er kannte die Geschichte von Clay Carter gut, weil er dessen erstaunlichen Aufstieg und ebenso überraschenden Fall mit Liebe zum Detail und angemessener Fairness dokumentiert hatte. Als er in Clays Haus eintraf, wurde er von Paulette begrüßt und durch die schmale Diele in die Küche geführt, wo die anderen warteten. Clay stellte sich vor, dann humpelte er um den Tisch herum und erklärte, wer wer war: Zack Battle, sein Anwalt, Rebecca van Horn, seine Freundin, und Oscar Mulrooney, sein Partner. Ein Aufnahmegerät wurde aufgebaut, und Rebecca machte mit der Kaffeekanne die Runde.

Clay nahm einen Schluck Kaffee, holte tief Luft und fing an zu erzählen. Er begann mit Ramón „Pumpkin" Pumphrey, der von Tequila Watson erschossen worden war, nannte Datum, Uhrzeit, Ort der Geschehnisse. Clay hatte alles notiert und befand sich im Besitz sämtlicher Akten. Dann berichtete er von Washad Porter und dessen beiden Morden. Dann von den anderen Fällen. Er erzählte von D-Camp, Clean Streets und der schrecklichen Wirkung eines Medikaments namens Tarvan. Obwohl er den Namen Max Pace niemals erwähnen würde, schilderte er in allen Einzelheiten, was der ihm über Tarvan erzählt hatte: die geheime klinische Erprobung in Mexiko-Stadt und anderen Städten. Das Eintreffen des Medikaments in Washington.

„Wer war der Hersteller?", fragte Mariani sichtlich erschüttert.

„Ich bin mir nicht ganz sicher, aber ich glaube, Philo.“ Clay griff nach einem dicken Dokument und schob es Mariani zu. „Das ist eine der Entschädigungsvereinbarungen. Darin sind zwei Offshore-Firmen erwähnt. Wenn Sie an die rankommen und die Spur verfolgen, dürfte die Sie zu einer Mantelfirma in Luxemburg und von dort zu Philo führen.“

„Okay, aber warum verdächtigen Sie Philo?“

„Ich habe eine Quelle. Mehr kann ich Ihnen nicht sagen.“

Diese mysteriöse Quelle hatte Clay unter allen Anwälten in Washington ausgewählt und ihn überredet, seine Seele für 15 Millionen Dollar zu verkaufen. Ein Detail folgte auf das andere, belegt durch Dokumente und Entschädigungsvereinbarungen.

„Wenn ich diese Story veröffentliche, was passiert dann mit Ihren Mandanten, den Familien der Opfer?“, fragte Mariani.

„Diese Frage hat mich ein paar schlaflose Nächte gekostet, aber ich glaube, ihnen kann nichts passieren“, erwiderte Clay. „Für den Hersteller des Medikaments wäre es Wahnsinn, die Vereinbarungen anzufechten. Er kann froh sein, mit 50 Millionen davongekommen zu sein.“

„Können die Familien die Vereinbarungen anfechten, wenn sie die Wahrheit erfahren?“, wollte Mariani wissen.

„Das wäre schwierig.“

„Was ist mit Ihnen? Haben Sie Vertraulichkeitsvereinbarungen unterzeichnet?“

„Ich zähle nicht mehr, ich stehe vor der Insolvenz und werde meine Zulassung als Anwalt zurückgeben. Mir kann keiner was.“ Das war ein trauriges Eingeständnis und für Clays Freunde ebenso schmerzhaft wie für ihn.

„Was geschieht mit Tequila Watson, Washad Porter und den anderen, die wegen dieser Morde verurteilt wurden?“

„Erstens können sie den Hersteller des Medikaments wahrscheinlich verklagen, was ihnen im Gefängnis aber nicht viel nützen wird. Zweitens besteht die Chance, dass ihre Verfahren wieder aufgerollt werden, zumindest was die Höhe des Urteils angeht.“

Zack Battle räusperte sich. „Das ist inoffiziell. Wenn sich die Aufregung nach der Veröffentlichung Ihres Artikels gelegt hat, werde ich diese Fälle übernehmen und prüfen lassen. Vorausgesetzt, es gelingt uns, das Pharmaunternehmen zu identifizieren, werde ich es im Namen der sieben Beschuldigten verklagen.“

„Das ist wirklich explosives Material“, stellte Mariani fest, eine Tatsache, die allen bewusst war. „Wie kam es zu der Dyloft-Klage?“

„Das ist ein anderes Kapitel, das ich heute nicht besprechen möchte“, erwiderte Clay. „Sie haben ohnehin das meiste dokumentiert. Ich habe nicht vor, darüber zu reden."

„In Ordnung. Ist die Geschichte damit abgeschlossen?"

„Für mich ja", erwiderte Clay.

PAULETTE und Zack fuhren sie zum Reagan National Airport, wo Clays Gulfstream ganz in der Nähe der Stelle stand, an der er sie zum ersten Mal gesehen hatte. Da sie das Land für mindestens sechs Monate verließen, hatten sie viel Gepäck, besonders Rebecca. Clay konnte mit den Krücken zwar schon ganz gut gehen, aber etwas zu tragen war unmöglich. Zack schleppte seine Sachen.

Tapfer zeigte er ihnen sein einst so geliebtes Flugzeug, obwohl jeder wusste, dass dies seine letzte Reise damit sein würde. Dann umarmte er Paulette und Zack, bedankte sich bei beiden und versprach, sich in wenigen Tagen telefonisch zu melden. Während der Kopilot die Tür verriegelte, schloss Clay die Rollos vor den Fenstern, damit er Washington beim Start nicht sehen musste.

Für Rebecca war der Jet ein hässliches Symbol für die zerstörerische Macht der Geldgier. Sie sehnte sich nach der winzigen Wohnung in London, wo niemand sie kannte und sich niemand dafür interessierte, was sie anhatten, fuhren, kauften, aßen, arbeiteten, einkauften oder wo sie Urlaub machten. Sie wollte nicht wieder nach Hause. Nie wieder würde sie sich mit ihren Eltern herumstreiten.

Clay sehnte sich nach zwei gesunden Beinen und einem Neuanfang. Er hatte eine der Aufsehen erregendsten Pleiten in der Geschichte des amerikanischen Rechts überlebt. Doch das lag nun hinter ihm. Er hatte Rebecca ganz für sich allein, und das war alles, was zählte.

Irgendwo über Neufundland klappten sie das Sofa auf, schlüpften unter die Decke und schliefen ein.

JOHN GRISHAM

# Erfolgsmensch ohne Starallüren

Foto: Jare Roul Burdine

Auch mehr als ein Jahrzehnt nach seinem Aufstieg zum König der Gerichtsthriller ist für den 1955 geborenen Schriftsteller sein Status keine Selbstverständlichkeit: „Jeden Tag halte ich inne und rufe mir ins Gedächtnis, wer ich bin und was mit mir passiert ist."

Wie bei seinem Romanhelden Clay Carter führte auch Grishams Weg aus bescheidenen Verhältnissen als kleiner Anwalt zu ungeahntem materiellem Reichtum. Und bei den Einnahmen aus inzwischen über 60 Millionen verkauften Büchern ist es alles andere als ein Wunder, dass auch Grisham sich manche Extravaganz in seinem Lebensstil leisten kann. „Beispielsweise habe ich mir vor zehn Jahren ein Flugzeug gekauft", erzählt der Autor. „Es ist zwar nicht gerade eine Gulfstream, aber ich benutze es sehr gerne für meine Reisen."

Wie Grisham in *Die Schuld* beweist, hat er eine deutliche innere Distanz zu materieller Gier bewahrt. „Natürlich habe auch ich am Ende meines Jurastudiums begriffen, dass es nicht allein um Ideale geht, sondern vor allem darum, die Brötchen zu verdienen", betont er. „Doch die Anwälte, die sich auf Sammelklagen spezialisiert haben, betreiben ein schmutziges Geschäft, indem sie 40 Prozent der erstrittenen Schadensersatzsumme als Gebühren einsacken." Deshalb bereitet es dem Autor Genugtuung, dass die öffentliche Diskussion über seinen Roman viele Menschen davor bewahren dürfte, sich künftig ahnungslos in die Hände unseriöser Anwälte zu begeben.

MAIKEN NIELSEN
DAS HAUS
DES KAPITÄNS

**Käthe schlug sich vor den Kopf. „So dämlich darf man doch überhaupt nicht sein! Da findest du einen Mann, den du liebst, und du sagst ihm, dass du ihn nicht wiedersehen kannst, weil du mit einem Trottel verlobt bist! Hast du wenigstens seine Adresse?“**

## DER ANFANG

Es schneite, als die Hebamme den Schulberg nach Övelgönne hinunterstieg. Ein lang gezogenes Schiffstuten ertönte von der Elbe her – ein Dampfschiff, beflaggt mit Farben, die die Hebamme im Dunkeln nicht erkennen konnte. Matrose müsste man sein, dachte sie seufzend, und ganz weit wegfahren können, das wäre schön. Sie wandte sich nach rechts. Die Straße lag still und verlassen da.

Im Schein der Gaslaterne entzifferte sie den Namen auf dem Türschild: JACOBY. Hier war sie richtig. Sie klingelte. Ein Hausmädchen öffnete ihr die Tür, führte sie durch einen verglasten Vorbau in einen mit Ölgemälden behangenen Flur und von dort die Treppe hinauf in einen Wohnraum, der mit Rosentapete, Goldrahmen und Ton dämpfenden Teppichen ausgestattet war. Das Licht flackerte unruhig.

„Das Gas“, entschuldigte sich das Hausmädchen. „Um diese Uhrzeit fließt es nicht.“

„Wo ist die gnädige Frau?“

„Madame befindet sich in ihrem Schlafzimmer. Aber sollte nicht Dr. Sandstein …?“

„Dr. Sandstein ist nicht zu Hause, und keiner weiß, wo er ist. Also, heißes Wasser, saubere Tücher und wo es langgeht, bitte.“

Madeleine Jacoby lag in einem riesigen Bett. Ihre Wangen leuchteten feuerrot. Sie sah schön aus und ein bisschen verrückt. Wie eigentlich alle Gebärenden, dachte die Hebamme.

„Wo ist Dr. Sandstein?“ Madeleine fühlte die nächste Schmerzwelle ihr Becken fluten. Es tat schrecklich weh.

Bevor die Hebamme antworten konnte, betrat das Hausmädchen den Raum, die Tücher in der einen, die Schüssel mit dem heißen Wasser in der anderen Hand.

„Warum ist eigentlich der werte Gatte nicht zugegen?“

Madeleine stöhnte auf. „Ich glaube, er ist jetzt in Buenos Aires.“

„Mein tiefstes Mitgefühl. Ist er als Ehemann … flüchtig?“

„Er ist Kapitän einer Dampfschifffahrtsgesellschaft“, meldete das Hausmädchen.

„Na, denn man noch viel Spaß damit. Oha, ich glaube, es geht los!“

Und so kam es, dass Madeleine Jacoby als erste Bürgerliche im preußischen Övelgönne mithilfe einer Hebamme in der Rolle eines Arztes und eines Hausmädchens in der Rolle einer Hebamme entband. Zur Verstärkung wurde noch Bertha, die Köchin, hinzugerufen. Bertha war es dann auch, die das kleine, frisch geborene Wesen in den Armen hielt und mit ihrer dröhnenden Stimme in die Welt hinausrief: „Mein Gott, die sieht ja aus wie der Kaiser persönlich!“ Nachdem sie die Nabelschnur durchtrennt hatten, legten sie das Mädchen der Mutter an die Brust. „Sie soll Aline heißen“, flüsterte Madeleine. „Wie meine verstorbene Urgroßmutter, die mit dem französischen Offizier.“

Es war der 17. Januar 1900. Dr. Sandstein tauchte in dieser Nacht nicht mehr auf. Er tauchte auch in den folgenden Tagen nicht auf. Später fand man ihn erhängt auf dem Dachboden seiner Villa an der Flottbeker Chaussee. Die Gründe für seinen Selbstmord wurden nicht aufgeklärt.

Als Kapitän Christian Jacoby elf Monate später den Hamburger Hafen anlief, fand er eine stolze Gattin und eine Köchin vor, die unter allerlei Vorwänden immer wieder die Nähe seiner Tochter suchte, eines entzückenden Geschöpfs mit braunen Augen, dunklen Locken und einem ausgeprägten Bedürfnis nach Schlaf. Bertha, die nie selbst Kinder gehabt hatte, war vernarrt in Aline. Ihr ganzer Stolz war die Fähigkeit des Kindes, sich noch vor seinem ersten Geburtstag mit deutlichen Worten zu äußern. Alines erster Satz lautete: „Bertha, ich möchte Brei!“, gefolgt von einem entzückten Auflachen, denn Bertha schlug jedes Mal vor Rührung die Hände vor dem Gesicht zusammen, wenn das Kind diese Worte sprach.

Der Kapitän liebte es, abends mit seiner kleinen Tochter in der Bibliothek zu sitzen. Er lauschte Madeleines Klavierspiel, das sich mit dem Knistern des Kaminfeuers mischte. Dabei versenkte er von Zeit zu Zeit seine Nase in Alines dichtem Haar. Er liebte ihren Geruch. Als es draußen wärmer wurde, setzte er sich mit ihr in den Garten, der jenseits des Weges am Strand lag, und beobachtete ihre zaghaften Gehversuche. Aline, die nun schon 15 Monate alt war, tat sich mit dem Gehen immer noch schwer. Immer wieder trug Christian Jacoby seine Tochter unter die Linde, die am oberen Ende der abschüssigen Wiese stand, begab sich dann ans untere Ende, den Strand im Rücken, und breitete die Arme aus. „Komm, Mäuschen!“, säuselte er, indem er Berthas Tonfall nachahmte. Aline verstand die Worte wohl, allein die Beine wollten ihr nicht gehorchen. Nach ihren Laufversuchen wurde sie müde, und noch im Gehen schlief sie ein, oft so lang, dass die Eltern sie schließlich wecken mussten. Dr. Marquardt, der Hausarzt, zerstreute ihre Sorgen. „Sie ist eben ein Kind, das viel schläft“, sagte er. „Das gibt es.“

Christian Jacoby hatte bei seiner Reederei einige Monate Urlaub beantragt. Bis sein neues Schiff in den Hafen einlief, verbrachte er die Tage damit, Aline durch Haus und Garten zu tragen und all jene Dinge ausfindig zu machen, die ihr Auge beleidigen könnten. Er beendete das Geflacker in den Gaslampen des Hauses, indem er Stromleitungen legen ließ. Und er versorgte das Wohnzimmer und die Bibliothek mit funkelnden Kronleuchtern, deren Glanz sich in den Bilderpaneelen spiegelte.

Dann kam der wunderbar heiße Sommer 1901, in dessen Verlauf die Flottbeker Chaussee so leer gefegt war, dass die Jugend auf dem Kopfsteinpflaster Reifentrudeln spielen konnte. Die Einzigen, die diese Idylle störten, waren die Hamburger, die mit der Droschke und Koffern voller Gepäck in die Sommerfrische zwischen Neumühlen und Blankenese fuhren. Madeleine suchte täglich die Badeanstalt am Neumühlener Strand auf, an dem sie einen eigenen Badekarren besaß. Begleitet wurde sie von der schwitzenden Bertha, die die Aufsicht hatte über das „Mäuschen" in seinem Kinderwagen und den Picknickkorb.

Zu dieser Zeit entstand Madeleines Wunsch, sich anregendere Gesellschaft zu suchen. Im Sommer darauf stellte sie eine „Gouvernante" ein, die sie fortan bei ihren Spaziergängen begleitete. Die „Gouvernante" war eine junge Dame ohne praktische Erfahrung, deren einziger Vorzug darin bestand, aus demselben Ort zu kommen wie Madeleines Urgroßvater und denselben französischen Dialekt zu sprechen wie sie, ein raues, bäurisches Südfranzösisch, das anzunehmen auch Aline leider nicht umhinkam. Alines Gedächtnis für Wörter war einzigartig. In ihrem dritten Lebensjahr beherrschte sie das Hamburger Idiom und die Sprache ihrer französischen Vorfahren gleichermaßen gut.

Chantal, die „Gouvernante", lebte fortan mit im Haushalt der Jacobys. Die bunten Schilderungen von ihrer Heimatstadt Marseille mit ihren Palmenstränden, katholischen Kirchen, arabischen Marktplätzen und dem riesigen bunten Hafen mit Fregatten aus aller Welt verschafften ihr allabendlich einen Platz auf dem Canapé im Wohnraum. Von Zeit zu Zeit steuerte Madeleine ihrerseits Aspekte des urgroßväterlichen Lebens bei, seine Kindheit in einem Schloss bei Marseille, seine Begeisterung für das napoleonische Kaiserreich, die Feldzüge, die Zeit der Besatzung in Hamburg, seine Begegnung mit Hanna, sein Entschluss, sie zu heiraten, und dann die schreckliche Zeit, als die Kosaken dem herrlichen *bon-vivre à Hambourg* ein Ende machten.

Abend für Abend überboten sich die zwei jungen Frauen in der Trauer um das untergegangene französische Kaiserreich, wobei Madeleines Schilderung von dem unfähigen Hamburger Schreiber, der den ursprünglichen

Familiennamen d'Arlon ohne den aristokratisierenden Apostroph kopiert hatte, den Höhepunkt des Abends bildete. Diesem Schreiber hatten die Darlons es zu verdanken, dass sie in die Niederungen der bürgerlichen Gefilde geraten waren.

Vor allem war es wohl Madeleines Einsamkeit, die sie so kindisch machte. Von den Kapitäns- und Reederfamilien zwischen Flottbeker und Elbchaussee wurde sie während Christians Abwesenheit gemieden, da sie bei gesellschaftlichen Anlässen als Frau schlecht allein eingeladen werden konnte. Wäre Hamburg französisch geblieben, davon war Madeleine überzeugt, hätte sie derlei Schmach nicht erleben müssen. Als Christian wieder da war, verbannte er Chantal von seinem Canapé und schließlich ganz aus seinem Haus, besuchte mit Madeleine alle Bälle der Saison und verbrachte fröhlich verspielte Nachmittage mit Aline. Er veranlasste den Bau einer kleinen Laube, begutachtete das Haus, ordnete Reparaturen an und kaufte neue Möbel.

Im Dezember 1904, kurz vor Weihnachten, beschloss er zweierlei: zum einen, Aline Ostern einzuschulen, weil sie bereits lesen konnte, und zum anderen, in seinem Haus eine Zentralheizung einzubauen, die er hinter einer dekorativen Holzverkleidung zu verstecken gedachte. Am Ende, nachdem alles zu seiner Zufriedenheit erledigt war, bat er Madeleine, eine Polka zu spielen, und tanzte mit seiner kleinen Tochter an den Händen im Musikzimmer herum. Madeleine blühte auf, wenn ihr Mann zu Hause war. Sie lachte viel, und ihr Schritt war leicht und beschwingt.

Weihnachten wurde im großen Stil gefeiert, mit einem Tannenbaum im Wohnzimmer, einer riesigen Fischplatte am Abend des 24. und mehreren Flaschen Champagner. Doch vor der Bescherung ging es zur Andacht in die Christianskirche. Wie immer war Aline bei der ganzen Aufregung ungeheuer schläfrig geworden. Sie musste am späten Vormittag des 24. geweckt werden. Meist befand sich Aline nach dem Wecken in einer Art Dämmerzustand, der es ihr unmöglich machte, zwischen Traum und Wirklichkeit zu unterscheiden. Sie saß auf der Kirchenbank zwischen Vater und Mutter und betrachtete voller Ehrfurcht Pastor Weidemann, von dem sie annahm, er sei Gott.

Später, unter dem Weihnachtsbaum, fand sie ein Paar Schlittschuhe. Am nächsten Tag nahmen die Eltern sie mit auf die zugefrorene Alster im nachbarlichen Hamburg. Vor allem die Mutter war herrlich anzusehen. Sie drehte Pirouetten, wagte kleine Sprünge und sang dabei. Ihre Wangen leuchteten feuerrot, ihr Haar löste sich bei der Bewegung, und ihr langer dunkler Rock umwehte ihre Beine. Christian sah ihr zu, stumm und voller Zuneigung.

Aline erwies sich beim Schlittschuhlaufen als weit weniger geschickt als ihre Mutter. Es war wie damals, als sie laufen lernte. Der Vater stellte sich einige Meter entfernt von ihr auf, breitete die Arme aus und hieß sie, zu ihm zu kommen. Und wie damals fiel sie hin, immer und immer wieder. Schließlich stellte sie sich an den Rand und sah den Eltern zu, wie sie einander umkreisten.

Da hörte sie eine Stimme neben sich. „Du kannst es wohl auch nicht?“, fragte ein kleines Mädchen mit hellblonden Zöpfen, milchweißer Haut und sehr hellen Augen. Am Abend fragte Aline Bertha in der Küche, die in einem kleinen Anbau hinter dem Haus untergebracht war, warum Gott manchen Menschen keine Farbe mitgebe. Bertha tischte ihr eine ihrer fantastischen Geschichten auf. „Es sind keine richtigen Menschen“, erklärte sie. „Sie kommen von einem anderen Stern. Als sie durch den Himmel geflogen sind, wurde ihnen so kalt, dass alle Farben in ihnen gefroren sind. Sie können genauso sprechen wie Menschen. Aber du darfst ihnen nie wehtun, denn sie merken den Schmerz viel mehr als wir.“

Bei der Einschulung Ostern 1905 in der kleinen Dorfschule am Schulberg erkannte Aline das Mädchen sofort wieder, und das Mädchen erkannte sie. Im Unterricht saßen sie nebeneinander. Das Mädchen hieß Käthe und wohnte in Neumühlen. Ihr Vater war Lotse, und in späteren Jahren stellten Aline und Käthe fest, dass ihre Väter so manch eine Stunde gemeinsam auf der Kommandobrücke verbracht hatten, während ihr Schiff elbaufwärts unterwegs war.

Oft wünschte sich Aline, ihr Zuhause in all seinen Ecken und Winkeln durchstreifen zu können, doch eine Art unausgesprochenes Verbot hinderte sie daran. Vom Dachboden kannte sie lediglich die knarzenden Schritte des Vaters. Auch das große Speisezimmer blieb weitgehend verschlossen – es war für besondere Gelegenheiten reserviert. Allein Bertha machte sich dort hin und wieder zu schaffen. Aline beobachtete einmal durch einen Türspalt, wie sie das Fenster öffnete und die weißen Laken von den Möbeln nahm, um sie auszuschütteln.

Doch eines Tages wurden die Laken fortgeräumt. Es war der zehnte Hochzeitstag der Eltern. Aline war ein bisschen enttäuscht, denn für sie sah der Raum nicht viel anders aus als das Wohnzimmer. Sie erkannte aber an den bewundernden Mienen der Tanten, dass das Speisezimmer etwas Besonderes war. Allein Onkel Jean-Baptiste blickte sauertöpfisch drein, doch das war, wie sie ihre Mutter sagen hörte, Veranlagung. Ihre Freundin Käthe mutmaßte, dass in dem Raum Engelwesen lebten, die man einschließen und beschützen musste. Von da an nannte Aline das Speisezimmer „Engelsraum“. Erst später erfuhr sie von ihrem Vater, dass der Raum wegen seines gemeißelten Marmorkamins, der bestickten Seidentapeten und der Möbel im Stil des zweiten Empire so kostbar war, dass man ihn vor Staub und Licht schützen musste.

Jedes Jahr wurde an Alines Volksschule, wie überall im deutschen Kaiserreich, das Sedanfest gefeiert. Es war der Tag, an dem Madeleine sich in ihrem Schlafzimmer einschloss und über die ungebildeten hanseatischen, preußischen und sonst wie unfranzösischen Pfeffersäcke schimpfte, denn das Sedanfest wurde in Erinnerung an das Jahr 1871 begangen, das Jahr nach dem Sieg über die Franzosen und der wilhelminischen Proklamation. Die Schulkinder zogen blumengeschmückt und singend die Kaistraße hinauf. Auf Altonas Prachtstraße, der Palmaille, vor den säulengeschmückten Häusern des berühmten dänischen Architekten Christian Frederik Hansen, blieb Alines Lehrer Jahr für Jahr stehen. Er war ein uraltes Männlein, dem die Schlacht auf den Düppeler Schanzen 1864 noch deutlich vor Augen stand und der nie ein Wort über Hansen verlauten ließ, sondern stattdessen den Sieg über die Franzosen und zugleich über die Dänen lobpries, in irrer Verquickung der Ereignisse und der Völker.

Dass Aline mit ihrer Mutter Französisch sprach, war den meisten Familien an der Flottbeker Chaussee, in Neumühlen und Övelgönne bekannt. Und so geschah es, dass Aline am Sedantag 1908 auf dem Nachhauseweg von einer Gruppe Jungen gestellt wurde.

„Da ist ja die kleine Franzmännin", höhnte einer der Jungen. „Wie ist es denn so, als Besiegte?" Aline stapfte weiter, den Blick unbeirrt zu Boden geheftet. Plötzlich bekam sie einen so heftigen Schubs, dass ihr der Ranzen von der Schulter rutschte und die Tafel mit dem Griffel und dem Schwämmchen herausfiel. Sie bückte sich, um die Sachen wieder einzusammeln. Ein großer schaumiger Spuckfleck platschte auf ihre Tafel, und sie hörte die Jungen in Gelächter ausbrechen.

„Bitte, lasst das!", sagte sie.

Die Jungen äfften sie nach. „Bitte lasst das! Hat das Franzosenmädchen etwa Angst bekommen?"

„Ich bin kein Franzosenmädchen!", protestierte Aline. „Ich bin Preußin wie ihr." Sie wollte sich aufrichten, aber die Jungen waren stärker als sie. Einer von ihnen stürzte sich auf sie und setzte sich rittlings auf ihren Bauch, sodass sie kaum noch Luft bekam, während ein anderer sie an den Armen festhielt.

„Lasst sofort das Mädchen los!", brüllte plötzlich jemand. Es war ein anderer Junge, einer, den Aline nie zuvor gesehen hatte. Er war groß und dunkel, und er sah sehr wütend aus. Die Jungen sprangen auf. „Haut ab! Was fällt euch ein, ein Mädchen so zu behandeln!" Er versetzte dem

Jungen, der sich auf Alines Bauch gesetzt hatte, einen Tritt. Die Jungen stoben davon. „Tut dir etwas weh?“, fragte er Aline.

„Nein, ist schon gut. Danke, dass du sie vertrieben hast!“

Der Junge bückte sich, um ihr die Sachen einsammeln zu helfen. „Ich bringe dich nach Hause“, sagte er ernst. „Damit dir das nicht noch einmal passiert.“

Aline musterte ihn von der Seite. Er war nicht viel älter als sie, elf, höchstens zwölf Jahre alt. Als sie vor ihrem Haus angelangt waren, drehte sie sich um. „Danke schön“, sagte sie. „Das werde ich dir nicht vergessen.“

In der Küche erzählte sie Bertha, was geschehen war. „Sag es lieber nicht deiner Mutter“, riet die. „Sie liegt im Bett und hat Kopfschmerzen. Ich mach dir am besten erst mal ’n paar Eierkuchen.“ Aber dazu sollte es nicht mehr kommen, denn Aline war am Küchentisch eingeschlafen. Gemeinsam mit dem Küchenmädchen schleppte Bertha sie die Treppe hinauf in ihr Zimmer, öffnete die Knöpfe ihres Kleides und zog die schweren Vorhänge zu.

Aline schlief durch bis zum nächsten Morgen. Im Traum lief sie mit dem dunklen Jungen Schlittschuh, zog ihre Kreise um ihn, umtanzte ihn. Erst als Bertha sie am Morgen weckte, fiel ihr ein, dass sie ihn nicht einmal nach seinem Namen gefragt hatte.

ZU ALINES schönsten Kindheitserinnerungen zählten neben den Sommernachmittagen mit der Mutter am Badestrand oder dem Spielen mit dem Vater im Garten die Sonnabendvormittage mit Bertha auf dem Ottensener Markt vor der Christianskirche. Hier gab es so viel zu sehen: Vogelverkäufer mit prächtig Gefiedertem in reich verzierten Käfigen, Max, den zwergenhaften Straßenverkäufer mit seinen Schachteln voller Knöpfe, die Bäuerinnen, die Körbe voller Obst und Gemüse anpriesen. Manchmal begegneten sie einer hünenhaften, mürrisch blickenden Frau, über die Bertha sagte, sie habe geholfen, Aline auf die Welt zu bringen, was Aline für eine von Berthas aberwitzigen Geschichten hielt.

Eines Tages verwandelte sich der Marktplatz in einen Jahrmarkt mit Gassen voller Buden. Bertha hatte sich bereit erklärt, Käthe mitzunehmen, und da geschah es, dass ein Mann aus einer der Buden um Erlaubnis bat, die beiden Mädchen fotografieren zu dürfen. Später erinnerte sich Aline vor allem an ihre Angst vor dem Mann, der unter ein schwarzes Tuch gekrochen war und dann mit dumpfer Stimme rief: „Der Vogel kommt! Der Vogel kommt!“ Er rief es so aufgeregt, dass Käthe und Aline sich vor Schreck krampfhaft an den Händen hielten.

Als die Bilder entwickelt waren, schenkte der Vater Aline einen goldverzierten Bilderrahmen und hängte ihr das Bild an die Wand: zwei Mädchen wie Praline und Sahne, die sich an den Händen halten, die Augen aufgerissen, die Lippen fest zusammengepresst.

An einem sonnigen Maitag im Jahre 1912 besuchte Aline zum ersten Mal ihren Vater im Hafen. Zusammen mit Madeleine bestieg sie eine wackelige Gangway aus Holz. Der Vater sah sehr stattlich aus in seiner Uniform. Später erklärte ihr die Mutter, dass er einer gefährlichen Krankheit entronnen war, der Schlafkrankheit, die er sich beim Stich einer Tsetsefliege in Obervolta zugezogen habe. Drei Männer seiner Mannschaft habe es dahingerafft, nur der Papa sei genesen.

So gingen die Jahre dahin. Mal war die Elbe erquickendes Badewasser, dann wieder ein schillerndes Gebirge aus Eis. Alines Leistungen in der Schule waren tadellos, und so wurde ihr der Besuch einer höheren Mädchenschule gestattet. Jeden Morgen fuhr sie in Begleitung von Käthe mit der Centralbahn in die Schule. Der Krieg war nur ein fernes Donnergrollen wie ein Gewitter am Horizont, ohne Folgen für ihr Leben in Övelgönne und Neumühlen. Der Vater fuhr jetzt keine Passagier- oder Frachtschiffe mehr, sondern war bei der Kriegsmarine.

Doch eines Abends fand Aline die Mutter weinend im Salon. In der Hand hielt sie einen Brief. Schweigend überreichte sie ihn Aline. *Geliebte Madeleine,* stand da. *Ich habe meinen rechten Arm verloren und komme bald nach Hause. Dein Christian.*

Das war kurz vor Alines achtzehntem Geburtstag. Auf der Elbe bahnte sich ein Dampfschiff seinen Weg. Als wäre das Leben wie immer.

## ERSTES KAPITEL

Aline hockte auf einem Schemel in der Küche und sah Bertha beim Kartoffelschälen zu. „Ich will aber Medizin studieren“, beharrte sie. „Das Land braucht jetzt Ärzte, und zwar mehr denn je!“

„Ja, mach das man schön deinen Eltern klar!“, brummte Bertha.

„Was ist daran falsch, Ärztin zu werden?“, rief Aline. „So, wie sich alles verändert hat! Es gibt keinen Kaiser mehr. Bitte, Bertha, was muss ich tun, damit sie mich studieren lassen?“

„Denk dir Gründe aus. Und zwar gute.“

Aline nickte. „Ich geh mal rauf zu Papa.“

Im Wohnraum im ersten Stock war es dunkel, obwohl draußen die Sonne schien. Christian Jacoby hatte nach seiner Rückkehr verfügt, die großen Fenster gegen bleiverglaste mit buntem Mosaik auszutauschen.

„Ich bin kein Anblick für die Nachbarn“, hatte er seine Entscheidung begründet. Nun saß er auf dem Canapé und las „Der Begriff der Angst“ von Sören Kierkegaard. Unbeholfen versuchte er mit der linken Hand umzublättern.

„Ich wollte deinen Verband wechseln“, sagte Aline. „Dr. Marquardt hat gesagt, er soll alle fünf Stunden gewechselt werden. Und jetzt ist es wieder so weit, Papa.“ Sie wusste, dass es dem Vater peinlich war, von ihr behandelt zu werden. Alles war ihm peinlich geworden. Einst war er ein Mann gewesen, nach dem sich die Frauen umgedreht hatten, doch seit seiner Verletzung hatte er sich sehr verändert. Obwohl er erst 42 Jahre alt war, war sein Haar schlohweiß geworden. Er schämte sich seines verkrüppelten Körpers.

„Wo ist Maman?“, fragte Aline.

Christian machte eine schwache Bewegung mit dem gesunden Arm. „Draußen, ich weiß nicht, was sie macht.“

Madeleine konnte den Anblick ihres Gatten nicht ertragen. Jeder Vorwand war ihr recht, um nicht mit ansehen zu müssen, wie sehr er litt. Aline wusste das und wünschte, ihre Mutter würde ihre Gefühle weniger deutlich zeigen.

Die Wunde eiterte immer noch. Dr. Marquardt hatte Madeleine angehalten, sie regelmäßig zu desinfizieren, um die Entzündung einzudämmen. Nicht mal der Schulterknochen war ihm geblieben. Als Aline ihm den Verband abnahm, konnte sie das, was von dem Schulterblatt übrig geblieben war, als grobe Zacke erkennen. Ihr schauderte dabei, aber nicht vor Ekel, sondern vor Mitgefühl. Sie hätte ihrem Vater gern gesagt, dass sie ihn liebte, so, wie er war, aber sie schaffte es nicht. Er sollte nicht denken, sie habe Mitleid mit ihm.

„Warum liest du denn schon wieder den ollen Kierkegaard?“, tadelte sie sanft und trug die Salbe auf. „Der macht doch schwermütig.“

Aber der Vater schien sie nicht zu hören. „Weißt du, dass ich Angst um dich habe? Du bist nicht wie andere Mädchen. Du bist frühreif. Ich frage mich, ob es gut war, dich das Abitur machen zu lassen. Ob es dich auch nicht auf dumme Gedanken bringt.“

Aline lachte. „Aber Papa, seit wann macht Abitur denn dumm?“

Der Vater strich ihr über die Wange. „Sag mir bitte die Wahrheit, Aline. Du trägst dich doch nicht mit dem Gedanken zu studieren?“

„Doch“, sagte Aline. „Ich möchte Medizin studieren.“ Jetzt war es heraus. Schnell befestigte sie den frischen Verband mit einer Nadel.

Der Vater seufzte. „Ach, Mäuschen! Wie soll ich es dir erklären? Ich bin sehr stolz auf dich, und wenn du ein Junge wärst, würde dich vermutlich eine akademische Laufbahn erwarten. Aber du wirst unglücklich sein, das prophezeie ich dir. Ich gehöre nicht zu den Männern, die behaupten, Frauen seien unfähig, logische Zusammenhänge zu erkennen, aber leider stehe ich mit meiner Meinung recht allein. Ich habe auf meinen Reisen Wissenschaftlerinnen kennen gelernt, die in der Schweiz studiert haben oder in Bologna, aber ich habe auch Frauen getroffen, die das Unglück hatten, an einer deutschen Universität zu studieren, und glaube mir, diese Frauen haben mir Zustände geschildert, von denen ich dich verschont sehen möchte. Kommilitonen, die über Jahre hinweg nicht ein einziges Wort an sie gerichtet haben, Intrigen, Spott und Hohn, nur weil sie Frauen sind."

„Aber irgendjemand muss doch damit anfangen!", rief Aline. „In der Schweiz oder in Bologna hat ja auch jemand damit angefangen! Wir können uns doch nicht in der Gegenwart mit Dingen zufrieden geben, nur weil sie in der Vergangenheit auf diese eine bestimmte Weise so erledigt wurden! Dann würden wir ja noch im Mittelalter leben!"

Der Vater lächelte. „Was habe ich da nur aufgezogen? Eine Frauenrechtlerin! Aline, Mäuschen …" Er versuchte, sie zu sich heranzuziehen, aber Aline machte sich wütend frei. „Ich bin achtzehn, Vater, und ich bin schon längst kein Mäuschen mehr!"

Sie rannte hinaus und schlug die Tür hinter sich zu.

„Bravo!", meinte Bertha draußen im Flur. „Das nenn ich Diplomatie! Schreien und Türenknallen führen sicher zum Erfolg."

„Hast du etwa gelauscht?", zischte Aline. „In diesem Haus kann man ja nicht mal atmen, ohne dass es jemand kommentiert! Ich geh zu Käthe. Sag Maman und Papa, sie sollen mit dem Essen nicht auf mich warten."

Draußen auf der Straße kniff sie die Augen zusammen. Blödsinnige Vorrichtung, diese Buntglasfenster! Wie idiotisch und eitel vom Vater, sich verstecken zu wollen, als sei er der einzige Mann hierzulande mit fehlendem Arm. Immerhin lebte er noch. Acht Väter ihrer Klassenkameradinnen waren vom Krieg überhaupt nicht heimgekehrt.

Doch als sie vor Käthes Haus angelangt war, tat ihr der Streit schon wieder Leid. Es war gut, dass sie das Thema Studium zur Sprache gebracht hatte, aber ein bisschen mehr Sanftmut wäre schon am Platz gewesen.

„Ich bin der ungeschickteste Mensch der Welt, und jetzt habe ich ihn, glaube ich, auch noch traurig gemacht, was ich ja nun auf jeden Fall vermeiden wollte!", rief sie, sobald Käthe ihr die Tür öffnete.

Käthe legte den Kopf schief und kniff die Augen zusammen. „Wenn du mich bitte aufklären würdest? Lass uns spazieren gehen. Meine Mutter hat in den vergangenen Monaten ein fantastisches Gehör entwickelt." Sie hakte die Freundin unter und machte Anstalten, mit ihr die Stufen hinabzugehen.

„Nimm dir einen Mantel mit!", meinte Aline. „Wir haben Mitte November!"

„Aber mir ist heiß!", jubelte Käthe und legte Alines Hand auf ihre Wange. „Fühl mal, wie ich glühe!"

„Hast du getanzt?"

„Ja, und ob! Wenn wir im Park sind, führe ich es dir vor!"

Als Kinder hatten Aline und Käthe gemeinsam Ballettstunden genommen, aber Aline hatte schnell wieder aufgehört. Von jeher war ihr selbst schnelles Gehen wie eine sportliche Disziplin erschienen, da durfte man von ihr nicht auch noch irgendwelche Verrenkungen erwarten. Aber Käthe! Käthe mit ihrem wunderbaren Gefühl für Rhythmus war das Lieblingskind all ihrer Ballettlehrer gewesen. Vor fünf Jahren, kurz vor Ausbruch des Krieges, hatte Käthe die Amerikanerin Isadora Duncan in Berlin gesehen und sie seither zu ihrem Idol erkoren. Zu einer Zeit, in der die Mädchen noch mit langen Röcken und teilweise sogar noch Korsetts in die Schule gingen, ging Käthe bereits wie ihr Vorbild in tunikaähnlichen Gewändern herum, unter denen in späteren Jahren ihre aufblühende Weiblichkeit wogte.

„So", sagte Käthe, als sie den Park erreicht hatten. „Und nun erzählst du mir alles."

Natürlich fror sie bald, und Aline lieh ihr ihren dicken, warmen Wollmantel. Aber dann fror sie selbst, und schließlich zwängten sie sich zu zweit hinein, Aline in den linken Ärmel, Käthe in den rechten. So saßen sie eng aneinander gedrückt auf einer der Bänke.

„Meinst du nicht auch, dass unsere Zeit eine ganz besonders gute ist?", fragte Käthe.

„Klar. Kein frühes Aufstehen mehr, kein Herr Wiedenthal, der uns lateinische Nomen beugen lässt…"

„Nein, das meine ich nicht. Wären wir zehn Jahre eher geboren, wir hätten nicht mal Abitur machen können! Aber wir haben jetzt alle Möglichkeiten. Du wirst die Universität im Sturm erobern, ich die Bühne."

„Nur wissen unsere Eltern noch nichts davon", erwiderte Aline seufzend. Sie stupste Käthe an. „Was ist mit meiner kleinen Tanzvorführung?"

Was dann folgte, war eigenartig. Sie beobachtete Käthe, die in ihrem hellen Kleid auf dem Rasen stand und plötzlich hoch in die Luft sprang. Auf einmal kam ein kleiner Wind auf, und die Blätter umwirbelten Käthes weiße Beine, und während sie sprang, bewegte sie Po und Schultern aufeinander zu, dass sie sich fast berührten, und dann warf sie die Hände nach hinten, sodass sie sich rückwärts überschlug. Als sie aufkam, blickte sie in gespieltem Erstaunen um sich und schritt dann in völlig übertriebenem Stechschritt voran, die Arme auf und ab bewegend, den Unterkiefer vorgestreckt, den Rücken gekrümmt. Plötzlich drehte sie sich um sich selbst in endlosen Pirouetten; das rechte Bein angewinkelt, die Arme über den Kopf haltend, durchquerte sie den Park, bis sie wie ein weißer Kreisel hinter einer Gruppe von Bäumen verschwand.

Aline stand auf, um der Freundin hinterherzueilen, und als sie sie fand, schluckte sie ihre Rührung hinunter und sagte: „Mensch, wenn ich mir vorstelle, dass du mal Mühe hattest, Schlittschuhlaufen zu lernen!"

Die Mutter war schon zu Bett gegangen, als Aline nach Hause kam. Aber dafür war Bertha noch voll in Fahrt. Aufgeregt und mit Verschwörermiene reckte sie ihr Staubtuch in die Luft. „Ich säubere das große Speisezimmer", erklärte sie.

„Den Engelsraum? Was ist passiert?"

„Der Herr will ein großes Essen geben. Am besten fragst du ihn selbst. Er sitzt noch in der Wohnstube."

„Papa?", fragte Aline, als sie in die Wohnstube trat. Im Kamin brannte ein Feuer, davor saß der Vater mit einem Buch in seinem Lehnstuhl. „Papa, es tut mir Leid, das vorhin."

Der Vater hob seinen linken Arm. „Ich habe eine Überraschung für dich, mein Liebling", sagte er. „Wir bekommen Besuch. Friedrich von Alvesloh war Offizier auf meinem Schiff, als ich verwundet wurde. Ich habe ihn zum Essen eingeladen."

Aline lächelte. „Das ist eine gute Idee, Papa. Ich finde es richtig, dass du dich wieder um deine Freunde kümmerst."

„Ich habe Friedrich für dich eingeladen. Ich glaube, ihr würdet euch gut verstehen. Und vielleicht löst sich die Frage nach dem Studium dann ganz von selbst."

FRIEDRICH VON ALVESLOH war unruhig. Die erzwungene Untätigkeit trieb ihn in den Wahnsinn. Immer wenn er auf die Uhr blickte, war er überzeugt, dass mindestens eine Stunde vergangen sein musste, aber es waren nie mehr als ein paar Minuten. Er beschloss, einen Spaziergang zum Strand hinunter zu machen.

Ein heftiger Wind blies von Nordwesten. Friedrich musste seinen Hut festhalten. Eigentlich hatte er diesen Ort immer geliebt: die Häuser wie Muscheln auf dem Berg zusammengewürfelt, die Segelschiffe auf der Elbe, elegante Damen, die am Strand flanierten. Aber die vertraute Blankeneser Welt war eine andere geworden. Was Friedrich am meisten verbitterte, war der Umstand, dass all die Kämpfe umsonst gewesen waren. Die Monate auf dem Meer, die Stürme, die Stahlgewitter und Kanonenschüsse, Kameraden, die ihr Leben gelassen hatten, und wofür das alles? Dafür, dass ein amerikanischer Präsident die kaiserliche Familie als „monarchische Autokraten" beschimpfen durfte, dafür, dass ein paar hergelaufene Sozialdemokraten die Abdankung Wilhelms II. ausrufen konnten, und dafür, dass in Hamburg, nicht weit vom preußischen Blankenese entfernt, diese Kröte Heinrich Laufenberg die rote Fahne am Rathaus gehisst und die Bürgerschaft nach Hause geschickt hatte? Friedrich schüttelte seufzend den Kopf. Immerhin war das Essen heute Abend bei dem tapferen Kapitän Jacoby ein Lichtblick.

Um halb sieben setzte er sich seine Schutzbrille und Staubkappe auf, streifte sich die fellgefütterten Handschuhe über und stieg in seine geliebte Benzindroschke, einen Rolls-Royce „Silver Ghost". Es war das Geschenk seines Vaters zu seinem 20. Geburtstag, ein Modell von 1911, dem man seine sieben Jahre dank hervorragender Pflege nicht ansah. Während er die Elbchaussee entlangschnurrte, wurde seine Stimmung langsam besser. Der Mond war aufgegangen, und sein Licht spiegelte sich im ruhigen Wasser des Flusses zu seiner Rechten. Er spürte, dass er Hunger hatte, gerade so viel, dass er sich auf ein gepflegtes Abendessen freuen konnte.

Dann sah er schon die Windmühlenflügel der Rolandsmühle am Philosophenweg aufragen, und kurz darauf war er an „Hartens Elbterrassen" angelangt. Hier stellte er sein Automobil ab, um zu Fuß den Övelgönner Mühlenweg zu den Jacobys hinunterzusteigen.

Es war ein charmantes Haus, wohl schon an die vierzig Jahre alt, aber die Fassade schien erst jüngst gemacht worden zu sein. Der Glasvorbau war handwerkliche Feinarbeit, fein geschliffenes Holz, in mehreren Schichten dünn lackiert.

Auf sein Läuten hin öffnete ein Hausmädchen die Tür, das artig vor ihm knickste. „Ich führe Sie zu den Herrschaften", sagte sie, nahm ihm Jacke und Kopfbedeckung ab und bat ihn, ihr zu folgen. Aus einem Raum im oberen Stock wehten die Töne eines Klavierstücks. Es war der „Karneval der Pest" von Chopin.

Friedrich lächelte. „Wer ist denn der Pianist hier im Haus?", fragte er.

„Das Fräulein Aline. Die Tochter des Herrn Kapitän."

Friedrichs Lächeln wurde breiter. Welch entzückende Art, Kritik an der bevorstehenden Soiree auszudrücken. Das Fräulein Aline schien ein rechter Trotzkopf zu sein.

„Mein lieber Herr von Alvesloh!" Kapitän Jacoby kam ihm mit einem ausgebreiteten Arm entgegen. „Wie freue ich mich, dass Sie meiner Einladung Folge leisten konnten!“

„Die Freude ist ganz meinerseits“, gab Friedrich lächelnd zurück und folgte dem Kapitän in die Bibliothek. Der Raum war strahlend hell erleuchtet. „Ich sehe, Sie haben Stromanschluss.“

„Noch vor dem Krieg legen lassen“, erklärte der Gastgeber. „Meine Tochter wird dies alles hier erben. Ich wollte, dass es den modernen Anforderungen Genüge tut. Trinken Sie einen Cognac mit mir?“

„Mit Vergnügen.“

„Was gibt es für Neuigkeiten?“, fragte Christian Jacoby, während er den Cognac einschänkte und Friedrich sein Glas reichte.

„Ich habe mich entschieden, in die Politik zu gehen. Die Rätediktatur wird nur von kurzer Dauer sein. Das Reich befindet sich in einer Umbruchphase. Wir müssen all unsere Kräfte mobilisieren, um es in die richtige Richtung zu lenken.“

„Da pflichte ich Ihnen natürlich bei. Aber Rätediktatur? Sehen Sie da nicht ein bisschen schwarz? In Hamburg zumindest sind Senat und Bürgerschaft gerade wieder eingesetzt worden.“

„Aber nur als unpolitische Organe! Unter der Aufsicht eines Arbeiter- und Soldatenrates, ich bitte Sie!“

„Was schlagen Sie vor?“

„Das politische Gleichgewicht auszubauen! Wir dürfen der SPD keinen freien Spielraum lassen, und vor allem müssen wir den Anhängern von USPD und Spartakusbund entgegentreten. Und wir müssen uns um Ruhe auf den Straßen kümmern. Bald werden die Friedensverhandlungen beginnen, es gärt im Volk, das werden die Linken für sich auszunutzen wissen!“

„Ihr Eifer gefällt mir“, sagte Kapitän Jacoby lächelnd. „Aber wir wollen uns nun zu Tisch begeben. Ich möchte Ihnen dann auch gleich meine Frau vorstellen.“

Doch auf dem Flur prallte Friedrich mit einem erhitzten, atemlosen Wesen zusammen, das für eine Ehefrau eindeutig zu jung war. „Ent…, Entschuldigung“, stammelte die Erscheinung. „Ich dachte, Sie wären noch in der Wohnstube.“

„Und da haben Sie die Zeit für ein paar Turnübungen genutzt, nicht wahr? Nachdem Sie sich auf dem Karneval der Pest ausgetobt hatten!“

Es war ihr Lächeln, das ihn ein bisschen irritierte. Kein Lächeln mit geschlossenen Lippen, wie die höheren Töchter es gewöhnlich trugen, sondern ein Lächeln, das sich fast von einem Ohr zum anderen erstreckte und von der Nase bis zum Kinn, ein Lächeln, das nahezu alle

Zähne freilegte, makellose Zähne, das schon, aber nichtsdestoweniger unangebracht in seiner Mutwilligkeit.

„Aber Aline, du versperrst unserem Gast ja den Weg“, hörte er den Kapitän sagen. „Hast du dich überhaupt vorgestellt?“

„Ich weiß auch so, wer Sie sind“, erwiderte Friedrich lächelnd. „Ihr Vater hat mir auf dem Schiff eine Fotografie von Ihnen gezeigt. Ich freue mich sehr, Sie kennen zu lernen.“

Da war es wieder, dieses Lächeln. Sie ist hübsch, dachte Friedrich. Sehr hübsch sogar. Aber sie hat keine Manieren.

Und doch hatte sie etwas, das ihn veranlasste, beim Essen immer wieder zu ihr hinüberzublicken. War es der Wein, ein hervorragender Pfälzer Jahrgang, 1913, das köstliche Wildbret, die schimmernde Tapete oder die Hitze im Raum, oder war es, dass er begann, sich in dieses Mädchen zu verlieben, das geistreich und gebildet erschien und mit ihrem überschäumenden Gelächter Raum und Zeit ausfüllte? Auch die Dame des Hauses erschien ihm recht sympathisch, ein bisschen kokett vielleicht, aber dabei aufgeschlossen und charmant. Sie fragte ihn nach seiner Herkunft und Kindheit aus, und Friedrich antwortete ihr gern. Er fühlte sich entspannt wie schon lange nicht mehr, und so erzählte er von seinen Vorfahren aus der Mark Brandenburg und dem heldenhaften Großvater, der bei der Schlacht auf den Düppeler Schanzen geholfen hatte, die verhassten Dänen zu vertreiben, und zum Dank dafür ein Grundstück in Blankenese erhalten hatte, auf dem die Familie heute noch lebte.

Die Kapitänsgattin schlug entzückt die Hände zusammen. „Wie romantisch!“, rief sie aus. „Mein Urgroßvater hat sich in den Wirren des Krieges auch eine neue Heimat suchen müssen!“

„War Ihr Urgroßvater ebenfalls Preuße, gnädige Frau?“, erkundigte sich Friedrich interessiert.

„Franzose!“, berichtigte Madeleine, wobei sie das irritierte Zusammenzucken ihres Gastes geflissentlich übersah. „Ein früher Vertreter moderner republikanischer Ideen. Adelig wie Sie, doch leider …“

An dieser Stelle warf Aline ein paar Brocken in einer Sprache ein, die Friedrich nicht verstand.

„… und daher ist meine Frau monarchistisch gesinnt wie wir alle“, warf der Kapitän mit einem etwas gequälten Lächeln ein.

„Was ist das für eine Sprache, die Sie mit Ihrer Tochter sprechen?“, wollte Friedrich an die Dame des Hauses gewandt wissen.

„Das ist der französische Dialekt, den meine Gattin und meine Tochter miteinander zu kultivieren pflegen“, erklärte der Vater. „Aber ich denke, jetzt ist Zeit für das Dessert.“

Der Mond hatte sich in einen rosafarbenen Ballon verwandelt, als Friedrich am Ende dieses Abends seinen „Silver Ghost“ bestieg. Kapitän, Gattin und Tochter standen nebeneinander an der Flottbeker Chaussee und winkten ihm zu, während er Brille und Kappe anlegte. Was für eine außergewöhnliche Familie, dachte er. Liebenswürdig und geistreich, aber ganz und gar unkonventionell, vor allem die Tochter. Immer wieder fiel ihm dieses Lächeln ein, das er im ersten Moment nicht gemocht hatte und nach dem er im Laufe der Soiree richtig süchtig geworden war. Ob es wohl möglich war, Aline Jacoby zu einem kleinen Ausflug zu überreden?

„UND WIE hat er dir gefallen, dieser Offizier von neulich?“, fragte Käthe. Sie saßen in Alines Schlafzimmer im zweiten Stock. Käthe hatte den Toilettentisch beschlagnahmt und war dabei, Alines Kämme und Bürsten auszuprobieren.

„Er war nett.“

„Bist du in ihn verliebt?“

„Keine Ahnung. Woher soll ich das wissen?“

Käthe verdrehte die Augen und lachte laut. „So was weiß man eben. Man hat Herzklopfen und kann an nichts anderes mehr denken.“

Da ertönte ein Klopfen von unten. „*Parbleu*, das ist Maman!“, sagte Aline. „Schätze, sie versucht gerade ihren Mittagsschlaf zu halten. Komm, wir schleichen uns raus.“

Madeleine hörte die Mädchen kichernd die Treppe hinuntertoben. An Schlaf war jetzt nicht mehr zu denken. Da konnte sie ebenso gut in die Küche gehen und Bertha den Speiseplan für die nächsten Tage diktieren.

Sie fand Bertha vor dem Herd in einem Topf mit etwas Undefinierbarem herumrühren. „Aber Bertha“, sagte sie tadelnd. „Habe ich etwas davon gesagt, dass ich für heute Abend Eintopf wünsche?“

„Es ist kein Eintopf, es ist Graupensuppe. Anweisung des Herrn.“

„Gut. Du nimmst jetzt den Topf vom Herd, ich komme gleich wieder.“

Madeleine fand ihren Mann in der Bibliothek, in der Hand ein ungeöffnetes Buch. „Was soll das bedeuten?“, rief sie.

„Was soll was bedeuten?“, gab er leise zurück. „Dass ich dich nicht mehr zu Gesicht bekomme außer bei den Mahlzeiten? Oder dass du mir nicht ein einziges Mal den Verband gewechselt hast?“

Christian betrachtete das erhitzte Gesicht seiner Frau. Trotz ihrer 38 Jahre sah sie noch immer gut aus. Er dachte an früher, wie er sie zum Tanzen ausgeführt hatte, er dachte an ihre gemeinsamen Nachmittage auf der zugefrorenen Alster, daran, wie sie ihm zum ersten Mal Aline überreicht hatte, ein winziges Bündel mit dunklen Haaren, das schönste Geschenk, das sie ihm hatte machen können. Was war passiert? Der Krieg? Sein Arm? Konnte es sein, dass sie einen Liebhaber hatte?

Madeleine funkelte ihn zornig an. „Ich möchte einfach nur wissen, warum es heute Abend Graupensuppe gibt."

„Meine liebe Madeleine, wir sind von nun an ohne Einkommen."

„Aber du wirst doch auch als Einarmiger noch fahren können! Und was ist mit deinem Geschäftspartner in Südfrankreich?"

Christian wedelte müde mit dem Cognacglas in seiner Hand. „Unser Freund in Frankreich hat mir die Partnerschaft gekündigt. Er könne, so seine Erklärung, wohl kaum jemandes Partner sein, der auf seine Landsleute geschossen hat. Nachvollziehbar, die Begründung."

„Du hast auf Franzosen geschossen?"

„Meine Liebe, wo warst du in den vergangenen vier Jahren? Es gab einen Weltkrieg, du erinnerst dich? Franzosen gegen Deutsche, Deutsche gegen Franzosen und jede Menge anderer Völker, die sich gegenseitig ins Jenseits befördert haben. Äußerst unschöne vier Jahre. Es ist viel verloren gegangen in der Zeit. Du wirst dich an den Gedanken gewöhnen müssen, von nun an Schritt zu fahren."

„Aber was ist mit deinen beiden Segelschiffen? Was ist mit der *Elisabeth*, was ist mit der *Königin Louise*?"

„Gesunken, die *Königin Louise,* schon im vergangenen Jahr. Die *Elisabeth* ist vor etwa einer Woche gesunken, zwei Segeltage von Buenos Aires entfernt. Ich habe die Nachricht heute erhalten."

In guten wie in schlechten Zeiten, ging es Madeleine kurz durch den Kopf. Sie hatte diesen Satz immer für eine Art pastoraler Plattitüde gehalten. Wer hätte denn ahnen können, dass es an der Seite dieses gut aussehenden und wohlhabenden Offiziers, den sie damals geehelicht hatte, einmal schlechte Zeiten geben würde?

„Und was nun?", fragte sie plötzlich ernüchtert.

„Solange mein Arm nicht verheilt ist, kann ich nicht arbeiten. Selbst dann werden wir unseren Lebensstil nicht halten können. Einstweilen müssen wir uns darum kümmern, Aline unter die Haube zu bringen." Christian starrte ins Feuer. „Ich halte Friedrich von Alvesloh für einen vielversprechenden Kandidaten. Er muss im Glauben gelassen werden, in eine reiche Großbürgerfamilie einzuheiraten. Ich habe Erkundigungen über die von Alveslohs eingezogen. Sie haben ihren Adelstitel, das Grundstück in Blankenese, ein heruntergekommenes Gut in der Mark Brandenburg, aber viel mehr auch nicht. Als Offiziersgattin wird Aline dennoch keinen Hunger leiden müssen."

„Und du glaubst, er interessiert sich für Aline?“

„Seine Blicke waren offensichtlich. Du wirst sehen, der nächste Schritt kommt von ihm.“

„Weiß Aline, dass wir nun ohne Vermögen sind?“

„Nein. Und ich möchte sie noch nicht damit belasten. Unsere Aufgabe liegt jetzt darin, sie und Friedrich von Alvesloh zusammenzubringen. Aber keine Sorge. Das wird schon gelingen.“

## ZWEITES KAPITEL

Friedrich von Alvesloh erkannte sich selbst nicht wieder. Er, der sein Lebtag allenfalls die Nationalhymne gesungen hatte, erwischte sich dabei, dass ihm das Lied „Die schöne Marie“ nicht mehr aus dem Kopf ging. Gemeinhin gehörte er zu den Männern, die nichts anbrennen ließen, immer begierig danach, das Rätsel der Weiblichkeit auf neue Weise zu lösen. Bei Aline Jacoby war zum ersten Mal etwas Beunruhigendes dabei. Er beschloss, nicht länger Zeit zu verschwenden. *Würden Sie mir die Ehre gestatten,* schrieb er also, *Sie zu einer kleinen Landpartie einzuladen? Staubkappe, Handschuhe und Wärmflasche brauchen Sie nicht mitzubringen.* Natürlich, diese Dinge hatte er immer in doppelter Ausführung parat. Noch lange starrte er auf seinen Brief, wobei er irgendwann wieder vor sich hin zu summen begann. Er schüttelte den Kopf. So konnte das auf keinen Fall weitergehen. Handeln oder verrückt werden, das war hier die Wahl. Er zwang sich, den Brief zu beenden, fügte noch Tag und Uhrzeit ein, an dem er sie abzuholen gedachte, und machte sich auf den Weg, um das Schreiben Kapitän Jacoby persönlich nach Övelgönne zu bringen. Das war mit Sicherheit die schicklichste Art, Alines Zustimmung zu erringen.

KÄTHES Versuch, ihre beste Freundin für die Wonnen eines Wandertags zu begeistern, war heroisch und kläglich zugleich. „Ich habe dieses Herummarschieren schon in der Schule gehasst“, beschwerte sich Aline. „Früher immer dieses Sedanfest, dann der Schulausflug …“

„Aber mit dem Wandervogel ist Wandern ganz anders!“, erklärte Käthe. „Es gibt keinen Lehrer! Also, wie ist es? Am Sonntag wandern wir mit der Gruppe nach Nienstedten. Wir wollen ein romantisches Picknick auf dem Friedhof machen.“

„Also gut“, willigte Aline ein. „Und die Mädels sind nett?“

„Es sind nicht nur Mädels in der Gruppe.“ Käthe zwinkerte.

Aline lächelte. „Ach, so ist das. Du hast mir noch nichts von ihm erzählt!“

„Och, da gibt es auch nichts zu erzählen. Leider. Der Bengel ist sehr schüchtern. Oder aber er hat mich noch nicht bemerkt.“

„Kaum zu glauben“, meine Aline trocken.

„Ein Rabbiner. Kannst du dir das vorstellen? Ich und ein Geistlicher?“

„Nein, das kann ich mir nicht vorstellen. Was macht ein Rabbiner bei euch freien Wandervögeln?“

„Na ja, er ist ein ehemaliger, ein Fast-Rabbiner. Soweit ich das verstanden habe, schmeißt er hin. Was er stattdessen tut, weiß kein Mensch. Sehr geheimnisvoll. Er sieht einen immer so an mit diesen dunklen Augen, weißt du, so!“ Käthe riss die Augen auf und klapperte dramatisch mit den Wimpern.

„Und du hast ihn nicht gefragt, warum er hinschmeißt?“

„Ich habe überhaupt noch nie mit ihm gesprochen. Apropos, was machen eigentlich deine Studienpläne?“

„Gar nichts.“ Aline wurde ernst. „Mein Vater will nichts davon hören, und ich weiß einfach nicht, wie ich das Thema wieder anschneiden soll.“

Käthe nahm tröstend ihre Hand. „Dir fehlt der Mut.“

„Ja. Aber ich werde es schon noch hinbekommen.“

CHRISTIAN hörte den Schritt seiner Tochter aus allen anderen Schritten in Övelgönne heraus. Er hörte, wie sie an der Tür klingelte, hörte die Schritte des Hausmädchens. Wenig später roch er Alines Duft in der Wohnstube. Wie vertraut ihm seine Tochter war! Er wünschte, dass er zu Madeleine diese Nähe empfinden könnte, doch damit war es vorbei. Wie wenig Zeit der Mensch doch brauchte, um die grundlegenden Dinge des Lebens zu verlieren: Arm, Gattin, Geld. Er spürte Tränen in sich aufsteigen. Nie, schwor er sich, sollte seiner Tochter ein Unglück widerfahren. Gesichert sollte sie leben dürfen, lebensfroh, geliebt.

„Schläfst du, Papa?“, hörte er sie flüstern.

Er fuhr sich mit der Hand über die Augen. „Ach ja, ich muss wohl eingenickt sein. Setz dich zu mir, mein Engel. Ich muss dir etwas erzählen.“

„War die Krankenschwester schon da?“, fragte Aline. „Hat sie deinen Verband gewechselt?“

„Ich habe sie entlassen. Ich habe sie bei einem Diebstahl erwischt. Aber Bertha hat mir heute Morgen einen neuen Verband gemacht.“

„Dann ist es jetzt wieder Zeit. Lass mich das machen. Was wolltest du mir erzählen?“

„Der junge Mann von neulich. Du erinnerst dich?“

„Friedrich von Alvesloh." Vorsichtig entfernte sie die Nadel. Der Verband löste sich von der Wunde.

„Er lässt fragen, ob du am kommenden Sonntag einen Ausflug mit ihm unternehmen möchtest."

„Ich kann nicht am Sonntag. Ich habe mich schon mit Käthe verabredet." Behutsam legte sie die neuen Mullbinden auf, Bahn um Bahn.

„Hat er dir nicht gefallen, Aline?"

„Doch, er ist ganz nett."

„Dann nimm die Einladung an. Käthe siehst du doch jeden Tag."

„Ja, aber es ist keine normale Verabredung. Käthe ist so einer Gruppe beigetreten, weißt du, dem Wandervogel …"

„Dem Wandervogel?" Christian runzelte die Stirn. „Davon hab ich gehört. Vegetarier, Anarchisten und Freikörperfanatiker. Mädchen und Jungen, die womöglich nachts in gemeinsamen Zelten schlafen. Ich würde dir nicht raten, da mitzugehen."

Aline spürte Ärger in sich aufsteigen. „Ich tue es aber trotzdem. Das habe ich Käthe versprochen."

Christian seufzte. „Ich verbiete dir, da hinzugehen. Schluss und aus."

Aline stampfte mit dem Fuß auf. „Ich bin erwachsen, Papa, ich lass mir von dir nichts verbieten!"

Er nahm ihre Hand. „Hör zu. Du bist in einem Alter, in dem jedes normale Mädchen ans Heiraten denken sollte. Ich kenne Friedrich von Alvesloh. Er ist zuverlässig, ehrgeizig und herzensgut. Ich werde nicht dein ganzes Leben für dich sorgen können, Aline. Wenn sich ein Mann wie er für dich interessiert, solltest du die Chance nutzen!"

„Aber Papa! Ich will doch überhaupt nicht, dass du oder ein anderer Mann sich um mich kümmert! Ich will Ärztin werden! Ich will für meinen Unterhalt selbst aufkommen! Warum schließen wir nicht einen Kompromiss? Ich sage meine Wanderung mit Käthe ab und fahre mit deinem Freund ein bisschen in seiner Benzindroschke herum, und du versprichst mir dafür, dass ich mich zum Sommersemester einschreiben darf. Einverstanden?"

ALINE wunderte sich über den Frühstückstisch, der immer leerer wurde. Nicht mal Sahne und Zucker gab es zum Tee.

Es klingelte. „Jetzt schon?", murmelte Aline mit vollem Mund. „Wollte er nicht erst um zehn kommen?"

„Ich glaube, er kann es nicht erwarten", meinte der Vater lächelnd. „Sei so gut und öffne ihm."

„Wo ist denn unser Hausmädchen?", fragte Aline.

„Ich habe sie entlassen. Ich erkläre es dir später. Mach jetzt bitte deinem Galan auf."

Friedrich sah anders aus als beim letzten Mal. Die Hand, die er ihr reichte, war feucht. Beim letzten Mal war sie nicht feucht gewesen. „Herr von Alvesloh?", fragte sie.

Ihr Gegenüber brach in nervöses Gelächter aus. „Schön, Sie wiederzusehen, Fräulein Jacoby!"

„Kommen Sie mit hinauf ins Frühstückzimmer. Mein Vater und ich frühstücken allein."

Sie betraten das Frühstückszimmer. „Guten Morgen!", rief Friedrich und streckte herzlich die Hände aus.

„Eine Tasse Tee gefällig, bevor Sie starten, junger Mann?"

„Danke, gern", sagte Friedrich. „Haben Sie ein besonderes Ziel im Auge, Fräulein Jacoby?", fragte er dann.

„Ich würde gern nach Nienstedten hinaus. Der Friedhof dort ist hinreißend, finde ich."

„Zum Friedhof nach Nienstedten?" Der Vater sah nachdenklich aus. „Merkwürdiges Ausflugsziel für ein junges Paar. Aber wenn du schon mal da bist, Aline, dann bring Tante Else doch ein paar Blumen mit."

Der Wandervogel Altona hatte sich wie verabredet im Fischers Park getroffen. Lauter Gestalten in Lodenpelerine und Filzhüten, geschmückt mit grün-rot-goldenen Schnüren: Heinrich, der im Hamburger Grindelviertel lebte und am Kolonialinstitut studierte, aber in Altona zur Schule gegangen war. Caroline, die von einer Laufbahn als Opernsängerin träumte und zurzeit jeden Abend im Hansa-Theater auftrat. Rainer, ein Schlossergeselle aus Ottensen, der die Freunde mit dem melodiösen Erkennungspfiff grüßte. Sein Freund Siegfried und dessen Schwester Meta. Und Nathan. Nathan, der Weise. Der Stille und Geheimnisvolle. Käthe fühlte, wie ihr Herz schneller klopfte, als sie ihn von seinem Pferd steigen sah.

„Hei!", rief Heinrich. „Freunde der Wanderslust, schön, dass ihr euch heute hier eingefunden habt, trotz der miesen Temperaturen. Aber ein wahrer Wandervogel kennt ja keine Minusgrade."

„Lässt du dein Pferd hier?", fragte Käthe. Es war das erste Mal, dass sie das Wort an Nathan richtete. Der schüttelte den Kopf.

„Ich nehme ihn am Zügel. Wenn euch der Rucksack zu schwer wird, könnt ihr ihn an die Satteltaschen binden." Damit drehte er sich wieder um. Das Gespräch war für ihn beendet.

Dafür kam Caroline jetzt auf Käthe zu. „Hallo! Du hast dir die Haare abgeschnitten, oder? Nimm mal die Mütze ab! Hui, sieht das gut aus! Ich würde meine am liebsten auch abschneiden, aber wenn ich erst mal mein Engagement an der Oper habe, brauche ich sie wohl noch."

Käthe lächelte. Caroline war wirklich nett. Sie fragte sich, in welcher Richtung es für sie selbst weitergehen sollte. Nach wie vor nahm sie Tanz- und Ballettstunden, ohne dass die Eltern ahnten, was sie wirklich damit vorhatte. Sie sehnte sich danach, endlich öffentlich aufzutreten.

Es dauerte nicht lange, da sahen sie die Nienstedtener Kirche vor sich aufragen. „Ja, es ist ganz enorm, wie viel Zeit man mit einem Automobil spart", bemerkte Friedrich zufrieden. „Sind Sie sehr durchgefroren, Fräulein Jacoby? Wollen wir zunächst etwas Tee zu uns nehmen? Da vorne ist ein hervorragender Landgasthof."

„Tee ist recht", sagte sie. Er parkte und eilte, um ihr aus dem Wagen zu helfen. Als er dabei ihre Hand nahm, fühlte er, wie sie leicht zurückzuckte. „Was ist?", fragte er lächelnd. „Mache ich Ihnen Angst?"

„Nein, nein", wehrte Aline ab.

Dann konnte er sie endlich in Ruhe betrachten. Sie saßen sich bei „Jacob" gegenüber, und nur eine dampfende Teekanne trennte sie voneinander. Wie jung sie aussah! Und wie hübsch! Sie hat Augen wie eine Maus, die man in einem Loch aufstöbert, dachte er, so dunkel und verschreckt, wie sie guckt. Sie würde eine hinreißende Ehefrau und Mutter abgeben, so wahr er hier saß! Plötzlich fühlte er eine große Dankbarkeit in sich aufsteigen. Er war unversehrt aus dem Krieg heimgekehrt und konnte jetzt ein neues Leben beginnen. Eines mit dieser entzückenden Maus an seiner Seite. Bei der Vorstellung begann sein Herz schneller zu schlagen. Sein Blick wanderte zu ihren kleinen Händen, in denen sie eine Praline hielt.

„Wie kann man aus so etwas Bitterem wie Kakaobohnen nur etwas so Süßes wie Schokolade gewinnen?", fragte sie stirnrunzelnd. Ihre Stimme war das Einzige, was er nicht so gern an ihr mochte. Sie war ihm eine Idee zu tief, nicht mädchenhaft genug.

„Sie sind sehr hübsch, wissen Sie das?", fragte er und legte seine Hand auf ihre. Aline schüttelte den Kopf, aber die Hand ließ sie, wo sie war. Da war sich Friedrich sicher: Sie hatte ihn genauso lieb wie er sie.

Später, als sie auf dem Friedhof angelangt waren, nahm Friedrich ihren Arm, und sie gingen gemessenen Schrittes in die Richtung, in der Aline Tante Elses Grab vermutete. Plötzlich ertönten Schüsse.

„Die verfluchten Roten schon wieder!", rief Friedrich verärgert aus. „Können es nicht lassen." Eine Maschinengewehrsalve ließ Aline zusammenzucken. Vor Schreck ließ sie die Blumen für Tante Else fallen. Friedrich nutzte die Gelegenheit, um sie an sich zu ziehen. „Sie müssen keine Angst haben. Ich bin bei Ihnen. Außerdem habe ich meinen Revolver dabei."

„Sie haben was?", fragte Aline beunruhigt.

„Ich trage ihn immer bei mir. In unruhigen Zeiten muss man das."

Aline versuchte sich wieder frei zu machen.

„Aber Sie zittern ja", bemerkte Friedrich. „Ist Ihnen kalt?"

Aline schüttelte den Kopf. „Danke, nein."

Wieder ertönten Schüsse. Aline fühlte, wie Friedrich sie noch enger an sich zog. „Ich bin ja bei dir", murmelte er.

Aline hob den Kopf, öffnete den Mund, um zu einer Antwort anzusetzen, als sie plötzlich sein Gesicht ganz dicht vor ihrem sah und einen Mund fühlte, der sich eiskalt und salzig auf ihre Lippen presste.

AM NÄCHSTEN Tag schneite es. Die Temperaturen waren auf minus zwölf Grad gefallen. Aber Nathan Sandstein fühlte sich auf eine wärmende Art zufrieden, zum ersten Mal seit Wochen. Das Bild war nun komplett in seinem Kopf, jetzt, da er den Schlüssel zum Dachstuhl gefunden hatte. Der Rest war Fantasie: das Seil aus grobem, faserigem Hanf, der Schemel mit der abgenutzten Sitzfläche. In einer Ecke entdeckte er Hennys Negerpuppe, einen alten Lederball und das Schaukelpferd, von Bruder Max zu Tode geritten. An der Wand hing die schwarz-rot-goldene Fahne, die der Großvater als studentischer Heißsporn anno 48 auf der Wartburg geschwenkt hatte. Nathan beschloss, den Vater aus diesem Stillleben herauszuhalten, er wollte allein die Dinge malen, die der Vater gesehen hatte. Seiner Perspektive wollte er Form und Farbe geben. Seinem letzten Blick.

Ob der Dachboden an der Flottbeker Chaussee, auf dem er sich erhängt hatte, ähnlich ausgesehen hatte? Und wenn ja, was war das für ein Gefühl für seine Mutter, hier heraufzukommen? Dass sie es manchmal tat, erkannte er an den Spuren im Staub, den Spuren kleiner Füße, die nicht von Henny stammen konnten, die sich vor Dachböden fürchtete. Hielt Mutter hier oben Zwiesprache mit Vater? Er fing an, die Farben zu mischen. Sepia für den Schemel, Alabaster und Titanweiß für den Lichtstrahl aus der Luke. Nein, zu pathetisch und außerdem falsch. Es war später Abend gewesen, als Dr. Sandstein auf den Schemel gestiegen war. Doktor. Der Titel hielt ihn auf Abstand. Wilhelm Sandstein. Ehemann. Vater von drei Kindern. *Sein* Vater.

Also Gelb. Gasgelb von den Straßenlaternen draußen auf der Chaussee.

Ein Gelb, das sich in nichts von dem am Grindelberg unterschied. Und dann? Als er die Stimme seiner Mutter von unten hörte, fuhr er zusammen. Weitermachen!, befahl er sich selbst.

Das Schaukelpferd. Es musste schon 1900 kaputt gewesen sein. Warum hatten sie es dann bei ihrem Umzug ins Grindelviertel mitgenommen? Die Fahne. Farben trocknen lassen. Eine Sache von zwei Wochen. Dann Schemel und Seil skizzieren. Ihren Schatten. Eine Idee durchzuckte Nathan. Seinen Schatten wollte er malen, den Schatten des Vaters, wie er so stand und schaute. In drei Wochen sollte das Bild fertig sein. Drei Wochen, in denen er sich ganz und gar seinem Vater widmen konnte. Dem Unbekannten. Dem in seiner Erinnerung Verblassten.

ALINE fühlte, wie jemand an ihrem Bett rüttelte. Dann eine Stimme, dumpf, wie durch einen Nebel. „Aline! Aufstehen! Du hast Besuch! Ich will sie nicht schon wieder wegschicken!"

Aline richtete sich mühsam auf. „Wie spät ist es, Bertha?"

„Zwölf Uhr mittags. Soll ich Käthe nun sagen, dass du wach bist?"

„Zwölf Uhr! Sag ihr, sie soll reinkommen. Käthe, statt durchs Schlüsselloch zu starren, könntest du genauso gut reinkommen. Donnerwetter, was hast du getan? Wo ist die güldene Pracht?"

„Hier." Käthe grinste und holte den mit einer Samtschleife zusammengebundenen Zopf hervor. „Mein Skalp, Teuerste. Zu Ihren treuen Händen."

„Bin ich schon wach?" Aline blinzelte. „Ich brauche dringend mein Frühstück ans Bett serviert …"

Bertha schnaubte. „Verwöhnte Göre! Frühstückszeit ist längst vorbei, und ans Bett gibt es sowieso nichts mehr!"

„Lassen Sie mich das machen, Bertha", zwitscherte Käthe. „Ich muss mich mit dem Fräulein dringend besprechen und würde sie gern bei Laune halten."

Kurze Zeit darauf stellte Käthe ein beladenes Tablett auf Alines Nachttischchen. „Komisch, dass ihr noch immer Lieferschwierigkeiten habt", bemerkte sie. „Frische Milch gab es nicht mehr, und das Brot sieht auch schon recht trocken aus. Und was ist mit dem wundervollen Honig passiert, den ihr euch immer aus Südfrankreich schicken lasst?"

„Der Imker ist gestorben", erklärte Aline. „Papa meinte, es sei schwierig, einen neuen Imker aufzutreiben, dem man vertrauen kann. Heutzutage mischen die alles Mögliche rein."

„Dafür habt ihr köstlichen Assam. Der scheint euch nie auszugehen!"

„Papa hat von seiner letzten Indienreise kiloweise Tee mitgebracht.

Nun aber los, hab ich viel verpasst am Sonntag? Deine neue Frisur steht dir übrigens ausgezeichnet."

„Danke schön. Deine ist auch ganz apart, wenn man Vogelnester mag."

Aline warf mit dem Kissen nach ihr.

„Ach ja, es war schon ganz lustig, aber mit dir wäre es bestimmt noch lustiger gewesen. Immerhin hat mich Caroline, das ist die Sängerin in der Gruppe, auf eine Idee gebracht. Ich werde im Hansa-Theater vorsprechen." Käthe schluckte. „Meinst du, ich bin gut genug dafür?"

„Das ist eine ausgezeichnete Idee. Ewig kannst du deinen Eltern sowieso nicht auf der Tasche liegen."

„Sie werden mich enterben, wenn sie es erfahren."

„Bis dahin sparst du deine Gagen, und wenn sie es herausfinden, bist du so reich, dass es dir egal sein kann. Wann gehst du hin?"

„So bald wie möglich. Und du meinst im Ernst, ich bin begabt?"

„Woher denn deine Zweifel? Aber natürlich bist du das! So kenne ich dich gar nicht! Ist irgendwas los?"

Käthe brach plötzlich in Tränen aus. „Ich fühle mich so schrecklich, so nichtig. Sieh mich an mit meiner hellen Haut und diesen Haaren!"

„Sch", machte Aline und schob die Decke zurück. „Komm mal her, du Dummerchen. Bist du ihm immer noch nicht näher gekommen?"

Käthe schüttelte den Kopf, dass die Haare wie ein heller Kranz herumflogen. Aline schloss sie in die Arme. „Meiner Meinung nach ist das Küssen ohnehin ein Vorgang, der komplett überbewertet wird. Es wird einem weder heiß noch kalt. Es ist nur ein bisschen komisch, weil man plötzlich so ein großes Gesicht vor Augen hat."

„Du hast es getan?", fragte Käthe. „Du hast Friedrich geküsst?!"

„Ja, und es war ein recht unbedeutender Vorgang. Mein Blutdruck blieb durchaus konstant. Man hat uns Märchen erzählt."

„Bist du sicher?" Käthe runzelte die Stirn. „Aber warum?"

„Es ist eine Falle", erklärte Aline. „Wie sonst sollte sich die Bevölkerung vermehren?"

„Du meinst, es ist bloß ein Trick? Nein, das kann ich nicht glauben! Irgendetwas muss dran sein, ich meine, ich sehe Nathans Mund, und ich kann wirklich nur daran denken, ihn zu küssen!"

„Dann hat der Trick bei dir eben besonders gut geklappt", meinte Aline schulterzuckend.

„Erzähl schon. Was hat er gesagt?"

„Ich glaube, er will mich heiraten."

„Lieber Himmel, geht der ran! Was hast du mit ihm gemacht?"

„Das ist es ja eben. Ich empfinde nichts für ihn. Und ich frage mich, wie man Gefühle in jemandem wecken kann, wenn man selbst überhaupt keine hat!“

„Vielleicht will er an euer Geld?“

„Ha! Das wird es sein! Ich werde Papa noch heute von dieser skandalösen Geschichte berichten! Er wird sich furchtbar aufregen, fürchte ich. Er hatte eine solch hohe Meinung von diesem feinen Herrn.“

CHRISTIAN JACOBY rieb sich die Hände. Alles, was in seinem Haus bislang gefehlt hatte, war ein Telefon. Nun war es da, hing an der Wand, schwarz glänzend, mit Respekt einflößender Kurbel. Alles Geld, das er nicht für die Vermählung seiner Tochter benötigte, war dafür draufgegangen, doch es war eine lohnende Investition. Sofort nachdem der Mann von der staatlichen Telefongesellschaft den Apparat installiert hatte, meldete Christian Jacoby ein Ferngespräch nach Blankenese an. Nur kurze Zeit später läutete der Apparat. Eine Männerstimme meldete ihm, dass er mit Blankenese verbunden sei. „Jacoby!“, dröhnte der Kapitän. Die Stimme des jungen von Alvesloh knisterte durch die Leitung.

„Herr Kapitän …“

Der obligatorische Austausch von Nettigkeiten begann. Endlich, als Christian schon überlegte, ob er eine erneute Einladung zum Essen aussprechen sollte, sprach der junge Mann die ersehnten Worte aus: „Ich würde Sie gern persönlich sprechen, Herr Kapitän. Wann passt es Ihnen?“

Christian tat, als müsse er überlegen. „Sagen wir fünf Uhr, zum Tee.“

„Gut, abgemacht.“

Und so kam es, dass Aline, als sie Käthe zur Tür begleitete, von ihrem Vater festgehalten wurde. „Friedrich von Alvesloh ist gleich da. Mach dich hübsch. Ich glaube, es ist ernst!“

Zornfunkelnd wirbelte Aline herum. „Ernst mit seiner Absicht, dir dein Geld abzuknöpfen, Vater! Ich weiß alles über ihn! Der Mann benutzt uns bloß!“

„Verabschiede zunächst einmal deine Freundin“, entgegnete der Vater ruhig. „Ich glaube, wir beide müssen uns unterhalten.“

MIT ALLEM hatte er bei Aline gerechnet, mit Tränen, Wutanfällen. Zu seiner Überraschung wirkte sie ruhig und gefasst. „Aber warum habt ihr denn nicht von Anfang an mit mir darüber gesprochen? Ich bin doch kein Kind mehr.“

„Das weiß ich“, begütigte sie der Kapitän. „Ich wollte dich schützen.“

„Aber wovor?“

„Seit deiner Geburt ist es mein Ziel gewesen, dich und deine Mutter sorglos zu wissen. Ihr solltet alles genießen, das Haus, die Bequemlichkeit, Bedienstete ..."

„Das ist ja auch schön und gut, aber deswegen bin ich doch jetzt nicht unglücklicher als vorher! Außerdem ist es nicht *deine* Schuld!"

„Lieb, dass du das sagst. Aber wir müssen jetzt überlegen, wie wir vorgehen. Lang wird die Pleite nicht zu verheimlichen sein. Und dann wirst du nicht heiraten können, denn wer nimmt schon eine Frau ohne Aussteuer? Ich wäre sehr froh, dich in den Händen des jungen von Alvesloh zu wissen."

„Aber ich liebe ihn nicht!"

„Wer hat euch jungen Leuten eigentlich diese Idee in den Kopf gesetzt, dass Ehe etwas mit Liebe zu tun hat? Die Liebe ist ein Strohfeuer, die Ehe hingegen ist von Bestand."

„Aber du und Maman, ihr habt euch doch auch geliebt, als ihr euch kennen gelernt habt! Ich will auch einen, den ich lieben kann."

„Die Liebe kommt mit der Zeit. Erst mal sind Freundschaft, Respekt und eine gut funktionierende Routine wichtig, das ist die Grundlage ehelichen Miteinanders."

„Ich kenne ihn nicht einmal richtig. Außerdem möchte ich studieren!"

„Ich werde dir das Studium nicht finanzieren können, mein Kind. Auch wenn ich es gerne täte. Ich sehe ja, wie sehr du daran hängst. Aber Friedrich von Alvesloh wird es können."

Aline blickte auf. „Meinst du? Wäre er damit einverstanden?"

„Du musst ihn fragen. Verliebt, wie er ist, wird er es dir nicht abschlagen."

Aline nickte. Das war es dann also. Wenn Friedrich von Alvesloh gleich klingelte, würde sie ihm die Tür öffnen, Bertha den Tee servieren lassen, Konversation betreiben, die alles entscheidende Frage abwarten und mit Ja antworten. Und genauso kam es auch. Aber irgendwie hatte sie sich die Suche nach dem Mann ihres Lebens ein bisschen romantischer vorgestellt.

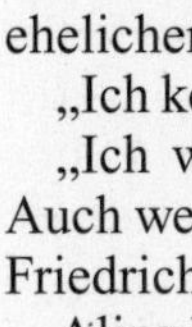

## DRITTES KAPITEL

Es wurde Weihnachten. Pastor Weidemann, stimmgewaltig wie eh und je, brüllte von der Kanzel herunter, dass den Deutschen schwere Zeiten bevorstünden, die Gott aber gemacht habe, um sie zu prüfen. Gedankenversunken machten sich die Jacobys nach dem Gottesdienst per Droschke auf den Heimweg nach Övelgönne, wo sie ein mageres Mahl erwartete. Zum ersten Mal, seit Aline zurückdenken konnte, saß

Bertha mit an der Weihnachtstafel. Die alte Köchin sah stolz und glücklich aus. Der Hausherr hatte ihr angeboten, sich nach einer neuen Stelle für sie umzusehen, doch Bertha hatte abgelehnt. Seit über zwanzig Jahren gehörte sie nunmehr zum Jacoby'schen Haushalt, ein Leben woanders gab es für sie nicht. Außerdem ging ihr jetzt manchmal auch Madame persönlich zur Hand, obwohl das nicht wirklich eine Hilfe war. Madeleine Jacoby, geborene d'Arlon, war mit Hauspersonal aufgewachsen; einen schmutzigen Lappen anzurühren ekelte sie an, und sie brauchte Stunden, um einen Tisch abzustauben. Lediglich Aline packte kräftig mit an. Das Kind war wie ausgewechselt, seit man ihm erlaubt hatte zu studieren. Sie hatte vor, sich für das Wintersemester 1919 an der medizinischen Fakultät von Berlin zu immatrikulieren, wo Friedrich und sie nach ihrer Hochzeit leben wollten, um „näher am politischen Puls der Zeit zu sein", wie Friedrich sich ausdrückte. Aline zählte die Tage bis zu ihrer ersten Vorlesung. Vorbei die Phasen, in denen sie sich vom Rest der Familie absonderte, vorbei ihre Launenhaftigkeit. Das Mädchen strahlte still vor sich hin, mit glänzenden Augen und rosigem Teint. Die Eltern schrieben ihr verändertes Verhalten der bevorstehenden Verlobung zu, was Bertha ihnen nicht auszureden gedachte. Das Mahl bestand aus einem winzigen kleinen Truthahn mit Gemüsebouillon, aber dafür floss der Wein in Strömen, denn der Weinkeller war, einer jahrelangen Sammelleidenschaft des Kapitäns sei Dank, nach wie vor hervorragend bestückt. Zum Auftakt gab es einen Marcobrunner aus dem Jahr 1892, den Bertha in durstigen Zügen hinunterstürzte, was den Kapitän so zum Lachen brachte, dass er sich verschluckte, als er gerade zu seiner Rede ansetzen wollte. Bertha eilte um den Tisch herum auf ihn zu und schlug ihm auf den Rücken.

„Danke, Bertha", sagte der Kapitän und räusperte sich. „Ich dachte, das wird ein trauriges Weihnachten, weil wir keine Geschenke haben und nicht so viel zu essen, aber es ist schön mit euch. Das ist alles, was ich euch sagen wollte. Frohe Weihnachten!"

„Frohe Weihnachten, Papa! Frohe Weihnachten, Maman!", rief Aline.

„Frohe Weihnachten, ihr Lieben!", sagte auch Madeleine, und zum ersten Mal seit langem sah sie nicht mehr unzufrieden aus.

Die Unruhen in der Stadt schienen sich gelegt zu haben. Über Politik wurde vorerst nicht mehr geredet. Viel spannender war die Frage, ob die Verlobung so schnell wie möglich oder erst zum Frühsommer hin gefeiert werden sollte, wenn es warm genug war, um im Garten die Lampions aufzuhängen. Der Kapitän war für die erste Lösung, Bertha, Madeleine und Aline für Letzteres. Schließlich einigten sie sich auf April.

Käthe war kurz vor Silvester für einen Monat nach Berlin gereist, um einer Cousine bei den Hochzeitsvorbereitungen zu helfen. Sie wollte die Zeit nutzen, um sich in Ruhe über ihre Zukunft klar zu werden. Aline vermutete allerdings, dass Käthe geflüchtet war, weil sie Angst vorm Vorsprechen im Hansa-Theater hatte.

Eines Tages lud Friedrich Aline zu einem Ball ein. Es war ein kalter Januarnachmittag am Strand von Blankenese, und Aline hatte gerade an die Enzyklopädie gedacht, die sie sich am Vortag bestellt hatte.

„Was hast du gesagt?“, fragte sie, als sie merkte, dass Friedrich sie erwartungsvoll ansah.

„Habe ich dich aus süßen Träumen erweckt, meine Schöne?“, fragte er lachend und zog sie an sich.

„Ja“, sagte sie und machte sich frei. Friedrich hatte ein erstaunliches Bedürfnis nach Körperlichkeit, was sich nach ein paar Jahren Ehe aber wieder legen würde, wie die Mutter ihr versichert hatte.

„Es tut mir Leid, dir den Vorschlag nicht eher gemacht zu haben. Aber meine Familie besteht auf geordneten Verhältnissen. Nun, da der Termin für die Verlobung feststeht, können wir bei gesellschaftlichen Anlässen endlich als Paar auftreten. Ich finde, der Ball meines Vetters ist ein geradezu hochkarätiger Anlass. Was hältst du davon?“

Aline spürte Panik in sich aufsteigen. „Und man muss da wirklich tanzen?“

„Aber sicher, Liebste. Warst du noch nie auf einem Ball?“

„Doch, natürlich. Aber ich bin keine sehr gute Tänzerin.“

Friedrich lächelte. „Niemand wird von dir eine Balletteinlage erwarten.“

Aline versuchte zurückzulächeln. „Dann ist ja alles gut.“

NATHAN hatte den letzten Pinselstrich getan. Endlich sah das Bild so aus, wie er es haben wollte. Allein der Schatten seines Vaters war ihm ein bisschen zu groß und dunkel geraten, aber er hatte nun keine Lust mehr, das zu ändern. In die linke untere Ecke malte er in die noch frische Farbe den Titel des Bildes: *17. Januar 1900*. In die rechte untere Ecke wollte er das Datum des heutigen Tages setzen, aber es fiel ihm nicht ein. Er stieg die Treppe hinab in die Wohnung. Der vertraute Geruch von Kernseife und Hefegebäck umfing ihn, und er fühlte, dass er hungrig war. Aus der Wohnstube drang leises Murmeln. Hatte seine Mutter Besuch? Sachte öffnete er die Tür. Auf dem Tisch leuchteten die Kerzen im siebenarmigen Leuchter, und das Brot lag, frisch duftend, zu einem Zopf geflochten neben dem Gebetbuch. Seine Mutter stand an der Schmalseite des Tisches, betend.

Schuldbewusst durchzuckte es ihn: Alles hatte er vergessen, sogar dass heute Freitag war. Er zog sich zurück, ohne dass sie ihn bemerkte. Dann ist heute nicht der richtige Zeitpunkt für das, was ich ihr zu sagen habe, dachte er. Besser, ich warte noch zwei Tage.

Die Mutter musste ihn doch bemerkt haben, denn wenig später kam sie zu ihm ins Zimmer, die schwarze Seide hatte sie abgelegt. „Mein Junge“, sagte sie mit ihrer tiefen, brüchigen Stimme. Weiter nichts. Er ließ sich von ihr in die Arme schließen, und sie wiegte ihn hin und her, wie eine Mutter es mit einem Kleinkind tut. Nathan ließ es sich gefallen, und mehr als das: Er schmiegte sich an sie, zum ersten Mal seit vielen Jahren. Er sog ihren frischen, sauberen Geruch ein, und nach einer langen, langen Weile atmete er auf.

So bescheiden wie Weihnachten wurde in diesem Jahr auch Alines Geburtstag gefeiert. Bertha hatte ein paar alte Wäschestücke mit selbst geklöppelter Spitze aufgehübscht, die Mutter hatte Monogramme hineingestickt: *A. B. v. A.*, Aline Benedicte von Alvesloh. Aline tat so, als ob sie sich darüber freute, denn sie konnte sich vorstellen, wie viele Abende die Frauen daran gesessen hatten.

Friedrich schenkte ihr eine Kette mit Mondsteinen, und Aline begann sich allmählich schuldig zu fühlen, weil sie sich auch darüber nicht so recht freuen konnte. Sie wusste, wie schusselig sie mit Schmuck war. Meistens verlegte sie ihn, und wenn sie sich endlich dazu überwunden hatte, ihn zu tragen, ging er ihr garantiert kaputt. Am Ende eines unglaublich langweiligen Nachmittags, den die Eltern und Friedrich mit der Planung der Verlobungsfeierlichkeit verbrachten, holte der Vater endlich sein Geschenk hervor, ein wunderschön gearbeitetes, in Leder gebundenes Buch, das den simplen Titel trug „Traité des maladys des pays chauds“, über Krankheiten in heißen Ländern. Es sah alt und ehrwürdig aus, und als Aline es öffnete, fiel ihr das Erscheinungsdatum ins Auge: 1889.

Ihr Vater schmunzelte. „Ich weiß, es ist kein aktuelles Werk mehr, aber es ist das einzige, das ich über Tropenkrankheiten gefunden habe.“

Aline musste lachen. Sie wusste sofort, dass ihr Vater auf ihr großes Schlafbedürfnis anspielte, ihre „Schlafkrankheit“.

„Danke, Papa“, sagte sie gerührt.

„Du bist nicht wieder zu erkennen“, meinte Heinrich. „Ich meine, nicht nur, weil der Bart ab ist. Ist etwas Besonderes passiert?“

Nathan und er schlenderten über die Grindelallee.

„Hast du schon einmal den Eindruck gehabt, du stündest hinter einer Nebelwand?“, fragte Nathan. „Du kannst die Dinge erkennen, die dein Leben ausmachen, die Menschen, die Orte, und du weißt, du könntest sie berühren, aber du bist ganz weit fort. Jenseits der Wand.“

„Klingt nach einer Depression“, bemerkte Heinrich. In den vergangenen Wochen hatte er sich intensiv mit den Schriften eines Wiener Nervenarztes beschäftigt, Depression war sein neues Lieblingswort.

Nathan lachte. „Geduld, lieber Freund, ich kehre ganz allmählich zu euch Lebenden zurück, verzeih meine geistigen Eskapaden.“

Heinrichs Lächeln war voller Zuneigung. „Ich habe alle Geduld der Welt. Du bist einer der wenigen Menschen, mit denen ich mich immer wieder gern unterhalte. Als du dich zurückgezogen hast, war das ein schwerer Verlust.“

„Du weißt, was es in unseren Familien bedeutet, wenn einer den Freitod wählt. Es ist wie ein Feuermal. Darum hat meine Mutter es all die Jahre vor meiner Schwester und mir verheimlicht.“

„Was hast du getan, um darüber wegzukommen?“

„Ich habe gemalt. Es hat mir geholfen, einen Entschluss zu fassen. Ich will kein Rabbi werden. Ich will Kunst studieren. Vielleicht auch Mathematik, um Lehrer zu werden, ich weiß es noch nicht genau. Aber in erster Linie will ich malen. Übrigens habe ich gehört, dass das Kolonialinstitut zu einer richtigen Universität ausgebaut wird. Was ist dran an diesen Gerüchten?“

„Keiner weiß Genaues. Es hängt davon ab, was die Bürgerschaft jetzt beschließt. Würdest du dann in Hamburg bleiben?“

„Ja, vielleicht. Im Moment denke ich daran, in Weimar zu studieren.“

„Warum nicht in Berlin? Ich überlege auch gerade, ob ich nach Berlin gehe. Berlin ist im Moment das einzig Wahre.“

„Deshalb ja. Viel zu viel Trubel. Außerdem passiert die Kunst gerade in Weimar und nirgendwo sonst. Was macht ihr eigentlich im Augenblick? Wandert ihr noch?“

„Nein, es ist zu kalt gewesen. Außerdem ist die Hälfte der Gruppe mit Politik beschäftigt. Dafür treffen wir uns mit Siegfried und den anderen abends auf ein Bier. Heute Abend wollen wir in die Kammerspiele. Hast du Lust mitzukommen? Wir treffen uns nachher um acht.“

Nathan nickte. Mit einem herzlichen Schulterklopfen trennten sich die beiden voneinander.

Nathan schwirrte der Kopf von dem Gespräch, aber es tat gut, sich wieder mit jemandem auszutauschen. Langsam schlenderte er in Richtung Grindelberg. Ein großes Reklameschild fiel ihm ins Auge: TANZ- UND

ANSTANDS-LEHRINSTITUT, SIEGFRIED DORIAN. Anstands-Lehrinstitut! Er lachte laut auf bei dem Gedanken, mit den Burschen und Mädels vom Wandervogel dort Stunden zu nehmen.

Langsam ging er weiter, bis er vor den Kammerspielen stand. RAUSCH prangte es in riesigen Lettern an der Titeltafel. DRAMA VON AUGUST STRINDBERG, REGIE: ERNST LUBITSCH. Als er das Gesicht von Asta Nielsen entdeckte, freute er sich auf den Abend mit den Freunden. Asta Nielsen war fabelhaft, kolossale Sonderklasse!

Von den Kammerspielen war es nicht mehr weit bis zum Modeatelier Kolbeck in der Fröbelstraße, in dem seine Schwester Henny in die Lehre ging. Ein Blick auf seine Taschenuhr zeigte ihm an, dass sie gleich Schluss hatte. Er beschloss, sie abzuholen.

Die Damen Kolbek, ihres Zeichens Modeschneiderinnen, waren alte Jungfern von mindestens Ende dreißig. Trotz ihres fortgeschrittenen Alters waren sie über und über mit Rüschen und Schleifen behängt.

„Herr Sandstein, was für eine Ehre! Sie kommen bestimmt Ihr Fräulein Schwester abholen", säuselte die Rosagewandete der beiden. Nathan lächelte. Er wusste, dass sie vor allem deswegen Respekt vor ihm hatten, weil er Student an der hebräischen Gelehrtenschule war.

Draußen fiel Henny ihm um den Hals. „Du hast mich vor dem sicheren Tod durch Langeweile bewahrt!", rief sie aus. „Den ganzen Tag Säume nähen, wo soll das hinführen?"

Nathan lachte. „In ein eigenes Modeatelier", sagte er.

IN ALINES Schlafzimmer sah es aus wie im Schützengraben. Mit dem Unterschied, dass die Geschosse Kleider waren und von einem halb nackten Mädchen abgefeuert wurden.

„Ich begreife es einfach nicht!", tobte Aline. „Letztes Jahr um diese Zeit haben mir die Kleider alle gepasst. Kann ich nicht das Kleid anziehen, das ich tagsüber auch anhabe?"

„Nein, kannst du nicht", erwiderte Bertha. „Such dir eins von diesen Kleidern aus, dann trenn ich die Naht an den Seiten auf und steck es einfach ein bisschen großzügiger zusammen. Und beeil dich, der junge Herr wird in zwei Stunden hier sein."

„Also gut, dann eben das Blaue!"

Etwa eine Stunde später – Bertha hatte die linke Seite des Oberteils fertig genäht – klingelte es an der Tür.

„Aline! Friedrich ist da!", brüllte der Vater von unten.

„Geh du öffnen!", schrie Aline. „Ich bin noch nicht fertig!"

FRIEDRICH hatte keine gute Laune auf dem Weg zur Palmaille. „Was meinst du wohl, warum ich dich so rechtzeitig abholen gekommen bin?“, fragte er stirnrunzelnd.

„Ich habe es doch nicht mit Absicht getan, Friedrich! Es gab ein Problem mit dem Kleid!“

„Und das konntest du nicht gestern regeln? Oder letzte Woche?“

Wunderbar, dachte Aline. Noch nicht mal offiziell verlobt, und schon haben wir den ersten Ehekrach. „Als Frau hat man so seine Geheimnisse“, erklärte sie lahm.

Zu ihrer Überraschung lachte Friedrich hell auf. „Frau! Du bist noch keine Frau. Aber du wirst schon noch eine werden. Meine Frau. Und jetzt mach nicht so ein Gesicht. Die sollen doch nicht denken, ich heirate einen Trauerkloß.“

Auf der Palmaille in Altona herrschte Hochbetrieb. Die Fahrbahn war voll mit Pferdedroschken und glänzenden Karossen, denen Männer mit hohen Zylindern und edel gewandete Damen entstiegen. Friedrich hielt vor einer kleinen Stadtvilla mit dorischen Säulen. Noch während er um den Wagen herumging, um Aline beim Aussteigen zu helfen, stürzte ein livrierter Diener herbei.

„Darf ich Ihnen behilflich sein?“, fragte er.

Aline bemerkte einen verwirrt aussehenden Herrn mittleren Alters, der offenbar nicht wusste, ob er sich eher um seinen Bentley oder seine Begleiterin sorgen sollte.

„Nun komm endlich!“, fauchte die Dame und griff ihm resolut unter den Arm.

„Das ist Meyerdink, kämpft in derselben Freiwilligentruppe wie ich, der ersten Kompanie Bahrenfelder Jäger. Hauptberuflich Dozent für Mathematik“, raunte Friedrich ihr ins Ohr. „Früher hat er am Christianeum in Altona unterrichtet. Nachdem bekannt wurde, dass er Pi für eine Gerade im Koordinatensystem hält, wurde er entlassen. Jetzt unterrichtet er am Kolonialinstitut.“

Aline zwinkerte. „Wie hat er das denn geschafft?“

„Oh, er hat eine äußerst durchsetzungsfähige Gattin. Siehst du, wie sie ihn hinter sich herschleift? Sie ist nicht nur dominant, sie hat auch Verbindungen. Die wichtigsten sind die zu ihren beiden Brüdern, von denen der eine Polizeimeister in Altona ist und der andere Arzt und obendrein Alter Herr einer schlagenden Verbindung. Einer sehr einflussreichen. Aber das ist natürlich nichts für kleine Mädchen. Nun ja, Gertrude Meyerdink ist es gelungen, ihrem Verlobten einen Posten als Dozent am Kolonialinstitut zu besorgen. Im Gegenzug hat er sie geheiratet und ihre zwei Blagen aus ihrer ersten Ehe übernommen!“ Friedrich lachte. „Ich habe mich immer gefragt, wieso die Frau gleich zwei Waschlappen hintereinander geehelicht hat. Aber vermutlich kommandiert sie einfach gern. Immerhin stammt sie aus einer Familie, in der die Männer seit Jahrhunderten Offiziere und Generäle sind. Alles in allem also eine Familie, die man nicht ignorieren sollte.“

Drinnen im Saal waren sie augenblicklich von einer Gruppe Menschen umringt, die sich freuten, endlich der zukünftigen Frau von Alvesloh vorgestellt zu werden. Die Frauen sahen alle aus wie Asta Nielsen, gleicher Haarschnitt, gleiche Art, sich zu schminken, und die langen, schmalen Kleider dazu, die seit ihrem letzten Film so in Mode gekommen waren. Aline hatte nichts gegen Asta Nielsen, im Gegenteil, sie betete sie an, aber sie fand nicht, dass das ein hinreichender Grund war, sie zu kopieren.

„Sie sind also die junge Dame, die das Herz meines Schwagers gestohlen hat“, meinte die eine Asta lächelnd. „Ich heiße Ilse, seit nunmehr acht Jahren mit Friedrichs Bruder Alexander verheiratet.“

„Gehen wir tanzen“, sagte Friedrich. „Plaudern können wir später.“

„Ich plaudere ganz gern …“, stammelte Aline, doch sie befand sich bereits auf dem Weg zur Tanzfläche. Im Geist versuchte sie, den Takt mitzuzählen. Eins, zwei, drei, Dreivierteltakt. Vermutlich ein Walzer also. Verzweifelt versuchte sie, sich an die Schritte zu erinnern. Rechter Fuß zurück, linker Fuß …

„Ganz ruhig“, flüsterte Friedrich ihr ins Ohr. „Wieso bist du so aufgeregt? Lass dich einfach führen.“ Das war leichter gesagt als getan.

„Ich habe dich noch nie so schüchtern erlebt“, murmelte er. „Aber ich mag das an dir. Es macht dich so weiblich.“ Aline wollte gerade hitzig protestieren, sie sei überhaupt nicht schüchtern, aber dann fiel ihr Berthas Warnung wieder ein, nicht zu sehr zu atmen, damit die Stecknadeln nicht wieder rausrutschten.

Als die letzten Takte des Walzers im Raum verklungen waren und Friedrich sie an den Rand der Tanzfläche zurückführte, bemerkte Aline, dass ihr so etwas wie eine dritte Brust gewachsen war. So ungefähr sah die Falte über ihrem Bauch jedenfalls aus. Mit einem raschen Griff zurrte sie die beiden losen Stoffenden wieder zusammen.

„Wo kann man sich hier zurückziehen?“, fragte sie rasch. Friedrich bedeutete ihr die Richtung.

Sie lächelte ihn an. „Danke“, sagte sie und drehte sich um. Auf dem Weg hielt sie einen livrierten Diener an. „Ein Hausmädchen, schnell!“, raunte sie ihm zu.

„Unsere Hausmädchen sind alle in der Küche beschäftigt. Kann ich Ihnen vielleicht behilflich sein?"

„Kommen Sie mit, und helfen Sie mir!", flehte Aline.

Zwanzig Minuten später war der Schaden wieder behoben. Aline drückte dem Diener eine Münze in die Hand und sah sich um.

Friedrich hatte sich inzwischen zu der Gruppe gesellt, die die Meyerdinks umstand. „Schön, dich wiederzusehen, Schatz. Hat das Riechsalz geholfen?"

Da ertönte ein lauter Tusch. Aline zuckte zusammen.

„Polka!", riefen alle Astas begeistert.

„Komm!", rief Friedrich und fasste Aline um die Taille. „Das können wir auch!"

„Ich nicht", wandte sie verzweifelt ein.

„Es ist die einfachste Sache von der Welt. Du musst einfach nur seitlich durch den Raum galoppieren wie ein Pferd."

Nachdem sie ein paarmal die Tanzfläche durchsprungen hatten, spürte Aline plötzlich, wie die Leute sie anstarrten. Vereinzelt kam Gelächter auf. Friedrich hielt inne und sah an seiner Tanzpartnerin hinunter. Er riss die Augen auf vor Schreck.

„Oh!", hauchte Aline. „Tut mir Leid. Das Zaumzeug ist geplatzt."

„Du hast weder Anstand, noch kannst du tanzen", bemerkte Friedrich auf dem Heimweg. „Aber das Allerschlimmste ist: Du setzt dich mit einer Frechheit über Konventionen hinweg, die ihresgleichen sucht. Ich habe gute Lust, die Verbindung zu lösen."

„Dann tu es doch."

„So einfach kommst du mir nicht davon. Erst möchte ich noch ein ernstes Wort mit deinem Herrn Papa reden. Ich finde, er hat sich seiner Verantwortung als Erziehungsperson in vielerlei Hinsicht entzogen. Hallo, hörst du mir überhaupt zu?"

Aline antwortete nicht. Die Fähigkeit, innerhalb von Sekunden einzuschlafen, hatte sich endlich einmal als nützlich erwiesen.

STATT sich um die Immatrikulation für das Bauhaus in Weimar zu kümmern, zog Nathan sich in den folgenden Tagen wieder auf den Dachboden zurück. Er wollte ein zweites Bild malen. Aber was es darstellen sollte, wusste er noch nicht. Zu seiner Überraschung sah es nach nur wenigen Pinselstrichen fröhlich aus: Rosa, Gelb, Türkis. Er nannte es „Die Straße". Er war so vertieft in seine Arbeit, dass er nicht bemerkte, dass sein Bruder Max heraufkam. Erst als dessen Stimme ertönte, sah Nathan erschrocken auf.

„Ich muss mit dir sprechen“, sagte Max. Er schien gerade von einem Hausbesuch gekommen zu sein – er trug seinen guten Anzug mit dem Wollmantel. Er kam sofort zur Sache. „Es ist ja schön und gut, dass du so um Vater trauerst“, sagte er. „Aber er ist seit 19 Jahren tot. Ich weiß von Mama, dass du alles hinschmeißen willst. Darf ich fragen, warum?“

„Nein. Es ist ganz allein meine Entscheidung.“

„Wenn ich dich daran erinnern darf – ich bin derjenige, der dir dein Studium finanziert. Und Hennys Lehre. Und der Mama das Geld für die Miete und den Haushalt gibt. Sieh mich an, wenn ich mit dir rede!“

Langsam ließ Nathan den Blick von der Leinwand zu Max hinüberwandern. „Warum habt ihr Henny und mir all die Jahre verschwiegen, dass er sich erhängt hat?“

„Ihr wart noch zu klein.“

„Aber jetzt sind wir groß. Vater war nicht depressiv, er litt an keiner Krankheit. Alle haben mir versichert, dass er ein fröhlicher, gesunder Mensch gewesen ist. Warum in Gottes Namen hat er sich dann erhängt?“

„Das wissen wir nicht, und wir werden es auch nicht mehr herausfinden“, erklärte Max. „Dafür ist es zu spät.“

Nathan biss die Zähne zusammen. „Du interessierst dich für gar nichts mehr, Max. Und du hast mich nicht einmal gefragt, warum ich die Religion aufgegeben habe.“

„Also gut: Warum hast du die Religion aufgegeben?“

„Weil ich nicht länger an einen gerechten Gott glaube. Du etwa?“

„Wir müssen die Bräuche unserer Vorfahren in Ehren halten“, entgegnete Max.

„Es sind nicht die Bräuche unserer Vorfahren. Es sind Mutters Bräuche. Vater war Protestant. Und er stammte aus einer protestantischen Familie. Ich werde herausfinden, warum Vater sich erhängt hat. Ich werde mich nicht mit fadenscheinigen Erklärungen und Halbwahrheiten zufrieden geben!“ Aber Max hörte ihn nicht mehr. Er hatte den Dachboden verlassen, so leise, wie er gekommen war.

„Du bist wirklich mit einem männlichen Hausangestellten auf die Toilette gegangen?“, fragte der Kapitän. „Haben dir deine Mutter und ich nicht beigebracht, dass sich das nicht schickt?“

„Es ist ein Missverständnis, Papa. Lass es mich dir erklären!“ Aline und ihr Vater saßen im Salon, die Mutter war zu Bertha in die Küche gegangen. „Besprich du das mit deiner Tochter“, hatte sie gesagt.

„Mein Oberteil war aufgegangen. Wäre es dir lieber gewesen, ich hätte es offen gelassen?“

„Soweit ich unterrichtet bin, hast du es offen gelassen. Nachdem du dich eine Stunde lang mit einem wildfremden Mann auf der Toilette unterhalten hast, bist du mit geöffnetem Oberteil Polka tanzend durch den Raum gehüpft!"

„Eine Stunde! Im Übrigen klingt es beinahe so, als hätte mir das alles Spaß gemacht!"

„Das ist doch wohl das Mindeste, was man von dem Besuch eines Balls mit seinem Verlobten erwarten darf, oder?"

Aline fühlte, wie ihr die Tränen in die Augen stiegen. „Ist es nicht!", brüllte sie. „Wer erzählt mir denn ständig, dass man nicht verliebt zu sein braucht, um zu heiraten! Also tu nicht so falsch, Papa!!"

„Ich dachte, du hättest ihn wenigstens ein bisschen lieb …"

„Hab ich aber nicht!", schrie sie. „Macht ja auch nichts! Wen kümmert es schon, was ich empfinde!"

Später am Tag versöhnten sie sich wieder. „Du wirst sehen", sagte die Mutter. „Friedrich wird dir gut tun. Und im Lauf der Jahre wirst du ihn lieben lernen. Er hat mir vorgeschlagen, dass du Tanzstunden nehmen sollst. Ich habe bereits Erkundigungen über eine Schule eingezogen, die auch Anstandsunterricht gibt."

„Wir hätten dich viel früher hinschicken sollen", ergänzte der Vater.

Es wurde März. Laut Kalender hatte der Frühling zwar angefangen, aber es war immer noch kalt, und im Haus des Kapitäns wurde weitergeheizt – zum Missfallen des Kapitäns, der seine Frau an die Kosten für die Verlobung erinnerte. Nach der Bürgerschaftswahl waren die roten Fahnen vom Rathaus verschwunden, und der Arbeiter- und Soldatenrat hatte abgedankt. Über die Wahl hatte es im Haus einige Diskussionen gegeben. Madeleine hatte, getreu ihren von der Französischen Revolution geprägten Idealen – oder was sie dafür hielt –, beteuert, wäre sie Hamburgerin, sie hätte sozialdemokratisch gewählt, während der Kapitän dem konservativen Zentrum anhing. Seine Versuche, Madeleine von ihrem Irrweg abzubringen, scheiterten. Madeleine erging sich in übellaunigen Verwünschungen, weil sie nicht in Hamburg lebten, wo die Frauen zum ersten Mal wählen durften. Aline, die noch nicht wahlmündig war, nahm sich die Zeitungen mit auf ihr Zimmer, wenn der Vater sie ausgelesen hatte, und versuchte zu begreifen, was geschah. Gern hätte sie mit jemandem über ihre Gedanken gesprochen, aber Käthe interessierte sich kein bisschen für Politik. Sie hatte nach ihrer Rückkehr aus Berlin erfolgreich am Hansa-Theater vorgesprochen und nur noch ihre Tanzerei im Kopf. Wenn Aline versuchte, Friedrich gegenüber das

Thema anzusprechen, erklärte er ihr lächelnd, dass er mit seinem „Mäusegetier“ nicht über Politik zu sprechen gedenke. „Mäusegetier“ war sein neues Kosewort für Aline.

Die Friedensgespräche in Versailles waren immer noch im Gang – ohne offizielle Ergebnisse, aber es zirkulierten Gerüchte. Als Bertha eines Tages vom Fischmarkt kam, erzählte sie, dass die Franzosen geschworen hatten, das Deutsche Reich bluten zu lassen. Von der Aufgabe sämtlicher Kolonien war da die Rede und von einer unsinnigen Summe an Reparationskosten. Madeleine trieben derlei Reden an den Rand ihrer berüchtigten Wutausbrüche.

Nach der Bürgerschaftswahl war es endlich beschlossene Sache: In Hamburg sollte eine Universität entstehen, natürlich nicht vergleichbar mit der in Berlin, aber immerhin. Trotz Kälte, Regen und der deprimierenden Gerüchte aus Versailles breitete sich in der Stadt so etwas wie Zuversicht aus.

Nathan, der beschlossen hatte, nach Weimar zu gehen, genoss die verbleibenden Monate mit seiner Mutter und Schwester. Seitdem er richtig zu malen begonnen hatte, fühlte er ihnen gegenüber eine zärtliche Verbundenheit, die ihn manchmal selbst erstaunte. Die Abende verbrachte er meist mit Heinrich, Siegfried, Caroline und den anderen. Manchmal war auch das weißblonde Mädchen aus Neumühlen dabei, dessen Namen er immer wieder vergaß und das eine hervorragende Tänzerin war. Überhaupt schien sich jetzt alles in Tanzklubs verwandelt zu haben, was früher bloß eine Kneipe gewesen war. Der Charleston wurde zum erklärten Lieblingstanz all jener, die die neu eröffneten Etablissements in der Stadt besuchten. Nathan, der eher ungelenkig war, saß dabei und sah zu, wie die anderen zur Musik des Orchesters ihre Beine schwangen. Nach dem dritten Glas Absinth tat sogar Heinrich mit.

Caroline amüsierte sich darüber. „Seit unserer winterlichen Wanderung zum Nienstedtener Friedhof säuft er wie ein Loch. Ausgerechnet Heinrich! Was hat er früher immer den Abstinenzler und Moralapostel gespielt, wisst ihr noch?“ Nathan sagte, er wüsste das noch sehr gut, woraufhin Caroline ihn bat, sie auf die Tanzfläche zu führen.

„Ich kann den Charleston nicht“, bekannte er.

Caroline lachte. „Mein Lieber, da gibt es nur eins! Tanzstunden!“

Nathan versprach, darüber nachzudenken.

IM HAUS des Kapitäns gab es derweil nur ein einziges Thema – die bevorstehende Verlobungsfeier. Hierfür wurde der Engelsraum hergerichtet, die Möbel im Stil des zweiten Empire wurden poliert, die Seidentapete von Bertha mit einem in Spezialtinktur getunkten Tuch wieder zum Glänzen gebracht und der Kronleuchter entstaubt. Dann begann die Kocherei. Bertha, Aline und Madeleine kochten, schälten und rührten, bis ihnen die Finger wehtaten, und zu guter Letzt gelang es Bertha, eine ihrer Schwestern, die sich nach dem Holsteinischen verheiratet hatte, als Küchenhilfe und Serviererin nach Övelgönne zu holen. In einem Modeatelier im Grindelviertel – das ein bisschen günstiger war als das an der Flottbeker Chaussee – hatte Madeleine ihrer Tochter ein neues Kleid bestellt, und eine der beiden Schneidermeisterinnen kam höchstpersönlich am Tag der Verlobung ins Haus, um es zu ajustieren. Es saß perfekt, und doch war Aline den ganzen Tag, als könne sie nicht richtig atmen. „Mäusegetier, wie schön du bist", sagte Friedrich ein ums andere Mal, woraufhin Aline sich zu einem Lächeln zwang. Sie hatte Friedrich in letzter Zeit kaum gesehen, weil er fast täglich mit seinem Freikorps beschäftigt war. Sehnsucht hatte sie in dieser Zeit nicht verspürt, und das beunruhigte sie.

Als es schließlich so weit war und Friedrich ihr den Ring über den Finger streifte, bekam sie Angst. Doch das verging, als die Tafel endlich eröffnet wurde. Die Hummersuppe war ausgezeichnet und das Perlhuhn ebenso. Aline stürzte sich mit dem Appetit einer Verhungernden auf ihr Essen, bis Friedrich ihr ins Ohr raunte, sie solle sich mäßigen, fett werden könne sie schließlich noch als Matrone. Madeleine und Christian saßen nebeneinander, ganz dicht, und zum ersten Mal seit langem sahen die beiden glücklich aus. Später bemerkte Aline, dass sie sich sogar bei den Händen hielten.

ÜBER dem Tanz- und Anstandslehrinstitut an der Verbindungsbahn schwebte der Duft von weißem Flieder. Es war Mai geworden. Das Institut sah freundlich und einladend aus. Und doch hatte Aline nicht im Entferntesten Lust, es zu betreten. Seufzend folgte sie ihren Mitschülern, die lärmend und siegessicher das Foyer betraten.

Ein kleiner, freundlich lächelnder Mann in Abendgarderobe trat ihnen entgegen. „Meine *Damen* und *Herren*, ich *bitte* Sie", sagte er lächelnd, wobei er die irritierende Angewohnheit offenbarte, jedes zweite Wort zu betonen. „Wenn *Sie* mir *jetzt* folgen würden." Er machte graziös auf dem Absatz kehrt. Aline bemerkte plötzlich, dass sie von einem dunkelhaarigen Mann beobachtet wurde. Sie lächelte ihm zu, und er lächelte zurück. Sie hatte das Gefühl, dass sie ihm schon einmal begegnet war. Nur wo?

„Und *jetzt* stellen *sich* die *Damen* auf *dieser* Seite auf, die *Herren* auf *dieser*."

Aline bemerkte, dass der Dunkelhaarige sie nicht aus den Augen ließ.

Kannte er sie auch? Als es ans Auffordern ging, kam er auf sie zu. „Darf ich bitten?“, hörte sie ihn fragen, aber seine Stimme weckte keinerlei Erinnerung.

Der Tanzlehrer bediente das Grammophon. Der Dunkle legte die eine Hand auf Alines Rücken, mit der anderen nahm er sanft ihre Rechte.

„*Halt!* Noch *nicht* tanzen!“, befahl der Lehrer. „Ich *prüfe* Ihre *Haltung*!“

Aline fühlte, wie langsam ein Lachen in ihr aufstieg. Ihr Tanzpartner spürte offenbar, dass ihr Rücken vibrierte, denn er fuhr ihr mit einer Hand beruhigend die Wirbelsäule entlang. In diesem Moment war ihr, als hätte jemand in ihrem Gehirn eine Art Lichtschalter betätigt, und auf einmal hörte sie wieder die Stimme von damals: *„Lasst sofort das Mädchen los!“* Aber das konnte nicht sein, oder?

„Die *Haltung* ist *sehr* gut“, hörte sie plötzlich den Tanzlehrer sagen. Ihr wurde bewusst, dass sie das einzige Paar waren, das noch immer still in der Mitte des Saals verharrte.

„Sind Sie bereit?“, fragte ihr Partner leise.

„Ja“, sagte Aline.

Aline wusste nicht, was sie da tanzte. Der Rhythmus übersetzte sich ganz selbstverständlich in ihre Beine, sie brauchte gar nicht nachzudenken. Sie sah nur noch die Augen ihres Gegenübers und konnte den Blick nicht mehr abwenden. Sie bemerkte, dass sein Gesicht leicht dreieckig war, seine Augen dunkel und dass der Mund eine Form hatte, die ihr gut gefiel. Aber über dieses Bild schob sich ein anderes, eine Stimmung. Sie sah so etwas wie Traurigkeit, auch Wut, aber vor allem eine Freude und ein Glück, das sie bislang nur bei Käthe gesehen hatte.

Dann war das Lied zu Ende. „Und *jetzt* die *Theorie*“, sagte der Tanzlehrer und bedeutete ihnen, sich im Kreis aufzustellen.

Später an diesem Abend geschah etwas Seltsames: Aline fühlte den Bürgersteig unter ihren Füßen nicht mehr. Es war, als schwebe sie zentimeterhoch über ihm. Sie bemerkte nicht, wie sie in die Centralbahn stieg. Sie bemerkte nur, dass alle Menschen, die ihr entgegenkamen, sie anlächelten. Erst als sie vor ihrer Haustür stand, wurde ihr der Grund dafür bewusst: Das Lächeln ging von ihr selbst aus.

Die Tanzschule wurde wie eine Sucht. Wenn sie nach dem Unterricht nach Hause kam, ging sie gleich auf ihr Zimmer. Es kam vor, dass sie dort stundenlang saß, nichts tat und einfach nur in die Dunkelheit starrte. Wieder und wieder hörte sie die Stimme ihres Tanzpartners, sah seine Augen, fühlte seine Hand auf ihrem Rücken, fühlte den gemeinsamen Rhythmus, den sie tanzten. Tagsüber verrichtete sie mechanisch ihre Pflichten, kümmerte sich um den Vater, dessen Wunde nun fast verheilt war, half Bertha in der Küche oder besorgte die Einkäufe. Seltsamerweise hatte sie keinen Hunger mehr. „Der Anstandsunterricht scheint ihr gut zu tun“, hörte sie den Vater einmal zur Mutter sagen. „Sie ist so viel sanfter geworden in letzter Zeit.“

Nur Bertha war nicht zufrieden. „Bald bist du ’n Knochengestell“, warnte sie. „Diesen Ehrgeiz, wieder in die ollen Kleider zu passen, find ich gar nicht gut.“

Käthe war die Erste, der Aline es erzählte. „Ich bin verliebt“, sagte sie, als sie eines Nachmittags gemeinsam durch den Park spazierten.

Käthe drückte ihr die Hand. „Wunderbar“, sagte sie. „Das Beste, was einer frisch verlobten Frau passieren kann!“

„Und ich weiß nicht einmal, wie er heißt.“

„Wie? Du meinst, du bist nicht …?“

„Nein. Nicht in Friedrich.“

Käthe holte tief Luft. „Das ist ja … ha! Unglaublich! Und du weißt nicht, wie er heißt? Hast du dich denn noch nie mit ihm unterhalten?“

„Doch. Er ist mein Tanzpartner.“

„Und ihr unterhaltet euch nie?“

„Nicht mit Worten, nein. Wir tanzen zusammen. Aber das Verrückte ist: Ich glaube, als Kind habe ich ihn tatsächlich gekannt. Das Sedanfest, erinnerst du dich?“

„Du willst mir doch nicht erzählen, dass er einer von diesen Bengels ist, die dich damals angegriffen haben!“

„Der andere. Der mich gerettet hat.“

„Bist du sicher?“

„Nein. Eigentlich bin ich mir überhaupt nicht sicher.“

„Hat er dich auch erkannt?“

„Ich glaube nicht. Ich weiß es nicht.“

Die Freundinnen setzten sich auf eine Bank im Schatten einer Eiche. „Was ist mit dir?“, wollte Aline wissen. „Du erzählst gar nichts mehr von Nathan.“

„Ich sehe ihn ja nicht mehr.“ Käthe verdrehte die Augen zum Himmel. „Bis vor einem Monat ist er mit uns noch durch die Tanzklubs gezogen. Bei den Wanderungen aber macht er nicht mehr mit. Heinrich sagt, den Jungen hätte das Malfieber ergriffen. Ich habe mich in meinem Liebeskummer mit Rainer, dem Schlosser aus Ottensen, getröstet. Und neulich hatte ich eine höchst anregende Begegnung mit einem jungen Tänzer. Aber ich gebe die Hoffnung nicht auf.“

## VIERTES KAPITEL

Mit der zunehmenden Wärme draußen fühlte sich auch Madeleine weniger bedrückt. Gemeinsam mit Bertha veranstaltete sie einen etwas verspäteten Frühjahrsputz. Gardinen wurden gewaschen, Möbel entstaubt, Kleidungsstücke, Bücher und Lebensmittel neu sortiert.

Vermutlich war Madeleine die Einzige in ihrer Umgebung, die dem drohenden Diktatfrieden von Versailles nichts Schändliches abgewinnen konnte. Dass das Deutsche Reich vermutlich ein Achtel seines Territoriums verlieren würde und 226 Milliarden Goldmark zu zahlen hatte, kam ihr wie die gerechte Strafe für eine durchgedrehte Horde von kriegerischen Männern vor. Mit ihrer Verurteilung des männlichen Geschlechts und der Freude über das frisch errungene Wahlrecht für Frauen war sie zu einer Anhängerin der neuen Suffragetten-Bewegung geworden – ohne zu wissen, was eine Suffragette überhaupt war. Allerdings stand für sie auch außer Frage, dass Christian Opfer des heimtückischen Komplotts der deutschen Regierung geworden war. Armer Christian! Immer öfter verspürte sie wieder das Bedürfnis, ihn zu berühren, in seiner Nähe zu sein. Hatte er nicht immer treu für sie und Aline gesorgt? Ihre törichten Streitereien begannen ihr Leid zu tun. Sicher, der gesellschaftliche Abstieg war nun nicht mehr aufzuhalten, aber war das Christians Schuld? Hatte er nicht alles getan, ihn zu verhindern? Zumindest war es ihm gelungen, Aline unter die Haube zu bringen. Apropos Aline: Das Mädchen war unnatürlich dünn geworden – die Aufregung vor der bevorstehenden Hochzeit natürlich, die sie nun auf den 17. Oktober festgelegt hatten. Sie brauchte unbedingt ein paar neue Kleider. Angeblich gab es ein Geschäft in der Nähe des Rathauses, das Kleider in so genannten Konfektionsgrößen verkaufte – eine unerhörte Neuheit, die es einem erlaubte, teure Schneiderpreise zu umgehen.

An diesem Tag, dem 25. Juni, nahm sie Aline nach dem kärglichen Frühstück beiseite. „Hast du Lust, dass wir beide in die Stadt zum Einkaufen gehen?“, fragte sie. „Dein Abschlussball naht – ich würde dir gern ein hübsches Kleid kaufen.“

„Danke, Maman!“, jubelte Aline. „Ich habe nicht gewagt, danach zu fragen. Wann gehen wir?“

„Heute, wenn du magst“, erwiderte Madeleine.

„WER IST die Frau?“, wollte Heinrich wissen.

„Sie ist die Frau, die ich liebe.“ Nathan setzte einen Tupfer Weiß auf die Iris seiner Herzdame. „Sie heißt Aline Jacoby und wohnt an der Elbe. Ihre Familie ist sehr reich. Angeblich ist sie mit einem Offizier verlobt. Sie ist meine Tanzpartnerin. Letzte Woche bin ich ihr heimlich gefolgt, daher weiß ich, wo sie wohnt und wie sie heißt. Anschließend habe ich Erkundigungen über sie eingezogen. Wie gefällt sie dir?“

„Warum hast du sie nicht einfach selbst gefragt, statt ihr zu folgen?“

„Es ist doch klar, dass so eine Frau schon vergeben ist. Und jetzt weiß ich wenigstens Bescheid. Ich liebe sie, wie ich noch nie zuvor jemanden geliebt habe. Ich kann nicht mehr schlafen. Ich kann nicht mehr essen. Ich habe mich nicht mal mehr um meine Immatrikulation gekümmert. Ist mir auch egal. Ich geh nicht mehr nach Weimar.“

„Na, wunderbar!“, rief Heinrich. „Dann schreib dich in Hamburg ein! Aber du darfst dich nicht so gehen lassen. Spann sie dem Verlobten doch einfach wieder aus!“

„Ach ja? Und was hätte ich ihr dann zu bieten? Ein Leben mit einem abgebrochenen Studenten, der fast Rabbiner geworden wäre?“

„Gott, kannst du spießig sein! Als käme es nur darauf an! Vielleicht mag sie dich ja auch!“

„Du hast Recht. Ich werde mich in Hamburg einschreiben. Ich muss endlich aufhören mit dem Grübeln. Man kann ganz wahnsinnig werden, wenn man zu lange über diese Dinge nachdenkt.“

Heinrich klopfte ihm auf die Schulter. „Du bist schon wahnsinnig. Und jetzt lass uns rausgehen. Aber vorher packst du deine Unterlagen zusammen. Wir gehen zur Universität. Das nächste Wintersemester wartet noch auf einen begnadeten Mann in seiner Mitte.“

FRIEDRICH war wütend. Bei den Bahrenfelder Jägern ging alles drunter und drüber. Ausgerechnet die Bahrenfelder, die einzige zuverlässige bewaffnete Kraft, die die Stadtregierung hatte, musste dafür sorgen, dass die verfluchten Spartakisten die Provokation bekamen, nach der sie gesucht hatten. Zum Glück war es nicht Meyerdink gewesen, dem die Handgranate losgegangen war. Das hätte ein zweites Donnerwetter entfacht, von Madame höchstpersönlich. Aber was scherte ihn das Los dieses armen Teufels. Jeder bekommt die Frau, die er verdient, das war Friedrichs ehrliche Meinung. Die Wut verrauchte, stattdessen fühlte er Müdigkeit. Bald ging die Sonne auf, und noch immer war der Kampf nicht entschieden. Zwar hatten sie den Sülzefabrikanten aus der Alster gerettet und seine Prokuristin knapp vor dem Tod durch Erhängen am

Kaiser-Wilhelm-Denkmal bewahrt, aber wie es aussah, hatten sie dafür das Rathaus verloren. Wieder einmal. Ein Kamerad tippte ihm von hinten auf die Schulter. „Befehl, uns vor dem Rathaus einzufinden. Die Verhandlungen gehen los.“ Friedrich nickte.

Aus allen Richtungen strömten die Menschen auf den Rathausmarkt, Männer zumeist, auch ein paar Marktfrauen und Gesindel. Julius Cäsar, Meyerdinks Ältester, tauchte neben Friedrich auf. Der Schmiss auf seiner Wange erinnerte Friedrich daran, dass er Mitglied einer mächtigen schlagenden Verbindung an der Hamburger Universität war. „Erschießen sollte man das Pack!“, zischte er in Friedrichs Richtung. „Nichts als jüdisches Gesocks und kommunistische Schmeißfliegen!“

Friedrich wiegte den Kopf. „Ich verstehe Ihren Unmut. Aber schießen hätten wir nicht gedurft. Wir hätten beweisen müssen, dass die Provokation vom Pöbel ausging. Nicht von uns.“

Julius Cäsar blickte ihn mit gerunzelten Brauen an. „Seit wann gibt es bei den Bahrenfeldern Pazifisten?“

„Vorsicht mit Ihrer Wortwahl! Ich bin weiß Gott kein Pazifist. Aber ich lasse mich auch nicht provozieren“, entgegnete Friedrich.

„Sind hier Bahrenfelder unter uns?“, schrie ein Matrose, der die Frechheit besessen hatte, auf den Sockel des Kaiserdenkmals zu klettern. „Dann kehrt marsch! Friedensverhandlungen gibt es nur ohne Jäger!“

Aus den Augenwinkeln bemerkte Friedrich den alten Meyerdink, der soeben sein Pferd zum Wenden bewegte. Friedrich trabte zu ihm hinüber. „Meyerdink“, sagte er. „Sie werden sich doch wohl nicht so geschlagen geben!“

„Aber warum denn nicht? Wenn die uns nicht dabeihaben wollen, sollten wir gehen. Wir haben getan, was wir konnten. Wir haben gekämpft. Nun ist nichts mehr zu machen. Außerdem ist der Sohn meiner Frau ja noch da. Julius. Haben Sie ihn gesehen? Julius kann kämpfen. Er ist jünger als ich.“

In diesem Augenblick scholl es vom Kaiserdenkmal: „Waffen niederlegen, Bahrenfelder! Ihr werdet unbewaffnet von hier abziehen! Wir wollen keine Schießereien mehr!“

Vorsichtig löste Meyerdink sein Gewehr vom Gürtel und ließ es zu Boden fallen. Friedrich wollte ihn gerade daran hindern, als er ein paar junge Soldaten auf sich zureiten sah. Auf einmal war auch der Kamerad hinter ihm, der ihn noch vor einer Viertelstunde aufgefordert hatte, zum Rathausmarkt zu reiten. „Es hat keinen Sinn“, raunte er. „Wir ziehen ab. Unsere Stunde wird noch kommen.“

Friedrich drehte sich um. Immer mehr Bahrenfelder traten den Rückzug an. Schließlich wendete auch Friedrich sein Pferd. „Friedensverhandlungen, lächerlich!", zischte er. „Was glauben die, wer sie sind? Alliierte Staatsmänner?" Aus den Augenwinkeln beobachtete er Julius Cäsar Meyerdink, aufrecht wie eine Statue auf seinem Pferd. Julius blieb. Und wenn es ihn das Leben kostete.

Schreie, Rufe und das Gewieher der Pferde rissen ihn aus seinen Gedanken. Auf dem Jungfernstieg war die Meute los. Entsetzt sah er, dass Leutnant Sander verwundet auf seinem Pferd zusammenbrach. Der Mob riss ihn aus seinem Sattel, Männer und Frauen prügelten auf ihn ein. Sander, der sich die Seite hielt, rannte Richtung Alster, seine Angreifer hinter ihm her. Dann ein Sprung, ein lautes Platschen, noch eins und noch eins. Die Leute sprangen tatsächlich ins Wasser, das um die Uhrzeit eiskalt sein musste. Da bemerkte Friedrich die Männer, die sich nun auch ihm näherten. Er gab seinem Pferd die Sporen und ritt davon, so schnell er konnte, hinaus aus der Stadt. Er hörte nicht auf zu galoppieren, bis er das Nobistor erreichte. Erst als er wieder sicher auf preußischem Boden stand, verlangsamte er das Tempo. Otto Meyerdink und sein fanatischer Stiefsohn waren nirgendwo mehr zu sehen.

DER VORFALL wurde sogar im *Intelligenzblatt für Ottensen und Umgebung* beschrieben. Als Aline und Käthe den Namen der Zeitung zum ersten Mal im Wohnzimmer gelesen hatten, hatten sie sich geschüttelt vor Lachen, doch mittlerweile erschien er Aline ganz normal.

Der so genannte „Sülzeskandal" war der Anfang einer neuen Ära, ohne dass Aline begriff, warum. Sicher, dass Sülzefabrikant Jakob Heil Ratten in seiner Sülze verarbeitet hatte, war nicht eben appetitanregend gewesen. Doch die Reaktion der Sülzeesser war von solch grotesker Dimension, dass etwas anderes dahinter stecken musste. Wie Käthe sagte, und die hatte es wiederum von Caroline, die es von Rainer hatte: Das Proletariat war es Leid, alles nur erdulden zu müssen; erst Krieg und Hunger, verschwundene und verkrüppelte Söhne und Männer. Und nun auch noch tote Ratten in der Sülze für das Geld, das sie sich erschuftet hatten. Immerhin, Friedrich war davongekommen, aber 13 Bahrenfelder Jäger waren von der wütenden Menge erschossen, erschlagen und zertrampelt worden. Und auch unter den Demonstranten hatte es zahlreiche Tote gegeben. Das *Intelligenzblatt* hob die Leistung einiger Arbeiter hervor, die einzelne Bahrenfelder vor den wütenden Übergriffen des Mobs gerettet hatten, unter anderem den Dozenten Meyerdink.

Nur wenige Tage später, bewaffnet mit allen notwendigen Unterlagen, bestieg Aline die Centralbahn, um sich an die neu eröffnete Hamburger

Universität zu begeben. Madeleine hatte zunächst darauf bestanden, sie zu begleiten, aber Aline hatte sich ihrer Begleitung gerade noch erwehren können. Die Immatrikulation konnte sie als erwachsener Mensch nun wohl allein durchstehen. Und sicher war die Stadt auch wieder, seit der Senat den Reichswehrminister Noske um Unterstützung durch Truppen gebeten hatte.

Die Stadt war im Belagerungszustand. Im Ehrenhof des Rathauses biwakierten die Truppen des Generals von Lettow-Vorbeck und auf dem Universitätsgelände die Studenten. Wenn Aline geglaubt hatte, sie sei das einzige Mädchen, so hatte sie sich geirrt. Als sie später über den sonnendurchfluteten Platz schritt, die Formulare fest unter den Arm geklemmt, wurde ihr ganz leicht zumute. Sie hatte es geschafft. Die Eltern hatten in das Studium eingewilligt. Und sie konnte in Hamburg bleiben, in der Nähe der Tanzschule, in Käthes Nähe, bei allen, die sie liebte. Ihre geplante Übersiedlung nach Berlin hatten sie auf das nächste Jahr verschoben. Und wer wusste schon, was bis dahin alles passierte?

WAR ES so schwül, oder war es bloß die Aufregung vor dem Ball? Aline schwitzte in ihrem neuen dünnen Musselinkleid. Viele ihrer Mitschüler waren mit den Eltern gekommen. Die Begleitung ihrer eigenen Eltern hatte Aline gerade noch abwehren können. Nicht, weil sie sich ihrer Tanzkünste schämte. Ohne angeben zu wollen, konnte sie von sich sagen, dass sie vergleichsweise engelhaft über das Parkett schwebte. Zumindest, wenn *er* sie führte. Und genau das war das Problem. Ihre Mutter hätte sie sofort durchschaut. Sie hörte sie förmlich sagen: Ah – deshalb wolltest du in Hamburg studieren!

Fünf Minuten vor sechs. Und noch immer war *er* nicht aufgetaucht. Warum hatte sie sich nicht mit ihm verabredet? Warum hatte sie nicht einmal nach seinem Namen gefragt? Warum hatte er sich ihr nicht vorgestellt?

Sie wollte gerade hineingehen, als sie eine Hand auf ihrer Schulter spürte. „Guten Abend! Wollen wir reingehen?“, fragte er. Sie nickte.

„Herzlich *willkommen*!“ Der Tanzlehrer reckte einen dürren Zeigefinger in die Luft. „Sie *lieben* die *Musik*. Einige *mehr*, andere *weniger*. Und *nun* haben *Sie* – Sie *alle*! – etwas *Wichtiges* gelernt: *tanzen*! Ich *wünsche* viel *Spaß* beim *Abschlussball*!“

Aline blickte ihren Tanzpartner an und bemerkte, dass auch er mit dem Lachen kämpfte. Die Verlegenheit war überwunden, der peinliche Moment des Wiedersehens. Ich werde ihn nicht bitten, mich nach Hause zu begleiten. Ich werde schön den Mund halten, wenn es mich überkommt, ihm zu sagen, wie wunderschön er ist, wie einmalig es sich anfühlt, seine Hand in meiner Hand, seine Hand auf meinem Rücken …

„Darf ich Sie heute nach Hause begleiten?", hörte sie ihn leise fragen.

Sie nickte stumm.

ES WAR dunkel, als sie auf die Verbindungsbahn hinaustraten. Nathan taten ein bisschen die Füße weh. Walzer, Polka und als Krönung des Abends hatten sie sogar einen Charleston getanzt. Nun konnte er vor Heinrich und den anderen endlich auftrumpfen. Aber der Gedanke an die kommenden Wochen konnte ihn nicht recht aufmuntern. Er sah Aline an diesem Abend vermutlich zum letzten Mal. Und dann?

„In welcher Straße wohnen Sie eigentlich?", fragte er unschuldig.

„Oh, ich wohne nicht in Hamburg. Wir müssen die Centralbahn nehmen", antwortete sie.

Geldprobleme also, dachte er, und gleichzeitig hatte er ein Bild von dunkelroten Samtstoffbahnen vor Augen. Immer öfter ging es ihm so, dass er Gerüche in Klänge übersetzte, Klänge in Bilder, den Geschmack des Kreplachs, neulich, am ersten Abend von Schawuot, in etwas Gelbes, Leichtes mit dunklen Punkten. Als ob er schrankenlos wäre im Kopf. Und nun also die Stimme der Frau, die er liebte. Roter Samt, weich, voll, mit winzigen Fasern, die sich aufrichten, wenn er falsch herum darüber strich.

„Wollen wir nicht eine Droschke nehmen?", fragte er. „Dies ist ein besonderer Abend."

Aline nickte stumm.

„Sie werden nun also nicht mehr nach Hamburg kommen", flüsterte er einen Augenblick später, als sie zusammen in der Droschke saßen.

„Doch, ab September sogar jeden Tag. Ich werde mein Medizinstudium beginnen."

Wilde Hoffnung flutete sein Herz. „Ich auch", stieß er hervor. „Ich studiere ab September ebenfalls. Mathematik und Kunstgeschichte. Das heißt, eigentlich wollte ich ja nach Weimar gehen …" Und es gibt nur einen einzigen Grund, warum ich hier geblieben bin, dachte er. Nicht die Angst, als freier Künstler zu versagen, nicht die Angst vor Max, nicht die Liebe zu Mama und Henny.

„Weimar?", hörte er sie fragen. „Ist es dort schön?"

„Ich habe keine Ahnung. Ich war noch nie in Weimar. Aber es gibt einen Architekten, der hat dort gerade eine Kunstschule eröffnet. Die hochkarätigsten Künstler unserer Zeit unterrichten dort – Lyonel Feininger, Wassilij Kandinsky, Paul Klee."

„Malst du?", fragte sie. Du. Es war eine Erleichterung, sie *du* sagen zu hören. Und zugleich eine Bürde. Was versprach sie sich von dieser neuen Vertraulichkeit? Bot sie ihm die Freundschaft an? Er war sicher, er konnte nicht mit einer Frau befreundet sein, die er liebte.

„Nein“, sagte er.

„Nein?“ Aus ihrer Stimme klang ehrliches Erstaunen und leiser Spott. „Ist es nicht üblich, ein kleines bisschen zu üben, bevor man auf eine Kunsthochschule geht?“

„Ja, siehst du, ich würde es gerne können. Ich bin mir aber nicht sicher, ob ich jemals mit meinen Bildern zufrieden wäre.“

„Ich würde sie gerne einmal sehen.“

„Ist das wahr?“ Er fühlte, wie sein Herz schneller klopfte. Aber dann schüttelte er den Kopf. Das einzige Bild, das ihm wirklich gelungen vorkam, war ihr Porträt. „Nein, du würdest dich über mich lustig machen.“

Aline sah ihn unverwandt an. „Das würde ich ganz bestimmt nicht.“

Die Droschke kam mit einem Ruck zum Stehen. „Hier geht's zum Schulberg runter“, brummte der Fahrer. „Soll ich hier halten?“

„Ja“, antwortete Aline. Nathan wandte den Blick nicht ab, während er ein paar Münzen nach vorne reichte. Schließlich drehte er sich zur Seite, um die Tür zu öffnen und ihr beim Aussteigen zu helfen.

„Dort unten wohnst du also“, bemerkte er. Aline reichte ihm die Hand. „Bestimmt ist es dunkel da. Ich bringe dich besser bis vor die Haustür.“

Sie lächelte ihn an. Er liebte ihr Lächeln. Es war etwas Freches darin, etwas, was verriet, wie viel und gern sie lachte, etwas Respektloses.

Während sie den Weg zur Elbe hinabstiegen, überlegte er, ob er ihr von seiner Kindheit hier verraten sollte. Nein, besser nicht. Vermutlich hatten ihre Eltern seinen Vater gekannt. Alle in Övelgönne, Neumühlen und an der Flottbeker Chaussee hatten Dr. Sandstein gekannt. Schließlich hatte er geholfen, ihre Kinder auf die Welt zu bringen. Am Ende hatte er sogar …

„Wann bist du geboren?“, fragte er atemlos.

„Am 17. Januar 1900“, entgegnete sie. „Und du? Wann bist du geboren?“

Nathan spürte, wie ihm der Schweiß ausbrach. 17. Januar 1900. Bitte nicht. Nicht dieses Datum. „4. März 1897.“ Er nahm sich zusammen. Einfach weitersprechen. „Ich bin noch aus dem vorigen Jahrhundert.“

„An einem Vierten bist du geboren?“, fragte sie aufgeregt. „Ich liebe die Vier! Als Kind wollte ich immer an einem Vierten Geburtstag haben. Die vier Himmelsrichtungen, die vier Elemente … Zahlen haben für mich Farben. Die Vier zum Beispiel ist grün!“

Nathan blieb stehen. Dies war das erste Mal, dass er einem Menschen begegnete, der in Zahlen Farben sah. „Für mich war die Vier immer blau“, sagte er. „Was ist, wenn du Musik hörst? Noten? Siehst du auch Farben dazu?“

„Oh ja!“ Aline nickte heftig. „Die Note C zum Beispiel ist schwarz. Das A ist gelb. Wenn ich Musik höre, fügen sich die Farben zu einem Bild.“

„Das ist bei mir ganz genauso!“, erklärte er, heftig erregt.

Sie schwiegen verwirrt. Övelgönne war menschenleer, wie ausgestorben. Nur ihre Schritte waren zu hören in der Stille.

„Ich habe noch keine Lust, nach Hause zu gehen“, sagte Aline nach einer Weile. „Lass uns an den Strand hinunter! Wir gehen durch den Garten. Pst! Maman und Papa schlafen zwar wie die Murmeltiere. Aber Bertha, die lauert bestimmt schon auf mich.“

„Wer ist Bertha?“

„Unsere Köchin.“

Aline öffnete die niedrige Pforte. Der Garten war klein und fiel zum Strand hin ab. Das Gras war ungewöhnlich hoch, und soweit Nathan es im Dunkeln erkennen konnte, wuchsen die Blumen wild und wo es ihnen gerade passte. „Es sieht ziemlich ungepflegt hier aus“, entschuldigte sich Aline. „Es ist nur so, dass …“

„Schon gut“, unterbrach Nathan sie sanft. Geldprobleme, ganz eindeutig. Etwas wie Rührung überkam ihn und der Wunsch, dieses Mädchen hier zu beschützen, vor was auch immer. „Ich mag wilde Gärten viel lieber!“

Und dann waren sie am Strand. Dunkel war es hier, der Mond nicht mehr als eine feine Sichel. Kein Windhauch ging, die Elbe war glatt. Es war ungewöhnlich warm.

„Puh, ist mir heiß!“, hörte er Aline sagen. „Am liebsten würde ich jetzt schwimmen gehen.“

„Ich auch“, sagte Nathan. Da war er wieder. Dieser lange Blick aus ihren dunklen Augen.

„Ich weiß, dass das jetzt so ziemlich das Unmöglichste ist, was ich jemals vorgeschlagen habe“, durchbrach Aline die Stille, „aber wie wär es, wenn wir tatsächlich schwimmen gingen? Wir tun einfach so, als wären wir Bruder und Schwester.“

Nathan schluckte. „In Ordnung. Ich gucke auch nicht hin.“

„Du musst. Ich kann mir mein Mieder nicht alleine ausziehen.“

„In Ordnung.“

Aline streifte sich die Schuhe von den Füßen, dann öffnete sie ihr Kleid. Sie wandte ihm den Rücken zu. „Bitte einmal ziehen“, sagte sie forsch, doch ihre Stimme zitterte ganz leicht. Vorsichtig löste er die Schleife. In diesem Moment drehte sie sich um. Ihr Gesicht war so nah an seinem, dass ihre Züge vor seinen Augen verschwammen. Er schloss die Augen.

„So ist es recht!", hörte er sie rufen. „Nicht hingucken!"

Er blinzelte ein bisschen. Sie stand, nur mit einem dünnen weißen Hemd bekleidet, im Wasser. „Und *jetzt* komm *ich*", brummte er im Tonfall des Tanzlehrers und zog sich rasch aus. Vom Wasser her hörte er sie lachen. Nur wenige Schwimmzüge, und er war neben ihr.

Sie schwamm so dicht neben ihm, dass er ihre Hand an seinem Bauch fühlte. Nathan streckte die Hand aus. Es war auf einmal ganz einfach. Sie nahm seine Hand nicht, aber sie schwamm noch enger an ihn heran. Und dann fühlte er sie in seinen Armen, sah, wie sie ihre Augen schloss und den Mund öffnete. In dem Moment wurde ihm bewusst, dass er keinen Boden mehr unter den Füßen hatte. Er zappelte mit den Beinen, dabei verhedderte er sich in ihrem Hemd. Das Hemd riss, und Aline öffnete die Augen wieder. „Ich glaube, ich geh unter!", japste sie lachend. Es versetzte ihm einen Schock, wie weiß ihre Haut war, so ohne Hemd, und ihm wurde klar, dass sie nun wohl nackt war. Jetzt war es an ihm, die Augen zu schließen, und endlich, endlich spürte er ihre Lippen auf seinen, weich und feucht und auch ein bisschen kalt vom Wasser. Sie gingen tatsächlich unter. Und es war der längste Unterwasserkuss, den es in der Elbe jemals gegeben hatte.

## FÜNFTES KAPITEL

„Es ist so weit, ich kann es nicht länger verheimlichen." Käthe streckte auf ihrem Bett alle viere von sich.

„Das ist nicht wahr! Du bist guter Hoffnung?"

„Bist du des Wahnsinns? Nein, ich kann meine Auftritte im Hansa-Theater nicht länger verheimlichen. Jeden Abend lass ich mir etwas anderes einfallen. Nähkurse hier, Verabredungen mit dir da, aber jetzt werden sie misstrauisch. Und das Schlimmste: Sie fangen an, mit Hochzeitsplänen zu nerven."

„Aber was ist so schlimm am Heiraten? Wenn Nathan dich bitten würde, ihn zu ehelichen, würdest du ihn wohl kaum abweisen, hab ich Recht?"

„Nein, leider. Ich habe keine Lust zu heiraten. Man kann auch ohne diese Papiere glücklich sein."

„Hm."

„Isadora Duncan hat mal gesagt, jede intelligente Frau, die einen Heiratskontrakt gelesen hat und sich dareinfügt, verdient alle daraus entstehenden Konsequenzen. Im Übrigen sehe ich Nathan nicht mehr."

„Wo ist er hin? Weggezogen?"

„Nein, ich glaube, er wohnt noch in Hamburg. Ich habe mich nicht getraut, Heinrich oder Caroline danach zu fragen. Aber nun erzähle von dir. Wie war dein Abschlussball mit dem Herzallerliebsten?"

„Ich habe ihn geküsst, Käthe! Und ich nehme alles zurück, was ich früher darüber gesagt habe! Wir wären fast untergegangen!"

„Nun mal nicht so hastig. Wobei untergegangen?"

„Wir sind nachts in die Elbe gestiegen. Und da ist es dann passiert! Gott sei Dank hat Bertha schon geschlafen, als ich mich reingeschlichen habe. Ich war klitschnass."

„Und nun? Wann werdet ihr euch wiedersehen?"

„Gar nicht. Ich habe ihm gesagt, dass ich verlobt bin."

Käthe schlug sich vor den Kopf. „So dämlich darf man doch überhaupt nicht sein! Da findest du einen Mann, den du liebst und der deine Gefühle erwidert, und du sagst ihm, dass du ihn nicht wiedersehen kannst, weil du verlobt bist! Hast du wenigstens seine Adresse? Du könntest vorbeigehen und ihm sagen, dass du deinen Entschluss rückgängig machst! Wie heißt er denn überhaupt?"

„Das ist es ja gerade! Ich weiß es immer noch nicht… Und darum weiß ich auch nicht, wie ich ihn wiederfinden soll."

„Jetzt fehlen mir die Worte", murmelte Käthe. „Wieso hast du ihn nicht danach gefragt? Interessiert es dich denn gar nicht?"

„Doch. Sehr sogar." Aline sah sie kläglich an.

„Was hat er gesagt, als du ihm das mit der Verlobung erzählt hast?"

„Er hat traurig ausgesehen. Und mich gefragt, ob ich daran dächte, die Verlobung aufzulösen."

„Und du hast gesagt: Nein?!"

„Ja. Ich habe Nein gesagt."

„Dann ist dir wirklich nicht mehr zu helfen!"

„Doch", sagte Aline. „Eine Möglichkeit gibt es noch. Ich geh ihn suchen. Er lebt in Hamburg und ist eingeschriebener Student in Mathematik und Kunstgeschichte. Bitte, Käthe! Wir fahren hin und suchen ihn!"

„Aber das Semester hat doch noch gar nicht begonnen! Wie willst du ihn da in seinen Vorlesungen finden?"

„Ich weiß nicht. Vielleicht finde ich ihn an der Universität. Oder in der Nähe der Tanzschule. Vielleicht wohnt er da."

„Vielleicht, vielleicht", brummte Käthe. „Wenn du mich fragst, du hast es vermasselt. Komm, wir nehmen die Centralbahn."

„Jetzt gleich?“

„Natürlich. Eine Bedingung hätte ich allerdings.“

„Und die wäre?“

„Du besuchst mich heute Abend im Hansa-Theater!“

FRIEDRICH war zu Besuch bei den Meyerdinks, die in einem kleinen, etwas heruntergekommen aussehenden Haus in der Nähe von Teufelsbrück wohnten.

„Entschuldigen Sie, lieber Freund“, sagte Meyerdink lächelnd. „Bestimmt fragen Sie sich, warum wir uns nur mit einer Dachhälfte zufrieden geben.“

In diesem Augenblick kam Frau Meyerdink aus der Küche geschossen.

Sie drückte Friedrich die Hand. „Was heißt hier Entschuldigung, Otto? Wir können doch nichts dafür, dass uns der Sturm das halbe Haus abgedeckt hat. Aber es ist schon wahr, dieses Haus ist die reinste Bruchbude. Wir wollen es von Grund auf renovieren lassen. Dafür bräuchten wir aber etwa zwei Jahre. Sie kennen nicht zufällig ein nettes kleines Lotsenhaus, das wir während dieser Zeit mieten könnten?“

Friedrich schüttelte den Kopf. „Bedauere, Madame.“

„Ihre Verlobte wohnt doch unten in Övelgönne, habe ich gehört. Bestimmt könnten Sie ihren Vater fragen, ob er etwas weiß.“

„Aber gewiss.“ Friedrich musste sich ein Lächeln verkneifen. Madame Meyerdink war so geradeheraus wie ein Heerweg der napoleonischen Armee. Wie hielt Otto Meyerdink das nur aus? „Ich wollte mit Ihnen über die Bahrenfelder Jäger sprechen“, fing Friedrich an.

„Oh ja, eine Schande, wie sie vom Rathausmarkt vertrieben wurden! Zum Glück herrscht ja jetzt wieder Ruhe und Ordnung in der Stadt“, warf Madame ein. „Aber bitte, setzen Sie sich doch.“

Sie nahmen am gedeckten Kaffeetisch Platz. „Ich habe gehört, Ihre Verlobte hat sich für ein Studium an der Hamburger Universität eingeschrieben.“ Sie hielt ihre Tasse dem Hausmädchen hin, das gerade hereingekommen war. „Gedenkt sie, ihre Studien in Berlin fortzusetzen?“

„Selbstverständlich nein“, entgegnete Friedrich. „Meine Verlobte wird das Studieren aufgeben, sobald das erste Kind unterwegs ist, was hoffentlich recht bald der Fall sein wird. Sie wissen ja, unter den jungen Damen steht die Studiererei derzeit hoch im Kurs, aber es ist eine Modeerscheinung, nicht weiter ernst zu nehmen.“

Das Gespräch verebbte in Nichtigkeiten. Von Meyerdink kamen keine Vorschläge. Aber was hatte er auch erwartet? Wenn überhaupt, musste die Initiative von seiner Frau stammen. An sie musste er sich wenden, wenn es so weit war und er für die Bahrenfelder Mittel benötigte. Er verabschiedete sich und stand auf.

MADELEINE begann sich Sorgen zu machen. Christian war mit einem Schnupfen von einem Spaziergang heimgekehrt, und nun hatte er Fieber bekommen, das Schlucken fiel ihm schwer. Sie hatte Bertha beauftragt, eine starke Hühnerbrühe zuzubereiten, aber der Kapitän hatte sie nicht angerührt. Er lag auf dem Canapé im Musikzimmer, wo sie ihm das Konzert Nr. 2 in c-Moll von Rachmaninow vorgespielt hatte, sein Lieblingskonzert. Aber Christian war eingeschlafen. Leise ging sie zu ihm hinüber und befühlte seine Stirn. Sie war sehr heiß. Die Brühe neben ihm war kalt. Vorsichtig zog sie die Vorhänge zu. Dann schob sie ein wenig die Decke beiseite und setzte sich auf die Kante des Canapés. Er ist alt geworden, dachte sie traurig. Dabei ist er doch erst dreiundvierzig. Seine Haut, die sie in all den Jahren nicht anders als gebräunt und von Wind und Salz gegerbt gesehen hatte, war bleich geworden. Der Spaziergang hatte ihm gut getan, aber wie empfindlich war er geworden, wenn er sich von einem einzigen Mal an der frischen Luft eine Erkältung zuzog? Ein zärtliches Mitgefühl überkam sie. Werd schnell gesund, dachte sie. Der Kapitän hustete leicht im Schlaf. Dann drehte er sich von ihr weg, der Rückenlehne zu.

KÄTHE und Aline saßen an der Lombardsbrücke und betrachteten die Badenden. Über der Alster ging gerade die Sonne unter, und wer aus dem Wasser kam, dem kräuselte sich die Haut.

„Ich werde ihn nie finden." Aline seufzte. „Ich war ein Dummkopf. Das werde ich mein Leben lang bereuen."

„Nur weil wir ihn heute nicht gefunden haben, musst du nicht gleich aufgeben", erklärte Käthe energisch. „Bestimmt wirst du ihn finden, wenn die Vorlesungen begonnen haben. Du gehst einfach in seinen Fachbereich und fragst nach ihm." Sie bemerkte Alines verstörtes Gesicht. „Ach ja, richtig, ich vergaß. Du kennst ja seinen Namen nicht. Na, dann beschreibst du ihn einfach! Und nun lass uns zum Theater gehen. Es wird langsam Zeit."

Auf dem Steindamm, hinter dem Hauptbahnhof, kam ihnen Caroline aufgeregt entgegengelaufen. Sie fiel Käthe um den Hals.

„Was ist los?", fragte Käthe. „Fällt die Vorstellung aus?"

„Für mich ja! Stell dir vor, ich hab die Rolle an den Kammerspielen bekommen! Eben haben sie einen Boten geschickt! Ich spiele in dem Wedekind-Stück!"

„In der ‚Büchse der Pandora'? Aber da singen sie doch gar nicht!"

„Ach, mit dem Singen wird es wohl nichts mehr. An der Oper wollen sie mich nicht haben, jetzt wechsle ich eben das Fach!"

„Du hast Mut, Donnerwetter!" Käthe starrte sie an. „Und da hast du einfach so vorgesprochen?"

„Mit Erfolg, ja!"

„Meinen allerherzlichsten Glückwunsch! Ich wünsche dir alles Gute! Aber du meldest dich bald einmal, ja? Wir wollen am Sonnabend wieder tanzen gehen, kommst du dann mit?"

„Später, nach der Aufführung!", rief Caroline lachend.

Im Zuschauerraum des Theaters führte Käthe Aline an ihren Platz. Sie ließ sich in einen roten Plüschsessel fallen. Ein bisschen seltsam war ihr schon zumute, so ganz allein im Theater. Wohl hätte sie Friedrich bitten können, sie zu begleiten, aber Friedrich und Käthe, das waren zwei verschiedene Welten …

„Möchte das Fräulein etwas zu trinken oder zu speisen ordern?" Ein livrierter Kellner, kaum älter als sie selbst, unterbrach ihre Gedanken. Als sie aufblickte, bemerkte sie, wie sich seine Augen weiteten.

„Bringen Sie mir einen Tee, bitte", antwortete sie.

„Ein Kännchen Tee", murmelte der Kellner. „Kommt sofort."

Ein Paukenschlag scholl durch den Raum. Die Lichter des Kristalllüsters verloschen, und die Bühne betrat – Käthe! Sie trug weiße Strumpfhosen und Ballettschuhe, darüber ein kurzes, gerade geschnittenes Kleid aus weißem Plissee. Eine feine Geigenmelodie ertönte aus dem Orchestergraben, schwang sich empor, und Käthe wirbelte über die Bühne. Aline fühlte, wie ihr Herz schneller schlug. Sie dachte an Käthe in der Dorfschule, an das scheue Mädchen mit den weißblonden Zöpfen, sie dachte an ihren ersten Tag an der Oberrealschule, die sommerlichen Bäder in der Elbe, Kaminfeuer und Gespräche. Und da war sie nun, gleich als erste Ballerina auf der Bühne, war das zu fassen? Erst als sie den seltsamen Kellner wieder neben sich wahrnahm, spürte sie, dass sie über das ganze Gesicht gelacht hatte.

„Ihr Tee." Der Kellner lächelte, und Aline drückte ihm eine Münze in die Hand.

Käthes Auftritt dauerte nicht lange. Sie wurde abgelöst von einem arabisch aussehenden Mädchen, das mit einer echten Schlange tanzte, einem Seiltänzer und einer Frau, die mit dressierten Schmetterlingen hantierte. Schließlich betrat ein dunkler Mann mit Turban die Bühne.

„Ivan, der Hellseher!", kündigte ein Mann in Frack und Zylinder ihn an. Der Hellseher blickte angestrengt in den Zuschauerraum. Sein Blick blieb auf Aline haften. „Sie!", rief er. „Junges Fräulein! Kommen Sie bitte auf die Bühne! Ich werde Ihre Gedanken lesen!"

Aline erhob sich, schob sich zwischen den Tischen vorbei nach vorn und trat die schmalen Stufen zur Bühne empor.

Ivan rückte dicht an sie heran. „Ihre Gedanken sind wohl geordnet. Aber ich sehe auch ein kleines Problem, oh ja! Sie sind verlobt, junges Fräulein, habe ich Recht?"

Zögernd nickte sie.

„Aber Sie lieben einen anderen!"

Na warte, Käthe, dachte sie, das zahl ich dir heim!

„Ihre Methoden sind unlauter", erklärte sie energisch.

„Der Mann, den Sie lieben, ist Künstler. Er malt. Neuerdings hat er auch tanzen gelernt. Er hat mit Ihnen getanzt, aber Sie wissen nicht ..."

„Es reicht!", schrie Aline. Blind vor Empörung stieß sie Ivan beiseite und sprang von der Bühne. Als sie dem verfluchten Lichtkegel entkommen war, drehte sie sich um. „Scharlatane wie Sie sollten bestraft werden!", schrie sie. Damit stürmte sie aus dem Saal, so schnell sie konnte.

KÄTHE musste schreien, um das Zischen der Dampflok zu übertönen. „Ich schwöre dir bei allem, was mir heilig ist! Ich habe Ivan kein Sterbenswörtchen gesagt!"

„Aber woher wusste er das alles?" Aline schäumte vor Wut. Käthe hatte sie auf dem Bahnsteig gefunden, von dem aus der Zug nach Altona fuhr. Der Zug konnte jeden Augenblick eintreffen.

„Ich weiß es nicht! Er ist eben sehr gut! Ich war schon öfter verblüfft über die Dinge, die er sieht!"

„Hellseherei gibt es nicht. Der Mann hat gute Informationen, das ist alles. Sag schon, wie viel bietet er dir, damit du ihm Dinge über die Leute erzählst, die du ins Theater schleppst?"

„Nun mach aber mal einen Punkt! Ich dachte, du wärst meine Freundin! Wie kannst du so etwas denken?"

„Aber er hat mich gedemütigt! Vor allen Leuten!"

„Das weiß ich doch!" Käthe legte den Arm um sie. „Es tut mir ja auch sehr Leid! Was glaubst du, warum ich, ohne mich umzuziehen, aus der Garderobe gestürzt bin?"

Erst jetzt bemerkte Aline, dass Käthe immer noch in ihren Ballettschuhen und dem kurzen Plisseekleid steckte. Sie bemerkte auch, dass die Leute sie anstarrten. „Dann hast du wirklich nicht ...?"

„Aber nein! Ich schwöre dir, dass ich mit niemandem über Friedrich und Namenlos gesprochen habe! Ich will auf der Stelle tot umfallen, wenn ich lüge!" In diesem Moment schnaufte der Zug nach Altona in die Halle. „Kommst du mit, oder musst du noch mal zurück?", fragte Aline. Käthe blickte an sich hinunter. „Ich komme mit", sagte sie. „Unter der Bedingung, dass du mir eines deiner bürgerlichen Kleider leihst. Wenn ich so nach Hause komme, bin ich endgültig geliefert."

NATHAN öffnete die Tür. Heinrich stand aufgeregt und verschwitzt davor.

„Ich bin ihr begegnet!", rief er.

„Wem?"

„Na, ihr, deiner Liebsten! Aline! Sie war zu Besuch im Hansa-Theater, wo ich seit letzter Woche arbeite!"

„Du hast dich wirklich verändert, Heinrich, alter Freund! Ich habe immer geahnt, dass ein Unterhaltungstalent in dir steckt."

„Ich arbeite als Kellner, du Idiot! Von irgendwas muss man heutzutage ja leben!"

„Aber du kennst Aline doch überhaupt nicht!"

„Du hast mir ihr Porträt gezeigt, und ich muss sagen, du hast sie genau getroffen! Ich war ganz schön verblüfft über die Ähnlichkeit!"

„Hast du mit ihr …?"

„Ein Kännchen Tee, sehr wohl, die Dame. Mehr nicht."

„Nun komm doch erst mal rein!"

Heinrich schnüffelte. „Gut riecht das hier!"

„Meine Mutter kocht Hammelfleisch. Sag doch gleich, dass du Hunger hast."

„Ein armer, allein lebender Student hat immer Hunger. Und nun pass auf: Aline ist die Freundin von Käthe!"

Nathan runzelte die Stirn. „Ich kenne keine Käthe."

„Doch, die aus dem Wandervogel, das Mädchen mit den ganz hellen Haaren, das unten in Neumühlen wohnt."

„Ja, und?"

„Ich habe vor Käthe so getan, als interessiere ich mich für Aline, und habe sie gebeten, sie Sonnabend mitzubringen, wenn wir tanzen gehen. Du brauchst dich uns also bloß anzuschließen. Auf diese Weise siehst du sie wieder!"

„Wo hast du Käthe denn getroffen?"

„Käthe tritt am Hansa-Theater als Tänzerin auf, durch sie hab ich die Anstellung bekommen. Aber das ist doch auch egal!"

Nathan seufzte. „Aline will mich nicht wiedersehen. Sie hat es mir selbst gesagt. Es ist zwecklos."

Heinrich schüttelte den Kopf. „Aber das ist es ja gerade. Sie liebt dich auch! Ich weiß es sicher! Ich habe Ivan, unseren Hellseher, gebeten, sie während der Vorstellung auf die Bühne zu locken. Ihm hab ich die Geschichte erzählt, das musst du mir verzeihen, aber es geschah in der allerbesten Absicht! Er hat ihr während der Vorstellung auf den Kopf zugesagt, dass sie verlobt ist und einen anderen liebt, und sie hat ihm nicht widersprochen. Sie ist von der Bühne runtergesprungen, und weg war sie. Wenn das nicht deutlich genug war!"

„Aber du hast sie vor dem ganzen Publikum gedemütigt! Du hattest kein Recht dazu! Waren ihre Eltern oder ihr Verlobter dabei?"

„Natürlich nicht. Sie war allein."

In diesem Augenblick riss Henny die Tür zur Stube auf. Bei Heinrichs Anblick errötete sie leicht. „Mutter lässt ausrichten, der Hammeleintopf ist fertig und dein Freund möge bitte mitessen." Damit warf sie die Tür wieder hinter sich zu. Heinrich fuhr sich mit der Zunge über die Lippen. „Ich werde mich nicht zweimal bitten lassen. Hab schon seit Tagen nichts Warmes mehr gekriegt!"

„Zahlt dir dein Alter nichts mehr?", wollte Nathan wissen.

„Hat seine Arbeit verloren. Aber was soll's. Man wird sich schon zu helfen wissen. Also, was ist, kommst du Sonnabend oder nicht?"

Nathan lächelte. „Ich werde mich nicht zweimal bitten lassen."

ALINE hockte auf einem Schemel in der Küche und beobachtete Bertha beim Zwiebelschneiden. Bertha streute eine dünne Schicht Zucker auf die Zwiebeln.

„Was tust du da?"

„Hustensaft für den Kapitän. Ein ganz enormes Rezept, wie ihr jungen Leute sagen würdet. Eine Schicht Zwiebeln, eine Schicht Zucker, Zwiebeln, Zucker und so weiter. Morgen gibt das einen dicken Sud. Wenn er den löffelt, ist er bald wieder auf dem Damm."

„Aber hat Dr. Marquardt Papa nicht schon ein Medikament verschrieben?"

„Ich trau dem Quacksalber nicht", murmelte Bertha und goss ein bisschen Milch in den Topf. Dann riss sie eine weiße Knolle vom Haken neben der Tür.

„Was ist das denn?"

„Knoblauch. Mensch, Deern, du weißt aber auch gar nix. Was willst du Friedrich eigentlich kochen lassen, wenn ihr erst mal verheiratet seid?"

Aline brach in Tränen aus.

„Entschuldige, reden wir von was anderem." Bertha hackte die Knolle in winzige Stückchen und streute sie in die dampfende Milch. „Was macht die Universität?"

„Fängt nächste Woche an. Gott sei Dank! Ich bin fest entschlossen, die jüngste Ärztin aller Zeiten zu werden. In vier Jahren mach ich meinen Doktor, und dann eröffne ich eine Praxis. Ich habe auch schon einen Plan, Bertha! Ich werde hier im Haus praktizieren! Und ich werde Papa dafür Miete zahlen! Dann hat er Geld! Und Platz genug ist ja da! Was sagst du dazu?"

„Ich sach dazu: kluges Kind. Und jetzt sei so gut und bring dem Kapitän die Milch hier."

Der Kapitän lag im Schlafzimmer. Durch die geschlossenen Vorhänge schimmerte fahl die Vormittagssonne herein. „Papa?", flüsterte Aline. „Ich habe dir etwas mitgebracht, was Bertha dir bereitet hat. Bist du wach?"

Ein leises Krächzen war die Antwort, gefolgt von einem Hustenanfall.

„Oh, das klingt aber gar nicht gut." Aline setzte die Schale Milch auf dem Nachttisch ab. Dann holte sie sich einen der seidenbespannten Stühle mit den geschwungenen Armlehnen ans Bett heran. „Trink deine heiße Milch, sonst wird Bertha sauer."

Er nahm einen Schluck, hustete und stellte die Schale schnell wieder ab. „Hölle auch! Was hat sie denn diesmal da reingetan?"

„Knoblauch", antwortete Aline. „Du musst es trinken. Es wird dir gut tun! Arzneien sind nun mal nicht Haute Cuisine."

Der Kapitän nahm ihre Hand. „Tu mir den Gefallen, und schütte es weg, bevor du Bertha die Schale zurückbringst. Wir wollen sie nicht kränken. Und nun erzähl mir ein bisschen was. Was hast du gemacht?"

„Ich war bei Käthe im Hansa-Theater. Sie tritt dort jetzt als Tänzerin auf. Aber du darfst ihrem Vater nichts davon sagen."

„Dem alten Thomas würde das Herz stillstehen. Und sonst? Amüsierst du dich ein bisschen?"

„Käthe hat mich morgen zum Tanzen eingeladen. Aber ich werde nicht hingehen. Ich will bei dir bleiben."

„Aber warum denn? Bald bist du verheiratet, dann kannst du nicht mehr so einfach mit deiner Freundin weggehen. Nutz es aus, ich befehle es dir!"

„Aber ich mache mir Sorgen um dich!"

„Ich habe schon ganz andere Krankheiten gehabt. Einmal die Malaria, die ich mir in Obervolta eingehandelt habe. Und dann die Schlafkrankheit. Da wär ich beinah bei draufgegangen. Aline, mein Liebling, ich bin so müde. Bring die Schale zurück in Berthas Küche, und sag ihr, ich hätte ausgetrunken."

Aline nickte und beugte sich vor, um den Vater auf die Stirn zu küssen. „Werd bald gesund", flüsterte sie.

„Werd ich", murmelte er schläfrig. „Und du gehst morgen zum Tanzen, versprich mir das! Eine Grippe ist kein Grund abzusagen. Vor allem nicht, wenn dein Vater sie hat!"

„Wenn du darauf bestehst …"

DAS „CURIOHAUS" war zum Bersten voll. Eine Kapelle mit schwarzen Musikern heizte den jungen Besuchern ein. „Die Bordkapelle eines Passagierdampfers, der gerade im Hafen liegt", erklärte Käthe. „Ich hab sie gestern Abend schon im ‚Alcazar' gesehen. Sie ist fantastisch!"

Aline betrachtete ihre Freundin. Sie sah schön aus an diesem Abend, in einem Kleid mit Perlenfransen. Um den Kopf mit dem kinnlangen Pagenschnitt trug sie ein Stirnband mit Reiherfeder.

„Heinrich und alle vom Wandervogel sind auch da heute Abend!", erzählte Käthe. „Ich habe Grund anzunehmen, dass Nathan ebenfalls kommen wird!"

„Er wird sich auf der Stelle in dich verlieben", sagte Aline bewundernd. „Wenn er dich heute nicht bemerkt, ist er wirklich blind!"

„Komm, wir gehen an die Bar. Ich will mir jemanden zum Tanzen suchen!" Auch das war etwas, was Aline an Käthe bewunderte. Sie wartete nicht darauf, dass einer der Burschen sie aufforderte, sie nahm die Sache selbst in die Hand.

Und sie kannte tausend Leute. Auf dem Weg zur Bar kamen sie an einer Plüschecke vorbei, als lautes Hallo losbrach. „Käthe, hier sind wir!"

Käthe ergriff Alines Hand und hob sie hoch, um damit zu winken. „Rainer, Siegfried, Meta, Caroline, darf ich vorstellen: Das ist meine liebste Freundin Aline!"

„Haben schon viel von dir gehört, Aline!", rief Rainer.

In diesem Moment wurde die Musik von einer Durchsage unterbrochen: „Wir machen heute Abend einen Charleston-Wettbewerb. Gesucht wird die Charleston-Königin von Hamburg. Wer sich bewerben will, melde sich mit einem Tanzpartner an der Bühne an. Die Anmeldung beginnt jetzt!"

Ohne weiter zu überlegen, riss Käthe Rainer vom Sessel. „Das ist die Chance, Junge! Los, das Preisgeld ist unser!"

Rainer ließ sich bereitwillig von ihr zur Bühne zerren.

„Was ist?", wandte Siegfried sich an Aline. „Machst du auch mit?"

Aline schüttelte den Kopf. „Ich würde nicht im Traum daran denken, gegen Käthe anzutreten!"

„Dann du!“, sagte Siegfried zu Caroline. – „In Ordnung.“ Caroline lächelte. „Denen werden wir es zeigen!“

Ein Dutzend Paare stellte sich auf der Tanzfläche auf. Und dann ging es los. Nach wenigen Takten war klar, dass Käthe den Charleston ausgezeichnet beherrschte. Auch Rainer bewegte seinen schweren Körper überraschend behände zur Musik. Aber Käthe hatte eine Konkurrentin: ein Mädchen mit kurzen schwarzen Locken, das nicht nur entzückend tanzte, sondern auch noch strahlend lächelte beim Tanz. Aline winkte Käthe zu und deutete auf ihren Mund. „Lächeln, du musst mehr lächeln“, formte sie die Wörter mit ihrem Mund. Käthe begriff. Die Freude am Tanz brach sich auch in ihrem Gesicht Bahn, und ihr Tanz gewann an Schwung hinzu.

Als das Lied zu Ende war, ergriff ein Herr im Frack das Mikrofon. „Wir brauchen einen Entscheidungstanz!“, rief er. Und auf Käthe und die Schwarzgelockte deutend: „Diese beiden Damen sind uns gleich gut erschienen. Auf ein Neues also: Musik!“ Und die Kapelle setzte erneut zum Spielen an. Käthe riss jubelnd die Arme in die Luft und legte los. Ihre Gegnerin ebenfalls. Das strahlende Lächeln war aus ihren Zügen verschwunden. Nun ging es Frau gegen Frau. Als Käthe bemerkte, dass ihre Widersacherin präzise blieb, besann sie sich auf ihre akrobatischen Tricks. Statt eines Beinschwungs baute sie einen Flickflack rückwärts ein, und das Publikum brach in spontanen Beifall aus. Schlussakkord.

„Einen Augenblick bitte“, bat der Mann im Frack. „Die Jury muss sich zurückziehen.“

Vollkommen außer Atem stürmte Käthe an den Tisch zurück. „Verflixt, mit dem Sprung hab ich es mir vermasselt. Das war albern und hatte nichts mit Charleston zu tun.“

„Du warst umwerfend“, sagte Aline.

Der Befrackte ergriff wieder das Wort. „Unsere Wahl fällt auf die Nummer vier!“

Käthe blickte an sich hinab. „Aber das bin ja ich!“, schrie sie überrascht. Caroline, Meta, Siegfried und Rainer brachen in Gejohle aus. Der Rest des Saals applaudierte.

„Ich bitte Sie, mein Fräulein, an die Bühne zu kommen“, tönte es über den Lärm hinweg. Käthe stürmte davon. Die Kapelle begann einen weiteren Charleston zu spielen, und alle im Saal wollten mit ihr tanzen. Aline blickte auf. Vor ihr stand der seltsame Kellner aus dem Hansa-Theater und neben ihm … nein, das konnte nicht wahr sein!

„Darf ich bitten?“, fragte er leise und hielt ihr seine Hand entgegen. Sie stand auf und legte ihre Arme um ihn. „Ich habe dich vermisst“, flüsterte er an ihrem Ohr. „Ich habe Tag und Nacht an dich gedacht.“

„Ich auch“, antwortete sie. Der Charleston verebbte, und die Kapelle begann einen Walzer zu spielen. Aline schloss die Augen. Da war sie wieder, diese vertraute Hand auf ihrem Rücken, die Bewegungen, die zueinander passten. Sie drehte sich zu ihm, öffnete die Lippen. Fühlte seinen Kuss. Der Festsaal und die Freunde rückten in weite Ferne. Sie öffnete die Augen und sah, dass er sie anlächelte. Sie lächelte zurück.

Plötzlich fühlte sie sich hart am Arm gepackt. Sie drehte sich um und sah Käthe, rot vor Wut. „Warum tust du das?“, fragte sie mit zitternder Stimme.

„Was?“

Käthe riss sie mit sich fort. „Ich muss allein mit dir sprechen. Warum hast du dir Nathan geschnappt? Warum?“

„Ich mir…“, Aline stockte. „Aber der Mann, mit dem ich eben getanzt habe – es ist der Mann, von dem ich dir erzählt habe, Käthe! Der aus der Tanzschule! Den wir neulich den ganzen Tag gesucht haben! Du hast ihn verwechselt, außerdem bist du betrunken, lass dich von jemandem nach Hause bringen!“

„Oh ja, damit du mir Nathan wegnehmen kannst, den Einzigen, den ich liebe und jemals lieben werde! Weil du es nicht ertragen kannst, dass ich besser tanze und mich besser kleide …“

Aline wandte sich ab. „Ich weiß, dass es dir morgen Leid tut, wenn du wieder nüchtern bist. Also halt jetzt besser den Mund.“

Käthe riss sie von hinten zu sich herum. „Wohin willst du?“, brüllte sie. „Zu Nathan zurück?“

Aline zuckte die Schultern. „Was geht dich das an?“, fragte sie. Sie ging zur Garderobe und ließ sich ihren Mantel und die Handtasche geben. Draußen wehte ein scharfer Wind. Von der Uhr an St. Johannis schlug es halb elf. Mit ein wenig Glück bekam sie noch die letzte Centralbahn.

Als sie zu Hause die Tür aufschloss, lief ihr die Mutter weinend entgegen. „Dein Vater hat einen Fieberkrampf!“, rief sie. „Er erkennt mich nicht mehr!“

Ohne den Mantel abzulegen, lief Aline die Treppe hinauf ins Schlafzimmer. Bertha stand am Bett. Aline nahm das Handgelenk des Vaters, blickte zur Wanduhr und zählte. Der Puls ging sehr schwach.

„Dr. Marquardt war hier“, schluchzte die Mutter. „Er hat gesagt, dass alles gut wird. Nur eine Erkältung.“

Aline nahm die große Hand ihres Vaters in ihre und streichelte sie sanft. Die Hand war kalt. „Papa“, flüsterte sie.

Aber der Kapitän antwortete nicht. Als sie sicher war, dass er nicht mehr atmete, drückte sie ihm die Augen zu und brach in Tränen aus.

## SECHSTES KAPITEL

Dr. Haussmann, seines Zeichens Nachlassverwalter, stand eine Aufgabe bevor, die er hasste: den Hinterbliebenen sagen zu müssen, dass es keinen Nachlass gab. Im Fall der Madame Jacoby und ihrer Tochter gab es keinen Unterhalt, der ihnen zur Verfügung stand. Es gab gar nichts mehr. Nicht eine müde Reichsmark. In diesem Fall tat es Dr. Haussmann besonders Leid, denn er hatte die Jacobys gern. Der einzige Fonds, den sie noch besaßen, war die Mitgift der Tochter Aline. Diese Mitgift aber, so hatte der Kapitän vor seinem Tod angeordnet, dürfe nicht zu anderen Zwecken angerührt werden.

„Aber ich verzichte darauf!“, erklärte Aline. „Was soll ich später mit einer Mitgift, wenn wir jetzt hungern müssen?“

„Die Mitgift ist deine Lebensgrundlage“, widersprach Madeleine. „Die Versicherung, dass du dein ganzes Leben lang versorgt sein wirst. Wir dürfen sie nicht anrühren. Außerdem hat dein Vater es so gewollt …“ Tränen stiegen ihr in die Augen, und sie wandte sich ab.

Es vergingen kaum ein paar Minuten, ohne dass Madeleine wieder zu weinen begann. Von außen betrachtet litt sie mehr als ihre Tochter. Aline hingegen stand unter Schock. Das Begräbnis hatte sie wie hinter Schleiern verbracht, hatte nichts richtig wahrgenommen, nicht die Rede von Pastor Weidemann, nicht die Verwandten, die angereist waren, um ihnen ihr Beileid auszudrücken. Friedrich, der so schnell wie möglich aus Berlin gekommen war und ihr den ganzen Tag über beigestanden hatte, war ihr auch nur wie ein Geist erschienen, körperlos, unwirklich.

„Was raten Sie uns?“, fragte Aline Dr. Haussmann. „Wenn ich recht begriffen habe, haben wir nicht einmal genug, um den restlichen Monat durchzustehen.“

„Es gibt nur eins“, sagte er. „Sie müssen Ihr Haus verkaufen. Övelgönne steht als Badeort bei den Hamburgern immer noch hoch im Kurs. Von dem Geld mieten Sie sich eine kleine Wohnung in Altona, und wenn Sie sparsam wirtschaften, dürften Sie die nächsten Jahrzehnte keine Probleme haben.“ Damit schloss er seine Bücher. „Wenn Sie noch etwas brauchen“, er reichte der Witwe die Hand, „geben Sie mir Bescheid.“

„NEIN!“, rief Madeleine und rang die Hände, während sie aufgeregt den Salon durchschritt. „Ich werde dieses Haus nicht verkaufen! Es ist alles, was uns geblieben ist!“

„Ich hätte da vielleicht eine Lösung anzubieten", erklärte Friedrich. Er saß neben Aline auf dem Canapé und streichelte ihre Hand.

„Nein, davon kann nicht die Rede sein!", erregte sich Madeleine. „Sie können Aline jetzt nicht zu sich nehmen! Im Übrigen müssen wir die Hochzeit verschieben, bis die Trauerzeit vorbei ist."

„Ich hatte nicht vor, auf dem festgelegten Hochzeitstermin zu bestehen", entgegnete Friedrich. „Ich werde warten, das ist ganz selbstverständlich. Aber ich kenne eine Familie, die ein Haus in Övelgönne zum Mieten sucht. Ist der Anbau hinten im Hof groß genug, Sie einstweilen dort zu beherbergen?"

Madeleine und Aline sahen sich verdutzt an. „Nun ja", bemerkte Aline. „Das ist von jeher das Gesindehaus. Vater hat dort außerdem die Küche unterbringen lassen, damit die Gerüche im Haus nicht stören. Seitdem das Hausmädchen weg ist, wohnt Bertha dort allein."

„Wie groß ist der Anbau?"

„Sieh ihn dir an, wenn du willst. Zwei winzige Zimmer und die Küche."

„Aber ... ins Gesindehaus!", sagte Madeleine. „Du weißt, was das bedeutet. Alle unsere Freunde werden uns meiden. Wir werden keine Besuche mehr erhalten. Unsere gesellschaftlichen Verbindungen werden sich auflösen, gerade jetzt, wo wir sie so dringend benötigen!"

„Wir müssen vernünftig sein, Maman", meinte Aline. „Hier wohnen bleiben können wir in keinem Fall. Jetzt ist nur die Frage, ob wir uns das Haus irgendwann wieder zurückholen können oder nicht."

„Ich werde mir Geld leihen", meinte Madeleine. „Schließlich habe ich Verwandte. Und eine Bank."

VALESKA SANDSTEIN erwachte früh am Morgen des Sabbat voller Vorfreude auf den Tag. Es war Elul, der Monat, in dem sie auf das vergangene Jahr Rückschau hielt und Gott um Vergebung für ihre Sünden bat. *„Ani ledodi wedodi li"*, murmelte sie vor sich hin, während sie sich ankleidete. „Ich bin für meinen Freund und mein Freund ist für mich da."

Nathans Stimme drang durch ihre geschlossene Tür. „Was ist, Mutter? Hältst du Selbstgespräche?"

„Ich denke an Elul!", rief Valeska. „Wenn man jemandem Gutes tut, wird einem auch selbst Gutes zugefügt!"

„Ich gehe jetzt zur Vorlesung!", rief Nathan. „Bis später!"

„Bist du zum Erew Sabbat zu Hause?"

„Ja, Mutter, das bin ich! Tschüs, bis heute Abend!" Die Tür knallte hinter ihm zu. Valeska hielt einen Augenblick inne. Ihr Zweitältester kam ihr immer noch ein wenig in sich zurückgezogen vor. Fast so, als hüte er ein Geheimnis. Sie holte den Scheuereimer aus der Abstellkammer. Höchste Zeit, hier auch einmal aufzuräumen. Aber nicht heute. Heute wollte sie nur sich und die Wohnung säubern. Und kochen.

NATHAN fand Heinrich dort, wo er ihn am wenigsten vermutet hatte: in seinem philosophischen Seminar. Der Freund wirkte mürrisch und verkatert, doch als er Nathan bemerkte, hellten sich seine Züge auf. „Warum bist du neulich so schnell verschwunden?", rief er ihm entgegen. „Ich meine, mir war klar, dass du nicht meinetwegen ins Curiohaus gekommen bist, aber …"

Nathan ließ sich schwer neben ihn auf einen Stuhl fallen. „Ich werde aus der Frau nicht klug", meinte er seufzend.

Heinrich schlug ihm väterlich auf die Knie. „Ich will ja nicht aufdringlich erscheinen, aber bei einem köstlichen Teller Suppe deiner verehrten Frau Mama könnte ich ein wenig Aufklärung betreiben. Es gibt Neuigkeiten von deiner Angebeteten."

„Ich fürchte, das geht heute Abend nicht. Wir haben Freitag."

„Ach, ich vergesse das immer. Ihr Juden habt schon seltsame Sitten."

Nathan runzelte die Stirn. Ihm selbst lag nichts am Sabbat, aber Heinrichs Wortwahl gefiel ihm nicht. „Kannst du mir trotzdem erzählen, was mit Aline los ist? Sie ist an dem Abend einfach weggelaufen, und seitdem habe ich kein Wort von ihr gehört. Immerhin weiß sie doch jetzt meinen Namen und meine Adresse, oder? Ich nehme an, Käthe hat es ihr erzählt."

„So, wie ich das verstanden habe, reden Käthe und Aline nicht mehr miteinander. Du bist nämlich Käthes Traum ihrer einsamen Nächte, mein Lieber. Jetzt fühlt sie sich von Aline verraten."

„Ich kenne Käthe doch überhaupt nicht. Egal, sag mir, was los ist."

„Alines Vater ist gestorben."

Nathan schwieg erschrocken.

„Ich an deiner Stelle würde sie im Moment in Ruhe lassen."

„Warum?"

„Weil sie jetzt genug Schwierigkeiten hat. Man sagt, ihr Vater sei hoch verschuldet gewesen. Die Hochzeit ist jedenfalls verschoben worden. Das ist alles, was ich weiß."

„Danke", sagte Nathan und stand auf.

MIT EINEM Seufzer schob Madeleine ihren Teller zurück. „Jean-Baptiste, ich muss mit dir über Geld sprechen", sagte sie.

„Das habe ich mir gedacht", knurrte ihr Bruder. „Warum auch sonst sollte meine Schwester ein Essen für uns geben! Nach all den Jahren, in denen du dich den Teufel um uns geschert hast! Aber so sind die Menschen! Melden sich nur, wenn sie etwas brauchen!"

Madeleine hatte für dieses Essen ihr bestes schwarzes Kleid angezogen. Bertha hatte die maroden Stellen mit einem Satinband abgenäht. Jean-Baptiste und seine Frau Heike waren Madeleines letzte Hoffnung. Alle hatten ihre Bitte um einen Kredit abschlägig beschieden – die Bank, bei der sie über zwanzig Jahre lang hervorragende Kunden gewesen waren, Christians Cousins und auch die Kinder von Tante Else, deren Kaution Christian damals ohne Murren übernommen hatte.

Madeleine atmete tief durch. „Aber das stimmt doch gar nicht! Wie oft haben wir euch Einladungen nach Uhlenhorst geschickt! Ihr hattet nie Zeit! An uns hat es nicht gelegen!"

„Nein, Schwesterherz, an dir hat es nie gelegen! Du bist ja schon immer die Gute in der Familie gewesen, die Vorbildliche! Hast einen Kapitän geheiratet, ja, das ist was Besseres als so ein einfältiger Bruder, der bloß Kaufmann ist. Und nun willst du über Geld sprechen. Ich nehme nicht an, dass Christian mich in seinem Testament bedacht hat, oder?"

Madeleine senkte den Blick. „Wir haben keinen Pfennig mehr. Christian hat im Krieg seinen Arm verloren, wie du weißt. Unser Geschäftspartner in Südfrankreich hat das Geschäft aufgelöst. Wir haben die beiden Schiffe verloren. Jetzt müssen wir das Haus verkaufen, wenn wir überleben wollen."

„Das tut mir von Herzen Leid. Aber was soll ich da machen?" Jean-Baptiste ließ seinen Blick über den Engelsraum gleiten. „Wie wäre es, wenn du ein paar der Möbelstücke versetzen würdest? Da käme doch bestimmt ein hübsches Sümmchen zusammen."

Madeleine schob ihren Stuhl mit einem Ruck zurück. „Raus!", befahl sie mit zitternder Stimme. „Ich habe deinen Spott wahrhaftig nicht verdient. Als es damals um die Erbschaft ging, hab ich auf einen guten Teil verzichtet. Und warum? Eben weil es uns damals gut ging, Christian und mir. Weil wir das Haus hatten und du gerade erst begonnen hattest, dein Geschäft aufzubauen! Und jetzt, wo ich dich um eine winzige Summe bitte, gerade nur so viel, dass Aline und ich die Trauerzeit bis zur Hochzeit in Würde verbringen können, jetzt zeigst du mir, wie du wirklich zu mir stehst! Aber ich habe ja schon immer geahnt, dass auf dich nicht zu zählen ist!" Madeleine schluchzte auf.

Jean-Baptiste verdrehte die Augen. „Das Theater kenne ich noch aus Kindertagen. Wenn Madeleine etwas verwehrt bleibt, versucht sie es mit Tränen. Aber darauf falle ich nicht mehr rein."

Aline erhob sich. „Ich möchte euch bitten zu gehen", sagte sie.

Peinlich berührt sah Heike die beiden Frauen an, als ihr Mann sie nun am Arm ergriff. „Es tut mir Leid“, murmelte sie an der Tür.

Madeleine schlug die Hände vors Gesicht. Zitternd stand sie da, und Aline hielt sie in den Armen, bis sie sich ein bisschen beruhigt hatte. Dann erst brach sie in lautes Weinen aus. Bertha und Aline brachten sie ins Schlafzimmer. Irgendwann gelang es Aline, ihre Mutter auszuziehen und ins Bett zu bringen. Sie blieb die ganze Nacht neben ihr, und erst als es draußen dämmerte, schlief auch sie endlich ein.

„Ich habe gute Nachrichten“, verkündete Friedrich im Salon der Meyerdinks. „Wir sind in unserem Kampf gegen den sozialdemokratischen Senat einen wichtigen Schritt vorangekommen. Der Deutschvölkische Schutz- und Trutzbund hat in den vergangenen Monaten einen enormen Mitgliederzuwachs verzeichnen können. Und nun sind Sie gefordert, Herr Meyerdink!“

„Ich?“ Otto Meyerdink strich sich verwirrt über seine dünnen grauen Haare. „Was kann ich daran groß ändern?“

„Aber Otto!“ Gertrude Meyerdink schlug die Hände zusammen. „Herr von Alvesloh trägt dir eine Mitgliedschaft an!“

„Ich bin natürlich dabei, wenn es um die Verteidigung des Vaterlandes geht!“

„Keine leichte Aufgabe, Herr Meyerdink, gerade jetzt. Die Juden als Vorreiter der roten Revolution müssen endlich in ihre Schranken gewiesen werden. Wie Sie wissen, gibt es in Hamburg jetzt sogar einen jüdischen Staatsrat. Wir haben am kommenden Freitag eine Versammlung, zu der Sie herzlich eingeladen sind. Im Übrigen habe ich, glaube ich, auch die Lösung für Ihr kleines Problem gefunden. Das Häuschen an der Elbe, von dem Sie sprachen. Es ist sogar ein ganz stattliches Kapitänshaus. Erbaut, als Övelgönne noch ein aufstrebender Badeort war.“

„Befindet sich das Haus in der Nähe des Hauses Ihrer Verlobten?“

„Es *ist* das Haus meiner Verlobten“, erklärte Friedrich. „Ein Schicksalsschlag, leider. Nach dem Tod ihres Vaters sind ihre Mutter und sie gezwungen, das Haus zu vermieten.“

„Das tut mir Leid für Ihre Verlobte“, erklärte Otto Meyerdink aufrichtig.

„Wenn Sie möchten, können Sie sich das Haus diese Woche noch ansehen“, bemerkte Friedrich.

„Ausgezeichnet“, antwortete Madame. „Mittwoch um 15 Uhr würde uns passen.“

KÄTHE brauchte mehrere Minuten, um sich darüber klar zu werden, wo sie sich eigentlich befand. Sie drehte sich um und betrachtete den Mann, der ihr im Schlaf den Rücken zuwandte. Er hatte blonde zerstrubbelte Haare und stoppelige Wangen. Während sie sich leise ankleidete, überlegte sie, wie er hieß. Stöhnend rieb sie sich den Schädel. Endlich fiel es ihr ein: Julius Cäsar.

Über den Hamburger Elbbrücken ging gerade die Sonne auf, als Käthe vor die Tür trat. Seit jenem verhängnisvollen Abend im Curiohaus hatte Käthe unzählige Freundschaften geschlossen, und mit einigen Männern war sie sogar ins Bett gegangen. Es tat gut, sich beliebt und begehrt zu fühlen, vertrieb die Gedanken an Nathan. Und an Aline. Die Schlange. Die sie all die Zeit hinter ihrem Rücken betrogen hatte. Dass sie den Namen ihres Herzallerliebsten nicht gewusst haben wollte, war ihr von Anfang an suspekt erschienen. Sie konnte es Aline nicht verzeihen, dass sie sie dazu gebracht hatte, Nathan suchen zu gehen. Welche Demütigung hatte sich Aline davon versprochen? Und warum hatte sie überhaupt vorgehabt, sie zu demütigen?

Sooft Käthe auch darüber nachgrübelte, sie kam nur zu dem Schluss, dass Aline neidisch auf sie war. Und so Leid es ihr nun auch tat, dass Alines Vater gestorben war, es änderte nichts an ihrem Entschluss, den Kontakt zu ihr abzubrechen.

Im Übrigen war es mit Caroline ebenso lustig, wenn nicht noch lustiger. Was Caroline allein von den amourösen Verwicklungen in den Kammerspielen erzählte! Ja, dachte sie, während sie das bunte Durcheinander von Tilsiter Käse, Pekingenten, Kornblumensträußen und Schweizer Bergziegen auf dem morgendlichen Markt musterte, die Rufe der Händler als warmer Klangteppich über ihre Gedanken gebreitet, man darf sich nicht an Menschen binden. Dann wird man auch nicht verletzt. Ich habe mich viel zu sehr an Aline gehängt.

Käthe lief um die Fischhalle herum auf die Brücke zu, die zum Ponton am Fluss hinunterführte. Sie schnürte ihre Stiefel auf, ließ sich auf dem Ponton nieder und reckte die schmerzenden Füße ins Wasser. Langsam ließen die Kopfschmerzen nach. „Lange Nacht gehabt, Deern?", fragte einer der Ewerführer.

Käthe nickte. „Viel getanzt", sagte sie. „Ich bin Tänzerin von Beruf."

„So. Und da hat man nich ma mehr Zeit für die beste Freundin, wenn die in der Tinte sitzt, nä?", fuhr eine bekannte Stimme sie an.

Käthe blickte auf. Es war Bertha.

„Aline und ich, wir reden nicht mehr miteinander", sagte sie. „Im Übrigen wüsste ich nicht, was Sie das angehen sollte, Frau Homann."

„Wenn es mit Aline zu tun hat, geht es mich sehr wohl was an. Du weißt, dass der Kapitän gestorben ist?"

Käthe schwieg.

„Ich hab ma eine hohe Meinung von dir gehabt", erklärte Bertha. „Aber jetzt weiß ich, dass du bloß eine dumme Gans bist! Eine, die nur an sich selber denkt!"

Käthe fühlte, wie ihr die Tränen kamen. Sie schnappte sich ihre Stiefel und stand auf.

DER BRIEFTRÄGER brachte wie immer einen Stapel Rechnungen. Aline nahm sie entgegen und wollte sie beinahe beiseite legen, als ihr ein Umschlag von der staatlichen Lotterie ins Auge fiel. Hastig riss sie ihn auf. Es war eine Gewinnbenachrichtigung über 123 Reichsmark und 18 Pfennige. Sie überprüfte noch einmal die Adresse: CHRISTIAN JACOBY, ÖVELGÖNNE, kein Zweifel. Hatte Papa etwa Lotto gespielt? Sie fand Madeleine im Salon, wo sie mit Berthas Hilfe letzte Hand anlegte für die Besichtigung der Meyerdinks.

„Wusstest du, dass Papa Lotto gespielt hat?", fragte Aline.

„Nein. Warum fragst du?"

„Hier." Aline warf ihr den Brief zu. „Lies!"

Madeleine überflog die Zeilen, dann lachte sie. „123 Reichsmark! Da haben wir ja richtig Glück! Was machen wir damit?"

„Rechnungen bezahlen, fürchte ich", erwiderte Aline. Sie klappte den kleinen Sekretär am Fenster auf und öffnete die restliche Post. Die Rechnungen der vergangenen Woche lagen bereits in einer Schublade. Aline fing an zu rechnen. „Na prima", sagte sie. „Wenn wir alles bezahlt haben, bleiben uns immerhin noch 87 Pfennige. Wir sind schuldenfrei!"

ALINE und Madeleine beobachteten die kleine Karawane, die durch Övelgönne zog, aus dem Salon im ersten Stock. Die Spitze bildete eine stämmige Frau unbestimmten Alters mit grauen Haaren und energisch federndem Schritt. Frau Meyerdink. Dann kam ein älterer, gutmütig aussehender Herr, der Gatte. Neben ihm tippelte die Tochter, ein mit Schleifchen und Rüschen behängtes blondes Geschöpf, das trotz seiner kindlichen Aufmachung mindestens sechzehn Jahre alt war. Am Ende gingen die beiden Söhne, ein ernsthaft wirkender junger Mann, der etwa in Friedrichs Alter war und einen stattlichen Schmiss auf der Wange trug, umhüpft von einem Kerlchen, das sich offenbar noch im Volksschulalter befand. Friedrich war nicht mitgekommen. Madeleine schüttelte den Kopf. „Ich hasse diese Leute schon jetzt", sagte sie.

Aline legte ihr begütigend eine Hand auf den Arm. „Friedrich meint, sie seien nett. Außerdem können sie nichts dafür, dass wir unser Haus vermieten müssen. Du solltest ihnen freundlich begegnen."

*„Eh bien!"*, sagte Madeleine. „Ich werde mich bemühen."

Als es an der Tür klingelte, zuckte sie zusammen. Bertha ging öffnen.

Sie hatten im Salon alles für den Nachmittagstee angerichtet. Mit dem zierlichen Rosenthal-Gedeck auf der blütenweißen Decke sah der Tisch frisch und appetitlich aus. Dank einiger Likörvorräte, die der Kapitän noch im Keller gehortet hatte, war es Bertha gelungen, einen Teller voll Konfekt herzustellen.

„Guten Tag!", dröhnte eine weibliche Stimme von der Tür.

Aline war die Erste, die die Hand ausstreckte. „Freut mich, dass Sie den Weg zu uns gefunden haben", sagte sie. „Ich bin Aline Jacoby."

Sie spürte, wie der Blick der Frau sie von oben bis unten abtastete. „Gertrude Meyerdink", sagte sie. „Wir sind uns auf dem Tanzball an der Palmaille begegnet."

Ihr Mann deutete eine höfliche Verbeugung an. „Otto Meyerdink." Dann küsste er Madeleine die Hand.

„Das sind meine Kinder", fuhr Frau Meyerdink fort. „Unser Ältester, Julius Cäsar, wird nicht bei uns wohnen. Er besitzt eine eigene Studentenwohnung oben in Harvestehude. Aber er wollte sich die Besichtigung natürlich nicht entgehen lassen."

Aline wollte zu ihm hinüberlächeln, als sie seinen Blick bemerkte. Der junge Mann blickte sie unverwandt an, und sein riesiger Schmiss auf der Wange gab ihm etwas Gefährliches. Gott sei Dank, dass er woanders wohnt!, fuhr es ihr durch den Kopf. Dann wurde sie der Tochter vorgestellt. Kleopatra, wie sie hieß, knickste brav. Der Jüngste, Marcus Antonius, schien ein sonniger kleiner Bengel zu sein. Unbefangen ging er auf Madeleine zu und verbeugte sich vor ihr. „Ich habe zu Mama gesagt, dass ich jeden Tag rudern will!", verkündete er, wofür er einen Stoß erntete.

„Ich dachte, wir trinken zuerst eine Tasse Tee", bemerkte Madeleine.

„Wenn Sie nichts dagegen haben, Madame", sagte Gertrude Meyerdink, „würde ich gern direkt mit der Besichtigung anfangen. Unsere Zeit ist begrenzt, und wir haben noch weitere Häuser anzusehen."

„Wie Sie wollen. Dann fangen wir unten an."

Es war ein seltsames Gefühl, sein eigenes Haus vorzuführen. Zum ersten Mal nahm Aline es mit den Augen anderer wahr. Nachdenklich betrachtete sie den Wintergarten, in dem sie so oft ihre Schularbeiten erledigt hatte, immer mit halbem Blick auf die anderen Kinder, die auf dem gepflasterten Weg draußen spielten, und auf die launische Elbe, die ihnen ihre Fluten bisweilen bis in den Garten spülte.

„Darf ich fragen, wohin die Tür dort hinten führt?“, durchbrach Gertrude Meyerdink ihre Gedanken.

„Diese Tür führt zum Anbau im Hof“, erklärte Madeleine. „Dort liegt auch die Küche. Unsere Köchin können wir Ihnen wärmstens empfehlen. Sie ist nun schon seit über 25 Jahren bei uns im Dienst und hat stets hervorragend gekocht.“

„Werden Sie sie nicht behalten?“, wollte Frau Meyerdink wissen. „Gutes Personal zu finden ist heutzutage schwer.“

Madeleine nickte. „Da mögen Sie Recht haben. Aber unsere Köchin muss sich ihren Lebensunterhalt jetzt woanders verdienen.“ Nach einer unangenehmen Pause des Schweigens fuhr sie fort: „Den Salon im ersten Stock kennen Sie ja schon. Wollen Sie sich jetzt die anderen Zimmer ansehen? Dann bitte ich Sie, mir zu folgen.“ Sie raffte ihren bodenlangen schwarzen Rock zusammen und schritt die Treppe empor. Die Karawane folgte ihr.

„Dies hier ist das Musikzimmer.“ Mit all den Menschen im Raum wirkte das Zimmer auf einmal klein. Es war immer ein intimer Ort im Haus gewesen, ein Rückzugspunkt, um am Klavier zu träumen oder die anderen Familienmitglieder zu unterhalten. Oder um am Kamin zu sitzen und zu lesen. Durch die bunten Mosaikglasfenster, die der Kapitän hatte einsetzen lassen, wirkte der Raum noch enger und dunkler. Außerdem ging er zum Hang nach hinten hinaus. Gertrude Meyerdink war das Missfallen offen ins Gesicht geschrieben. „Nun, zumindest könnte Kleo hier ihre Klavierstunden absolvieren“, erklärte sie schließlich.

Kleopatra protestierte. „Aber Mama, ich möchte nicht mehr …“

„Klavier spielen gehört sich eben für ein Mädchen deines Standes! Unnötig, darüber zu debattieren!“, fuhr ihre Mutter sie an.

„Wir hatten vor, das Klavier mitzunehmen“, fiel Madeleine rasch ein. „Meine Tochter und ich spielen beide leidenschaftlich gern …“

„Wir nehmen das Musikzimmer entweder mit dem Klavier darin, oder wir lassen es ganz“, erklärte Frau Meyerdink knapp.

„Aber Gertrude“, wandte ihr Mann ein, „wir haben doch selbst ein Klavier.“

„Ach ja?“, gab sie zurück. „Und wer wird es von Teufelsbrück den ganzen Weg über die Elbchaussee und die Flottbeker Chaussee hierher transportieren? Ein Klavier, das sich bereits im Haus befindet, ist eindeutig ein Argument für das Haus. Ende der Diskussion.“

„Und hier ist der Eng… der große Salon für besondere Gelegenheiten." Aline ging voran durch den kleinen Flur, um die Flügeltüren zum Engelsraum zu öffnen. Beim Anblick des marmornen Kamins und der Seidentapeten lockerten sich Madame Meyerdinks Züge ein wenig.

„Dieser Raum ist in der Tat recht annehmbar", erklärte sie.

Otto Meyerdink nickte lächelnd.

„Die Kamine dienen eher dekorativen Zwecken", warf Madeleine ein. „Selbstverständlich sind alle Feuerstellen funktionstüchtig. Aber das Haus hat Zentralheizung."

Frau Meyerdink nickte. „Ich denke, das ist das Mindeste, was man erwarten darf."

„Im oberen Stock befinden sich die Schlafräume", sagte Aline. „Möchten Sie sie auch sehen?"

Gertrude Meyerdink warf ihr einen herablassenden Blick zu. „Natürlich gehen wir nicht, ohne die Schlafräume gesehen zu haben."

Hier habe ich meine Tochter zur Welt gebracht, hätte Madeleine um ein Haar gesagt, als sie das große Schlafzimmer betraten, das nach vorn hinausging. Aber sie hielt sich zurück.

Otto Meyerdink war ans Fenster getreten. „Der Blick ist sehr hübsch", sagte er.

Frau Meyerdink versuchte das Fenster zu öffnen. „Es klemmt", stellte sie fest. „Lässt sich dieser Schaden beheben?"

Aline nickte. „Selbstverständlich."

„Neben dem Schlafzimmer befindet sich das Arbeitszimmer meines verstorbenen Mannes", erklärte Madeleine.

Julius Cäsar war ohne Aufforderung in den daneben liegenden Raum getreten. „Ist das hier das Schlafzimmer von Mademoiselle?", fragte er. Am liebsten hätte Aline ihm die Tür vor der Nase zugeschlagen und Nein gerufen. „Ja", sagte sie stattdessen.

Nun drängte sich alles in ihrem kleinen Raum, begaffte das Bett mit der Fotografie darüber, Käthe und sie im Zelt des Fotografen auf dem Ottenser Marktplatz, die Hände ineinander verschränkt. Und auf einmal fühlte Aline Bitterkeit in sich aufsteigen. Seit ihrem Streit war Käthe ihr aus dem Weg gegangen. Nicht einmal zum Begräbnis war sie erschienen. Sie fehlte ihr.

„Alles in allem gefällt uns das Haus sehr gut", ließ sich Frau Meyerdink vernehmen. „Vielleicht können wir noch einmal über den Preis sprechen. Immerhin handelt es sich um ein altes Haus …"

„Es wurde 1880 erbaut", warf Madeleine hastig ein.

„Nun, das würde ich kaum als Neubau bezeichnen. Die Fenster lassen sich nicht richtig öffnen …"

„Mein verstorbener Mann hat sich stets um alle anfallenden Reparaturen gekümmert. Das Haus ist in sehr gutem Zustand."

„Nun ja. Wenn ich den jungen Herrn von Alvesloh richtig verstanden habe, war Ihr Gatte nach dem Krieg nicht mehr in der Lage, größere Renovierungsarbeiten durchzuführen." Sie schlenderte zum Fenster hinüber. „Was ist mit dem Garten?"

„Sie dürfen ihn mitbenutzen."

„Wir verlangen die alleinige Nutzung."

Jetzt war Madeleine weiß im Gesicht. Aline konnte ihre Gedanken förmlich lesen. *Wir haben nur dieses eine Angebot. Unsere einzige Chance. Wir müssen vermieten.* Sie fühlte, wie ihr schlecht wurde.

„Ich komme gleich wieder", presste sie hervor. Sie lief die Treppe hinab, sprang die letzten Stufen in den Flur und riss die Tür zur Küche auf. Sie brauchte nichts zu sagen, Bertha sah sofort, wie es um sie stand. Sie nahm sie in den Arm, wortlos, streichelte ihr übers Haar.

„Alles wird gut", hörte sie Bertha endlich sagen. „Werden sie es nehmen, das Haus?"

Aline nickte. „Ich glaube schon. Aber sie sind furchtbar", murmelte sie erstickt.

## SIEBTES KAPITEL

„Wie konntest du nur sagen, sie seien nett?" Aline bemühte sich, ruhig zu bleiben. Dabei war sie so wütend, dass sie Friedrich am liebsten geschüttelt hätte.

„Aber Mäuschen!" Friedrich drückte ihren Arm, während er mit der rechten Hand vorbeiwandernde Spaziergänger grüßte. „Es täte dir gut, dich besser beherrschen zu lernen. Otto Meyerdink ist grundgutmütig, ein liebenswerter Familienvater und ein berühmter Mathematiker."

„Ich spreche nicht von Herrn Meyerdink. Die Frau ist das ekelhafteste Miststück, das mir in meinem ganzen Leben begegnet ist."

„Na, na, so lang ist dein Leben ja noch gar nicht. Du solltest die Frau einfach nicht beachten."

„Aber sie tut alles dafür, dass man sie beachtet! Sie kommt zehnmal am Tag zu mir und Maman in den Anbau, um sich das Telefon erklären zu lassen oder um über die angebliche Feuchtigkeit im Haus zu klagen oder um erneut über den Mietpreis zu verhandeln."

„Du wirst das alles nicht mehr lange erdulden müssen", erwiderte Friedrich lächelnd. „Nächstes Jahr um diese Zeit sind wir verheiratet, und du lebst in einem prächtigen Haus in Charlottenburg als Madame von Alvesloh." Er versuchte sie zu küssen, aber sie machte sich frei.

„Aber wer wird denn wegen so einer alten Ziege mucksch sein?", rief Friedrich. „Du musst nicht prüde tun, Mäusegetier, immerhin sind wir verlobt. Ich freue mich so, wenn wir endlich verheiratet sind", hörte sie ihn in ihr Haar murmeln. „Natürlich kannst du dann endlich auch von deiner Berufstätigkeit absehen."

„Aber ich möchte arbeiten!", entgegnete Aline empört.

„Aber Mäusegetier! Das mit dem Ärztinspielen ist doch nicht dein Ernst!"

„Und warum nicht, bitte sehr?"

„Als Arzt muss man objektiv sein können, kaltblütig, nüchtern, ausdauernd, robust und von analytischem Verstand."

„Wer sagt, dass ich das nicht bin?", zischte Aline.

„Niemand, Mäuschen, niemand behauptet Schlechtes von dir. Im Gegenteil. Es geht nicht um dich als Person. Aber du bist eine Frau! Und als Frau bist du eben sehr emotional …"

„Was?", brauste Aline auf. „Seit wann denn das?"

„Allein, wie du auf Frau Meyerdink reagierst, das ist sehr emotional, würde ich sagen. Aber so seid ihr Frauen."

„Im Vergleich zu dem, wie die Frau mich und Maman behandelt, reagiere ich eiskalt", versetzte Aline.

„Und außerdem", fuhr Friedrich fort, als wäre er taub, „setzt euer körperlicher Verfall früher ein. Wenn man dann noch die Zeiten abzieht, in denen ihr schwanger seid und stillt, bleiben nicht viele Jahre übrig, in denen ihr funktionstüchtig seid. Ich spreche hier von biologischen Fakten. Die dürften dir als Medizinstudentin nicht unbekannt sein. Oder passt du im Unterricht etwa nicht auf?"

Aline zwang sich zu einem Lächeln. „Wenn du mich entschuldigen würdest, aber ich muss jetzt gehen. Den verpassten Unterricht aufarbeiten."

Friedrich lächelte. Frauen – so waren sie nun mal: immer launisch.

DIES war der Moment, auf den Nathan seit über einem Jahr gewartet hatte. Max war aus dem Haus gegangen und hatte sein Arbeitszimmer nicht abgeschlossen. Aus dem Raum am Ende des Flurs schimmerte das Licht der Gaslaternen draußen. Er horchte. Aus dem Zimmer seiner Mutter drang kein Ton. Auch Henny schien zu schlafen. Er streifte Hausschuhe und Socken von den Füßen und schlich über den Gang. Als er die Tür vorsichtig öffnen wollte, bemerkte er, dass sie quietschte. Das sah Max überhaupt nicht ähnlich. Er pflegte derlei Unannehmlichkeiten sofort zu beseitigen.

Bevor Nathan die Lampe am Sekretär anzündete, zog er die schweren Samtvorhänge zu. Wahllos zog er an einer der Schubladen. Sie war verschlossen, natürlich. Er blickte umher. Es gab nur zwei Möglichkeiten. Entweder führte Max den Schlüssel mit sich, oder er hatte ihn im Raum versteckt. Vorsichtig ließ Nathan sich auf dem Stuhl vor dem Sekretär nieder und ließ seinen Blick durch das Zimmer wandern. An der Wand hingen mehrere Ölgemälde. Eines stellte den Vater dar. Nathan unterdrückte einen Anflug von Ärger. Mit welchem Recht erlaubte es sich Max, das Bildnis des Vaters in seinem Raum aufzuhängen? Warum befand es sich nicht im Salon? Der schwere Teppich verschluckte seine Schritte, als er zum Bild hinüberging. Es war ein seltsames Gefühl, dem Vater von Angesicht zu Angesicht gegenüberzustehen. Er bemerkte, dass er ihm ähnelte, mehr als Max. Er hatte die gleichen dunklen Augen und Haare, das gleiche dreieckige Gesicht mit dem vorgereckten Kinn. Sachte beugte er sich vor, um hinter das Bild zu greifen. Es war so, wie er vermutet hatte. Ein kleiner silberner Schlüssel lag auf dem hinteren Rand verborgen. Er schlich zurück und öffnete die oberste Schublade. Ein dickes Heft lag darin, gefüllt mit Maxens sauberer Schrift: seine Krankenakten, peinlich genau nach Datum sortiert. Die nächste Schublade enthielt Rechnungen. Die Krankenakten brachten ihn auf eine Idee. Sicher hatte sein Vater solche Akten auch geführt. Und plötzlich wusste Nathan, was er suchte: die Akten aus dem Jahr 1899, eine Aufstellung derjenigen Menschen, mit denen der Vater vor seinem Tod in Verbindung gewesen war. Aber der Sekretär war eine Enttäuschung. Die anderen Fächer enthielten lediglich Rechnungen, die Max erhalten und bezahlt hatte, außerdem einen kleinen Stapel Fotografien von der Familie. Er tastete hinter dem Sekretär herum. Endlich stieß er auf eine Art Balken, der sich verschieben ließ. Doch weiter reichte sein Arm nicht. Er musste den Sekretär nach vorne ziehen. Zitternd vor Erwartung zündete er eine Kerze an, um das Stück zwischen Pult und Wand auszuleuchten. Tatsächlich: Der Balken gab eine weitere Lade frei. Er stellte die Kerze auf dem Boden ab, um den Sekretär noch weiter vorzurücken. Seine Mühe wurde belohnt. Als er die Lade herauszog, bemerkte er einen Stapel Papier. Hastig zog er ihn hervor. Die vergilbten Bögen trugen eine andere Schrift, ebenso ordentlich wie die seines Bruders. Er fühlte, wie sein Herz klopfte. *25. März 1892*, las er. Mit fliegenden Fingern fuhr er durch die Blätter. *1898. 1899*. Hier ging es los. *3. Januar: Henriette Ulrike Löwenthal, schwerer Durchfall und Erbrechen. Mäßig Fieber*. Plötzlich hörte er ein Geräusch. Tappende Schritte im Flur. Henny! Und da stand sie auch schon in ihrem Nachthemd. „Was machst du denn?“, murmelte sie verschlafen. Nathan sprang auf. „Henny, geh wieder schlafen!", fuhr er sie leise an. „Und kein Sterbenswort zu Max! Ich erkläre es dir später."

Widerwillig wandte Henny sich um und verschwand.

Nathan nahm die Seiten, die das Jahr 1899 betrafen, aus dem Stapel heraus und steckte den Rest wieder zurück. Dann schob er den Sekretär wieder an seinen Platz. Vergewisserte sich, dass er alle Schubladen abgeschlossen hatte, und legte den Schlüssel wieder hinter das Bild zurück. Löschte die Kerze und stellte sie auf den kleinen Beistelltisch neben dem großen Ledersessel. Erst als er den Raum verlassen wollte, bemerkte er, dass er vergessen hatte, die Vorhänge wieder aufzuziehen.

ALINE schlich den Weg durch die Pforte, die zum winzigen Vorgarten führte, am Glasvorbau vorbei. Als sie die Passage zwischen Hausmauer und dem Zaun zum Nachbargrundstück erreichte, blieb sie stehen und lauschte. Aus dem Haus drang lautes Gekeife. Also war Madame wieder da. Leise drückte sie die Tür zum Anbau auf. An einem kalten, trüben Januartag wie diesem war es drinnen unglaublich dunkel. Tatsächlich hatte sie nie zuvor, all die Jahre, wenn sie Bertha in der Küche besucht hatte, bemerkt, wie dunkel es hier war. Es war wie das Fegefeuer ohne das dazugehörige Feuer, denn der Kohleherd, der sich hier befand, war feucht geworden und qualmte vor sich hin, sodass sie gezwungen waren, die Fenster aufzureißen, um nicht zu ersticken. Mit allem hatte Aline gerechnet, als sie vor nunmehr drei Monaten das Haus den Meyerdinks übergeben hatten, mit Enge, mit Schwierigkeiten beim Lernen mit Bertha und Maman im Raum, aber nicht mit dieser beklemmenden Dunkelheit, die ihr den Atem nahm. Immerhin konnte sie dem Hinterhof regelmäßig entkommen. Sie hatte die Universität, ihre Aufgaben, die Treffen mit Kommilitonen – und Nathan, den sie hin und wieder von weitem sah, der ihr zulächelte und dem sie zulächeln konnte. Tausendmal schlimmer war es für ihre Mutter. Madeleines Haar, die einst dunkelbraun gelockte Pracht, war in den letzten Monaten weiß und strähnig geworden.

Als Aline die Küche betrat, sah sie Bertha am Herd stehen und in einem Topf rühren. Bertha war wie eine Eiche, alt und so verwurzelt, dass kein Sturm sie umreißen konnte. Bertha lächelte ihr zu. Madeleine winkte müde mit einem Briefumschlag. „Sieh nur, Aline, wir haben schon wieder im Lotto gewonnen!"

„Nanu! Wie viel ist es denn diesmal?"

„252 Mark und 17 Pfennige. Wir sparen es für dein Brautkleid."

„Aber Maman!" Aline stellte ihre lederne Aktentasche neben den Korb mit den Kartoffeln. „Papa hat genug Geld für meine Hochzeit hinterlassen.

Nein, von dem Geld lassen wir den Schornsteinfeger kommen und den Herd machen. Ist ja nicht mehr auszuhalten mit dem Qualm. Und von dem restlichen Geld machen wir einen Ausflug nach Hamburg! Wir fahren mit der Droschke –“ Ein energisches Klopfen unterbrach ihren Redefluss. Aline ging öffnen. Es war Frau Meyerdink. „Guten Tag“, sagte sie.

„Guten Tag“, antwortete Aline.

„Das Telefon geht schon wieder nicht. Laut Mietvertrag sind Sie für die Instandsetzung aller Möbel, Öfen, Heizungen und sonstiger Geräte im Haus verantwortlich. Wir verlangen, dass Sie das Telefon innerhalb der nächsten 48 Stunden reparieren lassen, sonst kürzen wir die Miete!“

Aline räusperte sich. „Wir haben Ihnen das Haus in einwandfreiem Zustand überlassen“, bemerkte sie, so ruhig sie konnte. „Zur tadellosen Grundausstattung gehörte auch ein funktionierendes Telefon.“

„Das Telefon wird binnen 48 Stunden repariert. Sonst können wir nicht für die Folgen garantieren.“ Damit wandte Frau Meyerdink sich um.

„Aber was stellen Sie denn mit dem Telefon an?“, rief Aline. „Nicht wir benutzen es, sondern Sie! Wir können doch nichts für den Schaden!“

Frau Meyerdink würdigte sie keines Blickes mehr. „Das hätten Sie sich vor Aufsetzung des Mietvertrages überlegen sollen. Nun steht es schwarz auf weiß.“ Und zu Bertha gewandt: „Im Übrigen wünschen wir heute Abend eine Stunde früher zu speisen. Und ich wäre Ihnen dankbar, wenn Sie das Essen einmal nicht lauwarm servieren würden!“ Damit schlug sie die Tür hinter sich zu.

„Diese Natter!“, sagte Bertha.

Madeleine saß stumm am Fenster. Ihre schmalen Schultern bebten. Aline nahm sie in den Arm. „Ich kann nicht mehr“, sagte Madeleine schluchzend. „Ich kann nicht mehr.“

„Ist ja schon gut, Maman“, flüsterte Aline. „Jetzt ist sie ja weg. Und vor übermorgen kommt sie auch nicht wieder. Den Ausflug machen wir trotzdem.“

Madeleine schüttelte den Kopf. „Besser, wir bringen das Telefon in Ordnung.“

„Essen ist fertig“, brummte Bertha.

„Augenblick mal.“ Aline war etwas eingefallen. „Kann ich den Brief von der Lotterie mal sehen?“

„Hier.“ Madeleine reichte ihr den Umschlag. *An Kapitän Christian Jacoby* stand darauf.

„Das verstehe ich nicht. Papa spielt doch nicht im Jenseits Lotto“, entfuhr es ihr. Geistesabwesend setzte sie sich an den Tisch und löffelte die Haferschleimsuppe. Etwas war faul an dieser Lottosache, aber was?

Es war im März 1921, als Heinrich sich endgültig von den Idealen der Burschenschaft überzeugen ließ. Zu diesem Zeitpunkt hatte er eine Lungenentzündung durchgemacht und wäre vor Hunger sicher eingegangen, hätte er nicht wenigstens einmal pro Woche bei den Sandsteins essen dürfen. Als ihn Julius Cäsar Meyerdink, ein imposant gebauter Student der Rechte, zum ersten Mal auf dem Universitätsgelände angesprochen hatte, war er noch misstrauisch gewesen. Doch Heinrich studierte inzwischen im vierten Semester und wusste, dass die schlagenden Verbindungen Macht und Einfluss hatten. Größeren Einfluss als die Hochschulbehörde, die die meisten Studenten ablehnten. Im Februar hatte der Hass gegen diese neue Behörde so hohe Wellen geschlagen, dass es dabei fast zu einem Aufstand gekommen wäre. Der Grund dafür war die neue Universitätsverfassung, in der es hieß, dass jüdische Studenten die gleichen Rechte erhalten sollten wie alle anderen. Zu diesem Zeitpunkt erhielten die Burschenschaften regen Zulauf, denn sie versprachen all jenen Studenten, die sich auf ihre Seite stellten, eine warme Wohnung in einem der Verbindungshäuser und regelmäßige Mahlzeiten. Heinrich hatte sich bereitwillig „keilen" lassen, wie die Burschen es nannten. Er hatte seine zugige Bude im Grindelviertel verlassen, um in eine der weiß getünchten Villen an der Alster zu ziehen. Gemeinsam mit den anderen Neulingen bildete er eine Bierfamilie im so genannten Fuxenstall. Gegen das neue Hochschulgesetz, das am 4. Februar in Kraft getreten war, hatte er mit seinen neuen Brüdern lautstark protestiert. An Nathan hatte er dabei nicht gedacht. Nathan war für ihn kein Jude. Nathan war Atheist. Auch sein verstorbener Vater war kein Jude gewesen. Heinrich hatte nicht das Gefühl, Unrechtes zu tun, als er tagsüber gegen Juden an der Hamburger Universität demonstrierte und abends bei den Sandsteins aß. Die Welt war eben voller Widersprüche.

Julius Cäsar wurde sein Leibbursche. Wenn sie sich abends im Verbindungshaus zum Biertrinken trafen, durfte Julius ihn zwingen, sein Glas leer zu trinken, oder aber er verbot ihm, auf die Toilette zu gehen. Überhaupt mussten die Füxe saufen, was das Zeug hielt. Heinrich, der früher überhaupt nicht und später im Kreis der Wandervögel nur das Getränk der Boheme, Absinth, getrunken hatte, verbrachte die ersten Wochen mit dauernden Kopfschmerzen und Übelkeitsgefühlen. Zum Studieren war er in der Zeit kaum noch fähig, und seine Leistungen sackten bedenklich ab.

Dafür lernte er Fechten. Das war, nach dem Wandern und Tanzen, eine Sportart, die ihn wirklich begeisterte. Er besuchte die täglichen Paukstunden mit einem wahren Feuereifer und freute sich wie ein Besessener auf sein erstes richtiges Duell. Und niemand focht so prächtig wie Julius Cäsar Meyerdink. Heinrich bewunderte ihn.

Dann kam der Tag der Brandung. Ein Ritual, das den Neofux zum Brandfux machte, die letzte Vorstufe zur Burschenwerdung. Heinrich und die anderen Füxe mussten mit nacktem Oberkörper, nur mit Krawatte und dem Band der Burschen bekleidet, singend auf Stühlen in der Kneipe reiten. Während die Burschen ihre Korken schwärzten, um die Füxe damit zu brandmarken, empfand Heinrich einen Rausch, der nicht nur vom Alkohol herrührte. Es war die Freude, trotz der Angst vor dem sengenden Korken, endlich dazuzugehören.

Es wurde Sommer. Aline genoss es, draußen an der frischen Luft zu lernen. In ihrer vorlesungsfreien Zeit lag sie auf einer Decke im Gras und rekapitulierte bei Vogelgezwitscher die Zusammensetzung des Blutes. Um das Problem der Studiengebühren zu lösen, hatte sie eine Studienbeihilfe beantragt, denn der Gedanke war ihr unangenehm, dass Friedrich für ihr Studium aufkommen sollte. Leider hatte die Universität ihren Antrag abgelehnt. Als Eigentümerin eines Hauses in Övelgönne fiel sie aus dem Förderprogramm für Minderbemittelte heraus. Nun gab es nur noch eine Möglichkeit: Sie musste sich ein Stipendium für hervorragende Leistungen erarbeiten. Endlich hatte sie ein Ziel, etwas, auf das es sich hinzuarbeiten lohnte und das ihr wie die Antwort auf all ihre Probleme erschien. Sie begann wie eine Besessene zu lernen. Nur wo? Da sie den Garten nicht mehr nutzen durfte, musste sie sich nach neuen Möglichkeiten umsehen. Natürlich war sie jederzeit bei Friedrich in Blankenese willkommen, dessen Familie ein Anwesen am Strand besaß. Aber sie hatte die Erfahrung gemacht, dass es sich bei Friedrich schlecht lernen ließ, weil er dauernd versuchte, sie abzulenken. Hin und wieder lernte sie bei Lassens auf dem Övelgönner Nachbargrundstück, aber die mitleidigen Blicke der Frau Lassen und ihre Fragen, ob Aline Hunger habe, vermiesten ihr auch dieses Vergnügen schnell. Schließlich setzte sie sich einfach in den nächstgelegenen Park.

Manchmal sah Aline den weißblonden Schopf von Käthe in der Ferne aufleuchten. Von den Nachbarn wusste sie, dass Käthe nicht mehr in Neumühlen wohnte, aber ihre Eltern von Zeit zu Zeit besuchte. Einmal hatte Aline versucht, sie anzusprechen. Aber Käthe war davongelaufen.

Die mysteriösen Lottogewinne trudelten weiter ins Haus. Die Summen wurden mit jedem Mal größer, und doch schienen sie für immer weniger zu reichen, denn die Reichsmark verlor ständig an Wert. Schon die einfachsten Dinge kosteten mittlerweile Unsummen. Aline hatte unterdessen, zu Friedrichs Missvergnügen, eine Leidenschaft für das Angeln entwickelt. An den Wochenenden ruderte sie von der Dampfschifffahrtsbrücke in Övelgönne auf den Strom hinaus, um dort die Angelschnur auszuwerfen. Sie war nicht die Einzige. Zahlreiche Anwohner aus Övelgönne und Neumühlen taten es ihr gleich. Während sie auf ihren Fang wartete, las sie in ihren Lehrbüchern. Es waren Stunden, in denen sie fast glücklich war.

## ACHTES KAPITEL

Käthe hatte es sich angewöhnt, einmal die Woche zur Lottoannahmestelle zu gehen und ein paar Zahlen anzukreuzen, die ihr Glück bringen sollten. Seitdem sie nicht mehr zu Hause wohnte, war sie ständig knapp bei Kasse. Wenn es ihr nur ein einziges Mal gelänge, einen großen Gewinn zu machen, wäre sie ihre Sorgen bis ans Lebensende los, davon war sie überzeugt, und sie hatte bereits einen Plan, wie sie den Gewinn investieren wollte. Ihr Plan bestand darin, jenem Archivar, der behauptet hatte, auf Störtebekers Schatz gestoßen zu sein, eine Million Goldmark Finderlohn zu zahlen, damit er ihr das Versteck zeigte. Gewiss war es an einem schwer zugänglichen Ort, manche behaupteten, in der Spitze von St. Katharinen oder aber vergraben auf der Insel Schweinesand, aber Käthe fühlte sich wendig und mutig genug, ein solches Abenteuer auf sich zu nehmen. Aber mit wem? Seitdem Caroline ihr Engagement an den Kammerspielen hatte, war sie mehr und mehr mit den anderen Schauspielern dort beschäftigt. Käthe sehnte sich nach Aline – manchmal so sehr, dass sie nachts von ihr träumte, aber sie wusste einfach nicht, wie sie nach dieser langen Zeit auf sie zugehen sollte. Dass sie nach dem Tod ihres Vaters nicht bei ihr gewesen war, warf sie sich noch immer vor. Soweit sie wusste, sahen sich Nathan und Aline nicht mehr, und Aline plante weiter ihre Hochzeit mit Friedrich von Alvesloh. Wäre Nathan nicht Nathan gewesen, Käthe hätte ihr schon zehntausendmal von der Hochzeit abgeraten. Aber so? Käthe wusste, dass sie einen Riesenfehler gemacht hatte, als sie sich mit Aline zerstritten hatte. Sie musste es wieder gutmachen, das war klar. Nur wie?

In der Patientenliste von 1899 tauchte in der zweiten Jahreshälfte ein Name auf, der Nathan beschäftigte: ein gewisser Theodor Ludwigsen, Student der Rechte in Göttingen, dessen Eltern in Altona lebten. Dieser Theodor war mit verschiedenen Brandwunden und einer starken

Alkoholvergiftung zu Nathans Vater gebracht worden. Der Vater hatte ihn mittels Schlaf- und Wasserkur ausgenüchtert und seine Wunden behandelt. Kurze Zeit darauf war Theodor Ludwigsen verstorben. Im Altonaer Adressbuch fand Nathan die Adressen mehrerer Ludwigsens, zwei davon in der Palmaille. Er machte im Anschluss an eine Droschkenfahrt, die er für den Fuhrunternehmer Carlsen erledigen musste, einen Umweg zu den beiden infrage kommenden Häusern. Er klingelte, doch weder in dem einen noch in dem anderen Haus wurde ihm geöffnet.

Was hätte er überhaupt sagen sollen, wenn ihm geöffnet worden wäre? Guten Tag, ich bin der Sohn von Dr. Sandstein. War mein Vater zufällig schuld am Tod Ihres Sohnes Theodor? Er fuhr unverrichteter Dinge wieder davon.

Am Abend stand, wie immer mittwochs, Heinrich vor der Tür. Ein Schmiss zierte seine rechte Wange.

„Ist beim Rasieren was danebengegangen?"

Heinrich lachte. „Meine erste Mensur. Macht mich männlicher, oder?"

Nathan lächelte. „Ich habe nie an deiner Geschlechtszugehörigkeit gezweifelt. Moment mal, du hast da ein Haar."

Heinrich wehrte Nathans Hand ab. „Das habe ich mit Absicht in die Wunde gelegt, damit der Schmiss breiter wird."

„Was du für Tricks kennst! Aber komm doch rein. Heute Abend gibt es Milchsuppe, glaube ich."

In diesem Moment riss Max die Tür von seinem Arbeitszimmer am Ende des Ganges auf. „Heinrich verschwindet besser von hier! Und zwar auf der Stelle!", schrie er.

Nathan fuhr herum. „Warum? Was ist denn los?"

Nun wandte sich Max direkt an Heinrich. „Stimmt es, dass du dich in einer schlagenden Verbindung engagierst?"

„Ja", antwortete Heinrich schlicht.

„Und ist es wahr, dass du vor dem Universitätsgebäude gegen jüdische Studenten demonstriert hast?"

„Ich, nun ja …"

„Und dass du dich in deiner Verbindungsvilla an der Außenalster verköstigen lässt?"

„Nun lass ihn doch mal zu Wort kommen!", brüllte Nathan.

„Und da hast du die unglaubliche Frechheit, einmal die Woche eine jüdische Familie zu besuchen und ihr den Tisch leer zu fressen?!"

Nathan versuchte seinen Bruder zu beruhigen. „Nun hör schon auf. Was Heinrich tut, richtet sich doch überhaupt nicht gegen uns. Und wir haben genug zu essen für einen Gast, der einmal die Woche kommt."

Heinrich war kreidebleich geworden. Der Schmiss leuchtete wie ein Feuermal. Ohne ein Wort zu sagen, drehte er sich um.

„Wenn du jemals wieder einen Fuß in unsere Wohnung setzt, dann schlage ich dich zu Brei!“, brüllte Max ihm hinterher.

Die Tür fiel zu, und Nathan starrte seinen Bruder an. „Heinrich ist mein Freund“, sagte er ruhig.

„Er sollte dein Freund gewesen sein“, entgegnete Max.

In diesem Moment kam die Mutter aus der Küche. „Ist etwas passiert?“, fragte sie besorgt.

Max legte ihr einen Arm um die Schulter. Valeska sah winzig aus neben ihrem Ältesten. „Nichts, was der Rede wert wäre, Mutter“, erklärte er. „Aber Heinrich isst von nun an mittwochs nicht mehr mit.“

„Schade“, sagte sie. „Ich habe den Jungen gern.“ Nach dem Grund fragte sie nicht.

Nach dem Essen bat Max Nathan in sein Zimmer. „Nur so viel“, sagte er. „Lass dich nie mit Verbindungsstudenten ein. Sie hassen uns Juden.“

„Nicht alle“, wandte Nathan ein. „Heinrich hat uns nicht gehasst. Bis du ihn so angebrüllt hast, zumindest.“

„Und warum hat er gegen Juden demonstriert?“

„Weil er es nicht besser weiß. Heinrich probiert mal dies, mal das. Jetzt ist er halt bei den Burschen gelandet. Im Übrigen wäre er letzten Winter beinah draufgegangen. Die Burschen haben ihm mit ihrer Versorgung das Leben gerettet.“

„Hör zu, Nathan. Ich weiß, dass unsere Beziehung nicht zum Besten steht, aber in diesem einen Punkt musst du mir vertrauen. Unsere Familie darf nie wieder etwas mit Burschenschaften zu tun haben. Das sind sehr mächtige Organisationen. Mit dem Wandervogel und anderen Jugendbünden hat das nichts zu tun!“

„Warum sagst du *wieder*?“ Nathan war hellhörig geworden.

„Oh!“ Max wischte sich müde über die Augen. „Habe ich *wieder* gesagt? Jetzt geh, ich habe noch viel zu tun.“

Nathan zögerte nur kurz. Er war sicher, auf einen Hinweis gestoßen zu sein. Aber dem musste er allein nachgehen.

Sie hatten nun schon so lange gespart, dass es ihnen wie der reine Luxus erschien, ein Schneideratelier zu betreten. Madeleine hatte hochrote Wangen, und ihre Augen leuchteten. Doch Aline kochte vor unterdrückter Ungeduld. In den kommenden Wochen schrieb sie eine wichtige Klausur nach der anderen, und alles, was sie sich wünschte, war ein ruhiges kleines Arbeitszimmer, in dem sie lernen konnte. Immerhin ging es darum, das Stipendium zu bekommen. Stattdessen stand nun die Hochzeit vor der Tür, und das hieß eben: Schnittmuster feststecken lassen, Menüs zusammenstellen, organisatorische Entscheidungen treffen. Die Hochzeit sollte im Haus der Familie von Alvesloh in Blankenese stattfinden. Bertha hatte mit dem Essen nichts zu tun, sie war durch den Dienst bei den Meyerdinks voll eingebunden. Die Trauung sollte Pastor Weidemann übernehmen, der Aline schon getauft und konfirmiert hatte.

Ein fröhlich aussehendes Gesellenmädchen eilte auf sie zu. „Darf ich Ihnen behilflich sein?", fragte sie munter.

„Madeleine und Aline Jacoby", stellte Aline sich vor. „Wir kommen wegen meines Hochzeitskleides. Das Fräulein Kolbek hat uns mitgeteilt, dass wir eventuell noch ein paar Nähte anpassen müssen."

Beim Klang ihres Namens kamen die Schwestern Kolbek aus dem hinteren Teil des Geschäfts. Mit ihren rosafarbenen Schleifen im Haar und den pompös geschmückten Kleidern waren sie kaum voneinander zu unterscheiden. Aline überlegte, ob sie Zwillinge waren.

Madeleine streckte ihnen freundlich die Hand entgegen. „Wie schön ruhig es zu dieser Stunde in Ihrem Atelier ist", bemerkte sie freundlich.

Die Schwestern seufzten im Chor. „Unseretwegen könnte es gern etwas lebendiger sein", erklärte die eine. „Die Leute haben immer weniger Geld. Hinzu kommt noch diese komische neue Mode, sich Kleider von der Stange zu kaufen. Konfektionsmode!" Sie sprach das Wort abfällig aus. „Mademoiselles Robe ist beinahe fertig. Wenn Sie uns bitte folgen würden."

Aline bemerkte den Blick des Gesellenmädchens und lächelte es an.

Das Mädchen wurde rot. „Mademoiselle sind sehr schön", sagte es. „Sie werden zauberhaft aussehen in dem Kleid."

„Nicht so vorlaut, Henny", rügte die eine Kolbek-Schwester. „Mademoiselle hat dich nicht um deine Meinung gebeten."

„Aber Komplimente hört man immer gern", erwiderte Aline lachend. „Außerdem sind Sie selbst sehr hübsch, Henny."

„Sie brauchen sie nicht zu siezen", erklärte eine Kolbek-Schwester. „Sie ist gerade erst Gesellin geworden. Aber kommen Sie mit, und sehen Sie sich das Hochzeitskleid an. Ich hoffe, dass es Ihnen gefällt!"

ALS KÄTHE den Zeitungsladen am Steindamm betrat, in dem sich auch die Lottoannahmestelle befand, blieb sie wie angewurzelt stehen. Das war ganz unzweifelhaft *er*, der ihr den Rücken zugewandt hatte und mit dem alten Mann am Tresen plauderte. Sie hatte ihn nun schon so lange nicht mehr gesehen, dass sie überrascht war, wie menschlich er wirkte.

In ihren Träumen war Nathan Sandstein ein junger Gott, eine Art himmlische Vereinigung von Eros und Merkur gewesen. Aber eigentlich war er nur ein junger Mann, der vielleicht deshalb so geheimnisvoll und vergeistigt auf sie gewirkt hatte, weil er immer so wenig geredet hatte. Er sah ganz gut aus, das schon. Aber der Nimbus des Unerreichbaren war verflogen und mit ihm der unendliche Zauber, den er auf Käthe ausgeübt hatte. Sie spürte, wie ihr ein Stein vom Herzen fiel. Die Besessenheit der letzten Jahre konnte sich endlich in Luft auflösen. Gleichzeitig begann ihr Herz zu schlagen, weil sie an Aline dachte. Jetzt oder nie, dachte sie.

Nathan trug zum letzten Mal seinen Lohn zu Heinz, dem Lottomann. Heinz war ein richtiger Freund geworden, sein einziger Mitwisser. Heinzens Gerissenheit hatte Nathan es zu verdanken, dass die Summen, die er an *Kapitän Christian Jacoby in Övelgönne* adressierte, tatsächlich so aussahen, als kämen sie von der Staatlichen Lotteriegesellschaft. Aber nun war es damit vorbei. In zwei Wochen schloss Aline, dem Aufgebot im Altonaer Rathaus zufolge, den heiligen Bund der Ehe. Und dann war sie versorgt. Nathan seufzte. Er hoffte, dass er Aline und ihrer Mutter wenigstens ein bisschen hatte helfen können. Viel war es nie gewesen, aber es war der größte Teil seines Lohns, den er bei Fuhrunternehmer Carlsen verdient hatte. Max wurde langsam misstrauisch – kein Wunder, denn Nathan hatte nicht allzu viel beigetragen zum Haushaltsgeld der Familie. Er drehte sich um, weil er spürte, wie ihn jemand anstarrte. Es war das weißblonde Mädchen aus Neumühlen. Ihren Namen wusste er nicht mehr. Hatte Heinrich nicht erwähnt, dass sie in ihn verliebt gewesen war? Er spürte eine Woge des Mitgefühls mit dem Mädchen. Unerwiderte Liebe war das Grausamste auf der Welt. Nathan lächelte das Mädchen an. „Wir kennen uns, glaube ich, vom Wandervogel“, sagte er und streckte ihr die Hand hin. „Spielst du auch Lotto?“

Zu seiner Freude drückte sie kräftig zu. „Käthe ist mein Name“, sagte sie. „Ja, manchmal gebe ich mich der Illusion hin, mit Geld mein Leben ändern zu können.“

„Wer tut das nicht?“, entgegnete er freundlich. „Geld ist heutzutage fast alles.“

„Kann ich mit dir reden?“, fragte das Mädchen plötzlich.

Nathan zögerte kurz, doch dann nickte er. „Tschüs, Heinz“, sagte er. „Und vergiss meinen Lottoschein nicht.“

Draußen hatte ein leichter Nieselregen eingesetzt. „Macht es dir etwas aus, spazieren zu gehen?“, hörte er das Mädchen fragen. „Ein Café wär mir jetzt nicht so lieb. Ich habe keine Lust, dass andere Leute hören, was ich dir zu sagen habe.“

Nathan sah sie zweifelnd an. „Worum handelt es sich denn?“, wollte er wissen.

„Um Aline.“

„Sie ist deine Freundin, oder?“

„Sie war es“, erklärte Käthe kurz. „Ich habe mich wie eine Idiotin benommen. Aline und ich kennen uns, seit wir fünf Jahre alt sind. Wir sind beide Einzelkinder, aber zusammen waren wir wie Schwestern. Mein Geständnis könnte etwas länger werden. Das heißt, wenn du die Zeit überhaupt hast.“

Nathan nickte. „Ich habe für alles Zeit, was Aline betrifft.“

„Aline liebt dich“, erklärte sie.

„Und warum heiratet sie dann jemand anders?“

„Meinetwegen. Sie denkt, sie würde mir wehtun, wenn ihr zusammen wärt. Ich war in dich verliebt, musst du wissen.“

„Könnt ihr euch nicht wieder versöhnen?“

Er sah, wie sich ihre Augen mit Tränen füllten. „Inzwischen ist viel passiert. Ihr Vater ist gestorben. Ich bin nicht mal zu seiner Beerdigung gegangen. Aline hat sehr an ihm gehangen. Er ist in der Nacht gestorben, in der wir uns zerstritten haben. In der du mit ihr getanzt hast. Im Curiohaus. Aline hat alles verloren in jener Nacht. Dich. Ihren Vater. Mich. Das wird sie mir nie verzeihen. Ich werde es mir auch nie verzeihen. Sie heiratet den anderen Mann nur, weil ihr Vater es so gewünscht hat. Es gibt keinen Ausweg aus dem Ganzen.“ Sie begann zu weinen.

Nathan wollte Käthe gerne trösten. „Wenn ich jemanden hätte, den ich so lange schon kennen und lieben würde, ich würde zu ihm hingehen und ihm alles erklären“, sagte er. „Ich würde mich entschuldigen.“

„Du musst zu ihr gehen. Mich wird sie nicht mehr sehen wollen. Geh du zu ihr. Sie darf diesen Mann nicht heiraten. Sie liebt ihn nicht.“

„Zu spät“, sagte Nathan. „Was soll ich ihr denn sagen?“

Sie sah ihn einen Moment lang an. „Dann muss ich es eben tun.“

Nathan lächelte. „Das war es, was ich hören wollte.“ Er sah ihr nach, wie sie davonging. „Viel Glück!“, rief er ihr hinterher.

ES WAR einer jener kobaltblauen Abende, wie Aline sie in Övelgönne liebte. Von der Elbe her wehte eine frische Brise herüber und trieb das rote und gelbe Laub über den gepflasterten Gehweg. Aline wirbelte mit ihrer Fußspitze einen zusammengekehrten Haufen auf. Die Klausuren waren überstanden, und sie war als Beste ihres Jahrgangs hervorgegangen! Und sie hatte das Stipendium in der Tasche! Nie wieder brauchte sie sich über die Studiengebühren Gedanken zu machen! Zumindest dann nicht, wenn ihre Leistungen so blieben. Sie lachte leise in sich hinein. Warum sollten sie nicht so bleiben? Einer der Professoren hatte ihr persönlich die Hand gedrückt und sie beglückwünscht. Sie musste an ihren Vater denken. Hätte sie früher angefangen zu studieren, dann hätte er vielleicht nicht so früh sterben müssen. Sie wusste zwar noch längst nicht alles über Lungenkrankheiten, aber sie wusste genug, um sich darüber klar zu sein, dass Dr. Marquardt ein Stümper war.

In der Küche war Bertha gerade damit beschäftigt, Gemüse in Schüsseln zu füllen. Als sie Aline bemerkte, blickte sie auf und lächelte. „Ihr habt schon wieder was gewonnen beim Lotto. Diesmal sogar richtig viel. Die Sache wird allmählich komisch! Aber nu muss ich mich beeilen. Die Alte reißt mir den Kopf ab, wenn ich das Zeug hier lauwarm rüberbringe." Sie eilte davon.

Seufzend machte sich Aline daran, Haferflocken in einen Topf zu schütten, um von der Wärme der Herdplatten zu profitieren. Während sie darauf wartete, dass das Wasser warm wurde, nahm sie die Gewinnbenachrichtigung zur Hand. 375 MARK UND 73 PFENNIGE, las sie. Sie leckte sich die Lippen und beschloss, am nächsten Tag davon einen Braten zu kaufen. Sie hatten schon so lange kein Fleisch mehr gehabt. Bertha kam zurück, vor Ärger rot im Gesicht. Aline warf ihr einen Blick zu, aber fragte nicht weiter nach. Etwa eine Stunde später klopfte es an die Hintertür. Aline ging öffnen. Frau Meyerdink stand vor ihr mit einem Briefumschlag in der Hand. „Das hier ist die fristlose Kündigung für die Köchin." Sie hob die Nase in die Luft und schnupperte. „Es riecht nach Braten hier."

„Natürlich", erwiderte Aline kühl. „Dies ist der Ort, an dem Bertha Ihre Mahlzeiten zubereitet."

„Vorsicht, junges Fräulein! Wir sind immer noch diejenigen, die Ihnen durch unsere Zahlungen aus der Misere helfen. Also mäßigen Sie sich. Wir sind es leid, dass Ihre Köchin uns bestiehlt. Am Braten heute Abend fehlte etwas. Und dieses Etwas haben Sie gegessen!"

„Nun machen Sie aber mal einen Punkt!", rief Aline. „Wir haben Ihren Braten nicht gegessen! Ich war Zeugin, wie Bertha ihn hinausgetragen hat!"

„Schon wieder eine Lüge!", rief Gertrude Meyerdink anklagend aus. „Als Sie nach Hause kamen, war der ganze Braten bereits drinnen! Sie waren erst hier, als Ihre Köchin dabei war, das Gemüse zu bringen!"

Aline verzweifelte angesichts dieser Unlogik. „Also ist der ganze Braten doch bei Ihnen gelandet!"

„Ja!", schrie Madame. „Aber nicht vollständig. Sie haben einen Teil davon gegessen!"

„Lass gut sein, Aline!“, ließ sich Bertha nun von hinten vernehmen. „Ich nehme die Kündigung an. Für solche Herrschaften will ich sowieso nicht mehr arbeiten.“

Frau Meyerdink setzte ihr falsches Lächeln auf. „Die Kündigung gilt übrigens erst ab übermorgen. Morgen früh servieren Sie uns noch das Frühstück wie gewohnt. Und natürlich die anderen Mahlzeiten. Aber dann ist Schluss.“ Und damit drehte sie sich um und knallte die Tür hinter sich zu.

Wenig später, Aline hockte mit Bertha und Madeleine bei Kerzenlicht in der Küche, um zu beraten, wie es nun weitergehen sollte, klopfte es abermals an der Tür.

„Jetzt reicht es mir aber!“, zischte Aline. „Wenn es wieder die Meyerdink ist, werde ich mich nicht mehr beherrschen können!“

Aber nicht Madame Meyerdink war es, die vor der Tür stand.

Es war Käthe.

„Hast du schon eine Brautjungfer?“, fragte Käthe atemlos. Aline starrte sie wortlos an. Schließlich holte sie ihren Mantel vom Haken neben der Küchentür. „Lass uns rausgehen. Ich will dir den Anblick unserer Absteige ersparen.“

„Glaubst du, dass ich es mittlerweile zu ’ner Villa gebracht habe?“ Käthes Stimme klang rauer und tiefer, als Aline sie in Erinnerung hatte. Während sie den von Petroleumlampen erleuchteten Weg entlangschritten, holte Käthe ein Paket Zigaretten hervor und bot Aline eine an.

Aline winkte ab. „Ist das alles, was du zu deiner Verteidigung vorzubringen hast?“, fragte sie. „Du lässt dich über ein Jahr nicht blicken, du meldest dich nicht einmal nach Vaters Tod, du erfährst, dass wir aus dem Haus ausziehen müssen, und lässt dich nicht einmal dazu herab, uns zu besuchen. Und dann kommst du vorbei und fragst, ob ich eine Brautjungfer brauche. Sag mal, bist du noch bei Sinnen?“

Käthe blickte ihr voll in die Augen. „Ich habe riesengroßen Mist gebaut. Es tut mir Leid.“ Sie nahm Aline in die Arme. „Ich weiß nicht, was damals in mich gefahren ist“, murmelte sie. „Als ich begriffen hatte, was für ein Dreck ich war, war es zu spät. Ich hab mich nicht mehr getraut. Aber jetzt trau ich mich. Es tut mir Leid, Liebes. Du hast mir schrecklich gefehlt. Lass uns wieder Freundinnen sein.“

„Du hast mir auch gefehlt.“ Aline fühlte, wie die Tränen in ihr aufstiegen. „Wo wohnst du jetzt eigentlich?“

„Oben in Ottensen“, erklärte Käthe. „Ich hab bei einer Witwe ein Zimmer gemietet. Wenn du willst, zeig ich’s dir morgen. Wollen wir runter an den Fluss?“

Aline lächelte. „Ich hätte jetzt doch gern eine Zigarette.“

Käthe reichte ihr die Schachtel. Dann holte sie aus ihrem Strumpfband eine kleine silberne Flasche hervor. Sie gab Aline Feuer, schraubte den Deckel auf und prostete ihr zu. „Auf die schönste Frau von Övelgönne. Die beste Freundin auf der ganzen Welt. Auf uns!“

Aline inhalierte vorsichtig. Dies war die erste Zigarette ihres Lebens. Sie schmeckte furchtbar. „Nein“, sagte sie.

„Was nein?“, fragte Käthe besorgt.

„Nein, ich habe noch keine Brautjungfer. Na ja, ich habe da diese Cousine aus Uhlenhorst. Aber das ließe sich ändern.“

Sie gingen die Treppe zum Fluss hinunter. Unten versanken ihre Schritte im weichen Sand. „Und du meinst es ernst mit dieser Hochzeit?“, fragte Käthe vorsichtig.

„Ja, sicher“, erklärte Aline.

„Was ist mit Nathan?“

„Wir haben uns im Guten getrennt. Manchmal begegnen wir uns an der Universität. Dann lächeln wir uns zu.“

„Er ist verrückt nach dir. Ich habe ihn gestern getroffen.“

„Was macht er so?“, fragte Aline leise. „Malt er noch?“

„Danach habe ich ihn nicht gefragt. Er spielt Lotto.“

„Sieh an.“ Aline ließ den feuchten Sand durch ihre Finger laufen. „Das hat mein Vater auch getan.“ Sie riss Käthe die Flasche aus der Hand. „Trink nicht alles allein.“ Sie legte den Kopf in den Nacken und trank.

„Liebst du ihn noch?“, fragte Käthe. „Du kannst es mir ruhig sagen. Ich bin darüber hinweg.“

„Klar liebe ich ihn noch“, sagte Aline und sah in den Himmel. „Hast du gesehen, dass die Sterne Ballett tanzen?“

„Das tun sie immer, wenn es etwas zu feiern gibt auf der Erde.“ Käthe klang auf einmal wie Bertha mit ihren Geschichten.

„Eins macht mich traurig“, sagte Aline. „Bertha muss ausziehen. Die Feldwebelin hat sie gefeuert!“

„Wer ist die Feldwebelin?“

„Eigentlich heißt sie Gertrude Meyerdink. Sie ist mit Mann und Kindern in unser Haus eingerückt. Maman und ich hatten nicht das Geld, es zu halten. Wir sind bankrott.“

„Ich weiß“, flüsterte Käthe. „Und die Feldwebelin und ihre Familie sind jetzt eure Mieter. Ich hab davon gehört. Die Frau ist nicht sonderlich beliebt in Övelgönne.“

Aline holte tief Luft. „Stell dir den Drachen vor, den wir in der Volksschule zeichnen mussten. Und mach die Zeichnung hundertmal so groß und gefährlich. Das ist in etwa Frau Meyerdink. Die Kinder sind nach Herrschern benannt: Julius Cäsar, Kleopatra, Marcus Antonius."

„Da hat Herr Meyerdink wohl den Lateinunterricht geliebt."

„Ich bezweifle, dass Herr Meyerdink das Glück hatte, an der Namensgebung seiner beiden Ältesten beteiligt zu sein. Immerhin hat er Frau Meyerdink zum Zeitpunkt ihrer Empfängnis noch nicht gekannt."

„Dann ist die Feldwebelin also allein verantwortlich für die Renaissance des römischen Elements?"

„Die Namen ihrer drei Kinder sind vermutlich die einzigen drei lateinischen Wörter, die sie kennt."

Käthe fingerte in ihrer Handtasche herum, holte ein Stück Papier heraus und reichte es Aline. „Hier", sagte sie. „Nathans Adresse. Damit du ihn nie wieder suchen musst."

Aline umarmte die Freundin. „Vielen Dank! Das ist das schönste Geschenk, das ich seit langem bekommen habe."

FRIEDRICH durchmaß den Salon mit langen, würdevollen Schritten. „Jetzt gehst du zu weit, Mäuseohr. Ich kann die Meyerdinks nicht wieder ausladen."

Aline stampfte mit dem Fuß auf. „Warum hast du sie überhaupt eingeladen? Du hättest mich zumindest vorher fragen können! Außerdem hasse ich es, wenn du mich Mäuseohr nennst! Kannst du mich nicht bei meinem richtigen Namen nennen?"

Friedrich warf ihr einen wütenden Blick zu. „Lerne dich zu beherrschen, Aline. Du kannst deinen Kopf nicht immer durchsetzen. In zwei Wochen bist du eine verheiratete Frau, und bis dahin solltest du begriffen haben, dass wir Entscheidungen zu zweit treffen."

„Genau!", schrie Aline. „Zu zweit! Entweder du hast Gertrude Meyerdink bei deiner Hochzeit oder mich! Du hast die Wahl!" Und damit stürmte sie davon.

Draußen am Strand holte er sie wieder ein. Es wehte stark. „Hör zu, Mäus…, ich meine, Aline. Es tut mir Leid, ich hätte dich vielleicht wirklich fragen sollen vorher. Aber ich wusste, dass du dagegen bist. Wir müssen sie trotzdem einladen."

Aline funkelte ihn wütend an. „Wir müssen heiraten, Friedrich. Das ist alles! Wen wir dabeihaben wollen, ist unsere Sache!"

„Warum sagst du, wir müssen?", fragte Friedrich. Die Wellen schäumten laut tosend auf den Strand. Hatte er sich verhört?

„Erzähl mir nicht, das ist eine Liebesheirat. Du hast meinem Vater etwas versprochen, und nun hältst du Wort."

„Wie kannst du nur so etwas sagen, Mäus… Aline! Ich heirate dich doch nicht, weil ich es deinem Vater versprochen habe! Ich heirate dich, weil ich dich liebe! Wir sind füreinander bestimmt.“ Er breitete die Arme aus. „Komm her, sag, dass du mich heiratest, weil du mich liebst!“

Aline zögerte kurz, dann ging sie auf ihn zu und ließ sich in seine Umarmung fallen. Ob ihr Vater sie jetzt irgendwie sehen konnte?

„Du brauchst nichts zu sagen“, flüsterte Friedrich, doch Aline konnte ihn bei dem starken Wind kaum verstehen. Sie murmelte etwas Unverständliches zurück.

„Lass uns jetzt reingehen, Mäuseohr“, sagte er schließlich und gab sie wieder frei. „Es weht zu stark. Außerdem wollte ich dir noch sagen, welchen Trauspruch ich ausgewählt habe.“

SIE WUSSTE nicht, wie lange sie schon so dalag im Dunkeln. Vom Nachbarbett hörte sie das sanfte Atmen der Mutter, und aus der Küche drang das Schnaufen der neuen Köchin, Hildegard. Aline vermisste Bertha. Nur noch drei Tage bis zur Hochzeit. In ihrer Hand brannte das Stück Papier, das Käthe ihr gegeben hatte. Bertha hätte ihr jetzt sagen können, ob es richtig war, zum Grindelberg zu gehen und mit ihm zu sprechen. Käthe war davon natürlich überzeugt, doch Aline hatte ihrem Vater ein Versprechen gegeben.

Sie dachte an den Trauspruch, den Friedrich ausgewählt hatte, und Ärger keimte in ihr auf. Ausgerechnet Hesekiel. „Ihr sollt wissen, dass ich der Herr bin.“ Hesekiel meinte damit unzweifelhaft den lieben Gott, aber Aline war nicht sicher, ob Friedrich das begriffen hatte. Sie hatte das Gefühl, dass dieser Trauspruch eine subtile Form der Demütigung war. Sie hasste ihn. Warum hatte Friedrich nicht etwas Tröstlicheres gewählt? Ihr fiel der Spruch aus dem ersten Korintherbrief ein: „Nun aber bleiben Glaube, Hoffnung, Liebe, diese drei, aber die Liebe ist die größte unter ihnen.“ Warum hatte Friedrich sie nicht mitentscheiden lassen? Auf einmal hasste sie den Gedanken an Friedrich. Sie hasste die Vorstellung an all die freudigen Gesichter in der Kirche. Am allermeisten hasste sie den Gedanken an die Meyerdinks.

NATHAN traf Heinrich auf dem Vorplatz des Universitätsgebäudes. „Du siehst nicht gut aus“, stellte Heinrich fest.

„Morgen heiratet Aline“, erklärte Nathan ohne Umschweife.

„Ich versteh nicht, wie du so an ihr festhalten kannst. Es gibt so viele hübsche Mädchen in Hamburg. Aline ist doch nicht das einzige.“

Nathan begann das Gespräch zu bereuen. Heinrich hatte offenbar nichts verstanden. Aber vielleicht wusste er nur einfach nicht, wie es war, verliebt zu sein. „Wie steht's bei dir?", fragte Nathan.

„Hab die letzten Klausuren in den Sand gesetzt. Muss mich jetzt mehr ranhalten."

„Ich meine, mit Mädchen."

„Hab keine Zeit für so was. Vormittags Universität. Nachmittags Paukstunden. Abends Versammlungen."

„Ich muss jetzt", sagte Nathan. „Mein Seminar fängt an." Er rannte los, mehr in dem Bestreben, von Heinrich wegzukommen, als aus Verlangen danach, Professor Meyerdink zuzuhören, wie er die grundlegenden Aspekte der Analysis zu erklären versuchte. Etwas an dem, was Heinrich gesagt hatte, hallte in ihm nach. An ihr festhalten. Hatte er an Aline festgehalten? Nein. Er hatte von ihr geträumt Tag und Nacht. Es wurde Zeit, dass er etwas unternahm. Er hatte nur noch einen Tag Zeit.

DIE HOCHZEITSPROZESSION schritt feierlich über den gepflasterten Weg zum Hauptportal der Kirche. Onkel Jean-Baptiste an Alines Arm lächelte, was eine an ihm völlig ungewohnte Gesichtsregung war. Aline fühlte, wie ihr schon wieder schlecht wurde. Sie wünschte, ihr Vater hätte sie zum Traualtar geleiten können und nicht dieser Mann an ihrer Seite, den sie seit seinem letzten Besuch in Övelgönne nicht mehr ausstehen konnte, aber er war nun mal ihr nächster männlicher Verwandter. Als sie vor den beiden Säulen der Christianskirche angelangt waren, fühlte sie, wie sie von Panik erfasst wurde. Von innen ertönte der Hochzeitsmarsch. Aline zitterten die Beine. Lieber Gott, mach, dass das hier nur ein Albtraum ist, betete sie. Die Gesichter links und rechts in den Kirchenstühlen verschwammen vor ihren Augen. Hätte der Onkel sie nicht gehalten, sie wäre gestolpert. Dann, in der vordersten Reihe, ihre Mutter. Madeleines Gesicht war so stolz und gerührt, dass es Aline in der Seele wehtat. Schließlich war sie am Altar angelangt. Und da stand Friedrich in seinem Frack, strahlend und selbstzufrieden. Sie biss sich auf die Lippen und pries den Schleier, der ihr Gesicht verbarg. Endlich. Da stand sie, Käthe, ebenfalls in Weiß, und zwinkerte ihr zu. Wird schon werden, sollte das heißen. Käthe wusste, wie es um sie stand. Gott sei Dank, dass sie da war.

Jean-Baptiste gab sie frei, und Friedrich war an ihrer Seite. Stille senkte sich über das Kirchenschiff.

„Liebe Gemeinde", erklang Pastor Weidemanns Stimme. „Wir haben uns heute hier versammelt, um ein junges Paar in den heiligen Stand der Ehe zu versetzen. Wenn jemand etwas gegen diese Verbindung einzuwenden hat, so soll er es sagen, hier und jetzt."

Nathan, dachte Aline. Ist er auch hier? Wenn er mich wirklich liebt, warum hat er es dann nicht gesagt? Warum erhebt er keinen Einspruch? Sie blickte Käthe Hilfe suchend an. Aber Käthe konnte ihr Gesicht hinter dem Schleier natürlich nicht erkennen.

„Und darum frage ich euch beide jetzt: Aline Benedicte Jacoby, möchtest du diesen Mann hier an deiner Seite, Friedrich Wilhelm von Alvesloh, zu deinem rechtmäßigen Ehemann nehmen?"

Das Schweigen war überwältigend. Aline fühlte, wie Friedrich sich zu ihr umdrehte und sie zärtlich und zuversichtlich anblickte. Sekunden verstrichen, die zu Minuten wurden. Pastor Weidemann räusperte sich. Im Kirchenschiff schienen die Menschen den Atem anzuhalten. Man hätte eine Stecknadel zu Boden fallen hören.

„Nun, Aline", Pastor Weidemann wurde die Stille offenbar unangenehm. Aus Friedrichs Gesicht war die Zärtlichkeit gewichen. Die Zuversicht auch. Aber noch immer hatte Aline das Gefühl, ihr sei der Mund zugewachsen. Sie sah, wie der Pastor lächelte. „Vielen Brautpaaren bleibt vor Überwältigung die Sprache weg", sagte er. „Du darfst auch leise antworten, Aline. Möchtest du Friedrich Wilhelm von Alvesloh aus Blankenese zu deinem rechtmäßig angetrauten Gatten nehmen?"

„Ich weiß nicht", murmelte Aline. Ihr Herz raste.

Die nachfolgende Stille war noch gewaltiger.

„Was soll das heißen, mein Kind, du weißt es nicht?" Pastor Weidemanns Stimme zitterte leicht. Er waltete nun seit über vierzig Jahren seines Amtes, aber eine solche Trauung hatte er noch nie erlebt. Er war nicht ganz sicher, wie er damit umgehen sollte.

„Das heißt, dass ich mir nicht ganz sicher bin", erklärte Aline mit fester Stimme. Aus den Augenwinkeln bemerkte sie, dass Friedrich sehr weiß wurde im Gesicht.

„Dann geh noch einmal in dich, Kind." Pastor Weidemann lächelte Friedrich zuversichtlich zu. Plötzlich tat Friedrich ihr entsetzlich Leid. Oh Gott, wie konnte ich nur!, dachte Aline. Natürlich liebe ich ihn nicht, aber warum habe ich ihm das nicht früher gesagt? Es ist entsetzlich, ihm das hier anzutun! Erst jetzt bemerkte sie Friedrichs Trauzeugen. Sie hatte nicht gewusst, dass es Julius Cäsar Meyerdink war. Julius bedachte sie mit einem schmierigen Blick, starrte ihr aufs Dekolletee. Warum hatte Friedrich ausgerechnet diesen ekelhaften Kerl ausgewählt? Hatte er keine besseren Freunde? Bevor sie es sich versah, waren die Worte heraus. „Ich habe es mir überlegt."

„Ja?" Pastor Weidemann lächelte.

Aline drehte sich zu Madeleine um. „Es tut mir Leid, Maman", sagte sie in die fürchterliche Stille des Kirchenschiffs hinein. „Ich hoffe, du wirst mir eines Tages verzeihen." Dann wandte sie sich Friedrich zu. „Entschuldige", flüsterte sie. „Die Antwort ist Nein." Und damit drehte sie sich um und lief aus der Kirche hinaus, so schnell ihr Kleid mit der Schleppe und all den prachtvoll gesteckten Falten es ihr gestattete.

Draußen, zwischen den Gräbern, sah sie ihn. Er war blass und ganz in Schwarz gekleidet, als ginge er zu einem Begräbnis. Er war dünner geworden. Aline riss sich den Schleier vom Gesicht, raffte die Schleppe mit beiden Händen und rannte auf ihn zu. Er machte ein paar Schritte zu ihr hin, dann streckte er eine Hand nach ihr aus. Aline presste sie an ihren Mund und küsste sie. „Du hast mir schrecklich gefehlt!", stieß sie keuchend hervor. „Aber jetzt sollten wir besser von hier verschwinden!"

Nathan deutete auf eine Droschke auf der Straße. „Wenn es dir nichts ausmacht, schöne Frau. Ich muss noch eine Ladung Bier abliefern."

## NEUNTES KAPITEL

Käthe balancierte den Brotlaib auf ihrer Hand wie ein Silbertablett mit erlesenen Köstlichkeiten. „Man gewöhnt sich ja daran, dass die Leute immer verrückter werden", erklärte sie theatralisch. „Aber die Preise! Man möchte meinen, Preise sind eine feste Größe, von der Art, wie vernünftige Mathematiker sie errechnen! Hättest du dir früher träumen lassen, dass du mal 118 000 Mark für ein Pfund Brot ausgeben würdest?"

Aline schüttelte lächelnd den Kopf. „Ich hätte mir so manches nicht träumen lassen. Zum Beispiel, dass ich mal aktives Mitglied im Wandervogel werde."

Käthe setzte das Brot mit Nachdruck auf die kleine Anrichte in der Küche. Ihre Armgeschmeide klirrten dabei. Sie war bereits komplett angekleidet für den Ausflug. Ihr fußfreies langes Kleid hatte einen Rock, der beim Gehen angenehm mitschwang. Käthe war froh, dass die weiblichen Wandervogelmitglieder keine Pfadfinderinnenkluft mehr tragen mussten. Die neue Bekleidung war viel romantischer. Sie begann das Brot in Stücke zu schneiden. „Um mit dem Harmlosesten anzufangen. Schließlich hast du noch weitaus aufregendere Dinge erlebt, als Brot zu kaufen und wandern zu gehen, *Darling*." Seit der Foxtrott in den Tanzklubs Hamburgs gespielt wurde, hatte sich Käthe in eine glühende Amerika-Verehrerin verwandelt. „*Never ever* werde ich diese legendäre Hochzeit vergessen! Willst du, Aline Benedicte Jacoby, den hier anwesenden Friedrich zu deinem Mann nehmen? – Hm, ich weiß nicht recht! *O God*, ich hab noch nie in meinem Leben so mit dem Lachen gekämpft wie auf deiner Hochzeit!"

„Hör auf, ich will nichts mehr davon hören. Mir tut Friedrich schrecklich Leid! Er hat das nicht verdient. Und ich warne dich: Wenn Maman dabei ist, hältst du bitte deinen Mund! Sie ist noch immer nicht darüber weg!"

*„Aye aye, Sir!"*, Käthe salutierte zackig. „Übrigens, was macht *sexy* Julius Cäsar drüben in eurem Haus?"

„Er ist Feldwebelins Sohn. Hin und wieder besucht er sie. Wie kannst du dieses Wort nur auf Julius anwenden? Er ist widerlich! Ehrlich gesagt war es sein Anblick, der mir den Rest in der Kirche gegeben hat."

Die galoppierenden Preise waren auch Thema bei den Wandervögeln, die am Neumühlener Anleger bereits auf Käthe und Aline warteten. Nathan schloss Aline glücklich in die Arme, und Rainer begrüßte die Freunde wie immer mit einem lang gezogenen Pfiff. Er hatte eine Klampfe dabei, zur großen Freude von Caroline, die nichts lieber tat, als beim Wandern zu singen. Alle hatten Rucksäcke auf dem Rücken und Wolldecken, die sie darunter festgezurrt hatten. Nathan hatte seinen Zeichenblock mitgenommen.

„Ich sage dir", Meta fuchtelte wild in der Luft herum, „ich bin fast hintenübergefallen, als mir der Eiermann sagte, das macht 43 000 Mark. Ich bitte dich: 43 000 Mark für ein einziges Ei!"

„Tja", meinte Siegfried. „Ich weiß schon gar nicht mehr, wie Butter aussieht. Meta und ich wollten welche kaufen, für die Brote. Aber wer hat mal eben 100 000 Reichsmark für Butter übrig?"

Die Gruppe teilte sich auf zwei Boote auf. Die Tide war günstig. Wenn sie Glück hatten, waren sie in einer Stunde drüben in Waltershof bei Bauer Bremer. Von dort wollten sie weiter gen Süden wandern, um bei anbrechender Dunkelheit ihre Zelte in der Nähe von Meckelfeld aufzuschlagen. Ihr nächstes Ziel war Lüneburg, von wo aus sie den Weg an der Alten Salzstraße entlang nach Lauenburg und Mölln wandern wollten. Aline lehnte sich aufatmend im Boot zurück. Nathan setzte sich neben sie. Siegfried ergriff die Ruder und warf einen misstrauischen Blick auf das Liebespärchen vor ihm. „Aber nicht die ganze Zeit schmusen, Kinder", mahnte er. „Ich will unterwegs auch mal abgelöst werden."

Aline nickte lächelnd. Wie schön das Leben war, wie gut es ihnen ging! Wäre da nicht Maman gewesen, die über die verpatzte Hochzeit zwei Jahre zuvor immer noch nicht völlig hinweg war. Anfangs war das Zusammenleben mit ihr in dem engen Schlafzimmer die reinste Hölle gewesen. Aline hatte mit der Idee gekämpft, vorübergehend zu Käthe nach

Ottensen zu ziehen, aber das hätte den Bruch zwischen ihnen nur noch verstärkt. Also hatte sie es ausgesessen. Erst Monate später war Madeleine so weit gewesen, mit ihr zu sprechen. Aline war nicht ganz sicher, ob sie wirklich verstanden hatte, warum sie die Hochzeit abgeblasen hatte, aber zumindest machte sie ihr nun keine Vorwürfe mehr. Dass sie sich in Nathan verliebt hatte, wusste die Mutter aber immer noch nicht.

Und dann war da noch die Sache mit den Meyerdinks. Ursprünglich hatten sie einen Mietvertrag über zwei Jahre abgeschlossen, aber die Reparaturarbeiten an ihrem Haus in Teufelsbrück ruhten, weil sie die Baumaterialien nicht mehr bezahlten konnten. Niemand, nicht einmal ein Mathematikprofessor an der Hamburger Universität, konnte sich noch auf sein Einkommen verlassen. Am Ersten des Monats, wenn die Gehälter ausgezahlt wurden, standen die Leute Schlange, um für hunderttausende von Reichsmark ein paar Kartoffeln und einen Laib Brot zu kaufen. Das Geld verlor schneller an Wert, als man „Dollar" sagen konnte. Und so ging ihnen Madame Meyerdink weiter auf die Nerven. Aline lächelte. Trotzdem war das Leben herrlich – hier auf der Elbe an einem sonnigen Spätsommertag mit Nathan, Käthe und den anderen.

MADELEINE kam mit einem Einkaufskorb nach Hause, in dem mit den Monaten immer weniger lag. Nach dreistündigem Schlangestehen war es ihr gelungen, zwei Pfund Kartoffeln für 350000 Mark zu ergattern. Sie setzte den Korb vor der Tür zum Anbau ab und begann in ihrer Manteltasche nach dem Schlüssel zu kramen.

„Frau Jacoby!", hörte sie es aus dem Fenster im ersten Stock rufen.

Müde drehte sie sich um.

„Ich muss einmal ein ernstes Wort mit Ihnen reden!"

„Sie wünschen, Madame?"

„Warten Sie, ich komme hinunter." Mit einem Knall wurde das Fenster wieder geschlossen. Madeleine stand regungslos da, den Korb in der Hand. Eine Minute später riss Frau Meyerdink die Tür zum Hinterhof auf. „Ich kann diese Verhältnisse nicht länger tolerieren!", rief sie Madeleine entgegen. „Ihre Tochter benimmt sich unmöglich. Sie ist so laut, dass Kleopatra ihr eigenes Klavierspiel nicht mehr hört."

„Meine Tochter Aline lernt für ihre Examina. Wenn Ihre Tochter Klavier spielt, kommt die Ruhestörung wohl eher aus Ihrem Haus."

Gertrude Meyerdink schnappte nach Luft. „Das ist ja wohl… Das wird Folgen haben, Frau Jacoby, das sage ich Ihnen!"

Madeleine bereute ihre Worte. „Es tut mir Leid", sagte sie. „Das war nicht als Affront gegen das Klavierspiel Ihrer Tochter gemeint."

Aber Madame Meyerdink hatte sich schon umgedreht und war im Haus verschwunden. Mein Haus, dachte Madeleine und ging gesenkten Kopfes in den dunklen Anbau, in dem es nach Zwiebeln und Fleisch roch. Die neue Köchin der Meyerdinks, ein junges Ding namens Rosalind, war dabei, das Mittagessen zuzubereiten. Der Herr allein weiß, woher sie die Millionen für das Fleisch nehmen, dachte Madeleine, als sie grußlos an dem Mädchen vorbei in ihr Schlafzimmer ging. Da war mehr als das Gehalt eines Professors im Spiel.

KÄTHE suchte mithilfe des Neuen in der Gruppe einen Stapel Holz zusammen. „Ich weiß gar nicht, warum ich immer alles alleine machen muss", sagte sie laut in die Runde. „Rainer und Caroline haben sich der Musik verschrieben, und Aline und Nathan nehmen sowieso niemanden außer sich selbst wahr. *It's so unfair!*"

Rainer blickte von seiner Klampfe auf. „Einer muss doch hier für die Stimmung sorgen! Außerdem hast du Wilhelm, der dir hilft. Wo sind Meta und Siegfried eigentlich?"

„Das Mädchen- und das Jungenzelt aufbauen."

„Ach ja!" Nathan riss sich von Alines Augen los. „Wir müssen unser Zelt auch noch aufbauen, bevor es dunkel wird."

„Nichts da." Siegfried kam hinter einem Gebüsch hervor. „Es gibt keine gemischten Zelte bei den Wandervögeln."

„Nun sei nicht so 'n Spielverderber, Siegfried!", rief Käthe. „Dieses entzückende Pärchen hat doch sonst keinen Ort, wo es sich treffen kann. Du warst doch auch mal jung, *weren't you?*"

„Ich bin der Jüngste hier in der Gruppe, falls dir das entgangen sein sollte!"

„Ja, aber im Kopp schon ein Greis, wie es scheint."

Siegfried warf Aline und Nathan einen scheelen Blick zu. „Warum heiratet ihr nicht einfach und zieht zusammen?"

„Weil kein Geld da ist!" Käthes Beschützerinstinkt war erwacht. „Außerdem", sie warf ihrer Freundin einen schelmischen Blick zu, „der Pastor, der sich traut, Aline zu verheiraten, muss erst noch gefunden werden. Die haben alle Angst, sich die Blamage ihres Lebens abzuholen!" Mit einem Knall ließ Käthe den letzten Arm voll Holz auf den Boden fallen. Wilhelm zückte sein Feuerzeug und entzündete den Stapel Blätter und Zeitungspapier, den er aufgeschichtet hatte. Danach beobachteten sie schweigend, wie die Flamme größer wurde und auf das Geäst übersprang.

„Wenn ich daran denke, dass wir noch fünf Tage so weiterwandern!", rief Aline. Das Feuer färbte ihre Wangen rot, und der lodernde Schein schimmerte auf ihrem kastanienbraunen Haar. Nathan strich ihr selig über die Wange. Es gab Augenblicke, da fürchtete er, verrückt zu werden vor Glück. Über ihnen waren die Sterne aufgegangen. Rainer legte die Klampfe beiseite. „Genug gesungen", bestimmte er. „Ich hab einen Kohldampf, ich könnte hier die Hasen fressen."

Wilhelm packte ein Paket Butter, mehrere gekochte Eier und einen in Butterbrotpapier gewickelten geräucherten Schinken aus. „Also, wer Hunger hat", sagte er, „der greife zu."

Aline, Nathan, Käthe, Siegfried, Meta und Rainer fielen fast die Augen aus dem Kopf. *„Goodness, heaven!"*, japste Käthe endlich. „Wo hast du denn diese Schätze her?"

Wilhelm grinste. „Gekauft", erklärte er.

„Was, hast du gesagt, bist du von Beruf?", fragte Käthe.

„Bankdirektor." Wilhelm lächelte, als wäre das für einen Dreiundzwanzigjährigen das Natürlichste von der Welt.

In dieser Nacht war nicht an Einschlafen zu denken. Die Freunde saßen am Feuer und diskutierten über Dollarkurse, Aktienhandel und andere Arten des Geldverdienens, bis der Himmel allmählich wieder heller wurde. Rainer ließ eine Flasche Apfelmost herumgehen, und als die alle war, holte Wilhelm eine Flasche gepressten Wildkirschsaft hervor.

„Meine Devise heißt kaufen", bemerkte er bescheiden. „Und das ist das Vernünftigste, was man tun kann, Leute. Das Geld, das ihr in der Hand haltet, ist ja Stunden später schon nichts mehr wert."

Als die Sterne allmählich verblassten und die Vögel mit einem Zwitscherchor den neuen Tag ankündigten, hatten die Freunde an ihrem fast erloschenen Lagerfeuer einen Plan geschmiedet: Bei ihrer Rückkehr würden sie all ihr Geld zusammenlegen, um es einem unter ihnen zu vermachen, den sie per Würfelverfahren auswählen würden. Dieser würde die Summe in Aktien anlegen, die er an Wilhelms frisch eröffneter Bank kaufen würde. Aus dem Spekulationsgewinn würde dieser dann den anderen ihr Geld plus Zinsen zurückzahlen, woraufhin sie, abzüglich dessen, was sie zum Leben brauchten, dem Nächsten in der Gruppe ihr Geld übergeben würden.

„Das System ist todsicher", erklärte Wilhelm. „Ich habe meine Quellen und weiß, welche Aktien ihr kaufen müsst. Man muss nur sehr schnell sein, das ist das ganze Geheimnis."

Allein Rainer schüttelte den Kopf. „Ich bin nicht begeistert von der Idee", sagte er. „Letztlich stärken wir damit bloß das Kapital. Und das Kapital ist es, das Arbeiter wie mich ausbeutet. Es mag ein kurzfristiger Sieg sein, aber keiner, der dem Proletariat weiterhilft."

ES VERGING eigentlich kein Tag, an dem der Engelsraum nicht in Benutzung war. Gertrude Meyerdink fand die anderen Räume dunkel und schäbig. Der Engelsraum mit seinen glänzenden Seidentapeten und dem Marmorkamin war der einzige, der ihren Vorstellungen von einem gutbürgerlichen Speiseraum entsprach. Julius Cäsar hob eine Augenbraue, als Rosalind die dampfenden Platten hereintrug.

„Woher habt ihr eigentlich das Geld für so einen Braten? Der muss doch ein Vermögen gekostet haben!"

Sein Vater lächelte. „Über Geld spricht man nicht, man hat es."

„Jetzt mal offen heraus! Ich könnte eine solche Quelle auch gut gebrauchen. Wir werden im Verbindungshaus zwar gut versorgt, aber was alles andere anbelangt, bin ich pleite."

„Not macht erfinderisch", erklärte Gertrude. „Wir haben das Familiensilber versetzt."

„Wie konntet ihr? Der Dollarkurs wird sich irgendwann beruhigen, und dann stehen wir ohne Silber da!"

Gertrude lächelte diabolisch. „Nicht *unser* Silber."

Julius sog die Luft ein. „Du willst sagen, du hast …"

Gertrude nickte. „Diese unkultivierten Weiber in ihrem dreckigen Loch merken den Unterschied doch sowieso nicht mehr. Das Besteck, das du da in der Hand hältst, ist eine identische Ausgabe in Stahl. Das gleiche Familienwappen, alles gleich … bloß das Metall stimmt nicht mehr."

Julius grinste. Seine Mutter wusste sich wirklich zu helfen. „Und wenn sie es herausfinden?"

„Dann werden sie Himmel und Hölle in Bewegung setzen, um uns dranzukriegen. Aber wozu haben wir meinen Bruder?"

Otto blickte verwirrt auf. „Damit er uns in schwierigen Rechtsfragen aus der Patsche hilft?", riet er.

Julius prostete seiner Mutter zu. Sie war schon ein widerliches Biest. Aber erfolgreich. Das musste man ihr lassen.

EINE aufregende Zeit begann, eine Zeit, an die sich Aline ihr Leben lang erinnern sollte und in der sich alles so grundlegend veränderte, dass ihr zuweilen schwindlig wurde. Das Geld, das ihr die Freunde bei ihrer Rückkehr nach Altona überreichten, setzte sie noch am selben Abend bei Wilhelm in Aktien um. Am nächsten Tag, als sie auf die Tafel in Wilhelms Bank blickte, auf der die Aktienkurse notiert waren, wollte sie ihren Augen nicht trauen: Statt der 700 000 Mark, die sie nur zwölf Stunden zuvor in Händen gehalten hatte, besaß sie nun drei Millionen! „Ich möchte sofort die Mieter aus dem Haus meiner Eltern haben!", erklärte sie.

Wilhelm lächelte. „Nicht so hastig. Erst mal musst du neu investieren! Du willst doch nicht alles gleich auf den Kopf hauen, ohne neue Aktien in Händen zu halten. Ich würde dir raten, mit dem Geld einen Kredit aufzunehmen und damit Grundbesitz zu erwerben. Den beleihst du, bis er im Wert gestiegen ist. Dann zahlst du den Kredit zurück und kaufst mit dem Überschuss neue Sachwerte. Nebenbei investierst du natürlich fleißig in Aktien." Er lächelte Nathan zu. „Aber erst mal musst du den anderen ihr Geld zurückzahlen. Und dann wird neu gewürfelt."

Diesmal war die Reihe an Rainer. „Hol's der Teufel!", bemerkte der schließlich. „Ich werde das Geld meiner Partei spenden."

Aline überlegte fieberhaft, was sie für ein Grundstück erwerben konnte. Es war Käthe, die sie auf eine teuflische Idee brachte. „Warum kaufst du nicht das Haus der Meyerdinks in Teufelsbrück? Die Bauarbeiten liegen sowieso brach."

Aline kicherte. „Und wenn ich genug beisammenhab, schmeiß ich sie raus! Und dann haben sie kein Zuhause mehr!" Aber dann wurde sie ernst. „Aber sie verkaufen das Haus nie und nimmer, wenn sie erfahren, dass ich die Käuferin bin."

Nathan erwiderte: „Ich könnte das Haus in meinem Namen erwerben. Da schöpfen sie bestimmt keinen Verdacht!"

Und genau so sollte es geschehen.

GERTRUDE MEYERDINK studierte das Angebot mit großem Interesse.

> Sehr geehrter Herr Dr. Meyerdink!
> Wir interessieren uns für Ihr Wohnobjekt an der Elbchaussee, Höhe Teufelsbrück. Falls Sie an seinem Verkauf interessiert sein sollten, melden Sie sich bitte unter Telefon 471.
> Hochachtungsvoll
> Nathan Sandstein

Gertrude runzelte die Stirn. Offenbar ein Jude. Sollte sie ihre alte Maxime über Bord werfen, niemals Geschäfte mit Juden zu machen? Andererseits war das Haus mittlerweile so verkommen, es war wirklich nichts mehr wert. „Wir werden das Haus in Teufelsbrück verkaufen!", verkündete sie mit Donnerstimme.

Otto lächelte. „Eine gute Idee. Es ist uns nur ein Klotz am Bein."

MITTLERWEILE hatte auch Nathan seine Gewinnausschüttung gehabt. Gemeinsam mit Aline war er zu einem Herrenschneider am Jungfernstieg gegangen und hatte einen Maßanzug bestellt. Sie kicherten wie

Kinder, als sie am Altonaer Hauptbahnhof in eine Pferdedroschke stiegen, um sich zu Nathans Herrenausstatter kutschieren zu lassen.

„Die alte Kuh wird dir das Geschäft nicht abschlagen können“, bemerkte Aline. „Aber pass auf, dass sie dich nicht unter irgendeinem Vorwand ins obere Stockwerk lotst. Da sind nämlich die Schlafzimmer. Drei Kinder hat sie schon.“

„Meinetwegen soll sie so viele haben, wie sie ihrem Gatten unterjubeln kann“, bemerkte Nathan grinsend.

„Wie wünschen der Herr zu zahlen?“, fragte der Verkäufer.

Nathan fischte in der Tasche seiner Hose nach ein paar Milliardenscheinen. „Bar“, sagte er. „Wie denn sonst?“

MITTLERWEILE taten Stadt und Verwaltung alles in ihrer Macht Stehende, um die lawinenartige Geldentwertung aufzuhalten. In Altona druckten die Banken Vierteldollarscheine als Notgeld, die durch Grundbesitz gedeckt wurden. Bürgermeister Brauer veranlasste, dass ein Teil des Lohns der städtischen Angestellten und Beamten in so genannten Gasmarken ausgezahlt werden sollte, die sicherstellten, dass die Bürger weiterhin kochen und heizen konnten. Einzelne Gemeinden gaben Notgeld heraus, das mit lustigen Bildern und Sprüchen bedruckt war. Es war die Stunde der Jungen und derjenigen, die schnell und impulsiv handeln konnten. Dreiundzwanzigjährige Bankdirektoren wie Wilhelm Ludwigsen traten auf, und Primaner, die an der Börse spekulierten, unterhielten ihre verlegenen Väter, deren Gehalt am Tag nach der Auszahlung nichts mehr wert war. Täglich las Aline in der Zeitung von neuen Selbstmorden. Fabriklöhne wurden mittlerweile täglich ausgezahlt.

Aus der Deutsch-Sozialistischen Partei oder DSP, einer Arbeiterpartei, die im Gegensatz zur KPD die nationale Sache vertrat, entwickelte sich eine so genannte Sturmabteilung. Später nannte sich die SAP in NSDAP um und wurde vom Hamburger Senat wegen judenfeindlicher Tendenzen verboten. Die Partei löste sich auf, nicht so aber die Sturmabteilung, die sich in „Blücher, Turn-, Sport- und Wandervereinigung von 1923“ umbenannte und die vier F ihres Vereinsmottos – frisch, fromm, fröhlich, frei – in Form eines Hakenkreuzes auf der Fahne trug. Siegfried besuchte die Wandervereinigung ein paarmal und versuchte, die Freunde davon zu überzeugen mitzukommen, aber Rainer weigerte sich, da er die Meinung vertrat, dass die Organisation, die dahinter stand, Verrat an der Sache des Arbeiters betreiben würde.

Dann kam der Tag, an dem Nathan seinen großen Auftritt im Haus in Övelgönne hatte und seine Unterschrift unter den Verkaufsvertrag setzte. Otto Meyerdink schaukelte dabei verträumt in einem Lehnstuhl am Fenster, ohne Nathan, der immerhin ein paar Semester lang seine Seminare besucht hatte, wieder zu erkennen. Schon am nächsten Tag verkaufte Nathan das Objekt an einen Oberprimaner weiter, der beschlossen hatte, von zu Hause auszuziehen.

Es war kurz vor Weihnachten, Aline hatte alle ihre Prüfungen mit Auszeichnung bestanden und schickte sich an, ihre Doktorarbeit zu beginnen. Gleichzeitig lernte sie Autofahren.

Es war etwa um diese Zeit herum, dass Gertrude Meyerdink sich an den Namen Sandstein erinnerte und von einem leichten Unwohlsein heimgesucht wurde. Doch das verscheuchte sie schnell wieder. Sandstein war kein besonders seltener Name. Und außerdem lag die Sache nun schon weit zurück. Kein Mensch würde sich jemals daran erinnern. Wilhelm Sandstein, erinnerte sie sich aufatmend, war seit fast vierundzwanzig Jahren tot.

Aline legte einen Arm um ihre Mutter. „Möchtest du gern Frau Meyerdink aus deinem Blickfeld verbannen und in unser Haus wieder einziehen?"

Madeleine seufzte. „Seit deiner… Hochzeit habe ich die Hoffnung begraben, jemals wieder hier herauszukommen."

„Dann hör mir gut zu. Ich habe Geld. Sehr viel Geld. Ich habe an der Börse spekuliert. Wir gehen jetzt rüber in das Haus, das uns gehört, und schmeißen die Meyerdinks raus."

Ihre Mutter fing an zu zittern. „Ich habe Angst."

„Möchtest du, dass ich allein rübergehe?"

Madeleine überlegte kurz. „Nein. Ich möchte nicht, dass du dich in eine solche Gefahr begibst. Ich komme mit."

Gertrude Meyerdink sah aus, als würde sie ihnen am liebsten die Tür vor der Nase zuschlagen. „Warum kommen Sie nicht durch den Hintereingang wie die anderen Dienstboten auch?", fragte sie.

„Weil wir keine Dienstboten sind", erklärte Aline, „sondern die Eigentümer dieses Hauses. Und als solche sprechen wir Ihnen hiermit die Kündigung aus. Sie haben eine Woche Zeit für den Umzug."

Gertrude Meyerdink griff sich an die Brust. „Otto!", brüllte sie. „Komm her! Auf der Stelle!"

Otto Meyerdink humpelte die Treppe herunter. Er lächelte verschlafen. „Guten Tag", sagte er. „Was verschafft uns die Ehre?"

„Die werfen uns raus!", blaffte die Meyerdink.

„Aber warum?"

„Der Mietvertrag war auf zwei Jahre begrenzt!", erklärte Aline. „Die

Frist ist schon vor einiger Zeit abgelaufen. Jetzt möchten wir das Haus wieder für uns nutzen."

„Aber wir haben unser Haus in Teufelsbrück verkauft!" Gertrudes Worte waren ein Aufschrei.

Aline blieb unbewegt. „Ihre Angelegenheiten gehen mich nichts an. Sollten Sie länger als eine Woche für den Auszug benötigen, steht bei Ihnen der Gerichtsvollzieher vor der Tür. Damit wäre wohl alles geklärt. Ich wünsche Ihnen noch einen schönen Tag."

Madeleine bemerkte aus den Augenwinkeln, dass Gertrude Meyerdink der Mund immer noch offen stand, als sie in den Weg zum Hinterhof einbogen. „Sie kann einem direkt Leid tun", flüsterte sie. „Warum war sie auch so dumm und hat ihr Haus verkauft?"

Aline zog sie in den Anbau und schloss die Tür. Meyerdinks Köchin hatte heute Ausgang. „Weil ich ihnen sehr viel Geld dafür geboten habe", kicherte sie. „Aber sie wissen nicht, dass ich die Käuferin war. Ich habe einen Freund geschickt."

Madeleine brauchte mehrere Minuten, um diese Nachricht zu verdauen. Dann brach sie in Gelächter aus.

## ZEHNTES KAPITEL

Die Meyerdinks zogen natürlich nicht innerhalb einer Woche aus. Tatsächlich sollte es noch zwei Monate dauern, bis der erste Karton gepackt war und das neue Mädchen der Meyerdinks, ein Wesen, das noch blasser wirkte als das vorherige, Bilder, Pflanzen und Bücher auf die Straße schleppte. Aline hatte einen Advokaten beauftragt, den Auszug zu beschleunigen, der aber erklärte ihr, dass sie früher oder später schon zu ihrem Recht kommen würde, in diesem besonderen Fall aber eher mit später rechnen müsse. Am Ende bot Aline den Meyerdinks eine beträchtliche Summe Geld, eine Art monetäre Erinnerungsstütze an die Kündigung. Von dem Geld leisteten die Meyerdinks, wie Aline später erfuhr, die Anzahlung für ein schönes Haus, das ebenfalls in Övelgönne lag, wenn auch nach Neumühlen hin, sodass die Meyerdinks Nachbarn wurden. Aline begegnete Frau Meyerdink vor allem am Wochenende, wenn sie mit Käthe, Nathan oder ein paar Freunden am Fähranleger angeln ging, und jedes Mal grüßte die Meyerdink Nathan mit zuckersüßer Freundlichkeit, und da wusste Aline, dass sie ihn als den Käufer ihres Hauses in Teufelsbrück wiedererkannt hatte und nun, da sie ihn an Alines Seite sah, schließen musste, dass Aline hinter der Sache gestanden hatte.

Es war herrlich, wieder zu Hause zu sein. Ihre erste Amtshandlung bestand darin, Bertha zurückzuholen. Bertha hatte mittlerweile eine Anstellung im Holsteinischen gefunden, doch als Aline ihr die frohe Kunde übermittelte, kündigte sie sofort. Zwei Tage später stand sie vor der Tür. Gemeinsam machten sie Inventur. Aline richtete sich das ehemalige Arbeitszimmer ihres Vaters als Studierstube ein. Obwohl nun kaum noch Geld vorhanden war, beschloss Aline, die Buntglasscheiben im Wohnzimmer herauszureißen und durch großes Glas zu ersetzen. Die neue Helligkeit im Haus versetzte alle in gute Stimmung. Der einzige Wermutstropfen war der Engelsraum. Die Seidentapeten waren mit Kerzenwachs bekleckert, die Teppiche an einigen Stellen durchgescheuert, und eine Ecke des marmornen Kamins war abgeschlagen.

Aline erklärte, dass sie einen geschickten Bekannten hatte, der ihr sicherlich beim Tapezieren helfen würde. In welcher Verbindung sie zu Nathan stand, mochte sie ihrer Mutter immer noch nicht sagen.

Als sie mit Nathan eines Sonntagnachmittags vor dem Kapitänshaus stand, fiel ihr etwas ein. „Es gibt da etwas, was ich dich schon immer fragen wollte. Bist du hier schon mal gewesen? Als kleiner Junge? Kann es sein, dass du am Sedantag eine kleine Französin vor Übergriffen geschützt und nach Hause geleitet hast? Hier in dieses Haus?“

Nathan stutzte. „Nicht, dass ich mich entsinne. Nein, wir waren mit der Familie manchmal unten am Strand, als wir noch in der Flottbeker Chaussee gewohnt haben. Aber an ein kleines Mädchen in Nöten kann ich mich nicht erinnern.“

Aline hätte ihn am liebsten geküsst, vielleicht, um ihm zu versichern, dass diese neue Erkenntnis nichts an ihren Gefühlen änderte. „Lass uns hineingehen“, sagte sie stattdessen, denn sie bemerkte ihre Mutter oben am Fenster.

Aline hatte ein schönes Papier mit Rosenmuster gefunden, das auch ihrer Mutter gefiel, denn Seidentapeten konnten sie sich fürs Erste nicht leisten. Gemeinsam mit Nathan krempelte sie an diesem Tag dic Ärmel hoch und machte sich an die Arbeit. Nathan gelang es, den Kamin wieder so zu richten, dass das fehlende Stück kaum auffiel. Dass das Klavier komplett verstimmt war, brachte Madeleine so in Rage, dass sie den Schaden am liebsten den Meyerdinks sofort in Rechnung gestellt hätte.

Als sie das Haus wiederhergestellt hatten, beschlossen sie, ein kleines Fest zu feiern, zu dem sie die Nachbarn einluden, die auch fast alle kamen. Es war wieder ein Sonntag, Aline hatte am Tag zuvor Stör geangelt, aus dem Bertha Kaviar gearbeitet hatte, und sie gedachten, im Engelsraum zu feiern und zu diesem Anlass das Familiensilber hervorzuholen.

Madeleine war die Erste, die es bemerkte. Sie fuhr mit dem Finger über die Linien des Familienwappens und weinte.

„Was ist passiert, Maman?“ Aline nahm ihr das Messer aus der Hand. Als sie das Blech berührte, stieg Wut in ihr empor.

„Sie wird uns das ersetzen müssen, Maman. Das waren keine Einbrecher. Wir fragen Dr. Haussmann, ob er einen guten Advokaten kennt.“

IN DIESEN Monaten war Aline manchmal zumute, als säße sie in einem Zug, dessen Fahrplan aus der Feder eines Verrückten stammte. Niemand schien zu wissen, in welche Richtung es ging. Die Reichsmark wurde abgeschafft. Die neue Währung wurde in Rentenmark umbenannt. Eine Rentenmark war so viel wert wie eine Billion Inflationsmark.

Und dann wurde es Winter, der erste Winter nach so langer Zeit wieder in ihrem Haus. Der Fluss fror zu, und die Budenbesitzer stellten sich am Strand auf, um Glühwein und gezuckerte Mandeln zu verkaufen.

Eines Tages begegnete Aline am Strand einer Frau, die ihr bekannt vorkam: Es war Ilse, Friedrichs Schwägerin, der sie auf dem schrecklichen Ball an der Palmaille begegnet war. Aline wollte sich schon abwenden, als die Frau sie ansprach. „Na, sieh mal einer an, die Kleine vom Friedrich. Oder Exkleine, sollte ich besser sagen.“

Aline versuchte zu lächeln. „Wie geht es Friedrich?“, fragte sie.

„Friedrich hat sich mit der Politik verheiratet. Ist nach Berlin gegangen. Macht Karriere. Im Mai tritt er bei den Reichswahlen an. Völkischer Block, du weißt schon. Kein Mensch räumt denen viele Stimmen ein, aber mein Schwager hat so seine Ideale. Alexander will ihn dazu bringen, sich im Zentrum zu engagieren, aber Friedrich will davon nichts hören. Wenn du mich fragst, für mich ist das alles dasselbe, Zentrum, Konservative, Ultrakonservative, aber Friedrich meint, in den kleineren Parteien sei es leichter, an höhere Posten zu gelangen. Aber ich rede zu viel. Wie geht es dir, meine Liebe? Ein hübsches Kleid trägst du da! Hast du dir jemand Reiches geangelt?“

Aline schüttelte den Kopf.

„Na ja, geht mich ja auch nichts an. Also, einen frohen Tag wünsche ich dir noch. Und wenn du mal in der Bernadottestraße sein solltest, besuch uns ruhig! Muss jetzt zum Bahnhof, meinen Alex vom Zug abholen.“ Sie winkte mit ihrem spitzenbesetzten Sonnenschirm und entschwand.

DIE WANDERAUSFLÜGE wurden seltener. Rainer war damit beschäftigt, bei Blohm und Voss Streiks zu organisieren, Käthe hatte ein zusätzliches Engagement an den Kammerspielen in einem Stück für drei Tänzer erhalten, und Nathan, der endlich von zu Hause ausziehen wollte, hatte sich mit vollen Kräften ins Studium gestürzt.

Aline, die sich während ihres Studiums zuletzt besonders für Tropenhygiene begeistert hatte, schrieb ihre Doktorarbeit über die Schlafkrankheit, kam aber nur schleppend voran. Seit der Währungsreform war es vorbei mit der Aktienspekuliererei, und sie musste auf neue Einnahmequellen sinnen. Glücklicherweise gelang es ihrem Doktorvater, Professor Bernhard Noch, ihr eine Stelle als Bibliothekarin zu verschaffen, sodass sie ein kleines Auskommen hatte. Das reichte aber hinten und vorne nicht – schließlich musste sie ihre Mutter und Bertha mitfinanzieren. Als sie nicht einmal mehr die Rechnungen für den elektrischen Strom bezahlen konnte, besann sie sich auf das Ottenser Wohnhaus, in dem Käthe Mieterin war. Aline hatte dieses Wohnhaus während ihrer monetären Glanzzeiten dem damaligen Eigentümer abgekauft, weil Käthe ein schreckliches Missverständnis mit dem Mann passiert war. Sie hatte mit ihm geschlafen, es später arg bereut und diese Reue vielleicht ein wenig zu heftig verbalisiert. Erst im Herbst gelang es Aline, das Haus weiterzuverkaufen.

Ihre Mahlzeiten brachte Bertha Aline oft in ihr Zimmer hinauf, damit sie überhaupt etwas aß. Pellkartoffeln wechselten sich mit Bratkartoffeln ab, Kartoffelmus mit Kartoffelpuffern. Neben ihrer Doktorarbeit übte sie eifrig für ihre Führerscheinprüfung. Sie musste die polizeilichen Vorschriften mit allen sieben Warnzeichen auswendig wissen, sie musste wissen, wie das Automobil funktionierte, und sie musste vor allen Dingen das Automobil sicher durch die Stadt lenken können. Käthe sah in dieser Zeit fast jeden Abend vorbei und fragte sie Schilder ab.

Die praktische Führerscheinprüfung fand einen Tag nach der Reichstagswahl statt, sodass Aline vergaß, wählen zu gehen. Und das, obwohl es ihre erste Reichstagswahl war, schließlich war sie erst seit drei Jahren volljährig. Später las sie, dass der völkische Block, bestehend aus Völkischen, Nationalsozialisten und Ultrakonservativen, sechs Prozent der Stimmen erhalten hatte. Als sie sich Friedrich in seinem Berliner Parteibüro vorstellte, empfand sie eine Mischung aus Ablehnung, Schuldgefühlen und Zärtlichkeit.

Jubelnde Freude erfüllte sie hingegen nach der Führerscheinprüfung. Sie hatte bestanden und konnte in den darauf folgenden Wochen an nichts anderes mehr denken als an Nockenwellen, Viertaktzyklen und Kolbenhuber. Bis zu ihrem ersten eigenen Wagen dauerte es allerdings noch eine ganze Weile.

VALESKA SANDSTEIN, die eigentlich fand, dass keine Frau gut genug für ihre Söhne war, hatte Aline schnell ins Herz geschlossen. Das lag nicht zuletzt an Alines Interesse für die Religion. Alines Neugier war schier unstillbar, was die Rituale und Gebräuche anging, die Valeska praktizierte. Nie zuvor war sie in einem jüdischen Haushalt gewesen, und nun war ihr, als tauche sie ein in eine fremde Welt. „Dabei ist sie evangelisch", wie Valeska den Nachbarinnen gegenüber nicht müde wurde zu betonen. Doch evangelisch war nicht mehr das Wort, das Aline für sich in Anspruch nahm, wenn sie über ihren Glauben nachdachte. Sie hatte sich nach ihrer abgebrochenen Hochzeit von der Kirche fern gehalten, zuerst, weil es ihr peinlich war, Pastor Weidemann gegenüberzutreten, später, weil sie meinte, Gott überall zu finden. Diese Überzeugung erkannte sie auch in Valeskas Worten, wenn sie mit ihr sprach. Am meisten rührte sie, wie selbstverständlich Valeska sie schon als ihre Tochter betrachtete, obwohl sie mit Nathan nicht verheiratet war. Wenn Aline die Nacht im Haus der Familie Sandstein verbrachte, saß sie am morgendlichen Frühstückstisch, als gehöre sie dazu.

Eine große Überraschung war die Begegnung mit Henny, die sie als Gesellin bei den Schwestern Kolbek im Modeatelier kennen gelernt hatte. Mittlerweile war Henny arbeitslos, so wie fünf Millionen andere Deutsche auch, aber sie half ihrem Bruder Max in seiner Praxis und besserte an den Abenden ihr Taschengeld mit Näharbeiten zu Hause auf. Zu Valeskas Ärger und Sorge verschwand Henny allerdings auch ganze Tage lang. Dann wusste keiner, wo sie war und was sie tat.

Als es Juni wurde, lud Wilhelm Ludwigsen, der Mann, dem Aline und Nathan ihren zeitweiligen Wohlstand verdankten, das junge Paar zu seinem Geburtstag ein. Als sie vor seiner Haustür in der Palmaille standen, fiel es Nathan wie Schuppen von den Augen. Ludwigsen, natürlich! Vor dieser Tür hatte er damals gestanden und geklingelt, doch keiner hatte ihm geöffnet. Warum hatte er Wilhelms Namen nicht schon früher mit seinem Vater in Verbindung gebracht? Als das Dienstmädchen der Ludwigsens ihnen öffnete, spürte Nathan, dass sein Herz stark klopfte.

Jetzt oder nie, dachte er. Er sah, dass Wilhelm ihn anlächelte, als Aline und er Hand in Hand den Salon betraten. Er begrüßte Wilhelms Vater und fragte diesen so unvermittelt, dass es ihn selbst schockierte. „Kannten Sie einen gewissen Wilhelm Sandstein?"

Sofort wurden die beiden Ludwigsens ernst. Nathan umklammerte Alines Hand. Gott sei Dank war sie jetzt bei ihm. „Der Arzt meines Bruders", erklärte Wilhelms Vater. „Ich habe meinen Sohn nach ihm benannt."

„Er war mein Vater", sagte Nathan.

VALESKA SANDSTEIN hörte die Schritte ihrer Tochter im Treppenflur. Sie kamen ihr seltsam schleppend vor. Langsam drehte sich der Schlüssel im Schloss. Langsam und vorsichtig steckte Henny den Kopf durch den Türspalt. Valeska schrie auf.

Henny machte noch einen Schritt nach vorn, dann fiel sie um.

„Max!“, schrie Valeska. „Komm schnell!“

Max stürzte aus seinem Kabinett am Ende des Gangs und sah seine jüngere Schwester, wie sie blutüberströmt auf dem Teppich im Wohnzimmer lag. „Wir tragen sie auf die Liege im Kabinett“, wies er seine Mutter an. „Vorsichtig. Du nimmst sie bei den Füßen, ich trage ihre Schultern. So.“

Valeska begann zu schluchzen. „Was ist mit Henny geschehen? Ist sie unter die Räder gekommen?“

So sachte sie konnten, betteten sie Henny auf die Liege in Maxens Kabinett. Max entkleidete sie vorsichtig. Henny hatte am ganzen Körper Prellungen. Ihr linker Knöchel war verstaucht. Die Nase war gebrochen. Max fühlte ihren Puls. Henny war in Ohnmacht gefallen, aber ihr Atem ging regelmäßig.

„Sie ist nicht unter die Räder gekommen“, erklärte Max. „Jemand hat sie überfallen und verprügelt.“

SIE SASSEN im Wohnzimmer der Ludwigsens. Die Gläser waren gefüllt, aber niemand rührte sie an. Aline war dicht an Nathan herangerückt und hielt seine Hand. Sie spürte, dass er am ganzen Körper zitterte. „Ich versuche nun schon so lange, Licht in diese Geschichte zu bringen“, erklärte er. „Aus den Krankenakten meines Vaters konnte ich ersehen, dass er einen gewissen Theodor Ludwigsen im Oktober 1899 wegen Brandwunden und einer Alkoholvergiftung behandelt hat. Mein Vater hat ihm jeden Tag, bis zu seinem Tod drei Wochen später, einen Hausbesuch abgestattet. Seltsamerweise hat er danach aufgehört zu praktizieren. Bislang bin ich davon ausgegangen, dass er seinen Patienten falsch behandelt hatte, also an seinem Tod die Schuld trug. Warum sonst hätte er danach keine Patienten mehr empfangen sollen? Er muss ein sehr schlechtes Gewissen gehabt haben.“

Wilhelms Vater hatte Nathan schweigend zugehört. „Das Gegenteil war der Fall, Herr Sandstein. Ihr Vater war ein mutiger Mann. Er hat das Menschenmögliche getan, um meinem Bruder zu helfen. Er war täglich zur Stelle. Er drängte meinen Vater, Strafanzeige zu stellen gegen die Männer, die ihm das angetan hatten. Aber mein Vater weigerte sich. Aus Angst. Schließlich hat Ihr Vater die Sache selbst in die Hand genommen.

Ich habe mich oft gefragt, warum er das für unsere Familie getan hat. Heute glaube ich, dass er einfach Idealist war. Er konnte Ungerechtigkeit nicht ausstehen. Sein Tod hat uns schwer getroffen."

„Glauben Sie, dass er sich umgebracht hat?"

„Nein", antwortete Herr Ludwigsen. „Wir gehen davon aus, dass er ermordet wurde."

## ELFTES KAPITEL

Nathan und Aline traten Stunden später zurück auf die Straße. Schweigend machten sie sich auf den Weg die Kaistraße hinunter nach Neumühlen.

„Was wirst du jetzt tun?", fragte Aline leise. „Wirst du es deiner Mutter sagen?"

Nathan schüttelte den Kopf. „Max."

Max musste von dem Patienten Wilhelm Ludwigsen gewusst haben und von dem Engagement des Vaters für den jungen Studenten. Auch wenn Max zum Zeitpunkt seines Todes erst zehn Jahre alt gewesen war, er musste die Heimlichtuerei um den Vater bemerkt und seine eigenen Schlüsse daraus gezogen haben. Warum sonst hatte er die Krankenakten so sorgfältig hinter seinem Schreibtisch verborgen? Warum wurde im Haus nicht über den Vater gesprochen?

Doch als er nach Hause kam, war Max schon zu Bett gegangen. Alles war still in der Wohnung. Nathan schlief angezogen ein, und das Letzte, was er vor sich sah, war Alines Gesicht, das sich mit dem Gelb der Gaslaterne unten am Grindelberg vermischte. Er träumte unruhig und mit schwerem Kopf.

Die Mutter saß allein am Frühstückstisch. Sie sah fürchterlich aus, müde und viel älter als sonst. Sie zitterte.

„Was ist passiert?", fragte Nathan.

Seine Mutter brach in Tränen aus und begann stockend zu erzählen, was am Abend zuvor vorgefallen war.

Eine halbe Stunde später öffnete Max die Tür. Auch er sah müde aus. „Es geht ihr besser", sagte er. In seiner Stimme schwang Angst.

„Bist du zur Polizei gegangen?", fragte Nathan.

Max schüttelte den Kopf.

„Dann tue ich es", erklärte Nathan und stand auf. „Wir müssen die Schweine anzeigen, die das getan haben!"

Max legte ihm eine Hand auf den Arm. „Tu das nicht. Es hat keinen

Sinn. Die finden sie sowieso nicht mehr. Es sind dieser Tage so viele Schlägertrupps unterwegs. Die Hauptsache ist jetzt, dass Henny schnell wieder gesund wird, und die Chancen stehen sehr gut. Und dann vergessen wir die Sache wieder."

Nathan schlug mit der Faust auf den Tisch. „Das ist feige, Max. Was glaubst du, was die tun?"

„Ich weiß es nicht", entgegnete Max. „Ich weiß nur, dass Henny immer wieder in Schwierigkeiten gerät, wenn sie so weitermacht. Jetzt, wo die Nazis ihr Parteibüro im Grindelviertel haben, muss sie aufpassen, wie sie sich in der Öffentlichkeit verhält. Wir müssen alle aufpassen."

„Vater hätte sich das nicht gefallen lassen."

Max fuhr hoch. „Du weißt überhaupt nichts von Vater. Du warst ein kleines Kind. Du hast ihn nicht kennen gelernt."

„Ich weiß mehr, als du glaubst", sagte Nathan. „Ich habe mit ihnen geredet, mit Ludwigsens."

„Ich kenne keine Ludwigsens."

„Warum lügst du mich an?" Nathan fühlte, dass er seine Fäuste ballte.

Max blickte von seiner Mutter, die zitternd ihre Tasse Tee umklammerte, zurück zu seinem Bruder. „Um dich zu schützen", sagte er leise. „Um Henny zu schützen. Uns alle."

„Aber wovor?"

„Vor denen, die uns das angetan haben", erklärte Max. „Und vor dir selbst."

ALINE schlang ihre Arme um Nathan. Sie strich über seine Arme, seine Schultern, seinen Hals, über seine rauen Wangen, und sie bedeckte ihn mit Küssen, um ihm zu zeigen, wie sie mit ihm litt.

Der Wind fuhr über ihr Gesicht, als sie so am Wasser standen, hinter dem Strandgebüsch, das schon so viele Liebespaare vor ihnen vor neugierigen Blicken bewahrt hatte. Sachte löste Aline ihre Arme und blickte ihm ins Gesicht. Da ertönte ein Räuspern hinter ihnen. Sie fuhren zusammen und drehten sich um.

„Wegen des Briefes, den Sie uns geschrieben haben." Gertrude Meyerdink ließ ein trockenes Lachen ertönen. „Den betrachten wir selbstverständlich als gegenstandslos. Ihre Anschuldigungen sind lächerlich. Das Geld für Ihr marodes Haus müssen Sie sich schon an anderer Stelle besorgen. Sollten Sie nun mit dem Gedanken spielen, Ihre Forderungen mithilfe eines Advokaten zu wiederholen, wäre ich entzückt, Madame Jacoby zu einem vertraulichen Gespräch von Mutter zu Mutter zu begegnen. Sie wäre vielleicht überrascht zu erfahren, dass ihr kostbares Fräulein

Tochter sich mit einem jüdischen Großkapitalisten eingelassen hat." Sie ließ ihren Blick über Nathans makellosen Anzug wandern. „Immobilienspekulation ist nicht ganz legal, wie Sie vielleicht wissen, junger Mann. Wünsche noch einen schönen Tag." Gertrude Meyerdink rauschte davon.

ES DAUERTE noch drei weitere Wochen, bis Aline sich ganz sicher sein konnte. Als es so weit war, rückte sie in ihrem Arbeitszimmer den Sessel vor den Spiegel ihres Toilettentisches und stellte sich darauf, sodass der Spiegel statt ihres Gesichts ihren kleinen runden Bauch zeigte. Sie drehte sich ein bisschen nach links, und sie drehte sich ein bisschen nach rechts. Plötzlich musste sie lächeln. Sie konnte Pneumonien diagnostizieren, den Stich einer Tsetsefliege von dem einer Mücke unterscheiden, ein Mikroskop bedienen und jedes menschliche Organ mit lateinischem Namen benennen. Aber sie hatte drei Monate gebraucht, um ihre eigene Schwangerschaft zu erkennen.

Von nun an verordnete Bertha ihr jeden Morgen ein Glas Pfefferminztee gegen die Übelkeit. Aline konnte noch so sehr darauf beharren, dass ihr überhaupt nicht schlecht war – Bertha blieb stur. Als Bertha dazu überging, die Brennnesseln im Garten zu pflücken, um ihr eine Suppe daraus zu kochen, wurde es Aline zu bunt. Eines Tages fuhr sie kurzerhand in das medizinische Universitätslabor, um den Brennnesselextrakt zu analysieren. Dabei fand sie heraus, dass die Brennnessel außerordentlich viel Eisen enthält. Da sie wusste, dass Eisen im Blut enthalten ist und dass sie während der Schwangerschaft ihr Blut mit dem heranwachsenden kleinen Leben in ihrem Bauch teilen musste, betrachtete sie Berthas Arzneien von nun an mit etwas mehr Wohlwollen.

Nathan wirbelte Aline vor Freude durch die Luft, setzte sie vorsichtig wieder ab und erkundigte sich dann mit gedämpfter Stimme, ob sie sich nun nicht lieber hinlegen wolle, er würde ihr einen Kamillentee bringen. Aline wollte sich ausschütten vor Lachen. „Ich bin schwanger, nicht krank!", sagte sie. „Und ich schreibe zuallererst meine Arbeit zu Ende!"

Die einzige Sache war – sie wusste nicht recht, wie sie Madeleine die Neuigkeit überbringen sollte. Schließlich hatte sie ihrer Mutter gegenüber all die Jahre den Mann an ihrer Seite verheimlicht. Sie fragte Käthe, wie sie die Sache angehen sollte. Ihre Antwort war, sie solle die Wahrheit sagen. Ganz einfach.

DER WEG zum Dachboden führte von Alines Arbeitszimmer aus über eine schmale Leiter nach oben. Madeleine klopfte sicherheitshalber an, bevor sie die Tür öffnete. Als sie die ausgebreiteten Papiere auf dem Sekretär ihrer Tochter bemerkte, juckte es ihr in den Fingern, darin zu lesen. Zeit ihres Lebens hatte Madeleine die Privatsphäre anderer Menschen respektiert, selbst Christians – und das, obwohl sie sich oft die Frage gestellt hatte, was ein Seemann ohne seine Frau in den Häfen so trieb. Aber Aline gab ihr Rätsel auf. Seit ihrer verpatzten Hochzeit vor über fünf Jahren hatte sich ihre Tochter in einen Schildkrötenpanzer verkrochen, in dem sie unabhängig von den äußeren Widrigkeiten ihr eigenes geheimnisvolles Leben zu führen schien. Madeleine beschloss, sich ein Orakel aufzugeben: Wenn das unterste Blatt auf der Schreibfläche intime Aufzeichnungen enthielt, durfte sie alles lesen, was sich hier im Raum befand. Wenn nicht, musste sie ihren Weg auf den Dachboden fortsetzen, und zwar so unwissend, wie sie gekommen war.

> Das Spätstadium der Trypanosomenerkrankung ist von neurologischen Symptomen gekennzeichnet …

In Ordnung, dachte Madeleine und öffnete die Tür zu Alines Schrank, in dem sie die Hakenstange vermutete, mit der sich die Luke zum Dachboden öffnen ließ. Schuldgefühle überkamen sie beim Blick in den Schrank. Wie verschlissen die Kleider alle wirkten! Und wie wenig ihre Tochter überhaupt besaß! Madeleine dachte an ihre eigene Jugendgarderobe, die so umfangreich gewesen war, dass sie in einem eigenen Ankleidezimmer verwahrt wurde. Madeleine schob die Kleider beiseite, doch die Stange war nirgendwo zu entdecken. Madeleine schüttelte den Kopf. Sie konnte nicht begreifen, wie man in seinem eigenen Schlafzimmer arbeiten konnte. Sie hatte Aline vorgeschlagen, Arbeits- und Schlafbereich zu trennen, aber ihre Tochter hatte abgelehnt mit der Begründung, sie arbeite sich so müde, dass ihr der kürzeste Weg ins Bett gerade recht sei. Da, unter dem Bett, endlich! Die gesuchte Hakenstange. Vorsichtig fischte Madeleine sie heraus, wobei sie sich vornahm, Bertha aufzutragen, hier einmal Staub zu wischen. Sie reckte sich, um die Luke zu öffnen, die zum Dachboden führte.

Aline sah, dass die Luke zum Dachboden offen stand. „Maman?“, rief sie. Keine Antwort. Sie fühlte, wie ihr der Schweiß ausbrach. Mit zitternden Knien stieg sie die Leiter empor. Oben war es so dunkel, dass sie einen Moment brauchte, bis sie etwas erkennen konnte. In einer Ecke, die Schlittschuhe in der Hand, saß ihre Mutter. Sie weinte leise. Aline schob sich durch die Öffnung und legte ihre Arme um sie. „Maman“, sagte sie noch einmal.

Jetzt erst blickte Madeleine sie an. Aline bemerkte, dass sie die Schlittschuhe streichelte. „Verzeih mir“, sagte sie unter Tränen. „Ich bin so kindisch. Eigentlich bin ich auf der Suche nach Briefen hier heraufgekommen. Dein Vater hat so schöne Briefe geschrieben. Und dann hab ich die hier gefunden.“

„Deine Schlittschuhe“, sagte Aline. „Die Kufen sind immer noch scharf.“

„Aber ich bin jetzt zu alt dafür, und du hast dich fürs Schlittschuhlaufen nie interessiert. Es wird sie nie wieder jemand tragen.“

Aline nahm ihren ganzen Mut zusammen. „Ich glaube doch“, sagte sie. „Wenn es auch erst noch ein bisschen wachsen muss.“ Sie schluckte. „Mein Kind.“

DIE GLOCKEN waren schon an der Biegung zu hören, an der die Kaistraße in die Klopstockstraße mündete. Das Glockengeläut vermischte sich mit dem Trappeln der Hufe. Aline sah Nathan an, der sich vom Kutschbock vorne zu ihr umgedreht hatte. Er sah so angespannt aus, dass sie unwillkürlich lachen musste. „Du brauchst dir keine Sorgen zu machen!“, schrie sie gegen den ganzen Lärm. „Ich bin keine Frau, die grundsätzlich vor dem Altar in Panik gerät!“ Ein Blick ihrer Mutter brachte sie zum Schweigen. Madeleine war an diesem Morgen nicht zu Späßen aufgelegt. Ob es die Erinnerung an die frühere Hochzeit oder eine allgemeine Verstimmung wegen der Tatsache war, dass Aline mit beträchtlich gerundetem Bauch heiratete, war nicht auszumachen. Jean-Baptiste hingegen konnte sich ein Grinsen nicht verkneifen. Ursprünglich hatte Aline sich dagegen gewehrt, am Arm ihres Onkels den Weg durch das Kirchenschiff zurückzulegen, aber er war nun mal ihr einziger männlicher Verwandter.

Aline tippte Käthe leicht auf die Schulter. „Guck mal, Wilhelm ist schon da. Sieht er nicht gut aus in seinem schwarzen Anzug?“

Käthe blinzelte, um die Menschenmenge ins Auge zu fassen, die vor der Kirche versammelt stand. Nathans Trauzeuge Wilhelm stand ein wenig abseits von den anderen. Er winkte der Kutsche eifrig zu, wobei er einen Strauß Blumen schwenkte.

„Ich weiß, dass du mich mit einem feinen Bankkaufmann verkuppeln willst. Aber gib dir keine Mühe. Ich mag nur solche, die es nicht verdienen. Ein bisschen aufopfernd muss man als Frau schon sein.“ Und damit sprang sie von der Kutsche, noch ehe Nathan sie richtig zum Stehen gebracht hatte.

Nathan lief zur anderen Seite und öffnete den Wagenschlag. Während

Jean-Baptiste seiner Schwester heraushalf, nahm Nathan Aline in die Arme und hob sie herunter.

Aline blickte in die strahlenden Gesichter um sich herum und fühlte, wie ihr Herz klopfte. Der gesamte Wandervogel war gekommen. Rainer trug seinen offenbar besten, aber doch sehr abgenutzt aussehenden Anzug, und auch Siegfried und Meta hatten sich in Schale geworfen. Henny strahlte Aline an. Dann kam Valeska auf sie zugeschritten, um sie in die Arme zu schließen. Es war die erste evangelische Hochzeit, der sie beiwohnte, und Aline hatte sie gefragt, ob sie traurig darüber sei, dass ihr Sohn auf diese Weise heiraten werde, doch Valeska hatte Nein gesagt. Nachdem sie Valeska gedrückt hatte, drehte sie sich zu ihrer Mutter um. Madeleine sah noch immer nicht glücklich aus.

*„Ça va, Maman?“,* fragte Aline leise. Madeleine nahm ihre Hand. Aline drückte ihr einen Kuss auf die Wange.

Pastor Weidemann war der gesündeste und energiestrotzendste 82-jährige Pastor in ganz Preußen und guter Dinge obendrein. Die Gesellschaft, die sich an diesem Tag in seiner Kirche eingefunden hatte, wirkte ein bisschen zusammengewürfelt, doch sie war lauter als irgendeine andere, an die er sich erinnern konnte. Selbst als die Orgel Mendelssohn Bartholdys Hochzeitsmarsch zu spielen anhub, wollte das Füßegeraschel, Schnupfen, Flüstern und Gekicher kein Ende nehmen. In dem Moment tauchte die Braut am Arm ihres Onkels auf. Die Köpfe fuhren herum. Pastor Weidemann gestattete sich einen Moment der Rührung. Er kannte Aline, seit sie ein Baby war. Er hatte sie getauft, und jetzt traute er sie ein zweites Mal. Nathan stand still vorne am Altar. Pastor Weidemann erkannte an seiner Körperhaltung, dass er unter Hochspannung stand. Als Aline am Altar angekommen war, verstummte die Orgel. In diesem Moment wurde es in der Kirche endlich still.

„Liebe Gemeinde“, hörte er sich sagen. „Wir haben uns heute hier versammelt, um ein junges Paar in den heiligen Stand der Ehe zu versetzen. Wenn jemand etwas gegen diese Verbindung einzuwenden hat, so soll er es sagen, hier und jetzt.“

Er fühlte die Nervosität durch den Raum flackern wie einen Scheinwerfer. Jeder drehte sich nach jedem um. Aber keiner sagte etwas. Er sah, dass Braut und Bräutigam ihre Blicke ineinander versenkt hatten. Beide lächelten.

„Und darum frage ich euch jetzt: Aline Benedicte Jacoby, möchtest du diesen Mann hier an deiner Seite, Nathan Alexander Chaim Sandstein, zu deinem rechtmäßigen Ehemann nehmen?“

„Ja“, hörte er sie sagen. Ein Raunen ging durch die Menge.

„Nathan Alexander Chaim Sandstein, möchtest du Aline Benedicte Jacoby zu deiner rechtmäßigen Ehefrau nehmen?"

Nathans Ja war laut, überwältigend.

„Dann erkläre ich euch hiermit zu Mann und Frau."

Und dann passierte etwas, was Pastor Weidemann in seiner gesamten Amtszeit als Pastor der Christiansgemeinde zu Ottensen noch nie erlebt hatte. Einige der jüngeren Gäste in den hinteren Bänken brachen in Beifall aus. Der Applaus bahnte sich seinen Weg durch die Reihen nach vorn. Als der Bräutigam von seinem Trauzeugen das Kissen mit den beiden Ringen entgegennahm, bemerkte Pastor Weidemann, dass Aline über das ganze Gesicht lachte.

„Du darfst die Braut jetzt küssen", erklärte Pastor Weidemann feierlich.

Aline schlug den Schleier zurück und beugte sich vor. Und dann geschah das Unfassbare. Das Brautpaar küsste sich *mit offenem Mund*.

Die Brautjungfer, eine keck wirkende weißblonde Frau, brach in Jubelschreie aus. Und die Gemeinde tobte. Hand in Hand traten Aline und Nathan in die Sonne hinaus. In der Menge sah sie Käthes Gesicht aufblitzen, strahlend und weiß. Sie nahm ihren Brautstrauß und zielte. Der Strauß segelte durch die Luft und flog direkt auf Käthe zu. Sie sah Käthe lachend ausweichen und den Strauß die Person treffen, die hinter Käthe stand. Es war Madeleine.

## ZWÖLFTES KAPITEL

Es war ein ungewöhnlich heißer Junitag. Aline, die nicht mehr als Medizinalassistentin im Institut für Tropenkrankheiten arbeitete, um das süße Kleine, wie sie ihren kolossalen Bauch nannte, nicht in Gefahr zu bringen, langweilte sich. Sie war mittlerweile um das Dreifache ihres ursprünglichen Volumens angeschwollen, was Käthe in den vergangenen Wochen veranlasst hatte, von ihr nur noch in der Mehrzahl zu sprechen. An diesem Tag hatte Käthe vorgeschlagen, mit den „Aline'schen Massen" spazieren zu gehen. Planlos wanderten sie den schmalen Weg zur Flottbeker Chaussee hinauf und nahmen Kurs auf den Bahnhof, als sie laute Marschmusik hörten. Hunderte von Männern in braunen Uniformen zogen über die Chaussee. Plötzlich sahen sie einen Mann, der ihnen bekannt vorkam. „Aber das ist ja Heinrich!", rief Aline. „Huhu, Heinrich!" Sie schwenkte die Arme. Käthe, die ihrem Blick gefolgt war, tat es ihr gleich. Aber Heinrich sah sie nicht.

„Komisch, dass er bei diesen Leuten mitmacht", meinte Aline.

Käthe zuckte mit den Schultern. „Der Junge probiert halt immer was Neues aus."

„Mir gefällt das nicht, wie die über Juden reden. Meine Schwiegermutter ist Jüdin."

„Und Nathan doch auch! Schließlich wollte er mal Rabbi werden!"

„Für Nathan ist die Religion nicht mehr wichtig!"

Käthe versuchte, sich über die Musik hinweg verständlich zu machen. „Jüdischsein ist doch nicht nur eine Frage der Religion!", brüllte sie. „Das ist doch auch eine Volkszugehörigkeit, oder nicht?"

Aline schüttelte den Kopf. „Nathans Familie ist preußisch. Sein Bruder Max hat im Krieg sogar Medaillen bekommen, weil er bei Verdun ein paar Kameraden das Leben gerettet hat."

Plötzlich bemerkte Aline Friedrich, der nur einen halben Meter von ihr entfernt stand und sie anstarrte, als käme sie geradewegs vom Mond.

„Oh", sagte sie überrascht.

„Guten Tag, Aline", erwiderte Friedrich, ohne zu lächeln. Er trug seine Uniform mit den Ehrenmedaillen. Aline hatte nie gelernt, was welche Auszeichnung bedeutete, aber sie erkannte das Eiserne Kreuz, das er bekommen hatte, als er ihren Vater und die anderen Männer an Bord gerettet hatte. Er musterte ihren Bauch. „Dabei hatte ich dir immer gesagt, du sollst nicht so viel essen."

Aline versuchte ein Lächeln. „Ich kann nichts dafür", sagte sie. „Ich bin schwanger."

Jetzt sah Friedrich so eisig aus wie zehn Kübel Sekt. „Ich nehme an, du hast *wieder* geheiratet."

Käthe erkannte Friedrich nicht. Schließlich war sie ihm nur ein einziges Mal begegnet, und das war bei der verpatzten Hochzeit in der Kirche gewesen. Damals hatte Friedrich sechs Jahre jünger und etwa zwanzig Pfund leichter ausgesehen.

„Meine Freundin hat einen furchtbar patenten Kerl geheiratet. Dieser Bauch spricht Bände, finden Sie nicht? Ich sag immer, das ist kein Bauch mehr, das ist ein Zeppelin." Sie bemerkte Friedrichs entsetzten Blick und tätschelte ihm die Schulter. „Kein Grund, so komisch zu gucken. Aus so einem Bauch zu kommen ist schon etwas Besonderes. Vielleicht wird der Kleine später mal Physiker. Mit astronomischen Maßen wird er sich jedenfalls auskennen."

„Danke schön!", fauchte Aline Käthe an, nachdem Friedrich sich verabschiedet hatte. „Du hast die Situation ganz wunderbar gerettet. Das ist Friedrich gewesen."

Käthe schnappte nach Luft. „Der, dem du …"

„Genau der. Und was machst *du*?"

Käthe lehnte sich mit der Stirn an eine Litfaßsäule. „Ach, du liebe Güte!", stöhnte sie.

„SIE SIEHT schrecklich aus!", rief Friedrich. Erregt durchmaß er das Wohnzimmer der Meyerdinks. „Wer ist der Kerl, der sie geschwängert hat?"

„Ein Jude", bemerkte Gertrude Meyerdink. „Und ein reicher obendrein", fügte sie hinzu. „Er hat uns das Haus in Teufelsbrück abgekauft. Und dann hat er Ihrer ehemaligen Verlobten zugeredet, uns vor die Tür zu setzen. Das muss Aline so imponiert haben, dass sie ihn vom Fleck weg geheiratet hat. Sie hat uns ja noch nie leiden können. Und ich weiß nicht einmal, warum."

Friedrich schritt immer noch von einer Wand zur anderen. „Das ist ja furchtbar", sagte er. „Und sie hat diesen Juden kennen gelernt, als er Ihnen Ihr Haus abgekauft hat, sagen Sie?"

„Aber nein! Sie hat ihn schon in der Tanzschule kennen gelernt. Der Jude war es ja auch, der ihr die Hochzeit mit Ihnen ausgeredet hat. Ein hartnäckiger Bursche."

Friedrich wurde weiß wie die Wand. „Das ist nicht wahr … In der Tanzschule?"

„Sicher. Aber ich dachte, das hätten Sie gewusst, dass sie Sie all die Jahre hintergangen hat. Otto, würdest du mir bitte den Zucker reichen? Dieser Tee ist so bitter, ich weiß nicht, wo dieses neue Mädchen Teekochen gelernt hat."

Nur mit Mühe gewann Friedrich seine Fassung zurück. „Aber wie kann sie nur auf die Straße treten, wenn sie guter Hoffnung ist?" Den Gedanken an den Juden verschob er für den Augenblick. Das war mehr, als er ertragen konnte. „Ist Aline denn nicht Ärztin geworden? Sie sollte doch wissen, dass Schwangere den ganzen Tag liegen müssen!" Hass wallte in ihm auf, so heftig, dass er plötzlich zu zittern begann.

„Oh, sie ist Ärztin geworden. Sie hatte sich unten am Hafen in diesem Institut um eine Stelle beworben. Da, wo die ganzen Tropenkrankheiten wüten, Malaria und Pest und Cholera und was weiß ich. Wo kein vernünftiger Arzt je freiwillig arbeiten würde!"

„Sie hatte auch noch ein Mädchen dabei – es war schrecklich vulgär!" Für Friedrich war Alines Arbeit im Tropeninstitut zweitrangig. Und auch das Mädchen war ihm eigentlich egal. Aber alles war besser, als über Alines Ehe mit diesem … Juden nachzudenken.

„So eine Weißblonde?", erkundigte sich Madame interessiert. „Das ist ihre Freundin."

„Was?“ Für Friedrich war die Qual mittlerweile körperlich spürbar. Erschöpft ließ er sich auf den nächststehenden Sessel fallen. „Was pflegt Aline denn für einen Umgang?“

„Ich habe nicht vor, Sie zu erschrecken, Friedrich, aber die Leute sagen, dieses Mädchen, ihre Freundin, sei eine … Sie wissen schon. Mein Sohn Julius hat sie in einer kompromittierenden Situation gesehen.“

„Lassen Sie uns von etwas anderem reden“, sagte Friedrich entschlossen. Er nahm einen Schluck Tee und holte tief Luft. Alsbald hatte er sich wieder in der Gewalt und begann von Berlin zu erzählen.

Es war sehr warm, als die Hebamme den Schulberg nach Övelgönne hinunterstieg, und das, obwohl die Sonne schon vor einer Stunde untergegangen war. Sie wandte sich nach rechts. Im Schein der Gaslaterne entzifferte sie den Namen: Jacoby, wohnten die hier also immer noch. Ein weißblondes Mädchen öffnete ihr die Tür, führte sie durch den verglasten Vorbau und von dort die Treppe hinauf.

„Sie hat entsetzliche Schmerzen“, erklärte das Mädchen aufgeregt.

„Nun, ich nehme an, sie kriegt ein Kind“, antwortete die Hebamme trocken. „Also, heißes Wasser, saubere Tücher und wo es langgeht, bitte. Das heißt, wenn es das Schlafzimmer ist, kenne ich den Weg.“

Aline lag in dem breiten Bett, das einst ihren Eltern gehört hatte, und bäumte sich gerade auf, als Käthe und die Hebamme das Zimmer betraten. Sie war darauf gefasst gewesen, dass eine Geburt wehtat, aber dass die Wehen sie regelmäßig an den Rand des Wahnsinns schickten, damit hatte sie nicht gerechnet.

Madeleine saß auf dem Canapé im Salon und stöhnte, den weißen Schopf in den Händen vergraben. Erinnerungen blitzten auf, an Christian und die langen Winterabende hier oben. An Chantal, die Gouvernante aus Marseille, und an Alines Kinderzeit. Sie musterte das Ölporträt von Aline, das an der Wand gegenüber hing. Nathan hatte es Aline zur Hochzeit geschenkt, aber er musste es schon vor etlichen Jahren gemalt haben. Das Bild zeigte ein junges Mädchen mit runden roten Wangen, strahlenden Augen und langen Haaren. Nicht zum ersten Mal fragte Madeleine sich, wie lange die beiden sich wohl schon kannten.

Auch der Mann neben ihr sah das Porträt an. Plötzlich stand er auf und ging zur Tür.

„Bleib“, sagte Madeleine. Sie konnte sich immer noch nicht recht daran gewöhnen, dass er ihr Schwiegersohn war, er war so ganz anders als der erfolgreiche, dominant auftretende Typ Mann, den sie sich für ihre Tochter immer vorgestellt hatte. Aber sie mochte seine freundliche Natur, die

Art, wie er lächelnd seine Bilder malte, wie er über seine Mathematikschüler am Christianeum sprach, ihre Tochter umarmte und schweigend die Dinge in Haus und Garten richtete, die getan werden mussten. Er liebte Aline, so wie Friedrich sie nicht geliebt hatte, das war Madeleine klar.

„Ich möchte ihr helfen!“, brachte Nathan hervor. „Ich ertrage das nicht länger! Wenn ich vielleicht ihre Hand halten würde …“

„Parbleu, du würdest das erst recht nicht ertragen“, unterbrach ihn Madeleine. Sie lauschte in den Flur hinein. Die Schreie hatten aufgehört. Aber es war auch kein Babygeschrei zu hören. Was war da los?

ALINE wurde unsanft von einer neuen Wehe geweckt. Die Ohnmacht hatte nur wenige Minuten gedauert, ein paradiesischer Zustand. Als die Wehe abgeebbt war, erkannte sie Bertha, Käthe, ihre Mutter und eine unbekannte hünenhafte, steinalte Frau, die um ihr Bett herum standen. Die unbekannte Frau war offensichtlich die Hebamme.

„Es geht los.“ Das war die Stimme der Hebamme.

„Fabelhaft, *Darling*. Du machst das ganz kolossal!“ Unverkennbar Käthe.

Die Augen der Mutter, groß und voller Angst. Bertha, die ihr zulächelte wie ein stiller fremder Engel. Bertha, die immer für sie da gewesen war. Ein Ruck ging durch ihren Körper, er öffnete sich, und dann spürte sie Erleichterung. Das Kind war draußen.

Käthe schnappte nach Luft. „Ein Mädchen!“, rief sie.

Aline versuchte zu lächeln. Aber die Schmerzen dauerten an. Wieder schrie sie auf vor Schmerz. Wieder fühlte sie, dass sie pressen musste.

Sie sah nicht mehr, wie die Hebamme das Neugeborene der verdutzten Bertha in die Hand drückte. Sie hörte nicht die gellenden Schreie des Kindes und die Ausrufe der Frauen an ihrem Bett. Aber ihre letzten Kräfte sollten dem zweiten Kleinen zugute kommen, das sich in ihrem Leib befand.

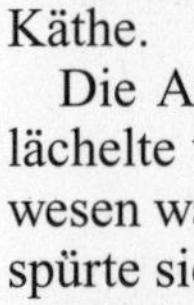

## DREIZEHNTES KAPITEL

Nur wenige Wochen nachdem Aline entbunden hatte, verlor Käthe ihre Stelle im Hansa-Theater. Weil sie laut über die Beziehung zwischen Einfluss und Dickbäuchigkeit nachgedacht hatte. Nicht, wie die Angsthasen es taten, hinter dem Rücken des Direktors. Sondern vor ihm, in seiner Gegenwart. Sie ging, nicht ohne zu betonen, dass sie ihren Rausschmiss bedauere, zugleich aber sicher sei, etwas weitaus Besseres zu finden. In ihrer Kleidung wechselte sie von Weiß zu Schwarz, um ihrem Idol Isadora Duncan zu huldigen, die vor kurzem an den Folgen eines Autounfalls gestorben war. Sie schminkte sich die Augen mit Khol und begann, mit zahlreichen Herren zu dinieren, die allesamt behaupteten, Beziehungen zum Film zu haben. Dann verschwand sie für kurze Zeit nach Berlin, kehrte aber überraschend schnell wieder zurück, ohne jemals über ihre Erfahrungen zu berichten. Aline gegenüber erwähnte sie lediglich ein Treffen mit ihrer alten Bekannten Caroline, die, wie sie es ausdrückte, in Berlin „ein Glanz" geworden war, ganz Pelz und Seide und ein überlebensgroßes Gesicht an den Litfaßsäulen. Da Käthe Plattdeutsch konnte und ein komisches Talent besaß, sprach sie erfolgreich an der niederdeutschen Bühne vor. Aufgrund ihrer burschikosen Art bekam sie meistens Hosenrollen. Die Bühne verfügte über keine eigene Spielstätte, weshalb die Proben in einer Zahnarztpraxis an der Esplanade stattfanden. Käthe liebte die Atmosphäre in diesem Wartezimmer, sie liebte auch den Zahnarzt, für kurze Zeit. Am allermeisten aber liebte sie ihre Patentöchter Judith und Jesabel.

„WAS IST eigentlich aus meiner Mitgift geworden, Maman?", fragte Aline eines Morgens am Frühstückstisch, jeweils einen der beiden Zwillinge im Arm.

Madeleine runzelte die Stirn. „Fest angelegt auf der Bank, so wie dein Vater es bis zu deiner Heirat gewünscht hat."

„Aber Maman", erwiderte Aline lachend und reichte Nathan die schlafende Judith hinüber, „dir wird doch nicht entgangen sein, dass ich mittlerweile verheiratet bin."

„Ja, aber nicht mit Friedrich", versetzte Madeleine. „Ich wusste nicht, was ich damit machen sollte. Christian hatte in seinem Testament ausdrücklich verfügt, dass Friedrich es bekommen sollte."

Aline ließ nicht locker. „Wie lautete die Formulierung genau? Stand da was von ‚Friedrich' oder von ‚Ehemann'?"

„Das war für Christian das Gleiche."

„Aline", Nathan legte ihr beruhigend eine Hand auf den Arm. „Ich will das Geld überhaupt nicht. Mein Gehalt als Mathematiklehrer am Christianeum reicht doch."

„Aber ich will es! Mich würde einfach interessieren, wo es hingekommen ist! Ob es die Entwertung während der Inflation überlebt hat, wie viel es ist, wo es sich jetzt befindet!"

„Na gut!", entschied Madeleine. „Ich werde mich erkundigen."

Die Nachforschungen ergaben, dass das Geld die Umwandlung in

Rentenmark nahezu unbeschadet überstanden hatte und auf dem einzig verbliebenen Sonderkonto von Christian lag.

Es war eine hübsche Summe, und sie reichte für ein Automobil: einen fabrikneuen Tourer mit Klappdach und beigefarbener Karosserie. Weil es in Övelgönne keine Garage gab, beschlossen sie, den Schuppen am Grindelberg als Stellplatz zu nutzen. Nathans Schimmel, die Gazelle, war vor einiger Zeit verendet, seither wurde der Anbau nur als Geräteschuppen gebraucht.

Es war Herbst, die Sonne leuchtete tief und golden auf die rot belaubten Bäume und die funkelnden Dächer der Stadt. Eine Zeit der Ausflüge begann. An den Wochenenden startete Aline mit Nathan, den Zwillingen und manchmal mit Madeleine ins Grüne. Ein einziges Mal konnte Aline auch Bertha dazu überreden mitzukommen, aber die alte Köchin stand dabei solche Höllenängste aus, dass Aline schon am Ende der Elbchaussee gezwungen war umzukehren. Unter der Woche ließ Aline manchmal die Zwillinge zu Hause und düste mit Käthe alleine los. Und weil Käthe unbedingt auch fahren lernen wollte, übte Aline mit ihr am Deich in Wedel.

Aline genoss diese ersten Wochen und Monate als junge Mutter. Wenn sie mit den Kindern zusammen war – und das war sie, von den Ausflügen mit Käthe abgesehen, die ganze Zeit –, hatte sie kaum Gelegenheit zum Ausruhen, denn Judith und Jesabel hielten nichts von gemeinsamem Schlaf. In ihren jeweiligen Wachphasen hatten sie ein besonderes Vergnügen daran, von ihrer Mutter unterhalten zu werden. Jesabel beispielsweise, die zwei Minuten Jüngere, liebte es, wenn Aline mit ihr Zeppelin spielte, wobei Jesabel die Rolle des Zeppelins zufiel. Judith hingegen war ein eher stilles Baby, das es liebte, wenn man es auf den Rücken legte, ihm den Bauch kitzelte und ihm Geschichten erzählte. Am schönsten waren die Abende, wenn Nathan seine Arbeiten korrigiert hatte und sie im Musikzimmer beisammensaßen. Aline und Madeleine wechselten sich am Klavier ab, während die Zwillinge ihre ersten Krabbelversuche machten. Madeleine verstand es aber auch, das junge Ehepaar allein zu lassen. Nathan hatte ihr Alines ehemaliges Mädchenzimmer im Dachgeschoss hergerichtet, mit Vorhängen aus dunkelblauer Baumwolle und einem wunderschönen Bauernschrank für ihre Kleider. Auch ein Regal hatte er Madeleine geschreinert für ihre Lieblingslektüre. An der Wand, die dem Bett gegenüber stand, hatte sie ein Ölporträt von Christian aufgehängt. Madeleine zog sich gern dorthin zurück. Sie ging auch wieder spazieren. Nur die Schlittschuhe benutzte sie nicht mehr.

Doch so schön und aufregend diese Zeit für Aline auch war, nach zwei Jahren zu Hause begann sie ungeduldig zu werden. Sie bewarb sich erneut um die Stelle als Medizinalassistentin im Tropeninstitut. Die Antwort kam vom Direktor persönlich, Professor Noch, ihrem ehemaligen Doktorvater. Wenn sie die Stelle wirklich wolle, so müsse sie sie sofort antreten, und zwar in zwei Tagen.

„ZWILLINGE sind in unserer Familie nichts Ungewöhnliches“, sagte Valeska zu Alines Mutter. „Ich bin selbst ein Zwilling. Aber ich glaube, das habe ich schon erwähnt.“

Madeleine nickte ergeben. Valeska hatte schätzungsweise schon hundertmal erwähnt, dass sie ein Zwilling war.

„Alle sagen, dass Judith meine Augen hat“, bemerkte Madeleine, die ihre Lieblingsenkelin im Arm schaukelte.

„Judith hat genau die gleichen Augen wie Jesabel“, stellte Valeska fest.

„Das mag sein. Sie sehen sich ja ziemlich ähnlich.“

„Sie sehen sich sehr ähnlich“, betonte Valeska. „Schließlich sind sie Zwillinge.“

So konnte es stundenlang gehen, wenn die beiden Großmütter gemeinsam die Zwillinge hüteten. Nachbarn gegenüber behauptete Madeleine, dass sie die neue Verwandte aus dem Grindelviertel für etwas einfältig hielt, dass sie ihr fremd erschien mit ihrer Gläubigkeit und ihren Synagogengängen, in Wahrheit aber freute sie sich über deren Besuche, die mit der Zeit immer häufiger wurden. Tatsächlich fühlte sie sich allein überfordert mit der Pflege der Zwillinge. Dass Bertha diejenige war, die die Knochenarbeit verrichtete, wie Windeln waschen, kochen und die beiden ins Bett bringen, fiel Madeleine nicht weiter auf. Tag für Tag saßen die beiden Frauen also auf der Bank im Garten unter der Linde, tranken Tee und blickten auf den Fluss hinaus.

„Von ihrer Persönlichkeit her sind sie *véritablement* unterschiedlich“, stellte Madeleine fest. „Sehen Sie nur, Frau Sandstein, wie sich Judith immer an mich schmiegt. Jesabel hingegen ist ein rechter Wildfang.“

Valeska lächelte. Sie freute sich immer wieder darüber, dass ihre Schwiegertochter bereit gewesen war, den Kindern hebräische Namen zu geben.

Vom Strand her ertönte der Ruf des Fotografen, der wie jeden Sommer seinen Stand unten am Wasser aufgebaut hatte: „Ihr Bild haarscharf, klar und deutlich!“

Mit einem plötzlichen Anflug von Leichtsinn sagte Madeleine: „Kommen Sie, Frau Sandstein! Wir lassen ein Bild von uns machen!“

„Von uns beiden?“, fragte Valeska verblüfft.

„Mit unseren Enkeln natürlich! Und ich glaube, es ist Zeit, dass wir du zueinander sagen.“ Madeleine lachte.

„Einverstanden“, sagte Valeska.

Ein Mann mit riesig langen Beinen. Wenn der Kopf, der über den Beinen saß, mit einem sprechen wollte, musste man sich ganz weit zurückbeugen, so weit oben war die Stimme. Jesabel, die wie immer herumhüpfte. Ein Mann, der von sehr weit oben sagte, sie solle stehen bleiben neben ihrer Schwester, und der auch die Omas bat, sich jetzt nicht mehr zu bewegen. Später erinnerte sich Judith an ihre Angst vor dem Mann, der unter ein schwarzes Tuch gekrochen war und mit dumpfer Stimme rief: „Der Vogel kommt!“ Danach fragte der Mann: „Und wer holt mir jetzt ein bisschen Wasser aus der Elbe, damit ich dieses hübsche Bild auch entwickeln kann?“ Und natürlich war es Jesabel, die loslief.

Zu Hause schenkte ihnen der Vater einen goldverzierten Bilderrahmen, und noch am selben Abend hing das Bild im Zimmer an ihrer Wand: zwei Mädchen mit aufgerissenen Augen, die Lippen fest zusammengepresst, und dahinter die Großmütter.

Das Institut für Tropenkrankheiten mit seinem charakteristischen Turm ragte schon von weitem auf. Aline hatte Herzklopfen, als sie die Straße entlanglief. Normalerweise liebte sie ihren Weg zur Arbeit, der von Övelgönne aus an der Elbe entlangführte. Wenn sie langsam ging, ließ ihr der Weg ausreichend Zeit, ihren Gedanken nachzuhängen. Das war einer der Gründe, warum sie nicht mit dem Automobil zur Arbeit fuhr. Doch der Hauptgrund dafür, dass sie den Wagen stehen ließ, waren ihre Kollegen. Als Medizinalassistentin mit einem Auto vorzufahren wäre ein bisschen provokant erschienen. Ihr Stand war ohnehin schon schwierig genug.

An diesem Morgen war sie eine halbe Stunde zu spät, weil Judith und Jesabel sie festgehalten hatten. Kaum war Aline in ihren weißen Kittel geschlüpft, wurde sie von einer der Schwestern zum Oberarzt gerufen. In der vergangenen Nacht waren zwei Matrosen mit einer Trypanosomenerkrankung eingeliefert worden, Alines Spezialgebiet.

„Frau Medizinalassistentin“, sagte der Arzt, als sie atemlos in seinem Zimmer auftauchte, wobei er das „Guten Morgen“ wegließ.

„Das Zu-spät-Kommen tut mir sehr Leid“, erklärte Aline und versuchte ein Lächeln zu unterdrücken.

„Wenigstens sind Sie gut gelaunt“, stellte der Arzt fest. „Was man von den beiden Burschen mit der Schlafkrankheit nicht behaupten kann. Ihr Schiff ist gestern in den Hafen eingelaufen. Aus Obervolta. Böse Sache.“

Wieder musste Aline ein Lächeln unterdrücken. Der Arzt sagte Obervolta, als wäre das Land noch immer eine deutsche Kolonie.

Die beiden Seeleute sahen nicht gut aus. Beide waren stark abgemagert, und ihre Gesichter wirkten geschwollen. Aline untersuchte Arme und Beine, die von roten Striemen bedeckt waren. „Das kommt vom Juckreiz“, erklärte Aline, zum Oberarzt gewandt.

„Ich weiß“, antwortete der. „Halten Sie mich für unwissend?“

„Ich wollte damit nur sagen, dass man den Patienten die Nägel sehr kurz feilen müsste, damit die Haut geschont wird.“ Aline fand es manchmal schwierig, anderen Kollegen mit ihrem Fachwissen zur Seite zu stehen, ohne deren Eitelkeit zu verletzen. Das Institut hatte sich auf Malariaerkrankungen spezialisiert und damit international beachtliche Erfolge feiern können. Sie allerdings war die einzige Medizinerin hier, die über Trypanosomen promoviert hatte. Sie befühlte die Lymphknoten am Hals der Männer und befragte sie dann zu ihrem Befinden.

Der Oberarzt wurde ungeduldig. „Also, Frau Medizinalassistentin, Ihre Diagnose, bitte.“

Aline überlegte kurz. „Da es sich um die westafrikanische Form der Trypanosomenerkrankung handelt, ist eine Spontanheilung nicht ausgeschlossen. Immerhin sind die Parasiten noch nicht auf das zentrale Nervensystem übergegangen. Der Schlaf scheint normal, auch ist das Sprachzentrum im Gehirn nicht angegriffen. Ich würde eine Blutprobe entnehmen und die Temperatur stündlich überprüfen lassen. Und an die Fingernägel denken. Der Juckreiz wird durch das ewige Kratzen nur verstärkt.“

„Ich habe Sie nicht darum gebeten, einen Behandlungsplan aufzustellen“, zischte der Oberarzt, als sie wieder draußen waren. „Sie sollten lediglich meine Diagnose verifizieren.“

Als sie in das Büro zurückkehrte, das sie mit den anderen Medizinalassistenten teilte, seufzte sie. Die Arbeit im Institut war spannend und machte Spaß. Aber es gab Tage, da hätte sie am liebsten alles hingeschmissen.

*„Happy birthday, Darling!“,* Käthe schwenkte eine Notenpartitur. „Entschuldige, dass ich sie nicht eingepackt habe. Aber ich gehe wohl recht in der Annahme, dass du das Geschenkpapier gleich aufgerissen hättest, und darum habe ich mir die Arbeit gespart.“

„Was ist das für Musik?“

„Moderne Tänze“, erklärte Käthe und ließ sich zufrieden seufzend in den Sessel fallen. „Foxtrott, Charleston, Tango, Shimmy … war nicht leicht, diese Sammlung zu finden. Und jetzt spiel, Aline *Darling*, oder wozu sind Geburtstage da?" Käthe bekam die Freundin an einem Rockzipfel zu fassen und zog sie zu sich herunter. „Alles Liebe, ein langes Leben, weiterhin so schöne Kinder und immer eine Handbreit Wasser unterm Kiel!" Sie drückte ihr einen Kuss auf die Wange. „Ich hab dich lieb!"

„Ich dich auch", sagte Aline.

Nathan betrat den Salon in dem Moment, in dem Aline, nur um Käthe zu ärgern, „An der schönen blauen Donau" auf dem Klavier spielte. Dazu sang sie aus vollem Hals, während die Zwillinge sich an den Händen fassten und durch den Raum hüpften. Er wünschte, er könnte teilhaben an der Fröhlichkeit der beiden Frauen, aber er war an diesem Morgen schon traurig aufgewacht. Er hatte nicht so sehr daran gedacht, dass Aline an diesem Tag 29 Jahre alt wurde, sondern dass sein Vater heute seit 29 Jahren tot war. Dass er ihn nie richtig kennen gelernt hatte. Und dass er immer noch nicht wusste, warum er gestorben war. Leise und ohne dass die vier ihn bemerkten, machte er die Tür wieder zu.

## VIERZEHNTES KAPITEL

Eduard Marquardt liebte alles, was sich rauchen ließ. Als Offizier in den Schützengräben von Verdun hatte er sogar Heu geraucht. In seinen Jahren als Polizeimeister von Altona war er zusehends dem Luxus von Zigarren verfallen. Seine Frau hatte sich zeit ihres Lebens nicht an den Geruch von Zigarren gewöhnen können. Nun, da sie tot war, gab sich Eduard seinem Laster genussvoll hin. Sein Bruder, der verstorbene Ordinarius von Neumühlen und Övelgönne, hatte ihn zwar stets auf die Gesundheitsrisiken hingewiesen, die ein solch starker Tabakgenuss nach sich zöge – geraucht aber hatte auch er.

Als Eduard an einem sonnigen Morgen im April 1930 ein leichtes Fieber verspürte, dachte er zunächst an einen Schnupfen. Doch das Fieber weitete sich im Laufe des Tages zu einer unangenehmen Grippe aus, mit Bronchienrasseln und Gliederschmerzen. Seine Haushälterin weigerte sich unter diesen Umständen, den Haushalt weiter zu versorgen, denn nichts war ihr so eklig wie Bazillen. Als alles Bitten und Flehen nichts half, bat Eduard seine Schwester, das herrschsüchtige, laute Weib, ihn bei sich aufzunehmen. Gertrude Meyerdink, der Störungen ihrer Alltagsroutine normalerweise unangenehm waren, willigte ein.

ALINE schaltete ihr Mikroskop aus, stand auf und reckte sich. Sie spürte, wie ihre Wirbelsäule knackte. Seit der Schwangerschaft litt sie immer wieder unter Rückenschmerzen, aber viel schlimmer war das Gefühl, auf der Stelle zu treten. Ihre Assistenzzeit war vorbei, und sie sehnte sich nach neuen Aufgaben im Institut. Doch die wollte ihr niemand geben.

Sie zog ihren Kittel aus und ging zum Waschbecken, um sich die Hände zu waschen. In dem Moment ging die Tür auf, und der Oberarzt betrat den Raum. „Schon Feierabend?", fragte er. Seit sie keine Medizinalassistentin mehr war, ließ er die Anrede ganz weg. „Ergebnisse aus der Malariakultur notiert?"

„Ja", sagte sie.

„Urintopf von Patient in Raum 12 geleert?"

„Seit wann ist das Aufgabe der Ärzte?"

„Nun." Der Oberarzt zündete sich eine Zigarette an. „Da Sie über die Vorgänge im Institut Bescheid wissen sollten", er inhalierte tief, „müssten Sie auch über den krankheitsbedingten Ausfall von Schwester Irmgard unterrichtet sein. Ihre Aufgaben sind an Sie weitergeleitet worden."

Aline fühlte Wut in sich aufsteigen. „Weil ich der einzige weibliche Arzt hier bin, richtig? Weil eine solche Arbeit männlichen Ärzten nicht zuzumuten ist? Darf ich Sie darauf aufmerksam machen, dass ich heute bereits seit elf Stunden im Dienst bin? Ich erledige alle möglichen Aufgaben, auf die die männliche Ärzteschaft keine Lust zu haben scheint. Aber alles hat seine Grenzen!"

„Sie sollten sich trotzdem darum bemühen, einen kühlen Kopf zu bewahren. Nüchternheit im Urteil ist bei uns Medizinern oberstes Gebot. Wenn Sie beruflich weiterkommen möchten, sollten Sie sich profilieren. Unangenehme Aufgaben zu übernehmen gehört leider nun mal dazu."

Mit einem entschlossenen Ruck griff Aline nach ihrer Handtasche. Verzweifelt suchte sie nach einer Retourkutsche, aber ihr fiel nichts ein. Als sie die Tür zum Gang öffnete, brachte sie lediglich ein „Guten Abend" heraus. Das unerwidert blieb.

Wütend stapfte sie die Straße zum Fischmarkt hinunter. Mittlerweile war es dunkel geworden. Die Petroleumlampen warfen einen matten Schein auf das Kopfsteinpflaster. Die Steine glänzten, offenbar hatte es gerade geregnet.

IN DER folgenden Zeit wurde das Leben nicht angenehmer für Aline. Die Zwillinge bekamen die Windpocken. Dr. Marquardt, ihr Hausarzt, war inzwischen gestorben, und sowohl Madeleine als auch Bertha fühlten sich mit der Versorgung der Kinder überfordert. Schließlich gelang es

Aline, ein paar Tage im Institut freizunehmen. Sie eröffnete eine provisorische Krankenstation im Haus. Sie kaufte Spritzen, Thermometer, einen Sterilisator mit Spiritusflamme, um die Geräte auszukochen, ja sogar ein Stethoskop.

„Du siehst wie eine richtige Ärztin aus", meinte Bertha lächelnd.

„Ich *bin* eine richtige Ärztin", presste Aline hervor.

Bertha bückte sich, um verstreut liegende Handtücher und Wäschestücke der Zwillinge aufzuheben. „Das erinnert mich daran, wie du mit der Schule fertig warst und diesen Plan hattest."

„Welchen Plan?", fragte Aline.

„Das war, als ihr kein Geld mehr hattet. Du wolltest hier im Haus ein Zimmer mieten, für später, wenn du Ärztin wärst. Du wolltest eine Praxis im Haus aufmachen. Du wolltest deinem Vater Miete zahlen, damit er wieder Geld hat. Aber nun sag mal: Heute is ja schon Mittwoch, wann musst du eigentlich wieder zum Dienst?"

Aline schaute Bertha an. „Überhaupt nicht mehr."

„Haben sie dich entlassen?"

Aline drückte Bertha einen Kuss auf die Wange. „Ich entlasse mich selbst. Danke, Bertha. Ich wüsste nicht, was ich ohne dich täte!" Und damit eilte sie davon, um Madeleine für diesen Tag mit ihren Aufgaben als Schwesternhelferin vertraut zu machen, sich umzuziehen, zur Bank zu gehen, einen Kredit zu beantragen und um all die vielen Dinge zu erledigen, die den Beginn eines neuen Lebensabschnitts einläuten.

„MIT JEFÜHL / Durchs Jewühl. / Locken bammeln, Strumpfband rutscht, / Liebe stammeln, / abjelutscht. / Kess und knorke jeden Fall / Is man uff dem Witwenball." Käthe sang Resi Langers Witwenlied kopfüber an der Wand stehend, von der Nathan vor kurzem die Tapeten entfernt hatte. Ihre Stimme hallte in dem leeren Raum.

Aline stellte behutsam ihren Arztkoffer ab. Solange das Ordinationszimmer noch nicht fertig war, machte sie Hausbesuche. Sie konnten es sich noch nicht leisten, auf ein Einkommen zu verzichten. Nicht jetzt, wo sie beschlossen hatte, das Haus umzubauen. „Käthe, darf ich dich daran erinnern, dass du in zwei Monaten dreißig wirst?"

Käthe kam mit einem Sprung wieder auf die Füße. „Ein interessantes Alter, nicht wahr? Mit dreißig bringt man sich entweder um, oder man beschließt, sein Liebesleben aufzuforsten. Ich persönlich tendiere zu Letzterem. Was hast du so getrieben den Tag über? Nathan meinte, du wärst um fünf zurück. Seitdem warte ich auf dich."

„Ich war bei einer Grippe, einer aufgerissenen Oberlippe und einem schweren Fall von Hypochondrie." Aline gab ihren Patienten gemeinhin die Namen ihrer Krankheiten. „Und dann war ich noch bei Wilhelm Ludwigsen wegen meiner Hypothek."

„Wilhelm, *wow*. Einer, der das Stadium des Tellerwäschers generös übersprungen hat, um direkt Millionär zu werden."

„Er ist kein Millionär mehr. Die Bank musste er schon kurz nach Einführung der Rentenmark auflösen. Aber seine Ratschläge sind nach wie vor Gold wert. Oh Gott, Käthe, ich brauche sooo viel Geld! Wir wollen alles umbauen im Haus! Wir werden fließendes Wasser hier in das Ordinationszimmer legen. Und wir wollen den Anbau im Hinterhof erweitern. Fenster einbauen. Außerdem will ich ein Bad für meine Patienten im Hinterhof einrichten. Ich will Salzbäder für Rachitische, Kohlensäurebäder und, wenn es klappt, ein kleines Inhalatorium! Meine Praxis soll etwas ganz Besonderes werden! Ich will, dass die Leute sagen: Övelgönne, sitzt da nicht die berühmte Ärztin Aline Sandstein?"

Käthe nickte. „Verstehe. Du willst ein Glanz werden in der Medizin."

SEITDEM Franz von Papen Reichskanzler war, hatte auch Friedrich einen Posten im Kabinett. Mit seinem Adelstitel befand er sich in bester Gesellschaft. Papen hatte so viele Adlige um sich versammelt, dass seine Regierung „Kabinett der Barone" genannt wurde. Von Bertha erfuhr Aline, dass Friedrich auf dem Weg nach ganz oben war. Bertha wiederum hatte es von der neuen Köchin der Meyerdinks, die sie mitunter auf dem Fischmarkt traf. Offenbar pflegte Friedrich immer noch regen Kontakt mit den Meyerdinks. Von der Köchin erfuhr Bertha ebenfalls, dass der Bruder von Madame, der pflegebedürftig war, zu seiner Schwester nach Övelgönne gezogen war.

WENN Nathan eine Idee im Kopf hatte, wurde er komplett weltentrückt. In den vergangenen Wochen hatte er sich in den Kopf gesetzt, sowohl sein Arbeitszimmer als auch Alines Ordinationszimmer mit anschließendem Warteraum neu zu gestalten. Möbel zu entwerfen war eine Tätigkeit, die ihn vollständig in Beschlag nahm. Der Gedanke, dass Kunst auch praktisch sein konnte, faszinierte ihn ungemein. Obwohl er sich damals gegen das Studium am Bauhaus entschieden hatte, verfolgte er doch dessen Werdegang durch Gazetten und Ausstellungen. Die neue Schlichtheit der Formen war die Antwort auf vieles, was in diesem Jahrzehnt mit den Menschen geschah, ein Versuch, Ordnung in das Chaos zu bringen und den Arbeitsalltag zu vereinfachen. Besonders die niederländischen Designer um Piet Mondrian und Gerrit Rietveld hatten es ihm angetan. Seinen eigenen Arbeitsraum hatte Nathan ganz in Schwarz, Weiß und Grau gehalten. An der Wand hing nur ein einziges Bild, ein Aquarell, das er von den Zwillingen gemalt hatte.

Aline gefielen die schlichten Formen der neuen Möbel, aber sie hielt nichts von den Farben. „Sollen meine Patienten depressiv werden, während sie auf ihre Behandlung warten?", hatte sie gefragt, als Nathan ihr seine ersten Entwürfe für das Wartezimmer gezeigt hatte. Sie hatte sich für die drei Grundfarben entschieden: Blau waren die Stühle, rot der Teppich und gelb die zwei niedrigen runden Tische, die diagonal zueinander in jeweils einer Ecke des Raumes standen. Die Wände waren schlicht weiß gehalten.

Und so glich der Gang durchs Haus allmählich einer Zeitreise: unten die Moderne, im ersten Stock der Engelsraum, das Schlafzimmer und der Musik- und Wohnraum im Stil des zweiten Empire, oben unter dem Dach Madeleines Raum im undefinierbaren Madeleine-Stil, das Kinderzimmer kunterbunt und Nathans kleines Arbeitszimmer wiederum modern in Schwarz-Grau-Weiß und wie mit dem Lineal vermessen.

Aline war so beschäftigt mit all den Baumaßnahmen und ihrer Praxis, dass sie kaum wahrnahm, was sonst noch in der Welt geschah. Allein die Mitteilung von Rainers Tod brachte sie kurzzeitig aus dem Gleichgewicht. Er war in eine Schießerei der Nationalsozialisten geraten. Am 17. Juli 1932 waren 7500 Männer der SA und SS vom Altonaer Bahnhof durch Ottensen und zurück nach Altona gezogen. Bei ihrem Feuerüberfall auf eine Gruppe von Arbeitern hatten Rainer und sechzehn weitere Menschen ihr Leben verloren. Die Altonaer sprachen von einem Blutsonntag.

Zu Rainers Begräbnis erschienen alle ehemaligen Wandervögel bis auf Heinrich, und die meisten von ihnen weinten. Selbst Käthe sprach kein Wort.

ABER das Leben ging weiter. Nur wenige Wochen nach der Reichstagswahl im Juli konnte Aline ihre Praxis endlich eröffnen. Nathan malte ein Schild, das er an die Pforte hängte, die zur Straße hinausführte: DR. A. SANDSTEIN. MEDIZINISCHES KABINETT. Aline und Nathan beschlossen, das Ereignis mit einem kleinen Sommerfest zu feiern.

Nathan nahm die Einkäufe selbst in die Hand. Schließlich waren noch Sommerferien, und er hatte die Vorbereitungen für das kommende Schuljahr weitgehend abgeschlossen. Judith und Jesabel sollten mitkommen nach Ottensen.

Als er den Spritzenplatz in Ottensen erreichte, erschrak er. „Warum liegt der Mann hier auf der Erde, Papa?", fragte Jesabel und deutete auf ein menschliches Bündel, das vor Möllers Eck lag. Nathan sah sich in akuter Erklärungsnot. „Er sucht bestimmt sein Geld", sagte er hilflos.

Ein heiseres Hohngelächter war die Antwort. „Kalle ist bestimmt kein Geld runtergefallen", dröhnte es. „Kalle hat nämlich keins!"

Nathan nahm Jesabels und Judiths Hände. „Weiter, Kinder", sagte er.

Natürlich wusste Nathan, dass es seit dem vergangenen Winter sechs Millionen Arbeitslose in Deutschland gab. Er wusste auch, dass die Wohlfahrtsempfänger von dem leben mussten, was die Gemeinden in der Kasse hatten, und dass das in Ottensen nicht sehr viel war. Aber die Armut an allen Ecken zu sehen, zu hören und zu riechen – das war etwas, was er von seinen gewohnten Gängen zwischen Kapitänshaus und Christianeum nicht kannte. Der israelitische Friedhof tauchte zu seiner Linken auf, und er dachte an die vielen Vorfahren seiner Mutter, die hier lagen, und daran, was seine Mutter ihm erzählt hatte, als er klein war: dass Vaters Grab weit, weit weg läge, in einem anderen Land. Heute wusste er, dass sein Vater als vermeintlicher Selbstmörder überhaupt kein Grab bekommen hatte. Wusste sie, wohin er gebracht worden war?

„Na, sieh einer an!", hörte er eine vertraute Stimme hinter sich. „Familienausflug oder was?"

Nathan drehte sich um. Es war Siegfried, der barfuß vor ihm stand. Sein Haar war ungewöhnlich lang. „Hallo, Siegfried." Nathan lächelte unsicher. „Lang nicht mehr gesehen."

„Seit Rainers Begräbnis vor vier Wochen. Euch geht es gut, wie ich sehe." Sein Blick wanderte über die dunkelblauen Kleider der Zwillinge mit ihren gestreiften Matrosenkragen und den Lackschühchen hin zu Nathans tadellos sitzendem Anzug.

Nathans Blick fiel auf die Blechbüchse in Siegfrieds Hand. „Sammelst du für die Heilsarmee?"

„Nein, für mich selbst. Bin seit sieben Monaten arbeitslos."

Nathan schüttelte den Kopf. „Das tut mir Leid."

Siegfried lachte höhnisch. „Mir tut das auch Leid. Du weißt, was sieben Monate bedeuten?"

Wieder schüttelte Nathan den Kopf.

„Sechseinhalb Monate lang bekommen Arbeitslose Unterstützung. Danach müssen sie ihre Bedürftigkeit nachweisen. Wer gesund ist und arbeiten könnte, ist nicht bedürftig. Und ich bin gesund. Mitglieder der Sozialversicherung sind natürlich weiter abgesichert. Aber ich war nie Mitglied. Wie auch? Kostet ja 'ne Menge Geld." Er klapperte mit seiner Büchse. „Meta hat ihre Arbeit übrigens auch verloren."

„Hör zu“, sagte Nathan. „Aline und ich, wir geben ein kleines Sommerfest, unten in Övelgönne. Warum kommt ihr nicht einfach vorbei, Meta und du? Freitag nach Sonnenuntergang. Wir würden uns sehr freuen. Aber jetzt muss ich los.“ Und damit drehte er sich rasch um.

DIE LAMPIONS im Garten leuchteten blau, rot, gelb und grün. Neben der Bank unter der Linde hatte Käthe ihr Grammophon aufgestellt. Billy Barton, Teddy Stauffer und Cab Calloway sollten den Ton angeben, andere Möglichkeiten gab es nicht, denn Käthe besaß nur diese drei Schallplatten. Während Aline riesige Platten mit geräuchertem Aal, Matjes, Pellkartoffeln und Schüsseln voller Löwenzahnsalat in gezuckerter Öl-Essig-Marinade hinuntertrug, versuchte Käthe ihre beiden Patenkinder schrittweise in die Welt des Lindy Hop einzuführen.

Wenig später trafen die ersten Gäste ein: Wilhelm Ludwigsen mit seiner Verlobten, einem schüchtern aussehenden Mädchen aus Flottbek, Käthes derzeitige Flamme Daniel, ein Bühnenkollege und fabelhafter Tänzer, Siegfried und Meta und Henny mit ihrem Verlobten David. Aline hatte den jungen Mann bisher nicht kennen gelernt und betrachtete ihn neugierig. Sie war überzeugt, ihn schon mal irgendwo gesehen zu haben. Er war blond und blauäugig und sah skandinavisch aus. Er hielt sich die ganze Zeit in Hennys Nähe auf und legte den Arm um sie, sobald sich ihr jemand näherte. Nathan hatte ein paar Lehrerkollegen eingeladen.

Die Party spaltete sich bald in kleine Gruppen auf. Am oberen Ende des Gartens, zum Gehweg hin, blieben Käthe und all jene, die nicht genug vom Tanzen bekommen konnten, weiter unten, beim Strand, standen Aline und Nathan mit Wilhelm Ludwigsen und Nathans Lehrerkollegen und redeten über Politik. Aline hatte Nathan gegenüber ein paarmal angedeutet, dass sie auch Lust zu tanzen hatte, aber Nathan hatte keine Lust auf Lindy Hop, eine Schrittfolge, die weder er noch Aline beherrschte.

„Es ist ein Elend“, erklärte Wilhelm. „Jetzt, wo Deutschland endlich die Reparationsschuld erlassen wird, zieht das Ausland die Kredite ab. Wenn das so weitergeht, Gute Nacht. Der Export ist schon jetzt dramatisch zurückgegangen.“

„Moment mal!“, warf einer der Lehrer ein. „Wir müssen immer noch drei Milliarden Reichsmark aufbringen!“

„Was sind schon drei Milliarden Reichsmark gegen die ursprünglichen 226 Milliarden Goldmark?“ Wilhelm nippte entspannt an seinem Martini. „Die Amerikaner werden uns den Rest auch noch erlassen. Hoover wird nicht zulassen, dass das Deutsche Reich in die Hände einiger politischer Wirrköpfe gerät, nur weil wir hier nichts zu futtern haben.“

Ein wenig abseits standen Siegfried und Meta und aßen alles, was sie in die Finger bekamen. Aline mutmaßte, dass beide in den vergangenen Monaten nie richtig satt geworden waren. Sie nahm sich vor, die alten Freunde öfter einzuladen. Sie musterte Metas Aufmachung und empfand plötzlich eine Mischung aus Ekel und Mitgefühl. Meta hatte jüngst einen Zahn verloren, ihre Haare waren ungemacht, und ihr Kleid mit dem abgerissenen Saum hatte ölige Flecke. Selbst jetzt, im Schein der bunten Lampions, sahen Siegfried und sie krankhaft blass aus. Skorbut, dachte sie. Ich sollte beide untersuchen und sie ermuntern, mehr Obst zu essen. Sie nahm die Schüssel mit dem Löwenzahnsalat vom Tisch und wanderte hinüber zu den beiden. „Ein bisschen was Grünes gefällig?", meinte sie lächelnd.

Meta griff zu, aber Siegfried linste abfällig hinein. „Bin nicht so der Blümchentyp", erklärte er.

„Wie wär's, wenn ihr nächste Woche mal zur Ordination kommen würdet? Ihr braucht nicht zu zahlen. Also, wie wär's?"

Siegfried starrte sie an, und auf einmal hatte Aline das Gefühl, dass er sie hasste. „Wir brauchen dein Mitleid nicht", sagte er und wandte sich zu seiner Schwester um. „Fertig, Meta? Dann lass uns gehen!"

Meta lächelte. „Danke für alles, Aline. Und viel Glück mit deinem Kabinett!"

Henny und ihr Verlobter verabschiedeten sich kurze Zeit später.

Aline stellte fest, dass Swing eine Musik war, die sie gar nicht kennen musste, um danach zu tanzen. Wenn man sich einmal darauf einließ, schoss einem der Rhythmus wie von selbst ins Blut. Sie tanzte, bis die Sonne aufging. Da erst warf sie sich ins Gras, trunken von Martini und Glück und Müdigkeit. Dass Nathan schon kurz nach Mitternacht ins Bett gegangen war, war ihr kaum aufgefallen.

Erst in den darauf folgenden Tagen bemerkte Aline die Veränderung in Nathans Verhalten. Nachdem ihr Ordinationszimmer fertig hergerichtet war, hatte er Alines ehemaliges Arbeitszimmer im Dachgeschoss übernommen. Hierhin zog er sich für gewöhnlich zurück, um die Arbeiten seiner Schüler zu korrigieren oder um, wie jetzt in den Ferien, zu lesen. Es war Madeleine, die Aline auf den Geruch von Farbe und Leinöl aufmerksam machte, der aus seinem Zimmer drang.

Die Sonne malte einen hellen Fleck auf den Platz, den Nathan für seinen Schemel und die Staffelei ausgesucht hatte. Das Bild auf seiner Leinwand begann Gestalt anzunehmen, nicht mehr realistisch wie früher, sondern aufgesplittert in eckige Formen, die es dem Betrachter erlaubten, den Schemel, das Seil, die Luke, Hennys Puppe und Maxens

Schaukelpferd von allen Seiten gleichzeitig zu sehen. Es klopfte zaghaft. „Herein", sagte er.

Aline kam herein und umarmte ihn. „Ich muss jetzt allein sein", sagte er. Er fühlte, wie sie hinter ihm stehen blieb.

„Ich wünschte, ich könnte dir helfen", hörte er sie flüstern.

„Das kann niemand", erwiderte er. „Auch du nicht, Dr. Sandstein." Der Titel hielt sie auf Abstand.

EDUARD MARQUARDT brach in einen plötzlichen Hustenanfall aus.

Gertrude knallte die Serviette auf den Tisch. „Eduard! Wann gehst du endlich zum Arzt? Du hast doch nicht etwa geraucht?"

Eduard, hochrot, schüttelte den Kopf. „Quatsch." Ein erneuter Anfall zwang ihn dazu aufzustehen. Auf einmal fühlte er, wie ihm das Essen hochkam. Er schaffte es gerade noch, das Toilettenhäuschen aufzusuchen. Sein Magen schien sich nach außen zu stülpen, und alles, was er gegessen hatte, schoss aus ihm heraus.

Es war noch nicht ganz Mitternacht, als Aline mit dem Kopf auf ihrem Schreibpult im Ordinationszimmer erwachte. War das ein Klopfen, das sie an der Haustür gehört hatte? Schwankend vor Müdigkeit erhob sie sich, um nachzusehen. Draußen stand ein junger Mann, den sie nicht kannte. „Mein Onkel hat einen Anfall!", war alles, was er keuchend hervorbrachte.

„Ich komme sofort!" Aline drehte sich um. Ihr Arztkoffer – wo stand der gleich? Am Fuß der Treppe. Eilig inspizierte sie den Inhalt: Omnadin, Spritze, Physostigmin. „Was für einen Anfall hat Ihr Onkel?"

„Husten!"

„Ist Ihr Onkel asthmatisch?", rief sie, während sie in das Ordinationszimmer hinüberflitzte, um etwas Kodein zu holen.

„Ich habe keine Ahnung!", rief der junge Mann zurück.

Aline griff nach dem Pulver aus Datura stramonium und Belladonna, das sie im Wandschrank neben dem Kodein gelagert hatte. Sie nahm ihren Mantel. „Los geht's!", sagte sie. „Ist es weit?"

Der junge Mann starrte sie verwundert an. „Kennen Sie mich gar nicht mehr? Ich bin Marcus Meyerdink. Wir haben mal in Ihrem Haus gewohnt. Es sind nur ein paar Minuten."

Gertrude Meyerdink füllte mit ihrer schwarzen Silhouette den Türrahmen aus. Aus dem Flur hinter ihr drang helles Licht.

„Aber Marcus!", sagte sie anklagend. „Du brauchtest doch Dr. Sandstein nicht extra zu behelligen. Wir haben dem Ordinarius in Flottbek Bescheid gegeben. Er wird gleich hier sein. Nett von Ihnen, sich hierher bemüht zu haben, Dr. Sandstein. Aber Sie können jetzt wieder gehen."

„Mutter, Dr. Bergmann hat keinen Wagen. Er wird Ewigkeiten brauchen, um zu dieser Stunde eine Droschke aufzutreiben."

„Sie sind sicher, dass Dr. Bergmann gleich auftauchen wird?", fragte Aline, während sie einen Schritt näher trat. Auf einmal war sie dem Gesicht der Meyerdink so nah wie nie zuvor. Sie betrachtete es: die breiten Kieferknochen, die Falten auf ihrer Stirn, das graue Haar. Nein, Aline hatte keine Angst mehr, dieser Frau gegenüberzutreten. Der Pest bringende Drache war verschwunden, ein Relikt aus ihrer Jugendzeit.

„So sicher, wie ich hier stehe", erklärte Gertrude Meyerdink.

„Dann überlegen Sie sich bitte beim nächsten Mal im Voraus, wie viele Ärzte Sie konsultieren. Beschränken Sie sich dabei auf ein Mindestmaß, und lassen Sie die anderen weiterschlafen. Gute Nacht."

Sie drehte sich um und trat den Rückweg an.

Um vier Uhr morgens wurde abermals an die Haustür geklopft.

„Verdammt", murmelte Aline. „Ob man wohl mal eine einzige Nacht durchschlafen darf?" Vorsichtig rutschte sie unter Nathans Arm hervor. Dann schlich sie zum Fenster hinüber und öffnete es. Marcus Meyerdink stand vor der Tür. Er war nicht allein. Ein Mann hing halb über seiner Schulter. Wie ein nasser Sack.

„Es tut mir Leid!", rief sie hinunter. „Aber einen Ausnüchterungsraum habe ich hier nicht. Legen Sie den Mann da wieder ab, wo Sie ihn gefunden haben. Und stellen Sie ihm eine Flasche Wasser daneben."

„Er ist nicht betrunken", erklärte Marcus. „Er ist mein Onkel!"

„Ich komme", sagte Aline und schloss das Fenster.

Aline half Marcus, seinen Onkel auf den Behandlungssessel zu legen, und nahm seine Temperatur, während sie sich gleichzeitig bemühte, alles zu verstehen. Offenbar war Dr. Bergmann erst gekommen, als der Onkel wieder eingeschlafen war. Die Hustenanfälle hatten ein Ende genommen, und es gab nichts, was Dr. Bergmann hätte tun können, also war er ausbezahlt worden und wieder nach Hause gegangen.

Sie sah auf das Fieberthermometer und pfiff leise durch die Zähne. „41,2. Wir müssen ihm kalte Wickel machen, um das Fieber herunterzubekommen."

Plötzlich öffnete der alte Mann die Augen. „Wer sind Sie?", fragte er.

„Ich bin Dr. Sandstein. Sie sind hier, weil Sie hohes Fieber haben. Vermutlich haben Sie auch eine Lungenentzündung. Aber das werden wir gleich feststellen."

Sie stöpselte sich die Enden des Stethoskops in die Ohren und blickte zur Seite, um sich besser auf das Geräusch in den Bronchien konzentrieren zu können. Darum entging ihr der fassungslose Blick ihres Patienten. Der Atem des Mannes ging äußerst schwer.

„Dr. Sandstein?“, hörte sie ihn flüstern. „Sie können nicht Dr. Sandstein sein. Dr. Sandstein ist seit zweiunddreißig Jahren tot.“

„Oh Gott, er fantasiert schon wieder.“ Marcus schüttelte den Kopf.

Aline legte das Stethoskop beiseite. „Seit wie vielen Jahren, sagten Sie, ist Dr. Sandstein tot?“, fragte sie ruhig, doch sie fühlte, wie ihr Herz schneller schlug.

Der alte Mann begann zu weinen. „Ich war es nicht, Dr. Sandstein. Bei meinem Ehrenwort. Aber ich weiß, dass ich Sie hätte warnen müssen.“

Ihre Gedanken rasten. Sie durfte sich jetzt nicht ablenken lassen, sie musste sich darauf konzentrieren, den Mann zu retten. „Ich werde Ihnen jetzt eine Spritze geben“, sagte sie.

Der Alte hob abwehrend seine Hände. „Bitte, tun Sie das nicht! Ich wollte ja nicht, dass Sie sterben! Ich habe nur gesagt, dass ich den Fall nicht bearbeiten kann. Warum sind Sie bloß zu der Polizeidienststelle nach Sankt Pauli gegangen!“

„Was ist los mit ihm?“, fragte Marcus. „Wovon redet er?“

„Ich habe keine Ahnung“, log Aline. „Er hat hohes Fieber. Ich werde ihm eine Spritze geben.“

Der alte Mann war inzwischen auf seine Knie gerutscht. Die Tränen liefen ihm übers Gesicht. „Ich weiß, dass ich die hätte anzeigen sollen, die das getan haben. Aber dann wäre ich selbst dran gewesen. Bitte, Dr. Sandstein, Sie müssen mir vergeben! Ich bin kein schlechter Mensch!“

„Natürlich vergebe ich Ihnen. Aber Sie müssen mir alles in Ruhe erzählen. Und nichts auslassen, einverstanden?“

Eduard Marquardt vergrub das Gesicht in seinen Händen. „Ja“, schluchzte er.

Aline drehte sich zu Marcus um. „Ich möchte Sie bitten, ins Wartezimmer zu gehen. Ich denke, dass das, was Ihr Onkel mir zu erzählen hat, persönlich ist.“

Marcus zögerte. „In Ordnung“, sagte er schließlich und ging hinaus.

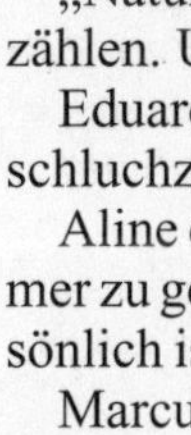

## FÜNFZEHNTES KAPITEL

„Ich bin froh, dass es endlich heraus ist.“ Max klang nicht wirklich überzeugt. Sie saßen in seinem Ordinationszimmer in der Wohnung am Grindelberg. Nathan hielt den Blick auf den Sekretär gerichtet, in dem er so viele Jahre zuvor die Krankenakten seines Vaters gefunden hatte. Die Gewissheit, sein ganzes Leben lang von Max ausgeschlossen worden zu sein, machte ihn traurig und stumm. Er spürte Alines Hand in seiner, und die Berührung gab ihm Wärme. „Warum hast du es mir nie gesagt? Woher hast du gewusst, dass es kein Selbstmord war?“

Max holte eine lederne Mappe hervor. „Seitdem ich die hier gefunden habe.“ Nathan bemerkte, dass die Hand seines Bruders zitterte, als er ihm die Mappe reichte. Er blickte zu Aline hinüber. Aline erwiderte seinen Blick. Plötzlich war er schrecklich dankbar dafür, dass sie da war. Dass sie sich ohne Worte verstanden. Er nahm die Mappe entgegen.

Die Briefe waren datiert und handgeschrieben, aber trugen keine Unterschrift. Der erste war vom 5. November 1899. Die Briefe begannen alle gleich.

> Sehr geehrter Dr. Sandstein,
> wie wir erfahren haben, mischen Sie sich in Dinge ein, die Sie nichts angehen …

Der zweite Brief war in einer anderen Handschrift abgefasst und war offenbar nur drei Tage später geschrieben worden. Dann kam zwei Wochen lang gar nichts. Die darauf folgenden Schreiben waren alle mit ungeraden Zahlen datiert: 23., 25., 27. November und so weiter, bis zum 21. Dezember. Der Brief vom 23. Dezember bestand aus einer Zeichnung. Ein Weihnachtsbaum, an dem drei Kinder hingen, die mit dem Hals in einer Schlinge steckten. Darunter stand: *Ihre Kinder sind schön.*

„Ab diesem Zeitpunkt hat Vater offenbar von der Strafanzeige Abstand genommen“, erklärte Max. „Er hat das sogar in einem Brief geschrieben, aber da er nicht wusste, wohin er ihn schicken sollte, hat er ihn wohl behalten. Siehst du, da ist er.“

Es war das nächste Papier in der Mappe. Nathan nahm den Brief. „Warum haben die ihm weiter gedroht?“, fragte er. „Inzwischen hatte er die Anzeige doch bestimmt zurückgezogen.“

Max nickte. „Er ist wieder zu der Polizeidienststelle nach Sankt Pauli gegangen. Aber sein Gesuch konnte nicht sofort bearbeitet werden, weil Heiligabend war und dann die Feiertage kamen. Bis zum offiziellen Rückzug der Klage wurde es Mitte Januar. Siehst du den vorletzten Brief? Er ist vom 14. Januar 1900.“

Nathan nahm das Blatt Papier. Die Mitteilung bestand aus ausgerissenen Zeitungsbuchstaben. WIR KRIEGEN DICH, stand da.

Max wandte sich an Aline. „Was hat Eduard Marquardt dir gesagt?“

„Er hielt mich in seinem Fieberwahn für euren Vater. Er bat um Verzeihung und erklärte, dass er mit der Sache nichts zu tun habe. Er machte sich offenbar Vorwürfe, weil er sich feige aus allem rausgehalten hatte."

„Hat er denn nicht erwähnt, dass er Vater gewarnt hatte?" Max klang ruhig und sachlich.

„Doch, das hat er. Aber er hat Dr. Sandstein … euren Vater … nicht darüber in Kenntnis gesetzt, von wem die Drohungen kamen. Die kamen natürlich von Personen aus jener Verbindung, die dem jungen Theodor Ludwigsen diese schlimmen Verletzungen zugefügt hatten. Er selbst war in seiner Studienzeit auch Mitglied dieser Verbindung gewesen …"

„Ist Vater eigentlich auch Verbindungsstudent gewesen?", fragte Nathan atemlos.

Max nickte. „Ja, in einer nicht schlagenden Verbindung. In irgendeinem Turnerverband. Er ist immer sehr für Sport gewesen, hielt körperliche Ertüchtigung für ein hervorragendes Mittel gegen Krankheiten."

Nathan sah ihn an. „Diese schlagende Verbindung, in der Heinrich sich engagiert hat, ist das dieselbe, in der auch Theodor Ludwigsen Mitglied war?"

Max nickte.

„Aber woher wusstest du das? Du hast dich nie mit ihm unterhalten! Du wusstest doch überhaupt nicht, in welcher Verbindung er war!"

„Ich habe es an den Farben erkannt", erklärte Max.

„Jetzt wird mir einiges klar!", rief Aline. „Eduard Marquardt ist wie sein Neffe Julius Cäsar Meyerdink in derselben Verbindung, in die auch Theodor Ludwigsen eingetreten war! Als euer Vater Anzeige gegen diese Verbindung erstattete, weil einige ihrer Mitglieder seinen Patienten lebensgefährlich verletzt hatten, wurde Marquardt gewarnt. Er hat die Anzeige nicht weiterbearbeitet, sodass euer Vater gezwungen war, nach Sankt Pauli zu gehen."

„Das ist richtig. Die Wache auf Sankt Pauli hat die Anzeige dann ordnungsgemäß bearbeitet. Die infrage kommenden Studenten sollten wegen fahrlässiger Tötung angeklagt werden."

„Aber warum haben diese Burschenschafter eurem Vater überhaupt dermaßen gedroht? Ich nehme doch an, dass sie spitzfindige Advokaten in ihren Reihen hatten, und die hätten die Jungs doch da rausgehauen!"

Max schüttelte den Kopf. „Vater hatte Beweise genug. Und spitzfindige Advokaten kannte er selbst."

„Was weiß Mama davon?", fragte Nathan.

„Mehr oder weniger alles. Ich hätte es dir auch eines Tages gesagt.

Wenn ich sicher gewesen wäre, dass du jeglicher Form von Rache abschwörst. Ich wollte nicht, dass unsere Familie ein zweites Mal in Gefahr gerät." Wieder machte sich Schweigen im Raum breit, aber es war kein bedrücktes Schweigen mehr. Als Nathan den Blick von dem letzten Brief in der Mappe hob, bemerkte er, dass sich die Augen seines Bruders mit Tränen füllten.

„Du bist unserem Vater ähnlicher, als du denkst", sagte er.

An diesem Punkt entschuldigte sich Aline. Draußen im Flur wartete sie eine geschlagene Viertelstunde. Erst dann drückte sie die Türklinke herunter, so leise, dass keiner der beiden Brüder sie bemerkte. Nathan und Max standen vor dem Schreibtisch und hielten sich umarmt. Aline seufzte. Da drehte Max sich um und sah sie an. „Ich vergaß zu fragen: Hat Marquardt eigentlich überlebt?"

Aline lachte. „Der Mann ist zäh wie Pferdefleisch. Ich habe sein Fieber runtergedrückt und ihm Kodein gegeben gegen den Husten. Wenn er das Rauchen reduziert, wird er hundert Jahre alt."

An Hennys Hochzeitstag regnete es leicht. Nathan, der am Steuer des Tourers gesessen hatte, sprang heraus, um Henny die Tür aufzuhalten. Valeska sah stolz und glücklich aus an diesem Tag. Immer wieder blickte sie ihre Tochter an.

Vor der Synagoge am Bornplatz war eine regelrechte Menschenmenge entstanden, denn David hatte eine riesige Familie aus Geschwistern, Cousins, Onkeln und Tanten, die allesamt im Grindelviertel lebten. Eine ältere Frau löste sich aus der Menge und bewegte sich auf das Automobil zu, um Henny in Empfang zu nehmen.

„Davids Mutter", sagte Valeska, zu Aline gewandt. „Nach jüdischem Ritual wird die Braut von ihrer Mutter und Schwiegermutter zum Altar geleitet."

„Siehst du dieses Gebäude da?" Nathan hatte Alines Hand genommen und deutete nach links. „Das ist die Talmud-Thora-Schule. *Meine* Schule."

Aline sah, wie stolz er war, und lächelte. „Muss ja eine kolossal gute Schule sein, wenn da so süße Jungen wie du hingegangen sind …"

Nathan streichelte ihr über die Wange. „Die beste überhaupt."

Sie waren jetzt die Einzigen auf dem Platz. Madeleine war mit den Zwillingen schon vorgegangen, und auch die anderen hatten sich vor dem Regen gerettet.

Gemeinsam betraten sie die Synagoge. David stand unter dem Chuppah, dem Hochzeitsbaldachin, flankiert von Max und einem älteren grauhaarigen Herrn. Dann trat Henny ein, begleitet von Valeska und der Dame, die ihr eben entgegengekommen war.

Es wurde vollkommen still. Der Rabbiner begann zu sprechen, in einer Sprache, die Aline nicht verstand. Sie bemerkte, wie andächtig Nathan lauschte. Sie lächelte. Er konnte noch so oft behaupten, Atheist zu sein; die religiöse Erziehung konnte er nicht verleugnen.

„Papa", flüsterte Jesabel. „Ich will wissen, was der Mann sagt!"

„Er spricht die Segenssprüche für Tante Henny und Onkel David. Damit sie es immer gut zusammen haben. Aber jetzt pst!"

Was dann folgte, konnten selbst die Zwillinge verstehen. Der Rabbiner erkundigte sich bei Henny und David, ob sie einander auch wirklich aus freien Stücken heirateten. Nachdem beide bejaht hatten, las er den Ehevertrag vor und reichte dem jungen Paar einen Becher Wein. „Möge der Kelch des Lebens, den Sie von nun an teilen werden, wie Sie jetzt den Hochzeitsbecher teilen, von Gott zutiefst gesegnet sein."

Aline schrak zusammen, als das Glas zerbrochen wurde.

„Warum tut der Mann das?", fragte Jesabel.

Nathan blickte seine Tochter an, aber als er antwortete, wandte er sich an Aline. „Um zu zeigen, wie leicht die Liebe wieder zerbrechen kann."

Daraufhin schwieg Jesabel. Auch Aline sagte kein Wort, aber sie fühlte sich tief bewegt. Als später vor der Synagoge der Jubel der Verwandten losbrach, jubelte sie mit, obwohl ihr der Sinn nach Stille stand.

DIE WEIHNACHTSVORBEREITUNGEN begannen in diesem Jahr früh im Haus des Kapitäns, wie es von den Övelgönner Nachbarn immer noch genannt wurde. Schon im November machte Bertha sich über die Menüfolge Gedanken. Aline und Nathan hatten beschlossen, in großem Stil zu feiern, und Valeska, Max, Henny, David und Käthe dazu eingeladen.

Das Einzige, das zur vorweihnachtlichen Zeit nicht so recht passen wollte, war das Wetter, das für Dezember ungewöhnlich regnerisch war. Auch am vierundzwanzigsten war immer noch nichts von der ersehnten weißen Pracht zu sehen.

Bertha hatte an diesem Morgen den Frühstückstisch im Engelsraum gedeckt. Judith und Jesabel betrachteten mit glänzenden Augen die lange Tafel, auf die Madeleine einen Kandelaber mit langen weißen Kerzen gestellt hatte, und die Platten voll mit Fleischpasteten, gekochten Eiern, gewürzten Broten, Rosinenkuchen und selbst gekochten Marmeladen. Madeleine schloss die Zwillinge in die Arme. „Frohe Weihnachten, meine Lieblinge!", sagte sie. Dann drückte sie ihre Tochter.

„Frohe Weihnachten, Maman", sagte Aline. „Wo ist Nathan?"

Madeleine brauchte nicht zu antworten, denn Nathan betrat soeben den Raum, beladen mit einer silbernen Teekanne und einem Kännchen frischer Sahne.

Als gegen vier die Sonne unterging, fielen endlich die ersten Flocken. Bertha hatte sich zurückgezogen, um an ihrem Abendmenü zu feilen. Aline nahm die Zwillinge mit ins Klavierzimmer und spielte ihnen „Schneeflöckchen, Weißröckchen" vor. Die Zwillinge sangen laut und falsch dazu mit.

Dann wurde es Zeit für die Kirche. Sie gingen zu fünft: Aline, Nathan, Judith, Jesabel und Madeleine, aber sie kamen nur langsam voran, weil die Zwillinge sich dauernd mit Schneebällen bewarfen.

Auf dem Friedhof blieben sie stehen. Judith und Jesabel rannten los, um hinter den Gräbern Verstecken zu spielen, doch Nathan nahm sie fest an die Hand.

„Ich gehe mit den Kindern vor!", rief er Aline zu, die mit Madeleine zum anderen Ende des Friedhofs hinübergewandert war.

Aline blieb stehen und nahm ihre Mutter an die Hand. Stumm betrachteten sie den Grabstein, der ihnen so viel bedeutete.

CHRISTIAN JACOBY
1877–1920
WIR WERDEN DICH IMMER LIEBEN
MADELEINE UND ALINE

Aline legte den Arm um Madeleines Schultern und fühlte, wie ihre Mutter bebte.

„Er fehlt mir so", flüsterte Madeleine.

„Ich weiß", sagte Aline. „Mir auch."

In diesem Moment begannen die Glocken zu läuten. „Komm", wisperte Aline. „Lass uns hineingehen."

Als sie alle zusammen das Kirchenschiff durchschritten, drehte sie sich zu Nathan um.

„Was ist?", flüsterte Nathan.

„Ich habe mich gerade gefragt, was du eigentlich damals gemacht hast, bei meiner ersten Hochzeit, da draußen zwischen den Gräbern."

Nathan lächelte. „Ich habe gebetet. Eigentlich hatte ich vorgehabt, dich zu bitten, mich zu heiraten statt Friedrich."

„Und dann?" Aline riss die Augen auf.

„Ja, und dann … hat mich der Mut verlassen."

„Also hast du dich vor die Kirche gestellt und gewartet."

„Ich habe Gott angefleht. Obwohl ich nicht mehr an ihn glaubte."

„Du bist verrückt." Aline setzte sich.

„Danke. Ich weiß." Nathan setzte sich neben sie.

Aline blieb ihr Lachen im Hals stecken, als sie in der Reihe vor sich den gesamten Meyerdink-Clan gewahr wurde. Madame, die ihrem Gespräch offenbar gefolgt war, drehte sich um. Ihr Lächeln war ebenso breit wie falsch. „Guten Abend, Dr. Sandstein", sagte sie.

Aline gab sich einen Ruck. „Frohe Weihnachten, Ihnen allen", sagte sie. „Wie ist Ihr Husten, Herr Marquardt?"

Eduard Marquardt nickte. „Alles wieder in bester Ordnung."

„Ich habe Nachricht von Friedrich von Alvesloh." Gertrude Meyerdinks Lächeln war geradezu triumphierend. „Er hat sich vergangenen Monat verlobt. Mit einem hübschen jungen Mädchen aus sehr wohlhabenden Verhältnissen und *wirklich* guter Familie."

„Das freut mich für ihn", erwiderte Aline. Marcus zwinkerte ihr zu. In diesem Moment räusperte sich der Pastor. Der Chor setzte ein, und Aline und Madeleine sangen aus vollem Halse mit.

NOCH bevor sie zu Hause die Tür öffneten, schlug ihnen der köstliche Duft von Lauch und erhitztem Portwein entgegen. Seitdem sie die Küche im Haus hatten, waren die Essensgerüche viel präsenter, aber um nichts in der Welt hätte Aline auf die kleine Badeanstalt im Hinterhof verzichtet. Es war eine Einrichtung, auf die sie sehr stolz war.

Aline und Nathan verständigten sich mit einem Blick. Der Baum musste noch geschmückt werden. In einer Stunde sollten die Gäste da sein. Madeleine lockte die Kinder nach oben in ihr Zimmer, und Aline holte schnell die hölzerne Kiste mit dem Christbaumschmuck. Sie spürte, wie Nathan sie von hinten umarmte. Er war so ganz anders, seit er seinen Frieden mit Max gemacht hatte. Mit der Vergangenheit. Mit sich selbst.

„Ich bin sehr glücklich mit dir", flüsterte sie in seiner Umarmung. „Habe ich dir das schon mal gesagt?"

Nathan schüttelte bedauernd den Kopf.

Aline lachte. „Wie schlecht du immer lügst!"

BERTHA hatte sich selbst übertroffen. Consommé Olga, pochierter Lachs auf Gurken und Lammkeule in Minzsoße waren ihre Antwort auf Weihnachten. Valeska kam aus dem Staunen nicht mehr heraus. „Wie haben Sie diese Gemüsestreifen nur so steif bekommen?", fragte sie gleich beim ersten Gang. Die Kerzen warfen einen rötlichen Schimmer auf ihr immer noch dunkles, dichtes Haar, und Nathan fand, dass seine Mutter schon lange nicht mehr so jung und zufrieden gewirkt hatte.

Bertha, die in ihrer weiß gestärkten Kittelschürze über dem dicken blauen Kleid neben Madeleine Platz genommen hatte, glühte vor Stolz. „Mit Eiweiß und gehacktem magerem Rindfleisch vermischen und so lange in den Schnee stellen, bis das Gemüse hart ist“, erklärte sie.

„Und Sie, meine Liebe“, bemerkte Valeska und wandte sich Käthe zu. „Feiern Sie denn nicht mit Ihrer Familie?“

„Hab ich schon“, erklärte Käthe. „Wir haben heute Nachmittag gefeiert. Meine Eltern sind Atheisten und gehen nicht in die Kirche. Das hier ist nur der zweite Teil der Party.“

Als sie beim Dessert angelangt waren – Eclairs mit Schokoladencreme und Mocca –, wurde sogar das Thema Politik mit einigem Lachen begrüßt. „Ich denke, wir haben Grund zur Freude“, bemerkte Max. „Die verfluchten Nationalsozialisten haben bei der letzten Reichstagswahl im November vier Prozent Wählerstimmen weniger erhalten als bei der davor. Das ist doch immerhin ein Anfang, oder?“

Nathan nickte. „Ich stimme dir zu, dass die Leute langsam Vernunft annehmen. Die Talfahrt ist zu Ende.“

„Das sehe ich anders“, ließ sich Henny plötzlich vernehmen. Alle blickten überrascht auf.

„Und wieso?“

„Weil die NSDAP stärkste Fraktion im Reichstag ist.“

„Seit wann interessierst du dich für Politik?“, fragte Max.

Henny lächelte dünn und wandte sich David zu. Der schien etwas sagen zu wollen, wurde aber von Berthas Händeklatschen unterbrochen. „Kinder, es is Weihnachten, da wüllt wi doch nich über so ’n Kram schnacken!“

Das sahen die anderen genauso. „Also gut!“, rief Aline. „Damit kommen wir zum Hauptteil des Abends: Geschenke auspacken!“

Die Weihnachtsfeiertage vergingen viel zu schnell. Patienten kamen und gingen, die meisten mit verdorbenem Magen. Außerdem gab es leichte Verbrennungen, eine Halsentzündung und einen Liebeskummer, den Aline an Bertha weiterleitete, die in solchen Fällen einen Tee von Eukalyptus und Salbei verschrieb und ein paar Geschichten erzählte.

Als Aline am Silvestermorgen aus dem Fenster blickte, stieß sie einen Jubelschrei aus. In der Nacht war so viel Schnee gefallen, dass sie nicht einmal mehr die Bank im Garten erkennen konnte. „Judith! Jesabel!“, schrie sie. „Warm anziehen! Wir bauen einen Schneemann!“

Die Mädchen kreischten vor Entzücken. Und sogar Nathan machte mit. Nachdem sie den halben Garten in eine Skulpturenausstellung aus Schneemännern, Schneefrauen und Schneekindern verwandelt hatten, schleppten sie ein paar Eisschollen vom Fluss herauf. Nathan holte seine Werkzeugkiste vom Dachboden. „Und Feuerzeuge!", lachte Aline. Gemeinsam schmolzen und sägten sie, was das Zeug hielt.

Schließlich dröhnte Berthas Stimme durch den Garten. „Judith! Jesabel! Hände waschen! Euer Essen ist fertig!" Die Zwillinge rannten davon.

„Ist es nicht herrlich?" Aline kuschelte sich tiefer in Nathans Wollmantel, den er geöffnet hatte, sodass sie mit hineinschlüpfen konnte. „Zu wissen, dass wir noch so vieles vor uns haben?" Sie spürte, wie Nathan ihr von oben einen Kuss auf den Kopf drückte.

„Aline? Findest du es sehr anstrengend mit den beiden Mädchen?"

„Nun ja. Sie sind kleine Teufelsbraten. Aber ich würde sie um nichts in der Welt missen wollen. Warum fragst du?"

„Weil … ich denke manchmal daran … ich würde gern noch ein Kind haben. Einen kleinen Jungen vielleicht."

Aline fühlte, wie ihr Herz schneller schlug. „Warum nicht?", hauchte sie.

Nathan lockerte seinen Griff, und sie umarmte ihn. „Ich kann es dir nicht versprechen", flüsterte sie ihm ins Ohr. „Aber wir haben ja noch so viel Zeit."

„Unser halbes Leben", flüsterte Nathan zurück. „Und jetzt lass uns reingehen. Ich glaube, die Gäste kommen bald."

Es war spätabends, als sie wieder in den Garten wanderten. An den Landungsbrücken sollte ein großes Feuerwerk steigen, das wollte keiner verpassen.

„Aline", sagte Käthe, „habe ich dir schon erzählt, dass ich nächstes Jahr mit den ‚Wilden Rosen' auf Tournee gehe?"

„Da wird den Zuschauern was blühen." Aline kicherte.

„Den Zuschauerinnen", verbesserte Käthe. „Wir tingeln durch die Damenklubs."

„Habe ich dir eigentlich schon mal gesagt, wie froh ich bin, dass du damals nicht Schlittschuh laufen konntest? Dass du neben mir standst, damals vor siebenundzwanzig Jahren? Und dass unsere Eltern so schlau waren, uns später auf dieselbe Schule zu schicken?"

Aline erwiderte die Umarmung der Freundin. Mehrere Minuten standen sie regungslos, hielten sich einfach nur fest.

„Nein, das hast du mir noch nicht gesagt." Aline hatte auf einmal das Gefühl, dass ihr die Stimme versagte.

Plötzlich fühlte sie, dass Madeleine hinter ihr stand. „Danke“, hörte sie sie sagen. „Danke, dass du das damals getan hast. Dass wir wieder hier wohnen können. Ich genieße jeden Tag.“

„Ich danke dir auch“, sagte Aline und fühlte sich auf einmal schrecklich rührselig. „Du hast mich auf die Welt gebracht.“

„Ich war auch dabei!“ Eine raue Stimme drang von backbord zu ihnen. Bertha trug ein Tablett mit Sektgläsern. „Nur noch drei Minuten. Dann geht das neue Jahr los.“

Aline schlang die Arme um Berthas Hals. „Natürlich warst du auch dabei, Berthachen. Und dafür bin ich dir schrecklich dankbar! Obwohl du mich bei meiner Geburt beleidigt hast. Du hast behauptet, ich würde wie Kaiser Wilhelm aussehen.“

Bertha brummte. „Das halte ich für ein Gerücht.“

In einer Ecke des Gartens, zwischen einem Schneemann und einer Schneefrau, sah Aline Nathan und Max in ein lebhaftes Gespräch vertieft. Valeska stand hinter ihren Söhnen. Sie blickte vom einen zum anderen und sah glücklich aus. Henny, die ein bisschen abseits neben David gestanden hatte, drehte sich um und wandte ihnen ihr Gesicht zu. Aline trat neben sie, um den beiden ein Glas in die Hand zu drücken. In diesem Moment blitzten die Lichter des Feuerwerks am Himmel auf. Aline sah, wie Nathan auf sie zustürzte. Sie breitete die Arme aus.

„Wir haben es geschafft“, flüsterte Nathan. „Wir haben alles bekommen, was wir uns gewünscht haben.“

Irgendwo am Strand knallte es laut.

„Frohes neues Jahr, mein Schatz! Frohes 1933!“

Aline fühlte, wie ihr schon wieder die Tränen kamen. „Das wünsche ich dir auch.“

Foto: Knaur Verlag

# Eine Kindheit an Bord von Frachtschiffen

Die Hamburgerin Maiken Nielsen hat mit *Das Haus des Kapitäns* ihren ersten Roman vorgelegt, und der Schauplatz ist der Ort, den sie am besten kennt: Die Autorin wurde 1965 in Övelgönne geboren. Seit Jahrhunderten ist ihre Familie in dem schönen Ort an der Elbe ansässig, der heute zur Hansestadt Hamburg gehört. Ihre Vorfahren waren Kapitäne und Elblotsen, sie selbst verbrachte einen großen Teil ihrer Kindheit auf Frachtschiffen. Der Schulunterricht wurde in dieser Zeit von ihren Eltern geleistet, Abitur machte sie dann aber auf einer „richtigen“ Schule in Hamburg.

Maiken Nielsen hat in Hamburg und im südfranzösischen Aix-en-Provence studiert. Seit 1996 ist sie als Reporterin beim Norddeutschen Rundfunk tätig. Sie ist regelmäßig im „Hamburg Journal“ zu sehen und hat zahlreiche Beiträge über das historische Hamburg produziert.

Bei den Vorbereitungen für *Das Haus des Kapitäns* hat sie besonders interessiert, wie die Menschen vor über hundert Jahren an der Elbe gelebt haben, damals, als die Hamburger noch in die Sommerfrische fuhren in das preußische Övelgönne oder noch weiter nach Blankenese, heute Hamburgs schönster Vorort. Es war eine Zeit, in der noch in der Elbe gebadet wurde – heute undenkbar. Viel hat sich geändert seit der Kaiserzeit und „den goldenen Zwanzigerjahren“, und doch hat die Hansestadt sich auch große Traditionen aus jener Epoche bewahrt: Das Feuerwerk zu Silvester an den Landungsbrücken gibt es immer noch.

IN

FELIX THIJSSEN

# GRID

„Du weißt doch, was es für Konsequenzen hat, wenn man jemandem das Leben rettet?“, fragte Ingrid.
„Natürlich“, scherzte ich leichthin.
„Es bedeutet, dass du fortan für mich verantwortlich bist“, sagte sie mit feierlichem Nachdruck.

# 1

Wohlmeinende Freunde hatten mich vor der sterbenslangweiligen Eintönigkeit des Landlebens gewarnt, doch meine Umzugskisten waren noch nicht ausgepackt, als die Ruhe bereits von den Schreien einer Frau empfindlich gestört wurde, die direkt vor meiner Tür in jenem Fluss zu ertrinken drohte, den mir mein Makler als den schönsten der Niederlande angepriesen hatte.

Ich war gerade dabei zu beobachten, was der blühende Lavendel entlang des Gartenweges direkt unterhalb meiner Terrasse so alles anlockte: orangefarbene, braune und weiße Schmetterlinge, diverse Bienen und eine mir unbekannte Art nachtblauer Hummeln. Eben wollte ich in meinem Kopf eine Liste der Dinge aufstellen, die hier schöner beziehungsweise weniger schön waren als in Amsterdam, als plötzlich alles, was summte, flatterte und nachdachte, durch das Geschrei aufgeschreckt wurde.

Ich rannte um das Haus herum und den Deich hinauf. Die Frau hing über der Wasseroberfläche, die Hände um einen dicken Weidenast geklammert, die Zehenspitzen auf dem Rand eines Bootes.

Der Deichabhang war glitschig und sumpfig, das Gras hoch und nass. Das Wasser quietschte schon in meinen Schuhen, bevor ich das Ufer erreichte. Die Frau schrie unaufhörlich, sie berührte mit dem Bauch das Wasser, der Ast knackte. Sie hatte einen strohblonden Pferdeschwanz, ein vor Aufregung gerötetes Gesicht und trug weiße Tennisshorts. Sie sah zum Anbeißen aus. Ihr Boot musste auf Grund gelaufen sein, und vermutlich hatte sie sich an dem Ast abstoßen wollen und nicht rechtzeitig losgelassen. Ich fragte mich, warum sie sich nicht einfach ins Wasser fallen ließ und ans Ufer schwamm. „Ist ja schon gut!“, rief ich. „Die Rettung naht!“

Sie hörte auf zu schreien. Meine Schuhe sanken tief im schlammigen Grund hinter der Reihe von Pfählen ein, die man am Fluss entlang in den Boden getrieben hatte, um eine Abtragung des Ufers zu verhindern. Ich stieg über die Pfähle, stand sofort bis zur Hüfte im Wasser, schob eine Hand unter ihren Bauch und versuchte mit der anderen, ihren Fuß über den Rand des Bootes zu heben. In dem Moment stieß sie einen Schmerzensschrei aus, ließ den Ast los und ging unter.

Ich war triefend nass, bis ich sie richtig zu fassen kriegte und über die Pfähle auf das Ufer hieven konnte. Ihr herrenloses Boot trieb bis zur Mitte des Flusses und verschwand dann in Richtung Brücke.

„Mein Bein“, stöhnte sie, als ich sie absetzte.

Ein Wadenkrampf. Ich legte ihren Arm um meine Schultern, und sie hinkte neben mir her zu der flachen kleinen Bucht an der Grenze zu meinem Grundstück, wo sich ein halb verrotteter Anlegesteg befand. „Belaste deinen Fuß“, sagte ich, als sie tropfend auf den ausgeblichenen Planken stand.

Ich ging auf die Knie und knetete und massierte die verkrampfte Wade. Sie stützte sich mit einer Hand auf meinem Kopf ab. „Besser?“

„Ja.“ Sie zitterte.

Sie hielt meinen Arm mit beiden Händen umklammert, als sie den Abhang erklomm und auf der anderen Seite des Deichs über meine Hauseinfahrt wieder hinunterhinkte. Die Häuser hier hatten alle Eingangstüren, die direkt zum Deich hin lagen, doch kaum einer benutzte sie je. In der Regel ging man hinten herum, über die Terrasse und zur Glasschiebetür hinein.

„Jetzt müssen wir dich erst mal wieder trocken kriegen.“ Ich lotste sie an meinem Schreibtisch vorbei, den ich direkt hinter der Fensterfront aufgestellt hatte, in die zum Wohnzimmer umgebaute ehemalige Tenne hinein.

Mein Makler hatte den Charme einer „abenteuerlichen Art zu wohnen“ besonders hervorgehoben, da in Deichhäusern alle Zimmer auf verschiedenen Ebenen lagen. Er hatte sich ungeheuer viel Mühe gegeben, da er nicht nur mein Makler, sondern auch mein Vermieter gewesen war, der mich wegen inszenierter Verhaftungen, Hausdurchsuchungen und zunehmend zwielichtiger Besucher so schnell wie möglich aus der Wohnung über seinem schicken Amsterdamer Büro heraushaben wollte.

Die Frau streifte ihre Tennisschuhe ab. „Ich mache alles dreckig.“

„Da ist das Badezimmer. Soll ich irgendjemanden anrufen?“

„Lieber nicht.“ Sie war begeistert von meinem Bad, einem großen, geschmackvoll gefliesten Raum mit Badewanne und Duschkabine. „Ach, jetzt ein heißes Bad!“

„Kein Problem.“ Ich spülte mir den Schlamm von den Händen, drehte die Hähne auf und legte saubere Handtücher auf einen Hocker neben die Wanne. Aus einer Flasche Badezusatz goss ich einen tüchtigen Schuss ins Wasser. Das Badezimmer begann nach grünen Äpfeln zu duften.

Sie wies mit einem Nicken auf meine schmutzige Kleidung. „Und was ist mit dir?“

„Ich dusche dann nachher."

„Du kannst ruhig gleich unter die Dusche. Ich gucke schon nicht hin."

„Aber ich vielleicht", musste ich zugeben.

Ihr Gesicht war schlammverschmiert, aber sie hatte ein hübsches Lächeln – und irgendwie auch etwas Verwirrendes. „Bitte bleib doch hier. Um ein Haar wäre ich ertrunken", sagte sie und löste das Band, mit dem ihr durchweichter Jerseypullover am Halsausschnitt verschnürt war.

„Ich weiß nicht mal, wie du heißt."

„Ingrid." Ihr Kopf verschwand im Pullover.

Der Name versetzte mir einen merkwürdigen Stich, obwohl diese Ingrid meiner vor Jahren verunglückten Ehefrau in keiner Weise ähnlich sah und nur per Zufall genauso hieß wie sie. Das hatte nichts mit Vorsehung zu tun. „Ich bin Max", murmelte ich. „Max Winter."

Sie hatte einen gesunden braunen Körper mit festen, runden Brüsten in einem nassen hellblauen BH. Ich schätzte sie auf Mitte dreißig. Sie war äußerst attraktiv. Ich konnte allmählich eine kalte Dusche gut gebrauchen, als sie ohne eine Spur von Verlegenheit ihre Tennisshorts auszog und mit einem schalkhaften Lächeln ihren BH aufhakte.

Ich verschwand in der Duschkabine, zerrte mir dort die nasse Kleidung vom Leib, schrubbte den Schlamm ab und spülte meine Haare aus, während meine Ertrinkende auf der anderen Seite der gekachelten Wand summend in ungefährlichen Gewässern trieb. Ich trocknete mich in der Duschkabine ab und knotete mir ein Badetuch um die Hüften, bevor ich hinausstieg.

„Du weißt doch, was es für Konsequenzen hat, wenn man jemandem das Leben rettet?", fragte Ingrid, als ich meine schmutzige Wäsche vom Fußboden aufhob. Lächelnd saß sie in der Wanne, und ein entzückendes Knie und pikante Brustrundungen ragten aus den Schaumbergen empor.

„Natürlich", scherzte ich leichthin. Ich wusste zwar nicht mehr so genau, was einem dann blühte, aber es reichte für gefährliche Gedanken.

„Es bedeutet, dass du fortan für mich verantwortlich bist", sagte sie mit feierlichem Nachdruck, der nur zur Hälfte gespielt wirkte.

Ich lächelte verlegen. „Das gibt's doch nur im Märchen."

„Das meinst du." Sie lachte fröhlich und begann mit Wasser und Schaum zu spritzen. Ich flüchtete aus dem Bad und machte mich auf die Suche nach etwas Trockenem zum Anziehen.

Zehn Minuten später kam sie zum Vorschein, gehüllt in meinen weinroten Bademantel und mit ihren ausgespülten und ausgewrungenen Kleidern in der Hand. „Und wie soll ich die jetzt trocken kriegen?"

Ich ging ihr voraus in die drei Stufen tiefer gelegene Küche, einer Luxusversion mit Aussicht auf meine Apfelbäume. Als ich mich bückte, um ihre Sachen in den Trockner zu stecken, legte sie eine Hand auf meinen Rücken, als drohe sie, das Gleichgewicht zu verlieren.

„Geht's?“, fragte ich.

„Ja. Du hast ein schönes Haus. Was ist hier drüber?“

„Das Schlafzimmer.“

„Darf ich mir das auch anschauen?“

„Was ist vorhin denn eigentlich passiert?“

Ingrid grinste. „Ich bin im Schilf stecken geblieben, habe mich an dem Ast festgehalten, und das Boot wollte ohne mich los.“

Sie sah verführerisch aus mit ihren nackten Füßen auf den blauen Fliesen. Sie hatte blaue Augen und hohe Wangenknochen, eine ganz leichte Stupsnase, strohblondes Haar, das noch feucht war, und ein intelligentes Gesicht. Ihr Mund hätte gut in eine Zahnpastareklame gepasst, mit diesem elfenbeinweißen Glänzen zwischen den vollen Lippen, die sie einladend einen Zentimeter weit geöffnet hielt.

Ich zeigte ihr das Gästezimmer, meinen Vorratsschrank und sogar das Kabuff mit dem Heizkessel, bis ich alle unschuldigen Alternativen ausgeschöpft hatte und ihr die Holztreppe zum Schlafzimmer vorausging. Es war ein romantischer Raum unter dem Reetdach mit dunklen Balken, doch ich hatte nicht den Eindruck, dass ihr Interesse weiter reichte als bis zu dem Bett aus hellem Holz.

„Bleib mal kurz stehen“, sagte sie und begann mein Hemd aufzuknöpfen. Unwiderstehliche Duftwolken mit einem Aroma von grünem Apfel und warmer Haut stiegen aus dem Bademantel auf.

Der Morgen erhielt einen Hauch von Unwirklichkeit, der mich aus der Fassung brachte. Ich machte mir kaum Gedanken darüber, dass sie nichts von mir wusste. Ich hatte sie ja auch nichts gefragt. Sie hätte mit dem örtlichen Polizeichef verheiratet sein können oder vielleicht Mutter von zwölf Kindern, obwohl mir Letzteres doch sehr unwahrscheinlich erschien, als sie mit einem fröhlichen „Willkommen auf dem Deich!“ den Bademantel auf den Holzfußboden fallen ließ.

Ich hätte eigentlich Kisten auspacken und andere Dinge erledigen müssen, doch ich entschloss mich stattdessen zu einem Glas Whisky mit viel Eis auf meiner Terrasse und versuchte, wieder in die Realität zurückzufinden. Meine erste Bekanntschaft mit dem Landleben kam mir vor wie ein Ereignis aus den zügellosen Sechzigerjahren.

Ich wusste, dass sie Ingrid hieß, sonst nichts. Nach anderthalb Stunden, ein paar letzten Küssen und einem errötenden „Tschüs, Max, vielen Dank und bis bald" war sie verschwunden. Die angenehme Portion Mittagssex erschien mir ein übertriebener Ausdruck ihrer Dankbarkeit, weil ich sie aus dem einen Meter tiefen Wasser der Linge gerettet hatte. Vielleicht war sie reich und verwöhnt und auf der Suche nach Abenteuern. Irgendwie störte es mich, dass sie nichts von sich selbst preisgegeben hatte, nur ihren köstlichen Körper. Willkommen auf dem Deich?

Die blauen Hummeln waren nirgendwo mehr zu entdecken. Stattdessen tauchte ein blonder Dreikäsehoch auf, in hellgrüner Hose und mit bunten Hosenträgern über einem rosafarbenen Hemd. Er hielt ein Butterbrot in der Hand und trippelte, ohne mich eines Blickes zu würdigen, zielstrebig über meine gepflasterte Einfahrt auf meinen Carport zu.

„Hallo?", rief ich leise, um ihn nicht zu erschrecken.

Er wuselte am Kühlergrill meines BMW vorbei und blieb neben dem Carport stehen. Er neigte sein rundes Köpfchen zur Seite und zeigte mit dem Brot auf die Ställe, die der frühere Hausbesitzer an der Seitenwand aufgestellt hatte. „Essen", sagte er.

Hinter der hohen Hecke aus Hainbuchen und anderem Gesträuch entlang der Einfahrt rief eine Frau: „Tommy? Tommy?"

„Ninchen?", fragte der Kleine.

Ich ging von meiner Terrasse herunter und sagte: „Hallo. Bist du der Tommy?"

Der Dreikäsehoch schaute mich an und hielt drei Finger hoch. „Ich bin schon zwei." Er war typisch holländisch, schelmisch und weißblond, mit seltsam großen blauen Augen.

Ich nahm an, dass er aus dem umgebauten Heuschober kam, der auf der anderen Seite der Hecke stand und wahrscheinlich zu meinem Haus gehört hatte, als es noch ein Bauernhof gewesen war. Es war ein quadratisches Gebäude mit einem spitzen Reetdach, Backsteinmauern, schwarz versiegelten Holzplanken und freundlichen kleinen Fenstern in weißen Rahmen. Die Bewohner hatte ich noch nicht kennen gelernt.

„Mevrouw?", rief ich in Richtung Hecke. „Ich glaube, Tommy ist hier!"

„Tommy!" Eine zarte Frau in einem Baumwollsommerkleid und Sandalen kam meine Einfahrt hinunter. „Er hat immer die Kaninchen gefüttert …" Die Frau nahm Tommy auf den Arm. „Ich hab dir doch gesagt, dass sie weggezogen sind." Mit ihren braunen Augen, dem kurz geschnittenen kastanienbraunen Haar, den Sommersprossen auf der Nase und dem kleinen Mund mit bleichen Lippen erinnerte sie mich an eine Hirschkuh. „Entschuldigung", sagte sie dann. „Ich bin Jennifer van Maurik. Wir wohnen nebenan."

„Max Winter."

Umständlich reichte sie mir unter Tommy hindurch ihre Hand, die kräftig und hornhautbewehrt war. Sie musste jünger sein als Ingrid, doch sie wirkte älter und klüger. „Haben Sie das Haus gekauft oder gemietet?", fragte sie.

„Ich habe es gekauft."

Sie lächelte, was ihr Gesicht hübscher machte. „Sagen Sie Bescheid, wenn ich Ihnen irgendwie behilflich sein kann", meinte sie. „Ingrid haben Sie ja schon kennen gelernt, wie ich gesehen habe." Sie streichelte den blonden Hosenmatz, der sich ungeduldig an ihre Schulter lehnte.

„Ich habe mich schon gefragt, ob ich der Einzige war, der das Geschrei gehört hat."

„Ich war gerade beim Bügeln, und als ich gucken kam, hatten Sie sie schon ans Ufer gebracht. Da dachte ich mir, das geht schon in Ordnung, die brauchen mich nicht."

Ich hörte keinen zweideutigen Unterton aus ihren Worten heraus, spürte aber, dass er da war, und musste mir Mühe geben, nicht zu erröten. „Sie kennen sie also?"

„Sie können mich ruhig duzen. Ja, Ingrid passt oft auf Tommy auf. Sie selbst möchte keine Kinder haben, ist aber verrückt nach dem Kleinen, stimmt's, Mäuschen?"

Tommy zappelte ein wenig herum. „Ich will runter", sagte er.

„Ja, wir gehen gleich." Jennifer setzte ihn auf ihre Hüfte. „Sie wohnt ein paar Häuser weiter, es ist also ziemlich praktisch. Ihr Mann ist Schriftsteller, das hat sie Ihnen sicher erzählt."

Nein, hatte sie nicht. „Du wohnst auch hübsch hier", sagte ich.

„Ja, aber mein Haus ist nur gemietet. Komm doch mal auf eine Tasse Kaffee rüber, dann kannst du es dir anschauen. Aber jetzt muss ich Tommy ins Bett bringen, er schläft mittags noch ein Stündchen. Tschüs!" Jennifer trug ihren Sohn den Deich hinauf. Dort setzte sie ihn ab, nahm ihn an der Hand und verschwand mit ihm hinter der Hecke.

EINE Stunde später klingelte das Telefon.

Eine joviale Männerstimme: „Hallo, hier Peter Brack. Und, haben Sie sich schon ein bisschen eingewöhnt auf dem Deich?"

„So einigermaßen. Wie war noch Ihr Name?"

„Ach, sag doch ruhig Peter zu mir, dann sage ich Max, das würde sich heute Abend ja sowieso ergeben, zumindest falls du Lust hast zu kommen."

„Kommen, wohin denn?"

„Zur Party. Sie hielt das für eine gute Idee, dann kannst du auch gleich die anderen Deichbewohner kennen lernen."

Ein vages Gefühl der Unruhe beschlich mich. „Ich weiß ja noch nicht einmal, wo Sie wohnen. Woher haben Sie meine Telefonnummer?"

Der Mann lachte. „Hat Ingrid dir das nicht erzählt? Wir wohnen nur fünf Häuser weiter, direkt vor der kleinen Schleuse. Geh einfach dem Lärm nach. So gegen acht?"

„Mal sehen, was sich machen lässt", sagte ich mit trockener Kehle.

Irgendwann musste ich ja doch dran glauben. In einem Dorf kommt man um die Nachbarn nicht herum.

Die Bienen waren bereits zu Bett gegangen, als ich für die Gastgeberin einen Strauß Lavendel pflückte und zwei Rosen hinzufügte.

Ingrid sah sexy aus in einem blauen Kleid, zu dem mein Strauß wunderbar passte. Sie rief fröhlich „Max!" und küsste mich auf die Wange. „Ich liebe Lavendel. Peter, das ist unser neuer Nachbar."

Peter Brack war ein kräftig gebauter graublonder Michael-Douglas-Verschnitt. Er hatte bleiche Lippen und weiße, buschige, gerade Augenbrauen über wässrigen Augen, deren Farbe undefinierbar war. „Willkommen auf dem Deich", sagte er mit einem Unterton, den ich mir womöglich einbildete.

Ich befreite meine Hand aus seinem Griff. „Ich danke Ihnen."

„Aber wir wollten uns doch duzen!", sagte er bestimmt.

„Ach ja, richtig. Aus welchem Anlass gebt ihr eigentlich die Party?"

„Ingrid hat Geburtstag. Ich dachte, das wüsstest du."

„Nein, sonst hätte ich natürlich ein Geschenk für sie mitgebracht."

Ingrid strahlte. „Aber du hast mir doch schon etwas geschenkt", sagte sie. „Schließlich wäre ich ohne dich vielleicht gar nicht mehr da."

Eine Frau in Moosgrün trat zu uns. „Übertreibst du nicht ein bisschen?"

„Aber nein. Max, das ist meine Schwester Sigrid."

Ich ergriff ihre schlaffe Hand. Sigrid war derselbe blonde Typ wie ihre Schwester, nur ein paar Jahre älter. Während Ingrid ihr Abenteuer ausschmückte, musterte sie mich mit kühlen Blicken. „Max hat mich in letzter Sekunde rausgeholt, ich war von oben bis unten voller Schlamm und durfte seine Badewanne benutzen."

„Ein netter Mann also", sagte Sigrid unbeteiligt.

„Hast du dein Boot inzwischen wieder zurückbekommen?", fragte ich Ingrid, um mich aus dem Sumpf der Zweideutigkeiten zu befreien.

„Peter hat es zwei Kilometer flussabwärts gefunden und nach Hause gebracht."

„Auch ein netter Mann also."

Ich hatte immer mehr den Eindruck, dass Sigrid irgendetwas nicht passte. „Wohnst du auch auf dem Deich?", fragte ich sie.

„Nein."

„Sie wohnt in Tiel", antwortete Peter.

Ingrid lächelte mir viel sagend zu und nahm mich am Arm. „Hallo?", rief sie über die gedämpfte Musik hinweg. „Hört alle mal her! Das ist Max, unser neuer Nachbar."

Ich grinste unbeholfen etwa einem Dutzend Gesichtern im Raum zu. Die Einzige, die ich wieder erkannte, war meine Nachbarin Jennifer. Sie lächelte mir zu und setzte ihr Gespräch mit Sigrid fort, die sich zu ihr gesetzt hatte. Weitere Gäste hielten sich auf der Terrasse auf, zu der die Türen offen standen, oder saßen auf weißen Gartenstühlen um ein Partyzelt auf dem breiten Rasenstück herum, das sich bis zum Fluss hin erstreckte.

Eine junge Frau in einer orangefarbenen Servierschürze hielt uns ein Tablett hin. Sie hatte sich tags zuvor am Schalter der örtlichen Bank als Anita vorgestellt.

„Kleiner Nebenjob?", fragte ich, als ich ein Glas Weißwein von ihrem Tablett nahm.

„Anita und ihr Verlobter sparen für ein Baby", sagte Ingrid. Anita errötete und trug ihr Tablett ins Gewühl hinein.

Das Haus sah jünger aus als meines und war mindestens genauso groß. Es hatte sogar eine integrierte Garage für zwei Autos. Die Einrichtung war luxuriös: warmes, massives Holz und bequeme Möbel auf roten Terrakottafliesen. „Gefällt's dir?", fragte Ingrid.

„Hübsch habt ihr's hier."

„Aber dein Haus ist schöner."

„Bestimmt bist du auch schon mal bei meinen Vormietern gewesen."

„Ein- oder zweimal, auf einer Party." Ingrid kicherte leise. „Ach, das meinst du. Stimmt, ich hab nur so getan, als hätte ich es noch nicht gesehen. Aber wie soll man einen Mann sonst in Bewegung kriegen?" Sie schmiegte sich an mich. „Von mir aus kannst du mich jeden Tag retten."

Ich warf besorgte Blicke um mich, sah aber keine schockierten Gesichter. „Ich hätte dich ertrinken lassen, wenn ich gewusst hätte, dass du verheiratet bist!", sagte ich flüsternd.

Wieder kicherte Ingrid. „Ich habe dich ja auch nicht gefragt, ob du verheiratet bist."

„Für solche Informationen sorgt doch bestimmt die Deichbuschtrommel."

„Nein. Die meisten Leute hier sind importiert. Es geht niemanden etwas an.“ Das klang wie eine Abmachung für die Zukunft. „Bist du verheiratet?“, fragte sie dann.

„Ich bin ein ehrbarer Witwer.“

Sie drängte mich ins Wohnzimmer, und ich lieferte meinen Anteil am Smalltalk. Draußen auf der Terrasse tanzten Paare zu einem quälend langsamen Beat und dem Gesang einer klagenden Frauenstimme. Irgendwann ließ ich mich aufseufzend neben Jennifer fallen, die ein wenig verloren auf dem Sofa saß.

„Endlich ein bekanntes Gesicht!“

„Magst du keine Leute um dich?“ Ihre geröteten Wangen deuteten auf ein, zwei Gläser zu viel Cola-Rum hin.

„Nur nicht, wenn es zu viele sind. Muss dein Mann babysitten?“

Jennifer gab einen verächtlichen Laut von sich. „Ich habe keinen Mann. Tommy schläft oben; ich glaube, Ingrid ist gerade nach ihm gucken gegangen.“

„Alleine für ein Kind zu sorgen stelle ich mir nicht einfach vor. Arbeitest du auch noch?“

„Seit ich hierher gezogen bin, nicht mehr. Ich kriege Sozialhilfe, damit komme ich schon über die Runden.“

„Und was hast du vorher gemacht?“

Es war eine harmlose Frage, doch eine Wolke glitt über ihr Gesicht. „Ich habe im Autohandel gearbeitet.“

„Du bist also auch ziemlich neu auf dem Deich?“

„Tommy ist hier geboren, daran kannst du es dir ja ausrechnen. Er ist zwei Jahre alt.“

„Mein kleiner Prinz.“ Ingrid nahm auf der anderen Seite neben Jennifer auf dem Sofa Platz. „Ich habe ihm die Windel gewechselt. Er schläft tief und fest. Lass ihn heute Nacht ruhig hier, dann kannst du morgen ausschlafen.“

Jennifer wandte sich zu mir. „Wenn Ingrid nicht wäre, könnte ich keinen Schritt tun, ohne Tommy mitzuschleppen. Dabei möchte sie noch nicht mal eigene Kinder haben.“

„Tommy ist eben etwas Besonderes.“ Ingrid drückte Jennifers Hand. „Du weißt doch, wie verrückt ich nach ihm bin. Du sagst doch selbst immer …“

Jennifer lehnte sich zurück. „Was für ein Glück, dass er auch verrückt nach dir ist. Sonst hätte ich nie nach Aruba fahren können.“

„Nach Aruba?“, fragte ich, um mich ein wenig am Gespräch zu beteiligen.

Sie lachte kurz auf. „Zwei Wochen Auszeit, ohne irgendwelche Sorgen. Ingrid hat solange auf Tommy aufgepasst."

„Ich habe mich so über deinen Brief gefreut", sagte Ingrid. „Hast du ihn im Flugzeug geschrieben?"

Jennifer nickte. Die Erinnerung daran schien sie zu ernüchtern. „Ich habe wahnsinnige Flugangst", bekannte sie. „Ich war so froh, dass Tommy bei dir war … Ich habe das wirklich ernst gemeint. Ich wüsste nicht, wo ich Tommy lieber aufgehoben sähe, falls mir einmal etwas passieren sollte."

„Aber was soll dir denn hier passieren?", fragte ich. „Sogar der Fluss ist zu friedlich, um darin zu ertrinken."

Ingrid kicherte, doch Jennifer wirkte immer noch bedrückt. „Man braucht nur einmal nicht aufzupassen, wenn man über die Straße geht", murmelte sie, „oder eine verirrte Kugel abzukriegen."

„Jetzt hör doch auf, Jen. Du wirst hundert Jahre alt werden, und das bestimmt nicht alleine. Der Sohn von Versteeg, Rob, kann seine Augen nicht von dir lassen", neckte Ingrid sie.

Jennifer errötete. „Ach, hör doch auf."

Frauen, Kinder, Liebhaber. Ich stand auf.

Ingrid sagte: „Du kannst jetzt noch nicht gehen, ich möchte nachher mit dir tanzen. Das ist ja wohl das Mindeste, was eine Nachbarin an ihrem Geburtstag mit dem neuen Nachbarn machen sollte."

Jennifer kicherte.

Ich flüchtete in den Rauch von Zigarren, gemischt mit einem Hauch von Marihuana, und Stimmen, die allmählich undeutlicher wurden. Draußen sorgten Lampions für jene Beleuchtung, die zu Treppenstufengestolper und Gefummel auf der Tanzfläche führt. Ich schlenderte hinüber zu einem massiven Sandsteinbogen neben der Bar. Dahinter führten geflieste Stufen hinauf zu einem höher gelegenen Anbau auf der Deichseite. Das musste die Domäne des Hausherrn sein. Ein massiver Holzschreibtisch mit einem Computer darauf, umgeben von einem Chaos aus Papieren und Stiften, auf Umschläge und Memozettel gekritzelten Geistesblitzen, einem Taschenrechner und wahrhaftig einer Pfeife. Der Arbeitsplatz eines Autors, nur konnte ich nirgends Bücher mit dem Namen Peter Brack darauf entdecken.

„Du hast dich ins Allerheiligste verirrt."

Ich drehte mich um. „Bitte sei mir nicht böse."

„War nur ein Witz. Ich habe kaum Geheimnisse, und Ingrid auch nicht, du kannst dich ruhig im ganzen Haus umsehen." Peter Brack lächelte gezwungen, und wieder war es mir ein Rätsel, was er damit sagen wollte. Durch das Grau, das in seinem blonden Haar allmählich überhand nahm, die dicken Ränder unter den Augen, sein Doppelkinn und die Hängewangen wirkte er ältlich und auch ziemlich abwesend.

„Schreibst du Romane?", fragte ich.

„Was treibst denn du so?"

„Nachforschungen."

„Aha, davon kann ich auch ein Lied singen. Ich war früher Journalist und arbeite derzeit an einem historischen Roman." Peter setzte sich an seinen Schreibtisch. „Sagt dir der Name Witte van Hunsate etwas?"

„Ich war schon froh, wenn ich in Geschichte eine Vier hatte."

„Selbst wenn du eine Eins gehabt hättest, hättest du noch nie von ihm gehört, das ist ja das Besondere an meinem Thema. Witte war ein illegitimer Sohn Floris des Fünften. Mein Buch handelt von seinem Leben, seinen Liebschaften und seinen Kriegstaten."

„Kannst du denn von einem historischen Roman leben, der noch nicht fertig ist?"

Sein enthusiastischer Gesichtsausdruck verschwand, als hätte ich ihm sein Spielzeug weggenommen. Er griff in das unterste Regalfach hinter seinem Schreibtisch und zog eine Hand voll dünner Hefte hervor, die er fast widerstrebend vor sich hinwarf. „Kitschromane für den Schreibwarenladen und den Supermarkt. Wenn nötig, kann ich jede Woche einen runterschreiben."

Ich betrachtete die bunten Umschläge. „Liebe in der Brandung", „Danielles Traum", „Der schottische Geliebte" und andere Werke einer gewissen Germaine Hastings. Ich grinste und sagte aufmunternd: „Barbara Cartland ist ziemlich reich damit geworden."

„Sie ist ein Rolls-Royce im Vergleich zur Firma Maßliebchen."

„Maßliebchen?"

„Die GmbH, die diese Meisterwerke vermarktet. Mein Herausgeber besitzt alle möglichen GmbHs, davon verstehe ich nichts, das hat was mit der Steuer zu tun. Wir haben gerade erst eine neue gegründet, wieder mit einem Blumennamen, sie heißt Augentrost, und ich selbst bin der Direktor, gemeinsam mit einem Russen. Wir wollen Übersetzungen ins Russische im Programm unterbringen."

Ich hörte Schritte und schaute mich um.

Ingrid blieb auf der obersten Stufe stehen und sagte provozierend: „Jetzt will ich Max aber zurückhaben. Hast du ihm alles über deinen Ritter van Hunsate erzählt?"

Ich warf einen verstohlenen Blick auf Peters Gesicht. Zu meiner Überraschung zeigte es keine Spur von Gereiztheit oder Verletztheit. Was ich sah, war Unterwürfigkeit und eine Art sehnsuchtsvoller Ergebenheit. Dies war ein Mann, der seine Frau anbetete.

„Es ist ein faszinierendes Thema“, sagte ich heiser.

„Nicht für Ingrid.“ Peters Gesicht wurde noch ausdrucksloser. „Und sie hat Recht, es ist ja ihr Geburtstag.“

Ich folgte Ingrid durch das Wohnzimmer. Jennifer saß noch immer auf dem Sofa, allein. Als wir an ihr vorbeigingen, versperrte uns ein kräftig gebauter Mann mit tief liegenden Augen und fleischigen Lippen den Weg, der sich mir mit einem derben Handschlag als Bokhof vorstellte.

„Gehst du schon, Harm?“, fragte Ingrid.

„Nicht, bevor ich mit Jenny getanzt habe“, sagte er. „Jen?“

Ich erkannte Widerwillen auf Jennifers Gesicht, doch aus irgendeinem Grund schien sie ihm seinen Wunsch nicht abschlagen zu können. Sie stand auf, ignorierte Bokhofs ausgestreckte Hand und ging gehorsam vor ihm her auf die Terrasse.

Ein Pärchen tanzte träge. Es war eine laue Sommernacht. Ingrid schmiegte sich in meine Arme. Sie sagte nichts, zog mich aber mit scheinbar unschuldigen Tanzschritten zum verlassenen Ende der Terrasse hinter den Glastüren. Die Erinnerung an diesen Morgen glühte in meinem Körper. Sie hob ihr Gesicht, als wolle sie geküsst werden, und flüsterte: „Ich wünschte, wir könnten irgendwo anders hingehen.“

Sie rieb ihre Brüste an mir, schob ihr Knie zwischen meine Beine und blies ihren warmen Atem an meinen Hals.

Ich spähte über ihren Kopf hinweg hinüber zu der sicheren Barriere aus Backstein zwischen uns und den Partygästen drinnen. Das andere Paar verschwand Hand in Hand in Richtung des Flusses. Bokhof stand mit dem Rücken zu uns am anderen Ende der Terrasse und bewegte sich kaum merklich; Jennifer blieb hinter seinem Anzug in Übergröße vollständig verborgen.

Mich befiel das überwältigende Gefühl, dass hier etwas unecht war, dass hier einiges nicht stimmte. Vielleicht lag das einfach an der grotesken Unangemessenheit der Situation, die mir allmählich bewusst wurde. Ich hielt Ingrid ein wenig auf Abstand, ich wollte sie nicht verletzen.

Ingrid schaute mich fragend an, und ich sagte: „Ich glaube …“

In diesem Moment wurde jegliche Romantik von einer schrillen Stimme mit überraschend starkem Amsterdamer Tonfall abrupt im Keim erstickt. „Behalt deine verfluchten Drecksfinger bei dir, du Mistkerl!“

Ich sah, wie Bokhof rückwärts stolperte, als Jenny ihn wütend von sich wegschubste. Hinter den Fensterscheiben und in den offenen Türen erschienen Gesichter. Ich ließ Ingrid los und ging rasch auf den Tumult zu. Bokhof stand Jenny kochend vor Wut gegenüber und zischte: „Blöde Kuh!"

„Na, na!", sagte ich.

Bokhof stampfte an mir vorbei und verschwand hinter dem Haus. Jennifer stand zitternd unter den Lampions. Auf der Schulter waren die Knöpfe ihres Mohairpullovers abgerissen, dort, wo eine von Bokhofs Kohlenschaufeln gewaltsam versucht hatte, sich einen Weg unter den Pulli zu bahnen.

Ingrid legte den Arm um sie. „Dieser Bauerntölpel", sagte sie tröstend. „Mach dir nichts draus. Komm mit, ich helfe dir, dich wieder ein bisschen zurechtzumachen ..."

Jennifer schüttelte den Kopf. „Ich gehe nach Hause", meinte sie, und mit einem Blick auf Ingrid: „Es tut mir Leid."

„Du kannst doch nichts dafür. Was ist, wenn der Mistkerl noch oben auf dem Deich steht?"

„Ich werde schon mit ihm fertig."

Das bezweifelte ich. „Ich begleite dich. Ingrid hat Recht, und so langsam muss ich auch nach Hause."

Ingrid wirkte enttäuscht, konnte mir aber schlecht in aller Öffentlichkeit widersprechen. Sie nahm Jennifer in den Arm. „Ich bringe Tommy morgen nicht zu früh."

Ich küsste Ingrid sittsam auf die Wange. „Einen schönen Gruß an Peter und vielen Dank für die nette Party."

Ich nahm Jennifer an der Hand, als wir denselben Weg wie Bokhof einschlugen und über den Kiesweg am Haus entlang und dann den Deich hinaufgingen. Keine Spur von Bokhof. Als wir das Haus hinter uns gelassen hatten, legte sich eine nächtliche Stille über den Deich.

„Wer ist dieser Bokhof?", fragte ich.

Jennifer zeigte auf einen dunklen Bauernhof. „Ein Obstbauer."

„Ist er denn nicht verheiratet?"

„Doch!" Jennifer gab einen verächtlichen Laut von sich. „Er hat eine Frau und zwei Söhne." Sie hakte sich bei mir unter, und wir gingen weiter.

„Belästigt er dich öfter?"

„Ja."

„Warum tanzt du dann mit ihm?"

Nach einer Pause antwortete sie: „Er ist mein Vermieter."

„Aha."

Nach einer Weile fing sie von selbst zu erzählen an. „Ich habe es ihm sofort angesehen, aber ich war schwanger und brauchte eine Wohnung.

Der Heuschober war genau das, was ich suchte. Nach Tommys Geburt kam er immer öfter zu Besuch. Eines Tages sagte er, er wolle die Hälfte der Miete in Naturalien haben, und zwar mit einem Unterton, als hieße es, entweder das oder die Kündigung. Ich … ich wusste nicht, was ich tun sollte.“ Sie stockte und beichtete dann flüsternd: „Einmal habe ich ihm gegeben, was er wollte, und seitdem kann ich mich seiner kaum noch erwehren. Am liebsten würde ich morgen umziehen, aber wo soll ich denn hin?“

Sie klang verzweifelt, und ich drückte tröstend ihren Arm. „Vielleicht hättest du dich jemandem anvertrauen sollen …“

„Ach ja, wem denn? Seiner Frau vielleicht? Die hätte mich wie eine Hure vom Deich gejagt. Schließlich bin ich eine ledige Mutter.“

Ein leichtes Opfer, ganz gewiss in diesem Dorf. „Weiß Ingrid davon?“

Sie zuckte mit den Schultern. „Wahrscheinlich vermutet sie es. Ich habe nie mit ihr darüber gesprochen.“

„Es gibt doch so etwas wie Mieterschutz. Du könntest dich einfach an die Polizei wenden.“

Jennifer blieb stehen. „Ich kann nicht zur Polizei gehen“, flüsterte sie.

„Warum nicht?“

Sie schüttelte den Kopf und murmelte: „Das ist alles meine eigene Schuld, es ist meine Strafe.“

Ich sah, dass wir ihre Einfahrt erreicht hatten. Das Reet auf ihrem Heuschober ragte stumpfgrau über den Sträuchern empor. „Strafe? Wofür?“

„Irgendwann muss man für alles bezahlen.“

Sie fing an zu weinen, und ich nahm sie in den Arm. Sie hatte ein paar Gläser zu viel getrunken, aber in diesem Moment wirkte sie in meinen Augen wie ein Opfer der Reichen und Mächtigen in einem kitschigen Heimatroman. „Aber Jennifer, das ist doch Unsinn“, sagte ich beruhigend.

Sie erschauerte. „Vielleicht lauert er mir auf.“

„Hat er einen Schlüssel?“

„Natürlich hat er einen Schlüssel, schließlich ist er der Vermieter.“

Ich brachte sie die Einfahrt hinunter. Sie winkte mich hinten herum und gab mir den Haustürschlüssel. „Warte einen Moment“, sagte ich.

Ich schaltete das Licht ein und erkannte, dass ich mich in einem Vorratsraum neben der Küche befand. So weit alles in Ordnung. Ich öffnete die Tür zum eigentlichen Wohnbereich und fand einen Schalter. Zwei Korbschirmlampen erhellten einen Esstisch aus hellem Holz, um den herum Korbstühle standen. Ich sah eine geräumige, freundliche Wohnküche mit einer Sitzecke und gelb karierten Gardinen.

Ich ging die offene Treppe hinauf, öffnete zwei Schlafzimmertüren und schaltete das Licht in beiden Räumen ein. In einem davon standen ein Kinderbettchen und eine Kommode. Eine Tür führte zu einem Holzbalkon auf der Rückseite des Heuschobers, doch ich sah, dass sie fest verriegelt war. Daneben lag Jennifers Zimmer. Kein Bokhof.

Ich ging hinunter und beruhigte sie. „Der lässt sich bestimmt nicht mehr blicken. Schließ deine Tür ab, und versuche, nicht an ihn zu denken. Gute Nacht, schlaf schön."

Ich wartete, bis sie die Tür abgeschlossen hatte, und lief, bevor ich nach Hause ging, noch einmal um den Heuschober herum. Dabei hatte ich das seltsame Gefühl, beobachtet zu werden – wahrscheinlich eine Nachteule. Alles war ruhig. Mein Hemd klebte mir an der Schulter, durchnässt von Jennifers Tränen.

## 2

Was machst du gerade?", fragte CyberNel am Telefon.

„Bücher auspacken. Meinen Computer anschließen. Herausfinden, wie diese gefährlichen supersonischen Glaskochplatten funktionieren, ohne dabei von einem Stromschlag getötet zu werden."

Sie kicherte. „Du scheinst dich ja einigermaßen zu amüsieren."

„Stimmt. Und was ist mit dir?"

Sie schwieg einen Augenblick lang. „Ich brauche noch eine Weile."

Die Versicherung hatte nach vielem Hin und Her eingesehen, dass der Bombenanschlag auf CyberNels Computerdachboden in Amsterdam weder eine Naturkatastrophe noch Eigenverschulden gewesen war. Sie hatte die Möglichkeit gehabt, die Wohnung darunter von einer Gruppe Filmproduzenten zu übernehmen, die eine luxuriösere Unterkunft gefunden hatte.

„Warum lässt du die Handwerker nicht in Ruhe arbeiten und kommst für eine Weile zu mir?"

„Ich muss Rechner und anderes Zubehör kaufen und alles wieder neu einrichten. Es dauert bestimmt noch ein Jahr, bis mein Geschäft wieder so läuft, wie es sollte. Ich habe schon Aufträge, Eddy und ich arbeiten an einem Projekt für eine Bank. Einen Computer habe ich schon mit Programmen von Eddy wieder aufgerüstet, also stehe ich für die normalen Recherchen wieder zur Verfügung."

„Ich habe im Moment nichts zu tun."

„Kriegst du denn von Meulendijk keine Aufträge mehr?“

Bei den letzten Aufträgen hatte ich Exstaatsanwalt Meulendijk nichts als Ärger eingehandelt und ihn in Verlegenheit gebracht. „Solange er seinen Ausweis nicht zurückfordert, bin ich seinem Büro offiziell lose verbunden.“ Ich lachte leise. „Es macht mir nichts aus, eine Weile lang nach dem Motto von Micawber zu leben: Es wird sich schon was ergeben.“

„In einem Dorf?“ Nel schnaufte heftig, verkündete: „Ich komme demnächst mal vorbei und mach dir Beine“, und legte brüsk den Hörer auf.

Peter Brack rief an, als ich gerade mit einem auf dem Ceranfeld gebratenen Strammen Max und einer Flasche Wein vom Supermarkt an meinem schicken weißen Küchentisch saß. Nach einer Woche gefiel mir das Landleben allmählich ziemlich gut. Sogar das Einkaufen machte Spaß. Jeder hatte Zeit für einen kleinen Plausch.

Brack klang ein wenig angetrunken. „Max, ich habe versucht, Ingrid zu erreichen, aber ich glaube, irgendetwas stimmt mit unserem Telefon nicht. Würdest du mir einen Gefallen tun und mal kurz bei ihr vorbeischauen? Von dir aus ist es am nächsten.“

Mir fiel ein, dass Jennifer noch näher wohnte und außerdem wegen ihres Kindes bei den beiden ein und aus ging. „Ich kenne mich nicht besonders mit Telefonen aus. Hat sie kein Handy?“

Brack lachte. Ich hörte Stimmen im Hintergrund und ein Klavier. „Ich habe das Handy dabei“, sagte er. „Und du brauchst auch nichts zu reparieren. Ich möchte nur, dass sie Bescheid weiß, dass ich heute Nacht in Amsterdam bleibe. Ich muss morgen früh um zehn noch zu einem Termin, und ich habe überhaupt keine Lust, bei diesem Mistverkehr hin- und herzufahren.“

Der Mistverkehr, dafür hatte ich Verständnis. „Weiß sie, wo sie dich erreichen kann?“

„Ich wohne in meinem Stammhotel an der Amstel, aber heute Abend gehe ich mit meinem Herausgeber in der Stadt essen, und es kann spät werden, bis ich wiederkomme.“

„Ich geh gleich mal kurz bei ihr vorbei“, versprach ich.

„Ich bin dir unendlich dankbar.“

Ich aß den kalt gewordenen Rest meines Strammen Max. Vielleicht war Ingrid nicht zu Hause, und ich würde mich mit einem unter der Tür durchgeschobenen Zettel aus der Affäre ziehen können. Ich hatte Ingrid seit der Party nicht mehr gesehen und verspürte, so feige es auch war, keine Lust auf weitere Treffen und Komplikationen.

Es wurde allmählich dunkel, als ich mich auf den Weg machte. In Jennifers Heuschober brannte Licht, und ich dachte daran, dass Peter wahrscheinlich deshalb mich und nicht Jenny angerufen hatte, weil er besser wusste als ich, dass sie Tommy nicht allein lassen konnte oder womöglich Gefahr liefe, diesem Grapscher von Bokhof auf dem Deich zu begegnen.

Unser Deichabschnitt bildete eine für den Durchgangsverkehr sinnlose Schlaufe neben dem Rijksweg. Man sah hier kaum andere Fahrzeuge als die der Anwohner, und daher nahm ich an, dass auch der Wagen, der mir entgegenkam, zu einem der Deichhäuser gehörte. Es war ein dickes amerikanisches Modell, ein Pontiac. Ich trat an den Straßenrand, um ihn vorbeizulassen, doch der Fahrer hielt neben mir an. Zigarrenrauch quoll in dicken Schwaden heraus, als der Mann im Fond sein Fenster hinuntersummen ließ. „Hallo?“, sagte er.

Ich beugte mich nach vorn, erkannte aber im Zigarrenrauch und dem dunklen Interieur wenig mehr als ein bartloses Gesicht und das Glänzen von Gold im Gebiss. „Ich suche eine Juffrouw Kramer“, sagte er. „Sie muss hier irgendwo wohnen.“

„Der Name sagt mir nichts“, antwortete ich. „Haben Sie keine genaue Adresse?“

„Es soll ein kleines Haus am Lingedeich sein.“

„Ach so. Dann sind Sie hier falsch. Das hier ist der Polderdeich. Der Lingedeich fängt hinter der Brücke an.“ Ich zeigte in die entsprechende Richtung. „Fahren Sie einfach geradeaus weiter, und überqueren Sie die Straße, die zur Brücke führt, dann kommen Sie automatisch wieder zurück zum Fluss.“

Der Mann murmelte etwas, das „Okay“ oder auch „Fall doch tot um“ hätte heißen können, und das Fenster summte wieder nach oben. Der Pontiac verschwand in der Dämmerung.

Ingrid wirkte ziemlich gereizt, als sie die Tür mit einem ungeduldigen Ruck aufriss, doch ihr Gesichtsausdruck hellte sich auf, als sie mich sah. „Max!“ Sie nahm mich an der Hand, zog mich hinein und schloss die Tür.

Ich schaute ihr in die verführerischen Augen. „Ich komme nur auf einen Sprung vorbei. Dein Telefon funktioniert scheinbar nicht.“

„Wie kommst du darauf?“

„Peter hat versucht, dich zu erreichen.“

Sie hob die Augenbrauen. „Hat er dich etwa angerufen?“

„Er geht noch mit seinem Herausgeber in Amsterdam essen und hat morgen früh gleich wieder einen Termin. Du kannst ihn später im Hotel erreichen.“

„Mist!“, rief sie laut. „Der hat vielleicht Nerven.“ Sie drehte sich um und ging zur Küchentür.

„Ich kann nicht bleiben“, sagte ich. „Ich habe noch einen Haufen Arbeit.“

Sie zog einen Schmollmund. Ich konnte sie kaum noch anschauen, ohne dabei Peters sklavisch anbetenden Augen zu sehen. Schließlich zuckte sie verstimmt mit den Achseln. „Dann schau doch bitte wenigstens mal nach dem Telefon.“

„Wo ist es denn?“

„Auf Peters Schreibtisch. Du kennst ja den Weg. Ich muss mal kurz nach oben“, sagte sie und verschwand über die breite Holztreppe.

Bei dem Telefon handelte es sich um ein solides Telecomgerät. Ich nahm den Hörer ab, doch die Leitung war tot. Ich folgte dem Kabel und sah, dass der Stecker herausgezogen war. Ich schloss das Telefon wieder an und kehrte in den Eingangsflur zurück.

Ingrid kam mit einer Reisetasche herunter.

„Der Stecker war herausgezogen“, sagte ich.

„Mist“, sagte Ingrid. „Das macht er oft, wenn ihn die Inspiration überkommt. Er hat heute Morgen gearbeitet.“

Ich nickte nur und ging ihr voraus zur Tür. „Na dann, bis bald“, begann ich, aber sie folgte mir nach draußen und schloss die Tür ab. Sie ging zielstrebig zur Garage hinüber und zog eines der Rolltore hoch, hinter dem ein roter Honda stand. Sie wirkte ein bisschen nervös.

„Wo willst du denn hin?“

„Ich habe keine Lust, alleine zu Hause zu hocken. Ich fahre zu Sigrid. In Tiel gibt es gemütliche Kneipen. Ich übernachte bei ihr. Wärst du so nett und würdest das Tor hinter mir zumachen?“ Sie legte mir eine Hand auf die Schulter und gab mir einen Kuss.

„Trink nur nicht zu viel.“

„Ach was.“ Sie warf ihre Tasche hinten in den Honda hinein. „Ich muss morgen früh um acht Uhr zu Hause sein, ich habe versprochen, auf Tommy aufzupassen. Jennifer hat um zehn Uhr irgendeine Verabredung in Amsterdam.“

Ingrid lächelte mir zu, stieg in den Honda und fuhr ihn aus der Garage heraus. Ich zog das Rolltor für sie zu und schaute ihr nach, als sie ziemlich schnell über den Deich davonfuhr.

ZWÖLF Stunden später hämmerte sie aufgeregt an mein Küchenfenster. „Max, Max! Komm schnell!“

Ich ließ die Zeitung auf den Frühstückstisch fallen und rannte quer durch das Haus zur Hintertür. „Was ist denn los?“

„Ich höre Tommy weinen, aber Jennifer macht nicht auf …“ Schon lief Ingrid los, und ich folgte ihr zu Jennys Vordereingang. Ich hörte das Kind weinen; es schien von oben zu kommen. Ich schob Ingrid beiseite, probierte, ob sich die Tür öffnen ließ, und schaute durch die kleinen Scheiben hinein. „Hast du keinen Schlüssel?"

„Nein. Vielleicht …"

„Warte mal." Ich lief um den Heuschober herum. Jennifers kleiner Peugeot stand an seinem Platz unter dem Schutzdach. Eine Scheibe in der Hintertür war kaputt. Ich hielt Ingrid zurück, als sie die Hand nach dem Türknauf ausstreckte. „Nichts anfassen!"

Ich wickelte mir ein Taschentuch um die Hand, bevor ich durch das kaputte Fenster griff. Ich fühlte einen runden, geriffelten Knopf, mit dem man die Tür von innen verriegeln konnte. Ich drehte ihn auf, zog meine Hand zurück und legte mein Taschentuch auf den Türknauf, bevor ich öffnete. Das Kind hörte nicht auf zu weinen. Hier stimmte etwas ganz und gar nicht.

Ingrid stand mit vor Schreck geweiteten Augen neben mir. „Warte hier", sagte ich.

Ich betrat den Abstellraum, drückte die Tür hinter mir zu und benutzte mein Taschentuch, um die Tür zum Wohnraum zu öffnen. Vielleicht hörte Tommy mich, denn das Weinen in der oberen Etage verstummte plötzlich. Jennifer lag auf den Fliesen vor der Anrichte, den Kopf in einer Pfütze aus geronnenem Blut.

Ich hockte mich neben sie und befühlte ihren Hals. Ich konnte nichts mehr für sie tun, sie war tot. Jemand hatte ihr mit einem schweren Gegenstand auf den Hinterkopf geschlagen. Ihre kurzen Haare waren mit dem getrockneten Blut zu einer dunklen Matte verklebt.

Es musste in der Nacht geschehen sein, doch es brannte kein Licht. Auf den Fliesen lagen dünne Glasscherben, und Jennifers Finger umklammerten den Kunststoffhandgriff einer Glaskaffeekanne. Die Metallklammer hing noch daran. Außer der zerbrochenen Kaffeekanne gab es keine Spuren eines Kampfes, alles stand an seinem Platz.

Ich sah keine Mordwaffe.

Ich ging hinauf ins Halbgeschoss. Wahrscheinlich hörte Tommy das Knarren der Treppe, denn er fing an zu rufen und an die Tür zu hämmern. „Mami! Mami!"

Die Tür war abgeschlossen, aber der Schlüssel steckte. Ich hielt das Taschentuch um die Finger gewickelt und drehte ihn um. Tommy trippelte rückwärts, als ich vorsichtig die Tür öffnete. Sein Gesicht war rot und nass. Er erschrak, als er mich anstatt seiner Mutter sah, und fing wieder an zu weinen. „Mami!"

„Nicht weinen, du kommst jetzt mit mir.“ Ich steckte mein Taschentuch ein und nahm ihn auf den Arm. Er war nass und schmutzig und stank nach voll gemachter Windel. Ich zog rasch eine kleine Decke aus seinem Bett und wickelte ihn darin ein, bevor ich ihn zur Balkontür trug. Offensichtlich wurde die Tür selten gebraucht, denn ich musste mit der Faust gegen die Knöpfe der schweren Riegel oben und unten schlagen, um sie bewegen zu können. Draußen starrte Ingrid ängstlich nach oben, als ich mit Tommy auf dem Bretterboden erschien und ihn die Holztreppe hinuntertrug. „Was ist denn passiert?“

Ich drückte ihr Tommy in die ausgestreckten Arme. „Nimm ihn mit, er braucht eine saubere Windel.“

Tommy klammerte sich an ihr fest, und Ingrid presste sein blondes Köpfchen an sich. „Ist irgendwas mit Jen?“

„Später. Kannst du ihn tragen? Er muss erst hier weg.“

Sie starrte mich zwei Sekunden lang entsetzt an und rannte dann mit ihrer Last den Deich hinauf. Ich unterdrückte meinen Impuls, den Tatort näher zu untersuchen, und eilte nach Hause, um die Polizei anzurufen.

In weniger als zehn Minuten waren die Beamten zur Stelle. Sie waren so vernünftig, kein unnötiges Aufsehen zu erregen und weder Sirenen noch Blaulicht einzuschalten. Sie kamen zu zweit: ein älterer Brigadier und ein jüngerer Kollege.

„Haben Sie uns angerufen?“, fragte der Brigadier.

„Ja. Mein Name ist Max Winter, ich wohne im Nachbarhaus …“

„Brigadier Stelling.“ Er ignorierte meine ausgestreckte Hand. „Sie sind drin gewesen?“

Ich nickte. „Die Hintertür ist offen.“

„Okay, warten Sie einen Moment hier.“ Der Brigadier zog ein paar Plastikhandschuhe aus einer Seitentasche seiner Uniform und winkte seinen Kollegen Jennifers Einfahrt herunter. Er verschwand hinter dem Haus, während der Kollege die Einfahrt mit Flatterband absperrte.

Der Brigadier kam zurück und sagte zu seinem Kollegen: „Ruf den Spa an. Er soll auch direkt den Arzt und die Spurensicherung vorbeischicken und den stellvertretenden Staatsanwalt in Tiel informieren.“

Der junge Beamte wurde nervös. „War es Mord?“

„Die Frau ist tot, und sie ist nicht an natürlichen Ursachen gestorben.“

Der Kollege eilte zum Streifenwagen und fing an, ins Funkgerät zu sprechen. Brigadier Stelling bedeutete mir, ihm zu meiner eigenen Einfahrt zu folgen.

„Okay, Meneer Winter, Sie sind also drin gewesen?“

„Ja, ungefähr vor einer halben Stunde."

„Haben Sie etwas angefasst?"

„Ich habe mein Taschentuch benutzt."

Er hatte schiefergraue Augen, mit denen er mich argwöhnisch musterte. „Warum?"

„Ich bin ein ehemaliger Kollege."

Der Brigadier verzog keine Miene. „Hatten Sie die Vermutung, dass etwas nicht in Ordnung war?"

„Ja, natürlich. Eine Nachbarin, die ein paar Häuser weiter wohnt, alarmierte mich, weil das Kind jämmerlich weinte und Jennifer ihr nicht aufmachte."

„Wo waren Sie heute Nacht?"

„Zu Hause." Ich zeigte mit dem Daumen über die Schulter.

„Haben Sie irgendetwas gehört oder gesehen?"

Ich schüttelte den Kopf. Vom Dorf her näherten sich Autos über den Deich. Der Brigadier hatte es auf einmal eilig. „Okay, Meneer Winter. Es wäre nützlich, wenn Sie nach Hause gehen und dort bleiben würden, bis jemand von uns kommt, um Ihre Aussage zu Protokoll zu nehmen."

Zwei Fahrzeuge hielten hintereinander am Straßenrand. Aus dem ersten Wagen stieg ein Mann mit Arztkoffer, aus dem zweiten eine hoch gewachsene Gestalt in Zivil, wie ich vermutete der Seniorprojectagent oder kurz Spa.

Ich stand auf der falschen Seite des Absperrbandes. Das war ein komisches Gefühl, aber der Brigadier hatte natürlich Recht. Ich durfte mich nicht einmischen.

Ich blieb stehen, als ich Bokhof über den Deich auf die Szenerie zugehen sah. Ein Kleinbus der Spurensicherung traf ein, und zwei Männer und eine Frau eilten mit kleinen Koffern und Kameras bewaffnet zum Heuschober.

Bokhof kam zu mir herüber. „Weißt du, was passiert ist?"

Warum duzte er mich plötzlich? „Ihre Mieterin ist heute Nacht ermordet worden."

„Was? Oh, mein Gott!" Bokhof biss sich auf die Lippen, das Blut stieg ihm zu Kopfe, und er wandte sein Gesicht ab in Richtung Fluss. Ich konnte nicht ausmachen, ob sein Erschrecken echt oder gespielt war. Ihm war natürlich sofort klar, dass der Verdacht automatisch auf ihn fallen würde.

„Wer hat das getan? Oder weiß man das nicht?" Seine Stimme zitterte ein wenig.

„Das dürfen Sie nicht mich fragen."

Bokhof holte tief Luft und wies mit einem Kopfnicken zum Heuschober hinüber. „Und was ist mit ihrem Kind? Ist das noch drin?"

„Tommy ist bei Mevrouw Brack."

Sein Blick suchte in der Ferne Ingrids Haus. „Die wird ihn bestimmt behalten wollen. Kommen die später auch noch zu dir?"

„Die Polizei? Ich denke schon. Alle Nachbarn werden verdächtigt. Der eine mehr, der andere weniger."

Er verstand haargenau, was ich meinte. Seine Augen verengten sich, er brachte sein Gesicht unangenehm dicht vor meines und zischte: „Dann sollten die Nachbarn sich vielleicht untereinander ein bisschen helfen!"

„Hatten Sie eine bestimmte Art der Nachbarschaftshilfe im Auge?", fragte ich nach einer kurzen Pause.

Bokhof zögerte keine Sekunde. „Die brauchen nicht unbedingt zu wissen, dass ich auf der Party ein bisschen Ärger mit ihr hatte. Oder dass du später knutschend mit ihr auf dem Deich gestanden hast und anschließend mit ihr reingegangen bist."

Perplex starrte ich ihn an und dachte gleichzeitig, dass Jennifers Angst vor ihm also durchaus berechtigt gewesen war. Bokhof hatte sich an jenem Abend tatsächlich in der Nähe verborgen gehalten. Wahrscheinlich begriff er noch nicht einmal, dass er das hiermit implizit zugab und sich dadurch noch verdächtiger machte.

Mir wurde rechtzeitig klar, dass ich überhaupt keine Lust auf ein Streitgespräch mit Bokhof hatte. Ich zählte bis fünf und sagte: „Vielen Dank für das Angebot, aber Sie brauchen mich nicht zu schonen." Ich lächelte ihn an und ließ ihn stehen.

ICH SASS gerade an meinem Schreibtisch, als ich den Kriminalbeamten in Zivil zusammen mit einem uniformierten Polizisten ums Haus kommen sah. Ich öffnete die Schiebetür. Er stellte sich als Marcus Kemming von der Kripo Geldermalsen vor.

„Sie sind der Spa, nehme ich an? Brigadier oder Inspecteur?"

Er zog die Augenbrauen hoch. „Ach ja, mein Kollege hat mir erzählt, dass Sie ein ehemaliger Polizist sind. Ich bin Brigadier. Das hier ist der Kollege Kapman. Dürfen wir hereinkommen?"

Wir gingen hinauf in die Wohnzimmerebene. Kemming war ein hagerer Mann, dessen grauer Haarschopf auf eine Abneigung gegen Friseure schließen ließ. Er hatte ein schmales Gesicht mit tief liegenden, stechenden Augen.

„Seit wann wohnen Sie hier?", fragte er.

„Seit knapp zwei Wochen."

„Leben Sie allein?"

Ich nickte.

„Wo waren Sie heute Nacht?"

Ich wies mit dem Daumen nach oben. „Im Bett."

„Auch allein?"

„Ja."

„Wie gut kannten Sie Ihre Nachbarin?"

„Ich habe sie nur flüchtig gekannt."

Kemming verschränkte die Arme und schaute mich weiterhin schweigend an. Seine rötlichen Augen hatten etwas Beunruhigendes. „Was genau haben Sie bei der Polizei in Amsterdam gemacht, Meneer Winter?"

„Ich war bei der Kripo, genau wie Sie."

Durch das Seitenfenster nahm ich Bewegungen am Ende der Hecke wahr. Jennifer verließ ihr Zuhause, auf einer Bahre, unter einem moosgrünen Laken.

Es fühlte sich wie ein Abschied an. Jennifer wohnte nicht mehr hier und hinterließ eine Art Leere. Ich versuchte meiner Gereiztheit Herr zu werden. Kemming konnte ja auch nichts dafür. „Sie könnten sich eine Menge Spekulationen ersparen, wenn Sie meine früheren Kollegen in Amsterdam anrufen oder meine Akte anfordern würden", sagte ich dennoch.

„Hat Ihre Nachbarin in letzter Zeit Besuch gehabt, oder haben Sie Unbekannte bei ihr gesehen?"

„Nein."

„Ist Ihnen etwas anderes Ungewöhnliches aufgefallen?"

Ich dachte an Bokhof, hielt aber den Mund. „Ich wohne noch nicht lange genug hier, um beurteilen zu können, was ungewöhnlich ist."

Ingrid erschien auf dem Deich, als wolle sie meine Behauptung Lügen strafen. „Einen Augenblick", sagte ich und eilte zur Terrassentür.

Ingrid hatte ein rosiges Gesicht und war ein bisschen außer Atem. Sie hatte eine große Einkaufstasche aus Bast dabei. „Ich suche Brigadier Kemming, der Streifenpolizist hat behauptet, er wäre hier."

Ich ließ sie herein. „Wie geht es Tommy?"

„Noch weiß er von nichts." Ingrid biss sich auf die Lippen, holte tief Luft und ging hinauf ins Wohnzimmer, wo Kemming des Herumstehens noch immer nicht müde geworden war. Ich stellte ihr den Brigadier vor und erklärte das eine oder andere.

„Ist schon jemand bei Ihnen gewesen?", fragte Kemming.

„Nein, aber ich brauche ein paar Anziehsachen und andere Dinge für

Tommy, und der Beamte nebenan sagte, ich müsste Sie vorher fragen."

Kemming nickte. „Ich glaube nicht, dass das ein Problem ist; ich muss nur kurz nachschauen, ob die Spurensicherung schon abgeschlossen ist."

Ingrid fuhr sich mit der freien Hand durchs Haar. Sie wirkte nervös. „Ich habe noch eine Frage", begann sie.

„Ich komme sowieso später bei Ihnen vorbei", sagte Kemming. „Hat es bis dahin Zeit?"

Sie schüttelte den Kopf. „Es geht um Tommy." Mit einer Handbewegung auf mich deutend, fuhr sie zögernd fort: „Max … Meneer Winter weiß, dass ich immer auf ihn aufpasse und dass Jennifer gerne wollte, dass ich für ihn sorge … Ist es in Ordnung, wenn er bei mir bleibt?"

„Ich bin froh, dass er zumindest vorläufig untergebracht ist", sagte Kemming. „Wissen Sie, wer der Vater ist?"

„Keine Ahnung." Ingrid schüttelte ihr blondes Haar. „Ich habe Jennifer hin und wieder danach gefragt, aber sie wollte nie darüber sprechen. Vielleicht wusste sie es selbst nicht. Soweit ich weiß, hat sie auch keine Verwandten. Mein Mann und ich lieben Tommy, ich bin es gewöhnt, für ihn zu sorgen, er könnte es nirgendwo besser haben, nicht wahr?" Ihre Augen bettelten mich um eine Bestätigung ihrer Worte an.

„Allerdings", sagte ich zustimmend. Ingrid lächelte dankbar.

Kemming zuckte mit den Schultern. „Ich sehe da kein Problem, solange nichts über eventuelle Verwandte bekannt ist. Ich informiere das Jugendamt; die werden Kontakt mit Ihnen aufnehmen, und mit denen müssen Sie dann das Weitere besprechen. Lassen Sie uns erst einmal die Sachen für den Kleinen holen gehen, ich begleite Sie."

Er ließ Ingrid vorausgehen und folgte ihr. „Kommen Sie danach noch einmal zu mir?", fragte ich.

Der Brigadier blickte sich an der Tür um und schüttelte den Kopf. „Ich glaube, wir sind vorläufig fertig, aber wenn Ihnen noch etwas Nützliches einfällt, wüssten wir natürlich gerne Bescheid."

Seine Haltung blieb kühl, fast feindselig. Und sehr amtlich, trotz seiner ungekämmten Landstreichermähne. Gewiss kein Mann, der mit plötzlichen Eingebungen spielte oder gewagte Theorien entwickelte.

INGRID rief noch am selben Nachmittag an. „Peter ist jetzt zu Hause. Wir würden gerne mit dir reden, hättest du einen Moment Zeit für uns?"

„Das klingt ja nach einem Problem", antwortete ich, nur halb im Scherz. „Ist es euch lieber, wenn ich zu euch komme, oder hast du einen Babysitter für Tommy?"

„Er schläft, und die Putzfrau ist noch da. Wir kommen bei dir vorbei."

Es tat mir Leid um Jennifer. Ich war ihr nur zweimal begegnet, aber diese beiden Male hatten mir genügt, um sie als nette Nachbarin einzuschätzen, unschuldig und ein wenig undurchschaubar. Außerdem hatte sie diesen blonden Dreikäsehoch, und sie hatte sich mir anvertraut.

Wahrscheinlich war ich gerade im Bett gewesen, als jemand ihr in nur fünfzig Meter Luftlinie Entfernung den Schädel eingeschlagen hatte. Sie war noch angezogen gewesen, vielleicht hatte sie sich noch eine späte Sendung im Fernsehen angeschaut. Nach meiner ersten Einschätzung war sie seit ungefähr acht Stunden tot gewesen. Damit wäre sie gegen Mitternacht gestorben, was eigentlich ziemlich spät war, um noch Kaffee zu kochen, es sei denn, dieser wäre für den unerwarteten Besucher bestimmt gewesen. Das wiese darauf hin, dass sie ihren Mörder gekannt und freiwillig hereingelassen hatte, was allerdings im Widerspruch zu der eingeschlagenen Scheibe in der Hintertür stand. Eine merkwürdige Ungereimtheit. Am merkwürdigsten empfand ich jedoch, dass ich direkt nebenan wohnte und es trotzdem nicht mein Fall war.

Peter sah aus, als sei er bis zum frühen Morgen im Amsterdamer Nachtleben versackt. Ingrid wirkte nervös und angespannt.

„Da komme ich nichts ahnend nach Hause …" Peter schüttelte den Kopf. „Das war vielleicht ein Schock."

Ich ließ sie am weißen Tisch in der Küche Platz nehmen und setzte Teewasser auf. „Hat die Polizei schon mit dir geredet?", fragte ich Peter.

„Nein, nur mit Ingrid, bevor ich nach Hause gekommen bin. Ich kann denen ja sowieso kaum weiterhelfen, schließlich war ich in Amsterdam. Aber es ist wirklich furchtbar, Jenny war so eine nette Frau, sie hatte nichts Böses an sich. Wer ist bloß zu so was fähig? Und aus welchem Grund?"

Ich nickte. Tja. Peter tastete nach dem Kopf seiner Pfeife, die aus der Brusttasche seines Cordsakkos herausschaute. „Darf ich?"

„Nur zu. Ingrid, nimm dir eine Praline."

Ingrid schüttelte den Kopf. Sie packte den Stier bei den Hörnern. „Wir würden gerne deine Meinung zu einer bestimmten Sache hören, die Peter und ich uns überlegt haben. Es geht um Tommy." Sie schaute mich ein wenig flehend an. „Ich wollte eigentlich nicht unbedingt Kinder haben, aber Tommy …"

Ich begann zu vermuten, dass ihre geröteten Wangen und ihr nervöses Verhalten etwas mit hoffnungsvollen Zukunftsaussichten zu tun hatten. „Tommy ist eine Ausnahme?"

„Ich weiß nicht, wie das genau vor sich geht, was alles möglich ist oder nicht, aber ich bin mir sicher, dass es Jennifer recht wäre …" Ingrid biss sich auf die Lippen.

„Du meinst, dass du ihn adoptieren möchtest?", fragte ich.

„Nicht nur ich, wir beide möchten das."

Ich schaute Peter an. Die Ellbogen auf dem Tisch abgestützt, schwieg er, nickte zustimmend und nuckelte an der Pfeife. „Ich verstehe nicht so recht, was ich damit zu tun habe", sagte ich. „Ich glaube, ihr solltet euch darüber besser mit dem Jugendamt unterhalten."

Ingrid brauste auf. „Du weißt doch genauso gut wie wir, was Jennifer gewollt hätte!" Sie klang aggressiv und verzweifelt. „Du hast doch gehört, was sie auf meinem Geburtstag gesagt hat."

Natürlich erinnerte ich mich an das Gespräch, genauso wie ich mich an die merkwürdige Aura der Schicksalhaftigkeit und Unausweichlichkeit erinnerte, die Jennifer umgeben hatte. „Es spielt keine große Rolle, ob ich bei irgendetwas dabei war oder nicht", sagte ich zurückhaltend. „Bestimmt hat Jennifer Angehörige, und ihr Sohn hat einen Vater, der vielleicht auch etwas dazu sagen möchte, wenn er ausfindig gemacht worden ist."

Peter nickte zustimmend und hob die Hand. „Genau deswegen sind wir hier."

„Ich kann dir nicht folgen."

„Du bist doch Privatdetektiv, oder?", fragte Ingrid ein wenig schnippisch.

Ich runzelte die Stirn. „Woher weißt du das?"

„Wir bezahlen dich für die Zeit, die du investierst, schließlich verdienst du damit deine Brötchen", sagte Peter, bevor seine Frau antworten konnte. „Nachforschungen, nicht wahr?" Er lachte.

Ich versuchte, ihn zu bremsen. „Die Polizei kann Tommys Vater schneller aufspüren als ich. Wahrscheinlich meldet sich der Mann von selbst, wenn er in der Zeitung liest, was passiert ist."

„Oder auch nicht", warf Ingrid ein. „Wir müssen auch herausfinden, ob sie andere Angehörige hatte. Die Polizei hat noch niemanden aufgespürt."

„Woher weißt du das?"

„Ich habe den Brigadier gefragt."

Peter klopfte mit seiner Pfeife auf den Aschenbecher und stand auf. „Du weißt, wie du vorgehen musst, und als ehemaliger Polizist kannst du besser mit der Polizei umgehen als wir. Sag einfach, was du für deine Arbeit bekommst, okay? Oder hast du zu viel zu tun?"

„Nein, daran liegt es nicht, ich frage mich nur …"

Ingrid erhob sich ebenfalls. „Ich muss los, die Putzfrau geht gleich nach Hause." Ihr Selbstvertrauen kehrte zurück, und sie lächelte mich verführerisch an. Ich dachte daran, wie sie schon einmal hier in der Küche gestanden hatte, nur mit meinem Bademantel bekleidet, damals, als alles noch spontan schien. Irgendetwas hatte sich verändert, ich wusste nicht genau, was es war. „Max, bitte lass uns nicht im Stich!", bat sie.

Ich versprach es ohne rechte Überzeugung.

Ich begleitete sie hinaus auf die Terrasse. Es war ein herrlicher Nachmittag, die Sonne schien. Die Junihitze flirrte über den Obstplantagen.

Ich wollte gerade wieder hineingehen, als ich hastige Schritte über die Pflastersteine der Einfahrt zurückkommen hörte. Peter. Er blieb vor der Terrasse stehen, einen halben Meter unter mir. Er hielt die Pfeife noch in der Hand und hatte Flecken im Gesicht. „Max …"

„Peter. Hast du was vergessen?"

Er schüttelte den Kopf. „Nein, ich wollte dir nur noch kurz sagen, so unter Männern …" Seine Nasenflügel bebten. Ich begriff, worauf er hinauswollte, und ich genierte mich für ihn, ein Gefühl, das mich öfter überkommt, wenn sich Leute in der Öffentlichkeit lächerlich machen. „Ingrid muss selber wissen, was sie tut", brachte er schließlich hervor. „Sie kann machen, was sie will, ich habe kein Problem damit." Er biss die Zähne zusammen, und seine Stimme klang gezwungen, als er fortfuhr: „Allerdings solltest du vielleicht ein bisschen daran denken, wenn sie dich bittet, ihr dabei zu helfen, dieses Kind zu adoptieren."

Ich schaute ihn erstaunt an. Erpressung war wirklich das Letzte, womit ich gerechnet hatte.

Seine Hände zitterten, als er seine Pfeife in die Brusttasche steckte. Sein immer röter werdendes Gesicht ließ ahnen, dass er durchaus zu hitzigen Wutanfällen imstande war.

„Du hast ja keine Ahnung, wie wichtig das für sie ist. Ich wollte nur, dass du es weißt."

Ich war sauer. „Peter, das ist doch absolut … Ich hätte euch gerne geholfen, aber Erpressung ist ein rotes Tuch für mich!"

Peter schüttelte den Kopf. „Was für ein böses Wort …"

„War es Ingrids Idee, dass du noch einmal zurückkommen solltest, um mir so einen Mist aufzutischen?"

Er verlor die Beherrschung. „Natürlich nicht, und es ist auch absolut nicht meine Absicht …"

„Hör bloß auf! Du kannst froh sein, dass ich nicht so empfindlich bin, aber wenn ich jetzt überhaupt noch einen Finger krumm mache, dann für Ingrid und nicht für dich!" Ich dachte an Bokhof. „Ganz im Sinne der

Nachbarschaftshilfe. Du weißt schon. Ich hätte es sogar umsonst getan, aber jetzt kannst du Gift darauf nehmen, dass ich dir jede Stunde und jeden gefahrenen Kilometer in Rechnung stellen werde!“

Er war so vernünftig, keine weiteren dummen Bemerkungen zu machen. Er nickte und machte sich auf den Weg.

IN JENNIFERS Heuschober herrschte ein ständiges Kommen und Gehen, und am späten Nachmittag stand die Polizei auch wieder vor meiner Tür. Diesmal wurde der Spa von einer energisch aussehenden aschblonden Dame begleitet, die ein gerade geschnittenes, ziemlich unweibliches Kostüm in Marineblau trug. Sie stellte sich mürrisch als Bea Rekké von der Kripo Tiel vor und ignorierte meine ausgestreckte Hand.

Ich führte sie in die Küche und sagte: „Ich wollte Sie gerade anrufen.“

„Weshalb?“, fragte die Dame. Kemming setzte sich auf einen Stuhl mir gegenüber, doch die Rekké blieb stehen.

„Um nachzufragen, ob schon etwas über die Angehörigen von Jennifer van Maurik bekannt ist.“

Ausdruckslos erwiderten sie meinen Blick. „Warum?“, fragte Kemming.

Ich lächelte freundlich. „Weil das Ehepaar, das sich ihres Sohnes angenommen hat, mich darum gebeten hat. Es gehört zu meinem Beruf, den Aufenthaltsort von Leuten zu ermitteln.“

„Sie sind Privatdetektiv, nicht wahr?“, fragte Bea Rekké eine Spur herablassend.

Ich nickte und schaute Marcus Kemming an. „Haben Sie Mevrouw Brack erzählt, dass ich früher bei der Polizei war?“

Kemming schüttelte den Kopf. „Warum sollte ich?“

„Ich habe mich nur gefragt, woher sie das wusste. Ich hänge das nicht gerade …“

Bea Rekké unterbrach mich mit der ältesten Polizeiphrase der Welt: „Haben Sie etwas dagegen, wenn wir hier die Fragen stellen?“

Ich spürte, wie mein Lächeln gefror. Ich wartete einen Augenblick und sagte dann mit einer freundlichen Geste: „Es täte mir nur Leid, wenn ich Ihren Ermittlungen in irgendeiner Art und Weise in die Quere käme. Wie soll ich Sie ansprechen, mit Rechercheur, Inspecteur, Hoofdcommissaris?“

Sie verzog keine Miene. „Sie arbeiten für den Amsterdamer Staatsanwalt Meulendijk?“

„Exstaatsanwalt. Ja, ab und zu, für sein Ermittlungsbüro.“

„Warum sind Sie hierher gezogen?“

Ihre Stimme war unangenehm, unnötig aggressiv. Sie versuchte, mich in die Defensive zu drängen und zu provozieren.

„Ich glaube nicht, dass mein Umzug irgendetwas mit Ihren Ermittlungen zu tun hat."

„Sie müssen es schon uns überlassen, was für unsere Ermittlungen wichtig ist und was nicht", sagte die Rekké und fragte rundheraus: „Welche Beziehung hatten Sie zu Jennifer van Maurik?"

So langsam hatte ich genug von diesem Weib, aber ich wusste jetzt, worauf sie hinauswollte.

Ich hielt mich zurück und schenkte ihr mein freundlichstes Lächeln. „Glauben Sie etwa, dass die arme Jennifer der Grund dafür war, warum ich hierher gezogen bin?"

„Ist eine einfache Antwort zu schwierig für Sie?" Sie ließ sich nicht aus dem Konzept bringen. „In welcher Beziehung standen Sie zu Jennifer van Maurik?"

Mein freundliches Lächeln verursachte mir schon Kiefermuskelkrämpfe. „Jennifer war meine Nachbarin, ich bin ihr zweimal begegnet. Einmal hier und einmal auf einer Party bei der Familie Brack. Beim dritten Mal lag sie tot auf dem Küchenfußboden."

„Und Sie haben nichts angefasst?"

Ich runzelte die Stirn. „Jetzt hören Sie mir mal gut zu. Ich habe solche Ermittlungen vermutlich öfter durchgeführt als Sie, also verschonen Sie mich mit Ihren Verhörtechniken. Worum geht es hier eigentlich?"

Unter dem Haarflaum auf ihren Wangen stieg eine leichte Röte auf. „Worum es geht, ist, dass Sie laut Ihrer eigenen Aussage Jennifer van Maurik nur einmal hier in Ihrer Einfahrt und einmal auf einer Party getroffen haben, dass Sie nichts mit ihr hatten und auch nichts angefasst haben, als Sie sie tot aufgefunden haben. Ist das richtig?"

„Ja."

Ich kriegte wohl langsam Alzheimer, denn mein Fehler wurde mir erst klar, als sie ihren Trumpf fast hörbar auf den Tisch knallte: „Wie kommt es dann, dass das Haus von Jennifer van Maurik von oben bis unten voll mit Ihren Fingerabdrücken ist?"

Mist. „Tja, das ist mir wohl entfallen", sagte ich ein wenig lahm. „Ich habe sie letzte Woche nach der Party bei den Bracks nach Hause gebracht."

„Das ist Ihnen entfallen?", wiederholte sie. „Und das passiert einem früheren Kripobeamten? Warum haben Sie sie nach Hause gebracht?"

„Warum nicht? Wir wohnten Haus an Haus."

„Aber warum sind Sie denn mit hineingegangen? Wir haben Ihre

Fingerabdrücke nicht nur in der Küche, im Abstellraum und auf der Treppe gefunden, sondern vor allem auch im Schlafzimmer."

Meine eigenen Worte klangen in meinen Ohren lächerlich: „Sie wollte, dass ich ihr Haus nach Eindringlingen untersuche."

Bea warf mir einen mitleidigen Blick zu. „Eindringlinge? Hier bei uns auf dem Land?"

„Ich konnte es auch kaum glauben", sagte ich.

„Der Richter wird ebenfalls so seine Mühe damit haben, vermute ich." Bea blickte hinüber zu dem schweigenden Spa und begann mit einer Zusammenfassung. „Kaum zwei Wochen nachdem Sie hierher gezogen sind, wird Ihre Nachbarin ermordet. Sie haben kein Alibi und geben nur widersprüchliche Aussagen zu Protokoll, voller Ausflüchte und mit Anfällen von Gedächtnisverlust. Meiner Meinung nach würde ein Staatsanwalt zu dem Schluss kommen, dass Sie ein anderes Verhältnis zu Jennifer van Maurik hatten, als Sie behaupten, und dass Sie nicht ausschließlich wegen der Ruhe auf dem Land hierher gezogen sind!"

Ich konnte mir kaum vorstellen, dass Ingrid den Vorfall mit Bokhof auf der Party unerwähnt gelassen hatte. Aber vielleicht wusste sie gar nicht, in welchem Maße Bokhof seine Mieterin belästigt hatte. Jennifer hatte behauptet, sie habe nie mit ihr darüber geredet.

„Es ist mir etwas peinlich", sagte ich und wandte mich dabei an Marcus Kemming. „Schließlich wohne ich erst seit kurzem hier ..."

Doch Bea Rekké ließ sich nicht übergehen und fragte gehässig: „Aha, die Liebe auf den ersten Blick ist wohl ins Gegenteil umgeschlagen?"

Mit einem Ruck drehte ich mich zu ihr um. „Könnten Sie mich vielleicht mal zwei Minuten lang ausreden lassen?"

Ihre Augen blitzten, doch sie verschränkte mit verkniffenen Lippen die Arme vor der Brust.

Ich wartete einige Augenblicke lang und fuhr dann fort: „Wie gesagt, ich wohne erst seit kurzem hier und habe die meisten Nachbarn bisher nur einmal getroffen, nämlich auf dieser Party. Ich äußere nicht gerne Vermutungen über Leute, die ich nicht kenne." Ich schaute Kemming an. „Hat Ingrid Brack etwas über Harm Bokhof erzählt, den Nachbarn von gegenüber?"

„Nein."

Die Polizei würde ohnehin von anderen Partygästen von dem Vorfall erfahren. „Auf der Party wurde Jennifer von Bokhof belästigt. Bokhof stürmte wutschnaubend davon, und dann habe ich Jennifer nach Hause gebracht. Sie hatte Angst, dass der Mann ihr in ihrem Haus auflauern würde. Als Vermieter hat er einen Schlüssel. Um sie zu beruhigen, bin ich zuerst hineingegangen. Ich habe die Lichter eingeschaltet und, während Jennifer unten wartete, auch die Schlafzimmer kontrolliert. Daher stammen meine Fingerabdrücke."

Kemming steckte sein Notizbuch weg und sagte zu Rekké: „Ich glaube, wir sind hier fertig."

Bea Rekké schaute mich an und sagte: „Sie bleiben so lange auf unserer Liste, wie wir es für nötig halten."

„Wie Sie wollen", antwortete ich langmütig. „Ich hoffe, und zwar vor allem für Sie, dass Sie hierüber irgendwann einmal lachen können."

Wieder liefen ihre Wangen unter dem leichten Flaum rot an. Sie war wahrhaftig nicht hässlich. Unter dem Kostüm verbarg sich eine gute Figur. Ein oder zwei freundliche Gedanken hätten ihr Gesicht nicht nur hübsch, sondern sogar sympathisch machen können.

An der Tür drehte sie sich um. „Vielleicht vergeht Ihnen das Lachen, wenn wir zurückkommen, weil Ihre Aussage wieder von vorne bis hinten nicht stimmt."

AM NÄCHSTEN Morgen stand Ingrid wieder vor meiner Tür, diesmal zu einer christlicheren Uhrzeit, nämlich um zehn. Sie sah frisch und blühend aus und hatte das Haar zu einem Pferdeschwanz gebunden.

Ich bat sie, auf der Terrasse Platz zu nehmen, holte die Kaffeekanne und erkundigte mich nach Tommy.

„Peter passt auf ihn auf." Ihre Augen nahmen einen flehentlichen Ausdruck an. „Max, ich möchte Tommy adoptieren. Es wäre ein Segen für unsere Ehe. So, wie es jetzt ist …" Sie wandte verlegen das Gesicht ab und flüsterte: „Ich langweile mich zu Tode."

„Ich glaube nicht, dass das Jugendamt begeistert sein wird, wenn du sagst, dass Tommy dazu dienen soll, dir die Langeweile zu vertreiben."

„Ach, das weiß ich doch, und so ist es ja auch gar nicht!", erwiderte sie heftig. „Schon vom allerersten Tag an war ich Tommys zweite Mutter. Ich habe ihn als Baby versorgt, ich betrachte ihn schon so lange als … na ja, auch als meinen Sohn. Jennifer wäre damit einverstanden."

Ich lächelte sie an. „Ich gönne es dir von Herzen, aber wie ich schon sagte: Ich kann da nur wenig für dich tun."

„Du kannst eine ganze Menge tun, deshalb bin ich hier. Ich bekomme Besuch von einer Mitarbeiterin des Jugendamts. Sie werden sich sowieso bei den Nachbarn über uns erkundigen, aber ich möchte dich gern ausdrücklich als Zeugen angeben, wenn es dir recht ist."

Ich zögerte. „Wenn du meinst, dass das hilft …"

Sie zog einen Umschlag aus der Rocktasche. „Worum es geht, ist, dass du mein wichtigster unabhängiger Zeuge bist, der bestätigen kann, dass Jennifer ihren Sohn am liebsten in meiner Obhut wissen wollte. Du hast daneben gesessen, als sie das sagte. Wir haben uns über den Brief unterhalten, den sie mir im Flugzeug nach Aruba geschrieben hat." Sie wedelte mit dem Umschlag. „Lies ihn ruhig."

Ich wehrte mit einer Geste ab. „Meine Zeugenaussage ist nicht rechtskräftig ohne einen zweiten Zeugen. Du warst zwar auch dabei, aber deine Aussage würde nicht gelten, weil du die profitierende Partei wärst. Der Brief kann dir vielleicht helfen, aber ich würde ihn nur dann anführen, wenn es wirklich nötig ist. Du machst viel zu viel Druck und lässt alles so konstruiert aussehen."

Ich sah, wie sie erschrak. „Meinst du wirklich?"

„Die Behörden reagieren höchstens gereizt und misstrauisch, wenn du sie mit Beweisen und Argumenten nur so bombardierst."

Ingrid lehnte sich zu mir herüber. „Da siehst du, dass ich dich brauche. Ich habe keine Ahnung, wie ich die Sache am besten in Angriff nehmen soll."

„Jetzt mach dir mal nicht zu viele Illusionen. Tommy hat einen Vater, und vielleicht existieren sogar Vereinbarungen für Notfälle …"

Sie nickte heftig. „Deswegen ist es mir ja so wichtig, dass du ihn für uns ausfindig machst. Bitte, Max!"

Ich zuckte mit den Schultern. „Ich weiß nicht, ob das nötig ist. Wenn er Tommy jemals anerkannt hat, ist er irgendwo als sein Vater registriert und taucht von selbst auf. Wenn er nichts von ihm wissen will, bleibt er unerkannt und macht euch keine Schwierigkeiten. Er ist nicht dazu verpflichtet, Tommy als seinen Sohn anzuerkennen."

Ingrid biss sich auf die Lippen und schüttelte den Kopf. Ich sah, wie sie grübelte und sich Sorgen machte. Ihre innere Anspannung war förmlich greifbar. „Und was ist, wenn dieser Mann es sich später einmal anders überlegt? Ich hätte keinen Tag Ruhe."

Ich konnte sie verstehen. „Ich werde es versuchen", versprach ich.

Ich hörte das Postauto und die Klappe meines Briefkastens und begleitete Ingrid den Deich hinauf, um meine Post zu holen. Mein Briefkasten befand sich genau neben Jennifers am Ende der Hecke.

Ingrid öffnete die Klappe von Jennifers Briefkasten und holte einen Umschlag heraus. Sie drehte ihn um und sagte: „Kramer. Kenne ich nicht."

Ich nahm ihr den Umschlag aus der Hand. Der Name des Absenders war auf die Rückseite gedruckt. J. KRAMER, AMSTELVEEN.

Ingrid schaute mich an. „Mach ihn ruhig auf."

Kramer. Hätte der Absender anders geheißen, wäre es mir nicht in den Sinn gekommen, aber jetzt zwängte ich meinen kleinen Finger unter die Umschlagklappe und dachte an die Genugtuung, die meine Fingerabdrücke Bea Rekké verschaffen würden. Im Umschlag steckte ein zusammengefaltetes halbes DIN-A4-Blatt mit ein paar kräftigen handschriftlichen Zeilen.

*Jen, war dein Telefon kaputt? Ist das eine neue Form der Unabhängigkeit, oder muss ich mir Sorgen um dich machen? Ich habe keine Zeit mehr, deshalb nur ein paar Zeilen, um dir zu sagen, dass ich dich nicht vergessen habe. Ich bin eben praktisch nie zu Hause, und das macht die Sache nicht gerade einfach, aber ich halte die Augen für dich offen und ziehe Erkundigungen ein. Okay? Mehr kann ich nicht tun. Halt die Ohren steif, mit der Zeit wird schon alles in Ordnung kommen.*

*Jeroen*

Ich gab Ingrid den kurzen Brief. „Vielleicht ist das der Vater."

Ich achtete auf ihren Gesichtsausdruck, während sie las. Ich sah kein Zeichen des Wiedererkennens.

Fragend hob sie den Blick. „Dieser Mann hat versprochen, irgendetwas für sie zu tun, aber was?"

„Keine Ahnung", antwortete ich. „Außer, dass rein gar nichts in Ordnung gekommen ist."

Mit ernstem Gesicht schaute Ingrid hinüber zum Heuschober. „Meinst du, dass das irgendetwas mit dem Mord zu tun hat?"

Ein Mann in einem Pontiac mit Chauffeur hatte eine Juffrouw Kramer gesucht. Der Vater des Kindes? Ihr Exmann? War van Maurik Jennifers Mädchenname und hatte sie ihn wieder angenommen, um sich vor ihrem Ex zu verstecken? Eine neue Form der Unabhängigkeit? Doch der Mann im Pontiac konnte nicht Jeroen Kramer gewesen sein, denn der kannte Jennifers Adresse. „Was meinst du?"

Sie presste die Lippen zusammen. „Ich meine, sie sollten Bokhof mal auf den Zahn fühlen."

Ich schnaufte und steckte den Brief in die Tasche. „Erst mal werde ich mir diesen Jeroen anschauen. War Jennifer früher mal verheiratet?"

Ingrid dachte nach. „Merkwürdig", sagte sie nach einer Weile. „Ich habe mir nie Gedanken darüber gemacht. Erst jetzt wird mir klar, dass ich eigentlich nichts über Jennifers Vergangenheit weiß."

# 3

Amstelveen war kein Ort, der einen fröhlich stimmte, jedenfalls nicht, wenn man ungeduldig auf der verlassenen Außengalerie im dritten Stock eines Betonmietshauses herumstand und wartete. Ich hatte die Telefonnummer von Jeroen Kramer im Telefonbuch gefunden und versucht, ihn auf diesem Wege zu erreichen. Nachdem ich dreimal an seiner Wohnungstür geschellt hatte, war klar, dass deswegen niemand ans Telefon ging, weil keiner zu Hause war.

Ich ging zur Wohnung nebenan und klingelte. J. Steffens. Es dauerte lange, bis jemand an die Tür kam.

Ein Zigarrenraucher in einem Pontiac war am Abend vor dem Mord auf der Suche nach einer Juffrouw Kramer gewesen. Ich hatte keinen Zusammenhang mit Jennifer van Maurik gesehen, bis die Post diesen Brief gebracht hatte.

Zweimal der Name Kramer, einmal kurz vor und einmal kurz nach ihrem Tod – so viele Zufälle brachten meine Nackenhaare zum Kribbeln.

Was Juffrouw Kramer betraf, konnte ich wenig mehr tun, als das Einwohnermeldeamt anzurufen. Kramer war ein häufig vorkommender Name, doch weder am Polderdeich noch am Lingedeich oder irgendeinem anderen Deich in den angrenzenden Dörfern war jemand mit diesem Namen registriert.

Von dem anderen Kramer gab es jedoch eine Adresse. Die Tatsache, dass ich mich an seine Spuren heftete, ohne die Polizei über seinen Brief zu informieren, lief auf die Unterschlagung von Beweismaterial hinaus. Das schwache Argument, dass man mich engagiert hatte, um Jennifers Familie ausfindig zu machen, wäre nur eine magere Entschuldigung gewesen.

„Ja, bitte?"

Ich drehte mich um. Ein Mann um die dreißig, unrasiert und mit staubigen Haaren. Ich bemühte mich um ein freundliches Lächeln. „Guten Tag. Meneer Steffens? Mein Name ist Max Winter, ich bin auf der Suche nach Ihrem Nachbarn, es tut mir Leid, wenn ich Sie störe …"

„Macht nichts, ich musste sowieso aufstehen." Der Mann hielt die Hand vor den Mund und gähnte. „Ich arbeite im Krankenhaus und habe Nachtdienst. Was wollen Sie denn von Jeroen?"

„Ich muss ihn sprechen."

„In welcher Angelegenheit?“

Ich schaute ihn erstaunt an, anstatt zu antworten.

Der Mann lachte. „Wissen Sie, er würde mir auch keine Schuldner oder Gerichtsvollzieher auf den Hals hetzen.“

Die bessere Art der Nachbarschaftshilfe. Ich nickte. „Meine Nachbarin ist gestern gestorben. Sie hat allein gelebt, und ich bin auf der Suche nach ihren Angehörigen. Der einzige Anhaltspunkt ist ein Brief von Jeroen Kramer; er könnte zum Beispiel ihr Exmann sein.“

„Ich wusste gar nicht, dass Jeroen mal verheiratet war. Wie hieß die Dame?“

„Jennifer van Maurik.“

Steffens schüttelte den Kopf. „Der Name sagt mir nichts. Jeroens Freundin heißt Mirjam.“ Er war nicht unfreundlich, musterte mich aber mit einem Blick, der womöglich weniger verschlafen war, als es schien.

„Falls sie eine Verwandte von ihm war oder eine Freundin, möchte Jeroen sicher wissen, was passiert ist“, sagte ich. „Kann ich ihn irgendwo erreichen?“

Er schaute auf seine Armbanduhr. „Wenn ich richtig liege, muss er am späten Nachmittag los. Warten Sie einen Moment …“

Innerhalb von zwei Minuten war er wieder zurück. „Seine Maschine startet um Viertel nach sechs, aber er kommt in einer halben Stunde in den ‚Wijde Blik‘ und hält nach Ihnen Ausschau.“

„Wie sieht er aus?“

„Er trägt bestimmt seine Uniform. Jeroen ist Flugbegleiter bei der KLM, so ein Typ mit blonden Locken und jungenhaftem Aussehen, der in sämtlichen weiblichen Passagieren Mutterinstinkte weckt. Er erwartet Sie an der Bar.“

Ich dankte ihm lachend. In knapp zwanzig Minuten war ich am Flughafen Schiphol.

Ich erkannte Jeroen Kramer mühelos. Er war höchstens dreißig, wirkte aber jünger. Nachdem wir uns begrüßt hatten, bestellte ich Kaffee.

„Ist etwas mit Jennifer passiert?“, fragte Kramer, als ich mich auf den Barhocker neben ihn gesetzt hatte.

Der Kaffee kam. Ich wartete, bis das Mädchen weg war. „Jennifer ist tot.“

Sein Gesicht, das er mir zugewandt hatte, wurde regelrecht grau; ein merkwürdiger Kontrast zu seiner Jungenhaftigkeit.

„Tot? Das kann doch nicht wahr sein!“

„Sie wurde ermordet.“

„Ermordet?“ In seinem Gesicht erkannte ich Schmerz und etwas wie Schuldbewusstsein. Er wandte sich ab. „Hat es dieser Mann getan?“

„Welcher Mann?“

Er schüttelte den Kopf, zog ein Taschentuch heraus und putzte sich die Nase.

„Aus Ihrem Brief ging hervor, dass sie Sie wegen irgendeines Problems um Hilfe gebeten hatte“, sagte ich.

„Woher wissen Sie, was in meinem Brief stand?“

Ich seufzte. „Ich bin erst vor kurzem in das Haus nebenan eingezogen und habe Jennifer nur zweimal getroffen. Eine andere Nachbarin sollte auf Jennifers Sohn Tommy aufpassen, weil sie nach Amsterdam musste. Sie hat mich gerufen, als auf ihr Klingeln hin niemand aufmachte. Ich habe die Polizei verständigt. Niemand wusste etwas über sie, und man hat mich damit beauftragt, ihre Angehörigen ausfindig zu machen. Ich fand Ihren Brief in Jennifers Briefkasten und war so frei, ihn zu öffnen. Vielleicht hätte ich das der Polizei überlassen sollen, aber dann säße hier jetzt ein Polizist und würde Sie fragen, ob Sie der Vater von Tommy sind.“

Verwirrt erwiderte er meinen Blick. „Der Vater von Tommy?“

„Sind Sie ihr Exmann oder ihr Freund?“

„Ich bin ihr Bruder“, erklärte er.

Aha. Jetzt wurde mir klar, warum er mir irgendwie bekannt vorkam.

„Hat sie noch andere Verwandte?“

Jeroen schüttelte den Kopf. „Jennifer … Was soll ich denn jetzt machen?“ Niedergeschlagen schaute er auf seine Armbanduhr.

„Wenn Sie ihr einziger Verwandter sind, wird es die Polizei gerne sehen, wenn Sie bald mit ihr Kontakt aufnehmen.“ Ich schwieg einen Moment. „Sie muss offiziell identifiziert werden. Und Sie sind der Einzige, der das übernehmen kann.“ Ich zog mein winziges Notizbuch und einen Kugelschreiber aus der Tasche. „Sie können mir schon einmal ihre persönlichen Daten nennen, ihr Geburtsdatum und ihren Geburtsort … War van Maurik der Name ihres Exmannes?“

„Ihres Exmannes?“ Er sah höchst erstaunt aus. „Jennifer war nie verheiratet.“

„Warum hieß sie dann van Maurik?“

Er fing an, sich ein wenig von seinem ersten Schrecken zu erholen. „Irgendwann hat sie sich dazu entschlossen, ihren Namen zu ändern. Damals, als sie nach Rumpt zog.“

„Sich dazu entschlossen? Wie meinen Sie das? Steht dieser Name auch in ihren Papieren? Ich glaube nicht, dass das so ohne weiteres möglich ist.“

„Ich hatte kaum Kontakt zu ihr. Sie hat mir mitgeteilt, dass sie von nun an Jennifer van Maurik heiße. Ich weiß nicht, warum." Er zögerte und fügte hinzu: „Die Polizei wird das natürlich sowieso herausfinden … Jenny ist früher einmal mit dem Gesetz in Konflikt geraten, vielleicht hatte es etwas damit zu tun."

Jennifer Kramer. Juffrouw Kramer, ein Häuschen am Lingedeich. Die beiden Deiche wurden ständig verwechselt, und es war so gut wie sicher, dass der Mann im Pontiac auf der Suche nach meiner Nachbarin gewesen war. Hatte er sie doch noch gefunden, ungefähr um Mitternacht?

„Wissen Sie, wer Tommys Vater ist?"

„Keine blasse Ahnung", antwortete er mit einem bedauernden Gesichtsausdruck. „Wie ich schon sagte, ich habe nur wenig Kontakt …"

Eine Frau rief: „Roen, bist du so weit?"

Ich sah, wie sich der Ausdruck in Kramers Augen veränderte, und drehte mich um.

Eine gut aussehende Stewardess kam vom anderen Ende der Bar auf uns zu. Sie hatte ein schmales Gesicht, rabenschwarzes Haar und einen geschwungenen Schmollmund. „Alle warten schon auf dich." Sie blieb neben uns stehen und lächelte mich abwartend an.

Jeroen sagte mit einer matten Handbewegung: „Das ist Mirjam Senner, meine Freundin."

Ich gab ihr die Hand. „Max Winter."

Mirjam blickte von mir zu Jeroen. „Ist irgendwas?"

„Meine Schwester ist tot."

Ihr Gesichtsausdruck wurde ernst. „Jennifer? Ach …"

„Ich kann nicht mit nach Rio, ich muss …" Jeroen schaute mich an. „Wohin muss ich mich wenden?"

Mirjam sagte: „Wenn jemand für dich einspringen muss, solltest du dich aber beeilen!"

„Am besten an die Polizeidienststelle Geldermalsen. Fragen Sie nach Brigadier Kemming", sagte ich gleichzeitig.

Ich sah, wie Mirjam erschrak. „Zur Polizei?"

„Jennifer ist ermordet worden", erklärte Jeroen.

„Oh, mein Gott!" Mirjam schaute Jeroen erschrocken an. „Ich glaube, ich bleibe auch hier."

„Du fliegst einfach mit wie geplant", sagte Jeroen zu ihr. „Ich komme schon allein zurecht." Er legte Mirjam den Arm um die Schulter und wandte sich an mich. „Vielen Dank, dass Sie mich aufgesucht und es mir gesagt haben. Ich melde mich noch heute in Geldermalsen."

„Ich hätte da noch einige Fragen."

„Ich muss mich jetzt wirklich abmelden, sonst findet die Fluggesellschaft nicht rechtzeitig Ersatz für mich. Ich sehe Sie dann draußen in Rumpt, ich muss doch bestimmt auch ihre Sachen … und die Beerdigung …“

„Sie finden mich im Nachbarhaus“, sagte ich.

BRIGADIER MARCUS KEMMING fand mich vor ihm. Er kam auf meine Terrasse hinauf und klopfte an die Glasscheibe, als ich CyberNel gerade am Telefon bat, herauszufinden, ob Jennifer Kramer irgendwo registriert oder vielleicht vorbestraft war. Ich gab ihr rasch Jennifers Geburtsdaten durch und sagte nur: „Ich muss jetzt auflegen.“

Ich winkte Kemming zu. Er sah mich und griff nach dem Türknauf. Er war allein.

CyberNel protestierte: „Aber ich brauche noch weitere Angaben!“

„Ich kann aber schlecht über das Reinhacken in Polizeicomputer reden, wenn die Polizei gerade zur Tür reinkommt“, flüsterte ich. „Tag, Brigadier, treten Sie näher!“

CyberNel kicherte und legte auf.

Kemming trat zögernd ein. „Der Bruder von Juffrouw van Maurik hat sich bei uns gemeldet, auf Ihr Anraten hin, wie es scheint.“

„Das ging ja schnell. Kaffee, Tee oder ein Glas Bier? Jetzt ist die richtige Zeit für einen Drink, oder sind Sie noch im Dienst?“

Seine stechenden Augen wanderten unsicher hin und her. „Nein, ich habe jetzt frei, und ich dachte, ich fahre noch mal kurz bei Ihnen vorbei. Gerne ein Pils, wenn Sie eins im Haus haben.“

„In Ordnung. Lassen Sie uns raus auf die Terrasse gehen, es ist zu schade, bei diesem Wetter drinnen zu sitzen. Ich komme sofort.“

Ich bedeutete ihm, schon hinauszugehen, und verschwand in der Küche, um für ihn ein Pils und für mich einen kleinen Scotch mit viel Eis zu holen.

Die Sonne stand tief über den Obstplantagen. Kemming ließ, in einem Liegestuhl sitzend, den Blick darüber schweifen. „Ein schönes Fleckchen“, sagte er bedächtig, und dann: „Ich habe mit Bart Simons von der Amsterdamer Kripo telefoniert.“

Ich lächelte: „Bart Simons war mein Partner, bis ich vor vier Jahren ausgestiegen bin.“

Kemming nickte. Ich wusste nicht, worauf er hinauswollte, und wartete einfach ab. „Er hat Sie in den höchsten Tönen gelobt.“

„Ach, ein guter Ruf besagt wenig, außer dass man Glück hatte und alles positiv verlaufen ist.“

Kemming sagte, ohne mich anzuschauen und ein wenig undeutlich: „Ich muss mich für die Kollegin Rekké entschuldigen."

Ich lachte: „Ich hätte mich genauso verhalten wie sie."

Sein Gesicht blieb ernst. „Ich nicht."

Ich trank einen Schluck Whisky und betrachtete ihn fasziniert, weil sein Ton verriet, dass er meinte, was er sagte. Ich begann zu vermuten, dass er ein durch und durch integerer Mann war.

„Sie haben ihren Bruder ja schnell gefunden", sagte er nach einer kurzen Stille.

Ich hatte vergessen, Jennifers Bruder ans Herz zu legen, den Brief nicht zu erwähnen. „Auf Bitten von Mevrouw Brack", erklärte ich, um der Wie-kamen-Sie-auf-den-Bruder-Frage von vornherein auszuweichen. „Sie möchte den Sohn adoptieren, braucht dafür aber das Einverständnis der Familie. Wie Sie wissen, verdiene ich seit meinem Abschied von der Polizei meinen Lebensunterhalt als Privatdetektiv."

Er nickte langsam. „Jedenfalls war uns damit gedient. Ich dachte, ich berichte Ihnen mal kurz vom Stand der Dinge. Zumindest das, was morgen auch die Presse erfährt", sagte er. „Zunächst die Autopsie. Wir haben keine Mordwaffe gefunden, aber das Loch im Schädel könnte von der runden Seite am Kopfende eines mittelschweren Brecheisens verursacht worden sein. Der Tod ist ungefähr um Mitternacht eingetreten."

„Haben Sie verdächtige Fingerabdrücke gefunden? Neben meinen, natürlich?" Ich lächelte aufmunternd.

Na, so was, er erwiderte mein Lächeln. „Nein, nur die von Leuten, die dort auch sonst ein und aus gingen, die vom Ehepaar Brack, von Hausbesitzer Bokhof … Wir haben auch unbekannte Abdrücke gefunden, aber Mevrouw Brack wusste zu berichten, dass der junge Versteeg bei Ihrer Nachbarin zum Kaffeetrinken war. Ich meine Rob Versteeg, dessen Vater die Autowerkstatt kurz hinter der Brücke betreibt. Und sie stammen in der Tat von ihm."

„Aber Rob wird nicht verdächtigt?"

„Nein. Er hat ein wasserdichtes Alibi." Er lächelte. „Nun ja, das ist ungefähr das, was der Presse bekannt gegeben wird."

„Wird der Name Kramer auch bekannt gegeben?", fragte ich.

„Nein, jedenfalls noch nicht." Kemming blickte eine Weile schweigend geradeaus. „Angesichts der Tatsache, dass wir bei den Ermittlungen mit der Polizei in Amsterdam zusammenarbeiten werden …" Er drehte seinen Vogelkopf in meine Richtung. „Werden Sie sich weiterhin mit diesem Fall beschäftigen?"

„Ich weiß nicht, worauf Sie hinauswollen", sagte ich.

„Tja, ich muss eben vorsichtig sein“, antwortete er zurückhaltend. „Ich möchte keine Schwierigkeiten mit dem Rest des Ermittlungsteams bekommen. Wir werden noch einigen Hinweisen nachgehen und ein oder zwei Leute aus der Nachbarschaft etwas gründlicher vernehmen …“

Bokhof wahrscheinlich. „Seid ihr nebenan fertig?“

„Ja. Der Bruder hat schon den Schlüssel bekommen, er wird sich um die Hinterlassenschaft und die Beerdigung kümmern. Sie wird am Samstag stattfinden.“

Ich nickte. „Um noch einmal auf Ihre Frage zurückzukommen: Ich habe den Auftrag erhalten, ihre Angehörigen ausfindig zu machen. Der Bruder ist ihr einziger Verwandter, aber vielleicht werde ich mich auch noch auf die Suche nach Tommys Vater begeben.“

Wieder zögerte er eine Weile. „Mit Ihren Kontakten in Amsterdam werden Sie es ja sowieso bald erfahren“, begann er. „Natürlich haben wir uns gefragt, warum die Ermordete einen anderen Namen angenommen hatte. Wir haben ihren richtigen Namen gründlich überprüft, und unsere Nachforschungen haben uns nach Amsterdam geführt. Jennifer Kramer hatte ein Vorstrafenregister. Vor fünf Jahren hat sie wegen Autodiebstahls eine kurze Gefängnisstrafe abgesessen. Danach verwischt sich ihre Spur. Ihre Akte ist an das ZKA weitergeleitet worden, und es wird ziemlich schwierig sein, sich dort einen Einblick zu verschaffen.“

„Das ZKA?“ Ich war ratlos. Was wollte das Zentrale Kriminalamt, die überregionale kriminalpolizeiliche Informationsbehörde, von einer kleinen Autodiebin?

Kemming seufzte. „Es ist denkbar, dass wir letztlich in Amsterdam nach dem Täter fahnden müssen.“ Er trank sein Glas aus und stand von seinem Stuhl auf. „Nun“, sagte er. „Es war nett, sich einen Augenblick mit Ihnen zu unterhalten.“

„Kommen Sie ruhig wieder“, sagte ich. „Und wenn ich irgendwie behilflich sein kann …“

„Gut.“ Kemming blieb stehen. „Meine Frau hat sicher schon das Essen fertig. Danke für das Bier. Ich wünsche Ihnen noch einen schönen Abend.“

GEGEN Mitternacht trat ich noch einmal hinaus auf die kühle Terrasse, um eine Zigarette zu rauchen. Hier an der Linge war diese Nacht still genug, um ein leises Poltern in Jennifers Heuschober auf der anderen Seite der Hecke zu hören.

Ich trat meine Zigarette aus, ging im Dunkeln den Deich hinauf und blieb bei den Briefkästen stehen. Ich hörte nichts mehr. Meine Schuhe machten kein Geräusch, als ich am Heuschober entlangging. Auch auf der Rückseite sah ich nirgendwo Licht.

Ich schaltete die Taschenlampe ein, die ich mitgenommen hatte, und beugte mich zur Hintertür. Die Siegel waren entfernt worden. Die eingeschlagene Scheibe hatte man noch nicht erneuert, aber irgendjemand hatte ein Stück Pappe eingesetzt. Ich drückte leicht gegen die Pappe. Die unteren Klebestreifen waren lose, und ich konnte ohne weiteres mit der Hand hindurchfassen. Die Tatsache, dass die Pappe von innen angeklebt war, ließ irgendwo in einer Windung meines Gehirns eine Glocke läuten, doch leider zu flüchtig, als dass daraus eine Idee oder eine Erinnerung entstanden wäre.

Ich drehte den Verriegelungsknopf auf und öffnete vorsichtig die Tür. Der schwache Lichtstrahl meiner Taschenlampe erleuchtete den Abstellraum, in dem nichts verändert schien. Ich öffnete die Tür zur Wohnküche, schaltete meine Lampe aus, blieb erneut stehen und lauschte.

Da war nichts, nur eine beklemmende Stille. Nach einer Minute schaltete ich das Licht ein. Ich stand inmitten von Jennifers Gedanken und Erinnerungen. Eine Kälte hing in der Luft, die nichts mit der Temperatur zu tun hatte. Und ich fühlte noch etwas, etwas Feindliches. Mit der Hand auf dem Geländer stieg ich die Treppe hinauf. Als ich fast oben war, ging das Licht aus.

Ich presste mich blitzschnell an die Wand, noch bevor ich das leise Rauschen hörte. Der Knüppel, oder was immer es auch war, sauste knapp an meiner Schulter vorbei, und mein Angreifer, der seine ganze Kraft in den Schlag gelegt hatte, verlor die Balance, als er nur Luft traf. Es war stockdunkel, aber ich hörte den Knüppel klappernd aus seinen Händen auf die Treppe fallen und spürte, wie der Mann von der Stufe fiel und nach dem Geländer fasste. Mit beiden Händen griff ich in seine Kleidung und warf ihn mithilfe seines eigenen Schwungs hinunter.

Es gab einen Mordslärm, und dann war es still. Mit meiner Taschenlampe leuchtete ich nach unten. Ich sah kein Gesicht, nur einen massigen Körper und viel weißes, behaartes Fleisch, das nur zum Teil von der Hose und der Jacke eines rot-grün gestreiften Pyjamas bedeckt wurde.

Ich ging die letzten Stufen hinauf und fand den Schalter auf dem Treppenpodest. Ein Blick nach unten genügte, um zu erkennen, dass es sich bei dem stöhnenden Koloss um Bokhof handelte.

Was machte Bokhof hier, und dazu im Schlafanzug?

Die Tür von Jennifers Schlafzimmer war angelehnt. Ich drückte sie weiter auf und schaltete das Licht ein. Das Bett war zerwühlt, jemand hatte darin geschlafen – fast meinte man noch, die Kuhle erkennen zu können, die Bokhof mit seinem Gewicht hinterlassen hatte. Sein Regenmantel hing über einem Stuhl, und davor standen zwei schwere Schuhe, über die graue Wollsocken drapiert waren.

Der Anblick machte mich wütend. Ich betrachtete mich zwar nicht als Jennifers persönlichen Beschützer, aber die Vorstellung von Bokhof im Bett meiner soeben ermordeten Nachbarin rief eine Flut ekliger, nekrophiler Assoziationen in mir wach. Meine Hände zitterten, als ich die Tür hinter mir zuzog.

Bokhof schüttelte stöhnend den Kopf und versuchte aufzustehen, als ich die Treppe hinunterkam. Er hatte einen blauen Fleck auf der Stirn, wo er auf den Rand einer Stufe geknallt sein musste.

Ich fuhr ihn an: „Was machst du hier?“

Bokhof warf mir einen finsteren Blick zu. „Das geht dich einen Dreck an!“ Er stützte sich auf seine Riesenhände und setzte sich auf. „Erzähl mir lieber, was du hier zu suchen hast!“

„Ich habe Geräusche gehört, und da wollte ich nach dem Rechten sehen. Und was ich sehe, finde ich zum Kotzen!“

„Na, dann hau doch wieder ab!“ Er wälzte sich auf die Seite und zog die Knie an, um aufstehen zu können.

„Nicht bevor ich weiß, was du in Jennifers Bett getrieben hast. Zwei Tage nachdem man ihr den Schädel eingeschlagen hat. Sogar den Kollegen von der Sitte würde schlecht werden.“

„Die Sitte? Jetzt spiel dich bloß nicht so auf.“ Bokhof grinste höhnisch. „Das hier ist mein Heuschober.“ Stöhnend zog er ein Bein an und griff nach dem Ende des Geländers, um sich hochzuziehen. „Ich kann hier machen, was ich will.“

„Nicht solange jemand anders die Miete bezahlt“, entgegnete ich. „Nicht in den Sachen anderer Leute. Nicht in Jennifers Bett, du Hornochse!“

„Du hast ja keine Ahnung! Es ist nicht das, wonach es aussieht.“ Bokhof schüttelte den Kopf. Er wankte zum Esstisch und stützte sich darauf ab. „Ich wollte hier übernachten, mehr nicht. Sollte ich mich vielleicht ins Kinderbettchen legen? Im Übrigen ist das mein Bett, und das hier ist auch mein Tisch. Das meiste, was hier steht, ist von mir.“

Diese Erklärung fand ich recht skurril. „Mehr hast du nicht zu sagen?“

Ergeben nickte er mit dem Kopf. „Ich hatte Krach mit meiner Frau.“

Hastig einen Regenmantel über den Schlafanzug geworfen und aus dem Haus gerannt. „Hattest du Dienstagnacht auch Krach mit deiner Frau?“

Er starrte mich an, die Röte stieg ihm ins Gesicht. „Jennifer konnte natürlich den Mund nicht halten."

„Ich bin ein guter Zuhörer."

Er seufzte und nickte. „Na gut", sagte er. „Das kannst du mir ruhig ankreiden. Ich hab's versucht. Aber ich habe sie nicht ermordet. Ich ermorde keine Frau, nur weil sie mal Nein sagt."

„Aber du musst doch zugeben, dass du dich verdächtig gemacht hast", sagte ich ruhig. „Nach dem Krach auf Ingrids Geburtstag."

„Ich war betrunken."

Ich lachte freudlos. „Vielleicht warst du Dienstagnacht auch betrunken?"

„Vielleicht", gab er zu. „Aber nicht hier."

„Hat die Polizei mit dir gesprochen? Was hast du ihnen gesagt, wo du dich in dieser Nacht aufgehalten hättest?"

„Bei meiner Frau im Bett."

„Und das hat sie bestätigt?"

„Ja."

Die Art und Weise, wie er das sagte, brachte mich auf eine Idee. „Habt ihr deswegen Krach gehabt?"

„Ein bisschen." Bokhof schüttelte den Kopf. „Ich bin jeden Dienstagabend mit einem Freund unterwegs, aber ich will nicht, dass die Polizei ihn auch noch belästigt."

„Wer ist denn dieser Freund?"

Er fragte sich anscheinend nicht, mit welchem Recht ich ihn verhörte. „Sjef Dirksen, aus Acquoy."

„Verbringt ihr eure Dienstagabende bei ihm zu Hause?"

„Nein. Wir gehen Billard spielen oder so."

„Wenn du für die Polizei nicht der Tatverdächtige Nummer eins sein willst, würde ich mich an deiner Stelle vom Heuschober fern halten, bis dir Jennifers Bruder den Schlüssel zurückgibt. Die machen einen Lustmord daraus, wenn sie dahinter kommen, dass du in ihr Bett gestiegen bist, wenn du Krach mit deiner Frau hattest. Auch für mich überschreitet das jegliche Grenzen des Anstands."

Bokhof schaute mir nach wie eine Eule und rührte sich nicht, als ich durch den Abstellraum hinausging. Ich zog die Hintertür hinter mir zu, blieb aber nach dem ersten Schritt abrupt wieder stehen.

Ich wurde wohl langsam senil. Mit meiner Taschenlampe ging ich in die Hocke und leuchtete über die Gartenwegplatten. Am Mittwochmorgen hatte ich hier das Knirschen kleiner Glasstücke unter meinen Schuhen gehört. Tatsächlich sah ich im Lichtstrahl ein Glitzern: winzige Glassplitter, die in den Fugen zwischen den Gehwegplatten stecken geblieben waren, mit denen ein schmales Stück hinter dem Heuschober gepflastert war.

Noch einmal steckte ich meine Hand durch die Pappe, fasste nach dem Verriegelungsknopf, stieß die Tür auf und schaltete das Licht im Abstellraum ein. Die Tür ging nach links innen auf, und an der Unterseite war ein Luftzugschutz angebracht. Die Glasscherben links im Abstellraum konnten von dem Bürstenstreifen oder von einem Fuß zu dieser Seite hin gefegt worden sein. Aber es gab nichts, womit die Splitter nach draußen hätten gekehrt werden können.

Ich musste davon ausgehen, dass die Spurensicherung die Splitter ebenfalls bemerkt und die gleichen Schlüsse daraus gezogen hatte. Die Scheibe war von innen kaputtgeschlagen worden, und anschließend hatte der Mörder das Glas hastig hinein und um die Tür herum gefegt. Er hatte es natürlich eilig gehabt, und es war dunkel gewesen. Ein paar kleine Splitter hatte er übersehen.

Das erschien auf den ersten Blick ziemlich dumm. Warum nicht erst nach draußen gehen, Tür zu und dann die Scheibe einschlagen? Solche logischen Warum-Fragen führten oft in eine Sackgasse, denn in der Regel handelte der Täter überhastet und in Panik. Oft war die nahe liegendste Erklärung ganz einfach die, dass er nicht logisch denken konnte.

Der Täter war ein Bekannter gewesen, darauf hatte der Kaffee bereits hingedeutet. Jennifer hatte ihn einfach hereingelassen.

Außer dass ich fünfzehn Millionen Menschen dadurch ausschloss, nutzte mir das Wissen, dass es ein Bekannter war, wenig. Jennifer hätte hundert Bekannte haben können. Wo waren die alle?

Der Mörder musste ein Amateur gewesen sein, sonst hätte er einen kühlen Kopf behalten. Die Sache wirkte wie eine spontane Eingebung auf dem Weg nach draußen, an der Hintertür: Es sollte aussehen wie ein Einbruch. Doch während er die Scheibe einschlug, wurde ihm klar, dass es von außen nach innen hätte geschehen müssen. Den Kaffee vergaß er ganz. Die Handschuhe dagegen nicht? Das Ganze war das reinste Chaos aus Willkür und Dummheiten. Es roch förmlich nach Bokhof, aber Jennifer hätte Bokhof garantiert nicht hereingelassen, nicht um zwölf Uhr nachts. Oder doch?

Es war ein winziger Friedhof; ich musste schon mindestens zehnmal daran vorbeigeradelt sein, ohne ihn zu bemerken. Nur wenige Leute waren gekommen. Die Zeremonie war trist und nüchtern und dauerte kaum eine Viertelstunde.

Irgendjemand las den üblichen Bibeltext. Ingrid hatte Tommy auf dem

Arm. Peter war nicht da; sehr merkwürdig. Bokhof auch nicht. Jennifers Bruder warf einen Strauß Blumen auf den Sarg und nahm schweigend die Kondolenzwünsche in Empfang.

Am eisernen Tor standen wir noch kurz beisammen.

„Gib dem Mann die Hand", sagte Ingrid zu Tommy. „Das ist dein Onkel Jeroen."

Jeroen ergriff Tommys Händchen. „Ich glaube nicht, dass er mich noch kennt, ich habe ihn zuletzt gesehen, als er fünf Monate alt war."

Ingrid wandte sich mit einem Lächeln an mich. „Jeroen ist glücklicherweise mit der Adoption einverstanden", berichtete sie flüsternd.

„Schön", murmelte ich.

Ingrid war nicht zu bremsen. „Die Polizei sagt, ich müsse mich bei der Zentrale für Pflegefamilien melden, aber ich will mehr sein als nur seine Pflegemutter, nicht wahr, Tommy?" Sie streichelte Tommys blonde Locken. Das Kind starrte mit seinen seltsam unwirklichen Augen über ihre Schulter hinweg auf den mit schwarzen Gardinen und Silberverzierungen geschmückten Leichenwagen. „Das Jugendamt hat einer VPS zugestimmt", sagte Ingrid und fügte mit einem Blick auf meinen Gesichtsausdruck hinzu: „Einer vorläufigen Pflegschaft."

Jeroen folgte dem Blick seines Neffen. „Ich habe keine Ahnung, wie das bei so einer Adoption funktioniert", sagte er gezwungen zu Ingrid. „Was ist zum Beispiel mit seinen Blutsverwandten? Wird ein Onkel mitadoptiert?"

„Das weiß ich nicht." Ingrid war zu sehr mit ihren eigenen Ambitionen beschäftigt, um Jeroens Unbehagen zu bemerken. Drängend schaute sie mich an und formte mit den Lippen das Wort „Vater".

„Ich tue mein Bestes", sagte ich beruhigend. Jeroen und ich schauten zu, wie sie Tommy in einen Kindersitz packte, in ihr Auto stieg und losfuhr. „Ich glaube, sie wird gut zu dem Jungen sein", sagte er dann.

„Wahrscheinlich."

Er hörte mein Zögern heraus. „Meinst du nicht?"

Ich weiß nicht, wo meine Bedenken herrührten. Vielleicht lag es an Ingrids Sprunghaftigkeit. Von der stürmischen Nymphomanin zum Kühlschrank. Doch jedes Kind konnte sehen, dass sie Jennifers kleinen Sohn beinahe abgöttisch liebte. „Bei Ingrid wird es ihm an nichts fehlen, und es ist auf jeden Fall besser, als wenn er in ein Waisenhaus käme."

Er nickte, nicht hundertprozentig überzeugt. „Ich muss noch zu Jennys Haus, um nachzusehen, was dort an Möbeln steht. Ingrid sagt, das meiste gehöre dem Hausbesitzer. Bist du zu Fuß hier?"

Ich fuhr mit ihm.

„Ich bin noch nicht in ihrem Haus gewesen", sagte er. „Ich habe nur diese Ingrid besucht, um nachzuschauen, ob mit Tommy alles in Ordnung ist. Ich denke, ich werde der Adoption durch die beiden zustimmen. Ansonsten brauche ich nichts zu tun."

„Hast du Peter kennen gelernt?"

„Ja. Ein netter Mann." Wieder schaute er mich mit einem fragenden Gesichtsausdruck an, als verspüre er das Bedürfnis nach Zustimmung oder Beruhigung. „Ich habe mich nie um Jenny gekümmert", bekannte er. „Manchmal habe ich sie angerufen, und letzten Herbst habe ich ihr ein Ticket nach Aruba besorgt, damit sie mal rauskam. Aber ansonsten?" Er schüttelte den Kopf. „Meine Mutter ist vor zehn Jahren gestorben. Mein Vater ist nach Südamerika gegangen, als Jenny zwanzig war. Seitdem haben wir nie wieder etwas von ihm gehört."

Wir fuhren an meinem Haus vorbei und bogen in Jennifers Einfahrt ein. Er warf einen Blick auf die kleinen Fenster des Heuschobers und fragte unsicher: „Hättest du noch einen Augenblick Zeit?"

Es fiel ihm offenbar schwer, allein hineinzugehen, und so folgte ich ihm, als er die Vordertür aufschloss. Jennifers Heuschober fühlte sich kühl und leer an, und die Luft war irgendwie abgestanden. Ich öffnete ein Fenster, um etwas Sommerwärme hereinzulassen, und setzte mich auf einen Stuhl an den hellen Holzesstisch. Jeroen stand eine Zeit lang herum und blickte sich unentschlossen um. Dann fing er an, Schubladen und Schranktüren zu öffnen und wieder zu schließen.

Ich räusperte mich und fragte: „Auf Schiphol hast du mit dem Satz reagiert: ‚Hat dieser Mann es getan?', oder so ähnlich. Welchen Mann meintest du?"

Jeroen setzte sich auf den lederbezogenen Drehhocker vor einem antiken Sekretär mit zahllosen kleinen Fächern und Schubladen. Es schien das einzig wertvolle Möbelstück in Jennys Haus zu sein. Die Polizei hatte den Inhalt natürlich durchsucht.

„Welcher Mann?", fragte Jeroen, einen Moment geistesabwesend. „Ach, das meinst du. Jenny hatte Probleme mit ihrem Vermieter." Er griff nach Jennifers Handtasche, die auf der offenen Schreibtischklappe stand, schaute hinein und gab sie mir. Es waren ein paar Make-up-Utensilien darin, ein Portmonee und eine dünne Brieftasche mit einem Führerschein und ihrer EC-Karte.

Er machte ein bedrücktes Gesicht. „Sie bat mich, ihr dabei zu helfen, eine andere Wohnung zu finden … Vielleicht würde sie noch leben, wenn ich mich sofort darum gekümmert hätte!"

„Hast du das der Polizei erzählt?"

Er biss sich auf die Lippen und schüttelte den Kopf. „Ich weiß absolut nichts über diese Sache und kann nicht einfach so jemanden beschuldigen …“

„Der Vermieter ist ein unangenehmer Typ, aber ich glaube nicht, dass er deine Schwester ermordet hat. Ich weiß nicht, ob irgendjemand sich darüber Gedanken gemacht hat, dass sie an diesem Mittwochmorgen eine Verabredung in Amsterdam hatte, wie jedenfalls Ingrid behauptet, die ja auf Tommy aufpassen sollte. Was für ein Termin könnte das gewesen sein?“

Jeroen zuckte mit den Schultern. „Keine Ahnung.“

Der Führerschein war vor drei Jahren ausgestellt worden, mit ihrem Foto, auf den Namen Jennifer van Maurik. Ich konnte keine Spur einer Fälschung daran entdecken. Mir fiel ein, dass Jennifer letztes Jahr auf den Antillen gewesen war. „Wo ist denn ihr Pass?“

Jeroen runzelte die Stirn. Er drehte sich wieder zu dem Sekretär um und begann, vier offene Fächer zu leeren. Als sie leer waren, fasste er zu meiner Verwunderung in das Kreuz zwischen ihnen und zog es heraus, sodass ein größeres Fach entstand.

Ich schaute ihm über die Schulter. Er zeigte auf ein winziges Häkchen, das mich an den Verschluss eines Malkastens erinnerte. Es war geschickt hinter dem Trennwandkreuz verborgen gewesen. Darunter erkannte ich nun den Kupferstreifen eines millimeterdünnen Klavierscharniers.

„Der Sekretär gehörte meiner Mutter, und schon als Kinder wussten wir, dass das ihr Geheimversteck war.“ Jeroen schob mit dem Daumen das Häkchen aus einer unsichtbaren Öse und zog die Stiltür auf. Dahinter verbarg sich ein brauner, verschlissener Umschlag. Jeroen nahm ihn heraus. Er blickte von dem Umschlag zu mir. „Das hier hat die Polizei nicht gefunden.“

Ich lehnte mich in meinem Stuhl zurück und ging so auf einen Diskretionsabstand von einem Meter.

Jeroen öffnete den Umschlag. Heraus kam ein Pass, in dem ein paar gefaltete Blätter steckten. Jeroen nahm die Blätter heraus, warf einen Blick in den Pass und gab ihn mir.

Es war Jennys eigener Pass, vor fünf Jahren ausgestellt auf den Namen Jennifer Kramer. Vielleicht hatte ein Pass auf ihren anderen Namen einfach ihre Möglichkeiten überstiegen. Auf jeden Fall hatte sie dieses Exemplar für ihren Aruba-Urlaub benutzt.

Ich fand nur einen Visumstempel, der am 12. Januar vor vier Jahren ausgestellt worden war. Was hatte Jennifer Kramer vor vier Jahren mitten im eisigen Winter in Moskau gemacht?

„Keine Ahnung“, antwortete Jeroen, als ich ihn danach fragte. „Lass mal sehen.“

Ich zeigte ihm den Pass, aufgeschlagen auf der entsprechenden Seite, und er starrte ihn verständnislos an. „Wahrscheinlich ist sie mit Aeroflot geflogen, sonst hätte sie mich doch vorher gefragt …“

„Vielleicht ist sie mit jemandem zusammen unterwegs gewesen“, spekulierte ich.

Jeroen reichte mir kommentarlos ein Blatt Papier, das zusammengefaltet im Pass gesteckt hatte. Es war ein kurzer Brief. Kein Briefkopf, kein Datum, nur folgende Zeilen:

> Liebe Jen,
> die Gegenvormundschaft existiert seit dem 1. Januar 1998 nicht mehr; du kommst also, was das betrifft, zu spät, und ich kann dir leider nicht mehr helfen. Juristisch gesehen war diese Regelung sowieso fast bedeutungslos, falls es dir darum ging.
>
> Ich will gerne versuchen, dir zu helfen, wenn es jemals wirklich nötig sein sollte, aber du weißt, dass ich andere Interessen habe. Warum können wir einander nicht als Freunde in Erinnerung behalten und es dabei belassen?
>
> Th.

„Meinst du, das ist der Vater des Jungen?“, fragte Jeroen.

Ich schaute den Brief an. Wenn er von einem Vater stammte, dann von einem, der in Ruhe gelassen werden wollte. „Wann wurde Tommy geboren?“

Er wusste es nicht genau. „Auf jeden Fall nach In-Kraft-Treten des neuen Gesetzes.“

„Sie hat ihn gebeten, Gegenvormund zu werden. Soweit ich mich erinnere, hatte das in der Tat nicht viel zu bedeuten, aber es war die Rolle, die dem leiblichen Vater zufiel, selbst wenn er das Kind nicht offiziell anerkannte.“

„Nicht gerade ein netter Brief“, bemerkte Jeroen.

„Stimmt.“ Ich versuchte, mir Jennifer vorzustellen, wie sie vor drei Jahren gewesen sein musste: Autodiebstahl, Gefängnis, das ZKA, über dessen Rolle ich so meine Vermutungen hatte, und schließlich schwanger. „Warum hat sie das Kind behalten?“

„Vielleicht war anfangs noch alles in Butter.“ Jeroen schwieg. „Was willst du jetzt machen?“, fragte er nach einer Weile.

„Den Vater suchen. Darf ich den Brief so lange behalten?“

„Natürlich.“ Er runzelte die Stirn. „Sollte man die Polizei nicht darüber informieren?“

„Ich würde damit warten, bis wir wissen, wer dieser Th. ist und worin seine anderen Interessen bestehen. Man kann viel unnötigen Schaden anrichten, wenn man wie ein wilder Stier auf so was losgeht. Überlass mir bitte auch ihren Pass für eine Weile.“

Jeroen nickte, froh, dass ich ihm die Entscheidung abnahm. „Die paar Möbel und ihre Kleidung kann meinetwegen die Heilsarmee abholen“, sagte er. „Nur dieser Sekretär – meinst du, Ingrid will ihn für Tommy aufbewahren?“

Ich sagte nichts, war aber überzeugt davon, dass Ingrid Tommy ganz rein, nackt und neugeboren wollte, ohne Erinnerungen an seine Vergangenheit – weder Kleidungsstücke noch einen alten Sekretär, und auch keinen Onkel, der ihn daran erinnern konnte, dass seine Mutter eigentlich Jennifer Kramer geheißen hatte.

## 4

Du hast schon etwas von einem Landei an dir“, sagte CyberNel, als ich sie ein Stück von mir weghielt.

Mir wurde klar, dass ich sie vermisst hatte. „Meinst du den Mistgeruch?“

Sie stellte sich auf die Zehenspitzen und schnupperte an meinem Hals. „Du riechst eigentlich ganz gut, vielleicht liegt es auch nur an deinen Augen.“

Ich hatte Lust, eine Zeit lang in der warmen Fröhlichkeit CyberNels zu ertrinken, die in einer kleinen, aber gesunden Größe achtunddreißig wohnte, Sommersprossen um die Nase und grüne Funkelaugen hatte und noch immer dieselbe savannenblonde Schrubberfrisur trug.

Dennoch hatte sie sich irgendwie verändert. Sie hatte etwas Vorsichtiges an sich, was früher nicht da war. Die Verwüstung ihrer Dachwohnung hatte mehr Schaden bei ihr hinterlassen als die gesamte vor vier Jahren gescheiterte Ehe mit einem ungehobelten Kerl von einem Verkehrspolizisten. Die Dachwohnung war ihr Lebenswerk gewesen, der Gatte nur ein Passant.

Ich schaute mich in ihrer neuen Wohnung um. „Sieht ja aus wie in einem Gerichtsvollzieherbüro“, sagte ich neckend.

Sie trat mir gegen den Knöchel und zeigte mir alles. Sie hatte für den größten Raum Schränke, Konsolen und eine Werkbank schreinern lassen, und schon standen überall Computer und ähnliche Geräte herum. Der ganze Laden roch nach frisch ausgepackten Büromöbeln.

„Ich habe sogar ein Gästezimmer und ein Wohnzimmer mit Blick auf das Herz von Amsterdam. Bleibst du über Nacht?"

„Über Nacht?"

„Du hast doch keine andere Übernachtungsmöglichkeit in Amsterdam, oder?"

„Nein, natürlich nicht."

Ich hatte nicht daran gedacht, dass meine Partnerin Nel Polizeierfahrung hatte, einen gesunden Menschenverstand und mehr Grips, als mir manchmal lieb war.

„Wie steht es mit deinem Liebesleben?"

Nel drückte auf den Knopf der Kaffeemaschine und drehte sich um. „Hat deine Frage etwas mit dem Gästezimmer zu tun?"

„Nein." Natürlich hatte sie etwas damit zu tun. Meine vernünftige Hälfte wünschte sich, dass Nel endlich einen guten, festen und treuen Freund fand. Die weniger noble Hälfte war sich da nicht so sicher.

„Max, ich habe im Augenblick niemanden, und ich will auch keinen. Mir steht der Sinn einfach nicht danach. Im Moment kümmere ich mich ausschließlich um das Ganze hier. Ich hätte nicht gedacht, dass es dir mal verdächtig vorkommen würde, wenn eine Frau von sechsunddreißig Jahren alleine lebt."

Ich lachte. „Allein lebende Frauen von sechsunddreißig Jahren sind meine Lieblingsverdächtigen!"

Wir erschraken, als es an der Tür klingelte. CyberNel schaute auf die Wanduhr. „Mist, da ist er ja schon. Guus Palmer, von der Leitstelle Führungs- und Lagedienst, er betreut Informanten. Ich wollte es dir sagen …" Sie ging an die Tür. „Schenk schon mal Kaffee ein."

DIE ASCHBLONDE marmorbleiche Gestalt, die Nel hereinließ, sah aus, als könne sie eine Woche lang in einem Hauseingang stehen, ohne von ihren eigenen Informanten, geschweige denn der Nachbarschaft bemerkt zu werden. Palmer reichte mir flüchtig die Hand. Als er sich in einen von Nels gebrechlichen Lehnstühlen setzte, verschmolz sein unauffälliger grauer Anzug mit der Farbe des Bezugs. Sein konturloses Äußeres kam ihm in seinem Beruf natürlich entgegen, und wahrscheinlich pflegte er es sogar sorgfältig. Ich schätzte ihn auf Anfang vierzig.

„Sogar einige Kollegen von meiner früheren Dienststelle reden nicht mehr mit mir", bemerkte ich, als er mich eine Zeit lang ausdruckslos angestarrt hatte.

Palmer hatte eine helle, etwas nasale Stimme. „Auf jeden Fall habe ich vorher kurz mit deinem Expartner Bart Simons telefoniert."

„Ich wollte dir das gerade erklären", sagte CyberNel. „Ich habe nämlich herausgefunden, dass Jennifer Kramers Akte beim ZKA gelandet war, und deswegen habe ich Bart angerufen. Er kennt die Leute, die die Informanten betreuen."

Ich zuckte mit den Schultern. „Ich habe mir gedacht, dass Jennifer Kramer für euch als Informantin gearbeitet hat, aber sie war doch nur eine kleine Autodiebin? Hast du sie betreut?"

„Ja. Sie arbeitete für eine Organisation, die mit der russischen Mafia kooperierte. Jedes Jahr verschwinden Autos im Wert von hunderttausenden in den Osten, und diese Gruppe war ganz allein verantwortlich für ungefähr die Hälfte davon. Jennifer hat die niederländischen Bosse hinter Gitter gebracht."

„Wussten die das?"

„Das würde mich sehr wundern."

Die russische Mafia. Ein Ausflug nach Moskau, als Kurierin oder als Gesellschafterin einer der Bosse? „Und danach ist sie untergetaucht?"

„Ja, vor drei Jahren. Sie war schwanger." Palmer schüttelte den Kopf. „Sie war ein nettes Mädchen. Wir sind unheimlich sauer darüber, dass jemand sie umgebracht hat. Wir wussten nicht, wo sie sich aufhielt, aber du wohnst direkt im Nachbarhaus. Hast du denn nichts bemerkt oder gehört? Du hast doch mit ihr geredet. Gab es denn gar nichts, wovon du im Nachhinein sagen würdest: Aha, das hat sie natürlich so gemeint, oder gab es vielleicht Anzeichen, dass sie vor irgendetwas oder irgendjemandem Angst gehabt hat?"

Jennifer hatte Angst gehabt, und sie war von einer dunklen Ahnung erfüllt gewesen, der Furcht vor etwas Tödlichem wie einer verirrten Kugel. Ich hatte an Bokhof gedacht, aber vielleicht wollte sie nur wegziehen, weil sie Gefahr witterte, die aus ihrer Vergangenheit stammte. Zur Polizei konnte sie nicht gehen.

„Du denkst angestrengt nach", sagte CyberNel.

„Könnte es ein Leck bei der Polizei gegeben haben?", fragte ich Palmer.

„Gibt es Anhaltspunkte dafür, dass Jenny das dachte?"

„Sie hatte ihren Bruder gebeten, eine neue Wohnung für sie zu suchen, weil sie dort wegwollte", sagte ich.

Palmer schwieg eine Weile. „Informanten treten vor Gericht nicht auf. Wenn alles gut läuft, weiß niemand, wer sie sind. Jeder Ermittler ist in erster Linie dafür verantwortlich, seine Informanten zu beschützen.

Natürlich wurde sie registriert. Ihr Name steht auf einer Liste beim ZKA …" Er unterbrach sich kurz und fuhr mit einem bewegten Unterton fort: „Ich kann nie wissen, welche Information wirklich hundertprozentig wasserdicht ist, okay? Ich weiß nur, dass Jennifer nicht aufgeflogen ist, solange wir sie betreut haben."

„Warum war es dann nötig, dass sie einen anderen Namen annahm?"

Palmer schüttelte wieder den Kopf. „Davon wussten wir gar nichts. Sie hatte ihn nicht von uns, sie muss ihn selbst irgendwo gekauft haben."

Das erstaunte mich. In den Niederlanden gibt es zwar keine Schutzprogramme wie in den USA, aber dennoch hilft man gefährdeten Zeugen dabei, eine andere Identität anzunehmen oder in ein anderes Land zu emigrieren. Ich war davon überzeugt gewesen, dass Jennifer zu dieser Kategorie gehört hatte.

„Wie habt ihr sie geködert?", fragte CyberNel.

„Die meisten Informanten kommen auf Tipps der Sokos zu uns, nachdem sie geschnappt worden sind. Jenny arbeitete selbstständig, hatte aber einen festen Abnehmer."

„War sie gut?", fragte CyberNel.

„Sehr gut. Jenny konnte jedes Fahrzeug im Laufe einer Minute knacken und fahrbereit machen. Sie wurde mit den meisten Alarmsystemen fertig."

„Aber sie wurde geschnappt", bemerkte ich.

Palmers Blick schweifte ab. „Ja, das erste Mal auf frischer Tat und durch puren Zufall. Sie wanderte für ein paar Wochen in den Knast, und danach behielt man sie natürlich im Auge. Ein Jahr später hatten wir sie dann richtig an der Angel, und sie musste mit einer hohen Strafe rechnen. Aber sie hatte einen geschickten Rechtsanwalt, Niessen, einen von diesen Yuppies, auch noch ihr gratis Pflichtverteidiger. Es gelang ihm, uns einen Verfahrensfehler nachzuweisen."

Dabei konnte es sich um alles Mögliche handeln, fehlende Beweise oder ein schlampiges Protokoll.

„Aber dann haben wir sie doch an den Kanthaken gekriegt. Wie sich herausstellte, lieferte Jennifer an Richard Schauker, alias der Dicke, und das war ein großer Fisch, da er mit den Russen zusammenarbeitete. Deshalb haben sie Jenny mit Hölle und Verdammnis gedroht. Und uns hinzugezogen."

„Die Leitstelle", sagte ich.

Palmer betrachtete das Stadtchaos, das sich dem Blick aus Nels Wohnzimmerfenster bot. „Es endete damit, dass Jennifer sich von unseren schönen Augen und unseren Sicherheits- und Schutzversprechungen überzeugen ließ. ‚Ach was, Mädchen, da kann doch gar nichts schief gehen!'" Wieder wandte er den Blick ab. „Sie war gut etabliert, man vertraute ihr rückhaltlos", sagte er. „Sie wurde in die Organisation aufgenommen, und das war wirklich das reinste Wunder, schließlich war sie eine Frau. Jenny hat den Boss sogar nach Moskau begleitet, um den Russen eine Demonstration ihres Könnens zu bieten. Doch dann wurde sie schwanger und wollte aussteigen."

„Weißt du, wer der Vater ist?"

Palmer schüttelte den Kopf. „Jenny hat nie über ihr Privatleben geredet. Sie wollte das Kind behalten und aussteigen, das war alles. Deshalb mussten wir die Sache beschleunigen, aber dank Jennifer hatten wir uns bereits ein Bild von der gesamten Organisation machen können. Sie war wirklich Gold wert."

„Habt ihr ihr viel bezahlt?"

„Ach, was heißt viel. Sie hat vielleicht fünfzigtausend Gulden dabei verdient. Den Russen konnten wir nichts anhängen, aber die gesamte niederländische Führungsspitze kam hinter Gitter, und das war ein schöner Erfolg."

„Geriet Jennifer dadurch in Gefahr?"

„Ein Informant kann nur dann gefahrlos aus einer Organisation verschwinden, wenn diese auch verschwindet oder auffliegt." Palmer dachte nach. „Da die Ermittler nicht schnell genug vorankamen, mussten sie Jennifer als anonyme Zeugin vernehmen. Das war ihr einziges Risiko."

Er verschwieg irgendetwas. CyberNel merkte es auch. „Dieses Risiko kann aber schon ausreichen", sagte sie. „Die Rechtsanwälte von solchem Gesindel versuchen meistens, dahinter zu kommen, von wem die Aussagen stammen, und selbst wenn sie nur Codenamen kennen, können sie und ihre Mandanten sich manchmal denken, wer dahinter steckt."

„Die Mandanten haben sowieso ihre Vermutungen", sagte ich. „Und die sitzen nicht ewig hinter Gitter."

Palmer richtete seinen Blick auf mich, und etwas besorgt bekannte er: „Einer der Drahtzieher wurde vor einem Monat aus dem Gefängnis entlassen. Aber es gibt wirklich absolut keinen Grund zu der Annahme, dass er weiß, wer ihn verpfiffen hat. Das hat also nichts zu bedeuten."

Einen Moment lang sagte niemand etwas. Dann fragte ich: „Wer ist es?"

„Harry, die Rübe."

„Harry, die Rübe?"

„Weil er hellrotes Haar hat", erklärte Nel.

Niemand war nach Lachen zumute. Palmer starrte auf seine Knie und sagte: „Harry betrieb die Werkstätten, drei Stück, in der Provinz, wie üblich, vorne alles sauber und hinten drin die illegalen Geschäfte. Harry war eine Art Vorarbeiter der Mechaniker, die für die neuen Fahrzeugidentifikationsnummern sorgten, aber wir vermuten, dass er auch für die Kuriere und die Transporte verantwortlich war. Er ist gefährlich."

„Jenny kannte Harry", gab ich zu bedenken. „Würde sie ihn hereinlassen und Kaffee für ihn kochen?" Ich ließ diesen unsinnigen Gedanken sofort fallen, als ich sah, wie sowohl Palmer als auch CyberNel heftig die Köpfe schüttelten. Ich dachte an den Zigarrenraucher im Pontiac, hielt aber den Mund.

DIE GEDIEGENE Rechtsanwaltskanzlei war in einem stattlichen Grachtenhaus untergebracht. Neben der Tür hing ein schweres Kupfernamensschild. Auffällig war, dass die Firma nur einen Namen trug: Rechtsanwaltskanzlei Louis Vredeling. Unser Yuppie-Pflichtverteidiger musste inzwischen Karriere gemacht haben, da sein Name in den beiden bescheidenen Zeilen erschien, in denen unter dem Schild die Namen der sechs Partner angegeben wurden.

Die blonde Empfangsdame ließ ihre Finger über eine Tastatur wandern, noch bevor ich ausgeredet hatte. „Sie haben keinen Termin? Können Sie mir sagen, worum es sich handelt?"

„Sagen Sie ihm, es ginge um eine Mandantin, Jennifer Kramer."

Die Empfangsdame lauschte einer Stimme in ihrem Ohr. Schließlich schob sie das Mikrofon aus dem Gesicht und sagte mit einem Plastiklächeln: „Meneer Niessen sitzt im zweiten Stock, das Büro seiner Sekretärin befindet sich direkt gegenüber dem Aufzug."

Der gepolsterte Lift kletterte in gesetztem Tempo nach oben.

„Meneer Winter", sagte die Sekretärin förmlich und stand auf, um mich zu einer Tür zu bringen. „Meneer Niessen ist bereit, Ihnen Ihre Fragen zu beantworten."

„Sehr schön", murmelte ich, als ich das bescheidene, aber stilvoll eingerichtete Büro ihres Chefs betrat.

Niessen war ein blonder junger Mann mit einem sorgfältig gestutzten Schnurrbart und einem müden Gesicht. „Thomas Niessen." Er begrüßte mich mit einem flüchtigen Händedruck und wollte meinen Ausweis sehen, als ich erklärte, ich sei Privatdetektiv.

„Am Schild an der Tür sieht man gleich, dass hier nur einer der Chef ist", sagte ich, als wir uns an seinem Schreibtisch gegenübersaßen.

Niessen antwortete mit einem freudlosen Lächeln. „Dies hier ist eine alte Familienkanzlei, aber weil Vredeling der letzte Spross ist, können sich die Partner seit dreißig Jahren einkaufen. Er behält die Mehrheit, es ist und bleibt seine Firma."

„Sind Sie der jüngste Partner?"

„Ja, seit kurzem. Was kann ich für Sie tun?"

„Sie waren der Rechtsanwalt von Jennifer van Maurik."

„Richtig."

Das war ein Test gewesen, und er war drauf reingefallen. „Ich meine natürlich Jennifer Kramer", sagte ich.

Er errötete. „Ach ja, natürlich."

„Sie kannten sie also auch als Jennifer van Maurik, wohnhaft in Rumpt?"

„Nach einem Verhör ist mir kaum zumute", erwiderte er. „Die Polizei war bereits bei mir."

„Was wollte die Polizei von Ihnen?"

„Was die Polizei immer will. Den Täter finden. Und was wollen Sie?"

„Ich war Jennifers Nachbar und arbeite für das Ehepaar, das Jennifers kleinen Sohn adoptieren will."

Sein Blick wurde unruhig, und jetzt fielen mir mit einem Mal seine eigenartigen Augen auf. „Ich bezweifle, dass ich Ihnen helfen kann", sagte er abweisend.

„Sie waren ihr Rechtsanwalt. Hat Jennifer Sie auch um Hilfe gebeten, als sie zum zweiten Mal verhaftet wurde?"

Niessen betastete seinen Schnurrbart. „Das war nicht nötig." Er zögerte einen Augenblick. „Eigentlich unterliege ich der Schweigepflicht, aber ich nehme an, dass sie unter diesen besonderen Umständen aufgehoben ist. Das Verfahren wurde eingestellt, weil Jennifer einen Deal mit der Kripo eingegangen ist. Sie wurde Informantin, und im Gegenzug sah man von einer Strafverfolgung ab, etwas in der Art."

Ich hörte kaum, was er sagte, weil mich seine blauen Augen immer stärker faszinierten. Sie standen weit auseinander und fokussierten nicht ganz richtig, als schauten sie gleichzeitig nach links und rechts anstatt geradeaus. Es verlieh ihm etwas Unirdisches, und plötzlich begriff ich, warum mich Niessen ohne Termin empfing, Jennifers Decknamen kannte und die ganze Zeit um den heißen Brei herumschlich.

„Ich hatte an Theo gedacht", sagte ich. „Aber jetzt sehe ich, dass Thomas mit Th viel logischer ist. Das hat Jennifer bestimmt auch gedacht."

Niessen runzelte geistesabwesend die Stirn. „Ach?"

„Ja." Ich holte den Brief aus Jennys Geheimfach aus meiner Brieftasche und gab ihn ihm. „Es ist mir nicht sofort aufgefallen, obwohl der Junge Tommy heißt, soweit ich weiß ohne Th, weil ein normaler Mensch nun einmal nicht automatisch davon ausgeht, dass ein Rechtsanwalt seine Mandantin verführt, schwängert und sie anschließend im Regen stehen lässt."

Er fiel nicht in Ohnmacht, aber es hätte nicht viel gefehlt. Er stieß einen tiefen Seufzer aus, und sein Gesicht wurde aschfahl.

Es wurde an die Tür geklopft. „Hallo, Thom!" Eine Dame mit altmodischer Korkenzieherlockenfrisur betrat das Büro. „Ist was nicht in Ordnung?"

Niessen vollbrachte ein kleines Wunder an Selbstbeherrschung. Er legte die Hände an die Stirn, warf mir durch die Finger einen flehentlichen Blick zu und sagte: „Tut mir Leid, ich musste nur kurz über etwas nachdenken."

Sie runzelte ihre hohe Stirn. Die Korkenzieherlocken umrahmten ein schmales, relativ kühles Gesicht. Sie war Anfang dreißig, groß, hielt sich kerzengerade und besaß einen wohlgeformten Körper.

„Er arbeitet zu hart", bemerkte ich.

Sie ignorierte mich. „Ich wollte nur wissen, ob du an das Geschenk für Rupke gedacht hast, das Geschäft schließt um sechs Uhr."

Niessen antwortete mit einer Handbewegung. „Ist schon erledigt. Das hier ist Meneer Winter …"

Ich gab ihr die Hand und sagte wie nebenbei: „Ich belästige ihn mit Geistern aus seiner Vergangenheit."

„Louise Vredeling." Sie schaute Niessen fragend an, während ihr Name in meinem Gehirn eine Runde Schlittschuh lief. Die Tochter des Chefs?

„Es geht um eine frühere Mandantin", erklärte Niessen.

Ihre Augen wurden kühler. „Meine Güte, doch nicht etwa schon wieder diese ermordete junge Frau, wegen der die Kripo bereits hier war? Diese kleine Autodiebin?" Sie schaute mich an, jetzt argwöhnisch. „Wurde der Täter schon gefasst? Oder sind Sie nicht von der Polizei?"

„Nein, Mevrouw", antwortete ich höflich. „Ich benötige nur ein paar Informationen."

Unauffällig manövrierte sich Niessen zwischen Louise und mich und begann, sie aus seinem Büro hinauszudrängen. „Ich komme dich um sieben Uhr abholen, ist das früh genug?"

Sie ging, und eine Zeit lang blieb es still. Dann fragte ich ironisch: „Vredeling ist also doch nicht der letzte Spross? Oder zählen Töchter nicht mit?"

Niessen kam auf mich zu und sagte: „Ich kann hier nicht reden."

Das konnte ich verstehen. Wir verabredeten uns in einem Lokal um die Ecke.

NIESSEN setzte sich mir gegenüber auf die äußerste Stuhlkante, als sei ihm jetzt schon klar, dass er sehr schnell wieder den Wunsch haben würde zu gehen. Er bestellte Kaffee und sagte, sobald der Wirt wieder weg war: „Wir sollten dieses Gespräch nicht länger hinauszögern als unbedingt nötig."

Ich hatte eine Eingebung: „Jennifer hat dich erpresst! Und jetzt glaubst du, ich würde die Milchkuh an ihrer Stelle weitermelken?"

„Du weißt doch alles?", sagte er wütend. „Dass sie schwanger wurde, dass ich sie habe sitzen lassen? Das ist doch ihre Version der Geschichte. Und du warst ihr Nachbar. Oder wie kommst du sonst an den Brief?"

Ich schüttelte den Kopf. „Jennifer war eine nette Frau und die Diskretion in Person."

Er schnaubte voller Verachtung. „Aber wie sonst solltest du auf die Idee gekommen sein, dass ich der Vater bin?"

„Dafür brauchte ich deinen Sohn nur einmal kurz auf meinem Gartenweg zu sehen."

Niessen zog die Stirn in Falten. „Willst du damit sagen, dass mir das Kind ähnlich sieht?", fragte er schließlich.

„Wie Dolly ihrem Ausgangstier. Es ist das reinste Wunder, dass es dem Brigadier aus Geldermalsen nicht aufgefallen ist. Der war doch hier, oder? Andererseits sucht er ja nicht den Vater, sondern den Mörder, obwohl das womöglich keinen Unterschied macht."

Ich beobachtete ihn genau. Meine letzten Worte schienen ihn nicht zu treffen; vielleicht begriff er gar nicht, was ich damit sagen wollte. Nach einer Weile stieß er einen Seufzer aus. „Meine Nerven. Ich werde allmählich paranoid. Erst war die Kripo bei mir, dann das hier. Gerade erst bin ich jüngster Teilhaber geworden ..."

„Und mit der Tochter des Chefs verlobt", unterbrach ich ihn.

Er seufzte. „Aber sicher nicht, weil sie die Tochter des Chefs ist."

Ich misstraue jeder Erklärung, in der „sicher nicht" oder „ganz ehrlich" vorkommen. „Aber es ist hilfreich?"

Die galaktischen ET-Augen, mit denen auch sein Sohn geschlagen war, schienen zu beiden Seiten an meinen Schläfen entlangzuwandern. „Ich bin ehrgeizig, ich will Karriere machen, ich will zu gegebener Zeit Vredelings Nachfolger als Kanzleichef werden, gut genug bin ich. Spricht vielleicht irgendetwas dagegen?"

„Besser, als von der Sozialhilfe zu leben."

Er reagierte sichtlich gereizt darauf, dass ich mich über ihn lustig machte. „Für mich ist das nicht zum Lachen."

„Das stimmt. All deine schönen Pläne gehen den Bach runter, wenn man dir Handschellen anlegt und dich wegen Mordverdachts verhaftet."

Diesmal verstand er, worauf ich hinauswollte. Entsetzt schaute er rechts und links an mir vorbei. „Könnte es denn so weit kommen?"

„Wenn ich es schaffe, herauszufinden, dass du der Vater bist und Jennifer dich erpresst hat, schafft die Polizei das auch. Du hast ein äußerst plausibles Motiv, das wird niemandem entgehen. Hast du sie umgebracht?"

„Nein. Ich könnte gar niemanden umbringen, schon gar nicht die Mutter meines Kindes."

Er wäre nicht der erste Mörder gewesen, der überzeugend klang. „Hast du ein Alibi für Dienstag, den 13. Juni?"

Er seufzte wieder. „Das ist das Problem. Ich habe eins, aber wenn ich darauf zurückgreifen muss, kann ich meine Karriere vergessen."

„Das musst du mir erklären."

Niessen zögerte, jetzt wurde die Atmosphäre entspannter. „Ich möchte dich engagieren", sagte er.

Ich starrte ihn an. „Warum?"

„Ich gehe Risiken ein, jeden Tag, solange der Mörder frei herumläuft. Ich kann nicht darüber reden, es sei denn, du nimmst meinen Auftrag an, im Mordfall an meiner früheren Mandantin zu ermitteln."

„Ich muss auch an meine Berufsehre denken", sagte ich. „Bei zwei Klienten in demselben Fall könnte es entgegengesetzte Interessen geben."

„Es sei denn, es geht um völlig verschiedene Aufträge", erwiderte Niessen. „Für den einen sollst du den Vater finden, für den anderen den Täter."

„Und was ist, wenn der Vater der Täter ist?"

„Ich dachte, über dieses Stadium seien wir hinaus", sagte er mürrisch.

Ich nickte amüsiert. „Wie dem auch sei: Der Auftrag für Kunde Nummer eins ist erledigt. Den Vater habe ich gefunden."

„Dieses Ehepaar …", begann Niessen. „Sag lieber erst Ja oder Nein."

Ich dachte nach. Ich wollte den Fall gern haben. Meine Nachbarin war ermordet worden, und das ging mir zu Herzen.

Niessen sah meinen Gesichtsausdruck, tastete nach seiner Brieftasche, entnahm ihr ein Scheckheft und schrieb einen Scheck über tausend Euro aus.

Ich steckte den Scheck ein. „Dann erklär mir jetzt mal, wo dein Problem liegt."

„Wie bitte?" Einen Moment lang war er verwirrt. „Ach so, du meinst meine Beziehung zu Jennifer. Ich habe keine Angst vor einem Disziplinarverfahren. Wenn ich vor Gericht mein Bedauern darüber äußere, erteilt man mir höchstens einen Verweis. Ich habe sie nicht etwa vergewaltigt oder so, es war eine von zwei Erwachsenen erwünschte Beziehung."

Ich beugte mich hinüber zu Niessen. „Worin liegt dann das Problem?"

„Die Sache darf nicht publik werden!", flüsterte er. „Louise weiß nichts von Jennifer. Ihr werde ich die Geschichte eines Tages schon noch beichten, aber der alte Vredeling ist ein tief religiöser, konservativer Tugendbold, und wenn der etwas von Sex mit einer Mandantin und einem unehelichen Kind erfährt, stehe ich morgen auf der Straße!"

„Sieh an. Noch ein Mordmotiv. Hat Jennifer dich damit erpresst?"

Er sah sich ängstlich um. „Vielleicht sollten wir das woanders besprechen", sagte er. „Ich bin zum Abendessen verabredet, aber ich könnte um halb elf heute Abend. Ist das zu spät? Ich möchte das wirklich gerne hinter mich bringen."

Von meinem Handy aus rief ich CyberNel an. Sie war damit einverstanden, dass ich ihre Wohnung als Amsterdamer Außenstelle meines Büros betrachtete.

Ich parkte den BMW auf einem freien Platz am Ende der Gasse und nahm meine Pistole aus dem Handschuhfach.

„Meinst du, du brauchst sie?", fragte CyberNel.

„Ich habe eine Narbe als Beweis dafür, dass der Kerl unberechenbar ist. Der dreht durch, wenn er mich sieht. Deshalb nimmst du am besten meine Beretta mit, dann kannst du ihn damit einschüchtern."

Ich wollte Nel die Pistole geben, doch sie kramte in ihrer Handtasche herum. Metall glänzte im matten Licht der Straßenlaternen.

Ich runzelte die Stirn, als ich die kleine Pistole sah. Soweit ich wusste, hatte Nel keine Waffe mehr angefasst, seit sie den Dienst bei der Polizei quittiert hatte. Vielleicht hatte sie ihre Meinung geändert, nachdem man sie krankenhausreif geschlagen hatte und sie bei ihrer Heimkehr feststellen musste, dass nach einer Explosion nichts mehr von ihrem Dachgeschoss übrig geblieben war. Ich sagte nichts.

„Das ist eine konfiszierte Jennings .22, ich habe sie von einem befreundeten Brigadier", behauptete Nel. „Klein, aber fein."

Die Jennings war so ungefähr die wirkungsloseste Handfeuerwaffe, die es auf dem amerikanischen Markt gab. Sie wurde auch „Bauchpistole" genannt, weil sie höchstens dann effektiv war, wenn man direkt vor seinem Zielobjekt stand. „Hat der befreundete Brigadier dir denn auch einen Waffenschein dazu besorgt?"

Nel verbarg die Waffe unter ihrer schwarzen Jeansjacke. „Ist noch in Arbeit." Sie schlüpfte aus dem Auto und verschwand wie eine Katze in der dunklen Gasse. Ich schloss den BMW mit der Fernbedienung ab und machte mich auf den Weg zu Haus Nummer 18.

Die Memory Lane war eine zwielichtige Straße weit hinter dem Leidseplein, voll geparkt mit Autos. Es war einige Jahre her, da hatte ich diese Tür eingetreten, und Bart Simons hatte anstelle von CyberNel in der Hintergasse gestanden. Wer weiß, vielleicht beging ich den gleichen Fehler noch einmal und würde wie damals eine Kugel in die Magengegend kriegen, die hinter einem Riesenberg Kokain hervor auf mich abgefeuert wurde. Damals waren schlampige Ermittlungen, fehlende Rückendeckung und vor allem meine an Todesverachtung grenzende Gleichgültigkeit daran schuld gewesen. Vergangenheit.

Diesmal waren die Recherchen gründlicher gewesen, hoffte ich. Nel hatte entdeckt, dass Gürbüz wieder auf freiem Fuß war, sich aber bedeckt hielt. Damals hatte man ihn zu einer schweren Strafe verknackt.

Diesmal trat ich die Tür nicht ein, sondern klingelte ganz einfach. Ich hörte ein Klicken und stieß die Tür auf. Der obere Flur war nur schwach beleuchtet, aber ich erkannte ihn sofort, oben an der Treppe. Als ich begann die Stufen hinaufzusteigen, richtete er eine Lampe auf mich. Er fluchte, und schon dröhnten seine Schritte über den Holzfußboden des Hausflurs. Irgendwo knallte eine Tür.

Ich rannte die Treppe hinauf, den Flur entlang und durch eine enge Küche auf einen kleinen Balkon. Ich hörte Lärm aus der schmalen Gasse. Irgendjemand stieß einen Schmerzensschrei aus. Ich sah den hin- und herzuckenden Lichtkegel von Nels Lampe in der Gasse und rief: „Alles in Ordnung, Brigadier?“

„Jawoll, Inspecteur!“, rief Nel zurück.

Ich schwang mich über das Geländer und kletterte hinunter. Gürbüz lag mit den Händen auf dem Rücken gefesselt auf dem Pflaster. CyberNel winkte mit ihrer Kinderpistole. Gürbüz war ein muskulöser Mann um die vierzig, mit olivfarbenem Gesicht, zusammengewachsenen Augenbrauen, einer Boxernase und dem Verstand eines Boxers, der einen Kampf zu viel hinter sich hat. Er gehörte zur zweiten Einwanderergeneration und sprach besser Niederländisch als Türkisch.

Ich stieß ihn mit der Schuhspitze an. „Was soll der Blödsinn? Muss ich wie ein junger Streifenpolizist durch Häuser rennen und von Balkonen springen, nur um dich in die Finger zu kriegen?“

Er hörte mir gar nicht zu. Seine Stimme klang eine halbe Oktave zu hoch. „Mann, tu schon, was du tun musst, und fertig.“

Ich schaute Nel an. „Gürbüz glaubt, ich wolle ihn umbringen.“

„Was denn sonst?“, ächzte der Türke.

„Steh auf.“

Nel half, den Mann hochzuziehen, obwohl der sich heftig wehrte. „Lass mich gehen, Mann, ich habe dir von Anfang an gesagt, dass es ein Unfall war, ich hab mich zu Tode erschrocken, das war alles. Ich habe noch nie in meinem Leben auf jemanden geschossen.“

Ich zog sein Gesicht dicht vor meines und sagte: „Ich will mich gar nicht rächen, du Penner, ich will mich nur mit dir unterhalten!“

Wir nahmen Gürbüz zwischen uns und brachten ihn aus der Gasse hinaus zu meinem Auto. Er schwitzte unaufhörlich. Ich wusste, was ihm durch den Kopf spukte: Ich konnte ja behaupten, was ich wollte, aber für ihn sah es so aus, dass ich ruhig abgewartet hatte, bis er wieder auf freiem Fuß war, um ihn für die Kugel bluten zu lassen, die meiner Karriere bei der Polizei ein Ende bereitet hatte.

Wir verfrachteten Gürbüz auf den Rücksitz. Ich setzte mich neben ihn, Nel schloss die Tür und hielt draußen Wache.

„Du hast deine Strafe abgesessen. Du sollst mir nur einen Gefallen tun“, sagte ich.

Das Gesicht zum Fenster gewandt, runzelte er die Stirn. „Ich verpfeife niemanden bei der Polizei.“

„Ich bin nicht mehr bei der Polizei.“

„Was machst du dann mit Handschellen und einem Brigadier?“

„Das geht dich einen Dreck an. Du schuldest mir einen Gefallen, und den fordere ich jetzt ein. Wenn nicht, verpasse ich dir eine Kugel, sodass du mindestens ein halbes Jahr im Krankenhaus liegst.“

Gürbüz sagte nichts, wie es sich gehörte.

„Du hast für den dicken Schauker gearbeitet, stimmt's?“

„Der sitzt in Bijlmermeer im Knast.“

„Der Mann, den ich suche, heißt Harry, die Rübe.“

„Kenn ich nicht.“

Ich schwieg. Draußen war es dunkel. Ganz Amsterdam saß auf dem Leidseplein, und hier kam nur ein einziges Auto vorbei. Ich folgte dem Auto mit den Blicken und sagte: „Ich habe nicht viel Zeit, um halb elf muss ich noch zu einem anderen Termin. Du warst in der Autobranche und hast für Richard Schauker gearbeitet, und du warst da, als er in den Knast gewandert ist. Du hast also auch mit Harry zusammengearbeitet, und auch den hast du in den Bijlmerknast reinkommen und wieder rausgehen sehen, ungefähr zur selben Zeit wie du. Du solltest mir besser keinen Mist vorlügen. Ich wette, du hast schon Kontakt mit Harry aufgenommen, seit er wieder draußen ist.“

„Ich weiß wirklich nicht, wo er ist.“

„Dann würde ich es an deiner Stelle schnell herausfinden“, sagte ich geduldig. „Sonst muss ich dich im Auge behalten.“ Ich warf ihm einen schrägen Blick zu.

Einfache Handelsbedingungen verstand Gürbüz ganz genau.

„Ich gebe dir eine Telefonnummer. Sobald du etwas weißt, rufst du an.“

Gürbüz sagte nichts, nickte aber.

NIESSEN stand in der Gasse und drückte ununterbrochen auf CyberNels Klingel. Schon von weitem sah man ihm an, dass dies kein Ort war, an dem ein Yuppieanwalt sich wohl fühlte. „Ich stehe hier seit einer Viertelstunde, ich bin schon in Schweiß gebadet! Du lieber Himmel, ist das dein Büro?“

Ich stellte ihn CyberNel vor, die ein beleidigtes Gesicht machte.

„Das hier ist eine der schicksten Gassen von Amsterdam“, sagte ich. Nel lächelte wieder, und wir stiegen die Treppe hinauf. Sie setzte Kaffee auf, und ich schenkte uns währenddessen einen Drink ein und erzählte Niessen, dass sie meine Partnerin war, für die dieselben Diskretionsauflagen galten wie für mich.

„Was wirst du diesem Ehepaar berichten?“, fragte Niessen.

„Das geht dich gar nichts an“, antwortete ich. „Aber sie werden froh sein, dass du nichts gegen die Adoption einzuwenden hast.“

„Wussten Sie, dass Jennifer schwanger war?“, fragte CyberNel.

Er schaute sie an. „Sag ruhig du zu mir, ich heiße Thom.“

„Ich überleg's mir“, antwortete Nel lakonisch. „Aber zuerst müssen wir wissen, was genau passiert ist.“

Niessen blickte sie weiterhin an und zuckte mit den Schultern. „Die Rechtsanwaltskammer hat mich Jennifer Kramer als Rechtsbeistand zugewiesen. Sie behauptete, mittellos zu sein. Ihr wurde Autodiebstahl vorgeworfen. Ich hatte gerade erst bei Vredeling angefangen und seine Tochter bis dahin noch nicht einmal kennen gelernt. Ich habe Jennifer nicht angerührt, solange das Verfahren lief, aber von Anfang an fühlten wir uns zueinander hingezogen. Ein Jahr lang habe ich sie regelmäßig in ihrer kleinen Mietwohnung besucht. Wir hielten unser Verhältnis geheim, weil ich glaubte, es würde keinen besonders guten Eindruck machen.“

„Es sei denn, Sie hätten sie geheiratet, aber inzwischen hatten Sie Louise Vredeling kennen gelernt, richtig?“, fragte Nel freundlich.

Niessen ließ sich von ihrer Ironie nicht beirren. „Jenny wollte außerdem unbedingt, dass ich sie weiterhin als Rechtsanwalt vertrat, aber das war wirklich zu heikel. Schließlich bot die Kripo ihr diesen Deal an, und danach sahen wir uns gleich viel seltener. Ich glaube, letztlich waren wir doch zu verschieden. Aber dann wurde sie schwanger. Ich wusste nichts davon, bis sie mit einem Fünfmonatsbauch bei Vredeling auftauchte. Louise und ihr Vater waren Gott sei Dank nicht da. Es war natürlich viel zu spät, um die Schwangerschaft noch abbrechen zu können. Außerdem wollte sie das Kind behalten."

„Und dich heiraten?", unterstellte ich.

„Nein, das kam gar nicht infrage", sagte Niessen trotzig. „Sie wollte untertauchen, und ich habe ihr zu einer neuen Identität verholfen."

Ich blickte überrascht auf. *„Wow!"*

Er machte ein schuldbewusstes Gesicht und murmelte etwas von einem Mandanten, der solche Dinge regeln konnte. „Sie bekam zwar keinen Pass, aber der Rest war nicht so furchtbar schwierig. Nachdem die Papiere in Ordnung waren, zog sie aufs Land."

„Hast du deinen kleinen Sohn dort jemals besucht?"

„Nein. Ich habe ihn nie gesehen. Jennifer kam ein paarmal nach Amsterdam, als alles noch gut lief, doch nachdem ich ihr mitgeteilt hatte, dass ich nicht der Gegenvormund des Jungen werden konnte, habe ich sie nur noch am Telefon gesprochen. Die Sache wurde ziemlich unangenehm; sie verlangte, dass ich eine Vaterschaftserklärung unterzeichnete, ansonsten würde sie mich dazu zwingen."

„Sie hat dich also erpresst?"

„Sie wusste über meine Situation Bescheid und dass ich mich mit Louise Vredeling verloben wollte."

„Was hätte sie tun können?"

„Sie hätte sich an einen Journalisten wenden und Gerüchte über mich in Umlauf bringen können. Davon hätte man in der Kanzlei garantiert Wind bekommen, und das hätte für mich das Ende bedeutet. Deshalb habe ich ihr hin und wieder Geld zukommen lassen."

Nel fragte: „Wie viel haben Sie ihr gezahlt?"

„So um die vierzigtausend Gulden, über die letzten zwei Jahre verteilt. Für das Kind."

Ich versuchte, ihm in die Augen zu schauen. „Und sie wollte noch mehr?"

Er nickte, widerwillig. „Sie wollte, dass ich ihr helfe, ein anderes Haus zu suchen. Das war mir natürlich nicht so ohne weiteres möglich, und da fing sie an, mir Vorwürfe zu machen und mich zu bedrohen. Die Geschichte wurde äußerst unangenehm."

„Sie brauchte Hilfe", sagte CyberNel streng.

Er schaute lieber mich an. „Ich dachte, sie würde bestimmt bald in der Firma aufkreuzen, um mir eine Szene zu machen."

„Am Mittwoch nach dem Mord zum Beispiel?“

Die Bemerkung erschreckte ihn. „Wieso?“

„Jennifer hatte an diesem Mittwoch eine Verabredung in Amsterdam, deshalb kam die Nachbarin vorbei, um auf Tommy aufzupassen.“

„Ich … Davon weiß ich wirklich nichts.“ Irgendetwas anderes bereitete ihm Probleme. Sein Gewissen vielleicht.

„Sie hatten die besten Motive für den Mord an Jennifer“, sagte CyberNel mitleidlos. „Die anderen Kandidaten könnten es aus Rache oder Leidenschaft getan haben, aber für Sie wurde die Sache mit Jennifer zu einer Bedrohung für Ihre gesamte Existenz.“

„Max“, sagte er mit einem verzweifelten Blick zu mir. „Ich habe sie nicht ermordet. Würde ich dich dann etwa engagieren und dir all diese Dinge erzählen?“

Ich antwortete mit einem ruhigen Nicken. „Es wäre nicht das erste Mal, dass jemand so etwas tut. Wo warst du in der Nacht zum Mittwoch, dem 14. Juni?“

„Zu Hause bei Vredeling. Wir haben mit einem kleinen Abendessen meine Partnerschaft gefeiert und in diesem Rahmen auch Louises und meine Verlobung angekündigt. Gegen Mitternacht sind wir in ihre Wohnung gegangen, und ich habe bei ihr übernachtet.“

Ich schaute ihn nachdenklich an. „Ich kann mir vorstellen, dass dir die Vorstellung, dein zukünftiger Schwiegervater und deine Verlobte müssten als Zeugen dein Alibi bestätigen, Albträume bereitet.“

Seine Stimme klang plötzlich heiser. „Ich würde mich mit dem Teufel verbünden, um das zu verhindern.“

„Danke“, sagte ich.

AM NÄCHSTEN Morgen kam Ingrid, um mir Tommy zu zeigen.

„Und, was hast du für einen Eindruck?“, fragte sie.

Ich grinste Tommy an. Ingrid sah wieder sehr tugendhaft aus in ihrem beigefarbenen Kostüm, zu dem sie eine Seidenbluse und einen Schal um den Hals trug. „Wovon?“

„Von Tommy“, sagte sie, als sei das selbstverständlich. „Peter versteht nichts von Kindern, aber du bist doch selbst Vater?“

„Stimmt, ich habe einen Sohn“, gab ich zu. „Woher weißt du das?“

„Du hast es mir erzählt.“ Einen Moment lang wirkte sie verunsichert. „Er lebt im Ausland, oder?“

Ich sprach selten über Jeremy und konnte mir nicht vorstellen, dass ich ihn Ingrid gegenüber erwähnt hatte. „Er wohnt in Neuseeland und besitzt dort eine kleine Spielzeugfabrik. Ich habe ihn seit Jahren nicht gesehen, und ich habe wirklich keine Ahnung von Kindern“, sagte ich ausweichend. „Worum geht es?“

„Ob ich Tommy so vorzeigen kann.“

Tommy schlug seine ET-Augen zu mir auf. Sein Blick war unsicher. In seinem nagelneuen Kleinkindanzug, den geputzten Schuhen und mit den gekämmten Haaren sah er ziemlich unglücklich aus. „Für welchen festlichen Anlass hast du ihn denn so herausgeputzt?“

„Heute Nachmittag kommt eine Dame vom Jugendamt bei uns vorbei. Es geht um die Frage, ob ich gesund und als Mutter geeignet bin. Warum ich ihn adoptieren will, und ob die Lebensumstände stimmen, all diese Dinge eben.“ Ingrid legte eine Hand auf Tommys Köpfchen und lächelte ihn aufmunternd an.

Tommy konnte unserem Gespräch wahrscheinlich nur teilweise folgen, aber trotzdem widerstrebte es mir, vor seinen Ohren über seine Adoption oder womöglich über seinen Vater zu reden. „Bestimmt gibt es Zeichentrickfilme im Kinderprogramm“, sagte ich. „Ingrid und ich müssen uns einen Augenblick unterhalten, okay?“

Tommy lächelte mich unsicher an und ließ sich mit seiner kleinen Faust in meiner Hand mitführen. Er reagierte scheu und zurückhaltend, was ja ganz logisch war nach dem Schock durch den Verlust seiner Mutter und all den Veränderungen, die sein kleines Leben durcheinander brachten. Ich setzte ihn aufs Sofa. Tommy war ein niedlicher Junge, gut erzogen und keine Spur berechnend. Jennifer mochte eine Kriminelle gewesen sein, aber jemand, der ein so herzergreifend liebes Söhnchen zurückließ, konnte nicht durch und durch schlecht gewesen sein.

Ingrid hatte Kaffee nach draußen gebracht und eingeschenkt. Sie gab sich die größte Mühe und machte ein verdattertes, ja verletztes Gesicht, als ich ihr erklärte, dass sie mit Tommys schicken Kleidern und seinen geschniegelten Haaren zu dick auftrug. „Diese Leute möchten viel lieber einen gesunden Jungen sehen, der im Garten spielt und sich dabei schmutzig machen darf.“ Ich lehnte mich zu ihr hinüber und tätschelte ihre Hand. „Das Einzige, was die wollen, ist, dass Tommy es dort gut hat, wo er hinkommt. Es gibt überhaupt keinen Grund für ein negatives gerichtliches Gutachten. Vor allem deshalb nicht, weil Jennifers Bruder und auch der Vater des Kindes sich einverstanden erklärt haben.“

Ingrid hob überrascht den Blick. „Hast du seinen Vater gefunden?“

„Ja. Er ist Rechtsanwalt. Er kennt sich mit der juristischen Lage aus. Er braucht gar nicht in Erscheinung zu treten, da er das Kind sowieso nie anerkannt hat.“

„Ich bin froh, dass er keinen Anspruch auf Tommy erhebt."

Ich studierte ihr Gesicht und fragte mich, warum sie sich wegen Tommys Adoption so viele Sorgen machte, es war doch klar, dass ihr niemand Steine in den Weg legen würde. „Er findet es völlig in Ordnung, dass du Tommy adoptierst."

„Wie heißt er?"

Ich zögerte. „Er will unter allen Umständen vermeiden, dass sein Name publik wird. Ich glaube allerdings, dass Tommy seinen Namen herausfinden kann, wenn er später einmal wissen möchte, wer sein richtiger Vater ist."

Sie machte ein unwilliges Gesicht. „Ist das wirklich nötig?"

„Kinder haben ein Recht darauf, zu wissen, wer ihre leiblichen Eltern sind. Hierbei geht es um Tommy, nicht um dich."

Ingrid brütete eine Weile vor sich hin, aber dann hellte sich ihr Gesichtsausdruck auf, als sei ihr etwas Erleichterndes durch den Kopf geschossen. „Ich würde ihm den Namen schon sagen, falls er je danach fragt."

„Dann ist, was dich angeht, der Fall ja praktisch gelöst."

„Stimmt." Sie zögerte, ein wenig geniert. „Mach sobald wie möglich deine Rechnung für uns fertig."

„Das hat keine Eile."

„Doch, du hast deine Aufgabe erledigt, und ich möchte die Sache aus der Welt haben. Bestimmt hast du noch etwas anderes zu tun." Sie stand auf.

„Stimmt, habe ich. Ich suche den Mörder."

Ingrid erstarrte plötzlich. „Wie bitte? Und die Polizei?"

„Ich komme schon niemandem in die Quere."

Sie wirkte ein wenig irritiert. „Und wer hat dich damit beauftragt?"

„Mein Klient könnte in Schwierigkeiten geraten, wenn der Mörder nicht rasch gefunden wird", antwortete ich ausweichend.

„Und, hast du schon eine Idee?" Sie runzelte die Stirn und fügte rasch hinzu: „Jeroen hat gesagt, dass die Polizei glaubt, es habe etwas mit Jennifers Vergangenheit zu tun. Die Mafia vielleicht." Sie spitzte die Lippen. „Meiner Meinung nach solltest du in dieser Richtung suchen."

„Oder vielleicht doch im näheren Umkreis?"

Ingrid schüttelte den Kopf, als verstünde sie mich nicht. „Bokhof?"

Ich zuckte mit den Schultern. „Bokhof zieht keinen Nutzen aus Jennifers Tod."

„Vielleicht hat er es aus Wut getan oder im Affekt, als er sie belästigte und sie schreien wollte?" Sie schaute weg und schüttelte den Kopf. „Ich glaube, dass du in Amsterdam suchen musst."

Die Dame vom Jugendamt war offenbar mit den örtlichen Gewohnheiten vertraut, denn sie ging, ohne zu zögern, um das Haus herum und klopfte an die gläserne Hintertür.

„Anniek van Wessel vom Jugendamt in Arnheim“, sagte sie mit kräftiger Stimme und begrüßte mich mit einem energischen Händedruck. Sie machte einen sportlichen Eindruck und hatte aufmerksame hellbraune Augen.

„Meneer Winter“, sagte sie, nachdem ich sie zu einer Tasse Tee in meiner Küche überredet hatte. „Ich möchte vorausschicken, dass es bei uns nicht üblich ist, mit Nachbarn zu reden oder Zeugen hinzuzuziehen, die keine Experten auf unserem Gebiet sind.“

„Ich helfe gerne“, sagte ich. „Experte oder nicht.“

Sie schaute mich auf meine ironische Bemerkung hin an. „Ein ehemaliger Kripobeamter“, sagte sie. „Das nützt schon etwas. Mevrouw Brack möchte gern, dass wir uns mit Ihnen unterhalten, weil Sie gewisse Dinge bestätigen können …“

„Habe ich richtig verstanden, dass es mit der Untersuchung eilt?“

„Ja, weil dem Ehepaar die Pflegschaft für das Kind bereits vorläufig zuerkannt wurde. Mevrouw Brack hat sich glücklicherweise ausgezeichnet vorbereitet, sie hatte das erforderliche Gesundheitszeugnis bereits eingeholt. Mevrouw Brack erzählte, dass Sie den leiblichen Vater für sie ausfindig gemacht haben, weil sie Angst hatte, dass er sein Kind später vielleicht zurückfordern könnte?“

„Ja, aber die Gefahr ist gleich null“, antwortete ich. „Dieser Meneer lebt sein eigenes Leben, Karriere, eine Verlobte.“

Sie zog eine Augenbraue hoch, und ich verspürte das Bedürfnis, meinen Klienten zu verteidigen. „Es war Jennifers Entscheidung, das Kind zu behalten“, sagte ich. „Der Mann wusste noch nicht einmal, dass sie schwanger war. Sie hat ihn vor vollendete Tatsachen gestellt, aber trotzdem hat er sie finanziell unterstützt und dafür gesorgt, dass sie hierher ziehen konnte.“

Sie nickte und lächelte breit. „Aha, ein Heiliger.“

„Er ist kein Heiliger, entspricht aber auch nicht gewissen feministischen Vorurteilen.“

„Ich habe nichts gesagt“, bemerkte sie spöttisch.

„Ich habe aber gesehen, dass Sie das gedacht haben.“

„Stimmt“, gab sie zu. Ihre Augen funkelten, und plötzlich sah sie attraktiv aus.

Ich erwiderte ihr Lächeln. Wir tauschten den Tee gegen einen kleinen Aperitif, und danach fiel das Reden leichter. „Unsere Untersuchungen sind fast abgeschlossen“, sagte sie, nachdem wir ein wenig geplaudert hatten. „Das Ehepaar ist gesund, die Lebensumstände sind okay, und die beiden sind offensichtlich ganz vernarrt in Tommy, besonders sie …“

„Ingrid.“

„Ja.“

Ich hob mein Glas. „Also, Untersuchung abgeschlossen?“

Sie trank nicht mit, sondern fuhr mit den Fingerspitzen über den weißen Kunststoff meines Küchentischs.

„Nicht abgeschlossen?“, fragte ich.

Sie zuckte mit den Schultern. „Ich weiß nicht so recht.“ Sie zögerte erneut und schüttelte den Kopf. „Ich kann dieses Ehepaar einfach noch nicht richtig einschätzen, das ist alles.“

„Und jetzt möchten Sie wissen, was ein altgedienter Kripobeamter darüber denkt?“

Mit einem Nicken gab sie es zu.

„Ich kenne die beiden noch kaum. Auf den ersten Blick würde ich sagen, dass er sie anbetet und sie die Hosen anhat.“

„Mehr nicht?“, fragte sie.

„Tommy wird es sehr gut haben“, sagte ich.

„Ich höre ein vages Zögern.“

Sie hatte Recht, auch was dieses Vage betraf, denn ich wusste nicht, wo mein Zögern herrührte. „Ich habe den Eindruck, dass Ingrid von dieser Adoption besessen ist“, meinte ich. „Vielleicht ist das normal, das müssten Sie besser wissen als ich. Es wird sich schon legen, wenn Sie mit Ihren Untersuchungen fertig sind und der Richter sein Urteil gefällt hat. Wie lange wird das noch dauern?“

„Das kann schnell gehen“, antwortete sie. „Alles sieht gut aus. Der Richter hält sich normalerweise an unsere Empfehlung, und die wird positiv ausfallen.“

„Diesen Schluss muss Ingrid doch auch selbst ziehen können“, sagte ich. „Warum sollte sie sich also Sorgen machen?“

## 5

Nachts in einem Haus allein zu sein, das man kaum kennt, ist ein wenig ungemütlich, sogar für einen erfahrenen Expolizisten. Irgendwelche Gegenstände machen komische Geräusche und knarren verdächtig, obwohl sie einfach nur abkühlen, wenn nachts die Temperatur sinkt.

Da hörte ich das Geräusch wieder. Leises Rascheln. Es war ganz dunkel. Eine mondlose Nacht. Ich schaltete die Leselampe ein, um auf den Wecker zu schauen. Halb zwei. Ich schaltete das Licht aus und blieb still auf dem Rücken liegen. Die Stille fühlte sich nicht gut an. Ich schwang meine Füße aus dem Bett und tastete nach meinen Pantoffeln.

Ich ließ meine Pistole in ihrem Versteck oben in meinem Kleiderschrank. Ich bin hier auf dem Land, dachte ich. Wenn irgendeine Rotznase meinen Computer klauen will, kann ich den ja wohl noch mit bloßen Händen aus meinem Haus rausschmeißen. Ich öffnete geräuschlos die Tür und schlich im Dunkeln zum Wohnzimmer.

Ich blieb auf den letzten, gefliesten Stufen stehen. Ich hörte nichts. Ich tastete nach dem Lichtschalter. Doch irgendjemand kam mir zuvor, an einem anderen Schalter, und das Licht ging plötzlich an. In Bruchteilen von Sekunden, halb geblendet, sah ich einen Mann mit der Hand auf dem Schalter neben der hinteren Glastür stehen. Ich nahm auch den Knüppel bewusst wahr, ich spürte ihn, hörte das Rascheln von Kleidung, aber ich war noch zu verschlafen, um angemessen reagieren zu können. Ein anderer Mann musste direkt neben mir gestanden haben.

Der Schlag traf hart meinen Schädel, und ich fiel nach vorn. Der Name Gürbüz schoss mir durch den Kopf, doch ich war schon bewusstlos, bevor ich unten an der Treppe aufschlug.

ICH DACHTE, ich sei tot. Es war stockdunkel, ich spürte nichts. Dann überwältigte der Schmerz meinen Kopf und meinen ganzen Körper. Kurz darauf begann der Tod nach Eisenwarengeschäften und Tankstellen zu riechen. Ich versuchte, den Kopf zu bewegen, um den Schmerz in meinem Nacken zu lindern. Meine linke Hand lag eingeklemmt unter meiner Hüfte, die andere spürte ich nicht. Meine Knie waren bis fast an mein Kinn angewinkelt. Ich hörte Brummen und Zischen. Meine freie Hand berührte Metall. Ich lag in einer Metallkiste. Die Geräusche stammten von Reifen auf Asphalt und dem Brummen eines Motors. Ich war nicht gefesselt, ich war einfach in einen Kofferraum gestopft worden.

Als sie mich rausholten, sank ich verkrampft und steif in mich zusammen. Es war düster, und der Ort hätte überall sein können. Eine Art offener Platz, dunkler Backstein, der Lichtkreis einer Taschenlampe auf einer Tür. Zwei Männer schleppten mich zwischen sich mit. Ich hörte das Geräusch kleiner Räder auf Schienen, vielleicht von einem Tor, das geschlossen wurde. Sie brachten mich irgendwo hinein. Sie ließen mich fallen. Die Tür ging zu.

Mein Pyjama war feucht und stank nach Öl. Ich spürte einen filzartigen

Teppichboden. Mühsam setzte ich mich auf eine Pobacke und stützte mich mit einer Hand ab. Davon wurde mir schwindelig, und ich sank wieder zurück. Ich erkannte nur düstere Umrisse. Hier war es besser als im Kofferraum, die Luft war frischer. Ich wurde ohnmächtig oder schlief ein.

ICH WUSSTE nicht, wo ich war. Die Kopfschmerzen dröhnten noch in meinem Schädel. Ich sah ein graues Feld aus Teppichboden und ein Doppelbett, ordentlich bezogen und gemacht, mit blütenweißer Bettwäsche. Ich verstand nicht sofort, warum ich auf dem Fußboden lag und nicht in dem Bett. Ich blickte an eine cremefarbene Decke und sah einen Durchgang zu einem gefliesten Bad. Offensichtlich war das hier ein Hotelzimmer. Ich bewegte meinen Kopf und hörte die Stimme einer Frau: „Endlich sind Sie wach. Wie heißen Sie?“

Ich blinzelte mit den Augen und richtete mich zum Sitzen auf. Ich starrte eine Frau in einem niedrigen Sessel an. Sie schien um die dreißig zu sein, trug eine Art himmelblauen Pyjama und hatte ein ovales, nicht unattraktives Gesicht und dunkelblondes, gepflegtes Haar.

„Haben Sie Kopfschmerzen?“, fragte sie. „Wie heißen Sie?“

„Was soll dieser Unsinn?“, fragte ich.

„Ich bin Cassie“, sagte sie versöhnlich. „Ich habe Sie erst mal auf dem Boden liegen lassen, ich dachte, Sie möchten vielleicht zuerst duschen und dann frühstücken. Mögen Sie Ihr Ei weich gekocht?“

„Einer von uns beiden hat ein weich gekochtes Gehirn“, erwiderte ich. „Und ich bin es nicht. Wenn ihr noch nicht mal meinen Namen wisst, dann tut mir einen Gefallen und entführt beim nächsten Mal meinen Nachbarn.“

„Ich bin nur dazu da, für Sie zu sorgen.“ Cassie stand aus ihrem Stuhl auf. Sie zog mich hoch, und ich merkte, dass sie kräftige Arme hatte. Ich schaute mich um und sah, dass dieses Hotelzimmer keine Fenster besaß. Mir brummte der Schädel. Ich wollte nichts lieber als eine Dusche.

Ich blieb in der Öffnung zum Badezimmer stehen. Es gab eine Duschkabine, ein Waschbecken, eine Toilette – das Einzige, was fehlte, war Privatsphäre. Ich drehte mich um. „Mein Name ist Max. Und duschen kann ich durchaus allein.“

„Ich tue alles, was du willst. Darf ich du sagen?“

Sie lächelte, und ich drehte mich um und stieg in die Dusche. Das warme Wasser war eine Wohltat. Vorsichtig hielt ich den Kopf unter den Wasserstrahl und blieb minutenlang so stehen.

Ich entdeckte keine Spur von Cassie, als ich mit einem Handtuch um die Hüften aus der Dusche kam. Ich suchte nach irgendetwas zum Anziehen, doch es gab nichts. Ein eingebauter Schrank, ein kleiner Tisch, zwei Stühle, ein Sessel, das Bett. Ich hielt meine Hand unter ein Gitter an der Decke und fühlte einen frischen Luftzug. Die Tür war glatt; auf dieser Seite gab es nur einen runden Knopf, der sich nicht drehen ließ.

Ich stand neben der Tür, als sie aufging. Ich sah Cassie und eine Person hinter ihr. Jetzt, dachte ich, sofort, die glauben, du wärst noch schachmatt. Ich packte die Tür und riss sie zu mir hin. Ich fühlte Cassies Hand auf meiner Schulter. Ein Mann mit Karnevalsmaske trat in die Tür, legte das dicke Ende eines Baseballschlägers, an das sich mein Schädel noch erinnerte, auf meine Brust und stieß mich kräftig nach hinten. Ich stolperte gegen Cassie, fasste sie mit beiden Händen um den Hals und schwenkte sie grob herum, sodass sie zwischen mir und dem Kerl stand. „Lass den Schläger fallen, und geh zurück!“, schrie ich. „Sonst muss sie dran glauben!“

Ich hörte, wie der Mann hinter der Maske ein höhnisches Geräusch ausstieß, und dann schlug er einfach die Tür vor meiner Nase zu.

Cassie lehnte schlaff an mir, ohne sich zu wehren. Ich ließ ihren Hals los. Meine Demonstration hatte wenig Sinn, solange sich hier niemand um das Opfer beziehungsweise die Geisel scherte.

Sie rieb sich über den Hals, räusperte sich und sagte mit fast wieder normaler Stimme: „Ich bin denen egal. Für dich ist es nur langweiliger ohne mich.“

„Es tut mir Leid“, sagte ich.

„Schon vergessen.“ Sie bückte sich, um die Basttasche aufzuheben, die sie bei meiner Würgeattacke hatte fallen lassen. Sie holte ein Paar Pantoffeln heraus und dazu einen Schlafanzug. Dann ging sie zur Wand neben der Tür und drückte auf einen Knopf, der mir nicht aufgefallen war. Eine kleine Luke ging einen Spalt auf. Cassie öffnete sie ganz, griff hinein und trug dann ein Tablett zum Tisch. Ich ging rasch zu der Luke hinüber und blickte in eine etwa einen halben Meter tiefe Durchreiche, deren andere Seite mit einer Klappe aus rostfreiem Stahl verschlossen war.

„Dein Tee wird kalt“, sagte Cassie, schob mich sanft zur Seite und schloss die Luke.

Ich unterdrückte meine Wut. „Warum bin ich hier?“

„Das weiß ich nicht“, antwortete Cassie.

„Machst du diese Art von Arbeit öfter?“

„Man verdient gut dabei.“

„Und wer bezahlt dich?“

„Ich weiß nicht, wie er heißt.“

Das war natürlich gelogen.

„Wie bist du an diesen Job gekommen?“

Cassie zögerte einen Augenblick. „Über einen Begleitservice.“

Ein Callgirl, das gleichzeitig als Serviererin fungierte. „Wie lange soll das hier noch dauern?“

„Die sorgen dafür, dass du die meiste Zeit schläfst.“

„Und du?“

„Ich habe es nicht eilig, ich werde pro Tag bezahlt.“

DIE ZEIT zieht sich, wenn man in einem Hotelzimmer eingesperrt ist, selbst wenn einem ein attraktives Callgirl Gesellschaft leistet. Ich fuhr noch eine Weile fort, Cassie auszuhorchen, wurde dadurch jedoch kein bisschen schlauer. Sie behauptete, sie werde hin und wieder engagiert, um Gästen als Gesellschafterin zu dienen. Informationen über meine Bewacher oder den Ort, an dem wir uns befanden, gab sie nicht preis, doch nach und nach gewann ich die Überzeugung, dass sich normale Gäste freiwillig hier aufhielten und ich der Einzige war, der hier gefangen gehalten wurde.

In diesem Fall war meine Unterkunft vermutlich nicht als Gefängnis konzipiert. Eine Übergangsunterkunft? Ein Versteck?

Ich legte mich auf das Bett und spähte durch die Wimpern hindurch zu Cassie. Mir war natürlich klar, dass sie mehr war als nur eine Gesellschafterin; sie behielt mich auch im Auge und machte es zum Beispiel schwierig, mit dem Graben eines Tunnels anzufangen.

Als ich meine Augen wieder aufschlug, war sie weg. Es hätte ebenso gut Mitternacht wie der nächste Tag sein können. Am Licht hatte sich nichts verändert. Vielleicht hatte mich der Sauerstoffmangel geweckt. Ich ging ins Badezimmer, pulte mit zwei Fingern Stückchen der Papphülse aus der Toilettenpapierrolle und steckte sie mir in den Mund.

Raus kam man hier nur durch die Tür oder die Klappe in der Wand. Die Tür würden sie nicht für mich öffnen. Ich ging hinüber zur Wand und drückte auf den Knopf neben der Luke zur Durchreiche.

Die Stimme kam unter den Leisten an der Decke hervor. „Ja?“

„Fragen kostet nichts“ ist einer meiner Lieblingssprüche. „Einen Whisky, bitte“, sagte ich. „Mit Eis.“

Roomservice war offenbar inbegriffen. Ich stand neben der Luke, als ich das Klicken hörte und die kleine Tür einen Spalt aufsprang. Ich zog sie weiter auf, nahm die klebrige Klorollenpappkugel aus dem Mund und drückte sie, während ich mit der linken Hand das Whiskyglas aus Plastik aus dem Schacht nahm, mit der rechten Hand in die Öffnung vor dem Federverschluss in der Seitenwand.

Ich drückte die Luke mit dem Ellbogen achtlos zu, drehte mich um und probierte einen Schluck von dem Drink. Ich hörte kein Klicken; vielleicht klappte es, und die Pappe verhinderte, dass das Scharnier des Schlosses in der Öffnung einrastete.

Ich lehnte mich ans Kopfende des Bettes und trank meinen Whisky. Ich hatte nirgendwo eine Kamera gesehen. Ich wusste nicht, wie spät es war und wie lange ich würde warten müssen. Wenn es acht Uhr abends war, saßen sie alle vor dem Fernseher und guckten die Nachrichten. War es zwei Uhr nachts, lagen sie vielleicht alle im Bett, bis auf den einen Nachtwächter vom Dienst.

Ich schob meine Fingernägel hinter den Rand der Luke und zog die Tür auf. Nichts geschah. Die Luke befand sich in Brusthöhe, und ich schob einen Stuhl davor, um hineinzukommen. Ich arbeitete mich mit den Schultern nach vorn, bis mein Kopf das Metall auf der anderen Seite berührte. Es war eine Klappe, genau wie auf der Zimmerseite, allerdings ohne Schloss. Sie öffnete sich einen Spalt, als ich dagegen drückte. Mir wurde immer klarer, dass sämtliche Maßnahmen, wie etwa das Fehlen von Fenstern, nicht dazu gedacht waren, die Gäste einzusperren, sondern um zu verhindern, dass man sie von draußen bemerkte.

Ich hörte ein leises Rauschen und sah flackerndes Licht, als ich die Klappe weiter öffnete. Genau gegenüber von mir stand ein Fernseher, dessen Lautstärke fast auf null gestellt war. Ich schaute hinunter und entdeckte in einem Sessel direkt unter mir einen Mann, der verschlafen den Blick zur sich öffnenden Luke hob und allmählich wach wurde.

Mir wurde ein wenig schwindelig, vielleicht aufgrund meiner Position, und ich wurstelte mich so schnell wie möglich wie ein Aal nach vorn und ließ mich mit ausgestreckten Händen auf den Mann fallen. Bevor er anfangen konnte zu schreien, bekam ich seinen Hals zu fassen, und wir taumelten beide aus seinem Sessel nach vorn.

Ich hielt ihn fest, konnte eine Hand befreien und versetzte ihm einen Faustschlag an die Schläfe. Der Mann erschlaffte, und ich blieb erschöpft auf ihm liegen.

Ich schüttelte den Kopf, um mein Schwindelgefühl loszuwerden, richtete mich auf und kniete mich neben meinen Bewacher. Der Mann war Mitte fünfzig, hatte ein bleiches, schmales Gesicht und trug einen verknitterten grauen Anzug. Er sah nicht aus wie ein Gangster. Er hatte weder eine Waffe noch eine Brieftasche bei sich. Vielleicht war die irgendwo in einer Jacke.

Während ich mich umschaute, merkte ich, wie der Schwindel stärker wurde. Mein Bewacher begann zu stöhnen und den Kopf zu bewegen.

Irgendwas war in dem Whisky gewesen, begriff ich. Die sorgen dafür, dass du die meiste Zeit schläfst. Ich schwankte. Es war ein Gefühl, als sei ich durch extremen Schlafmangel völlig ausgebrannt. Mein Körper schrie nach Schlaf. Ich musste hier weg, bevor es mich umhaute.

Ich sah eine Tür und ging hin. Ich torkelte durch einen Raum, dessen Wände und Fußboden um mich herum Wellen schlugen. Ich spürte kühlere Luft, trat einen Schritt nach vorn ins Leere und fiel nach unten.

BEVOR ich wusste, wie mir geschah, zwitscherten Vögel in meinen Ohren, blendete mich Tageslicht, und jemand fing an zu rufen: „He! Hallo! Was machen Sie denn hier? Wer sind Sie?"

Ich versuchte, etwas zu sagen, aber meine Zunge war geschwollen und meine Kehle ausgetrocknet.

„Ein Betrunkener", sagte ein Mann.

„Im Schlafanzug?" Das war eine Frau.

Ich öffnete die Augen, sah ein Schild mit der Aufschrift EINGANG BÜROS und dann zwei Beine in Nylonstrümpfen, die mir die Sicht versperrten.

„Hallo? Können Sie mich verstehen?" Sie hatte eine beruhigende Altstimme und hübsche Waden unter einem dunklen Rock, der an die Uniform einer Stewardess erinnerte.

Ich blinzelte mit den Augen. Die Sonne stand tief hinter ihr und verlieh ihr die Aureole eines Engels. Röchelnd brachte ich ein paar Geräusche hervor und nannte meinen Namen.

„Winter?", verstand sie. Der Engel hockte sich neben mich. Die Frau hatte ein apfelförmiges Gesicht, umrahmt von einem Kranz roter Locken.

„Wo bin ich?"

Sie berührte meinen Kopf. „Im Industriegebiet." Ihre Locken wippten zur Seite. „Rik, Gerard, helft mir mal, wir bringen ihn rein."

Zwei Männer halfen mir auf zum EINGANG BÜROS, durch einen Flur und in die Toilettenräume.

Der Schwindel ebbte allmählich ab. Ich beugte mich über ein Waschbecken. Die Beule auf meinem Kopf brannte unter dem kalten Wasser. Rik reichte mir Papierhandtücher.

„Was ist denn passiert?", fragte er.

„Was Falsches gegessen oder getrunken", sagte ich.

Gerard dachte, ich wolle ihn auf den Arm nehmen. „Du bist doch nicht im Schlafanzug hier gelandet, weil du was Falsches gegessen oder getrunken hast."

„Ich weiß es wirklich nicht. Ich kann mich an nichts mehr erinnern. Wo sind wir hier?" Ich tupfte mein Gesicht ab.

Gerard schaute mich weiterhin ungläubig an. „In Maarssenbroek."

Maarssenbroek, an der Autobahn nach Amsterdam? „Was für eine Firma ist das?"

„Das hier ist die Firma Softy. Wie der Name schon sagt, entwickeln wir Software."

Jemand klopfte an die Tür, und der Engel schaute herein. „Darf ich reinkommen?" Sie hatte einen alten Regenmantel bei sich. „Schuhe konnten wir leider nicht auftreiben. Geht es Ihnen besser?" Sie lächelte fröhlich. „Hallo, ich bin Irma Verelst."

„Ich bin Max Winter. Aus Rumpt."

„Und wie sind Sie hierher geraten?"

„Ich habe einen Schlag auf den Kopf gekriegt, und danach kann ich mich an nichts mehr erinnern."

Unter den roten Locken legte sich ihre Stirn in Falten. „Sollen wir die Polizei rufen?"

Ich schüttelte den Kopf.

„Rumpt?" Gerard half mir in den Regenmantel, unter dem meine nackten Füße hervorschauten. „Wo liegt das?"

„In der Nähe von Geldermalsen."

„Soll Sie jemand nach Hause bringen?", fragte Irma.

„Ja, aber ich kann auch selbst anrufen."

Ich konnte ohne Hilfe gehen, stützte mich dabei aber mit einer Hand auf Gerards Schulter ab. Irma eilte uns voraus. Wir kamen in eine nüchtern eingerichtete Rezeption. Irma winkte uns in eine Sitzecke in der Nähe ihres Büros. Sie war offenbar die Telefonistin und Empfangsdame.

Ich rief CyberNel an und las die Adresse vor, die Irma mir hilfsbereit hinhielt.

Dann gab es für mich Kaffee und ein Käsebrötchen. Es war eine freundliche Firma, was bei dem Namen Softy ja auch zu erwarten war.

Ich blieb wie ein heruntergekommenes schwarzes Schaf der Familie in der Sitzecke zurück und wurde wach, weil mein Unterbewusstsein die Stimme CyberNels erkannte, dann die Altstimme von Irma, und dann bog CyberNel um eine Palme.

„Ein Bild des Jammers", sagte sie zur Begrüßung. „Hast du die Farbe dieses Pyjamas selbst ausgesucht?"

CYBERNEL hatte gerade erst einen gebrauchten Polo erstanden, in dessen Laderaum gleich hinter den Vordersitzen Ersatzteile und anderer Krempel lagen. Bevor wir auf die Autobahn fuhren, drehte sie ein paar Runden durch das Industriegebiet. Ich saß, tief in den Sitz gerutscht, in meinem geliehenen Regenmantel neben ihr und betrachtete die Gebäude diverser Betriebe und Büros, ohne dass mir eines davon irgendwie bekannt vorkam. Gittertore auf Schienen gab es viele, ebenso wie Backsteinmauern. An viel mehr konnte ich mich nicht erinnern.

Dann erregte ein Kurierdienst meine Aufmerksamkeit, und ich bat Nel, gegenüber anzuhalten, damit wir uns die Sache näher anschauen konnten. Erst nach einer Minute begriff ich, dass mein Körper sich besser erinnerte als mein Gehirn: Ich war halb bewusstlos einen Meter nach unten gefallen. Auf der Rückseite dieses Backsteingebäudes befand sich eine etwa einen Meter hohe Laderampe.

Ich notierte mir den Namen der Firma: Calluna. Er besagte natürlich wenig. Wahrscheinlich gab es hier an die zwanzig Firmen mit Laderampen, Rolltoren auf Schienen und Backsteinwänden. Hatte ich das Tor aufgemacht? Oder hatte es offen gestanden?

„ICH KANN nichts dafür, Harry!“, brachte Gürbüz flehentlich hervor.

Zwei der drei Leibwächter hielten ihn an Schultern und Armen fest, während mir der dritte eine Pistole zwischen die Rippen bohrte. Es war offensichtlich, dass Harry spontanen Besuch nicht leiden konnte.

Harry war leicht an seinem hellroten Haar zu erkennen, das ihm den Spitznamen „die Rübe“ eingebracht hatte. Er hatte eine große Habichtsnase, und seine Augen blickten wie die eines Jungen, der zu lange auf dem Schulhof gepiesackt worden ist und aus Rache beschlossen hat, Napoleon zu werden und die Welt zu erobern. Er trug einen Morgenmantel aus scharlachroter Seide und schaute verstört von Gürbüz zu den Leibwächtern. „Wer hat dem Mann die Nase blutig geschlagen?“

Ich sagte: „Ich musste Gürbi ein wenig dazu ermuntern, mich hierher zu bringen.“

Die Napoleon-Augen versuchten, Löcher in meine zu brennen. „Und warum wolltest du unbedingt zu mir?“

„Ich möchte ein paar Erkundigungen einziehen.“

„Du kommst mir irgendwie bekannt vor“, sagte Harry. „Ich weiß nur nicht, woher. Bist du ein Bulle?“

„Nein.“

Harry hatte den Vorteil, dass er acht Stufen über uns stand, auf dem Absatz einer breiten Treppe mit dicken roten Läufern und Kupfergeländer. Wir befanden uns in einem Luxusnachtklub. Harry wohnte laut Gürbüz vorübergehend über dem Klub. „Warum sollte ich mit dir reden?“

„Weil ich ansonsten immer wiederkommen werde“, sagte ich. „Der Schlag auf den Schädel und die Fahrt im Kofferraum gingen ja gerade

noch, aber der leuchtende Schlafanzug war einfach zu viel des Guten."
Harry runzelte die Stirn. „Was faselst du denn da?"
„Es geht um Jennifer Kramer", sagte ich.
Ich sah einen Funken in seinen Augen, der kurz aufblitzte und dann wieder erlosch. „Die ist tot."
„Sie wurde ermordet", präzisierte ich.
„Ich hab's in der Zeitung gelesen."
„Ich bin auf der Suche nach ihrem Mörder."
Harry schwieg einen Augenblick lang, während er die Anspielung verarbeitete. „Du reißt den Mund ganz schön weit auf", sagte er dann.
„Scheiße, Harry, davon hatte ich keine Ahnung", fing Gürbüz an.
„Dabei muss ich natürlich auch gewisse Verdachtsmomente überprüfen beziehungsweise ausräumen", sagte ich verwegen.
„Ausräumen." Harry nickte. „Darüber können wir reden. Aber glaubst du wirklich, dass es mein Stil ist, einer Frau mit einem Brecheisen den Schädel einzuschlagen?"
„Vielleicht ist es der Stil deiner Leute", meinte ich.
„Soll ich ihn in den Keller bringen?" Einer der Bodyguards ließ seine Hand auf meine Schulter sinken.
„Bring ihn rauf, und schick Gürbüz nach Hause."
Harry ging die Treppe hinauf. Unten wurde Gürbüz weggebracht. Die beiden anderen Bodyguards folgten mir die Treppe hinauf und durch einen langen, mit rotem Teppich ausgelegten Flur an nummerierten Türen vorbei.
Hinter der letzten Tür mit dem Schild PRIVAT befand sich ein geräumiges, nicht allzu protziges Direktionsbüro mit Fenstern, von denen aus man auf das Wasser blickte. Harry ging um den Schreibtisch herum, setzte sich und bedeutete mir, in einem Sessel Platz zu nehmen. Ein Bodyguard war draußen auf dem Flur geblieben, der andere stand abwartend im Büro. Harry öffnete eine kleine Kiste auf seinem Schreibtisch. „Du wolltest über Jenny reden", sagte er. „Ich höre."
„Sie hat für dich gearbeitet beziehungsweise für Schauker. Sie war meine Nachbarin."
Harry hob die Hand. „Timmy, geh solange die Hühner füttern."
Der Leibwächter nickte und verließ das Büro.
Harry nutzte die Pause, um sich eine Zigarre in den Mund zu stecken. Die Zigarre brachte mich darauf, wo ich ihn schon einmal gesehen hatte. „Du bist über den Deich gefahren, in einem Pontiac."
„Ach ja?"
„Du hast gefragt, wo eine gewisse Juffrouw Kramer wohnt."

„Ach so. Dieser Deich."

„Ich kannte meine Nachbarin aber nur als Jennifer van Maurik, deshalb habe ich dich in die Pampa geschickt. Hast du sie trotzdem gefunden?"

Harry legte ruhig seine Zigarre hin und schaute mich an.

„Die Polizei weiß inzwischen auch, dass sie Jennifer Kramer hieß. Sie werden sich bestimmt dafür interessieren, wer am Vorabend ihres Todes in einem Pontiac über den Deich gefahren ist. Musste ich deshalb aus dem Verkehr gezogen werden?"

„Meine Geduld ist langsam zu Ende."

Ich verlor meine auch allmählich. „Dann eben im Telegrammstil: Typen im Haus, Beule auf meinem Kopf, Fahrt im Kofferraum zu einem Hotelzimmer mit Gesellschaftsdame, aber ohne Zimmerschlüssel in Maarssenbroek. Kurierdienst Calluna?"

Wieder schaute er mich so merkwürdig an, und plötzlich war ich mir sicher, dass ich an der falschen Adresse war. Er sagte: „Ich habe Jennifer sehr gern gehabt. Leute, die mich verdächtigen, etwas mit ihrem Tod zu tun zu haben, habe ich nicht gern. Wenn ich dich aus dem Verkehr hätte ziehen wollen, würdest du nicht hier sitzen. Scheiße!" Harry ballte die Fäuste, und ich erkannte zu meiner Verwunderung, dass er ungeschickt wegschaute, offenbar um Gefühle der Trauer und Reue zu verbergen.

„Darf ich dir ein paar Fragen stellen?", erkundigte ich mich nach einer kurzen Stille.

„Wenn ich den Mörder von Jenny in die Finger kriege, lasse ich ihn von vier Autos in Stücke reißen", sagte Harry.

„Und ich hätte nichts dagegen, eins dieser Autos zu fahren", entgegnete ich.

Harry schaute mich eine Weile lang an und sagte dann: „Du könntest für mich arbeiten, dann darfst du fragen, was du willst, und verdienst auch noch dabei."

„Ich habe schon einen Klienten."

„Ich zahle das Doppelte. Plus Leibwächter."

„Vielleicht wirst du nicht mehr so begeistert sein, wenn du hörst, warum ich dachte, dass der Mörder aus deiner Umgebung oder aus der von Richard Schauker kommen könnte."

„Schauker sitzt im Knast, den kannst du vergessen."

„Aber du bist gerade erst rausgekommen."

Harry nickte. „Ich habe oft an sie gedacht. Jemand hat mir erzählt, dass sie ein Kind hatte und aufs Land gezogen war, irgendwo am Lingedeich. Ich wollte sie besuchen und sie fragen, ob sie wieder für mich arbeiten wolle. Aber ich habe sie nicht gefunden, auch nicht an diesem Abend. Ein paar Tage später hörte ich, dass sie in derselben Nacht ermordet wurde."

Wieder schwieg er für einen Augenblick. Dann fragte er: „Warum hätte der Mörder aus unseren Kreisen kommen sollen?"

„Jennifer hat euch bei der Polizei verpfiffen."

Harry lief rot an. Er richtete sich hinter seinem Schreibtisch auf und schrie einen herzhaften Frustrationsfluch heraus. Beinahe wären die Scheiben zersprungen. Dann holte er Luft und ließ sich in seinen Stuhl zurückfallen.

Ich schaute Harry an. Ich war mir sicher, dass ihr Verrat eine absolute Überraschung für ihn war. „Sie hatten sie in der Zange", sagte ich. „Sie konnte nicht anders."

Er nickte ein paarmal in Gedanken versunken mit dem Kopf und fragte: „Wie lange?"

„Die letzten paar Jahre."

Er nickte wieder. „Scheiße", sagte er.

Ich musste ihm Recht geben. Wenn Harry die Rübe nicht der Mörder war und mich nicht entführt und eingesperrt hatte, konnte ich wieder von vorn anfangen. „Die Polizei sucht dich, behauptet aber, du wärst unauffindbar."

„Das hier ist eine neue Adresse, das ist alles", sagte Harry. „Ich brauche mich nicht vor der Polizei zu verstecken."

„Eines Tages kommen sie dich doch holen, setzen dich in ein Vernehmungszimmer und gehen dir auf die Nerven. Das kannst du verhindern, indem du mit den Leuten von der Amsterdamer Kripo Kontakt aufnimmst. Einer von ihnen ist Bart Simons, mein ehemaliger Partner, der am Rande mit der Sache zu tun hat, der andere ist Guus Palmer. Palmer hat Jenny betreut, er kann dir hundertprozentig bestätigen, dass Jennifer auf keinen Fall aufgeflogen ist und dass der Mörder deshalb aus einer anderen Ecke kommen muss."

Harry nickte. „Ich gebe dir eine Nummer, unter der mich der Bulle erreichen kann."

„Und Schauker?", fragte ich.

„Schauker war ein Blödmann", sagte Harry, offensichtlich schon an den Gebrauch der Vergangenheitsform gewöhnt.

„WIR MACHEN einfach alles falsch", sagte ich, nachdem ich Bart Simons angerufen und die Harry-Frage geregelt hatte.

„Wir?", fragte CyberNel. „Ich bin doch nur die helfende Hand."

Ich schaute sie an. „Du siehst aber schick aus“, sagte ich. „Ist das ein neues Kostüm? Komm mal her. Hast du dir wirklich die Haare gebürstet, oder kommt der Glanz daher, dass du verliebt bist?“

„Ich habe meine Haare gebürstet, und das hier ist mein bestes Kostüm. Ich muss mit Eddy zusammen zu einem Gespräch mit ein paar Typen von der ABN-Bank, um Geld für eine neue Erfindung locker zu machen.“

CyberNel arbeitete zusammen mit ihrem Technikfreund an einem Heilmittel gegen die Plage der tragbaren Kartendupliziergeräte, kleinen Apparaten, mit denen kriminelle Kellner und anderes Gesindel die Kreditkarten nichts ahnender Kunden kopierten, um anschließend deren Konten zu plündern.

„Meinst du, du hast trotzdem noch Zeit, diese Firma Calluna zu überprüfen?“

„Steht ganz oben auf meiner Liste. Fährst du zurück in dein Dorf am Fluss?“

Ich nickte und küsste sie. „Komm, sobald du kannst, ich brauche dich da sehr.“

Als sie weg war, saß ich eine Weile lang bei einer Tasse Kaffee in ihrem Wohnzimmer und dachte über meine Liste der Tatverdächtigen nach. Draußen schien die Sonne.

Thomas Niessen war wahrscheinlich kein Hauptverdächtiger, doch wenn ich wirklich vorhatte, ernsthaft alles von A bis Z zu überprüfen, musste ich mit seinem Alibi anfangen. Leider bestand die einzige Möglichkeit darin, Louise Vredeling auszuhorchen, Niessens Verlobte, aber ich brachte es einfach nicht übers Herz, sie mit den Schatten aus der Vergangenheit ihres Verlobten zu belästigen.

Dann eben erst der Rest der Liste. Ich hinterließ Nel eine Nachricht und verließ die Stadt.

SIE HATTE einen langen, runzeligen, pockennarbigen Hals, graues Haar bis ans Kinn, ein vorspringendes Vogelgesicht und trug ein schwarzes Schürzenkleid. Sie war hier geboren, und alles war genauso wie früher bei ihrer Mutter.

Ich war hintenherum gegangen und stand vor der Küchentür. „Guten Tag, Mevrouw“, sagte ich. „Ist Ihr Mann zu Hause?“

„Er ist im Kühlhaus. Was wollen Sie von ihm?“

„Es geht um Ihre ehemalige Mieterin.“

„Sind Sie von der Versicherung?“

Mir wurde klar, dass sie mich noch nie gesehen hatte. „Nein, Mevrouw, ich bin Detektiv.“ Ich zog meinen Meulendijkausweis hervor, aber sie würdigte ihn keines Blickes.

„Die Polizei ist aber schon da gewesen.“

Für sie gab es wahrscheinlich keinen Unterschied zwischen Polizisten und Detektiven. „Ich hätte da noch ein paar Fragen“, sagte ich unbestimmt. „Darf ich reinkommen?“

Der Polizei verweigerte man nichts.

Sie führte mich ins Wohnzimmer, als sei ich Sonntagsbesuch, und bot mir Tee an. Ich saß zwischen den schweren Möbeln und dem glänzenden Büfett. Der Tee wurde in dünnem Blümchenporzellan serviert, mit Plätzchen auf einer Silberschale.

„Ich habe Ihren Mann auf einem Fest bei meinen Nachbarn ein paar Häuser weiter kennen gelernt“, sagte ich. „Aber ich glaube, Sie habe ich dort nicht gesehen, stimmt das?“

„Ja, das stimmt.“

„Gehen Sie nicht so gern auf Partys?“

„Mein Mann geht hin, ich bleibe lieber zu Hause.“

„Aber Sie haben Kontakt zu den Nachbarn, die das Fest gegeben haben?“

Sie wandte verdrießlich den Blick ab. „Sie haben sich vorgestellt, als sie hierher gezogen sind. Ich habe sie begrüßt, aber sie sind anders als wir. Ich bedauere es nicht, dass sie wegziehen.“

„Wegziehen?“, fragte ich.

„Ich habe so was gehört.“

Vielleicht war ihr etwas über Jennifers Umzugspläne zu Ohren gekommen. „Hatten Sie den Heuschober vorher schon einmal vermietet?“

„Nein. Möchten Sie noch Tee?“

Ich schüttelte den Kopf. „Und Ihr Mann hat die Mieterin ausgesucht?“

„Ja, und wir hatten eine Auseinandersetzung deswegen.“

„Warum?“

„Er erzählte, Mevrouw van Maurik sei Witwe, ihr Mann sei bei einem Unfall ums Leben gekommen, und es sei unsere Christenpflicht, ihr und ihrem Kindchen zu helfen. Ich bin zu ihr hingegangen und habe ihr Babysachen und Obst mitgebracht. Ich fragte sie nach dem Unfall, aber sie sagte nur: ‚Was für ein Unfall?‘“ Sie stellte ihre Teetasse hin, und ihre Hand zitterte ein wenig. „Sie war gar keine Witwe, das Kind ist unehelich. Ich habe zu meinem Mann gesagt, er müsse ihr kündigen. Aber er behauptete, das ginge nicht, das sei gegen das Mieterschutzgesetz. Er sagte, sie habe auch ihn angelogen, um den Heuschober zu bekommen.“

„Glauben Sie, dass das so war? Dass sie ihn angelogen hat?“

„Am Ende kriegt jeder, was er verdient."

Ich unterdrückte meine spontane Reaktion. „Kennen Sie Sjef Dirksen?", fragte ich.

„Ja, er wohnt in Acquoy", antwortete sie mit mürrischem Blick.

„Und mit ihm war Ihr Mann an dem bewussten Dienstagabend Billard spielen?"

Sie sagte nichts, sondern schaute mich nur ausdruckslos an. Ich wusste nicht, was ich damit anfangen sollte, und fragte: „War er um zwölf Uhr nachts zu Hause?"

„Schon um halb zwölf. Aber fragen Sie ihn selbst, ich höre ihn gerade kommen."

Ich nahm meine leere Teetasse hoch, lehnte mich in dem Plüschpolstersessel zurück und dachte: Ach, was soll's.

Bokhof kam herein, blieb stehen und lief sofort rot an. „Was macht dieser Mann hier?"

„Das Gespräch fing gerade an, interessant zu werden", sagte ich.

Seine Frau erwiderte seinen Blick. „Der Meneer ist von der Polizei."

„Moment mal", setzte ich zu einem Protest an.

Doch schon sagte Bokhof höhnisch: „Das glaubst aber auch nur du."

„Ich glaube, hier liegt ein Missverständnis vor …", murmelte ich.

Bokhof hielt die Tür auf. „Du hast deinen Tee ausgetrunken, das trifft sich gut, dann bist du rechtzeitig zum Mittagessen zu Hause. Wiedersehen."

DASS er um halb zwölf zu Hause gewesen war, war Quatsch. Das mit dem Billard spielen vielleicht auch.

Ich fuhr den Deich von Acquoy hinauf. Dort, wo die Linge eine Schleife machte, standen winzige Deichhäuser. Zwei Teenager erklärten mir den Weg.

Eine dicke Frau mit grauem Haar öffnete mir die Tür. Sie hatte freundliche Augen. Ja, ihr Mann sei zu Hause. Sie führte mich in ein kleines Nebenzimmer, das als Büro eingerichtet war. Dirksen war Obstbauer, genau wie Bokhof. Ein Computer auf einem Holzschreibtisch, ein Fax, Ordner, die Buchhaltung, ein Poster mit makellosen Äpfeln und ein Kalender von den Obstversteigerungshallen in Geldermalsen.

Dirksen war groß und schwer und ungefähr im selben Alter wie Bokhof, doch er wirkte jovialer und weniger frustriert. „Na, so was", sagte er nach einem Blick auf meinen Ausweis. „Von einer Detektei? Da ist einem sicher nichts Menschliches mehr fremd."

„Sind Sie ein guter Freund von Harm Bokhof?"

Er lehnte sich zurück, und das Lächeln verschwand für einen Augenblick von seinem Gesicht. „Was soll ich machen?“, fragte er mehr zu sich selbst. „Harm anrufen und fragen, was ich tun soll?“

„Damit helfen Sie ihm nicht.“

„Harm kann manchmal ein Ekel sein, aber er ist mein Freund. Schon seit der Grundschule.“

„Und Sie gehen auch schon mal zusammen weg.“

„Das auch. Kommen Sie wegen seiner ermordeten Mieterin? Wurde der Täter immer noch nicht gefasst?“

„Ich versuche herauszufinden, wo Harm an jenem Abend war. Er hat mir erzählt, dass er mit Ihnen Billard spielen war.“

„Und das glauben Sie nicht. Wo liegt das Problem?“

Ich drückte mich vorsichtig aus: „Er hat seine Mieterin belästigt.“

Dirksen nahm es gleichmütig auf. „Sie war ein appetitliches Ding, ich hab sie ein paarmal gesehen. Aber hinter ihr her zu sein ist etwas anderes, als sie zu ermorden.“

Ich nickte. „Womöglich kam er vom Billard spielen nach Hause, ging bei ihr vorbei, um es noch einmal zu versuchen, und die Sache lief aus dem Ruder.“

Dirksen legte den Kopf schief. „So, so. Und um welche Uhrzeit soll das ungefähr gewesen sein?“

„Gegen Mitternacht.“

Sein Gesichtsausdruck hellte sich auf. „Na, dann muss es jemand anders gewesen sein, denn Harm war bis drei Uhr nachts mit mir zusammen.“

„Beim Billard spielen?“

Er schaute zur geschlossenen Tür seines kleinen Büros. „Sag Sjef zu mir, okay?“

Sehr merkwürdig. „Okay, Sjef.“

„Und wie heißt du mit Vornamen?“

„Max“, antwortete ich gehorsam.

„Okay, Max. Gibt es bei euch auch so was wie einen Amtseid oder so? Ich meine, wenn ich dir etwas im Vertrauen erzähle, bleibt das dann unter uns, oder lese ich es morgen in der Zeitung?“

„Es bleibt unter uns“, sagte ich. „Es sei denn, es geht um ein Kapitalverbrechen wie Mord.“

Sjef Dirksen zögerte nicht lange. Er schaute auf seine Armbanduhr. „Hast du noch ein bisschen Zeit?“

„Mein Klient bezahlt“, antwortete ich.

Im Flur nahm er ein Sakko von der Garderobe und öffnete die Tür zur

Küche. „Ich muss mal kurz mit dem Kontrolleur zur Versteigerung!", rief er seiner Frau zu.

Wir stiegen in seinen Mercedes und fuhren schweigend über Asperen und einen höheren Deich zur Autobahn. Er nahm die Auffahrt in Richtung Rotterdam und fuhr eine Viertelstunde später wieder ab. Ein paar Deiche und Kurven weiter hielt er schließlich vor einer Villa mit einem großen Parkplatz, geschlossenen Fensterläden und einem Schild, auf dem in zierlichen Lettern THE PINK MOON stand. Sjef hielt direkt vor dem Schild und sagte: „Hier waren wir."

Ich schaute mich um. „Im Puff."

„Das machen wir praktisch jeden Dienstag. Erst ein bisschen nach Leerdam zum Billard spielen, und dann in den Puff."

„Jeden Dienstag?"

Er nickte. „Man kennt uns hier als Sjef, den Schweinezüchter, und Harm, den Imker. Ich dachte, ich sage lieber nichts, sondern bring dich gleich hierher. Da du die ganze Zeit bei mir gewesen bist, kann ich also auch nicht angerufen und etwas mit den Damen abgesprochen haben. Geh sie ruhig fragen. Oder glaubst du mir auch so?"

The Pink Moon. „Ach, wo wir einmal hier sind", sagte ich.

Eine hübsche Surinamerin ließ uns ein. „Hallo, Sjef. Wo ist Harm? Ist das auch ein Freund von euch? Suzie kommt leider erst heute Abend." Sie lächelte verheißungsvoll, schaute mir tief in die Augen und gab mir die Hand. „Ich bin Tilly. Soll ich dir die Hausordnung erklären?"

„Tilly ist die Managerin", sagte Sjef. „Ich glaube, heute trinken wir nur etwas. Das ist Max."

„Willkommen, Maximiliaan", sagte Tilly.

Wir folgten ihr an der Treppe vorbei bis zum Ende des Flurs, wo sie eine Gardine für uns beiseite hielt.

Eine mollige Blondine und eine Schwarze saßen auf der anderen Seite der hufeisenförmigen Theke. Es war Mittagszeit, draußen schien die Sonne, doch hier herrschte das gedämpfte rötliche Dämmerlicht des Nachtlebens.

Ein junger Mann fragte, was wir trinken wollten. Die beiden Damen von gegenüber kamen um die Bar herum zu uns. Sjef legte seine Schweinezüchterhand auf die Hüfte der Blondine. Er kannte jeden hier, er war Stammgast. „Das ist Roos", sagte er. „Das ist mein Freund Max, er würde sich gern mal kurz mit dir unterhalten."

Roos lächelte einladend, setzte sich auf den Barhocker neben mir, stellte ihre Tasche auf die Theke und rieb ihr Knie an mir. Sie ließ sich von mir zu einem Getränk einladen und bestellte eine Pikkoloflasche.

Sjef beugte sich an mir vorbei zu Roos hinüber, um ihr die Sache zu erklären. „Es geht um Harm", sagte er. „Du kannst Max ruhig alles erzählen, was du weißt."

Sie erschrak ein wenig. „Ist was mit Harm?"

„Nein, mit Harm ist alles in Ordnung", sagte Sjef. „Es geht um, äh, nun ja. Max soll dir das selbst erklären." Er drehte mir den Rücken zu und fing an, mit dem anderen Mädchen zu reden.

Ich hatte keine Ahnung, wie ich es anfangen sollte. „Ist Harm ein Stammkunde von dir?"

Sie nickte besorgt.

„Kommt er oft?"

„Ja, jeden Dienstag."

„Aber er wird doch wohl mal ab und zu einen Dienstag überspringen?"

Sie schüttelte den Kopf.

„Dienstag, der Dreizehnte. Kannst du dich an den Tag noch erinnern?"

„Dienstag vor zwei Wochen?"

„War Harm da auch hier?"

„Natürlich. Und Sjef auch."

„Wann sind sie gekommen?"

„Ich glaube, so gegen halb zwölf. Harm hatte ein Geschenk für mich gekauft. Er ist ein lieber Mann."

„Wann sind die beiden wieder nach Hause gegangen?"

„Wir haben eine Party gefeiert. Nicht vor halb vier."

„Und du bist dir sicher, dass es der 13. Juni war und nicht irgendein anderer Dienstag?"

Ihr Lächeln breitete sich träge über ihre Wangen aus. „Natürlich bin ich mir sicher. Es wurde so spät, weil wir meinen Geburtstag gefeiert haben." Sie hielt ihr Handgelenk hoch und zeigte mir ein silbernes Armband. „Das hat Harm mir mitgebracht."

Eine regelrechte Romanze für das Volkstheater. Ich dachte an Bokhofs knochige Frau in ihrem staubfreien Sonntagswohnzimmer. Vielleicht wusste sie über The Pink Moon Bescheid und fürchtete den Skandal, der ausgelöst würde, wenn sie alles der Polizei erzählte.

Ich schaute in Roos' treuherzige Augen in ihrem dicken, gutgläubigen Gesicht und fand, dass dieser Idiot auch noch Glück hatte. Ein lieber Mann.

Man hätte glatt vor Rührung heulen können, wenn er nur genauso lieb und nett zu der ermordeten Jennifer gewesen wäre.

„WIR LEITEN die Sachen, die nichts mit unseren Fällen zu tun haben, doch immer an die Polizei weiter“, sagte CyberNel. „Stimmt’s, oder hab ich Recht?“

„Stimmt, du hast Recht. Es stört mich eben nur, dass ich da fast zwei Tage lang festgesessen habe. Das muss doch irgendeinen Grund gehabt haben. Außerdem ist der Mord an Jennifer unser einziger Fall.“

Nel schüttelte den Kopf. „Ich habe nichts Besonderes über diesen Kurierdienst herausgefunden. Es ist eine GmbH, die Tochterfirma einer Muttergesellschaft mit noch weiteren GmbHs. Was hat Bart Simons gesagt?“

„Er hat Harry die Rübe vernommen, sie wollen das alles noch mal überprüfen, aber sie sehen keinen Zusammenhang zwischen Harry und Calypso.“

„Du meinst Calluna. In diesem Industriegebiet gäbe es übrigens an die zwanzig Möglichkeiten, wo man dich hätte gefangen halten können. Wenn du mit deinem benebelten Kopf einen Meter tief gefallen bist, muss das noch lange nicht von der Laderampe der Firma Calluna gewesen sein.“

Nel stocherte in der glühenden Holzkohle im Grill herum.

„Calluna klingt sizilianisch oder korsisch.“

„Höchstens nach korsischen Heidesträuchern, denn genau das ist Calluna.“

Nel hockte vor dem Grill und pustete. Mit ihren halb zugekniffenen Augen ähnelte sie wieder einmal einer Katze. Dafür, dass sie angeblich nur Zahnbürste und Nachthemd dabeihatte, hatte sie einen ziemlich großen Koffer mitgebracht.

„Vielleicht ist die Strauchheide in Menschenschmuggel verwickelt?“, spekulierte ich.

Nel legte eine Tischdecke auf und arrangierte Teller, Servietten und ein Glas darauf. Das zweite hatte ich schon in der Hand.

„Dann muss es aber eine Art Luxusschmuggel sein, bei dem man vor den Gästen katzbuckelt.“

„Ein Durchgangsquartier, daran hat Bart gedacht.“

„Derjenige, der dich dort hat einsperren lassen, hat nichts gegen dich“, sagte Nel. „Du durftest nur für eine Weile nicht stören, und er machte es dir so angenehm wie möglich, damit du hinterher nicht allzu böse auf ihn sein würdest.“

Sie hätten mich in dieser Nacht sofort töten können. Dann hätten die Männer auch keine Masken zu tragen brauchen. Dass ich Cassie gesehen hatte, spielte offenbar keine Rolle. „Sie haben damit gerechnet, dass ich brav einschlafen würde. Der Mann, der da saß, war kein Wächter, sondern eher eine Art Hausmeister. Der Baseballschläger und sein Kumpel waren wahrscheinlich schon weg. Ihre Aufgabe war erledigt, als sie mich abgeliefert hatten."

„Eine Herberge für Spione oder Mafiabosse auf der Durchreise?"

„Nur weiter so."

Sie hatte die Holzkohle gleichmäßig zum Glühen gebracht und fing an, Lammrippchen auf den Grillrost zu legen. Ich schenkte ihr Wein ein. Nel setzte sich mir gegenüber.

Ich hörte plötzlich ein Auto bremsen, und kurz darauf kam Peter ums Haus gerannt.

„Max … hallo …" Er blieb stehen und machte ein verdutztes Gesicht, vielleicht, weil er sich einer unbekannten Dame gegenübersah. „Entschuldigung … Ich habe Rauch gesehen und dachte, bei dir würde vielleicht etwas brennen."

„Das ist nur der Grill. Oder das Fleisch auf dem Grill. Hallo, Peter. Das hier ist CyberNel."

CyberNel schaute ihn an wie eine lächelnde Sphinx.

„Peter ist unser ehemaliger Kunde, der, der Tommy adoptieren will", erklärte ich. „Möchtest du ein Glas Wein, Peter?"

„Nein, danke, ich muss nach Hause. Ist das deine Frau?"

„Nein."

„Noch nicht", sagte CyberNel.

Es blieb einen Moment lang still, und ich schaute sie stirnrunzelnd an. Ich fragte Peter, wie es Tommy ginge.

„Fantastisch, Ingrid ist so glücklich mit ihm, ich kriege sie kaum noch aus dem Haus …"

„Ja, aber wie geht es Tommy?"

Peter klang noch aufgeweckter. „Ich habe eben mit der Dame vom Jugendamt telefoniert, sie hat durchblicken lassen, dass, was sie betrifft, alles in Ordnung ginge und ihr Bericht mit entsprechender positiver Empfehlung schon auf dem Weg zum Richter sei. Jetzt kann alles sehr schnell gehen."

„Glückwunsch. Und wie findet Tommy das?"

„Tommy?" Er schaute von mir zu CyberNel. „Der Junge weiß gar nicht, wie ihm geschieht. Ingrid war mit ihm einkaufen, und sie sind mit einer ganzen Lkw-Ladung Spielsachen nach Hause gekommen."

„Aber es muss doch ein ziemlicher Schlag für ihn gewesen sein", sagte CyberNel. „Ein zweijähriger Junge, dessen Mutter vor seiner Nase ermordet wird …"

„Aber davon hat er gar nichts mitgekriegt, er war in seinem Bettchen, und die Zimmertür war abgeschlossen."

Ich sah, dass Nel wütend wurde, und fragte: „Wie reagiert Tommy, wenn er hier vorbeikommt?"

„Ich meine damit, dass Ihre Frau nicht seine Mutter ist und Ihr Haus nicht sein Zuhause", fügte CyberNel trotzdem noch hinzu.

Peter wandte sich erleichtert mir zu. „Wir versuchen, ihn vom Heuschober fern zu halten, aber das wird auf die Dauer natürlich schwierig. Wir denken sogar daran, unser Haus zu verkaufen und woandershin zu ziehen."

„Das ist bestimmt keine schlechte Idee", musste ich zugeben. „Aber ihr habt doch so ein schönes Haus."

„Na ja …" Peter schwieg und lächelte wieder so zögerlich und schief, dass er dadurch noch ältlicher wirkte. Er sah müde und apathisch aus, wie ein Hund, der kurz davor ist, aufzugeben und sich auf den Rücken zu legen, weil er zu lange gejagt wurde. „Es geht um Ingrid, verstehst du", sagte er. „Wenn Tommy sie glücklich macht …"

Er winkte und machte sich auf den Weg. Ich hörte die Autotür zuschlagen und den Motor anspringen, wobei er mehr Gas gab als nötig.

CyberNel schaute mich forschend an. „Ingrid, Ingrid. Was ist nur so Besonderes an diesem Weib?"

Ich gab mir größte Mühe, nicht zu erröten. Irgendetwas in meinem Gehirn fing an zu nörgeln, ich kam nur nicht darauf, was es war.

Nel wollte nicht im Gästezimmer unten am Deich übernachten, es war ihr zu laut. Sie ließ sich öfter solche komischen Ausreden einfallen. Sie wollte einfach gerne bei mir schlafen, und ich freute mich darüber. Manchmal dachte ich, dass ich es offiziell machen sollte. Nel hatte mehr und Besseres verdient als nur die Zuneigung eines Freundes, der es gut mit ihr meinte und gerne mit ihr schlief.

## 6

Manchmal kommt es vor, dass man sich tage- und wochenlang mit Routineermittlungen herumschlägt und das Gehirn zermartert, ohne die geringsten Fortschritte zu machen, und dann kommt plötzlich ein Tag, an dem man im Grunde nichts tut und trotzdem allerlei Puzzlesteinchen wie von höherer Hand an den richtigen Platz gerückt werden.

Wir hatten schon beim Frühstück beschlossen, einen Urlaubstag einzulegen. Wir spazierten ins Dorf, erledigten ein paar Einkäufe und tranken Kaffee auf der Terrasse eines Lokals in der Voorstraat. Nel blieb dort mit der Zeitung sitzen, während ich zur Bank nebenan ging, um meine neue EC-Karte abzuholen.

Anita stand in einem der kleinen runden Bollwerke, die wohl die praktische Umsetzung neuester Erkenntnisse zum Thema diskrete und kundenfreundliche Bankeninterieurs darstellten.

Ich unterzeichnete die Empfangsquittung für die neue Karte und fragte, wie es mit dem Baby aussehe. Sie erzählte errötend, sie sei im vierten Monat schwanger und sie und ihr Freund würden demnächst heiraten.

„Glückwunsch!"

Sie machte ein verlegenes Gesicht. „Wollen die Bracks diesen kleinen Jungen adoptieren?"

„Soweit ich weiß, haben sie das vor."

Ich steckte meine Brieftasche ein. Anita sagte: „Ich glaube, sie kann keine eigenen Kinder bekommen."

„Dann wird sie sich ja über Tommy freuen."

Ich wandte mich schon zum Gehen, aber dann sagte sie: „Das erinnert mich an eine Geschichte in so einem Groschenroman …" Sie schüttelte ein wenig verlegen den Kopf. „Mein Freund hat ihn mir geschenkt, weil er ‚Anitas Prinz' heißt. Er hat ihn im Supermarkt gekauft. Nur dass der Prinz in dem Buch kein richtiger Prinz, sondern ein Baby ist. Diese Anita konnte keine Kinder bekommen, und sie konnten auch keines adoptieren. Ihr Mann liebte sie so sehr, dass er nach Schottland fuhr, irgendwo auf dem Land eine allein stehende Mutter ermordete und ihr Baby entführte." Anita lächelte bitter. „Eine ziemlich abartige Liebe, finden Sie nicht?"

NEL STAND auf der anderen Straßenseite vor dem Schaufenster eines Immobilienmaklers. Ich ging zu ihr hinüber. „Nel?"

Sie wies mit einem Nicken auf das Fenster. „Ist das nicht das Haus von Peter Brack?"

Ich runzelte die Stirn. Das Haus am Polderdeich war vom Wasser aus fotografiert worden. Man sah einen blühenden Apfelbaum, die verglaste Rückseite und die Terrasse, auf der ich mit Ingrid getanzt hatte.

„Das ging ja fix", sagte CyberNel. „Referenznummer drei zwölf."

Wir traten ein.

Ein selbstbewusster junger Mann setzte sein Verkäuferlächeln auf. Das junge Paar plante, sich in dieser Gegend niederzulassen. Das Objekt mit der Referenznummer drei zwölf vielleicht? Er schlug den Ordner auf.

„Wahrscheinlich hängt es erst seit ganz kurzer Zeit im Schaufenster", sagte ich. „Sonst gäbe es doch bestimmt schon Interessenten?"

„Ja, da haben Sie Recht", antwortete der junge Mann eifrig.

„Nehmen Sie die Fotos selbst auf?"

„Ja, natürlich, entweder ich oder mein Kollege."

„Aber diese Aufnahme muss schon vor letzter Woche entstanden sein." Ich schenkte CyberNel, die mich verblüfft anschaute, ein reizendes Lächeln. „Die Apfelbäume blühen doch ungefähr Ende April."

„Sie haben vollkommen Recht", sagte der junge Mann. „Der Verkauf war schon seit ein paar Monaten in Vorbereitung, das Objekt war geschätzt worden, die Fotos entwickelt und der Vertrag fertig. Ich brauchte nur noch auf das Startzeichen zu warten."

„Und wann kam das?", erkundigte ich mich.

„Mitte letzter Woche. Wenn Sie Interesse haben, sollten Sie in der Tat nicht zu lange warten, denn das Objekt ist sehr begehrt."

„Allerdings ein bisschen teuer", fand Nel. „Außerdem stinkt das allmählich nach Vorsatz."

„Das Haus?", fragte der Makler verwirrt.

WIR MACHTEN noch einen Umweg zum Supermarkt und gingen dann nach Hause. Für mich war die Hoffnung auf einen Urlaubstag schon entschwunden, aber zumindest Nel konnte es sich in einem Liegestuhl bequem machen und, umwölkt von Lavendeldüften, einen Roman lesen.

„Warum denn partout das da?", fragte Nel unwillig, als ich ihr „Anitas Prinz" in die Hand drückte.

„Laut einer netten und klugen Anita von der Rabobank hat Germaine Hastings sich eine sehr interessante Methode ausgedacht, um ihrer Protagonistin zu einem Kind zu verhelfen."

Nel legte den Kopf schief. „Wer ist Germaine Hastings?"

„Peter Brack. Unter diesem Pseudonym schreibt er seine Kitschromane, wie er sie bezeichnet."

Nel schlug das Buch auf. „Verlag Maßliebchen?"

„Seine Firma gibt ihren verschiedenen GmbHs Blumennamen. Brack selbst ist Direktor der Augentrost GmbH, zusammen mit einem Russen …" Ich schwieg, weil auf einmal in meinem Gehirn etwas klick machte. „Die Calluna GmbH!"

Nel starrte mich ebenfalls an. „Mit einem Russen zusammen?"

ICH GING ums Haus herum und blieb stehen, als ich Ingrid rufen hörte. „Tommy? Komm mal schnell! Ich hab was für dich!"

Sie stand mit dem Rücken zu mir. Tommy saß in einem neuen Tretauto unter dem Apfelbaum. Er kletterte gehorsam heraus und wackelte auf sie zu. Ingrid ging in die Hocke und hielt ein Eis hoch.

„Kriegt Mama erst ein Küsschen?", fragte sie schmeichelnd.

Der kleine Junge blieb vor ihr stehen, griff nach dem Eis und sah mich über ihre Schulter hinweg an.

Ingrid schaute sich um und erschrak, als fühle sie sich ertappt. „Max!" Sie sprang auf.

Ich spazierte auf sie zu. „Tag, Ingrid. Hallo, Tommy! Du hast aber ein schönes Auto."

Der Junge lächelte mich an.

„Es schmilzt." Ich wies mit dem Kinn auf das tropfende Eis in Ingrids Hand.

„Oh je", murmelte Ingrid. Tommy bekam das Eis ohne den Kuss-Zoll. Der kleine Junge trippelte zurück zu seinem Auto.

„Ich habe von Peter gehört, dass du wieder zu Hause bist." Sie legte mir die Hand auf den Arm.

„Ja, er war ziemlich überrascht", sagte ich. „Wo ist Peter? Ich muss ein paar Dinge mit ihm besprechen."

Die Sonne schien Ingrid ins Gesicht und brachte ihr blondes Haar zum Glänzen. Der Schrecken war aus ihrem Blick gewichen, und etwas Kaltes hatte sich stattdessen eingeschlichen. „Was denn?"

Ich schaute zu Tommy hinüber, der an seinem Eis leckte. „Mama?"

Ingrid bekam rote Wangen. „Ach, das? Ich versuche ihn doch nur …", sie presste verärgert die Lippen aufeinander. „Du meinst wegen Jennifer."

„Jennifer, genau. Peter weiß, dass ein Klient mich damit beauftragt hat herauszufinden, wer sie ermordet hat."

Sie trat näher an mich heran. „Glaubst du, dass es Bokhof war?"

„Bokhof war im Puff, weit weg. Ich habe mich mit den Damen unterhalten, er war bis drei Uhr morgens dort."

„Nutten sind käuflich."

„Nicht nur Nutten. Ist Peter zu Hause?"

„Peter kann dir nicht weiterhelfen, er war in Amsterdam, das weißt du genauso gut wie ich."

„Ich würde ihm trotzdem gern ein paar Fragen stellen."

„Max …" Sie legte mir die Hände auf die Brust. „Bitte, ich habe solche Angst!"

„Angst? Wovor?"

Sie flüsterte eindringlich: „Dass manches aufgewärmt wird, gerade jetzt in dieser entscheidenden Phase … Nur noch ein paar Tage, dann bekommen wir offiziell die Vormundschaft für Tommy, dann kann ihn uns niemand mehr wegnehmen."

Ich schaute an ihr vorbei und bemerkte mit einem kleinen Schrecken, dass Peter am Wohnzimmerfenster stand. Ich ging einen Schritt zurück und sah, dass sie wirklich Angst hatte. „Warum machst du dir solche Sorgen?"

„Du weißt doch, wie die Behörden sind beziehungsweise der Richter, die schieben die Entscheidung vielleicht auf, wenn sie glauben, dass …"

„Dass was?"

„Dass die Polizei hier in der Gegend den Mörder sucht anstatt in Amsterdam."

„Ich habe keinen Einfluss darauf, was die Polizei tut."

„Aber du brauchst sie auch nicht auf eine Spur zu bringen."

Ich schaute in die tiefe Kälte ihrer Augen. Sie hatte Angst, und sie war wütend. Ich nickte ihr zu und ging zu Peter, der mir die Terrassentür öffnete. „Was ist denn los?"

„Ich hätte da ein paar Fragen."

Er ließ mich herein, und ich folgte ihm in seine Schriftstellerecke.

Alles war aufgeräumt, der Computer ausgeschaltet. Peter sah wieder müde aus und noch eine Spur grauer.

„Ich habe euer Haus im Schaufenster des Maklers hängen sehen", sagte ich.

„Ja …" Er verzog sein Gesicht zu einem schiefen Lächeln.

„Gestern hast du gesagt, ihr würdet gerade erst überlegen, ob ihr es verkauft?"

„Wir haben uns eben schnell entschieden."

„Ich bin mal kurz zu dem Makler reingegangen. Wenn ich ihn richtig verstanden habe, wurde der Verkauf bereits im Mai beschlossen. Das war, noch lange bevor es notwendig wurde, Tommy vor bösen Erinnerungen zu schützen."

„Na und? Ich habe schon seit einer Weile vor umzuziehen."

„Ebenso wie du schon vor langer Zeit einen Roman über einen Mann geschrieben hast, der eine junge Mutter ermordet, um seiner Frau ein Kind zu beschaffen?"

„Ich weiß nicht, was du meinst", sagte er heiser.

„‚Anitas Prinz'. Da denkt man doch: Wer liest das schon? Und außerdem: Welcher Depp wäre so dumm, sein Verbrechen vorher in Buchform anzukündigen?"

Peter ballte die Hände zu Fäusten und fragte wütend: „Hältst du mich für blöd, oder was?"

„Nein", antwortete ich. „Im Gegenteil, ich halte dich für ziemlich intelligent. Deshalb kann ich es ja nicht verstehen."

Er schnaubte vor Wut. Sein Gesicht wirkte noch grauer. Ich war an der richtigen Adresse, daran zweifelte ich kaum noch. Ich verschränkte die Arme und lehnte mich zurück. „Ingrid hat mich gebeten, noch ein paar Tage den Mund zu halten."

Mit einem Ruck setzte Peter sich wieder aufrecht hin. „Was?"

„Keinen Staub aufzuwirbeln, bevor euch der Richter nicht die offizielle Vormundschaft übertragen hat, also während der nächsten paar Tage."

„Ingrid ist …" Seine Stimme zitterte. Er wandte den Blick ab.

„Du wusstest, dass ich nahe dran war. Du brauchtest nur noch ein paar Tage, um die Vormundschaft zu kriegen. Deshalb hast du deinen Chef um Hilfe gebeten, wie heißt er noch gleich, Meiling? Um mich für eine Weile aus dem Verkehr zu ziehen. Du wusstest doch verdammt genau, dass einige dieser GmbHs nur Deckmäntelchen für krumme Geschäfte mit den Russen sind! Verdienst du auch am Schmuggeln von Illegalen?"

„Illegale? Ich weiß wirklich nicht, wovon du redest!" Peter wirkte aufrichtig empört.

„Zu deinem Pech ist die Firma Calluna nicht darauf eingerichtet, Menschen gefangen zu halten", sagte ich. „Das kommt natürlich daher, dass die Gäste sich dort normalerweise freiwillig aufhalten."

Ich erkannte, dass ich in puncto Calluna den Nagel auf den Kopf getroffen hatte. „Du konntest nicht ahnen, dass ich den Namen lesen würde, aber war das nicht ein bisschen sehr kurzsichtig von dir, Peter?"

Stockend fragte er: „Hast du mit Meiling geredet?"

„Das übernimmt schon die Polizei." Plötzlich kam mir eine Idee. „Hattest du vor, sobald die Adoptionspapiere ausgestellt waren, mit Ingrid und dem Kind zu flüchten?" Ich wies mit einer Kopfbewegung hinauf zur Zimmerdecke. „Sind die Koffer schon gepackt?"

„Blödsinn", sagte er.

„War darum schon alles geregelt, auch mit dem Makler? Wohin sollte die Reise denn gehen? Irgendwo ins Ausland?"

Er wandte das Gesicht ab und biss sich auf die Lippen.

„Du warst zwar in Amsterdam, das stimmt, aber in einer Nacht hin- und herzufahren ist gar kein Problem." Ich legte meine Hände auf seinen Schreibtisch und beugte mich zu ihm hinüber. „Heute Morgen wurde mir auf einmal klar, warum nur du es gewesen sein konntest."

„Du hast keinerlei Beweise", erwiderte er matt.

„Du hast mir gegenüber praktisch selbst zugegeben, dass du Jennifer ermordet hast“, sagte ich.

Damit war es heraus. Er ließ den Satz eine Weile auf sich wirken und rief dann wütend: „Weil ich eine Bemerkung darüber gemacht habe, was du mit Ingrid angestellt hast?“

Ich holte tief Luft, schüttelte den Kopf und sagte: „Nein, Peter. Das war ein Fehler, den ich mehr bereue, als dir jemals klar sein wird. Es geht um etwas, was du gestern gesagt hast.“

Er erstarrte. „Was denn?“

„Dass Tommy nichts von dem Mord mitbekommen hat, weil die Tür seines Zimmers abgeschlossen war. Woher wusstest du das?“

Er versuchte, möglichst rasch seinen Schrecken zu überspielen: „Das hat mir wohl irgendjemand erzählt, du selbst vielleicht, Ingrid oder die Polizei.“

„Niemand hat dir das erzählt, denn es gibt nur zwei Menschen, die es wissen können. Der eine bin ich. Der andere ist der Mörder.“

Peter starrte eine Minute lang schweigend auf die Platte seines Schreibtischs. Dann schlug er die Hände vor das Gesicht, sodass ich sein Flüstern kaum verstehen konnte: „Ich dachte, wenn sie ein Kind hätte … Sie war so verrückt nach Tommy.“

„Wusste Ingrid davon? Hat sie dir geholfen?“

Er schaute mich an. „Du bist wohl nicht ganz bei Trost.“

Ich griff nach dem Telefon. Alles verlief genau nach Plan. Ich hätte den Mistkerl am liebsten zusammengeschlagen, aber Jennifer war tot, und Peter fing an zu heulen.

ALS WÄRE es eine reguläre Verhaftung durch Zivilbeamte, klappte der Rest völlig reibungslos. Peter war zahm wie ein Lamm. Ich blieb dicht neben ihm, als wir aus dem Haus gingen, aber ich brauchte mir keine Sorgen zu machen, er wagte keinen Fluchtversuch. Ingrid kam zu uns gerannt.

„Es ist vorbei, ich gehe zur Polizei“, sagte Peter.

Ingrid wurde leichenblass. Sie schaute mit offenem Mund zu Peter und setzte zu einem Protest an.

Doch Peter fiel ihr sofort ins Wort. Er klang nüchtern und sachlich. „Du sagst gar nichts, lass mich nur machen. Es spielt keine Rolle. Ich habe mich erkundigt, du behältst Tommy, das ist kein Problem. Wenn einer der beiden Adoptiveltern dazu in der Lage ist, das Kind zu ernähren und zu versorgen, braucht die Adoption nicht rückgängig gemacht zu werden. Du musst höchstens beim Bezirksrichter eine Bereitschaftserklärung unterzeichnen.“

Ich dachte bei mir, dass es vielleicht durchaus einen Unterschied machte, wenn einer der Adoptiveltern den Mord an der Mutter als Mittel gewählt hatte, um das Kind adoptieren zu können, aber ich sagte nichts.

Ingrid blieb auf der Terrasse stehen, die Arme schlaff am Körper herunterhängend, als Peter und ich den Deich erklommen und ohne Eile zu meinem Auto gingen. Tommy war nirgends zu sehen.

Ich sagte zu Peter, dass er vom Präsidium aus einen Anwalt benachrichtigen könne, doch er schüttelte den Kopf. „Das kann ich auch später noch."

KRIMINALBRIGADIER MARCUS KEMMING reagierte nicht sonderlich überrascht, als ich ihm den Täter auf einem Silbertablett präsentierte. Er ließ Peter von einem Kollegen in ein Vernehmungszimmer bringen und blieb mit mir auf dem Flur stehen. „Wie hast du ihn so weit gekriegt?"

„Er hat ein paar grobe Fehler gemacht."

„Ja, die unterlaufen Straftätern, Gott sei Dank", sagte er. Er schaute mich unter seinen grauen Borstenbrauen aufmerksam an. „Du hast dich ja intensiv mit der Sache beschäftigt."

„Im Auftrag eines Klienten."

„Des Vaters, ich weiß."

Verwundert schaute ich ihn an.

„Wir wissen schon seit langem, dass dieser Rechtsanwalt der leibliche Vater ist. Er hat zugegeben, dass er erpresst wurde. Damit hatte er auch ein Motiv für den Mord."

„Deswegen hat er mich engagiert", sagte ich.

Kemming wies mit einem Kopfnicken zum Vernehmungszimmer. „Wir sind dicht an ihn herangekommen."

„Wodurch?"

„Es musste ein Bekannter gewesen sein, da das Opfer ihn hereingelassen hatte und Kaffee aufsetzen wollte. Außerdem war die Scheibe von innen zerschlagen worden." Er sah meinen Gesichtsausdruck. „Ich glaube, dass dem Täter im letzten Moment einfiel, das Ganze wie einen Einbruch aussehen zu lassen, doch er war ein bisschen nervös. Er öffnete die Tür, begriff, dass das Glas außen lag, und fegte es hinein. Dabei hat er ein paar Splitter übersehen. Das war nicht besonders schlau."

Ich nickte. „Aber wie seid ihr auf Brack gekommen?"

„Wir fingen an, die Alibis zu überprüfen. Brack war in Amsterdam. Ein Ermittler hat im Hotel nachgefragt. Brack war zwar morgens beim Frühstück, aber nachts war er für etwa drei Stunden weg, lange genug, um einmal hin- und zurückzufahren."

„Woher wissen die das? Es ist doch ein großes Hotel.“

„Stimmt. Sie wissen, dass Brack beim Frühstück war, weil er dabei einen kleinen Streit anfing. Womit er aber nicht gerechnet hat, denn das weiß praktisch niemand, war, dass in manchen modernen Hotels der Computer das Kommen und Gehen der Gäste registriert, nämlich über die Kartenschlösser.“

Ich lachte. „Ihr wart mir also dicht auf den Fersen.“

Kemming teilte meine Fröhlichkeit nicht. Polizisten kommen nicht gerne nach Privatdetektiven über die Ziellinie. „Wie bist du denn auf Brack gekommen?“

„Er hat sich mit einer Sache verplappert, die nur der Mörder wissen konnte.“

Der Brigadier nahm eine abweisende Haltung an. „Und, was war das?“

„Dass dem Jungen der Anblick seiner ermordeten Mutter erspart blieb, weil sein Zimmer abgeschlossen war. Das wusste niemand; ich musste die Tür aufschließen, um den Kleinen herausholen zu können. Dabei war ich ganz alleine, und ich habe es niemandem erzählt.“

Er wurde ärgerlich. „Noch nicht einmal uns, wie es scheint.“

„Nimm mir das nicht übel“, bat ich. „Ich wäre vielleicht entgegenkommender gewesen, wenn ich nicht so stur als Verdächtiger behandelt worden wäre, vor allem von diesem Mannweib aus Tiel.“

„Die Dame ist eine gute Kriminalbeamtin.“ Kemming taute ein wenig auf. „Besser als ich.“

„Ist das nicht falsche Bescheidenheit?“

„Was verstehst du denn davon?“ Kemming schaute mich einen Augenblick lang an und seufzte: „Ich bin nur ein in die Jahre gekommener Provinzler. Schon als wir in Amsterdam diesen Rechtsanwalt aufs Korn nahmen, konnte ich mir nicht vorstellen, dass eine normale, zivilisierte Person mit einem gesunden Verstand in der Lage sein könnte, die Mutter seines eigenen Kindes zu ermorden.“ Wieder nickte er in Richtung Vernehmungszimmer. „Und da haben wir jetzt so einen, der ebenfalls ganz normal aussieht, aus ordentlichen Verhältnissen, ein Schriftsteller noch dazu, der nichtsdestotrotz einer allein erziehenden Mutter den Schädel einschlägt, um seiner Frau ein Kind zu verschaffen. Vielleicht sollte ich mich frühzeitig pensionieren lassen.“

Ich rief zuerst Bart Simons an. Er wusste, dass die Soko hinter Peter Brack her gewesen war und reagierte daher nicht allzu überrascht.

„Die Spezialisten kümmern sich um die Blumenfirmen“, sagte er.

„Ben Meiling ist so gut wie sicher mehr als der Herausgeber von Peter Bracks Groschenromanen."

„Und was ist mit der Firma Calluna?"

„Der Kurierdienst ist echt, Fahrzeuge und Personal sind vorhanden. Wir wissen noch nichts über das Versteck, in dem du gefangen gehalten wurdest. Wir werden die Firma rund um die Uhr observieren." Er lachte. „Wenn ich dich richtig verstehe, hat es dir dort ja an nichts gefehlt."

„Vielleicht gehört der Kerl mit dem Baseballschläger zum Personal."

„Ja, aber wir wollen uns die Chancen, einen dickeren Fisch zu fangen, nicht deshalb vermasseln, weil du noch ein bisschen Kopfschmerzen hast."

MEIN KLIENT war als Zweiter an der Reihe.

Thomas Niessen war erleichtert. „Und was passiert jetzt mit Tommy?"

„Ingrid will versuchen, ihn zu behalten. Peter wandert in den Knast, aber sie bleibt die Adoptivmutter."

„Ist das denn schon geregelt?"

„So gut wie. Das Jugendamt hat eine positive Empfehlung ausgesprochen …"

Niessen unterbrach mich. „Aber da wusste man doch noch nicht, dass der zukünftige Adoptivvater dafür einen Mord begangen hatte."

„Soweit ich verstanden habe, muss das nicht zwangsläufig heißen, dass die Adoption deswegen rückgängig gemacht wird."

„Und wie siehst du die ganze Sache?"

Ich dachte einen Augenblick nach. Es gefiel mir, dass er seinen Sohn jetzt „Tommy" nannte anstatt „das Kind" und sich offenbar um ihn Gedanken machte. „Meiner Meinung nach würde ein Psychiater jede andere Pflegefamilie für Tommy als geeigneter betrachten."

Niessen schwieg einen Moment lang. „Könntest du mich bitte auf dem Laufenden halten?", bat er schließlich.

„Natürlich."

„Und schick mir schon mal deine Rechnung."

„Mache ich."

CYBERNEL packte ihren Koffer aus, bevor sie nach Amsterdam zurückfuhr. „Mein Deichoutfit" nannte sie die Hosen und Oberteile, die ihren Platz in einem meiner Schlafzimmerschränke fanden.

Ich lag auf dem Bett und schaute ihr dabei zu. „Wenn wir so weitermachen, haben wir bald eine richtige Beziehung, nur mit getrennten Wohnungen."

Nel drehte sich zum Bett um. „Wir werden überhaupt keine Beziehung haben."

Ich nickte in Richtung Schrank. „Und was ist das dann?"

Nach kurzem Zögern kam sie zu mir. „Max, du bist der Einzige, mit dem ich hin und wieder schlafe, weil wir es beide schön finden, und im Übrigen auch, weil ich dich liebe." Letzteres fügte sie wie eine Art Nachtisch hinzu, mit abgewandtem Gesicht und einer bockigen Kopfbewegung.

„Das klingt aber doch sehr nach einer Beziehung", sagte ich leichthin.

„Nein! Verdammt noch mal!" Sie trat gegen den Hocker, auf dem ihr Koffer lag. „Du machst dich auch über alles lustig!"

Ich schnellte hoch und nahm sie in den Arm. „Stimmt, es tut mir Leid. Ich liebe dich auch. Wir brauchen keine Beziehung mit einem Etikett zu haben." Ich drückte sie fest an mich, und sie verbarg den Kopf an meiner Schulter. Mir wurde schwindlig, als würde mich etwas überwältigen. „Aber ich meine es ernst", sagte ich, bevor ich wusste, wie mir geschah.

Sie hob ihr Gesicht. „Das ist doch jetzt nur so eine Anwandlung", flüsterte sie. „Nachher verliebst du dich wieder in jemanden, und was dann? Ich will, dass du mein Freund bleibst."

„Aber das bleibe ich doch auch", sagte ich.

EIN LAUTES, hohles Klopfen schallte durch das Haus. Ich begriff, dass zum ersten Mal, seit ich hier wohnte, jemand den Klopfer an meiner Eingangstür auf der Deichseite betätigte.

In der Tür befand sich weder ein Spion noch eine Scheibe. Die Riegel saßen bombenfest. Wieder ging das Klopfen los, ziemlich fordernd. Ich ging ins Gästezimmer, dessen Fenster zur Deichseite hin lagen. Ein dunkelgrüner nagelneuer Lancia stand am Straßenrand. Ich schob das Fenster nach oben und streckte den Kopf hinaus. Eine Frau drehte auf das Geräusch hin den Kopf zur Seite, die Hand am Türklopfer.

„Meneer Winter. Geht Ihre Tür nicht auf?"

Ich erkannte die Korkenzieherlocken und die klassischen Gesichtszüge wieder. „Sie sind nur nicht mit den Sitten auf dem Land vertraut", antwortete ich. „Gehen Sie einfach hinten herum, und Ihr Auto sollten Sie besser unten auf der Einfahrt parken."

Ich wartete auf der Terrasse, als sie den Lancia vor meinem Carport abstellte. Lange Beine in Nylons, ein cremefarbenes Kostüm aus hochwertigem Leinen. Sie kam auf mich zu und streckte mir die Hand entgegen. „Ich bin Louise Vredeling, wir sind uns ganz kurz im Büro meines Verlobten begegnet."

„Ich erinnere mich."

„Ich hoffe, dass Sie mir vielleicht dabei helfen können, die Adresse der Dame herauszubekommen, bei der sich Tommy aufhält."

„Tommy?", fragte ich ziemlich dämlich.

„Der Sohn meines Verlobten", antwortete sie geduldig. „Thomas wollte mir die Adresse nicht geben."

„Warum nicht?"

„Das geht nur uns beide etwas an. Sie wohnt doch hier in der Nähe?"

„Noch ist Ihr Verlobter mein Klient", erwiderte ich zurückhaltend.

Louise nickte zum Zeichen, dass sie verstand. Sie wirkte kühl, beherrscht.

„Thomas hat mir alles erzählt", sagte sie. Sie wandte sich um eine Vierteldrehung von mir ab und wies mit einem Kopfnicken auf die Hecke. Das Dach des Heuschobers ragte ein kleines Stück darüber hinaus. „Hat sie dort gewohnt? Jennifer Kramer?"

„Ja."

Sie wandte sich wieder mir zu. „Wie war sie?"

„Sie war ein guter Mensch, warmherzig, eine tapfere Frau. Die allerbeste Mutter für Tommy." Noch immer stieg Wut in mir auf, wenn ich an Jenny dachte und an die unnötige und sinnlose Vergeudung ihres Lebens. „Ich meine es so, wie ich es sage. Jennifer und Tommy hatten Besseres verdient als einen Angsthasen, der sich ausschließlich Sorgen um seinen guten Ruf und seine Karriere macht."

Sie lachte leise. „Thomas erweckt manchmal den Eindruck, ein egoistischer, kleingeistiger Mann zu sein", gab sie zu. „Aber ich liebe ihn, und ich werde ihn heiraten, weil er auch noch andere Seiten hat und noch viel dazulernen kann. Ich habe Jennifer nie kennen gelernt, und für sie können wir nichts mehr tun. Doch ich glaube, sie wäre damit einverstanden, dass wir für ihren Sohn sorgen."

„Wir?"

„Ja, Thomas und ich. Er ist ganz und gar damit einverstanden."

Ich lächelte. Zweifellos hatte sie die Hosen an. „Und was meinen Sie damit, dass Sie für Tommy sorgen wollen?"

„Wenn Sie Thomas duzen, können Sie zu mir auch ruhig du sagen. Schließlich heiraten wir demnächst."

„Und dann?"

Sie schaute mir geradewegs in die Augen. „Du glaubst doch nicht etwa, dass ich es zulasse, dass der Sohn meines Mannes von einer Wahnsinnigen großgezogen wird?"

„Ingrid?"

„Eine Frau, die es zulässt, dass ihr Mann eine Frau ermordet, nur damit sie ein Kind bekommt, ist wahnsinnig."

„Vielleicht wusste sie nichts davon."

„Und selbst wenn sie eine Heilige wäre", sagte sie. „Tommy hat einen Vater, und ich bin seine Stiefmutter, er hat also Eltern, und da gehört er hin. Ich will ihn so schnell wie möglich haben, bevor noch ein weiteres Unglück geschieht. Sie wohnt doch hier in der Nähe?" Sie schlug die Augen nieder. „Ich möchte nur mit ihr reden, du kannst gerne mitkommen, wenn du Bedenken hast."

Diese Idee erschien mir nicht schlecht.

INGRID machte auf. „Max, was machst du denn hier?" Sie sah geistesabwesend aus. Sie trug kein Make-up und wirkte sehr müde.

„Guten Tag, Mevrouw", sagte Louise. „Ich bin Louise Vredeling." Sie reichte Ingrid nicht die Hand.

Ingrids weiblicher Blick wanderte automatisch über das teure Kostüm. „Ja?"

„Ich würde mich gern einen Augenblick mit Ihnen unterhalten", sagte Louise höflich. „Darf ich hereinkommen?"

Ingrid schaute mich vorwurfsvoll an. „Ich habe schon den halben Tag lang die Polizei im Haus gehabt. Sogar die Garage haben sie durchsucht." Sie wandte sich an Louise. „Worum geht es?"

„Ich möchte das lieber nicht zwischen Tür und Angel besprechen." Louise trat einen Schritt nach vorn. Ingrid wich unwillkürlich zurück, und schon standen wir im Flur. Ich schloss die Tür.

„Ich würde Tommy gerne mal kurz sehen", sagte Louise.

„Er liegt schon im Bett, ich wollte ihm gerade eine Geschichte vorlesen." Sie runzelte die Stirn. „Sind Sie vom Gericht?"

„Ja", log Louise.

Ingrid schaute mich an. „Es bleibt aber dabei. Ich übernehme die Vormundschaft." Sie ging uns voraus die Treppe hinauf.

Ingrid öffnete eine Tür und trat beiseite. Tommy stand in einem Himmelbettchen, die Händchen um das Gitter geklammert. Ein Vorlesebuch lag auf einem Stuhl daneben.

Louise durchquerte das Zimmer und beugte sich über das Bett. Einen Moment lang blieb es still, und dann sagte sie: „Oh, mein Gott. Er hat Thoms Augen."

Sie streckte die Arme aus, um den Jungen aus dem Bett zu heben, doch da begriff Ingrid die Bedeutung ihrer Worte, stieß einen Fluch aus und schoss wie eine Furie durch den Raum. „Fassen Sie ihn nicht an!"

Sie packte Louise am Arm. „Sie sind gar nicht vom Gericht! Was wollen Sie hier?"

Louise ließ Tommy los. Der Junge fing an zu weinen. Ingrid beugte sich über ihn. Ich tätschelte ihre Schulter, machte beruhigende Geräusche und winkte Louise mit einer Geste zur Tür. „Nicht hier …"

„Ganz ruhig", sagte Ingrid tröstend. „Mami kommt gleich wieder und liest dir deine Geschichte vor."

Louise drehte sich an der Tür um und wiederholte: „Mami?"

Ich lotste sie in den Flur. Ingrid folgte drei Sekunden später, zog die Tür hinter sich zu und schaute Louise wütend an. „Wer sind Sie?"

„Ich bin die zukünftige Frau von Tommys Vater", antwortete Louise ruhig. „Das heißt, dass ich Tommys Stiefmutter werde."

Ich war schon an der Treppe und schaute mich um. Ingrid war völlig perplex stehen geblieben. „Davon kann keine Rede sein", sagte sie. „Tommy hat nur eine Mutter, und das bin ich. Das hat der Richter so verfügt."

„Ich bezweifle, dass das bereits beschlossene Sache ist", sagte Louise. „Ich kann Tommy nicht hier lassen, unter diesen Umständen und nach alldem, was passiert ist. Das können Sie doch sicherlich verstehen." Sie nickte Ingrid zu und ging zur Treppe.

„Das wird Ihnen nicht gelingen." Ingrid war heiser vor Wut. „Tommy gehört mir. Ich bin sein rechtmäßiger Vormund."

Louise blieb neben mir stehen. „Tommy braucht keinen anderen Vormund außer seinem Vater. Vielleicht sollten Sie in erster Linie einmal daran denken, was das Beste für Tommy ist." Sie nickte Ingrid nochmals zu und ging beherrscht die Treppe hinunter.

Ich sah, dass Ingrid sich nur mit Mühe zurückhielt. Als Louise außer Sicht war, wandte sie sich wütend mir zu: „Wie kannst du es zulassen, dass dieses Weib in mein Haus eindringt, obwohl du weißt, dass sie mir Tommy wegnehmen will? Hast du nicht schon genug angerichtet?"

Sie tat mir Leid. Ich suchte nach den richtigen Worten, um sie zu trösten und aufzumuntern, doch bevor ich etwas sagen konnte, drehte sie sich um und verschwand in Tommys Zimmer.

Louise wollte sofort zurück nach Amsterdam. Sie erschauerte, als wir neben ihrem Auto standen. „Behalte sie bitte ein bisschen im Auge."

„Du brauchst dir um Tommy keine Sorgen zu machen, Ingrid ist verrückt nach ihm."

Louise wirkte keineswegs überzeugt und stieg in ihren Lancia. Kurz darauf sah ich ihre Rücklichter verschwinden.

UM HALB zehn Uhr morgens hörte ich unten das Telefon läuten. Ich musste aufstehen, um dranzugehen. „Max Winter."

„Hier spricht Simon Welschap von der Anwaltskanzlei Louis Vredeling. Louise Vredeling hat mir Ihre Nummer gegeben für den Fall, dass wir Informationen bräuchten."

„Ja?"

„Wir versuchen, Mevrouw Brack zu erreichen, weil wir einige Angaben im Zusammenhang mit dem Vormundschaftsverfahren benötigen. Die Sache eilt. Louise dachte, Sie könnten vielleicht mal kurz …"

Mich überkam das Gefühl, das Ganze schon einmal erlebt zu haben. „Ich schaue gleich mal kurz vorbei", versprach ich.

Ich rief die Polizei in Geldermalsen an. Der Spa war schon da. „Wir werden ihn so schnell wie möglich dem Haftrichter vorführen", sagte er, als ich ihn fragte, wie es mit seinem Häftling stehe.

„Habt ihr die Mordwaffe schon entdeckt?"

„Ja, die haben wir gestern auf seine Anweisungen hin im Kofferraum seines Autos in der Garage gefunden. Eine ganz normale Brechstange, darauf hat ja das Ergebnis der Autopsie schon hingedeutet. Fingerabdrücke von Brack am Griff, den Rest untersucht das Labor."

Nach dem Frühstück kam ich zu dem Schluss, dass ein Morgenspaziergang sowohl meiner Kondition als auch meiner Gemütsruhe gut tun würde. Der Deich war ruhig, keine Pontiacs weit und breit. Im Haus der Bracks war alles still, auch als ich klingelte, rührte sich nichts.

Ich lief den Backsteinweg zwischen den Sträuchern und der seitlichen Hausmauer hinunter. Währenddessen überlegte ich, dass dies wohl das einzige Haus auf dem Deich war, bei dem Besucher nicht automatisch hintenherum gingen. Anders als bei mir, Bokhof oder Jennifer.

Da machte etwas in mir klick. Ich stand vor der geschlossenen Terrassentür, als mich der Gedanke plötzlich wie eine Windbö erfasste. Warum war Ingrid nicht hintenherum gegangen?

Ich drückte mein Gesicht an die Scheibe und schaute ins Wohnzimmer der Bracks hinein. Alles sah normal aus. Vielleicht war Ingrid mit Tommy spazieren, Kahn fahren, einkaufen gegangen.

Ingrid musste hundertmal bei Jennifer vorbeigeschaut haben. Sie ging dort ein und aus, und all die Male war sie garantiert hintenherum gegangen. Wenn sie an jenem Morgen auch ums Haus gegangen wäre, hätte sie eine zerbrochene Scheibe vorgefunden, eine offene Tür und drinnen, in der Küche, die ermordete Jennifer. Stattdessen kam sie in heller Aufregung zu mir herübergerannt und klopfte an meine Hintertür. Weil sie von der Scheibe und der toten Jennifer wusste und weil sie damit einen Zeugen für ihren gespielten Schrecken und ihre Unwissenheit charterte?

Hier war doch etwas faul. Ich wurde allmählich nervös, ging zurück auf den Deich und probierte die Rolltore der Doppelgarage aus. Das eine war abgeschlossen, das andere ließ sich ohne weiteres öffnen. Der rote Honda von Ingrid war weg. Einkaufen gegangen?

Ich blickte mich um, ging gebückt durch das Tor und zog es fast ganz hinunter. Durch ein Metallfenster fiel Licht in die Garage. Peters grauer Volvo stand auf seiner Hälfte. Hinten in der Seitenwand befand sich eine Innentür.

Das letzte Mal, am Abend vor dem Mord, war Ingrid mir aus dem Haus heraus gefolgt und hatte das Tor von außen geöffnet. Anschließend war sie mit ihrem Honda zu ihrer Schwester nach Tiel gefahren und hatte mich das Garagentor zuziehen lassen. Sie hätte mich auch erst verabschieden und anschließend durch die Innentür in die Garage gehen können. Es war sogar einfacher, die Rolltore von innen aufzuziehen.

Wollte sie, dass ich sie wegfahren sah? Fing ich an, Gespenster zu sehen?

Die Innentür war abgeschlossen. Das Schloss war ein gewöhnliches Küchentürexemplar. Ich überlegte, dass niemand einen solchen Schlüssel mitnahm. Er musste hier sein, in der Garage, zwischen dem Werkzeug und dem anderen Kram, an einer festen Stelle.

Ich fand den Schlüssel auf dem Fußboden hinter einem der hinteren Tischbeine von Peters Werkbank.

Ich stand im Flur. Das Haus war still. Ich ging ohne Umschweife die Treppe hinauf und in Tommys Zimmer. Es schien nichts verändert seit dem letzten Abend, nur Tommy fehlte.

Ich betrat mit Widerwillen das eheliche Schlafzimmer und betrachtete das Bett. Der Abdruck eines Koffers auf dem Bett war unverkennbar. Sie hatte ihn durch die Flurtür in die Garage geschleppt und im Honda verstaut, zusammen mit den Sachen für Tommy. Rolltor auf, Honda auf den Deich gefahren, schnell ausgestiegen, um das Rolltor zu schließen, und weg. Wann? Wohin?

Ich suchte weiter, auch unten in Peters Arbeitsecke, ohne irgendwelche Hinweise zu finden. Ich notierte mir ein paar Adressen und ging mein Auto holen.

SIGRID war in ihrem Geschäft, ihr gehörte die Boutique Nada in Tiel. Ein paar Teenager stöberten zwischen den Regalen herum. Ich erkannte den Hinterkopf von Sigrid, die für eine mollige Tieler Dame diverse Pullover hochhielt. Eine andere Verkäuferin kam auf mich zu und half mir dabei, einen Pullover für CyberNel auszuwählen. Der Pullover war eingepackt und bezahlt, als Sigrid unverrichteter Dinge von ihrer Kundin zurückkehrte. Sie runzelte die Stirn und schien mich schließlich wieder zu erkennen: „Ach, du bist doch dieser Mann von Ingrid …"

Ich schaute mich kurz um und antwortete in gedämpftem Tonfall: „Nein. Der Mann von Ingrid sitzt in Untersuchungshaft. Er hat ein Geständnis abgelegt."

Sie wurde nervös: „Was hat er denn getan?"

„Man verdächtigt ihn des Mordes an Jennifer, der Mutter von Tommy."

Sigrid wandte den Blick ab und stieß nach einer Weile einen Seufzer in Richtung Fenster aus. „Muss sie jetzt das Kind abgeben?", fragte sie dann.

„Hast du irgendeine Ahnung, wo sich Ingrid aufhalten könnte?", fragte ich zurück. „Sie ist zusammen mit Tommy verschwunden."

Sigrid näherte ihr Gesicht dem meinen: „Was hast du mit der Sache zu tun?"

„Ich habe Ermittlungen im Zusammenhang mit der Adoption für sie durchgeführt. Ingrid ist an dem Abend, an dem Jennifer ermordet wurde, doch zu dir gefahren? Das war am Dienstag, dem 13. Juni."

„Ja, sie hat mich am nächsten Tag angerufen und mir erzählt, dass sie Tommy zu sich genommen habe."

„Und hat sie bei euch übernachtet?"

„Was spielt das für eine Rolle? Peter hat doch zugegeben, dass er es getan hat?"

Ich nickte. „Aber man wird auch versuchen herauszubekommen, ob Ingrid in die Sache verwickelt war oder nicht."

Ein Gedanke schoss ihr durch den Kopf. „Peter hat die junge Frau nicht ermordet. Das kann nicht sein, denn er war in jener Nacht in Amsterdam, das hat Ingrid jedenfalls behauptet."

„Hat sie bei euch übernachtet?"

Sigrid erstarrte, und vielleicht wurde ihr klar, dass sie, indem sie Peter ausschloss, den Verdacht auf ihre Schwester lenkte. Sie schüttelte den Kopf, als habe sie eine Entscheidung getroffen. „Ich weiß nicht, wo sie ist. Sie taucht schon wieder auf. Ich muss an die Arbeit."

„KANNST du sie aufspüren?", fragte Thomas Niessen. „Sollen wir die Polizei einschalten?"

„Du lieber Himmel." Louise seufzte und sank bleich in einen der

Lehnstühle in Niessens Büro. „Ich komme gerade von meinem Vater. Die Geschichte wird ihn nicht gerade fröhlicher stimmen.“ Sie schaute mich entschuldigend an. „Er wird sich schon noch daran gewöhnen, aber im Moment bereitet ihm die Vorstellung, dass Thomas ein Kind hat, das nicht von mir ist, aber trotzdem sein Enkel werden soll, noch einige Schwierigkeiten.“

„Die Polizei wird sich nicht die Finger daran verbrennen wollen.“

Alle beide schauten mich verständnislos an. Niessen runzelte die Stirn. „Wieso?“

Ich erwiderte verwundert ihren Blick. „Was soll das heißen, wieso? Ihr seid doch hier die Juristen. Ingrid ist mit ihrem Pflegekind unterwegs. Von Entführung kann keine Rede sein. Sie braucht niemandem zu erzählen, wohin sie geht.“

Niessen schüttelte den Kopf. „Noch hat sie die Vormundschaft für Tommy nicht, du hast selbst gesagt, dass die endgültige Entscheidung noch nicht gefallen ist.“

„Schon, aber das Jugendamt hat einer vorläufigen Pflegschaft zugestimmt. Während der Dauer dieser Pflegschaft stellt das Jugendamt Untersuchungen über das Umfeld an und so weiter. Wenn es zu einem positiven Urteil kommt, ordnet das Vormundschaftsgericht offiziell die Vormundschaft an.“

Ich sah, dass Thomas allmählich verstand. „Die vorläufige Pflegschaft gilt, solange das Vormundschaftsgericht noch kein endgültiges Urteil gefällt hat“, sagte er.

Für einen Augenblick schwiegen wir alle und dachten nach.

Louise kam zu der einfachen Lösung: „Dann muss der Richter eben unverzüglich ein Urteil fällen. Welche Rechte hast du genau?“, fragte sie ihren Verlobten.

Niessen zuckte mit den Schultern und schaute mich Hilfe suchend an. Ich rang mit einer neutralen Formulierung. „Woran ich mich erinnere, ist, dass nach dem Tod der leiblichen Mutter normalerweise automatisch der leibliche Vater Vormund des Kindes wird.“

„Also, ich glaube nicht, dass der Richter mit einem entsprechenden Urteil Probleme hat“, urteilte Louise. „Oder?“

Wieder schwieg Thomas dazu. Ich beschloss, dem leiblichen Vater in Kürze eine gesalzene Rechnung zu schicken. „Selbst wenn er rasch ein Urteil fällt, muss dieses Ingrid bekannt gegeben werden, und dazu muss sie erreichbar sein. Ingrid ist nicht illegal abwesend, sie ist einfach abwesend.“

Niessen wurde sachlich. „Wir nehmen noch heute Kontakt mit dem

Gericht in Arnheim und mit dem Jugendamt auf. Einstweilen hoffe ich, dass sich Max bereit erklärt, Ingrid zu suchen."

Beide schauten mich hoffnungsvoll an.

Ich hatte sowieso schon lange vor, Ingrid nachzujagen, aber dafür bezahlt zu werden war natürlich noch besser.

# 7

CyberNel stand mit ihrer Technotasche schon unten an der Straßenecke, sodass ich nicht umständlich nach einem Parkplatz zu suchen brauchte. Sie warf ihre Tasche auf die Rückbank und stieg neben mir ein.

Ich fuhr stadtauswärts. Während ich ihr von meinen Vermutungen und meinen wenigen konkreten Hinweisen berichtete, erinnerte ich mich plötzlich an die sklavische Anbetung, mit der Peter seine Frau auf ihrer Geburtstagsfeier angeschaut hatte.

Nel sagte: „Das Hotel, in dem er gewohnt hat, ist doch dieser Riesenkasten an der Amstel, an dem wir vorbeikommen?"

„Stimmt."

„Ich würde mir gern mal anschauen, wie das Kommen und Gehen der Gäste registriert wird."

„Ich dachte, du müsstest das doch am besten wissen."

Sie lachte und sagte: „Das Prinzip ist mir natürlich klar." Ich fand einen Parkplatz an der Straße vor dem Hotel und schaltete den Motor aus. „Alle Türschlösser sind direkt mit dem Computer verbunden. Und es kommt noch besser: Der gesamte Schließmechanismus ist computergesteuert."

Es war kurz vor fünf und ziemlich voll an der Rezeption. Ich meldete mich am Informationsschalter, ließ die Dame einen flüchtigen Blick auf meinen Meulendijkausweis werfen und erklärte mit diskret gedämpfter Stimme, dass die Polizei zwar schon vor ein paar Tagen da gewesen sei, wir aber noch ein paar Informationen benötigten. Mit wem die Kripo bei ihnen gesprochen habe?

Der ältere Bürovorsteher, der kurz darauf aus dem Büro hinter dem Schalter herauskam, stellte sich als Lammers vor. Ein wenig sorgenvoll schaute er hinüber zur Hektik an der angrenzenden Rezeption. „Vielleicht könnten wir dort hinten …"

Wir durchquerten die Eingangshalle und gingen in die Lounge bei der Bar.

„Wir wollten uns nur noch einmal erkundigen, wie das mit den Kartenschlössern genau funktioniert“, begann ich.

„Das läuft alles über den Computer“, antwortete Lammers. „Alles wird registriert, auf die Minute genau.“

„Warum?“, fragte ich. „Stellt diese Registrierung kein Problem in puncto Datenschutz dar?“

„Ich weiß nur, dass dies ein Teil unseres Sicherheitssystems ist“, sagte Lammers. „Wir verwenden es zu keinem anderen Zweck.“

„Werden die Logbücher gelöscht?“, fragte Nel. „Oder ist das von der Nacht des 13. auf den 14. Juni noch vorhanden?“

„Ich nehme an, dass es noch da ist, es ist ja noch nicht lange her. Ich kann gerne einmal nachschauen, wenn Sie möchten.“ Er stand auf. „Brack war der Name, nicht wahr? Mit ‚ck‘?“

Ich nickte, und Lammers ging rasch hinüber zur Rezeption. Kurz darauf kam er mit einem Ausdruck zurück.

Ich warf einen Blick auf das Blatt Papier, faltete es in der Mitte und dankte ihm. „Ich glaube, das genügt uns für den Augenblick“, sagte ich. „Wahrscheinlich brauchen wir Sie nicht noch einmal zu belästigen.“

Wir gaben Lammers die Hand, und er verschwand rasch in seinen Büroräumen. Ich ging mit Nel zum Restaurant auf der anderen Seite der Eingangshalle.

„Es ist noch zu früh zum Essen“, wandte sie ein.

„Wir trinken einen Aperitif und warten, bis die Hauptverkehrszeit vorbei ist.“

Wir bestellten zwei Campari-Soda. „Erzählst du’s mir jetzt endlich?“, fragte Nel.

„Hast du ein Telefon dabei?“

Nel grub in ihrer Tasche und gab mir einen winzigen Apparat. Ich schaute auf die Uhr, dachte an dorfpolizeiliche Dienstpläne und wählte Kemmings Privatnummer. Der Spa war nicht bereit, sich am Busen seiner Familie über Autopsieberichte zu äußern, und ließ mich warten, während er an einen anderen Apparat ging.

„Ich brauche nur den genauen Todeszeitpunkt zu wissen“, sagte ich entschuldigend, als er sich wieder meldete.

„Ach so. Der liegt zwischen halb zwölf und Viertel vor zwölf.“

Ich schwieg für einen Moment. „Sitzt Brack noch bei euch ein?“, fragte ich dann.

„Er wird morgen dem Richter vorgeführt. Er berät sich mit seinem Rechtsanwalt.“

„Könntest du die Vorführung verschieben?“

Kemming reagierte ziemlich untypisch: „Hast du nicht mehr alle Tassen im Schrank?“

„Möglicherweise haben wir den Falschen erwischt.“

„Wer, wir? Ich würde das Weitere wirklich der Polizei überlassen.“

„Das ist kein Witz. Bist du morgen in der Dienststelle?“

Kemming knurrte bestätigend und unterbrach die Verbindung.

Ich schaute Nel an. „Der Spa ist sauer. Jennifer wurde spätestens um Viertel vor zwölf ermordet.“ Ich gab ihr das Blatt.

Nel genügte ein kurzer Blick darauf. „Wie kann die Polizei das übersehen haben?“

„Der genaue Todeszeitpunkt war noch nicht bekannt, als das Hotel überprüft wurde. Danach hat Peter Brack ein Geständnis abgelegt, und niemand brauchte mehr genau hinzuschauen.“

„Aber wer hat Jennifer dann ermordet?“

Ich wartete einen Augenblick. „Ingrid.“

Nel schaute mich stirnrunzelnd an und nickte langsam. „Was hat Brack in Amsterdam gemacht?“

„Er hatte Termine mit seinem Herausgeber, Ben Meiling. Sie sind in der Stadt essen gegangen, und Peter hat mich angerufen und gebeten, seiner Frau zu sagen, dass es spät werden könnte und er im Hotel übernachten würde.“

„Ziemlich merkwürdig.“

„Das fand ich damals auch. Aber der Stecker ihres Telefons war herausgezogen, ich habe ihn selbst wieder eingesteckt.“

CyberNel schaute mich an. „Wollen wir Meiling noch auf den Zahn fühlen?“, fragte sie neutral.

„Nur wenn wir es auf einen Riesenkrach mit der Leitstelle und den Jungs vom organisierten Verbrechen ankommen lassen wollen. Meiling steckt hinter Calluna, und sogar der Nachrichtendienst ist daran interessiert, eine eventuelle Deckadresse für ausländische Mafiamitglieder zu überwachen, und kann es nicht gebrauchen, dass wir schlafende Hunde wecken.“

Nel schüttete noch ein wenig Sodawasser in ihr Glas und beobachtete die aufsteigenden Bläschen. „Peter bleibt in Amsterdam. Er reserviert telefonisch und trifft um 23.12 Uhr in Zimmer 413 ein. Um 23.47 Uhr verlässt er es wieder und kommt drei Stunden später, um 2.53 Uhr, wieder zurück. Am nächsten Morgen geht er um 8.46 Uhr aus dem Zimmer hinaus, ohne sich nach dem ereignisreichen Alibifrühstück die Zähne zu putzen, zahlt unverzüglich und ist weg, Türschloss auf Null um 9.30 Uhr. Was passiert am Dienstagabend in der halben Stunde, in der

Peter sich in seinem Zimmer aufhält? Gab es Telefongespräche, eingehende oder ausgehende?“

Ich dachte nach. „Laut Ingrid haben die beiden nur ein Handy, und das hatte Peter bei sich. Wenn Ingrid ihn angerufen hat, dann garantiert auf dem Handy, das geht schneller, als erst die Nummer des Hotels herauszusuchen und so weiter.“

Nel trank einen Schluck. „Dann erzähl mir mal, wie es deiner Meinung nach abgelaufen ist.“

Ich zögerte. „Die Frage ist, ob Peter überhaupt etwas mit der Tat zu tun hatte.“

Nel schüttelte den Kopf. „Ich weiß nicht viel über diesen Mann, aber ich vermute, dass er es in diesem Fall tatsächlich selbst getan hätte. Ich glaube, dass Ingrid die Gelegenheit nutzte, um zu tun, was sie schon lange vorhatte, und dass sie Peter anrief und ihn so unerwartet mit hineinzog. Er musste rasch hin- und herfahren, dachte erst hinterher daran, dass er ein Alibi brauchte, und verursachte deshalb den Aufstand beim Frühstück. Diesen Ablauf könnte ich mir eher vorstellen.“

Ich liebte Nel wahrhaftig nicht nur, weil sie so hübsch war. „Dienstagmorgen. Peter muss nach Amsterdam. Ingrid: Komm nicht zu spät nach Hause, Schatz, ich koche uns was Leckeres zum Abendessen. Falls du doch in einem Hotel übernachtest, ruf mich bitte an.“

Nel blickte hinüber zu einer Familie an einem Nachbartisch. „Und falls du mich nicht erreichen kannst, weil ich in der Badewanne sitze, ruf doch einfach unseren netten Nachbarn Max Winter an. Der kann mich dann auch gleich abtrocknen.“

Ich schaute sie an. Ihr Spott war bitter. Ich sagte: „Ich glaube, du hast Recht. Ich wurde vom ersten Augenblick an benutzt. Ingrid hatte schon lange vor, Jennifer zu ermorden, um Tommy adoptieren zu können. Sie wartete nur auf eine günstige Gelegenheit. Sie hatte alles genau studiert, sie wusste, dass sie Zeugen brauchte für die Polizei, für das Jugendamt. Ein allein stehender Mann, und das mit meinem Hintergrund – für sie war es ein Geschenk des Himmels, als ich neben Jennifer einzog.“

„Und dazu noch einer, der bereitwillig mitmachte“, konnte Nel sich nicht verkneifen anzumerken.

Ich ignorierte es einfach. „Ingrid hat den Stecker rausgezogen und nicht Peter, wie sie behauptete. Ich weiß noch, dass ich dachte: Warum ruft er nicht bei Jennifer an? Aber Jennifer hatte ein kleines Kind, das gerade zu Bett gebracht wurde oder schon schlief, und Ingrid rechnete damit, dass Peter daran denken und daher mich anrufen würde. Genau das wollte Ingrid, denn sie brauchte mich als Zeugen. Ich musste erfahren, dass sie morgens Tommy abholen sollte, weil Jennifer eine Verabredung in Amsterdam hatte …"

„Weißt du das nur von Ingrid?"

„Ja, das fällt mir jetzt erst auf. Ich habe alles Mögliche probiert, um herauszufinden, mit wem Jenny diesen Termin hatte."

„Dann gab es vielleicht gar keine Verabredung." Nel saß eine Weile lang da und dachte nach, die Lippen fest aufeinander gepresst. „Alles haut hin", sagte sie. „Ingrid mag eine Psychopathin sein, aber Tommy ist ihre Obsession. Sie weiß, dass das Kind irgendwann wach wird. Sie will nicht, dass er in Panik gerät, hysterisch wird und ein Trauma davonträgt, denn damit hätte sie dann später zu kämpfen. Also denkt sie sich das mit der Verabredung aus und dass sie Tommy abholen muss. Damit wollte sie vermeiden, dass der eingeschlossene Junge morgens wach wird und stundenlang vergeblich nach seiner Mutter schreit."

Ich schaute Nel an. „Du hast vollkommen Recht."

Nel zuckte mit den Schultern. „Mach du weiter."

„Ingrid fährt sofort zu ihrer Schwester in Tiel. Aber sie hat garantiert nicht bei ihr übernachtet. Auf jeden Fall wäre bei diesem Szenario Ingrid abends nach Hause gekommen, hätte ein Brecheisen aus der Garage geholt und wäre hinüber zu Jennifer gegangen. Jennifer will Kaffee aufsetzen …"

„Hat sie sich nicht über das Brecheisen gewundert? Das ist doch nicht etwas, was man im BH verstecken kann?"

„Ganz einfach. Ingrid braucht nur zu behaupten, dass sie sich nachts ohne Brecheisen nicht mehr über den Deich traut seit diesem Ärger mit Bokhof. Okay. Tommy liegt oben im Bett und schläft. Jenny setzt Kaffee auf. Ingrid schlägt sie nieder. Durch das viele Blut gerät sie in Panik. Sie denkt an Tommy, rennt nach oben, kann den Kleinen nicht mitnehmen und schließt deshalb seine Tür ab, damit er nicht zufällig über seine tote Mutter stolpert. Wieder unten erinnert sie sich vielleicht daran, dass sie es nach einem Einbruch aussehen lassen wollte. Sie schlägt eine Scheibe in der Hintertür ein, ist aber nicht geistesgegenwärtig genug, um zu begreifen, dass sie es von außen hätte tun müssen. Danach flüchtet sie nach Hause. Sie ist verwirrt und überlegt, ob sie nicht alles Mögliche falsch gemacht hat."

Nel nickte. „Solch eine Panik haben wir ja oft genug erlebt. Einen kaltblütigen Mord zu planen ist gar nicht so schwer. Aber jemandem den Schädel einzuschlagen und ihn vor seinen eigenen Augen sterben zu sehen ist etwas anderes." Sie beendete das Drehbuch: „Das Weib kommt nach Hause und ruft Peter an. Sie beichtet, was sie getan hat, und er sagt:

‚Fass bloß nichts an, ich komme sofort!' Dreizehn Minuten vor Mitternacht registriert der Computer das Verlassen seines Zimmers. Der Rest ist Kleinkram. Oder?"

„Na ja, ziemlich viel Kleinkram. Peter erkennt ihren Fehler mit dem Glas, fegt die Scherben nach innen. Ingrid erzählt ihm, dass sie Tommys Tür abgeschlossen hat. Mir macht allerdings die Mordwaffe noch zu schaffen. Er konstruiert ein Alibi in Amsterdam, um zu beweisen, dass er es nicht getan hat, legt aber das Brecheisen an eine auffällige Stelle in sein eigenes Auto, um beweisen zu können, dass er es doch getan hat? An dieser Stelle komme ich nicht weiter."

Nel verzog das Gesicht. „Außer, Peter hatte von vornherein vor, die Schuld auf sich zu nehmen, falls seine Frau auffliegen würde. Ich glaube, die sind alle beide verrückt."

GESTERN Morgen hatte ich den Schlüssel zur Innentür wieder an seinen Platz gelegt und das Garagentor zugezogen, deshalb konnten wir ohne weiteres wieder in das Haus der Bracks hinein, Nel mit ihrer Tasche und ich mit meiner Pistole. Trotzdem warteten wir, bis es dunkel war.

Die Atmosphäre im Haus fühlte sich verdorben an. Man konnte es fühlen und riechen. Nel stellte ihre Tasche auf den Wohnzimmertisch und ging sofort an die Arbeit. Ich wanderte umher auf der Suche nach etwas, was mich auf die Spur von Ingrids Aufenthaltsort bringen konnte. Mein einziger Auftrag lautete, Tommy zu finden und zurückzubringen.

Ich schaltete das Licht im Wohnzimmer ein und zog Peters Schreibtischschubladen auf. Ein Krimskrams von Papieren und Prospekten, ein Heft mit Überweisungsträgern, sein Pass. Ein alter, abgegriffener, kleiner brauner Bankumschlag mit einem abgelaufenen Kraftfahrzeugbrief, Zettel mit Zahlen, ein kleiner, eingeschweißter Presseausweis und einige Fotos von Frauen. Eines davon zeigte eine recht exotisch aussehende junge Frau mit langen dunklen Haaren und einem schmalen, hochmütigen Gesicht, die nackt auf der obersten Koje in einer Schiffskabine zu liegen schien. *1992* war mit Kugelschreiber hintendrauf geschrieben. Von derselben Frau gab es auch ein Passfoto, auf dem schon etwas mehr stand: *Alles Liebe, Amrita.*

Der Umschlag sah aus, als habe Peter ihn zwischen all die anderen Dinge geschoben, um ihn zu verstecken. Ein anderer, neuerer Umschlag in diesem Stapel enthielt zwanzig Hundertdollarnoten.

Im Heft der Überweisungsformulare blätterte ich in den Abschnitten mit den Anmerkungen für den Kontoinhaber herum. Peter besaß ebenso wie ich die Gewohnheit, diese gar nicht oder nur notdürftig auszufüllen.

*Ben B, 1200,–*; nur gelegentlich ein Name, ein Betrag: *Kolf, Rechn. 30/2/00*, oder: *Gerrit, geliehener Betrag retour*. In der Mitte des Blocks fand ich den Beleg einer Überweisung an Amrita in Höhe von 2000 Euro. Ein Datum stand nicht dabei, genauso wenig wie auf den anderen Abschnitten, nur die Bemerkung *Ext*.

Extern? Kleines Extra? Ex tempore? Exterminator?

Ich schaltete Peters Computer ein. Seine Manuskripte und diverse andere Ordner hatte er unter dem Ordner WICHTIGE ARBEITEN zusammengefasst. Andere Adressen, geheime Konten, Urlaubsziele – vielleicht gab es sie, aber ich fand sie nicht.

Ich ließ ein Suchprogramm nach Amrita fahnden, fand aber nichts Informatives. Eine Enzyklopädie meldete: Amrita oder Amreeta: im Hinduismus Elixier der Unsterblichkeit.

Ich weiß nicht, warum ich so auf Amrita fixiert war, womöglich wegen des hübschen Nacktfotos oder weil Peter ihr Geld überwiesen hatte. Auf dem Bild sah sie nicht aus wie eine Hindufrau, sondern eher wie eine Spanierin. Vielleicht war sie Peters geheimes Elixier.

„Soll ich mich noch irgendwie um den Computer kümmern?“ Nel war mit ihrer Bastelei im Wohnzimmer fertig und stellte sich hinter mich. „Amrita? Ist das was?“

Ich zeigte ihr die beiden Fotos. „Peter hat ihr vor kurzem 2000 Euro überwiesen.“

„Wenn sie eine geheime Exgeliebte von Peter ist, wird sie vermutlich die Letzte sein, bei der Ingrid Unterschlupf sucht.“

Das klang überaus logisch. Ich schob die Schubladen zu und schaltete den Computer aus. „Wir halten uns hier schon viel zu lange auf. Es bringt nichts, wir suchen nach der Nadel im Heuhaufen. Bist du fertig?“

„Klaust du diese Fotos zu deinem eigenen Vergnügen?“

Ich steckte die Bilder tiefer in meine Hemdentasche. „Das weiß ich noch nicht“, antwortete ich.

ICH MUSSTE eine halbe Stunde lang argumentieren, bevor mich Kemming wieder einigermaßen normal anschaute.

Er ließ mich eine Viertelstunde lang allein, um irgendwo anzurufen. Als er wiederkam, seufzte er ein paarmal, um sich von seinen Frustrationen zu befreien, und sagte dann: „Was macht man normalerweise, wenn ein Mann einen Mord bis in die kleinsten Details gesteht und außerdem die Mordwaffe liefert?“

„Er hat aber nicht mit der Türschlossregistrierung gerechnet“, wandte ich ein.

Er schaute mich an mit tief liegenden Augen: „Oder gerade doch?"

Das musste ich erst mal verarbeiten. „Das sieht ja allmählich nach einem Dreistufenkomplott aus."

„Du bist doch der schlaue Privatdetektiv", sagte er mürrisch. „Mit der jahrelangen Großstadterfahrung."

„Können wir jetzt vielleicht wieder normal miteinander umgehen?", fragte ich pikiert. „Ich habe einfach Glück gehabt, mehr nicht. Du hattest doch auch schon mal Glück, oder?"

Kemming stand auf und trat ans Fenster seines Büros. Er schaute hinaus und sagte: „Okay."

Ich fragte: „Du meinst also, dass er sein Geständnis irgendwann widerruft?"

„Warum nicht? Würdest du für den Rest deines Lebens hinter Gitter wandern wollen, nur weil du deine Frau so sehr liebst? Liebe ist was Schönes, aber das geht mir doch ein bisschen zu weit. Was ist, wenn er doch von der Türschlossregistrierung wusste? Dann weiß er auch, dass wir irgendwann dahinter kommen, ansonsten würde er uns schon auf die Sprünge helfen. Doch bis wir ihn wieder auf freien Fuß setzen müssen, hat er seiner Frau genügend Zeit verschafft, um zu flüchten. Wir können ihr nichts anhaben. Sie kann überall sein. Wenn alles andere vorbereitet wurde, dann auch ihre Flucht: Papiere, Geld, das Haus stand schon zum Verkauf. Brack braucht seiner Frau nur hinterherzureisen."

Allmählich klang das Ganze logisch. Es passte in die gesamte Planung, selbst wenn ein paar Haken und Ösen übrig blieben.

„Frag doch mal nach, wann sie die Untersuchung für ihr Gesundheitszeugnis hat durchführen lassen, beziehungsweise wann sie den Termin vereinbart hat", sagte ich aus einem Impuls heraus.

„Was für eine Untersuchung?"

„Ingrid war über alles schon im Vorfeld informiert. Sie hatte alle Regeln und Gesetze bezüglich Vormundschaft und Adoption auswendig gelernt. Die Dame vom Jugendamt erzählte, dass sie alles schon parat hatte, sogar das erforderliche Gesundheitszeugnis. Aber dafür muss eine medizinische Untersuchung durchgeführt werden, und das kann nicht der Hausarzt erledigen. Darf ich mal kurz anrufen?"

Er ging zurück an seinen Schreibtisch und schob mir das Telefon zu. Ich holte die Visitenkarte hervor, die Anniek van Wessel mir gegeben hatte.

„Hallo, Anniek", sagte ich, als sie sich meldete. „Hier ist Max Winter, wir haben miteinander über diese Adoption gesprochen …"

„Ja, und inzwischen haben sich da plötzlich einige Probleme ergeben.

Wie ich gehört habe, hat der leibliche Vater beim hiesigen Vormundschaftsgericht einen Antrag gestellt, nun doch die Vormundschaft zugesprochen zu bekommen."

Die Rechtsanwaltskanzlei Louis Vredeling verlor wirklich keine Zeit. „Das weiß ich", sagte ich. „Ich handele in seinem Auftrag. Es geht um das Gesundheitszeugnis der Bracks. Ich hätte gern das Ausstellungsdatum gewusst und den Namen des Arztes, der die Untersuchung durchgeführt hat."

„Nun", sagte sie, „das Zeugnis wurde am 16. Juni ausgestellt, von Doktor Zeebrink, hier in Arnheim." Sie gab mir die Telefonnummer.

Ich dankte ihr, legte auf und schaute den Brigadier an: „Dienstags der Mord, freitags das Gesundheitszeugnis?"

Kemming zog das Telefon zu sich hin. „Lass mich mal." Er wählte die Nummer, meldete sich als Polizeibeamter und sprach freundlich in den Hörer. „Können Sie sich noch erinnern, wann Mevrouw Brack anrief, um den Termin zu vereinbaren?" Et cetera.

„Das weitet sich ja allmählich zu einer ganz unwahrscheinlichen Geschichte aus", sagte er, nachdem er den Hörer wieder aufgelegt hatte.

Ich schüttelte den Kopf. „Ich wundere mich über gar nichts mehr. Wann war es?"

„Am Freitag, dem 9. Juni. Alle Telefongespräche werden notiert."

Ich warf einen dicken Brocken Theorie über Bord, nämlich den, dass Ingrid auf eine geeignete Gelegenheit gewartet hatte, Jennifer zu ermorden, und diese Gelegenheit sich zufällig am 13. Juni ergeben hatte. Das stimmte also nicht. Der Zeitpunkt stand bereits vorher fest.

Vielleicht seit dem Tag, an dem Ingrid begann, mich vor ihren Karren zu spannen. Vielleicht stand auch Peters Termin in Amsterdam schon lange fest.

Kemming machte sich Notizen.

„Kann ich mit ihm reden?", fragte ich.

„Nein."

Ich schüttelte den Kopf.

Ich begriff, dass ich überhaupt nicht wissen musste, warum Peter Brack die Schuld auf sich genommen hatte. Er hatte sich ein paar Tage lang in einer Zelle ins Fäustchen gelacht. Es gab nichts zu verstehen, es war ein gewöhnliches und verdammt schlaues Komplott. Man konnte sich höchstens noch fragen, wie ein Mann es zulassen konnte, dass seine Frau einen Mord beging, um an ein Kind zu kommen, und warum er selbst dabei auch noch mitgemacht hatte.

Es DAUERTE noch fast eine Stunde, bis Peter aus dem Präsidium herauskam, begleitet von einem Mann in sportlichen Jeans und einem geblümten, kurzärmeligen Hemd. Ich nahm an, dass es sein Rechtsanwalt war.

Die beiden Herren spazierten zu einem Saab. Der Rechtsanwalt schloss auf und setzte sich ans Steuer.

Ich folgte ihnen in meinem BMW über die Landstraße und rief CyberNel an, als sie die Autobahn überquerten.

„Er ist auf freiem Fuß, und sein Rechtsanwalt bringt ihn nach Hause", sagte ich. „Sag mir Bescheid, wenn er drin ist."

Ich hielt an der Tankstelle kurz vor der Abzweigung in Richtung Beesd und ließ vorsorglich den BMW voll tanken. Ich konnte dem Saab nicht über den Polderdeich folgen, ohne dass es aufgefallen wäre; das war einer der Nachteile auf dem Land. Nel saß mit Kopfhörern in der dichten Hecke versteckt.

Ich hörte mein Handy auf dem Vordersitz klingeln, als ich aus dem verglasten Kassenhäuschen kam. „Er ist zu Hause", meldete Nel. „Ich gehe jetzt zurück zu dir."

„Okay."

Ich sah den Saab in der Ferne über den Polderdeich zurückkommen. Er fuhr an mir vorbei, als ich zur Linge abbog. Kurz darauf rangierte ich meinen Wagen rückwärts in den Carport. Nel hielt sich bei ihren Apparaten in meinem Wohnzimmer auf.

„Er hat ein paar Worte mit diesem Typen gewechselt. War das sein Rechtsanwalt? Sie sind im Auto sitzen geblieben, ich konnte nichts verstehen. Peter ist jetzt drinnen. Ich höre nichts, ich glaube, dass er raufgegangen ist."

Wir tranken Kaffee und warteten. Wir konnten ihn nicht verlieren. Sein Auto war mit Sendern versehen, meines mit Empfängern und Reisetaschen.

Wir schraken auf, als Peter plötzlich zu reden anfing. Nel spurtete zu den Knöpfen.

„Ich bin's. Alles in Ordnung? Ja, das hat geklappt."

„Verdammt", sagte Nel. „Er benutzt sein Handy."

„Hältst du das für vernünftig? Na gut, ich rufe dort an, wenn du willst. Kannst du für mich bei Umafisa reservieren? Ich sorge dafür, dass ich in jedem Fall morgen vor neun Uhr da bin, und wenn es erst um elf Uhr losgeht, dann warte ich einfach, das macht mir nichts aus. Ja, morgen Abend, heute Abend schaffe ich es nicht mehr."

„Was ist Umafisa?"

„Warte."

„Peter Brack am Apparat. Könnte ich bitte Meneer Sondering sprechen? Oh, könnten Sie mich dann mit dem Vorsteher der Gerichtsverwaltung verbinden?"

„Sondering ist der Richter", sagte ich.

„Guten Tag, Meneer Kwist. Ich bin Peter Brack. Es geht um diesen Adoptionsantrag, das Aktenzeichen weiß ich nicht auswendig … Ja, genau. Die Entscheidung müsste inzwischen gefallen sein, und soweit wir verstanden haben, muss einer von uns noch zum Amtsgericht, um eine Bereitschaftserklärung …"

Peter schwieg eine Weile lang und hörte seinem Gesprächspartner zu.

„Von welcher Rechtsanwaltskanzlei? Vredeling? Nein, davon weiß ich nichts, es überrascht mich einigermaßen … Ja, vor allem weil ich selbst einen Privatdetektiv engagiert hatte, um ihn ausfindig zu machen. Nein, wir wissen noch nicht einmal, ob dieser Mann tatsächlich der Vater ist. Natürlich werden wir uns entsprechend zur Wehr setzen."

Er unterbrach die Verbindung, man konnte seine Wut förmlich spüren. Nel lächelte mich an.

Ich schaltete den Computer ein und gab in verschiedene Suchmaschinen den Begriff Umafisa ein. Jede Schreibvariante ergab „null Einträge gefunden".

Wir hörten wieder Peters Stimme. „Hallo, Bob, hier ist Peter Brack. Hast du schon einen Käufer an der Hand? Na gut, du hast fünfzigtausend Euro Spielraum. Wir sind für eine Weile weg. Ich bleibe in Kontakt. Ich möchte, dass du den Verkauf so schnell wie möglich über die Bühne bringst, ich brauche das Geld, und solche Objekte sind auf dem Markt gerade äußerst gefragt. Viel Erfolg und bis bald."

„Lass uns mal überlegen", sagte Nel. „Es ist weit von hier. Er kann heute Abend um neun Uhr nicht da sein, sondern erst morgen. Mit dem Auto, dem Zug oder dem Flugzeug? Was immer es auch ist, es geht morgen um neun oder um elf Uhr."

„Einmal Umafisa, ohne Rückfahrschein."

Nel sagte: „Es ist bei ihr in der Nähe, denn die Reservierung ist von dort aus einfacher. Es ist kein Ort, vielleicht ein Reisebüro oder eine kleine, unbekannte Fluggesellschaft."

Nel drängte mich vom Computer weg und ging ins Internet.

Ich nahm den Telefonhörer ab und rief bei einem Reisebüro in Culemborg an.

„Guten Tag, Max Frisch am Apparat. Ich nehme an einem Radioquiz über Tourismusfragen teil und kann eine tolle Reise nach Hamburg gewinnen, wenn ich innerhalb von fünf Minuten herausfinde, was Umafisa ist."

„Noch nie davon gehört. Uma-was?", fragte das Mädchen.

„Umafisa. Vielleicht könnte mir einer Ihrer Kollegen weiterhelfen? Könnte es ein Reisebüro sein oder eine Reiseorganisation?"

„Einen Augenblick, bitte."

Ich hörte, wie sie „Umafisa" durch den Raum rief. „Ein Reisebüro?", fügte sie etwas leiser hinzu. Jemand anders rief etwas zurück. „Eine Frachtschifffahrtsgesellschaft?"

Ein Mann nahm ihr offenbar den Hörer aus der Hand. „Das ist keine einfache Frage, wenn man noch nicht selbst da unten gewesen ist", sagte er. „Es ist kein Reisebüro, es ist eine Schifffahrtsgesellschaft, die Fähren zwischen Barcelona und den Balearen betreibt. Die transportieren in erster Linie Frachtgüter, haben aber vor einiger Zeit ihre Schiffe so umgebaut, dass sie auch ein paar hundert Passagiere mit an Bord nehmen können. Ich sehe hier gerade, dass die Schiffe in Barcelona vom Kai Estación Maritima B aus ablegen."

Ich dankte ihm überschwänglich.

„Mist", sagte Nel und fuhr den Computer herunter.

„Balearen, das heißt Mallorca, Menorca und so weiter. Wir fahren ganz gemütlich nach Barcelona. Unterwegs können wir uns abwechseln, wir fahren die Nacht durch und sind morgen gegen Mittag da."

„Also folgen wir Brack nicht direkt?"

„Wir wissen ja, wohin er will, und sorgen dafür, dass wir vor ihm da sind."

„Wir könnten auch fliegen."

„Ich glaube, auf der Rückreise ist es mit dem Auto bequemer."

Sie kniff die Augen zusammen. „Du denkst daran, den Jungen zu entführen?"

„Ich denke überhaupt nichts. Das Wetter ist schön, und du möchtest doch bestimmt mit? Ich kaufe dir auch einen hübschen Bikini."

Die Ferien hatten noch nicht begonnen, aber der Treck nach Süden war bereits in vollem Gange. Nachts wurde es ruhiger auf den Straßen. „Wo würdest du dich verstecken mit einem Kind?", fragte Nel.

„Die einfachste Lösung ist immer die beste", sagte ich. „Nicht nach Timbuktu oder Alaska, denn da fällt man viel mehr auf als hier in Europa. Es gibt keine Grenzen mehr, man braucht nirgendwo mehr Papiere vorzuzeigen. Europa ist sicher. Man mietet ein Haus auf Mallorca, da fällt man inmitten der internationalen Gesellschaft in all den anderen kleinen Villen gar nicht auf."

Nel fuhr ein Weilchen durch die Nacht und sah erleuchtete Schilder näher kommen. „Kaffee und ein kleines Steak“, sagte sie. „Danach darfst du wieder fahren.“

Wir hatten Zeit genug. Als wir unser Steak aßen, sah ich, dass sie sehr erschöpft war. Ich fühlte mich ebenfalls todmüde. Auf dem Rasthof gab es eines von diesen kleinen Motels, bei denen man nur seine Kreditkarte in einen Automaten zu stecken brauchte, um einen Zimmerschlüssel zu bekommen. Das Zimmer hatte eine Dusche, ein Bett und saubere Bettwäsche. Ich stellte meinen Reisewecker.

Als ich die Augen öffnete, lag ich hinter CyberNel, den Arm um sie geschlungen. Ich nahm sie fester in den Arm und murmelte: „Ich liebe dich.“

„Ach, das sagst du nur so“, murmelte sie zurück.

„Nein.“ Ich spürte, wie sie sich bewegte; dies war die Stunde der Morgenlust und nicht der Worte, und mir fiel nichts anderes ein, als noch einmal „Nein“ zu sagen.

IN BLANES gab es eine Boutique, in der wir ein olivfarbenes Baumwollkleid, einen breitkrempigen Hut und einen Bikini für Nel kauften und dazu Sonnenbrillen sowie ein Hemd mit spanischen Stieren drauf, eine Kappe und eine lächerliche Badehose für mich, für die Balearen.

Die Küstenstraße nach Barcelona war ein einziger aneinander gereihter Albtraum von Industrie, Hässlichkeit und zu viel Verkehr.

Ein Polizist erklärte uns den Weg zur Estación Maritima B. Ein langer Kai, an Reihen von Lkws vorbei, die hauptsächlich Softdrinks und Bier geladen hatten.

Nel zupfte mich am Ärmel. „Jetzt geht’s nach Ibiza“, sagte sie.

„Ibiza?“

Sie wies mit einem Nicken hinüber zu einer Autofähre, die halb verborgen hinter einem niedrigen Gebäude lag. ISLA DE BOTAFOC, UMAFISA LINES, NAVIERA DE IBIZA stand in großen Lettern auf der Bordwand. „Nix Mallorca.“

Nel drehte an den Knöpfen ihres Empfängers herum, den sie im Handschuhfach untergebracht und mit einem Draht am Zigarettenanzünder angeschlossen hatte. „Brack ist noch nicht in der Nähe.“

„Es sei denn, er ist geflogen.“

„Ich glaube, wir sollten uns verkleiden, und ich gehe mich mal umschauen. Dich kennt er besser.“

Wir waren eben an einem anderen Hafengebäude vorbeigefahren, in dem es eine Taxizentrale, einen Busbahnhof und eine *cantina* gab. Wir nahmen unsere Reisetaschen mit und gingen hinein. Kurz darauf hatte ich ein San Miguel vor mir stehen, und die Sonnenbrille steckte in der Brusttasche meines Stierhemdes. Lkw-Fahrer an den Tischen um mich herum pfiffen, als Nel aus der Toilette kam, das Gesicht verborgen unter dem breiten Rand ihres Strohhuts, elegant und sexy in ihrem Sommerkleid. Der olivfarbene Stoff schwang um ihre gesunden Waden, als sie sich mit einer zierlichen Pirouette für die Ovation bedankte.

Danach schwitzte ich eine halbe Stunde lang mein Bier im glühend heißen Auto aus, das auf einem Parkplatz ohne Schatten mit Blick auf das Einschiffungsgebäude der Umafisa stand. Das Telefon lag neben mir, und der Empfänger war eingeschaltet. Nel hatte das andere Telefon in ihrer neuen Basttasche. Sie ließ nichts von sich hören. Der Empfänger, der piepsen und blinken sollte, sobald sich Bracks Volvo in einem Radius von zehn Kilometern befand, blieb stumm. Langsam hatte ich das Gefühl, dass das Ganze ein übler Scherz war. Wenn Peter die Wanzen in seinem Haus gefunden hatte, war seine Umafisa-Geschichte eine Finte, und wir fuhren nach Ibiza, während er sich in aller Ruhe in Dänemark seiner Frau anschloss.

Ich hörte Nels Stimme im Telefon und hielt es ans Ohr.

„Du kannst das Auto auf dem Parkplatz stehen lassen", meldete sie. „Ich habe ein Auto gemietet, die Papiere abgeholt und alles so geregelt, dass der Wagen gegen einen Aufschlag auf dem Kai in Ibiza für uns bereitsteht, sobald das Schiff ankommt."

„Das ist der Moment, in dem wir ihn am leichtesten verlieren können."

„Ja, aber die Gefahr ist noch größer, wenn dein Auto im Laderaum steht und wir eine Stunde warten müssen, bevor wir das Schiff verlassen können. Ich fand diese Lösung ziemlich gut. Hast du schon etwas gehört?"

„Nein, vielleicht geht er ja zu Fuß."

„Na ja, dann wird er vielleicht abgeholt. Vergiss meine Tasche nicht. Ich warte hier."

Die ersten Lkws erwachten brüllend zum Leben und kurvten um das Gebäude herum zur Rückseite der Fähre. Passagiere zu Fuß schlenderten umher. Es war Viertel nach sieben.

Um fünf vor halb acht hielt ein Taxi vor dem Haupteingang des Umafisagebäudes. Peter Brack stieg aus, in einer leichten Sommerjacke. Der spanische Fahrer hob einen schweren Koffer und eine Reisetasche aus dem Kofferraum.

Wir hatten die Telefone ständig eingeschaltet, und ich tippte auf die Sprechmuschel und rief Nels Namen, aber sie ließ nichts von sich hören.

Ich schaltete den Empfänger aus und zog den Stecker aus meinem Zigarettenanzünder.

Peter nahm sein Gepäck und verschwand durch die Glastüren in der Einschiffungshalle. Ich wartete, bis das Taxi weggefahren war, bevor ich unsere Reisetaschen herausholte und den Wagen abschloss. Ich zog mir die Touristenkappe tief über die Augen und überquerte den Parkplatz.

Leute schlenderten durch die Halle, zogen Snacks und Getränkedosen aus Automaten und saßen mit ihrem Gepäck in einer Art Flughafenlounge auf aneinander geschweißten Stühlen. Nel stand am Fenster neben einer breiten Nische, in dem sich der Schalter von Umafisa befand. Durch die Scheibe beobachtete sie den Traktor, der die blaue Passagiertreppe an die *Isla de Botafoc* heranschob. Brack wartete zwischen anderen Passagieren, bis er an der Reihe war.

Nel setzte sich in Bewegung, als Peter den Schalter erreichte. Sie ging einfach mit einem entschuldigenden Gesichtsausdruck an den wartenden Passagieren vorbei, bis sie schräg hinter Peter stand. Dort schaute sie ihm die ganze Zeit über die Schulter, während die Schalterdame ihm einen Fahrschein ausstellte. Dann drehte sie sich ganz ruhig um und entfernte sich von ihm.

Die Glastür zum Kai stand bereits offen, und eine Angestellte kontrollierte die Tickets. Peter marschierte sofort auf den Ausgang zu. Kurz darauf hatte er die Kontrolle passiert, und ich sah, wie er den Kai in Richtung der blauen Treppe überquerte.

„Das ist der *horarios salidas*“, sagte Nel mit einem erfrischend neuen Akzent, als sie sich zu mir gesellt hatte und mir ein bedrucktes Blatt Papier unter die Nase hielt. „Wir salidassen um neun Uhr. Die Rückreise habe ich vorläufig für *viernes* gebucht, das heißt für Freitag, elf Uhr morgens.“

„Du bist aber optimistisch.“

„Wir können das problemlos ändern, am *sabado* salidast es um zwölf Uhr mittags von Ibiza aus.“

„Lass das Spanisch ruhig stecken“, meinte ich.

Wir vergewisserten uns, dass Peter außer Sichtweite war, bevor wir mit einem Dutzend anderer Touristen den Kai überquerten. Wir stiegen die Treppe hinauf und mischten uns unter die Passagiere, die von den Autodecks heraufkamen. Vorsichtig betraten wir die Informationshalle auf dem Mitteldeck. Peter war nirgends zu sehen. Ich blieb in Deckung, während Nel am Schalter einen Kabinenschlüssel in Empfang nahm.

Die Schiffsmotoren dröhnten, und Essensdüfte aus einem Restaurant zogen durch die Flure. Ich bekam allmählich Hunger und begann Peter dafür zu hassen, dass wir nicht einfach entspannt in aller Öffentlichkeit zu Abend essen konnten. Ein Schiff, wie groß auch immer, ist einfach zu klein, jedes Gesicht begegnet einem mindestens einmal wieder.

Nel hatte eine Kabine auf dem obersten Deck reserviert, und zehn Minuten später schlossen wir die Tür hinter uns. Spätes Sonnenlicht fiel durch das milchige Plexiglas des Bullauges. Kais auf der anderen Seite, Kräne, der Hafen von Barcelona. Die Kabine verfügte über vier schmale Einzelbetten, je zwei auf beiden Seiten. Die oberen konnten hochgeklappt werden. Wir saßen uns auf den beiden unteren gegenüber.

„Ich kriege hier Klaustrophobie", sagte Nel.

Wir nahmen eine Decke mit und wagten uns nach draußen. Wir stiegen auf ein höher gelegenes Sonnendeck mit vielen Holzbänken. Es war menschenleer. Ich kontrollierte die Zugänge und beugte mich über die Reling. Die *Botafoc* pfiff und löste sich mit schwappenden Wellen und aufgewühltem Wasser vom Uferkai. Nel drapierte die Decke über eine der Bänke, sodass wir darunter verschwinden konnten, falls wir Unheil in Form von Peter witterten. Ich rauchte so lange eine Gauloise, während sie sich auf die Suche nach transportablem Essen machte.

Eine Viertelstunde später kam sie mit einer Plastiktüte wieder, in der sich Pizzas, Brötchen, ein paar Tomaten und eine bereits entkorkte Flasche spanischer Wein befanden.

Wir saßen nebeneinander, die Decke um unsere Schultern, tranken Wein und aßen Pizza. Wir beobachteten die Möwen, das Wasser und die Sonne, die auf der anderen Seite von Spanien unterging.

Wir hielten uns auf einem der unteren Decks auf, als die *Botafoc* um halb acht Uhr morgens an einem Kai der Stadt Ibiza anlegte. Der Kai sah eher aus wie ein Boulevard, bewachsen mit Palmen und anderen Bäumen und gesäumt von Häusern, Restaurants und Geschäften, von denen die meisten noch geschlossen waren. Ibiza und die alte Zitadelle, die die Stadt überragte, strahlten frisch im rosafarbenen Morgenlicht.

Ein Traktor begann, die fahrbare Treppe mit vielen umständlichen Manövern an die Schiffswand zu schieben.

„Siehst du Ingrid irgendwo?", fragte Nel.

Nicht viele Leute unten am Kai erwarteten ankommende Passagiere. Ein paar Touristen, ein Herr in geschäftsmäßigem Dunkelblau, ein spanischer Polizist, eine junge Frau mit Kinderwagen und eine Frau neben einem Fiat Panda unter den Bäumen auf der gegenüberliegenden Seite. Direkt unter uns lehnte ein junger Mann an einem Renault Clio, wahrscheinlich unserem Mietwagen. Keine Spur von Ingrid.

Ich zog Nel mit mir, als ich das Rasseln von Ketten und den Lärm heruntergelassener Gangways hinter dem Autodeck hörte. „Untenherum geht's schneller."

Wir eilten schmale Metalltreppen hinunter in den riesigen Fahrzeugladeraum und zwängten uns durch Dieselqualm an Lkws und Autos voller Touristen vorbei zu dem gähnenden Rechteck, das Licht und frische Luft verhieß. Außer uns waren noch andere Passagiere zu Fuß auf diese Idee gekommen, doch Peter Brack war nicht unter ihnen.

„Hol du ruhig das Auto, ich versuche, unbemerkt auf die andere Seite zu kommen", sagte ich zu Nel, als wir auf dem Wendeplatz hinter dem Schiff standen.

Ich überquerte mit unseren Taschen, halb verdeckt von abfahrenden Autos, den Boulevard und postierte mich unter einer Palme neben einem geschlossenen Kiosk, von wo aus ich das Schiff beobachteten konnte.

Nur noch wenige Leute waren draußen auf den Decks. Peter befand sich wahrscheinlich schon im Gedränge auf dem Mitteldeck, wo die Treppe angekoppelt worden war.

Jemand stand winkend im Gangbord des darüber liegenden Decks. Ich erkannte mit einem kleinen Schrecken die weiße Sommerjacke von Peter und trat zurück in den Schatten des Kiosks. Ich folgte seiner Blickrichtung. Die Einzige, die infrage zu kommen schien, war die Frau neben dem Panda, dreißig Meter weiter auf derselben Seite des Boulevards. Sie fing ebenfalls an zu winken. Meinte sie Peter?

Der Renault hielt an der Bordsteinkante, und Nel langte über den Vordersitz und stieß die Beifahrertür auf. Ich bedeutete ihr zu warten und zeigte nach oben.

Peter verschwand außer Sicht, und die Frau drehte sich in meine Richtung. Sie kam mir irgendwie bekannt vor. Sie war etwa vierzig Jahre alt, hatte dunkles, glattes Haar und attraktive spanische Gesichtszüge. Ich hatte dieses Gesicht schon einmal gesehen, schmal und ziemlich selbstbewusst, auf einem Passfoto, und auch diesen Körper, wie er vor zehn Jahren ausgesehen haben musste, als sie nackt einem Fotografen zulächelte, von der obersten Koje einer Schiffskabine aus. Einer Kabine auf der *Isla de Botafoc*?

Ich lief mit abgewandtem Gesicht zum Renault, warf die Taschen auf die Rückbank und rutschte auf den Sitz neben Nel. Ich zeigte mit dem Daumen über meine Schulter. „Es ist der Panda. Wende und halte auf der anderen Seite an, dann stehen wir in der richtigen Richtung."

Nel warf ihren Hut auf den Rücksitz und fuhr los. „Holt diese Frau ihn ab? Also nicht Ingrid."

„Nein."

„Eine Bekannte oder die Vermieterin?"

Mein Unbehagen wuchs. Ich drehte mich um und griff nach meiner Reisetasche. Ich hatte die Fotos in ein Seitenfach gesteckt, wo ich auch meine Papiere und Rechnungen aufbewahrte. „Das ist nicht die Vermieterin, sondern Peters Elixier der Unsterblichkeit."

Nel hatte eine U-Kurve beschrieben und schlüpfte knapp zwischen zwei Lkws durch, die von der Laderampe abfuhren. Kurz hinter dem Schiff hielt sie an und schaltete den Motor aus. Ich zeigte ihr die Fotos. Mit ihnen zum Vergleich war jeder Irrtum ausgeschlossen. Ich holte mein Fernglas aus der Tasche und gab Nel die Kamera.

„Amrita?"

„Das bedeutet, dass wir uns wahrscheinlich zum Deppen gemacht haben."

„Er lässt Ingrid im Stich und reist zu seiner Geliebten? Er hat also gar nicht Ingrid angerufen?" Nel fing plötzlich an zu kichern. „Ich hoffe, unser Klient hat Sinn für Humor und zahlt trotzdem die Spesen."

Passagiere schleppten Koffer und Taschen die Treppe herunter. Die anderen Abholer drängten sich um die Treppe, doch das Elixier blieb geduldig neben ihrem Panda auf der anderen Seite stehen.

„Ingrid könnte also sonstwo auf der Welt sein", sagte Nel.

„Oder einfach in den Niederlanden, in der Veluwe."

„Du meinst, sie hat Tommy, jetzt braucht sie keinen Mann mehr?"

Peter kam auf halbem Weg die Treppe herunter. Er konnte nicht winken, weil er die Hände mit seinem Koffer und seiner Tasche voll hatte.

„Ingrid muss von irgendetwas leben", überlegte Nel. „Das Haus ist noch nicht verkauft. Ist sie reich?"

„Nicht dass ich wüsste."

Ich hob mein Fernglas an die Augen und stellte es auf das Gesicht von Amrita ein, die um den Panda herumgegangen war. Sie lächelte erwartungsvoll. Ich hörte das Klicken von Nels Kamera, als Peter über die Straße lief. Er ließ seinen Koffer und seine Tasche auf die Motorhaube des Pandas fallen und nahm Amrita in die Arme.

„Das ist kein Kuss unter Bekannten", sagte Nel, ein Auge an der Kamera.

Nein. Es war ein Kuss unter Liebenden, Mund auf Mund, hungrig. Ich ließ das Fernglas sinken. Es war deutlich genug.

Mist. Was jetzt?

Das verliebte Paar rollte gemeinsam das Dach des Pandas auf, bevor es einstieg und losfuhr, Peter am Steuer. Er kannte offensichtlich den

Weg und lenkte den Wagen, ohne zu zögern, aus der Stadt hinaus. Wir folgten ihm durch einen Ort, der Jesu hieß, und danach in Richtung Santa Eulalia. Es war noch zu früh für dichten Verkehr, Ibiza lebte nachts. Wir sahen noch mehr Pandas und andere kleine, alte Autos. Große Wagen hatten wenig Sinn auf einer Insel, die kaum fünfzig Kilometer lang war, und schon gar nicht in den engen Sträßchen der Stadt und der Zitadelle.

Ehe wir uns versahen, bog Peter in die Richtung eines Dorfes ab, das Cala Llonga hieß. Dort gab es eine Bucht mit Strand, den üblichen Freizeitangeboten sowie Geschäften und geschlossenen Diskotheken drum herum, doch Peter nahm den Weg in die Hügel oberhalb der Bucht und fuhr durch stille Alleen mit weißen Villen inmitten von Kiefern, Gärten, Swimmingpools, weißen Zäunen und Mauern. Hier herrschte überhaupt kein Verkehr mehr, und es wurde schwierig, ihnen unauffällig zu folgen.

Schließlich verringerte Peter die Geschwindigkeit und bog rechts ab. Nel hielt sich weit hinter ihm und raste dann hinterher. Gerade noch rechtzeitig sah sie das Schild SACKGASSE, fuhr geradeaus weiter und hielt kurz dahinter. Ich stieg aus und eilte zurück.

Es war eine kurze, ruhige Gasse mit drei oder vier Villen auf beiden Seiten. Der Panda stand am Ende vor der Rückseite einer Villa, von der ich von meiner Position aus nur eine weiße Mauer mit einem Torbogen und einem Garagentor erkennen konnte, umgeben von üppig blühenden rosafarbenen Geranien, Oleandern und Bougainvilleen.

Niemand kam heraus. Offensichtlich wohnte Amrita allein hier, jedenfalls im Augenblick. Ich sah nicht viel mehr als die schneeweiße Mauer, aber es musste eine teure Villa sein, hoch über der Bucht, mit einer herrlichen Aussicht und wahrscheinlich einem Swimmingpool auf der anderen Seite.

Amrita stieg aus und schloss das Garagentor auf. Peter fuhr den Panda hinein. Man konnte offenbar von der Garage aus ins Haus gelangen, denn Amrita machte das Tor zu, und ich blickte nur noch auf geschlossene Türen und eine undurchdringliche Mauer und sonst nichts.

Ich ging zurück. „Es ist noch zu früh, um uns zu betrinken", sagte ich. „Und wir können erst morgen wieder zurück."

Wir standen jeder auf einer Seite des Renault und blickten uns über das Dach hinweg an. „Wolltest du zurückfahren, ohne Peter auf den Zahn zu fühlen?", fragte Nel.

„Dafür brauchen wir nicht länger als eine halbe Stunde."

Nel trommelte mit den Fingernägeln auf den Lack. „Warum ist er nicht hierher geflogen?"

„Mit dem Schiff ist es sicherer, man wird nicht registriert. Dein Name wird auf dem Ticket eingetragen und nirgendwo sonst. Amrita hat wahrscheinlich auf ihren Namen für ihn reserviert. Hast du jemanden die Pässe kontrollieren sehen? Ich an seiner Stelle hätte auch die Fähre genommen."

„Hier ist doch was durch und durch faul", sagte Nel.

„Der Mann hat genug von den Niederlanden und vor allem von seiner mordlüsternen Frau", antwortete ich in dem Versuch, eine plausible Erklärung zu finden. „Er verkauft den Laden und gibt Ingrid wahrscheinlich etwas vom Erlös ab. Er hat eine gute Tat für Ingrid getan, und Ingrid hat Tommy. Das ist alles, was sie wollte. Möglicherweise ist es eine unangenehme Vorstellung für Peter, Nacht für Nacht neben einer Mörderin im Bett zu liegen. Er hat den Kontakt zu seiner heimlichen Geliebten in Ibiza aufrechterhalten; vor kurzem hat er ihr noch Geld überwiesen. Jetzt will er hier in aller Ruhe an seinem historischen Roman über Witte van Hunsate arbeiten, in der restlichen Zeit sein Elixier genießen und im Großen und Ganzen versuchen, alt und glücklich zu werden. Was soll daran faul sein?"

„Das weiß ich noch nicht."

Ich lächelte sie an. „Da spricht doch hoffentlich nicht dein weiblicher Instinkt?"

Sie schaute mich pikiert an. „Was ist denn daran so schlimm?"

„Nichts, ich habe nur gedacht, du seist zu nüchtern für übersinnliche Diffusitäten."

Nel zuckte mit den Schultern und antwortete: „Wir sollten dieses Haus eine Weile lang observieren."

WIR FANDEN einen Beobachtungspunkt auf einem höher gelegenen, etwas vorspringenden Hügelabschnitt auf einem ziemlich verwilderten Grundstück von etwa tausend Quadratmetern, umgeben von einem rostigen Drahtzaun. Kiefern und stachelige Brombeeren wuchsen dort, aber am Rand gab es ein Stück flachen Felsenboden, von wo aus wir einen günstigen Blick auf die Südseite von Amritas Villa hatten. Die Distanz war zu groß, um Geräusche wahrnehmen zu können, doch durch das Fernglas konnten wir die breite Terrasse und das Zimmer hinter den beiden oberen Arkaden beobachten, ebenso wie die Küche und einige der anderen Räume, die sich über zwei Wohnebenen verteilten. Es war eine luxuriöse Villa, umgeben von exotischen Blumen und blühenden Hecken, ausgestattet mit einem Swimmingpool, um den Liegestühle und Sonnenschirme gruppiert waren. In einigen Räumen waren die

Gardinen zugezogen, und vor einem großen Fenster neben einer größeren Arkade im Erdgeschoss hatte man auch die Jalousien heruntergelassen. Vielleicht war dies das Schlafzimmer, in dem Peter in diesem Augenblick sein Wiedersehen mit Amrita feierte.

Wir saßen eine Stunde lang auf dem harten, heißen Felsen dicht nebeneinander und wären schon beinahe eingeschlafen, als sich unten endlich wieder etwas regte. Peter erschien in einem gestreiften Hemd mit kurzen Ärmeln auf der überdachten oberen Terrasse, legte in einer der Arkaden die Hände auf das Geländer und genoss die Aussicht. Er blickte nach unten, als Amrita kurz darauf mit einem Handtuch und einem Buch am Swimmingpool erschien. Sie legte die Sachen auf einen Liegestuhl und blieb einige Augenblicke lang am Beckenrand stehen. Sie war eine schöne Frau, wie ich feststellte, als ich sie durch mein Fernglas von nahem betrachtete. Sie drehte sich um, winkte Peter zu und sprang elegant ins Wasser. Sie schwamm eine Runde und kletterte wieder heraus. Danach trocknete sie sich flüchtig ab, breitete das Handtuch auf den Polstern des Stuhls aus, setzte sich und fing an zu lesen. Ich ließ das Fernglas sinken und rieb mir die schmerzenden Knie.

„Ich werde alt, und von dieser voyeuristischen Gafferei kriege ich einen faden Geschmack im Mund“, sagte ich. „Wir sollten aufbrechen. Lass uns in Cala Llonga ein Hotel suchen und unsere eigenen Badesachen ausprobieren.“

Nel nahm das Fernglas in die Hand und richtete es auf die Villa. „Ich bleibe noch ein bisschen“, sagte sie. „Hol mich so gegen Mittag ab.“

„Warum?“

Hartnäckig observierte sie die Villa. Ich sah, dass sich kleine Schweißtröpfchen auf ihrer Oberlippe gebildet hatten. Ich fuhr ihr mit der Hand durch ihre kurzen Haare und ließ sie allein.

## 8

Ich fand ein Hotel am anderen Ende der Bucht. Vom Balkon des Zimmers aus konnte ich sogar die Villa erkennen, etwa einen Kilometer Luftlinie entfernt zwischen dem Grün und den Häusern auf der anderen Seite, aber leicht erkennbar an den doppelten Arkaden im Obergeschoss und der einen größeren darunter, neben dem Fenster mit den geschlossenen Jalousien. Ohne Fernglas waren keine Einzelheiten oder Bewegungen erkennbar. Zwischen all dem üppigen Grün war es unmöglich festzustellen, wo Nel saß.

Das Handy in meiner Reisetasche klingelte, als ich gerade dabei war, unsere verknitterte Reisekleidung im Schrank aufzuhängen.

„Wo bist du?“, fragte Thomas Niessen.

„Auf Ibiza.“

Wunder der Technik. Sein Erstaunen war so deutlich, als säße er im Zimmer neben mir.

„Wir sind Peter Brack bis hierher gefolgt in der Hoffnung, dass er sich Ingrid und Tommy anschließen würde; es ging ziemlich schnell, und ich hatte keine Zeit, Kontakt mit dir aufzunehmen.“

„Kein Problem“, sagte er. „Hast du Tommy gefunden?“

„Noch nicht.“

„Und, ist diese Ingrid da?“

Ich seufzte. „Peter wurde von einer unbekannten Frau von der Fähre abgeholt. Sie sind zusammen zu ihrer Villa gefahren, aber Ingrid haben wir noch nicht gesehen.“

„Was heißt wir, du und CyberNel?“

„Ja. Sie observiert gerade die Villa. Wir lassen sie nicht aus den Augen, bis …“ Ja, bis was? Ich fühlte mich wie ein arbeitsscheuer Vertreter, der seinem Chef die miesen Verkaufszahlen erklären soll.

„Du bist dir also nicht sicher?“

„Es ist ein Versuch. Aber Versuche schlagen eben auch manchmal fehl.“ Am besten, ich bereitete ihn schon mal schonend vor.

„Louise macht sich Sorgen um Tommy. Je eher er von dieser Frau wegkommt, desto besser. Versuche, so schnell wie möglich herauszufinden, ob er dort ist. Ich kann dir in meiner Position natürlich unmöglich zu ungebräuchlichen Methoden raten, aber wenn du irgendwie eine Möglichkeit siehst …“

Niessen konnte mir nicht ausdrücklich den Auftrag erteilen, den Jungen zu entführen, das würde ihn die Vormundschaft kosten und könnte ihn sogar hinter Gitter bringen. Irgendeine Möglichkeit, jaja.

„Wie sieht es in der Vormundschaftsfrage aus?“, fragte ich.

„Wir haben mit dem Jugendamt und dem Staatsanwalt gesprochen, und beim Arnheimer Gericht bezweifelt niemand meinen Anspruch als leiblicher Vater. Das Problem besteht in der zeitlich begrenzten Pflegschaft, die den Bracks zugesprochen wurde. Die Vormundschaftsansprüche müssen geändert werden, und sie haben bereits angekündigt, dass sie dagegen Einspruch einlegen werden. Ich versuche, es so schnell wie möglich geregelt zu kriegen. Wir rechnen morgen mit einem endgültigen Termin für die Entscheidung.“

„Werden sie vorgeladen?“

„Ja. Und wenn sie nicht zu Hause sind, geht die Vorladung an die Stadtverwaltung. Dort müssen sie sich melden. Wenn sie nicht erscheinen, wird ein Urteil in ihrer Abwesenheit gesprochen, und sie verlieren automatisch."

„Warum?"

„Wenn ein Vorgeladener nicht bei Gericht erscheint, geht man davon aus, dass er einverstanden ist mit dem, was in der Vorladung steht, sonst hätte er ja Protest eingelegt."

„Auch wenn er das Schreiben nicht empfangen hat?"

Niessen erklärte es mir geduldig. „Wenn der Gerichtsvollzieher niemanden zu Hause antrifft, bringt er die Vorladung ins Sekretariat der Stadtverwaltung. Diese schickt dem Vorgeladenen eine Aufforderung, ein gerichtliches Schreiben abzuholen. Ob er reagiert oder nicht: Von Gesetzes wegen gilt er von diesem Moment an als vorschriftsmäßig benachrichtigt." Er legte eine Pause ein und fuhr dann in dringlicherem Ton fort: „Sie verlieren sowieso. Aber das kostet Zeit, und bis dahin können sie tun, als wüssten sie von nichts. Louise …" Er unterbrach sich. „Sorge in Gottes Namen dafür, dass du Tommy findest!", sagte er schließlich.

Tja.

Ich rief Brigadier Kemming an. Er war nicht in der Dienststelle, aber man war bereit, mir eine Telefonnummer zu geben, wo ich ihn erreichen konnte.

„Hast du irgendetwas von Ingrid Brack gehört?", fragte ich nach ein paar einleitenden Phrasen.

„Ich dachte, du wärst dabei, sie aufzuspüren."

„Ja, aber ich bin noch nicht weit damit gekommen."

Kemming murmelte etwas Unverständliches und sagte dann: „Ich bin bei ihnen vorbeigefahren, aber es war niemand zu Hause. Wir können keine Haussuchung durchführen, dafür gibt es keine triftige Begründung. Sie wird nicht offiziell verdächtigt und kann daher höchstens als Zeugin vernommen werden. Ich habe mit ihrer Schwester gesprochen und mit ein paar Nachbarn und Bekannten. Niemand weiß, wo sie ist, das behaupten sie zumindest alle."

„Ich finde sie auch nicht", sagte ich. „Jedenfalls nicht ohne Hilfe. Gibt es denn wirklich keine Möglichkeit für einen offiziellen Fahndungsbefehl?"

„Auf welcher Grundlage denn?"

„Sie hat Jennifer ermordet."

„Das weißt du, und ich glaube das auch, aber wir haben nicht den geringsten Beweis. Die Geschichte mit dem Gesundheitszeugnis ist ja gut und schön, aber sie nützt uns nichts. Vielleicht hatte sie schon lange vor, Tommy zu adoptieren, vielleicht wollte Jennifer ihn ihr überlassen, vielleicht hatten sie schon längst eine Vereinbarung darüber getroffen. Wir wissen, dass das nicht stimmt, aber Ingrid kann sich ausdenken, was immer sie will, Jennifer kann es nicht mehr abstreiten. Die einzigen Fingerabdrücke auf der Mordwaffe stammen von Peter Brack, und der hat es nicht getan." Für einen Augenblick war es still. „Wir bleiben natürlich an der Suche dran. Ruf mich an, wenn du zurück bist."

NEL SASS noch immer auf ihrem Felsen. „Die Dame hat eine halbe Stunde lang gelesen und ist dann reingegangen, um das Mittagessen zu machen. Jetzt sind sie oben auf der Terrasse."

Ich schaute durch das Fernglas und sah sie dort sitzen, einander schräg gegenüber am Kopfende eines langen Tisches.

„Siehst du das Fenster rechts unten?", fragte Nel.

„Das mit den zugezogenen Gardinen?"

„Ja. Vor einer Viertelstunde ging die Gardine ein Stückchen beiseite, als wolle jemand herausschauen. Ich habe kein Gesicht gesehen, es war auf der rechten Seite, man kann nicht richtig hingucken, aber ich habe genau gesehen, dass die Gardine aufgehalten wurde."

„Und die beiden saßen die ganze Zeit beim Essen?"

„Ja, ganz sicher."

„Vielleicht die Putzfrau?" Ich spähte durch das Fernglas. Es war keine Putzfrau zu sehen, und außerdem war Mittagessenszeit, keine Uhrzeit für eine Putzfrau. Ingrid, von dem ehebrecherischen Paar in einem Gästezimmer eingesperrt? Man konnte sich alles Mögliche ausdenken und dabei verrückt werden. „Komm, Nel", sagte ich.

Nel stand auf. „Ich habe inzwischen auch die Nase voll."

„Wir essen jetzt zu Mittag, und dann unternehmen wir was."

Sie schaute mich an. „Wir sind noch nie zusammen im Urlaub gewesen, weißt du das?"

„Stimmt."

„Ist es so wie das hier oder romantischer?"

„Was ist denn los, Nel?"

Sie schaute mich an und schüttelte den Kopf, als wisse sie es selbst nicht. Sie war dabei, sich zu verändern.

Es konnte auch an mir liegen. Vielleicht projizierte ich meine eigenen Empfindungen auf sie, meine eigene Ruhelosigkeit, die größeren Probleme mit dem Alleinsein, die Tatsache, dass ich mich in Nel verliebt hatte. Möglicherweise erwachten diese Dinge in mir zum Leben, weil ich zum ersten Mal ein eigenes Haus besaß, einen Ort, an dem ich Wurzeln schlagen konnte, ein Symbol der Beständigkeit.

Ich küsste sie auf den Mund. „Alles wird gut“, versprach ich wagemutig.

Sie kicherte. „Und Arbeit adelt.“

Ich küsste sie noch einmal und nahm sie fest in den Arm, hoch über dem Mittelmeer, inmitten der Düfte von Oleander und Wacholder, Kiefern und Rosmarin, schwer in der Junihitze.

AMRITA öffnete die Tür. *„¡Hola!“,* sagte sie.

*„Do you speak English?“*

*„Yes.“* Sie schaute Nel an und runzelte die Stirn. „Sind Sie Niederländerin?“

„Ach, Sie sprechen Niederländisch“, sagte Nel. Natürlich sprach sie Niederländisch, dachte ich, sonst hätte Peter am Telefon Englisch oder Spanisch mit ihr geredet.

„Ich war mal mit einem Niederländer verheiratet“, erklärte Amrita.

Sie hatte einen hübschen spanischen Akzent. Sie trug eine weiße Hose, eine lange schwarze Bluse aus transparentem Stoff, die ihre Arme und Schultern freiließ, und dazu silberne Ohrringe. Ihr spanisches Gesicht war in Wirklichkeit noch hübscher als auf dem Foto.

Nel strahlte vergnügt. „Also haben Sie auch in den Niederlanden gewohnt?“ Reden und am Reden bleiben, gratis Informationen sammeln, solange noch keine Namen gefallen sind und kein Misstrauen aufgekommen ist. Nel dachte da genauso wie ich.

„Ja, ich habe bei der spanischen Botschaft gearbeitet. In Den Haag, einer schönen Stadt.“

„Aber hier ist das Klima angenehmer“, sagte Nel. „Leider sind die Häuser inzwischen unbezahlbar. Wohnen Sie schon lange hier?“

Sie lächelte. „Seid ihr auf der Suche nach einem Haus?“

„Nein“, sagte ich. „Wir sind auf der Suche nach Ingrid Brack.“

Amritas Haltung veränderte sich schlagartig. „Kenne ich nicht. Hier sind Sie an der falschen Adresse.“ Sie wollte die Tür schließen, doch ich stellte meinen Fuß dazwischen.

„Sie hat einen kleinen Jungen bei sich“, sagte CyberNel.

Amrita schüttelte den Kopf und drückte gegen die Tür. „Aber ihr Mann ist doch hier“, sagte ich. „Peter Brack?“

„Peter!“

Hinter ihr führte eine Treppe nach unten. Peter musste schon dort gestanden haben, ich nahm sofort eine Bewegung wahr und hörte seine Schritte auf den gefliesten Stufen.

Amrita trat beiseite.

„Was soll das? Max! Was machst du denn hier?"

„Ich bin auf der Suche nach Ingrid. Und nach Tommy."

Er wurde aschfahl. „Wie bist du hinter diese Adresse gekommen?"

„Spielt das eine Rolle?"

„Soll ich die Polizei rufen?", fragte Amrita.

„Ja, das würde ich an Ihrer Stelle ganz bestimmt tun", sagte Nel.

Peter schüttelte den Kopf und zeigte die Treppe hinunter. „Nein, nein, geh du nur, ich regele das schon."

Amrita eilte die Treppe hinunter.

„Dürfen wir kurz reinkommen?", fragte Nel.

„Ich wüsste nicht, warum. Ich genieße hier meinen Urlaub und habe keine Lust, ihn mir verderben zu lassen." Sein graues Michael-Douglas-Gesicht sah hässlich aus.

„Und Amrita?"

„Was soll das heißen? Woher weißt du ihren Namen?"

„Sie ist doch deine Freundin? Oder deine Geliebte? Ist das nicht lästig, so mit Ingrid dabei, meine ich?"

„Ingrid ist nicht hier. Guten Tag."

Ich drückte gegen die Tür. „Ich habe sie selbst gesehen", sagte Nel.

Er wandte sich mit einem Ruck ihr zu. „Das kannst du deiner Großmutter erzählen."

„Lass meine Großmutter aus dem Spiel", erwiderte Nel. „Deine Frau hält sich in einem der Zimmer im Erdgeschoss auf, auf der rechten Seite …" Sie deutete dahin, wo es sich ungefähr befinden musste. „Ich habe sie am Fenster gesehen."

„Das ist lächerlich", zischte er. „Haut ab, oder ich rufe die Polizei!"

„Prima", antwortete ich. „Dann brauchen wir das Haus nicht selbst zu durchsuchen."

Peter ließ die Tür los. „Was willst du von Ingrid?"

„Ich muss sie sprechen."

„Warum?"

„Ihr seid alle beide vorgeladen. Dir ist es vielleicht egal, aber wenn Ingrid nicht darauf reagiert, ist sie Tommy automatisch los. Und von diesem Zeitpunkt an wird sie wegen Kindesentführung gesucht." Ich fantasierte eifrig drauflos. „Es wird ein internationaler Haftbefehl erlassen, via Interpol, und von da an hält sie sich illegal hier auf. Ich kann innerhalb einer halben Stunde eine Kopie der Vorladung auftreiben, sodass auch die Polizei in Cala Llonga erfährt, was hier los ist. Amrita bekommt dann womöglich ebenfalls Schwierigkeiten, weil sie einer Kriminellen Unterschlupf bietet, die außerdem des Mordes verdächtigt wird."

„Des Mordes?"

Ich schaute ihn unverwandt an. „Hältst du mich vielleicht für dämlich?"

Wie Kampfhähne standen wir einander gegenüber. Er wandte als Erster den Blick ab, versuchte es aber zu verbergen, indem er Nel ansprach: „Du kannst sie gar nicht gesehen haben. Du kannst hier überhaupt nicht hereinschauen von dieser Seite aus, wie kommst du nur darauf?"

„Du giltst als ihr Komplize", fuhr ich fort. „Du hast versucht, Beweise zu vernichten. Du hast ihre Fingerabdrücke von der Mordwaffe gewischt und dafür deine hinterlassen, und du hast die Glasscherben von draußen reingefegt. Außerdem hast du ihr durch dein falsches Geständnis eine Möglichkeit geboten zu flüchten. Insgesamt heißt das für dich mindestens sechs Monate Haft."

„Du kannst uns nichts beweisen!", zischte er unvermittelt. „Das Einzige, was du kannst, ist meinetwegen tot umfallen."

Ich sah, wie Nel lächelte.

„Im Augenblick kannst du dir selbst einen Gefallen tun, indem du dafür sorgst, dass dem Jungen nichts geschieht", sagte ich. „Du weißt genauso gut wie ich, dass Ingrid durchdreht. Du bist für Tommy verantwortlich."

Peter schwieg eine Weile lang. „Sie ist nicht hier", sagte er dann. Seine Stimme klang plötzlich tonlos, und er ließ seine Schultern sinken, als finde er sich mit etwas Unvermeidlichem ab. Oder aber er war ein guter Schauspieler.

„Ich glaube dir nicht", sagte ich. „Wir werden dieses Haus weiterhin observieren. Sie kann doch nicht ewig in diesem Zimmer da unten sitzen bleiben, wenn draußen die Sonne scheint."

Nel hielt ihre Kamera hoch und meinte: „Ein Foto würde schon genügen."

Peter seufzte. Er warf einen flüchtigen Blick über die Schulter und sagte dann: „Also gut, dann schaut nach, wenn ihr mir nicht glaubt."

Er drehte sich um, und wir folgten ihm die Treppe hinunter.

Wir gelangten auf einen gefliesten Treppenabsatz, von dem aus er uns das Wohnzimmer an der Terrasse mit den Arkaden zeigte. Ein schöner Raum, typisch spanisch eingerichtet mit Gemälden, Kerzenleuchtern, Stoffen in warmen Farben. Amrita hatte Geschmack. Sie hielt sich in der angrenzenden Küche auf, unschuldig mit dem Ausräumen der Spülmaschine beschäftigt. Nel und ich blickten uns aufmerksam um. Wir entdeckten nichts Verdächtiges.

Peter zeigte uns das Schlafzimmer der Dame des Hauses mit seinen gut gefüllten Kleiderschränken, führte uns geflieste Stufen hinunter zur unteren Etage, in Gästezimmer mit leeren Schränken und die dazugehörigen Badezimmer. Das Bad roch benutzt, nach Seife und Shampoo.

Das Zimmer, dessen Gardine Nel sich hatte bewegen sehen, wirkte unbewohnt. Farbenfrohe Decken auf einem Doppelbett, bunte Kissen auf den Stühlen und keine Spur von der Unordnung, die ein eingesperrtes, ungeduldiges Kleinkind verursachen würde.

Im Flur führte eine kleine Treppe zu einer Tür oder besser gesagt einer Luke. „Was ist das?"

„Die alte Zisterne", antwortete Peter. „Amrita bewahrt dort alte Möbel und anderen Krempel auf." Ergeben kletterte er hinauf und öffnete die Luke. Ein rechteckiger Raum aus Beton, voll gepackt mit Krimskrams. Es roch muffig, ein idealer Ort für Kellerasseln und ein gutes Versteck. Nel trat nach vorn.

„Tommy?", rief sie.

Wir lauschten. Mir fiel auf, dass Peter für einen kurzen Augenblick die Luft anzuhalten schien. Schließlich drehte Nel sich um und schüttelte den Kopf.

Im Flur vor der Treppe trödelten wir ein wenig herum, als wollten wir dem Gastgeber die Gelegenheit bieten, uns zum Tee einzuladen. Doch stattdessen deutete der Gastgeber gereizt auf die Treppe und sagte energisch: „Mehr gibt es nicht zu sehen. Und jetzt lasst uns in Ruhe!"

Er folgte uns nach oben. An der Tür bemerkte er: „Bestimmt geht heute noch ein Flugzeug. Es gibt sogar Direktflüge in die Niederlande."

Offenbar ging er davon aus, dass wir hierher geflogen waren. Ein Eindruck, der durch unseren Mietwagen noch verstärkt wurde, den er natürlich schon am Kennzeichen als solchen erkannt hatte. Ich drehte mich um. „Ich glaube, das hat noch Zeit."

Er musterte mich einen Augenblick lang unangenehm überrascht und rief dann ungeduldig: „Aber du hast doch selbst gesehen, dass Ingrid nicht hier ist!"

Ich lächelte ihm zu. „Wir schauen uns die Sache noch eine Weile an. Wir werden das Haus observieren, und da wir zu zweit sind, halten wir das ziemlich lange durch. Ingrid ist auf Ibiza, da bin ich mir ganz sicher. Wenn nicht hier, dann irgendwo anders. Leute ausfindig zu machen ist unser Beruf. Irgendwann wird es schon klappen."

Machtlos blieb er stehen, als wir zum Auto gingen. Auf halbem Weg drehte ich mich noch einmal um und rief, als sei mir in letzter Minute noch etwas eingefallen: „Ach ja, Peter, falls Ingrid uns sprechen will, um uns alles zu erklären – wir wohnen in dem Hotel auf der anderen Seite der Bucht.“ Ich zeigte in die entsprechende Richtung. „Du kannst es von der Terrasse aus sehen. Habt ihr auch ein Fernglas? Wir können euch von unserem Balkon aus nämlich gut erkennen.“

Als wir aus der Sackgasse hinausfuhren, warf ich im Rückspiegel noch einen Blick auf ihn; die Arme hingen an seinem Körper herunter, und er ballte immer wieder die Hände zu Fäusten.

Ein bisschen triezen wirkt manchmal Wunder.

„Du hast dich ziemlich überzeugend angehört“, sagte CyberNel.

„Das ging mir auch alles viel zu glatt.“ Anstatt hinunter zur Bucht fuhr ich hügelaufwärts, zurück zu unserem Observationsposten. Ich parkte das Auto am Straßenrand. „Komm, schnell!“

Nel folgte mir durch die Krüppelkiefern und die Brombeeren. „Warum denn schnell?“

„Vielleicht hat sie irgendwo draußen gewartet und kommt jetzt zurück. Rings um das Haus gibt es doch überall Treppen.“

Wir erreichten unseren Felsen, und ich schaute durchs Fernglas.

„Amrita hatte genügend Zeit, sie irgendwo zu verstecken“, sagte Nel. „Aber ich hatte keinen Augenblick lang das Gefühl, dass noch jemand anderes im Haus war. So etwas spürt man doch?“

„Stimmt.“ Um die Villa herum rührte sich nichts.

„Sie kann sich genauso gut in Ermelo aufhalten oder in Bern.“

„Ingrid ist hier.“

„Weshalb bist du dir da so sicher?“, fragte Nel.

„Wegen dieses Telefongesprächs. Plötzlich fiel es mir wie Schuppen von den Augen. Peter hat jemanden angerufen und damit beauftragt, bei Umafisa einen Platz für ihn zu reservieren und so weiter. Theoretisch hätte er mit Amrita sprechen können, wenn die andere Person nicht offensichtlich etwas von ihm verlangt hätte, denn wir hörten Peter fragen, ob das vernünftig sei, und dann sagte er: ‚Na gut, ich rufe dort an, wenn du willst.‘“

„Na und?“

„Sofort anschließend erkundigte sich Peter bei Gericht, wie es mit dem Adoptionsantrag aussähe. Meinst du vielleicht, Amrita hätte ihn darum gebeten?“

„Nein. Ich bin froh, dass dein Gedächtnis noch so gut in Schuss ist.“

CYBERNEL ging lieber an den Strand und las ein Buch, während ich mich hartnäckig um die Villa und die Sackgasse herumtrieb.

Ich hatte zweimal eine Viertelstunde auf unserem Observationsposten am Rande des verlassenen Baugrundstücks verbracht und die Villa beobachtet, ohne das Geringste herauszufinden. Das erste Mal tranken Amrita und Peter Tee am Swimmingpool. Beim zweiten Mal las Amrita ein Buch, und Peter war nirgends zu entdecken. Ich sah keine verdächtigen Gardinenbewegungen. Ihnen war natürlich klar geworden, dass wir die Villa von dieser Seite aus beobachten konnten.

Es ging auf acht Uhr zu, und ich bekam Hunger. Das Auto hatte ich ein Stück weit von der Sackgasse entfernt geparkt, versteckt vor dem Tor einer Villa mit geschlossenen Fensterläden. Schon seit einer halben Stunde betrachtete ich die hübschen Geranien vor der weißen Mauer von Amritas Villa.

Die Dämmerung brach schon herein, als das Garagentor einen Spalt aufging und Peter herausschlüpfte.

Ich trat rasch hinter eine Gruppe blühender Oleandersträucher und ging in Deckung. Peter blieb stehen und hielt nach allen Seiten Ausschau, als wolle er kontrollieren, ob die Luft rein war. Dann kam er auf mich zu. Er konnte mich eigentlich nicht gesehen haben, und ich löste mich geräuschlos von der Ecke und ging in Richtung der Einfahrt, in der mein Auto stand. Der Wagen stand ziemlich geschützt zwischen den weißen Mauern der Einfahrt, mit der Front zum geschlossenen Tor, aber Peter brauchte nur über die Querstraße zu gehen, um die Rückseite erkennen zu können.

Ich zwängte mich zwischen das Auto und die Wand und schaute über trockenen Rasen und niedrige Begrünung hinweg hinunter zum Ende der Sackgasse. Peter erreichte die Ecke, ging in die Querallee hinein, blieb mitten auf der Straße stehen und schaute nach rechts und links.

Dann gab er jemandem einen Wink. Ich konnte die Garage nicht sehen, hörte aber ein Auto, und kurz darauf kam der Panda in Sicht. Amrita saß am Steuer. Das Stoffverdeck war geschlossen. Amrita hielt nicht an, als sie Peter erreichte. Peter hob die Hand, und der Panda fuhr an ihm vorbei und bog in Richtung Cala Llonga ab. In diesem Moment erkannte ich auf dem Rücksitz eine Frau mit blondem Haar.

Ingrid.

Ich spähte mit wachsender Ungeduld zu Peter hinüber, der dem Panda hinterherschaute und anschließend in aller Seelenruhe zur Villa zurückschlenderte. Sobald er außer Sicht war, setzte ich mich ans Steuer des Mietwagens. Ich zwang mich dazu, mich noch einen Moment zu gedulden, bevor ich den Motor anließ. Peter würde das Geräusch hören, und vielleicht hatten die Frauen Handys dabei. Eine gewarnte Amrita wüsste auf ihrer Heimatinsel genügend Möglichkeiten, um mich abzuschütteln. Doch wenn ich zu lange wartete, würde ich den Panda in jedem Fall verlieren.

Der Motor sprang sofort an. Ich setzte rückwärts auf die Straße und gab Gas. Ich schaute zur Seite, als ich an der Sackgasse vorbeifuhr, sah aber keine Spur von Peter.

Ich fuhr schneller. Am Fuße der Hügel angekommen, musste ich mich zwischen Cala Llonga und Ibiza entscheiden. Ich sah den Panda nirgendwo, entschied mich aber für Ibiza.

Ich gab Gas. Ich überholte rücksichtslos einen alten Lkw. Die Autofahrer begannen, in der hereinbrechenden Dunkelheit die Scheinwerfer einzuschalten. Ich folgte dem Weg, an den ich mich vage von heute Morgen erinnerte, fuhr zweimal dicht auf andere kleine Autos auf und sauste dann an ihnen vorbei. Ich erreichte die größere Straße zwischen Ibiza und Santa Eulalia. Nervös hielt ich mich an meine erste Entscheidung: Ibiza.

Hier war viel mehr Verkehr, jede Menge kleiner Autos, das Hauptverkehrsmittel auf Ibiza. Ich hatte fast das Dorf Jesu erreicht, als kurz vor mir ein paar kleine, schwache Rücklichter auftauchten, wie sie zu einem Panda passten.

Ich fuhr näher heran, bis ich mir sicher war, den blonden Hinterkopf auf der Rückbank zu erkennen. Tommy sah ich nicht. Ingrid blickte sich nicht um. Vielleicht waren sie anfangs vorsichtiger gewesen und hatten sich öfter einmal umgeschaut. Da sie keine Verfolger bemerkt hatten, weil ich sie eine Zeit lang verloren hatte, wähnten sie sich jetzt wohl in Sicherheit. Ich prägte mir das Aussehen der Rücklichter ein und ging wieder etwas mehr auf Abstand.

Wir erreichten Ibiza, und ich musste näher auffahren. Die Leute waren auf dem Weg nach Hause oder zum Essen in Restaurants, und der Verkehr war viel dichter. Amrita bog in die Avenida de Santa Eulalia ein, folgte den breiten Boulevards an den Jachthäfen vorbei und ließ sich vom Verkehrsstrom in Richtung Ufer unterhalb der Altstadt treiben.

Fahrzeuge bogen in Seitenstraßen ab. Die Pandalichter waren nicht gerade die stärksten, und mir fiel das Blinken erst auf, als sich Amrita bereits einordnete. Ich musste drei Autos abwarten, bevor ich ihr folgen konnte, aber ich behielt sie im Auge. Amrita stoppte in der Mitte des Häuserblocks in einer Ladezone vor einem Hotel. Ich konnte nicht auch dort anhalten, ohne aufzufallen. Ich setzte den Blinker, fuhr quälend langsam an einer geschlossenen Reihe geparkter Autos vorbei und schaute in den Rückspiegel. Ich sah, wie Amrita einen Koffer aus dem Panda holte und ihren Sitz nach vorn zog, um Ingrid aussteigen zu lassen. Ungeduldige Fahrer begannen mich links zu überholen. Kurz bevor ich die Seitenstraße erreichte und rechts abbiegen musste, sah ich aus dem Augenwinkel heraus, wie Tommy aus dem Panda gehoben wurde.

Ich fand einen Parkplatz vor der überdachten Terrasse eines Restaurants und rannte zurück zur Straßenecke. Ingrid und Tommy waren nirgends mehr zu sehen, doch der Panda schwamm mit dem Verkehrsstrom in meine Richtung. Der Blinker ging, Amrita reihte sich ein.

Ich trat zurück, als sie auf meiner Höhe angekommen war, aber ich brauchte mir keine Sorgen zu machen, denn sie war mit den Augen und den Gedanken ganz beim Verkehr. Sie war allein und fuhr zurück auf den Boulevard, nach Hause zu Peter, nahm ich an.

Ich lief den Bürgersteig entlang zum Hotel „Don Toni". In der Eingangshalle war es voll. Ingrid wartete zusammen mit anderen Gästen neben einem Hotelboy an der Rezeption, und ich blieb versteckt zwischen den Topfpalmen am Eingang stehen. Tommy war an Ingrids Seite, klammerte sich mit einem Händchen an ihrem Leinenrock fest und sah verschlafen aus. Die junge Frau an der Rezeption reichte Ingrid lächelnd einen Schlüssel. Der Hotelboy trug ihren Koffer. Ingrid nahm Tommy an der Hand und folgte dem Boy zu den Aufzügen.

Kurz darauf beobachtete ich die Leuchtanzeige des Lifts, in den nach Ingrid noch weitere Gäste hineingegangen waren. Der Aufzug hielt in der zweiten, der vierten und zum Schluss in der fünften Etage. Ich holte eine Banknote aus meiner Brieftasche und hoffte, mit zwanzig Dollar die verwöhnten Hoteljungen im luxuriösen Ibiza noch beeindrucken zu können.

Zwei Minuten später kam der Boy aus dem anderen Aufzug, ein magerer junger Mann um die zwanzig mit Pickeln im Gesicht. Seine Uniform hing ihm schlampig um den Körper, und der Rand seiner Piccolomütze war dunkel vor Schweiß oder Haarfett. *„Excuse me?"*

Ich sah, dass die Zwanzigdollarnote ihn interessierte. „Welche Zimmernummer hat die Lady mit dem kleinen Jungen?", fragte ich auf Englisch.

Er wollte nicht wissen, warum. Wahrscheinlich hatten die Hotelboys bereits sämtliche Ausreden gehört und waren nur noch scharf auf das Geld. Er zupfte mir den Geldschein mit Daumen und Zeigefinger aus der Hand, steckte ihn ein und sagte: „Vierhundertsechzehn."

Er war schon weg, bevor ich „*Thanks*" sagen konnte.

Es gab kein anderes Hotel in der Nähe, und ich hatte genug von verzwickten Manövern. Ich behauptete, meine Frau leide an Höhenangst, und einigte mich mit der Dame am Empfang auf ein Zimmer in der ersten Etage mit Blick auf den Boulevard. Ich bezahlte sofort, inklusive Frühstück, weil wir vielleicht früh aufbrechen wollten, und bekam eine Schlüsselkarte. Die hatten sich auch auf Ibiza durchgesetzt.

Ich rief Thomas Niessen an und erklärte ihm das Problem.

„Und du glaubst, dass sie morgen ein Flugzeug nimmt?"

„Ja, das halte ich für wahrscheinlich. Das Problem besteht darin, dass ich sie nicht aufhalten oder ihr Tommy wegnehmen kann, ohne dass sie Zeter und Mordio schreit, und dann muss ich in Handschellen tatenlos zusehen, wie ihr Flugzeug abhebt. Vielleicht kann ich Tickets für dieselbe Maschine bekommen, dann können wir ihr folgen. Aber sie wird uns bestimmt bemerken, denn hier landen keine Riesenjumbos. Dann veranstaltet sie entweder einen Aufstand oder ignoriert uns und versucht, uns in der Stadt loszuwerden, in der wir landen. Einer unbekannten Person kann man leicht um die halbe Welt folgen, aber nicht jemandem, der weiß, wer man ist und was man bezweckt. Das ist schlichtweg unmöglich."

„Was schlägst du vor?"

„Dass ihr den Einfluss der Firma Louis Vredeling bei der Staatsanwaltschaft oder in irgendeinem Ministerium geltend macht und zu veranlassen versucht, dass morgen früh irgendein offizieller Funktionär auf dem hiesigen Flughafen wartet, jemand von Interpol oder vom spanischen Zoll."

„Das ist keine Kleinigkeit. Ich werde mal mit Vredeling darüber reden."

„Es gibt doch bestimmt einen Iberia-Schalter am Flughafen, dort melde ich mich morgen früh, und dann werde ich ja erfahren, ob es geklappt hat. Wenn ich nichts höre, gebe ich dir ihr Ziel telefonisch durch, wir kriegen es bis dahin schon noch raus. In dem Fall kannst du es vielleicht so einrichten, dass sie am Zielort erwartet wird, das verschafft dir auch mehr Zeit."

„Ich tue mein Bestes", versprach Niessen. „Aber versuche ihr auf jeden Fall zu folgen, auch ins Flugzeug."

„In Ordnung."

Ich verfuhr mich glatt zweimal auf den inzwischen stockdunklen Landstraßen, bis ich endlich vor dem Hotel in Cala Llonga hielt. Nel und ich packten unsere Sachen, unser Klient bezahlte für das unbenutzte Hotelzimmer mit Balkon, und dann fuhren wir erneut quer über die dunkle Insel.

Zu zweit schien alles einfacher.

Wir gingen im Hotel Don Toni kaum ein Risiko ein, solange wir ein bisschen aufpassten. Ingrid würde Tommy nicht allein in ihrem Zimmer im vierten Stock lassen. Sie könnte höchstens mal kurz in die Bar unten hineinschauen, aber ich hatte in der Eingangshalle ihr Gesicht gesehen, und das sah nicht danach aus, als wäre ihr nach Drinks und Flirts in einem spanischen Hotel zumute.

Trotzdem hielten wir es für sicherer, außerhalb zu essen. Wir entschieden uns für das Restaurant in der Seitenstraße, in der ich vorher geparkt hatte. Wir fanden einen freien Tisch auf der überdachten Terrasse, zwischen Touristen und Spaniern.

„Vielleicht sollten wir über irgendetwas anderes reden", schlug Nel vor, als wir mit dem Hauptgericht anfingen. „Um noch ein bisschen von der Romantik auf Ibiza zu retten."

„Ich ertrinke in deinen Augen, sie sind schöner und ergreifender als das schönste Gedicht, ich finde keine Worte, weil mein Herz fast aufhört zu schlagen", sagte ich feierlich.

Sie zog eine Augenbraue hoch. „Wo hast du das denn her?"

„Aus einem Film."

CyberNel nickte. Auf ihrem Teller lagen sechs große, gegrillte Gambas. Sie brach eine aus der knusprigen Schale und sagte: „Wie dumm von ihr. Ingrid hätte einfach dort bleiben und die Sache aussitzen können. Wir tun ihr nichts, und sie hätte es länger ausgehalten als wir. Warum ist sie bloß abgehauen?"

„Ich dachte, du hättest Sehnsucht nach Romantik?"

„Nicht nach so doofer Romantik."

Ich lachte.

Sie ließ mich ein Stück von ihrer Gamba probieren. Ich kaute darauf herum und sagte: „Vielleicht haben sie sich gestritten. Oder ihnen sind die Nerven durchgegangen wegen meiner Drohungen in puncto Komplizenschaft und Interpol. Amrita ist bestimmt nicht erpicht darauf, die Polizei im Haus zu haben."

Ich schnippelte an einem großen Tintenfisch herum, der mit Krabben und anderen Meeresfrüchten gefüllt war. Wir tranken einen kalten spanischen Rosé dazu. „Ich kann schon verstehen, dass Ingrid weg wollte", sagte ich. „Sie konnte den Jungen schwerlich tagelang in diesem Haus einsperren. Also machten sie sich aus dem Staub, während Ibiza zu Tisch sitzt, denn sie glaubten, dass auch wir um diese Zeit beim Essen säßen und sie nicht in einem Hotel hier in der Stadt suchen würden."

„Ingrid muss also eine Alternative haben", meinte Nel. „Sie kann nicht zurück, denn erstens wird das Haus verkauft, und zweitens würde man ihr Tommy sofort wegnehmen, das weiß sie. Wohin will sie sich wenden?"

„Ich gehe davon aus, dass Peter einen Flug für sie gebucht hat. Nach Madrid? Von dort aus könnte sie überallhin. Für uns wird es problematisch, wenn sie dort nur umsteigt und für den Anschlussflug bereits ein Ticket besitzt."

Nel tunkte ein Stück Gamba in rote Sauce. „Mir ist dieses Beziehungsgewirr ein Rätsel. Eine Geliebte, die eine Ehefrau und ein Kind akzeptiert?"

„Peter hat sich sicher eine gute Ausrede ausgedacht."

„Peter saß im Gefängnis, als sich Ingrid aus dem Staub gemacht hat. Sie ist ohne ihn mit Tommy hier angekommen."

Ich schüttelte den Kopf. „Das Ganze war schon vorbereitet. Peter verschaffte ihr genügend Zeit zur Flucht und hat sicher auch das Versteck organisiert. Ibiza war eine gute Idee. Vielleicht wusste Ingrid von Amrita. Amrita erklärte sich einverstanden, es sollte ja nur für kurze Zeit sein; sobald das Haus verkauft wäre, würde Ingrid anderswohin verschwinden, und sie hätte Peter für sich allein. So war es geplant. Doch die Ereignisse überstürzten sich, und sie waren gezwungen, zu improvisieren. In solchen Situationen machen die Menschen Fehler, und davon profitieren wir."

„Sie hat noch kein Geld."

„Das wissen wir nicht. Wir wissen überhaupt nichts über ihre finanzielle Lage. Sie braucht ja nicht gleich nach Argentinien zu emigrieren; auch in einer billigen kleinen Wohnung in Griechenland wäre sie unauffindbar."

„Trotzdem verstehe ich ihre Beziehungen zueinander nicht, besonders das Verhalten dieses Mannes", quengelte CyberNel mit ihrem dickköpfigen Hang zur Einfachheit und dem Bedürfnis nach geradlinigen Charakteren. „Vor kurzem hast du noch selbst gesagt, er würde Ingrid anbeten auf fast sklavische Weise. Und nun lässt er für Amrita alles im Stich?"

Ich blickte starr auf den Rosé in meinem Glas. Eine Windbö zupfte an der Bordüre der Markise über unseren Köpfen. „Das gehörte zu dem Theaterstück, das sie aufführten", sagte ich. „Doch sobald das Ziel in greifbare Nähe gerückt war, brauchten sie nicht mehr so tun, als ob."

„Du meinst, dass sie diese Abmachung von Anfang an hatten? Wenn du mir zu Tommy verhilfst, kannst du zu deiner Geliebten ziehen, und wir sind einander los?"

Ich nickte. „So in etwa. Sie spielten diese Komödie so perfekt, dass niemand verstand, wie man es als Mann akzeptieren konnte, dass die eigene Frau wegen eines Kindes eine andere Frau ermordet. Diese Form unmenschlicher Grausamkeit hat uns alle verwirrt."

Nel legte brüsk ihr Besteck hin. „Sind sie also alle beide verrückt und daher unzurechnungsfähig?"

„Nein. Na ja, in gewisser Weise schon." Ich schüttelte den Kopf. „Allerdings habe ich durchaus verstanden, dass ein Mann so etwas nur hinnehmen kann, wenn die entsprechende Frau hinterher nicht mehr seine Frau ist."

Sie verstand mich nicht sofort und runzelte die Stirn.

„Ingrid und Peter hatten nichts mehr miteinander gemein außer dieser Abmachung. Ingrid wollte nur noch ein Kind und wahrscheinlich am liebsten nicht von Peter." Ich lachte leise.

„Das ist nicht zum Lachen", tadelte mich Nel.

„Stimmt", sagte ich. „Es ist traurig. Überhaupt nicht lustig."

Regentropfen begannen über unseren Köpfen auf die Markise zu tröpfeln. „Auch das noch", sagte Nel.

„Auf Ibiza regnet es nie lange", behauptete ich.

ES REGNETE immer noch, sogar stärker, als wir mit meiner Jacke über unseren Köpfen zurück ins Hotel liefen. Die Straßen leerten sich, Autos zischten spritzend vorbei, brennende Laternen warfen schwefelgelbes Licht auf die Wolken, die schwer und tief über dem Wasser hingen.

Nass geregnete Gäste standen unter dem Vordach des Hotels und blickten unzufrieden in die Nacht. Ein Portier hielt einen Regenschirm hoch. Wir rannten an ihm vorbei. Im Foyer hielten sich nur wenige Leute auf. Nel hatte nasse Füße und verschwand mit der Schlüsselkarte und meiner Jacke in Richtung Aufzug. Ich suchte eine der Toiletten im Erdgeschoss auf und trocknete mein Haar mit Papiertüchern aus einem Automaten. Um einen hastigen und beiläufigen Eindruck zu erwecken, nahm ich ein paar mit und rubbelte mir damit über den Kopf, während ich zur Rezeption hinüberging. Diesmal saß dort eine andere junge Frau, die jedoch ebenso gut Englisch sprach wie ihre Vorgängerin. „Wurde für morgen früh für Zimmer Nummer 416 ein Taxi bestellt?"

Prompt schaute sie für mich nach. „Nein, kein Taxi, nur Frühstück, um halb zehn. Soll ich ein Taxi reservieren?"

„Nein, nein, das ist nicht nötig, die Dame fährt mit uns mit."

Sie lächelte, und ich flüchtete zum Aufzug.

Nel stand unter der Dusche. Es war eine kleine Dusche, und ich passte gerade so mit hinein.

Um acht Uhr saßen wir hinter nassen Fenstern im Frühstückssaal. Um Viertel nach neun ging ich hinaus, um den Renault zu holen. Es hatte aufgehört zu regnen, doch die Stadt und die Zitadelle waren in hartnäckigen, dichten Meeresdunst gehüllt.

Ich fuhr eine Runde über den Boulevard und auf dem Fahrstreifen für langsamen Verkehr wieder zurück. Fünfzehn Meter vom Hotel entfernt fand ich eine Parklücke und gab Nel, die mit unseren Taschen vor dem Eingang bereitstand, mit der Lichthupe ein Zeichen, bevor ich einparkte.

„Man ist so machtlos“, sagte Nel, als wir vorne im Renault saßen und durch die beschlagenen Scheiben in den Dunst hinausschauten. Alle Autos hatten die Scheinwerfer eingeschaltet. „Wir könnten uns zur Not aus unserer Deckung hinauswagen, aber wir können ihr nichts anhaben.“

„Vielleicht hätten wir besser bei der Polizei bleiben sollen.“

Nel lachte.

„Aber selbst dann hätten wir hier keinerlei Befugnisse“, fügte ich hinzu. „Die spanische Polizei geht äußerst ungnädig mit ausländischen Kollegen um, die ihnen hier die Touristen belästigen.“

Nel wandte mir ihr Gesicht zu. „Gib mir einen Kuss.“

Ich küsste ihre Lippen.

Sie schaute wieder geradeaus vor sich hin. „Was für ein Mistwetter.“

„Stell dir vor, wir wären hier auf Hochzeitsreise“, scherzte ich. „Noch einen Kuss?“

„Der war nur dafür, dass du kein Polizist mehr bist. Deine Freiberuflichkeit hat deinen Horizont erweitert.“

Ein Taxi mit Standlicht rollte an uns vorbei, aber wir bemerkten es erst, als es fünfzehn Meter weiter vor dem Hotel anhielt.

Der uniformierte Portier kam heraus, und der Taxifahrer übernahm einen Koffer von ihm. Der Portier öffnete die hintere Autotür und ließ Ingrid und Tommy einsteigen.

Ich ließ den Motor des Renault an.

Der Taxifahrer stieg ein und fuhr los. Ich ließ zwei Autos vorbei, bevor ich ihm folgte. Das Taxi ordnete sich links ein und schwenkte in Höhe der Seitenstraße auf den Mittelstreifen des Boulevards. Es gelang mir mühelos, ihm zu folgen.

„Zum Flughafen hätte er hier links gemusst“, sagte Nel, die einen Stadtplan gekauft hatte.

„Vielleicht kennt er einen Schleichweg.“

„Dann müsste er die gesamte Uferstraße entlang und um die Zitadelle herumfahren.“

„Mist!“, entfuhr es mir, und ich bremste.

Wir waren am Verwaltungsgebäude auf dem letzten Kai vorbeigefahren, und vor uns nahm die plumpe Masse der *Isla de Botafoc* aus dem Nebel heraus Gestalt an.

Ich hielt gegenüber an der Bordsteinkante, an derselben Stelle, an der der Panda gestanden hatte. Das Taxi drehte auf dem Umschlagplatz und fuhr dann auf dem Kai zurück bis dicht an die blaue Treppe, die bereits an der Fähre befestigt war.

Nel suchte in ihrer Tasche nach dem Fahrplan. *„Jueves",* sagte sie. „Sie salidast um elf Uhr."

Wir saßen nebeneinander und starrten in den Nebel. Autos fuhren vorbei, und Lkws nahmen uns hin und wieder die Sicht, wenn sie auf den Platz einbogen und von Stauern über Walkie-Talkies in den Schiffsbauch hineindirigiert wurden. Auf der anderen Straßenseite steckte Ingrid Tommy in eine rote Jacke. Eine Stewardess in blauer Uniform kontrollierte am Fuße der Treppe ihr Überfahrtticket. Ingrid nahm Tommy am Händchen und erklomm mit dem Koffer in der anderen Hand die Metallstufen.

„Eigentlich gar nicht so dumm, dass sie die Fähre nimmt", sagte ich. „Denn Peter denkt schließlich, wir seien mit dem Flugzeug gekommen, und er glaubt, wir hielten uns immer noch in seiner Umgebung auf. Er wird heute den ganzen Tag mit Amrita Theater spielen, um uns in Cala Llonga zu beschäftigen."

„Wenn wir ihm nicht auf die Fähre gefolgt wären, wie glaubt er dann, dass wir auf die Idee mit Ibiza gekommen sind?"

„Er ist der festen Überzeugung, dass wir ihm gar nicht gefolgt sind. Denn wenn er sein Auto irgendwo zurückgelassen hat und geflogen ist, hätte er uns unterwegs zwangsläufig bemerken müssen. Er glaubt, wir hätten einfach gründlich recherchiert, in seiner Vergangenheit gegraben und dabei Amrita entdeckt. Wir könnten sie zum Beispiel unter einem Vorwand angerufen und dadurch herausgefunden haben, dass er zu ihr unterwegs war."

„Wie dem auch sei, lass uns dem geschenkten Gaul nicht ins Maul schauen", meinte Nel.

Ich schaute hinüber zur *Botafoc*. Ingrid war im Schiff verschwunden. „Ich glaube, es nimmt sowieso kaum jemand eine Kabine, denn schließlich fahren wir tagsüber, um acht Uhr kommen wir in Barcelona an. Die meisten mieten sich sicher einen Liegestuhl in der Lounge neben dem Restaurant."

„Ingrid nimmt bestimmt eine Kabine, wegen Tommy."

Ich nickte. „Und bei dem Nebel wird sie sie wohl kaum verlassen."

Ich wendete den Wagen und fuhr zurück zum Verwaltungsgebäude, in dem es eine Niederlassung der Mietwagenfirma gab und wir unsere Rückfahrttickets von *viernes* auf *jueves* umbuchen konnten. Es gab noch reichlich freie Kabinen; wir konnten sogar unsere alte auf dem Oberdeck bekommen. Im Geschäft am Kai kauften wir Brötchen, spanische Snacks und ein paar Äpfel, um nicht auf dem Schiff herumlaufen zu müssen und so Konfrontationen mit Ingrid zu vermeiden.

„Warum eigentlich?“, fragte Nel. „In Barcelona sieht sie uns sowieso, wir werden doch nicht zulassen, dass sie einfach spurlos verschwindet.“

„Nein, aber dort bekommen wir womöglich Hilfe von offizieller Seite. Auf dem Schiff veranstaltet sie außerdem einen Aufstand, sobald sie uns sieht. Ihr als allein stehender Frau mit Kind würde man im Zweifelsfall immer Recht geben und uns in Barcelona festhalten, bis die Polizei an Bord kommt, um die Sache zu klären. Lass uns die Probleme so lange wie möglich vor uns herschieben.“

Um elf Uhr legte die *Botafoc* vom Uferkai ab und stampfte durch den Dunst und die tief hängenden Wolken hinaus aufs Mittelmeer.

Es geschah aus heiterem Himmel.

Ich hatte Niessen angerufen, um ihn auf dem Laufenden zu halten. Er versprach, sein Bestes zu tun, um in Barcelona Unterstützung für uns anzufordern.

Wir waren seit gut einer Stunde unterwegs und gingen davon aus, dass sich die meisten Passagiere im Restaurant oder in der Cafeteria aufhielten. Oder seekrank im Bett beziehungsweise in den Liegestühlen lagen, denn das Meer war unruhig mit Schaumkronen, die mindestens auf Windstärke sechs hindeuteten. In der Kabine war es kühl und ungemütlich, deshalb gingen wir an Deck, um eine Zigarette zu rauchen, ein Brötchen zu essen und von der Reling aus auf die wogende See unter dem Nebel zu schauen.

Als ich die wasserdichte Tür öffnete und über die Stahlkante nach draußen stieg, prallte ich gegen Ingrid. Sie stieß einen Schrei aus, das Gesicht angstverzerrt. Sie riss Tommy in ihre Arme und rannte weg.

„Ingrid!“, rief ich. „Warte!“

Ingrid erreichte das schmale Ende des Innendecks, von wo aus der einzige Ausweg über die Metalltreppe zum höher gelegenen, offenen Achterdeck führte. Ihr beigefarbener Rock flatterte ihr heftig um die Waden.

Ich rannte ihr hinterher, Nel folgte mir auf dem Fuß.

Das kleine Achterdeck war bis auf Ingrid menschenleer. Nebelfetzen trieben vorüber und vermischten sich mit dem Rauch aus den Schornsteinen, Wasserstrudel schäumten hinter dem Schiffsheck her. Ingrid stand an der Backbordreling und hielt mit beiden Händen Tommy fest, der in seinem roten Jäckchen auf dem lackierten Geländer saß und ängstlich auf die unruhige See blickte. Sobald Ingrid mich im Treppenaufgang erscheinen sah, fing sie an zu schreien: „Geht weg! Lasst mich in Ruhe!"

„Ingrid, ich will doch nur mit dir reden." Ich trat auf das Deck hinaus. Nel war direkt hinter mir. Ich ging ein paar Schritte nach vorn.

Ingrid packte Tommy, hielt ihn mit gestreckten Armen über das Wasser und kreischte: „Bleib stehen!"

Ich hielt erschrocken inne. Ich spürte, wie Nel sich hinter mir zu einem Sprint anschickte, versperrte ihr aber mit einer Hand den Weg. Ingrid war stark, doch Tommy wog einiges, und ihre Arme zitterten vor Anspannung. Ihre Augen lagen tief in den Höhlen, sie war leichenblass, abgemagert, hypernervös. Sie ähnelte in keiner Weise mehr der unwiderstehlichen Blondine, die über dem Lingewasser geschaukelt hatte und kurz darauf sorglos mit mir ins Bett gehüpft war.

Tommy fing an zu weinen. Er rührte sich nicht, als spürte er instinktiv, in welcher Gefahr er schwebte. Er drehte nur den Kopf zur Seite, und ich sah Panik in seinen ET-Augen. „Mami!"

„Ingrid, pass auf, du tust ihm weh!", rief Nel leise.

Ingrid stützte ihre Ellbogen auf der Reling ab, um das Gewicht besser halten zu können, und fing an, eindringlich in Tommys Ohr zu flüstern. Ihr blondes Haar, das ihr in feuchten, vom Nebel glänzenden Strähnen um das Gesicht flatterte, verlieh ihr etwas Geisterhaftes.

„Keinen Schritt weiter!", schrie sie. „Ich warne dich!"

„Ingrid", versuchte ich es in einem sachlichen Ton. „Was willst du denn, dass wir ins Meer springen?"

„Du hättest dich nicht einmischen sollen!", rief sie, und dann, kläglich und gekränkt: „Ich dachte, wir wären Freunde!"

Tommy hatte aufgehört zu weinen, machte nur noch ein ängstliches Gesicht und hörte zu. Ich konnte jetzt nicht von Mord sprechen oder von seiner Mutter. „Wenn du dieses Brecheisen zu Hause gelassen hättest, dann wäre ich auch dein Freund geblieben", sagte ich.

Hinter mir ließ Nel unsere Tasche mit Essbarem auf das Deck sinken und murmelte: „Der Kater hat sie schon voll erwischt."

Ich schaute Ingrid an und nickte. Kein normaler Mensch konnte einen grauenvollen Mord begehen und für den Rest seines Lebens so tun, als sei nichts geschehen. Das Blut des Opfers kriecht ihm buchstäblich unter die Haut, ins Gehirn, ins Gedächtnis und in die Sinne. Jedes Mal wenn sie Tommy anschaute, würde sie es sehen und riechen und daran erinnert werden, so lange, bis es eines Tages zu viel würde.

„Ich gehe hin“, flüsterte Nel und stellte sich neben mich.

„Alles war gut!“, jammerte Ingrid. „Ich hatte meinen kleinen Sohn wieder!“

„Aber du hast ihn doch noch“, sagte ich besänftigend. „Halte ihn gut fest. Komm, ich helfe dir.“

Ich merkte, dass ihr Griff um Tommy automatisch fester wurde. Sie zog ihn an sich und fast von der Reling herunter. Ich ging einen Schritt nach vorn und sah, wie sie schlagartig ihre Meinung änderte.

„Niemand kriegt ihn!“, schrie sie und setzte plötzlich ihren rechten Fuß auf eine der Querstangen. Sie war stark und beweglich genug, um in einer fließenden Bewegung mitsamt Tommy über die Reling springen zu können.

Ich schrie ihr zu. Nel spurtete los.

Ingrid wandte sich mit einem Ruck zu uns um und warf Tommy kraftvoll gegen die heranstürmende Nel. Tommy stieß einen Schrei aus. Nel fing ihn auf. Sie konnte gerade noch verhindern, dass er auf dem Deck aufschlug, und war eine halbe Sekunde lang außer Gefecht. Ingrid saß bereits auf dem Geländer. Ich rannte zu ihr, griff mit beiden Händen nach ihr und bekam ihre Schulter und einen Ärmel ihrer Leinenjacke zu fassen.

Ingrid drehte sich um, den Oberkörper dem Wasser zugewandt, das Gesicht verzerrt von Hass und Hysterie: „Lass mich los!“

Ihre Füße suchten und fanden den Rand des Decks auf der anderen Seite der Reling, und sie drehte sich mit aller Kraft seitwärts, wand sich und zerrte an ihrem Arm, bis sie wie eine Schlange aus ihrer Jacke schlüpfte.

Ich versuchte, sie festzuhalten, doch sie stieß sich mit den Füßen kräftig vom Deckrand ab und war weg, ehe ich reagieren konnte.

Ingrid war frei. Ich erkannte es, als sie vom Schiff hinuntersprang und dabei die Arme ausbreitete und den Kopf hob, sodass ihr blondes Haar mit dem Wind tanzte, atemberaubend elegant und selbstbewusst, in einer letzten, verwegenen Demonstration ihres freien Willens.

Ich hing über der Reling und sah sie fallen, fünfzig Meter tief, hin zu Erlösung und Freiheit, die Arme noch immer ausgebreitet, schwebend, bis sie so klein wurde wie eine Möwe, auf dem Wasser aufschlug und in der brausenden Heckwelle davontrudelte.

# 9

Nel hatte Tommy sofort hinuntergetragen, wahrscheinlich, um ihn vor weiteren Traumata zu behüten. Ich wusste wenig über kleine Kinder, aber zwei tote Mütter innerhalb eines Monats konnten einfach nicht sehr gesund sein.

Ich gab mir zwei Sekunden, um eine Entscheidung zu treffen.

Alarm schlagen. Frau über Bord.

Man würde das Schiff stoppen und wenden. Die *Botafoc* würde zwei Stunden lang Kreise und immer weitere Kreise im Nebel ziehen, durch das aufgewühlte Meer. Helikopter würden vom Festland aus angeknattert kommen. Einer davon, mit spanischen Polizisten an Bord, würde auf der *Botafoc* landen. Ich hatte das schon einmal erlebt, auf dem Weg nach Irland. Es war nachts, ein betrunkener Schüler war über Bord gegangen. Er wurde stundenlang gesucht, mit Scheinwerfern und Helikoptern. Die Chancen, in der wogenden See ein menschliches Wesen zu finden, sind verschwindend gering, vor allem wenn jemand nicht gefunden werden will. Die meisten Menschen schrecken im letzten Moment zurück und fangen an, aus Angst vor dem Tod um Hilfe zu rufen. Nicht Ingrid. Ich hatte ihren Abgang miterlebt.

Sind Sie der Herr, der „Frau über Bord“ gerufen hat? Kannten Sie sie? Hatten Sie Streit mit ihr? Was haben Sie allein mit ihr auf dem Achterdeck gemacht? Sind Sie ihr gefolgt? Nun, darum werden sich die Justizbehörden in Barcelona kümmern. Bitte folgen Sie uns.

Ich konnte Tommy unmöglich erwähnen. CyberNel wusste, wie die Mühlen der Justiz mahlten. Sie würde instinktiv versuchen, Tommy vor der Einweisung in ein spanisches Heim und Verhören zu beschützen, die ihm lebenslange Albträume bescheren würden. Ich wusste, dass sie sich nicht einmischen und sich unbemerkt mit Tommy von Bord stehlen würde, um ihn über die Grenze zu seinem Vater zu bringen. Tommy zu melden war gleichbedeutend damit, ihn in Quarantäne zu schicken. Er besaß keine Papiere, gehörte zu niemandem. Vielleicht war er noch nicht einmal auf Ingrids Ticket eingetragen, Kleinkinder reisten gratis.

Sie würden ihn wochenlang festhalten, und uns auch. Vielleicht gelänge es Niessen nach einem Monat, uns an die niederländischen Justizbehörden ausliefern zu lassen, doch was Tommy betraf, war der Schaden bis dahin bereits unwiderruflich angerichtet.

Sie kannten sie nicht? Aber Sie kommen doch aus demselben Land, sieh mal einer an, laut Ihren Papieren sogar aus demselben Dorf, ist das nicht ein Zufall? Ist das eigentlich ihre Windjacke, die Sie da in der Hand halten? Sie waren allein mit ihr auf dem Achterdeck? Was hatten Sie dort zu suchen? Nun, dann kommen Sie mal schön mit uns, freiwillig oder in Handschellen, dann werden wir die Sache in Barcelona in aller Ruhe klären.

TOMMY hatte in die Hose gemacht. Da Nel nichts zum Anziehen für ihn hatte, hatte sie ihn ausgezogen und in ein Handtuch gewickelt. Jetzt saß sie auf ihrer Koje, hielt ihn in den Armen und flüsterte in sein blondes Haar: „Wir fahren jetzt nach Hause, wir fahren jetzt nach Hause." Sie streichelte seine Locken und schaute mich über seinen Kopf hinweg an.

„Sie ist weg", sagte ich.

„Und?"

„Wir bringen ihn nach Hause."

Nel nickte. Sie war damit einverstanden. Ich folgte ihrem Blick und erkannte, dass ich Ingrids Windjacke noch immer in der Hand hielt. Ich suchte in den Taschen und fand den Schlüssel zu ihrer Kabine.

„Die Tüte mit den Brötchen liegt noch draußen", bemerkte Nel pragmatisch.

Ich ging zu ihr hin und fuhr Tommy durch die Locken. Er hob den Blick, blass und verwirrt, und ich war froh über meine Entscheidung.

„Weißt du noch, wer ich bin?", fragte ich.

Seine eigenartigen Augen leuchteten. „Von nebenan, mit den Kaninchen?"

„Ja, und das ist Nel. Wir bringen dich nach Hause."

„Ist Mami auch da?"

Ich erkannte, dass er Jennifer meinte und nicht Ingrid, und erinnerte mich an die Psychologie von Zweijährigen. Sie verstehen, was Tod ist, können aber das Dauerhafte daran nicht erfassen. Gleich geht die Tür auf, und Mama kommt rein.

Nel zog ihn an sich. „Alles wird gut", beruhigte sie ihn. „Jetzt waschen wir erst mal deine Hose. Max holt Plätzchen und Limonade für dich. Weißt du, was ein Donut ist?"

Sie gab mir mit dem Kopf ein Zeichen, und ich schlüpfte zur Kabine hinaus. Unsere Tüte lag oben an der Treppe auf dem Achterdeck. Kein Mensch weit und breit. Das Meer sah aus, als sei nichts geschehen. Eine steife Brise war aufgekommen, und hier und dort löste sich der Nebel auf. Stellenweise wurde hinter den höheren weißen Wolken blauer Himmel sichtbar. Über Spanien schien die Sonne.

Ich eilte wieder hinunter und gab Nel die Tüte, bevor ich mich auf die Suche nach Ingrids Kabine machte.

Sie befand sich auf demselben Deck wie unsere, ein Stück weiter hinten im Gang. Aus diesem Grund hatte sie natürlich auch dasselbe Achterdeck gewählt, um sich mit Tommy das Meer und die Möwen anzuschauen.

Auf der Ablage über dem Waschbecken im engen Bad lagen Toilettenartikel, ansonsten hatte Ingrid nichts ausgepackt. Ihr Koffer lag neben ihrer Handtasche am Fußende einer der Kojen; der Deckel war nur lose aufgelegt. Ingrids Kleider, Unterwäsche, ein Nachthemd, ein Föhn. Kleidungsstücke von Tommy.

In der Handtasche fand ich ihren Pass und zwischen den Seiten einen gelben Memozettel mit ein paar hastig hingekritzelten Notizen: *Bcla v. 16.25, Ticket am Schalter; direkt Oslo. Harvuns, Lundvik anrufen, abholen.*

Oslo? Ich blätterte Ingrids Pass durch und fand Tommys Namen auf der Seite für mitreisende Kinder. THOMAS BRACK, mit der Schreibmaschine getippt, sein Geburtsdatum und -ort, Stadt Geldermalsen und ein Stempel mit einer gekritzelten Unterschrift. Falsch oder echt, ich konnte es nicht feststellen; ich sah, dass der Eintrag nachträglich hineingetippt worden war, doch das war bei Kindern wohl meistens der Fall. Wie auch immer, sie hätte mit Tommy problemlos nach Norwegen fliegen können.

Ich räumte den Waschtisch ab und stopfte alles in den Koffer, auch Ingrids Handtasche. Nel öffnete die Tür und legte den Zeigefinger auf die Lippen. Tommy lag in einer der Kojen und schlief. Ich stellte Ingrids Koffer in die Kabine und bedeutete Nel, mir auf den Flur zu folgen.

„Er hat Donuts gegessen und Cola getrunken“, erzählte sie mütterlich. „Jetzt muss er ein Weilchen schlafen.“

„Ich gehe Niessen anrufen und einen Whisky trinken.“

„Ich kann ihn nicht allein lassen.“

„Kein Problem.“

„Was machen wir mit Ingrid?“

„Wir müssen improvisieren.“

Sie schüttelte den Kopf. Ein Mann ging vorbei und öffnete die Tür einer weiter entfernten Kabine, ungefähr neben der von Ingrid. Nel wartete, bis er hineingegangen war, und sagte dann: „Wie kommen wir an Tommy? Haben wir Ingrid dafür ermordet? Wo ist Ingrid?“

„Wir erzählen, wie es passiert ist. Sie hat Selbstmord begangen.“

„Das weiß ich, und das weißt du. Sie ist vor unseren Augen über Bord gesprungen, aber wir haben keinen Alarm geschlagen. Man muss aber Alarm schlagen, das schreibt das Seerecht vor.“

Ich seufzte. „Wenn wir zurück sind, schreibe ich einen Brief an Peter und erzähle Sigrid, was geschehen ist. Ich glaube nicht, dass wir deswegen Probleme bekommen. Und sollte es Schwierigkeiten geben, halsen wir sie einfach Niessen und seiner Anwaltskanzlei auf."

Nel klopfte mir auf die Brust. „Du bist ein Optimist."

Ich nickte. „Ich habe mir überlegt, dass Optimismus so ungefähr die wichtigste Voraussetzung für das Überleben ist."

Sie schaute mir in die Augen und sagte: „Ich liebe dich auch. Ich muss zurück zu meinem Pflegekind."

Sie drehte sich in der Tür um, plötzlich aufgeregt, mit roten Wangen und sanftem Blick. Noch nie zuvor hatte sie für ein Kind gesorgt. Ich erkannte sofort, dass sie ihr Herz an Tommy hängen und sich nicht mehr von ihm würde trennen wollen und dass es immer schwerer würde, je länger es sich hinzog. Sie war sechsunddreißig, und ihre Sehnsucht nach dieser Art weiblicher Vollständigkeit drängte allmählich alles andere in den Hintergrund. „Warte", sagte ich.

Die Tür fiel hinter ihr zu, als ich sie an mich zog. „Niessen kann Tommy abholen kommen, in Avignon oder Marseille zum Beispiel …"

„Warum?"

Ich schob meine Hände unter ihre Achseln und küsste sie. „Daran kommen wir vorbei auf dem Weg nach Porquerolles. Das ist eine kleine Insel ohne Autos, ohne Jetset, ohne …"

„Eine Art Vlieland", meinte sie.

„Ja, aber im Süden, mit netten kleinen Hotels und menschenleeren kleinen Stränden, ideal für eine Hochzeitsreise oder so. Ich möchte dich endlich mal in dem Bikini sehen."

Sie runzelte die Stirn. „Ist das eine Art Antrag?"

„Dazu muss ich doch erst deinen Papa fragen. Die Insel ist vielleicht eher was für Optimisten, die ihre Zukunft planen."

„Okay", sagte Nel.

Warm lag sie in meinen Armen.

**FELIX THIJSSEN**

# Ersonnen in den Gemäuern eines Cevennenschlosses

Felix Thijssen wurde am 24. November 1933 in Rujswijk in den Niederlanden geboren. Bis zum Jahr 1971 arbeitete er als Journalist, dann beschloss er, nachdem er zwei Jugendbücher veröffentlicht hatte, das Schreiben von Büchern zu seinem Beruf zu machen. Er ließ sich im Dorf Acquoy an der Linge nieder und brachte in einer Zeitspanne von fünf Jahren dreißig Bücher der unterschiedlichsten Genres zu Papier. Außerdem verfasste er Hörspiele, Drehbücher für Film und Fernsehen und übersetzte Texte aus dem Französischen und Englischen.

Im Jahr 1987 zog er endgültig in die von ihm sehr geliebten französischen Cevennen, wo er ein verfallenes mittelalterliches Templerschloss gekauft hatte. Dort arbeitet er, zusammen mit seiner philippinischen Lebensgefährtin, den ganzen Vormittag auf Äckern, in Gemüsegärten und an alten Türmen und verschanzt sich nachmittags hinter den Jalousien seines Arbeitszimmers gegen die Hitze des Südens. Jeden Tag nimmt Thijssen sich sechs Stunden Zeit zum Schreiben. Und weil neben dem Schreiben die Musik seine große Leidenschaft ist, verbringt er die restliche Zeit damit, an der klassischen Orgel im kleinen Gewölbesaal Triosonaten und Choräle von Bach zu spielen.

*Ingrid* ist der vierte Fall für den Privatdetektiv Max Winter und seinen Autor, der für seinen ersten Max-Winter-Roman mit dem Preis für den besten niederländischen Krimi ausgezeichnet wurde.

Das Lächeln
NICHOLAS SPARKS

der Sterne

Sterne funkelten am Himmel wie kleine Pailletten auf dem Mantel eines Zauberers. Die Luft war feucht und kalt, und Adrienne bildete sich beinahe ein, dass ein Geruch von Salz darin lag ...

# Eins

An einem milden Novembermorgen 1999 war Adrienne Willis noch einmal zu der kleinen Familienpension zurückgekehrt, und auf den ersten Blick war es ihr vorgekommen, als ob sich nichts verändert hätte. Ganz so, als wäre das kleine Haus unempfindlich gegen Sonne, Sand und feuchte, salzige Luft. Die Veranda war frisch gestrichen, und die Fenster mit den weißen Vorhängen wurden in beiden Etagen von glänzend schwarzen Fensterläden eingerahmt, sodass sie wie Klaviertasten aussahen. Die Wände aus Zedernholz hatten die Farbe von schmutzigem Schnee. Auf beiden Seiten des Hauses nickte Strandhafer zur Begrüßung, und der Sand bildete eine geschwungene Düne, die mit jedem Tag unmerklich ihre Form veränderte, weil die einzelnen Sandkörner unablässig in Bewegung waren.

Die Sonne schien zwischen den Wolken zu schweben, und es sah so aus, als schwirrten kleine Lichtpartikel im Dunst. Einen Augenblick lang hatte Adrienne das Gefühl gehabt, auf einer Zeitreise zurück in die Vergangenheit zu sein. Doch als sie genauer hinsah, entdeckte sie Veränderungen, die auch kleine Schönheitsreparaturen nicht zu verbergen vermochten: Schimmel an den Fensterrahmen, Rostspuren am Dach, Wasserflecken unter den Regenrinnen. Die Pension war vom Alter gezeichnet.

Noch heute, drei Jahre später, erinnerte sich Adrienne, wie sie die Augen geschlossen hatte, als könne sie mit einem Blinzeln das Haus wieder so erstehen lassen, wie es einst gewesen war.

Vor wenigen Monaten hatte sie ihren sechzigsten Geburtstag gefeiert. Jetzt stand sie in ihrer Küche und hatte gerade mit ihrer Tochter telefoniert. Sie setzte sich an den Tisch, sann über ihren letzten Besuch in der Pension nach und dachte noch einmal an das lange Wochenende zurück, das sie vor vielen Jahren dort verbracht hatte. Trotz allem, was sich seither ereignet hatte, hielt Adrienne an ihrer Überzeugung fest, dass ein erfülltes, glückliches Leben ohne Liebe nicht möglich war.

Draußen fiel Regen. Adrienne lauschte dem gleichmäßigen Geräusch und war dankbar für das Gefühl von Vertrautheit, das es ihr gab. Die

Erinnerung an jene Tage weckte jedes Mal die unterschiedlichsten Empfindungen in ihr – eine Art Wehmut, aber das war es nicht allein. Wehmütige Gefühle stellten häufig die Vergangenheit in einem verklärten Licht dar, doch es gab keinen Grund, die Erinnerungen zu verklären. Adrienne teilte sie mit niemandem. Die Erinnerungen gehörten ihr allein, und im Lauf der Jahre waren sie ihr zu einer Art Museum geworden, in dem sie sowohl die Direktorin als auch die einzige Besucherin war. In gewisser Hinsicht war sie zu der Überzeugung gelangt, dass sie in den fünf Tagen damals mehr gelernt hatte als in all den Jahren davor oder danach.

Adrienne lebte allein. Ihre Kinder waren erwachsen, ihr Vater war vor sechs Jahren gestorben, und Jack und sie waren seit 17 Jahren geschieden. Ihre Söhne drängten sie manchmal, sich einen neuen Partner zu suchen, aber Adrienne verspürte kein Verlangen danach.

Matt war 32, Amanda 31 und Dan gerade 29 Jahre alt geworden. Alle drei waren zum College gegangen, und darauf war Adrienne stolz. Matt war Steuerberater, Dan Sportberichterstatter bei den Abendnachrichten, die aus Greenville gesendet wurden, und beide waren verheiratet und hatten schon eigene Kinder. Als sie zu Thanksgiving bei ihr gewesen waren, hatte sie ein wenig abseits gesessen und zugesehen, wie die beiden von ihren Kindern auf Trab gehalten wurden. Adrienne hatte Befriedigung verspürt bei dem Gedanken, wie gut sich das Leben ihrer Söhne entwickelt hatte.

Bei ihrer Tochter war – wie meistens – alles ein wenig komplizierter.

Als Jack ausgezogen war, standen die Kinder mitten in der Pubertät, und jedes hatte die Scheidung auf seine eigene Art verarbeitet. Matt und Dan hatten ihre Aggressionen auf dem Sportplatz rausgelassen und waren hin und wieder in der Schule aus der Rolle gefallen. Amanda hatte es da schwerer gehabt. Als mittleres Kind zwischen zwei Brüdern war sie schon immer besonders empfindlich gewesen, und als Teenager hätte sie den Vater gebraucht, und sei es nur als Gegengewicht zu den besorgten Blicken der Mutter. Sie begann sich in Lumpen zu kleiden – so empfand Adrienne es zumindest – und schloss sich einer Clique an, die abends in der Gegend herumlungerte. Im Lauf der nächsten zwei Jahre behauptete Amanda mindestens ein Dutzend Mal, über die Maßen in irgendeinen Jungen verliebt zu sein. Nach der Schule hörte sie in ihrem Zimmer so laut Musik, dass die Wände wackelten, und ignorierte es, wenn ihre Mutter zum Essen rief. Es gab Phasen, da sprach Amanda tagelang weder mit ihrer Mutter noch mit den Brüdern.

So ging das ein paar Jahre, aber schließlich fand auch Amanda ihren Weg und gestaltete sich ein Leben, das Adrienne merkwürdig an ihr eigenes früheres Leben erinnerte. Im College lernte sie Brent kennen. Die beiden heirateten nach dem Abschluss und bekamen in den ersten Ehejahren zwei Kinder. Wie bei vielen anderen Paaren auch war ihre finanzielle Lage angespannt, aber Brent plante alles mit Bedacht – was Jack nie getan hatte. Als das erste Kind zur Welt kam, schloss Amandas Mann umgehend eine Lebensversicherung ab, obwohl keiner von beiden damit rechnete, sie in nächster Zeit in Anspruch nehmen zu müssen.

Sie hatten sich geirrt. Vor acht Monaten war Brent einer besonders bösartigen Form von Hodenkrebs erlegen, und Adrienne hatte mit ansehen müssen, wie ihre Tochter in eine tiefe Depression versank.

Als Adrienne am Tag zuvor ihre Enkelkinder, die ein paar Tage bei ihr gewesen waren, zurückgebracht hatte, waren die Vorhänge im Haus zugezogen gewesen. Das Licht auf der Veranda brannte, und Amanda saß im Bademantel im Wohnzimmer und hatte den gleichen leeren Blick wie am Tag der Beerdigung.

In dem Moment wusste Adrienne, dass es an der Zeit war, ihrer Tochter von ihrer Vergangenheit zu erzählen.

VIERZEHN Jahre – so lange war es inzwischen her.

In all den Jahren hatte Adrienne nur einem einzigen Menschen davon erzählt: ihrem Vater. Und der hatte das Geheimnis mit ins Grab genommen.

Als Adrienne 35 Jahre alt war, starb ihre Mutter. Zwar hatte sie eine gute Beziehung zu ihr gehabt, aber ihrem Vater hatte sie sich immer besonders nahe gefühlt. Er war einer der beiden Männer, so dachte sie noch immer, die sie je richtig verstanden hatten, und sie vermisste ihn. Sein Leben war wie das Leben vieler Männer seiner Generation verlaufen. Er hatte vierzig Jahre in einer Möbelfabrik gearbeitet, zu einem Stundenlohn, der sich jedes Jahr im Januar um wenige Cent erhöhte. Er trug stets einen Filzhut, auch in den warmen Sommermonaten, und er hatte immer seine Brotdose mit den quietschenden Scharnieren dabei. Jeden Morgen verließ er pünktlich um Viertel vor sieben das Haus, um zu Fuß zur Arbeit zu gehen.

Abends nach dem Essen zog er sich eine Wolljacke über sein langärmeliges Hemd. Wegen der zerknitterten Hose sah er immer etwas unordentlich aus, was sich mit den Jahren noch verstärkte, besonders nach dem Tod seiner Frau. Er saß gern in seinem Lehnstuhl, im gelben Lichtkegel der Lampe, und las Wildwestromane oder Bücher über den Zweiten Weltkrieg. In den letzten Jahren bevor er mehrere Schlaganfälle erlitt, glich er wegen seiner altmodischen Brille, der buschigen Augenbrauen und der tiefen Falten im Gesicht eher einem pensionierten Collegeprofessor als dem Fabrikarbeiter, der er gewesen war.

Er besaß eine große innere Ruhe, und Adrienne wäre ihm in diesem Punkt gern ähnlicher gewesen. Ihrer Meinung nach wäre er ein guter Geistlicher geworden. Den Menschen, die mit ihm zu tun hatten, vermittelte er den Eindruck, mit sich und der Welt im Reinen zu sein. Er war ein guter Zuhörer gewesen. Das Kinn in die Hand gestützt, hatte er nie den Blick von dem Menschen gelassen, der sich ihm anvertraute. Adrienne hätte sich gewünscht, dass er Amanda in dieser schweren Zeit hätte beistehen können. Auch er hatte den Ehepartner verloren, und sie glaubte, Amanda hätte ihm zugehört, und sei es nur, weil er aus eigener Erfahrung wusste, wie hart ein solches Schicksal war.

Adrienne hatte sanft versucht, mit Amanda über die Schwierigkeiten zu sprechen, die sie durchmachte, doch ihre Tochter war vom Tisch aufgestanden und hatte verärgert den Kopf geschüttelt.

„Es ist nicht wie bei dir und Dad", hatte sie gesagt. „Ihr konntet keine Lösung für eure Probleme finden, deswegen habt ihr euch scheiden lassen. Aber ich habe Brent geliebt! Ich werde ihn immer lieben, und er ist mir genommen worden. Du weißt gar nicht, wie es ist, wenn einem so etwas passiert."

Adrienne hatte nichts darauf erwidert, doch als Amanda aus dem Zimmer gegangen war, hatte sie den Kopf gesenkt und ein einziges Wort geflüstert. *Rodanthe.*

ADRIENNE empfand Mitleid mit ihrer Tochter, und gleichzeitig war sie besorgt um deren Kinder. Max war sechs, Greg vier Jahre alt, und in den vergangenen acht Monaten hatte Adrienne deutliche Veränderungen in ihrem Verhalten beobachtet. Beide wirkten verschlossen und still. Max weinte jeden Morgen, wenn er in die Vorschule gehen sollte, obwohl er dort eigentlich gut zurechtkam. Greg nässte wieder das Bett ein und bekam beim kleinsten Ärgernis einen Wutanfall.

Weil Amanda durch die Lebensversicherung abgesichert war, brauchte sie nicht zu arbeiten. Dennoch war Adrienne in den ersten zwei Monaten nach Brents Tod jeden Tag bei ihr gewesen, hatte dafür gesorgt, dass die Rechnungen bezahlt wurden und die Kinder zu essen bekamen. Währenddessen schlief Amanda in ihrem Zimmer, oder sie weinte. Adrienne nahm Amanda in den Arm, wenn ihre Tochter es brauchte, sie hörte zu, wenn Amanda sich aussprechen wollte, und sie bestand darauf, dass ihre Tochter wenigstens ein oder zwei Stunden am Tag nach draußen ging. Sie hoffte, an der frischen Luft würde Amanda erkennen, dass auch für sie das

Leben weiterging. Adrienne war voller Hoffnung gewesen, dass ihre Tochter langsam über den Verlust hinwegkäme. Als es Sommer wurde, lächelte Amanda wieder. Sie machte einige Stadtbummel und begleitete die Kinder ab und zu auf die Rollschuhbahn. Ganz allmählich zog sich Adrienne von den Aufgaben zurück, die sie bis dahin erledigt hatte.

Doch im August, an dem Tag, der ihr siebter Hochzeitstag gewesen wäre, öffnete Amanda die Tür zum Kleiderschrank im Schlafzimmer und sah, dass sich auf den Schultern von Brents Anzügen Staub gesammelt hatte. Von da an ging es nicht mehr weiter voran. Sie war weder deprimiert noch glücklich, weder angeregt noch lethargisch, weder interessiert noch gelangweilt von dem, was um sie herum geschah. Ihre Tochter, so kam es Adrienne vor, war offenbar zu der Überzeugung gelangt, dass die Erinnerung an Brent verblassen würde, wenn sie nach vorn blickte – und sie hatte entschieden, das nicht zuzulassen.

Den Kindern gegenüber war das nicht fair. Sie hatten bereits den Vater verloren, und das war schwer genug. In letzter Zeit kam es Adrienne so vor, als würden die beiden auch ihre Mutter verlieren.

IM SANFTEN Schein der Küchenlampe sah Adrienne auf die Uhr. Sie hatte Dan, der heute mit seiner Familie ins Kino gegangen war, gebeten, Max und Greg mitzunehmen. So konnte sie den Abend mit Amanda verbringen. Wie Adrienne machten sich auch ihre beiden Söhne um Amandas Kinder Sorgen. Sie unternahmen nicht nur möglichst oft etwas mit Max und Greg, sondern fragten Adrienne auch immer wieder um Rat, wie sie sonst noch helfen könnten.

Heute hatte Adrienne Dan beruhigt und gesagt, sie werde mit Amanda sprechen. Dan hatte skeptisch darauf reagiert – hatten sie das nicht schon oft versucht? Aber sie wusste, dass dieser Abend anders werden würde.

Adrienne machte sich kaum Illusionen darüber, wie ihre Kinder sie sahen. Natürlich, sie liebten und respektierten sie als Mutter, aber sie wusste, dass sie sie nicht wirklich kannten. In den Augen ihrer Kinder war sie gutherzig und durchschaubar, liebenswürdig und zuverlässig, eine freundliche Seele aus einer anderen Zeit, die ihren Weg ging und dabei ihre naive Weltsicht beibehalten hatte. Ihr Äußeres entsprach inzwischen dieser Vorstellung – die Fingerknöchel wurden mit der Zeit dicker, ihre schlanke Taille hatte sie eingebüßt, und die Brillengläser waren im Lauf der Jahre auch stärker geworden. Aber wenn sie die nachsichtigen Blicke bemerkte, mit denen ihre Kinder sie betrachteten, musste sie manchmal ein Lachen unterdrücken.

Zum Teil lag der Irrtum ihrer Kinder einfach in dem Wunsch

begründet, dass ihre Mutter dem Bild einer Frau in ihrem Alter entsprechen sollte. Es war bequemer für sie, in ihrer Mom eine unauffällige ältere Dame zu sehen, deren Leben in normalen Bahnen verlief, statt einen wagemutigen Menschen mit Erfahrungen, die sie in Staunen versetzen würden. Und ihr lag nichts daran, diese Vorstellungen zurechtzurücken.

Adrienne wusste, dass Amanda jeden Moment eintreffen konnte, deshalb ging sie zum Kühlschrank und nahm eine Flasche Pinot Grigio heraus. Da es seit dem Nachmittag im Haus kühler geworden war, drehte sie auf dem Weg ins Schlafzimmer den Thermostat hoch.

Früher hatte sie dieses Zimmer mit Jack geteilt, jetzt war es ihres, und seit der Scheidung war es zweimal neu gestrichen worden. Adrienne trat an das Himmelbett, das sie sich schon seit ihrer Jugend gewünscht hatte.

Unter dem Bett stand eine kleine Schachtel, die sie jetzt neben sich auf das Kissen stellte. Darin befanden sich verschiedene Dinge, die sie aufbewahrt hatte: das Blatt Papier, das er in der Pension für sie zurückgelassen hatte, ein Foto von ihm, bei der Arbeit in der Klinik aufgenommen, und der Brief, den sie damals wenige Wochen vor Weihnachten erhalten hatte. Darunter lagen zwei Stapel Briefe – Botschaften, die zwischen ihnen hin- und hergegangen waren – und dazwischen eine Schneckenmuschel, die sie damals am Strand gefunden hatten.

Adrienne zog einen Umschlag aus dem Stapel. Sofort stellte sich wieder die Erinnerung an das Gefühl ein, das sie empfunden hatte, als sie den Brief bekam. Sie nahm ihn aus dem Umschlag. Das Papier war dünn und brüchig geworden, und die Tinte war verblichen. Dennoch waren die Worte deutlich lesbar.

Liebe Adrienne,
ich war nie ein guter Briefschreiber, und ich hoffe, du verzeihst mir, wenn ich mich nicht sehr gewählt ausdrücke.

Heute Morgen kam ich auf einem Esel hier an, ob du das glaubst oder nicht, und nahm den Ort in Augenschein, an dem ich die nächste Zeit verbringen werde. Ich wünschte, ich könnte dir berichten, dass es besser ist, als ich es mir vorgestellt habe, aber wenn ich ehrlich bin, kann ich das nicht. In der Klinik mangelt es an fast allem: an Medikamenten, Geräten und ausreichend Betten. Es gibt zwar einen Generator, der Strom liefert, aber keine Telefone, sodass ich erst anrufen kann, wenn ich nach Esmeraldas komme. Das liegt zwei Tagesfahrten von hier entfernt, und die nächste Versorgungsreise findet erst in ein paar Wochen statt.

Mark habe ich noch nicht gesehen. Er ist in einer Sozialstation in den Bergen und kommt erst heute Abend zurück. Vorerst erwarte ich ohnehin nicht allzu viel. Wie du schon gesagt hast, werden wir uns wohl erst ein wenig kennen lernen müssen, bevor wir uns den Problemen zwischen uns zuwenden können.

Ich kann nicht einmal aufzählen, wie viele Patienten ich heute behandelt habe. Über hundert, nehme ich an. Es ist lange her, dass ich Patienten auf diese Weise und mit dieser Art von Beschwerden behandelt habe, aber die Schwester war mir eine große Hilfe, auch dann noch, wenn ich nicht mehr weiterwusste. Ich glaube, sie ist dankbar, dass ich überhaupt da bin.

Seit ich abgereist bin, denke ich die ganze Zeit an dich. Während das Flugzeug in der Luft war, habe ich mir vorgestellt, ich würde dich bei meiner Ankunft in Quito erblicken. Du würdest in der Menge auf mich warten. Ich wusste, dass das nicht sein konnte, aber irgendwie war es so ein wenig leichter, dich zu verlassen. Fast, als wäre ein Teil von dir mitgekommen.

Bevor wir uns kennen lernten, war ich so verloren, wie ein Mensch nur sein kann. Und doch hast du etwas in mir gesehen, was mir eine neue Richtung gegeben hat. Wir wissen beide, warum ich nach Rodanthe gekommen bin, aber ich kann mich nicht von dem Gedanken losmachen, dass größere Kräfte am Werk waren. Ich bin dorthin gefahren, weil ich ein Kapitel in meinem Leben abschließen wollte und hoffte, dass es mir helfen würde, meinen Weg zu finden. Doch ich glaube, eigentlich habe ich die ganze Zeit nach dir Ausschau gehalten. Wir wissen beide, dass ich für eine Weile hier bleiben muss. Ein Teil von mir würde am liebsten sofort in ein Flugzeug steigen und zu dir fliegen. Doch wenn das, was uns verbindet, so wahrhaftig ist, wie ich glaube, dann bin ich mir sicher, dass wir es schaffen werden. Und ich komme zurück, das verspreche ich dir. In der kurzen Zeit, die wir miteinander verbracht haben, ist uns das zuteil geworden, wovon die meisten Menschen nur träumen, und ich zähle die Tage, bis ich dich wiedersehen kann. Vergiss nie, wie sehr ich dich liebe!

Paul

Adrienne strich zart mit den Fingern über die Dinge in der Schachtel und nahm das heraus, was sie für ihr Gespräch mit Amanda nicht brauchte. Sie hätte gern noch die Zeit gehabt, sich die Sachen genauer anzuschauen. Vielleicht später, dachte sie, während sie die Dinge, die Amanda nicht sehen musste, in der untersten Schublade verstaute.

VON DER Küche aus hörte Adrienne, wie die Haustür auf- und zuging und wie Amanda das Wohnzimmer durchquerte.

„Mom?“

Adrienne stellte die Schachtel auf den Küchentisch. „Hier bin ich!“, rief sie.

Als Amanda durch die angelehnte Tür in die Küche trat, sah sie ihre Mutter am Tisch sitzen, vor sich eine geschlossene Flasche Wein.

„Was ist denn los?“, fragte sie.

Adrienne lächelte und stellte wieder einmal fest, wie hübsch ihre Tochter war. Sie hatte die Körperhaltung einer Tänzerin. Ihr hellbraunes Haar und die haselnussbraunen Augen, die ihre hohen Wangenknochen betonten, hatten ihrem Gesicht schon immer einen besonderen Reiz verliehen.

„Ich möchte mit dir sprechen“, sagte Adrienne.

„Worüber?“

Statt zu antworten, wies Adrienne auf einen Stuhl. „Setz dich doch!“

Amanda ließ sich am Tisch nieder. Einen Moment lang war es ganz still in der Küche. „Mom“, fragte sie schließlich, „geht es dir gut?“

Adrienne schloss die Augen und nickte. „Mir geht es gut, ja. Ich überlege nur, wie ich anfangen soll.“

Amanda wurde abweisend. „Hat es wieder mit mir zu tun? Wenn ja, dann …“

Adrienne unterbrach sie mit einem Kopfschütteln. „Nein, es hat mit *mir* zu tun“, sagte sie. „Ich will dir etwas erzählen, was sich vor vierzehn Jahren zugetragen hat.“

Amanda legte den Kopf zur Seite, und in der vertrauten kleinen Küche begann Adrienne, ihre Geschichte zu erzählen.

## Zwei

Paul Flanner kam aus dem Büro seines Anwalts. Der Morgenhimmel war grau. Flanner zog den Reißverschluss an seiner Jacke zu, ging zu seinem Leihwagen, einem Toyota Camry, setzte sich hinter das Lenkrad und hielt sich vor Augen, dass das Leben, das er ein Vierteljahrhundert lang geführt hatte, mit seiner Unterschrift unter den Verkaufsvertrag zu Ende gegangen war.

Es war Anfang Januar 1988, und im vergangenen Monat hatte er seine beiden Autos, seine Arztpraxis und jetzt sein Haus verkauft. Am Morgen war er noch ein letztes Mal durch das Gebäude gegangen und hatte gehofft, sich an Begebenheiten aus seinem Leben zu erinnern. Er hatte gedacht, er würde den Weihnachtsbaum noch einmal vor sich sehen und das Bild von seinem Sohn, der im Schlafanzug nach unten gestapft kam und die Geschenke bestaunte. Er hatte versucht, sich der Essensgerüche an Thanksgiving zu entsinnen oder der Stimmen und Geräusche, die das Wohnzimmer erfüllt hatten, wenn er und seine Frau Gäste bewirteten – was oft geschehen war. Aber als er so von Zimmer zu Zimmer ging, wurde ihm bewusst, dass das Haus nichts weiter war als eine leere Hülle.

Paul verließ den Parkplatz und fädelte sich in den Verkehrsstrom auf der Ausfallstraße ein. Zwanzig Minuten später bog er auf den Highway 70 ab, eine zweispurige Straße, die in südöstlicher Richtung zur Küste von North Carolina führte. Auf dem Rücksitz lagen zwei große Seesäcke. Sein Flugticket und seinen Pass hatte er in der Ledertasche auf dem Beifahrersitz verstaut. Im Kofferraum befanden sich sein Arztkoffer und verschiedene Medikamente, um die man ihn gebeten hatte.

Der Himmel glich jetzt einer Leinwand in Weiß und Grau – der Winter hatte wahrlich begonnen. Paul stellte den Tempomat ein und überdachte noch einmal, was er am Morgen hinter sich gebracht hatte. Britt Blackerby, sein Anwalt, hatte ein letztes Mal versucht, ihn von seinem Vorhaben abzubringen.

„Tust du das wegen Martha?“, hatte Britt gefragt.

„Nein“, hatte Paul geantwortet, „es ist mir einfach ein Bedürfnis.“

Im Rückspiegel tauchten die Hochhäuser von Raleigh auf, und Paul fragte sich, ob er sie wohl jemals wiedersehen würde.

Er hatte das Haus an ein junges Paar mit aussichtsreichen Berufen verkauft – der Mann war Manager bei Glaxo Smith-Kline, die Frau Psychologin. Die beiden hatten das Anwesen gleich am ersten Tag, als es zum Verkauf stand, besichtigt.

Paul zeigte ihnen, wie die Alarmanlage funktionierte, nannte ihnen den Gärtnereibetrieb, der immer für ihn gearbeitet hatte, und gab ihnen dessen Visitenkarte ebenso wie die des Pool-Reinigungsdienstes. Er erzählte, der Marmor im Eingangsbereich sei aus Italien importiert und die Buntglasfenster seien von einem Künstler in Genf entworfen worden. Die Küche sei erst zwei Jahre alt, und die Geräte entsprächen dem neuesten Stand der Technik. Ja, sagte er, man könne hier ohne weiteres für zwanzig Gäste kochen. In der Bibliothek beobachtete Paul, wie der Mann mit den Fingern über die Ahornvertäfelung fuhr und wie sein Blick auf der Tiffanylampe verweilte.

„Und der Preis“, fragte der Mann vorsichtig nach, „gilt für das Haus *mit* den Möbeln?“

Paul nickte. Als er die Bibliothek verließ, konnte er das aufgeregte Flüstern der beiden hören, die ihm langsam folgten. Der Preis, das war ihm klar, war viel zu niedrig angesetzt, selbst wenn er das Haus leer verkauft hätte.

Am nächsten Tag kamen die beiden wieder, und das Geschäft wurde abgeschlossen.

DER HIGHWAY führte durch Smithfield, Goldboro und Kinston, kleine Orte, zwischen denen riesige Baumwoll- und Tabakfelder lagen. Paul, der hier aufgewachsen war – auf einer kleinen Farm außerhalb von Williamston –, kannte die Gegend gut. Er fuhr an windschiefen Tabakscheunen und Farmhäusern vorbei, und in New Bern, einer hübschen Stadt am Zusammenfluss von Neuse und Trent, hielt Paul an, um sich etwas zu essen zu besorgen. In einem Feinkostgeschäft kaufte er sich ein Sandwich und einen Kaffee, dann setzte er sich auf eine Bank mit Blick über den Sporthafen. Jachten und Segelboote lagen vertäut an ihren Liegeplätzen und schaukelten sanft in der Brise.

Nachdem er das Sandwich gegessen hatte, entfernte er den Deckel von seinem Kaffeebecher. Während er zusah, wie der Dampf aufstieg, überdachte er erneut die Kette von Ereignissen, die ihn hierher gebracht hatte. Es war ein weiter Weg gewesen.

Seine Mutter war bei seiner Geburt gestorben, und sein Vater, dessen einziger Sohn er war, verdiente seinen Lebensunterhalt als Farmer – Paul hatte es also nicht leicht gehabt. Statt mit Freunden Baseball zu spielen, verbrachte er seine Tage damit, Unkraut zu jäten und Baumwollkapselkäfer von den Tabakpflanzen zu lesen, zwölf Stunden am Tag unter der glühenden südlichen Sommersonne, die seinem Rücken eine dauerhafte goldene Färbung verlieh.

Sie waren arm. Zwar hatte Paul immer genug zu essen und ein warmes Zimmer, doch es war ihm manchmal peinlich, dass er verschlissene Kleidung trug und nicht das Geld hatte, in den Drugstore zu gehen, um sich ein Stück Kuchen oder eine Flasche Cola zu kaufen, wie es seine Freunde taten. Hin und wieder bekam er spöttische Bemerkungen zu hören, doch statt sich zu verteidigen, vertiefte er sich in seine Schularbeiten. Jahrein, jahraus brachte er die besten Noten nach Hause. Sein Vater war stolz auf seine Leistungen, aber immer wenn er Pauls Zeugnisse las, wurde er leicht melancholisch, als wüsste er, dass sein Sohn eines Tages die Farm verlassen und nie mehr zurückkehren würde.

Die Disziplin, die Paul bei der Feldarbeit erworben hatte, übertrug er auch auf andere Lebensbereiche. So schloss er nicht nur die Schule als Bester ab, sondern wurde auch ein ausgezeichneter Sportler.

Als er an der Universität nicht ins Footballteam aufgenommen wurde, empfahl ihm der Trainer, es mit Geländelauf zu versuchen. Paul gewöhnte sich an, morgens um fünf Uhr aufzustehen, damit er zwei Stunden Training in den Tag einbauen konnte. Sein Plan ging auf: Wegen seiner sportlichen Leistungen bekam er ein Stipendium für die Duke University und war vier Jahre lang der beste Läufer und zugleich ein erfolgreicher Student. Er studierte Chemie und Biologie und schloss das Studium *summa cum laude* ab. Im gleichen Jahr wurde er zudem ausgezeichnet, weil er im nationalen Geländelaufwettkampf als Dritter ins Ziel kam. Nach dem Lauf übergab er seinem Vater die Medaille und sagte, dass er all dies nur für ihn getan habe.

„Nein“, widersprach sein Vater, „du bist für dich selbst gelaufen. Ich hoffe nur, du läufst auf etwas zu und nicht vor etwas weg.“

An jenem Abend lag Paul im Bett, starrte lange an die Decke und versuchte zu begreifen, was sein Vater gemeint haben könnte. Seiner Meinung nach lief er auf etwas zu. Auf ein besseres Leben. Auf ein Leben ohne Sorgen. Auf das Glück.

Als er im Februar seines letzten Studienjahres erfuhr, dass er an der medizinischen Fakultät von Vanderbilt angenommen worden war, besuchte er seinen Vater und überbrachte ihm die gute Neuigkeit. Sein Vater schien sich sehr zu freuen. Aber später sah Paul vom Fenster aus, wie er beim Zaunpfosten stand und über die Felder blickte. Eine einsame Gestalt.

Drei Wochen danach starb sein Vater an einem Herzinfarkt.

Paul war am Boden zerstört. Doch statt seiner Trauer Zeit und Raum zu geben, schrieb er sich vor Semesterbeginn an der Universität ein, nahm an einem Sommerkurs teil, um sich einen Vorsprung zu verschaffen, und im Herbst lud er sich zu seinem vollen Stundenplan zusätzliche Kurse auf. Von da an raste sein Leben nur so dahin. Er besuchte die Kurse, arbeitete im Labor und lernte bis in die frühen Morgenstunden.

Mädchen gegenüber war er schüchtern, doch irgendwann machte ihn jemand mit Martha bekannt, einer freundlichen blonden jungen Frau aus Georgia, die in der Bibliothek der medizinischen Fakultät arbeitete. Und weil er sich nicht dazu durchringen konnte, sich mit ihr zu verabreden, machte sie den ersten Schritt. Das enorme Pensum, das Paul sich abverlangte, beunruhigte sie zwar, dennoch nahm sie seinen Heiratsantrag an. Nach zehn Monaten traten sie zusammen vor den Altar. Da Pauls Prüfungen bevorstanden, blieb keine Zeit für die Flitterwochen, aber er versprach seiner Frau, eine schöne Reise mit ihr zu machen, sobald er das Studium abgeschlossen hätte. Dazu kam es nie. Ein Jahr später wurde ihr Sohn Mark geboren, und Paul fand nicht ein einziges Mal die Zeit, ihm die Windeln zu wechseln oder ihn in den Schlaf zu wiegen.

Stattdessen saß er am Küchentisch und lernte – studierte Darstellungen des menschlichen Körperbaus oder entschlüsselte chemische Gleichungen. In einer Prüfung nach der anderen erzielte er die besten Ergebnisse und schloss seine medizinische Ausbildung nach drei Jahren als Bester seines Jahrgangs ab. Er zog mit der Familie nach Baltimore, wo er sein praktisches Jahr als Chirurg im John-Hopkins-Krankenhaus antrat. Die Chirurgie, das wusste er inzwischen, war seine Berufung. In den meisten Fachrichtungen mussten die Ärzte in einfühlsamen Gesprächen auf die Patienten eingehen, und das war nicht gerade Pauls Stärke. In der Chirurgie dagegen waren die Patienten weniger an den kommunikativen Fähigkeiten des Arztes interessiert als vielmehr an seinem handwerklichen Können. Und Paul besaß genügend Selbstbewusstsein, um seinen Patienten vor einem Eingriff ein sicheres Gefühl zu geben. Dieses Betätigungsfeld entsprach ihm sehr. In den letzten beiden Jahren seiner praktischen Ausbildung arbeitete er neunzig Stunden in der Woche und schlief nur vier Stunden pro Nacht, zeigte aber erstaunlicherweise nie Anzeichen von Übermüdung.

Nach den Jahren im Krankenhaus absolvierte er eine Zusatzausbildung in Schädelchirurgie und Gesichtsplastik und zog mit seiner Familie nach Raleigh, wo er, kurz bevor die Bevölkerungsrate der Stadt sprunghaft anstieg, als Partner in eine Gemeinschaftspraxis eintrat. Da sie die einzigen Spezialisten auf diesem Gebiet waren, expandierte ihre Praxis. Mit 34 Jahren hatte Paul seine Schulden aus dem Studium zurückgezahlt. Als er 36 Jahre alt war, pflegte er Verbindungen zu allen großen Krankenhäusern in der Gegend. Ein Jahr später wurde ein von ihm verfasster Artikel im *New England Journal of Medicine* veröffentlicht. Sein Ansehen wuchs, und als er die Tochter von Senator Norton erfolgreich operierte, deren Gesicht nach einem Autounfall durch Narben entstellt war, wurde auf der Titelseite des *Wall Street Journal* über ihn berichtet.

Seine Praxis florierte, sein Einkommen vervielfachte sich. Er kaufte sich einen BMW, dann einen Mercedes, dann einen Porsche und wieder einen Mercedes. Er und Martha bauten sich das Haus ihrer Träume.

Paul kaufte Wertpapiere in verschiedenen Investmentfonds. Als ihm klar wurde, dass er die feinen Bewegungen des Marktes nicht überblickte, stellte er einen Vermögensverwalter ein. Danach verdoppelte sich sein Vermögen alle vier Jahre. Und als er schon mehr hatte, als er je in seinem Leben benötigen würde, verdreifachte es sich gar im selben Zeitraum.

Dennoch arbeitete Paul immer weiter, operierte sogar samstags. Als er 45 war, kapitulierte sein Partner vor dem Tempo, das Paul vorlegte, trennte sich von ihm und trat in eine andere Gemeinschaftspraxis ein.

In den ersten Jahren nach Marks Geburt sprach Martha oft davon, dass sie sich ein zweites Kind wünschte. Nach einer Weile erwähnte sie es nicht mehr. Paul fand nur bei den wichtigsten Ereignissen im Leben seines Sohnes die Zeit, zugegen zu sein, versäumte aber fast alles andere. Wenn er etwas nennen sollte, was er an diesen Jahren am allermeisten bedauerte, dann war es die fehlende Beziehung zu dem Jungen.

Doch obwohl er im Leben seines Sohnes kaum eine Rolle gespielt hatte, entschied sich Mark zu Pauls großer Überraschung dafür, Arzt zu werden. Nachdem er an der medizinischen Fakultät angenommen worden war, erzählte Paul in der Praxis voller Stolz, sein Sohn werde in seine Fußstapfen treten. Jetzt würden sie, so stellte er sich vor, mehr Zeit zusammen verbringen.

Eines Tages lud er Mark zum Lunch ein, weil er hoffte, ihn für die chirurgische Laufbahn gewinnen zu können, aber Mark schüttelte bloß den Kopf.

„Das ist dein Leben", sagte er zu seinem Vater, „und es interessiert mich nicht im Geringsten. Um ehrlich zu sein: Du tust mir Leid."

Die Worte trafen. Die beiden gerieten in Streit. Mark machte Paul bittere Vorwürfe, Paul wurde wütend, und am Schluss stürmte sein Sohn aus dem Restaurant. Paul weigerte sich, mit ihm zu sprechen, und Mark machte keinen Versuch, sich mit dem Vater auszusöhnen. Aus Wochen wurden Monate, dann Jahre. Obwohl Mark eine enge Beziehung zu seiner Mutter aufrechterhielt, vermied er es, nach Hause zu kommen, wenn er wusste, dass sein Vater da war.

Paul reagierte auf die weitere Entfremdung von seinem Sohn in der einzigen Art und Weise, die er kannte. Sein Arbeitspensum blieb das Gleiche, er lief weiterhin seine fünf Meilen am Tag, und morgens las er den Finanzteil in der Zeitung. Aber er sah die Traurigkeit in Marthas Augen, und es gab Momente, in denen er überlegte, wie er den Bruch mit seinem Sohn kitten könnte. Mark, so hatte er von Martha erfahren, kam auch ohne ihn gut zurecht. Statt eine Ausbildung zum Chirurgen zu machen, wurde er praktischer Arzt und ging mit einer internationalen Hilfsorganisation ins Ausland. Zwei Wochen nachdem er abgereist war, reichte Martha die Scheidung ein.

Hatten ihn Marks Worte damals wütend gemacht, so war Paul bei Marthas Eröffnung wie betäubt. Er versuchte sie davon abzubringen, doch seine Frau unterbrach ihn sanft.

„Meinst du denn wirklich, du wirst mich vermissen?", fragte sie ruhig. „Wir kennen uns doch kaum noch."

Die nächsten zwei Wochen verbrachte Paul in einem Zustand der Benommenheit. Einen Monat später geschah es dann, dass die 62 Jahre alte Jill Torrelson aus Rodanthe, North Carolina, nach einer routinemäßigen Operation, die Paul an ihr vorgenommen hatte, im Aufwachzimmer starb. Dieses schreckliche Ereignis, das so unmittelbar auf die anderen traurigen Wendungen in seinem Leben folgte, hatte ihn, so begriff Paul, auf den Weg geführt, den er jetzt einschlug.

NACHDEM er seinen Kaffee ausgetrunken hatte, stieg Paul ins Auto und steuerte zurück auf den Highway. Nach einer Dreiviertelstunde erreichte er Morehead City. Er fuhr über die Brücke nach Beaufort und folgte den Wegweisern Richtung Down East und zum Cedar Point.

Der flache Küstenstreifen war von friedlicher Schönheit, und Paul fuhr langsamer, damit er den Anblick auf sich wirken lassen konnte. Er staunte über eine Gruppe älterer Männer, die auf der Bank vor einer Tankstelle saß und anscheinend nichts Besseres zu tun hatte, als den vorüberfahrenden Autos nachzusehen. Das Leben war hier anders.

Am Nachmittag nahm er die Fähre nach Ocracoke, einer Ortschaft am südlichen Ende der Outer Banks. Er verbrachte die Nacht in einem Motel und wachte auf, als sich der weiße Lichtball der Wintersonne über dem Wasser erhob. Er frühstückte bald und hatte dann noch Zeit, durch die ländliche Ortschaft zu wandern und zuzusehen, wie die Leute ihre Häuser für den Sturm rüsteten, der sich vor der Küste zusammenbraute.

Dann packte er den Seesack ins Auto und schlug den Weg in Richtung Norden ein, zu dem Ort, der sein vorläufiges Ziel war.

Die Outer Banks erschienen Paul fremdartig und mystisch. Mit dem Riedgras, das die hügeligen Dünen bedeckte, und den Strandeichen, die bei der unablässigen Meeresbrise schief wuchsen, war dies eine Gegend wie keine andere. Zu Urzeiten waren die Inseln mit dem Festland verbunden gewesen, aber nach der letzten Eiszeit hatte das Meer das unmittelbar westlich liegende Land überflutet und den Pamlico Sound gebildet. Bis in die Fünfzigerjahre hatte es auf diesen Inseln keine befestigte Straße gegeben, sodass die Menschen am Strand entlangfahren mussten, um zu ihren Häusern hinter den Dünen zu gelangen.

Um diese Jahreszeit waren die Outer Banks fast menschenleer, sodass Paul die Straße für sich hatte. In der Einsamkeit wanderten seine Gedanken wieder zu Martha. Sie waren freundschaftlich auseinander gegangen. Er wusste, dass sie einen anderen Mann kennen gelernt hatte, und vermutete, dass sie ihm schon vor ihrer Trennung begegnet war, aber das war nicht wichtig. In letzter Zeit erschien ihm nichts wichtig.

Nachdem sie ausgezogen war, verringerte Paul sein Arbeitspensum, weil er dachte, er brauche Zeit, um sein Leben neu zu ordnen. Ein paar Monate später nahm er dann nicht etwa seine alten Arbeitsgewohnheiten wieder auf, sondern reduzierte das Pensum noch mehr. Soweit seine Erinnerung zurückreichte, hatte er immer nur sechs Stunden Schlaf gebraucht, doch je ruhiger sein Leben wurde, desto länger brauchte er, um sich wirklich ausgeruht zu fühlen.

Es hatte eine Zeit gegeben, da hatte er geglaubt, er könne alles erreichen. Doch nun musste er feststellen, dass er nie dem Rat seines Vaters gefolgt war. Sein Leben lang war er vor etwas weggerannt und nicht auf ein Ziel zugelaufen. Tief in seinem Herzen wusste er, dass alles vergeblich gewesen war. Jetzt war er 54 Jahre alt und allein auf der Welt. Und während er auf den Asphalt blickte, der sich vor ihm erstreckte, konnte er nicht umhin, sich zu fragen, wovor er so verbissen fortgelaufen war.

Paul näherte sich seinem Ziel. Er hatte eine Unterkunft in einer kleinen Frühstückspension nicht weit von der Hauptstraße gebucht, und als er jetzt den Ortsrand von Rodanthe erreichte, blickte er sich aufmerksam um. Der Ortskern bestand aus einem Supermarkt, der neben Lebensmitteln auch Eisenwaren und Angelutensilien führte; an der Tankstelle gab es Reifen und Autozubehör.

Wenig später bog Paul von der Straße ab und fuhr einen Kiesweg entlang. Als er die Pension von Rodanthe schließlich vor sich sah, erschien sie ihm trotz der dichten dunklen Wolken, die am Himmel entlangjagten, hübscher, als er sie sich vorgestellt hatte – ein altes weißes Haus im viktorianischen Stil, mit schwarzen Fensterläden und einer einladenden Veranda. Auf dem Geländer standen Blumentöpfe mit blühenden Stiefmütterchen, und eine amerikanische Flagge wehte im Wind.

Er suchte seine Sachen zusammen, warf sich die Seesäcke über die Schulter, ging die Stufen hinauf und betrat das Haus. Der Dielenfußboden war abgenutzt nach all den Jahren, in denen sandige Schuhe darüber gelaufen waren. Links ging es in ein gemütliches Wohnzimmer, in das durch große Fenster zu beiden Seiten des Kamins Tageslicht hereinströmte. Er registrierte den Geruch von frisch gebrühtem Kaffee. Auch ein Teller mit Keksen stand für den ankommenden Gast bereit.

Rechter Hand in der Eingangshalle befand sich der Empfangsschalter. Paul trat an die kleine Theke und drückte auf die Klingel, um auf sich aufmerksam zu machen. Er wartete eine Weile und klingelte dann noch einmal. Kurz darauf hörte er einen Laut, der wie ein unterdrücktes Schluchzen klang. Das Geräusch schien aus dem hinteren Teil des Hauses zu kommen. Paul stellte seine Sachen ab, ging um die Anmeldetheke herum und stieß die Schwingtür auf, die in die Küche führte. Drei volle Einkaufstüten standen dort auf der Arbeitsfläche.

Die offen stehende Tür zur hinteren Veranda lockte ihn in ihre Richtung. Der Holzboden knarrte, als er hinaustrat. Links waren zwei Schaukelstühle mit einem kleinen Tisch zu sehen – und rechts entdeckte er die Frau, deren Schluchzen er gehört hatte. Sie stand mit dem Rücken zu ihm an der Ecke der Veranda. Wie Paul hatte sie ausgebleichte Jeans an, doch dazu trug sie einen dicken Wollpullover mit Rollkragen. Ihr mittelbraunes Haar war zurückgesteckt, und ein paar lose Strähnen bewegten sich im Wind.

Vom Geräusch seiner Stiefel aufgeschreckt, drehte sie sich um. Ein Stück entfernt ritt ein Dutzend Seeschwalben auf den Windböen, und auf dem Geländer stand ein Kaffeebecher.

Paul wandte den Blick ab, konnte aber nicht umhin, die Frau sofort wieder anzusehen. Obwohl sie weinte, sah er, dass sie hübsch war. Allerdings verriet ihm etwas in ihren Bewegungen, dass sie sich dessen nicht bewusst war. Und jedes Mal wenn er später an diesen Augenblick zurückdachte, erinnerte er sich daran, dass sie ihm dadurch umso reizvoller erschienen war.

AMANDA blickte ihre Mutter über den Tisch hinweg an.

Adrienne, die aufgehört hatte zu sprechen, sah aus dem Fenster. Es regnete nicht mehr, doch vor dem Fenster war der Himmel düster. In der Stille hörte Amanda das regelmäßige Summen des Kühlschranks.

„Warum erzählst du mir das, Mom?“

„Weil ich glaube, dass du es wissen solltest.“

„Aber warum? Ich meine, wer war denn der Mann?“

Statt zu antworten, griff Adrienne nach der Weinflasche. Nachdem sie sich selbst eingegossen hatte, füllte sie auch für ihre Tochter ein Glas. „Vielleicht brauchst du das jetzt“, sagte sie.

„Warum?“

Adrienne schob das Glas über den Tisch.

„Erinnerst du dich noch an damals, als ich nach Rodanthe gefahren bin? Als Jean gefragt hat, ob ich sie in der Pension vertreten könne?“

Es dauerte einen Moment, bis ihre Tochter verstand. „Du meinst, als ich noch auf der Highschool war?“

„Ja.“

Als Adrienne den Faden wieder aufnahm, griff Amanda unwillkürlich nach ihrem Weinglas und fragte sich, was das alles zu bedeuten hatte.

# Drei

An jenem düsteren Donnerstagnachmittag stand Adrienne auf der hinteren Veranda der Pension, wärmte sich die Hände an ihrem Kaffeebecher und blickte aufs Meer hinaus. Das Wasser hatte die Farbe von Eisen wie der Rumpf eines alten Schiffes, und bis zum Horizont sah Adrienne kleine Schaumkronen auf den Wellen tanzen.

Im Grunde wünschte sie sich, sie wäre nie hergekommen. Sie hatte gehofft, es wäre eine gute Ablenkung für sie, ihre Freundin in der Pension zu vertreten. Doch jetzt kam aus Nordosten ein Sturm näher, und die Aussicht, dass der Strom ausfallen könnte oder sie sich tagelang im Haus verkriechen musste, behagte ihr gar nicht. Noch schlimmer war, dass der Anblick des Strandes Erinnerungen an bessere Tage in ihr wachrief, Tage, in denen sie mit sich und der Welt noch im Einklang gewesen war.

Lange Zeit hatte sie sich für einen glücklichen Menschen gehalten. Sie hatte Jack kennen gelernt, als er im ersten Jahr Jura studierte. Damals galten sie als perfektes Paar – er, groß und drahtig, mit gewelltem dunklem Haar; sie, brünett mit blauen Augen und um einiges schlanker als heute. Ihr erstes Kind wurde geboren, als sie 28 Jahre alt war, und in den folgenden drei Jahren bekam sie noch zwei Kinder. Ja, sie war glücklich. Sie kochte sehr gern, sonntags ging die ganze Familie zum Gottesdienst, und Adrienne gab sich Mühe, für sich und ihren Mann einen Freundeskreis aufzubauen.

Als die Kinder zur Schule kamen, meldete sie sich als freiwillige Helferin in ihren Klassen. Sie besuchte Klaviervorspielabende und Theateraufführungen in der Schule, brachte ihren Kindern das Schwimmen bei und freute sich über ihre erstaunten Gesichter, als sie das erste Mal Disney World besuchten. Zu ihrem vierzigsten Geburtstag organisierte Jack eine Überraschungsparty in ihrem Klub mit fast zweihundert Gästen. Es war ein fröhlicher Abend, doch später, als sie nach Hause kamen, fiel Adrienne auf, dass Jack ihr nicht beim Ausziehen zusah. Stattdessen löschte er das Licht, obwohl er, dessen war sie sicher, gar nicht so schnell einschlafen konnte, wie er vorgab.

Rückblickend dachte sie, sie hätte schon damals erkennen können, dass etwas in ihrer Ehe nicht stimmte. Aber mit den drei Kindern und dem Haushalt hatte sie zu viel zu tun, um sich lange darüber zu wundern. Sie nahm an, die Leidenschaft würde irgendwann neu erwachen – doch das tat sie nicht.

Als ihr 41. Geburtstag nahte, war Adrienne ziemlich besorgt und suchte in Büchern nach Ratschlägen, wie sie ihrer Ehe neuen Schwung verleihen könne. Manchmal wünschte sie sich auch, dass die Kinder bereits groß wären und ihr Leben ruhiger würde. Sie stellte sich vor, was sie und Jack tun würden, wenn sie wieder mehr Zeit füreinander hätten. Vielleicht würde ihre Beziehung dann so werden wie früher.

Ungefähr zu dieser Zeit sah sie Jack mit Linda Gaston in einem Restaurant sitzen. Sie wusste, dass Linda für eine Niederlassung von Jacks Kanzlei in Greensboro arbeitete. Sie wusste, dass sie sich gelegentlich über ihre Fälle austauschen mussten. Deshalb war sie nicht überrascht, die beiden zusammen zu sehen. Erst als sie das Restaurant betrat, fiel ihr auf, wie zärtlich sich die beiden anblickten. Und unter dem Tisch hielten sie sich an den Händen.

Einen Moment lang stand Adrienne wie angewurzelt da, doch statt die beiden zur Rede zu stellen, verließ sie das Lokal, bevor Jack und Linda sie bemerkten.

An jenem Abend servierte sie ihrem Mann sein Lieblingsessen und behielt ihre Beobachtung für sich. Nach einer Weile gelang es ihr, sich selbst davon zu überzeugen, dass ihre Vermutung falsch gewesen war. Aber es half nichts. Mit ihrer Ehe ging es immer weiter bergab, und nach wenigen Monaten bat Jack Adrienne, in die Scheidung einzuwilligen. Er habe sich in Linda verliebt, erklärte er. Das sei nicht absichtlich geschehen, und er hoffe, dass sie, Adrienne, es verstehen werde. Sie verstand es nicht und sagte das auch, doch als ihr 42. Geburtstag vorüber war, zog Jack aus.

Seither waren drei Jahre vergangen, und Jack hatte ein neues Leben begonnen, während Adrienne sich dazu nicht imstande sah.

Das gemeinsame Sorgerecht für die Kinder existierte nur auf dem Papier. Jack wohnte jetzt in Greensboro, drei Autostunden von Rocky Mount entfernt. Das bedeutete, dass die Kinder meistens bei ihr waren, und im Grunde war sie dankbar dafür. Aber die Aufgabe, die Kinder allein großzuziehen, brachte sie fast täglich an ihre Grenzen. Abends sank sie erschöpft ins Bett und konnte nicht schlafen, weil ihr unaufhörlich Fragen im Kopf herumschwirrten. Sie wollte nicht so leben. Sie hatte weder darum gebeten noch damit gerechnet. Und ihrer Meinung nach hatte sie es auch nicht verdient. Sie hatte sich an die Regeln gehalten, war Jack immer treu gewesen.

Ging es ihm nur um Sex? Sicher, Linda war jünger und hübscher, aber war ihm das wirklich so wichtig, dass er alles andere dafür aufgab? Hatten die Kinder keine Bedeutung für ihn? Zählten die achtzehn gemeinsamen Jahre mit ihr gar nichts?

Es war nicht fair. Das sagten auch ihre Freundinnen, und Adrienne nahm deshalb an, sie stünden auf ihrer Seite. Allerdings zeigten sie es auf merkwürdige Weise, fand sie. Vor einem Monat war sie bei einem Paar, das sie seit Jahren kannte, zu einer Weihnachtsfeier eingeladen gewesen – und dann traf sie unter den Gästen ausgerechnet Jack und Linda. So war das Leben: Die Menschen vergaßen schnell. Trotzdem fühlte sich Adrienne verraten.

Zu ihrem Schmerz und der Enttäuschung kam die Einsamkeit hinzu. Seit Jack ausgezogen war, war sie nicht ein einziges Mal mit einem Mann ausgegangen, und inzwischen glaubte sie auch nicht mehr, dass es dazu kommen würde. In Rocky Mount wimmelte es nicht gerade von unverheirateten Männern in ihrem Alter.

Außerdem hatte sie finanzielle Sorgen. Jack hatte ihr zwar das Haus überlassen und kam auch seinen Unterhaltsverpflichtungen pünktlich nach, aber das reichte nur fürs Gröbste, weshalb Adrienne eine Teilzeitstelle in der Bibliothek annehmen musste. Damit hätten sie und die Kinder einigermaßen über die Runden kommen können – wäre da nicht noch ihr Vater gewesen. Im Jahr nach ihrer Scheidung hatte er einen Schlaganfall gehabt, auf den in kurzen Abständen drei weitere folgten, sodass er rund um die Uhr versorgt werden musste. Das Pflegeheim, das Adrienne für ihn gefunden hatte, war vorzüglich, aber da sie keine Geschwister hatte, musste sie allein für die Kosten aufkommen.

Doch nicht nur in finanzieller Hinsicht war sie wegen ihres Vaters bekümmert. Manchmal hatte sie das Gefühl, dass er der einzige Mensch war, der zu ihr hielt, und sie brauchte ihn, gerade jetzt. Ihre Besuche bei ihm waren eine Art Flucht für sie, und der Gedanke, dass ihre gemeinsamen Stunden gezählt sein könnten, machte ihr Angst. Wie würde es mit ihm weitergehen? Wie würde es mit *ihr* weitergehen?

Adrienne schüttelte den Kopf und verscheuchte die Fragen. Sie wollte nicht darüber nachdenken, nicht jetzt. Jean hatte gesagt, es gebe nicht viel zu tun – sie hatte nur eine Reservierung –, und Adrienne hatte gehofft, dass der Aufenthalt am Meer Klarheit in ihre Gedanken bringen würde. Sie wollte am Strand spazieren gehen und ein oder zwei Bücher lesen, die seit Monaten auf ihrem Nachttisch lagen. Doch auch hier, auf der Veranda der Pension in Rodanthe, spürte sie eine große Bedrückung, und so kamen ihr die Tränen.

Kurz darauf, als sie die Schritte hinter sich hörte, drehte sie sich um und sah Paul Flanner zum ersten Mal. Lag es an seinen Augen, dass sie den Blick nicht von ihm abwenden konnte? Sie waren hellblau, so hell, dass sie fast durchsichtig erschienen, und es lag eine Intensität darin, wie Adrienne sie noch bei keinem anderen Menschen bemerkt hatte.

Er kennt mich, dachte sie plötzlich. Oder er könnte mich kennen, wenn ich ihn ließe. So schnell dieser Gedanke gekommen war, so schnell vertrieb sie ihn wieder. Nein, an dem Mann war nichts Ungewöhnliches. Er war lediglich der Gast, den Jean angekündigt hatte. Sie rang sich ein Lächeln ab, tupfte ihre Augen trocken und tat so, als habe der Wind die Tränen hineingetrieben.

„Entschuldigung", murmelte Paul, „ich wollte nicht stören. Ich warte drinnen. Lassen Sie sich Zeit!"

Sie schüttelte den Kopf. „Nein, ich komme schon. Ich wollte sowieso gerade hineingehen."

Ihre Blicke begegneten sich erneut. Seine Augen wirkten jetzt sanfter, und Adrienne hatte den Eindruck, dass er den Gedanken an etwas Trauriges zu verdrängen versuchte. Der Mann hatte ein kantiges Gesicht und Falten auf der Stirn, die von jahrelanger angestrengter Konzentration zeugten. Sein graues Haar war kurz geschnitten, und an den Schläfen wurde es weiß. Adrienne schätzte ihn auf Mitte fünfzig.

Als er ihr die Tür aufhielt, räumte sie ihm mit einem Nicken den Vortritt ein. Und während er vor ihr her durch die Küche zur Empfangstheke ging, wurde sich Adrienne plötzlich bewusst, dass ihr Blick über seinen sportlichen Körper wanderte. Sie errötete leicht. Was war bloß in sie gefahren? Sie trat hinter die Theke, suchte seinen Namen im Reservierungsbuch und blickte dann auf. „Sie sind Paul Flanner, stimmt's? Sie wollen fünf Nächte bleiben, bis Dienstagmorgen?"

„Ja." Er zögerte. „Kann ich ein Zimmer mit Blick aufs Meer haben?"

Adrienne zog ein Anmeldeformular hervor. „Natürlich. Sie können sich ein Zimmer aussuchen – Sie sind an diesem Wochenende der einzige Gast."

„Welches würden Sie mir denn empfehlen?"

„Sie sind alle schön, aber ich an Ihrer Stelle würde das blaue nehmen. Es hat die dunkelsten Vorhänge. Wenn Sie das gelbe oder das weiße Zimmer nehmen, wachen Sie schon beim Morgengrauen auf. Die Fensterläden nützen nicht viel, und die Sonne geht ziemlich früh auf." Sie schob ihm das Formular zu und legte den Stift daneben. „Würden Sie bitte hier unterschreiben?"

„Selbstverständlich."

Adrienne sah zu, wie Paul unterschrieb. Sie fand, dass seine Hände das passende Gegenstück zu seinem Gesicht waren. Die Fingerknöchel waren ausgeprägt, die Bewegungen der Hände ruhig und präzise. Sie bemerkte, dass er keinen Ehering trug.

„Gut, das wäre alles“, sagte sie. „Wollen Sie jetzt Ihr Zimmer sehen?“ Sie nahm einen Schlüssel vom Brett, zögerte einen Moment und ergriff dann zwei weitere.

„Ja, bitte.“

Paul lud sich seine Seesäcke auf die Schulter und folgte ihr zum Fuß der Treppe. Adrienne deutete ins Wohnzimmer.

„Ich habe Ihnen Kaffee und Kekse hingestellt. Den Kaffee habe ich vor einer Stunde gekocht, ich hoffe, man kann ihn noch trinken.“

„Das ist nett. Vielen Dank!“

Im Obergeschoss gab es drei Zimmer mit Blick aufs Meer. An den Türen standen keine Nummern, sondern Namen: Bodie, Hatteras und Cape Lookout – die Namen der Leuchttürme auf den Outer Banks.

„Ich habe alle drei Schlüssel dabei“, erklärte Adrienne, „falls Ihnen eins der anderen besser gefällt.“

Paul ließ seinen Blick über die Türen wandern. „Welches ist das blaue Zimmer?“

„Ach, nur ich nenne es so. Für Jean ist es die Bodie Suite.“

„Jean?“

„Die Besitzerin der Pension. Ich vertrete sie, solange sie verreist ist.“

Während Adrienne die Tür aufschloss, verschob Paul die Riemen der Seesäcke, die in seine Schulter schnitten. Adrienne ließ ihn an sich vorbei und spürte, wie sein Gepäck ihr Bein streifte.

Paul sah sich um. Beim Fenster stand ein Himmelbett, daneben ein Nachttisch. Die alte Kommode an der Wand gegenüber sah aus, als hätte sie seit der Erbauung des Hauses an diesem Platz gestanden. Außer den Möbeln war so gut wie alles in dem Raum in verschiedenen Blautönen gehalten: Der Flickenteppich auf dem Fußboden hatte das blasse Blau des Winterhimmels, der Bettüberwurf und die Vorhänge waren marineblau, die Lampe auf dem Nachttisch glänzte mittelblau wie der Lack an einem neuen Auto. Sogar das Telefon war blau.

„Na, was meinen Sie?“

„Kein Zweifel, es ist blau“, sagte er.

„Möchten Sie die anderen Zimmer sehen?“

Paul setzte die Seesäcke ab und blickte aus dem Fenster. „Nein, das hier ist in Ordnung. Meinen Sie, ich könnte das Fenster öffnen? Es ist ein bisschen stickig hier drinnen.“

„Selbstverständlich.“

Er löste den Verschluss und machte Anstalten, das Fenster nach oben zu schieben, aber die Holzrahmen waren so oft gestrichen worden, dass es nach wenigen Zentimetern stecken blieb. Als er sich mit aller Kraft bemühte, es höher zu drücken, sah Adrienne, wie sich die kräftigen Muskeln in seinen Unterarmen spannten.

Sie räusperte sich. „Übrigens hüte ich die Pension zum ersten Mal allein", sagte sie. „Ich war schon öfter hier, aber immer nur mit Jean zusammen. Sie sollten mir also gleich Bescheid geben, wenn etwas fehlt."

Paul wandte sich zu ihr um. „Viel werde ich nicht brauchen", meinte er. „Meine Ansprüche sind nicht besonders hoch."

Adrienne lächelte und zog den Schlüssel aus dem Schloss. „Wenn nicht noch weitere Gäste kommen, können wir essen, wann es Ihnen passt. Normalerweise serviert Jean das Frühstück um acht und das Abendessen um sieben, aber wenn Sie zu tun haben, sagen Sie einfach Bescheid, und wir essen früher oder später. Oder ich kann Ihnen ein Lunchpaket zum Mitnehmen zusammenpacken."

„Danke."

Sie überlegte, ob sie etwas vergessen hatte. „Ach ja, noch was: Von diesem Telefon aus kann man nur Ortsgespräche führen. Ferngespräche müssen Sie über die Vermittlung anmelden."

„Ist gut."

„Möchten Sie sonst noch etwas wissen?"

„Ich glaube nicht … abgesehen vom Naheliegendsten natürlich."

„Und was ist das?"

„Sie haben mir Ihren Namen nicht genannt."

Lächelnd legte sie den Schlüssel auf die Kommode. „Ich heiße Adrienne. Adrienne Willis."

Zu ihrer Überraschung kam er auf sie zu und gab ihr die Hand. „Es freut mich, Sie kennen zu lernen, Adrienne."

## Vier

Paul war nach Rodanthe gekommen, weil Robert Torrelson, der Ehemann der verstorbenen Patientin, ihn darum gebeten hatte. Während er seine Sachen auspackte und verstaute, fragte er sich zum wiederholten Mal, was Torrelson ihm wohl sagen oder von ihm hören wollte.

Jill Torrelson hatte Paul wegen eines gutartigen Gesichtstumors konsultiert. Es war keine lebensbedrohliche Geschwulst, aber der Tumor erstreckte sich als knollenartige purpurfarbene Masse über die ganze rechte Gesichtshälfte, von der Nasenwurzel bis über die Wange. Dort, wo sich im Lauf der Jahre eitrige Stellen gebildet hatten, war die Haut teilweise vernarbt.

Paul hatte Dutzende von Patienten mit Gesichtstumoren operiert, und von vielen hatte er anschließend Briefe erhalten, in denen sie sich für seine Hilfe bedankten. Immer und immer wieder hatte er darüber nachgegrübelt, warum Jill Torrelson gestorben war, aber er wusste es bis heute nicht. Die Obduktion der Patientin hatte keinen Aufschluss erbracht. Zunächst hatte man eine Embolie als Ursache in Erwägung gezogen, doch es gab keinen medizinischen Hinweis darauf. Dann ging man der Frage nach, ob es zu einer allergischen Reaktion auf das Narkosemittel oder die nach dem Eingriff verabreichten Medikamente gekommen sein könnte, aber auch das wurde letztlich ausgeschlossen – ebenso wie eine Verletzung der Sorgfaltspflicht seitens des Chirurgen. Die Operation war problemlos verlaufen, und die Untersuchung des Gerichtsmediziners hatte keine Abweichungen von der normalen Vorgehensweise ergeben.

In der Patientenakte waren einige medizinische Befunde vermerkt: Jill Torrelson war übergewichtig und litt unter Arterienverkalkung, was wahrscheinlich eine Bypassoperation erforderlich gemacht hätte. Sie hatte Diabetes und als langjährige Raucherin ein beginnendes Lungenemphysem. Doch diese Befunde waren zum Zeitpunkt der Operation nicht als lebensbedrohlich angesehen worden und konnten ihren Tod nicht hinreichend erklären. Es schien, als hätte der liebe Gott Jill Torrelson ohne besonderen Grund zu sich gerufen.

Dennoch hatte ihr Mann vor einem Jahr Paul, das Krankenhaus und den Narkosearzt wegen eines Kunstfehlers verklagt. Und Paul, der durch eine Berufshaftpflichtversicherung geschützt war, hatte die Anweisung bekommen, nicht ohne seinen Anwalt mit Robert Torrelson zu sprechen.

Torrelsons Anwalt hatte den Obduktionsbericht erhalten. Gleichzeitig machte die Versicherungsgesellschaft etliche Eingaben mit dem Ziel, die Kosten in die Höhe zu treiben, woraufhin Torrelsons Anwalt seinem Klienten aufzeigte, wie aussichtslos seine Lage war. Die Versicherungsgesellschaft erwartete, dass Torrelson irgendwann aufgeben würde.

Das Verfahren ähnelte den wenigen anderen, die im Lauf der Jahre gegen Paul Flanner angestrengt worden waren – mit einem Unterschied: Vor zwei Monaten hatte Paul einen persönlichen Brief von Torrelson erhalten.

> Sehr geehrter Herr Dr. Flanner,
> ich möchte gern persönlich mit Ihnen sprechen. Es ist mir sehr wichtig. Bitte!
>
> Robert Torrelson

Unten auf die Seite hatte er seine Adresse geschrieben.

Nachdem Paul den Brief gelesen hatte, zeigte er ihn seinen Anwälten, die ihn bedrängten, das Schreiben zu ignorieren. Aber die schlicht formulierte, fein säuberlich geschriebene Bitte hatte Paul berührt, und er beschloss, den Ratschlägen der Anwälte nicht zu folgen. War er in seinem Leben nicht schon über allzu viele Anliegen hinweggegangen?

PAUL zog seine Jacke an und verließ das Haus. Er holte die Ledertasche mit seinen Papieren vom Beifahrersitz des Wagens, ging dann jedoch nicht ins Haus zurück, sondern seitlich daran vorbei.

Auf der Strandseite pfiff ein kalter Wind. Paul blieb stehen und zog den Reißverschluss seiner Jacke zu. Er klemmte sich die Ledermappe unter den Arm, steckte die Hände in die Taschen und senkte den Kopf. Auf seinen Wangen spürte er die Brise.

In der Ferne sah er einen Pelikan tief über das Wasser gleiten. Die Flügel bewegungslos ausgestreckt, ließ er sich vom Wind tragen. Paul fragte sich, wo der Vogel Schutz suchen würde, wenn der Sturm erst seine ganze Kraft entfaltete.

Am Wasser blieb Paul stehen. Die Wellen rollten aus zwei Richtungen heran und bildeten dort, wo sie zusammenprallten, Schaumkronen. Paul blickte über die Schulter zurück und sah das gelbe Licht in der Küche der Pension und Adriennes Gestalt, die wie ein Schatten am Fenster vorbeihuschte und dann aus seinem Blickfeld verschwand.

Gleich morgen früh würde er versuchen, mit Robert Torrelson zu sprechen. Der Sturm, der erst für den Nachmittag angekündigt war, würde wahrscheinlich das ganze Wochenende über toben, also konnte er Torrelson dann nicht mehr aufsuchen. Sein Flug ging am Dienstagnachmittag von Dulles, und er wollte nicht das Risiko eingehen, Torrelson zu verpassen und unverrichteter Dinge abzureisen.

Paul drehte sich um und schlenderte zum Haus zurück. In dem Moment sah er noch einmal Adriennes Schatten am Fenster.

Es war ihr Lächeln. Ihr Lächeln gefiel ihm.

NACHDENKLICH beobachtete Adrienne, wie Paul Flanner vom Strand zurückkehrte. Sein Besuch beschäftigte sie. Er war nicht auf Urlaub hier, dessen war sie sich sicher. Im Winter war Rodanthe kein beliebtes Ferienziel, und Flanner hatte sich auch nicht wie jemand verhalten, der ein paar Tage Ruhe und Erholung suchte. Andererseits hatte er nicht von Verwandten gesprochen, also musste er geschäftlich hier sein. Doch auch das ergab eigentlich keinen Sinn, denn abgesehen von der Fischerei und dem Tourismus gab es in Rodanthe keine Wirtschaftsunternehmen.

Adrienne dachte immer noch darüber nach, als sie hörte, wie Paul sich draußen den Sand von den Füßen klopfte. Einen Moment später öffnete er quietschend die hintere Tür und trat in die Küche. Während er sich die Jacke abstreifte, fiel ihr auf, dass seine Nasenspitze rot geworden war.

„Ich glaube, der Sturm kommt näher", sagte er. „Seit heute Morgen ist es bestimmt schon ein paar Grad kälter geworden."

„Ja, ich habe die Heizung bereits höher gestellt. Das Haus ist nicht sehr wetterfest gebaut, und der Wind zieht überall durch die Ritzen. Es tut mir Leid, dass Sie kein besseres Wetter erwischt haben."

Paul rieb sich die Arme. „Nicht so wichtig. Ist noch Kaffee da? Ich könnte jetzt eine Tasse zum Aufwärmen vertragen."

„Der schmeckt wohl nicht mehr. Ich koche lieber frischen. Das geht rasch."

„Wenn es Ihnen nichts ausmacht?"

„Nein, gar nicht. Ich glaube, ich kann selbst einen gebrauchen."

„Vielen Dank! Ich bringe schnell meine Jacke nach oben und mache mich frisch, dann komme ich wieder herunter."

Er lächelte ihr zu, als er aus der Küche ging. Adrienne atmete langsam aus, und erst da wurde ihr bewusst, dass sie den Atem angehalten hatte. Während er oben war, mahlte sie Kaffeebohnen, wechselte den Filter und setzte die Maschine in Gang. Dabei hörte sie Paul die ganze Zeit in dem Zimmer über der Küche hantieren.

Sie hatte zwar gewusst, dass sie an dem Wochenende vermutlich nur einen einzigen Gast haben würde, aber sie hatte nicht darüber nachgedacht, wie seltsam es ihr vorkommen würde, mit ihm allein im Haus zu sein. Sie wurde das Gefühl nicht los, dass sie in das Leben eines anderen Menschen geschlüpft war, dessen Regeln sie nicht genau kannte.

Sie schenkte sich eine Tasse Kaffee ein, goss den Rest in die Silberkanne und trug diese gerade ins Wohnzimmer, als sie Paul die Treppe herunterkommen hörte. „Genau rechtzeitig!", rief sie. „Der Kaffee ist fertig. Soll ich Feuer machen?"

Paul kam ins Zimmer und schenkte sich ein. Dabei roch sie sein Rasierwasser.

„Nein, das ist nicht nötig. Es ist warm genug. Später vielleicht."

Sie nickte und trat einen Schritt zurück. „Wenn Sie noch etwas brauchen – ich bin in der Küche."

„Ach, ich dachte, Sie würden auch eine Tasse Kaffee trinken?"

„Ich habe mir schon genommen. Meine Tasse steht in der Küche."

Er sah auf. „Setzen Sie sich nicht zu mir?“ Seine Frage klang so erwartungsvoll, als wollte er tatsächlich, dass sie blieb.

Sie zögerte. Jean fiel es leicht, Konversation zu machen, aber sie konnte das nicht so gut. Andererseits fühlte sie sich von seinem Angebot geschmeichelt. „Warum nicht?“, sagte sie. „Ich hole meine Tasse.“

Als sie wieder ins Zimmer kam, saß Paul in einem der Schaukelstühle beim Kamin. Mit den Schwarz-Weiß-Fotografien an der Wand, die das Leben auf den Outer Banks in den Zwanzigerjahren darstellten, und dem langen Bücherbord war das Wohnzimmer immer ihr Lieblingsraum in diesem Haus gewesen. An der Schmalseite boten zwei Fenster einen Blick aufs Meer. Neben dem Kamin waren Holzscheite aufgeschichtet, und ein Kasten mit Anfeuerholz stand auch dabei.

Paul stellte seine Tasse auf dem Knie ab, schaukelte sanft hin und her und genoss den Blick. Der Wind wirbelte Sand durch die Luft. Nebel tauchte die Welt in ein Dämmerlicht.

Adrienne setzte sich in den Sessel neben ihm, blickte schweigend nach draußen und versuchte ihre Nervosität zu beherrschen.

Paul wandte sich zu ihr um. „Meinen Sie, der Sturm wird uns morgen wegwehen?“, fragte er.

Sie fuhr sich mit der Hand durchs Haar. „Das glaube ich nicht. Dieses Haus steht hier seit sechzig Jahren und hat bisher allen Stürmen standgehalten.“

„Waren Sie denn schon einmal bei Sturm hier? Bei einem großen, meine ich, wie der, der für morgen erwartet wird?“

„Ich nicht, aber Jean. Es kann also nicht ganz so schlimm sein. Andererseits ist sie hier aufgewachsen – vielleicht ist sie daran gewöhnt.“

Paul musterte sie, während sie sprach. Sie war ein paar Jahre jünger als er. Ihr hellbraunes Haar war schulterlang und leicht gewellt. Sie war nicht dünn, aber auch nicht dick, und obwohl ihre Figur nicht dem gängigen Ideal im Fernsehen und in den Zeitschriften entsprach, fand er sie anziehend. Sie hatte eine nicht ganz gerade Nase und kleine Fältchen um die Augen.

„Jean ist eine Freundin von Ihnen, sagten Sie?“

„Schon seit vielen Jahren. Wir haben uns auf dem College ein Zimmer geteilt und sind seither in Verbindung geblieben. Früher war dies das Wohnhaus ihrer Großeltern, und Jeans Eltern haben es zu einer Pension umgebaut. Nachdem Sie sich bei ihr angemeldet hatten, bat sie mich, für sie einzuspringen, weil sie zu einer Hochzeit gefahren ist.“

„Also wohnen Sie nicht hier?“

„Nein, ich lebe in Rocky Mount. Kennen Sie das?“

„Sehr gut. Auf meinen Fahrten nach Greenville bin ich immer durch den Ort gekommen."

Adrienne nahm einen Schluck Kaffee. „Es geht mich nichts an, ich weiß", sagte sie. „Aber darf ich Sie fragen, was Sie hierher führt? Sie müssen natürlich nicht antworten – ich bin einfach nur neugierig."

Paul setzte sich etwas aufrechter hin. „Ich muss hier mit jemandem reden."

„Da haben Sie aber eine lange Fahrt gemacht, nur um sich mit jemandem zu unterhalten."

„Es blieb mir nichts anderes übrig. Er wollte mich persönlich treffen." Seine Stimme klang angespannt und distanziert, und einen Augenblick lang schien er in Gedanken versunken. In der Stille konnte Adrienne das Knattern der Fahne vor dem Haus hören.

Paul stellte seine Kaffeetasse auf den Tisch zwischen ihnen. „Und was machen Sie?", fragte er. Seine Stimme hatte wieder einen wärmeren Klang. „Wenn Sie nicht gerade die Pension Ihrer Freundin hüten, meine ich."

„Ich arbeite in einer Bibliothek."

„Wirklich? Sie sehen nicht alt genug aus, um Bibliothekarin zu sein. In unserer Bücherei sind alle über sechzig."

Sie lächelte. „Ich habe nur eine Teilzeitstelle. Mit meinen drei Kindern bin ich vor allem als Mutter beschäftigt."

„Wie alt sind Ihre Kinder?"

„Achtzehn, siebzehn und fünfzehn." Adrienne merkte, wie sie sich langsam entspannte. „Und Sie? Haben Sie auch Kinder?"

„Nur eines. Einen Sohn." Für einen Moment senkte er die Augen, aber dann blickte er Adrienne wieder an. „Er ist Arzt in Ecuador."

„Lebt er dort?"

„Zurzeit ja. Er arbeitet für eine Hilfsorganisation in einer Klinik in der Nähe von Esmeraldas."

„Sie müssen stolz auf ihn sein."

„Das bin ich auch." Er schwieg einen Augenblick. „Aber um ehrlich zu sein, die Neigung hat er eher von meiner Frau – vielmehr von meiner Exfrau. Sie hat aus ihm gemacht, was er ist, nicht ich."

Adrienne lächelte. „Das ist schön."

„Was ist schön?"

„Dass Sie trotzdem ihre guten Eigenschaften würdigen. Obwohl Sie geschieden sind, meine ich. Ich höre das nicht oft bei Paaren, die sich getrennt haben. Gewöhnlich reden die Menschen nur von den schlechten Seiten ihrer früheren Partner."

Paul hätte gern gewusst, ob sie aus persönlicher Erfahrung sprach. „Erzählen Sie mir von Ihren Kindern, Adrienne! Wofür interessieren sie sich?“

Sie trank noch einen Schluck Kaffee. Wie seltsam es sich anfühlte, wenn er ihren Namen sagte!

„Meine Kinder? Also, was soll ich sagen … Matt hat als Quarterback beim Football angefangen und ist jetzt Verteidiger beim Basketball, Amanda spielt sehr gern Theater und hat gerade die Hauptrolle in der West Side Story bekommen. Und Dan … na ja, zurzeit spielt Dan auch Basketball, aber nächstes Jahr möchte er vielleicht anfangen zu ringen.“

Paul zog die Augenbrauen hoch. „Ich bin beeindruckt.“

„Na ja, all das hat ihre Mutter aus ihnen gemacht“, sagte sie selbstbewusst.

„Das überrascht mich keineswegs.“

Sie lächelte. „Natürlich sind das nur ihre guten Seiten. Würde ich Ihnen von ihren Launen erzählen oder Ihnen ihre unordentlichen Zimmer zeigen, würden Sie mich wahrscheinlich für eine schreckliche Mutter halten.“

„Das bezweifle ich. Ich würde einfach denken, dass Sie ein Haus voller Teenager haben.“

„Wollen Sie damit sagen, dass Ihr Sohn, der verantwortungsbewusste Arzt, auch solche Phasen durchlaufen hat?“

„Ich bin mir sicher, dass es so war.“

„Aber Sie wissen es nicht genau?“

„Um ehrlich zu sein: nein. Ich war nicht oft genug bei meiner Familie. Es hat in meinem Leben eine Zeit gegeben, da habe ich zu viel gearbeitet.“

Als sie merkte, wie schwer es ihm fiel, das zuzugeben, fragte sie sich, warum er es ihr überhaupt erzählte. Bevor sie länger darüber nachdenken konnte, klingelte das Telefon, und sie drehten sich beide danach um.

„Entschuldigen Sie“, sagte sie und erhob sich.

Er sah ihr nach und fand erneut, dass sie sehr attraktiv war. Auch wenn sein Beruf ihn mit den Jahren in eine andere Richtung geführt hatte, war Paul eigentlich immer schon weniger am Äußeren eines Menschen interessiert gewesen als an den unsichtbaren Dingen wie Freundlichkeit und Aufrichtigkeit, Humor und Empfindsamkeit. Adrienne besaß all diese Eigenschaften, dessen war er sich sicher. Allerdings waren sie, so vermutete er, lange Zeit nicht gewürdigt worden.

Ihm war aufgefallen, wie nervös sie war, als sie sich zu ihm setzte, und das fand er seltsam liebenswert. Allzu oft, besonders in seinem Beruf, schienen die Menschen es darauf anzulegen, Eindruck zu machen. Sie bemühten sich, die richtigen Antworten zu geben, und wollten ständig zeigen, was sie konnten. Bei Adrienne war das offenbar nicht so.

Außerdem tat es ihm gut, musste er sich eingestehen, mit jemandem zu reden, der ihn nicht kannte. In den letzten Monaten war er viel allein gewesen oder hatte Fragen über sein Wohlergehen abwehren müssen. Irgendwann war er es leid gewesen zu erklären, dass er wusste, was er tat, und dass er zu seiner Entscheidung stand.

Adrienne gab ihm irgendwie das Gefühl, dass sie das, was mit ihm geschah, verstand. Woran das lag, konnte er nicht erklären. Aber dass es so war, stand für ihn fest.

ADRIENNE war noch am Telefon, als Paul seine leere Tasse in die Küche trug. Sie lehnte an der Theke und zwirbelte eine Haarsträhne zwischen den Fingern. Er bemerkte, dass sie im Begriff war, das Gespräch zu beenden.

„Ja, deinen Zettel habe ich gefunden … Ja, er ist schon hier …“

Dann sagte sie für eine Weile nichts, und als sie wieder sprach, senkte sie die Stimme: „Sie bringen es schon den ganzen Tag in den Nachrichten … Scheint ziemlich schlimm zu werden … Ach, gut … Unter dem Haus? … Ja, klar kann ich das … Mach ich gern … Viel Spaß bei der Hochzeit … Bis bald!“

Paul stellte gerade seine Tasse ins Spülbecken, als sie sich umdrehte.

„Das brauchen Sie doch nicht“, sagte sie.

„Ich weiß, aber ich wollte sowieso kommen und fragen, was es zum Abendessen gibt.“

„Haben Sie Hunger?“

Er drehte den Wasserhahn auf. „Ein bisschen schon. Aber wir können noch warten, wenn Ihnen das lieber ist.“

„Nein, ich bekomme auch langsam Hunger.“ Als sie sah, was er vorhatte, sagte sie: „Lassen Sie mich das machen! Sie sind hier Gast.“

Paul ging zur Seite und ließ Adrienne ans Spülbecken treten. Sie spülte die Tassen und die Kanne aus und sagte: „Heute Abend können Sie wählen: Hühnchen, Steak oder Pasta mit Sahnesoße. Ich richte mich nach Ihren Wünschen.“ Sie sah auf und lachte. „Das, was Sie heute nicht essen, bekommen Sie dann ohnehin morgen vorgesetzt. Ich weiß nämlich nicht, ob wir am Wochenende ein Geschäft finden, das geöffnet ist.“

„Mir ist alles recht. Entscheiden Sie!“

„Hühnchen? Es ist schon aufgetaut.“

„Gut.“

„Ich dachte, ich mache Kartoffeln und grüne Bohnen dazu."

„Hört sich prima an."

Adrienne trocknete sich die Hände an einem Küchentuch ab. Sie nahm die Schürze, die über dem Griff der Ofentür hing, band sie sich um und fuhr fort: „Hätten Sie Lust auf einen Salat?"

„Wenn Sie Salat möchten? Wenn nicht, ist es mir auch so recht."

Sie lächelte. „Meine Güte, Sie haben nicht übertrieben, als Sie sagten, Sie seien nicht anspruchsvoll."

„Mein Grundsatz ist: Solange ich es nicht kochen muss, esse ich fast alles."

„Sie kochen nicht gern?"

„Ich brauchte nie zu kochen. Martha – meine Exfrau – hat dauernd neue Rezepte ausprobiert. Und seit sie ausgezogen ist, esse ich fast jeden Abend auswärts."

„Messen Sie meine Gerichte bitte nicht an der Küche eines Restaurants! Ich kann kochen, aber ich bin keine Köchin. Im Allgemeinen sind meine Söhne mehr an Quantität als an Originalität interessiert."

„Ich bin mir sicher, dass es ausgezeichnet schmecken wird. Und ich kann Ihnen gern helfen."

Adrienne sah ihn an. Sein Angebot überraschte sie. „Nur wenn Sie mögen. Wenn Sie lieber in Ihr Zimmer gehen oder etwas lesen wollen, rufe ich Sie, wenn es so weit ist."

Er schüttelte den Kopf. „Ich habe nichts zu lesen dabei, und wenn ich mich jetzt hinlege, kann ich die ganze Nacht nicht schlafen."

Sie zögerte einen Moment. Schließlich zeigte sie auf die Tür am anderen Ende der Küche. „Also gut … danke. Sie können gern die Kartoffeln schälen. Sie liegen in der Speisekammer, zweites Brett, neben dem Reis."

Während Adrienne den Kühlschrank öffnete und das Hühnchen herausholte, sah sie ihm aus den Augenwinkeln nach. Sie fand es nett, aber auch ein bisschen verwirrend, dass er ihr in der Küche helfen wollte. Es erzeugte eine Nähe, die ihr irgendwie unbehaglich war.

„Gibt es etwas zu trinken?", fragte Paul hinter ihr. „Im Kühlschrank, meine ich."

Adrienne schob ein paar Sachen im untersten Fach zur Seite. Dahinter lagen drei Flaschen Wein, die von einem Glas Essiggurken daran gehindert worden waren herauszurollen. „Mögen Sie Wein?"

„Was für einen haben Sie denn?"

Adrienne legte das Huhn auf die Arbeitsfläche und nahm eine der Flaschen heraus. „Es ist ein Pinot Grigio. Ist das in Ordnung?"

Paul kam mit den Kartoffeln durch die Küche, legte sie ebenfalls auf die Arbeitsfläche und nahm die Flasche. Adrienne sah zu, wie er das Etikett studierte und dann aufblickte.

„Klingt gut. Er soll ein Bouquet von Äpfeln und Orangen haben, das kann ja nicht schlecht sein. Wissen Sie, wo ich einen Korkenzieher finden kann?"

„Ich glaube, in einer der Schubladen habe ich einen gesehen. Ich schau noch mal nach." Sie zog eine Schublade nach der anderen auf und hatte erst bei der dritten Glück.

Als sie ihm den Korkenzieher reichte, streifte sie seine Finger. Mit wenigen raschen Bewegungen zog er den Korken heraus und legte ihn weg. Im Hängeschrank neben dem Herd standen Gläser. Paul nahm eins heraus. Dann zögerte er.

„Möchten Sie, dass ich Ihnen auch ein Glas einschenke?"

„Warum nicht?" Noch immer spürte sie seine Berührung.

Paul goss zwei Gläser ein. Er roch an dem Wein und trank dann einen Schluck, und Adrienne tat es ihm nach. „Na, wie finden Sie ihn?", fragte er.

„Schmeckt gut."

„Finde ich auch." Er schwenkte den Wein im Glas. „Besser, als ich gedacht hatte."

Adrienne fühlte sich plötzlich bedrängt und trat einen Schritt zurück. „Ich werde mal mit dem Hühnchen beginnen."

„Das ist wohl das Signal für mich, mit meiner Arbeit anzufangen."

Als Adrienne die Bratenschüssel unter dem Ofen hervorholte, stellte Paul sein Glas ab und trat ans Spülbecken. Er drehte das Wasser auf und seifte sich die Hände ein. Ihr fiel auf, dass er sowohl die Handflächen als auch die Handrücken wusch und dann nacheinander die Finger. Sie schaltete den Ofen an, stellte die gewünschte Temperatur ein und hörte, wie das Gas ansprang.

„Gibt es einen Kartoffelschäler?", fragte er.

„Ich habe vorhin keinen finden können, Sie werden sich mit einem Küchenmesser begnügen müssen. Geht das?"

Paul lachte leise. „Ich denke, damit komme ich zurecht. Wissen Sie, ich bin Chirurg."

Kaum hatte er das gesagt, wurde ihr alles klar: die Intensität seines Blickes, die Art, wie er sich die Hände wusch. Sie fragte sich, warum sie nicht gleich daran gedacht hatte. Paul stellte sich neben sie und fing an, die Kartoffeln zu waschen.

„Haben Sie Ihre Praxis in Raleigh?", fragte sie.

„Ich *hatte* sie da, ja. Letzten Monat habe ich sie verkauft."

„Setzen Sie sich zur Ruhe?"

„Gewissermaßen. Ich bin auf dem Weg zu meinem Sohn."

„Nach Ecuador?"

„Wenn er mich gefragt hätte, hätte ich Südfrankreich empfohlen, aber ich glaube nicht, dass er auf mich gehört hätte."

Sie lächelte. „Das tun Kinder doch nie."

„Das stimmt. Ich habe auch nicht auf meinen Vater gehört."

Einen Moment sprach keiner von beiden. Adrienne würzte das Hühnchen mit verschiedenen Kräutern, Paul begann die Kartoffeln zu schälen. „Es klang, als sei Jean besorgt wegen des Sturms", meinte er schließlich.

Sie warf ihm einen Blick zu. „Wie kommen Sie darauf?"

„Sie waren plötzlich so still am Telefon. Vermutlich hat sie Ihnen gesagt, worauf Sie im Haus achten müssen."

„Sie haben eine gute Kombinationsgabe."

„Ist das, was Sie machen müssen, schwierig? Ich meine, ich gehe Ihnen gern zur Hand, wenn Sie Hilfe brauchen."

„Seien Sie vorsichtig – es könnte sein, dass ich darauf zurückkomme. Bei uns war es mein früherer Mann, der gut mit dem Hammer umgehen konnte, nicht ich. Besonders begabt war er allerdings auch nicht."

„Ich war schon immer der Meinung, dass diese Fähigkeit überbewertet wird." Paul legte die erste Kartoffel auf das Schneidebrett und nahm die nächste. „Ich hoffe, es stört Sie nicht, wenn ich Sie frage, aber – wie lange sind Sie schon geschieden?"

Sie war sich nicht sicher, ob sie darüber sprechen wollte. Zu ihrer eigenen Überraschung antwortete sie trotzdem.

„Seit drei Jahren. Aber er ist schon im Jahr davor ausgezogen."

„Und die Kinder leben bei Ihnen?"

„Meistens. Im Moment haben sie Ferien und sind bei ihrem Vater zu Besuch. Wie lange ist es bei Ihnen her?"

„Erst ein paar Monate. Im letzten Oktober wurde das Urteil rechtskräftig. Sie war auch schon ein Jahr vorher ausgezogen."

„Ihre Frau hat Sie verlassen?"

Paul nickte. „Ja, aber es war eher meine Schuld als ihre. Ich war kaum zu Hause, und sie hatte keine Lust mehr, das zu ertragen. Ich an ihrer Stelle hätte es vielleicht genauso gemacht."

Adrienne dachte über seine Antwort nach und fand, dass der Mann, der neben ihr stand, kaum dem Mann ähnelte, den er soeben beschrieben hatte. „Was für eine Art von Chirurg waren Sie?"

Er sagte es ihr, und sie blickte erstaunt auf. Paul sprach hastig weiter, als wollte er ihren Fragen zuvorkommen. „Ich habe damit angefangen, weil ich das Ergebnis meiner Tätigkeit sehen wollte und weil eine Menge Befriedigung darin liegt, anderen zu helfen. Anfangs habe ich hauptsächlich Unfallopfer oder Babys mit Geburtsschäden operiert. Doch in den letzten Jahren hat sich das geändert. In den letzten sechs Monaten habe ich mehr Nasenkorrekturen gemacht, als ich je für möglich gehalten hätte."

„Was müsste wohl an mir operiert werden?", fragte sie in leichtem Ton.

Er schüttelte den Kopf. „Überhaupt nichts."

„Nein, im Ernst!"

„Ich meine es ernst. Ich würde nichts verändern."

„Wirklich nicht?"

Er hob zwei Finger. „Großes Pfadfinderehrenwort."

„Waren Sie mal Pfadfinder?"

„Nein."

Sie lachte, merkte aber, wie ihre Wangen rot wurden. „Trotzdem – danke."

Als das Hühnchen fertig vorbereitet war, schob Adrienne es in den Ofen, stellte die Uhr ein und wusch sich die Hände. Paul ließ Wasser über die Kartoffeln laufen und legte sie neben das Spülbecken.

„Was jetzt?"

„Im Kühlschrank sind Tomaten und eine Gurke für den Salat."

Paul ging um sie herum, öffnete den Kühlschrank und holte die Sachen heraus. Wieder roch Adrienne sein Rasierwasser.

„Wie war es, in Rocky Mount groß zu werden?", fragte er.

Adrienne wusste nicht gleich, was sie antworten sollte, aber nach einer Weile erzählte sie in munterem und entspanntem Ton Geschichten von ihren Eltern, von dem Pferd, das ihr Vater ihr gekauft hatte, als sie zwölf war, und wie sie es gemeinsam versorgt hatten. Sie erzählte begeistert von ihrer Zeit am College und davon, dass sie Jack gegen Ende ihres ersten Studienjahres bei einer Party kennen gelernt hatte. Sie brach ab und begann von ihren Kindern zu sprechen – über ihre Scheidung wollte sie lieber nicht reden.

Während sie sprach, bereitete Paul den Salat vor. Zwischendurch stellte er immer wieder Fragen, die ihr zeigten, dass ihre Geschichten ihn wirklich interessierten. Ihr lebhaftes Mienenspiel bei den Episoden über ihre Kinder brachte ein Lächeln auf sein Gesicht.

Die Dämmerung zog auf, und die Schatten streckten sich immer länger durch das Zimmer. Adrienne deckte den Tisch, und Paul goss ihnen beiden noch ein Glas Wein ein. Als das Hühnchen fertig war, setzten sie sich an den Tisch.

Während des Essens war es Paul, der am meisten redete. Er erzählte Adrienne von seiner Kindheit auf der Farm, schilderte die Schikanen an der medizinischen Fakultät und sprach von seinen früheren Besuchen auf den Outer Banks. Als er von seinem Vater redete, wollte Adrienne ihm schon fast von ihrem Vater erzählen, besann sich aber im letzten Moment anders. Größtenteils berührte ihr Gespräch nur die Oberfläche der Dinge, denn sie waren beide nicht bereit, mehr in die Tiefe zu gehen.

Nach dem Essen merkten sie, dass der Wind mittlerweile zu einer leichten Brise abgeflaut war. Die Wolken ballten sich in der Ruhe vor dem Sturm zusammen. Paul stellte das Geschirr zusammen, und Adrienne verstaute das, was von der Mahlzeit übrig geblieben war, im Kühlschrank. Die Flut nahte, und als am Horizont die ersten Blitze aufleuchteten, war es, als mache jemand Fotos in der Absicht, diesen Abend für immer festzuhalten.

NACHDEM Paul Adrienne beim Abräumen geholfen hatte, deutete er mit dem Kopf auf die Tür nach draußen. „Hätten Sie Lust, mich auf einem kleinen Spaziergang am Strand entlang zu begleiten?“

„Ist es nicht ein bisschen kalt dafür?“

„Vermutlich schon. Aber es könnte gut sein, dass dies für die nächsten paar Tage die letzte Gelegenheit zu einem Strandspaziergang ist.“

Sie warf einen Blick aus dem Fenster. Eigentlich sollte sie abwaschen und die Küche aufräumen, aber das eilte schließlich nicht.

„Gut“, sagte sie. „Ich hole nur schnell meine Jacke.“

Adrienne bewohnte ein Zimmer, das von der Küche aus zu erreichen war. Es war größer als die anderen Zimmer im Haus und hatte ein eigenes Badezimmer, in dessen Mitte eine große Sprudelwanne stand. Jedes Mal wenn Adrienne in den letzten Jahren Jean angerufen hatte, weil sie sich schlecht fühlte, empfahl ihr die Freundin, ein Bad zu nehmen. „Das ist genau das, was du jetzt brauchst – ein ausgedehntes, entspannendes heißes Bad“, sagte sie stets, ohne zu bedenken, dass die drei Kinder ständig die Badezimmer im Haus belegten.

Adrienne nahm ihre Jacke aus dem Schrank und griff auch nach dem Schal. Während sie ihn sich um den Hals wickelte, warf sie einen Blick auf die Uhr und stellte überrascht fest, wie schnell die Stunden vergangen waren. Als sie wieder in die Küche kam, wartete Paul schon auf sie.

„Sind Sie so weit?“, fragte er.

Sie stellte den Kragen ihrer Jacke hoch. „Gehen wir. Aber ich muss

Sie warnen: Ich schätze die Kälte nicht besonders. Mein südländisches Blut ist ein bisschen dünn."

„Wir bleiben nicht lange draußen. Versprochen!"

Er lächelte, als er zur Tür hinaustrat, und Adrienne schaltete die Außenbeleuchtung an, sodass die Stufen gut zu sehen waren. Sie gingen nebeneinander durch die niedrigen Dünen bis zu dem festen Sand unten beim Wasser.

Es war ein ungewöhnlich schöner Abend. Die salzige Luft war klar und frisch. Am Horizont flackerten in regelmäßigen Abständen Blitze und beleuchteten die Wolken.

„Haben Sie solche Blitze schon einmal gesehen?", fragte Paul. „Ich könnte mir vorstellen, dass der Sturm schlimmer wird als vorhergesagt."

„Hoffentlich täuschen Sie sich."

„Das kann natürlich sein." Er zuckte mit den Schultern. „Wenn ich gewusst hätte, dass es ein Unwetter geben soll, hätte ich versucht, meine Reise zu verlegen."

„Warum?"

„Ich mag keine Stürme. Erinnern Sie sich an den Hurrikan Hazel? Das war 1954."

„Sicher, aber damals war ich noch ziemlich jung. Und Rocky Mount war nicht so stark betroffen."

„Da hatten Sie Glück. Ich war damals einundzwanzig und Student an der Duke University. Als wir hörten, dass ein Sturm angesagt war, verfielen ein paar Typen vom Geländelaufteam auf die Idee, dass es eine gute Erfahrung in Sachen Teamgeist sein könnte, wenn wir zum Wrightsville Beach fahren und eine Hurrikanparty feiern würden. Ich wollte nicht mitmachen, aber da ich Captain war, bin ich aus Pflichtgefühl mitgefahren."

„Ist der Sturm nicht dort am stärksten gewesen?"

„Nicht genau da, aber ziemlich in der Nähe. Als wir ankamen, hatten die meisten Menschen die Insel verlassen, aber wir waren jung und dumm und fuhren trotzdem hin. Anfangs machte es noch irgendwie Spaß. Wir haben uns abwechselnd in den Wind gelehnt und versucht, das Gleichgewicht zu halten. Wir verstanden gar nicht, warum alle anderen so ein Theater machten. Nach ein paar Stunden stürmte es so heftig, dass wir keine Spiele mehr machen konnten, und es regnete in Strömen, sodass wir beschlossen, wieder nach Durham zu fahren. Aber wir kamen nicht mehr von der Insel fort. Die Brücken waren geschlossen worden, als der Sturm eine Geschwindigkeit von achtzig Stundenkilometern erreicht hatte, und wir saßen fest. Um zwei Uhr mittags stürzten die ersten Bäume um, Dächer wurden weggerissen, und wohin man blickte, flogen Gegenstände durch die Luft, die uns hätten erschlagen können. Sie können sich gar nicht vorstellen, wie laut es war. Der Regen trommelte auf das Autodach, und die Sturmböen schüttelten den Wagen. Es war Flut und dazu Vollmond, und die Wellen, die an Land krachten, waren die größten, die ich je gesehen hatte. Im Laufe der Nacht wurden vier Häuser vom Meer weggerissen. Manche von uns beteten, aber sonst sprachen wir die ganze Nacht über kein Wort. Es war das Dümmste, was ich je gemacht habe."

Während er sprach, hatte Adrienne nicht einen Moment den Blick von ihm gewandt. „Sie hatten Glück, dass Sie überlebt haben."

„Ich weiß."

Am Strand entstand durch die gewaltigen Wellen ein Schaum, der das Meer wie die Badewanne eines Riesen aussehen ließ.

„Ich habe diese Geschichte noch nie jemandem erzählt", sagte Paul.

„Warum nicht?"

„Weil es … weil sie so untypisch für mich ist! Nie zuvor hatte ich etwas derart Riskantes getan und danach auch nicht mehr. Es ist fast so, als wäre das Ganze einem anderen passiert."

Während sie auf dem festen Sand weitergingen, blickte Adrienne zu den Häusern jenseits der Dünen hinüber. Es waren keine Lichter zu sehen, und Rodanthe kam ihr wie eine Geisterstadt vor.

„Darf ich Ihnen etwas sagen?", fragte sie. „Ich meine, ich möchte nicht, dass Sie mich missverstehen."

„Ich geb mir Mühe."

Sie gingen ein paar Schritte weiter, während Adrienne nach den richtigen Worten suchte.

„Also … wenn Sie von sich sprechen, dann ist es fast so, als würden Sie von jemand anders erzählen. Sie sagen, dass Sie zu viel gearbeitet haben, aber solche Leute verkaufen nicht ihre Praxis und gehen nach Ecuador. Sie sagen, Sie haben keine verrückten Sachen gemacht, aber dann erzählen Sie mir eine Geschichte, in der Sie doch etwas Verrücktes getan haben. Irgendwie verstehe ich das nicht ganz."

Paul zögerte. Er brauchte sich vor niemandem zu rechtfertigen, aber mit einem Mal wollte er, dass sie ihn kennen lernte – in all seiner Widersprüchlichkeit.

„Sie haben Recht", bestätigte er, „ich spreche auch von zwei verschiedenen Menschen. Früher war ich Paul Flanner, der unermüdlich arbeitende Kerl, der es zum Chirurgen gebracht hat. Der Ehemann und Vater, Besitzer eines großen Hauses in Raleigh. Aber jetzt bin ich all das nicht mehr. Jetzt versuche ich herauszufinden, wer dieser Paul Flanner in Wahrheit ist, und wenn ich ehrlich sein soll, beginne ich daran zu zweifeln, dass ich die Antwort je finden werde."

„Ich glaube, dieses Gefühl hat jeder mal. Aber die wenigsten kämen dadurch auf die Idee, nach Ecuador zu gehen."

„Glauben Sie, dass ich deshalb dorthin will?"

„Nein", antwortete sie. „Ich glaube, Sie wollen dorthin, weil Sie Ihren Sohn kennen lernen möchten."

Sie registrierte seinen überraschten Gesichtsausdruck.

„Es war nicht schwer, darauf zu kommen", erklärte sie. „Sie haben ihn den ganzen Abend über kaum erwähnt. Aber wenn Sie glauben, dass Ihre Reise hilfreich ist, finde ich es gut, dass Sie hinfahren."

Er lächelte. „Da sind Sie die Erste. Selbst Mark war nicht allzu begeistert, als ich ihm davon erzählte."

„Er wird sich damit abfinden."

„Meinen Sie?"

„Jedenfalls sage ich mir das immer, wenn ich mit meinen Kindern Ärger habe."

Paul lachte kurz auf und deutete über seine Schulter zurück. „Möchten Sie umkehren?", fragte er.

„Ich hatte gehofft, dass Sie das vorschlagen würden. Meine Ohren werden schon kalt."

Sie gingen neben ihren eigenen Fußspuren her zurück. Der Mond war zwar nicht sichtbar, doch die Wolken davor schimmerten silbern. Ganz weit entfernt hörten sie das erste Grollen des Donners.

„Was für ein Mensch ist Ihr Exmann?"

„Jack?" Sie zögerte und überlegte, ob sie dem Thema ausweichen sollte, doch dann fand sie, es sei nicht nötig. „Er ist ganz anders als Sie", sagte sie schließlich. „Jack hat sich längst gefunden – leider mithilfe einer anderen Frau, während wir noch verheiratet waren."

„Das tut mir Leid."

„Mir auch. Vielmehr *tat* es mir Leid. Jetzt versuche ich, nicht darüber nachzudenken."

Paul musste an die Tränen denken, die er am Nachmittag gesehen hatte. „Gelingt Ihnen das immer?"

„Nein, aber ich gebe mir Mühe. Na ja, was soll ich auch sonst tun?"

„Sie könnten nach Ecuador gehen."

Sie verdrehte die Augen. „Ja, das wäre echt super! Ich fahre nach Hause und sage einfach: Tut mir Leid, Kinder, jetzt müsst ihr sehen, wie ihr zurechtkommt. Mom ist für eine Weile verreist." Sie schüttelte den

Kopf. „Nein, für die nächste Zeit sitze ich ziemlich fest. Im Moment brauchen die Kinder so viel Stabilität wie möglich.“

„Das hört sich an, als wären Sie eine gute Mutter.“

„Ich bemühe mich. Meine Kinder sind allerdings nicht immer dieser Meinung.“

„Trösten Sie sich – wenn Ihre Kinder einmal selbst Kinder haben, können Sie sich rächen.“

„Das habe ich auch fest vor. Manchmal lege ich mir schon die Sätze zurecht: Möchtest du vorm Essen noch ein paar Chips? Natürlich brauchst du dein Zimmer nicht aufzuräumen! Und du darfst selbstverständlich so lange aufbleiben, wie du willst …“

Paul schmunzelte und stellte insgeheim fest, wie sehr ihm die Unterhaltung gefiel. Wie sehr *sie* ihm gefiel. Im silbrigen Licht des nahenden Sturms sah sie schön aus, und er fragte sich, wie ihr Mann sie nur hatte verlassen können.

Langsam näherten sie sich der Pension, beide in Gedanken versunken. Die Nachtluft war erfrischend, Schatten breiteten sich aus, bewegten sich und bildeten beinah erkennbare Figuren, bevor sie wieder verschwanden. Das Meer war ein einziger schäumender Strudel.

Adrienne wurde sich mit jedem Schritt sicherer, dass sie mehr Zeit mit Paul verbringen wollte. So seltsam war das gar nicht, oder? Er war einsam und sie auch, zwei Reisende, die sich an einem verlassenen Strand in einer Ortschaft am Meer getroffen hatten.

Als sie kurz darauf beim Haus ankamen, gingen sie in die Küche und zogen sich die Jacken aus. Adrienne hängte ihre an einen der Kleiderhaken neben der Tür und den Schal darüber. Paul hängte seine Jacke neben ihre.

Adrienne hob die Hände zum Mund und hauchte hinein. Dann sah sie, dass Paul auf die Uhr blickte und anschließend den Blick in der Küche umherschweifen ließ, als ob er überlegte, den Abend zu beenden.

„Wie wär's mit etwas Warmem?“, fragte sie schnell. „Ich könnte uns einen koffeinfreien Kaffee kochen.“

„Gibt es auch Tee?“, fragte er.

„Ich glaube, ich habe vorhin welchen gesehen. Ich schaue mal nach.“

Sie öffnete den Schrank neben dem Spülbecken und schob ein paar Sachen darin zur Seite. Im zweiten Fach fand sie eine Schachtel Earl Grey, und als sie sich umdrehte und sie Paul zeigte, nickte er erfreut. Sie nahm den Kessel, füllte ihn mit Wasser und war sich Pauls Nähe überdeutlich bewusst. Als der Kessel pfiff, goss Adrienne Wasser in zwei Becher. Anschließend gingen sie zusammen ins Wohnzimmer.

Sie setzten sich wieder in die Schaukelstühle, doch ohne Tageslicht wirkte das Zimmer völlig anders. In der Dunkelheit schien es noch stiller, irgendwie intimer.

Sie tranken ihren Tee, und Adrienne begann plötzlich, Paul von ihrem Vater und von ihren Ängsten vor der Zukunft zu erzählen.

Paul hatte ähnliche Geschichten schon oft gehört. Aber bis zu diesem Moment waren sie nie mehr als das gewesen – Geschichten eben. Seine eigenen Eltern waren tot, und Marthas Eltern lebten in Florida und erfreuten sich bester Gesundheit.

„Gibt es irgendetwas, was ich für Sie tun kann?“, fragte er. „Ich kenne einige Spezialisten, die sich die Krankheitsgeschichte Ihres Vaters ansehen und überlegen könnten, wie ihm geholfen werden kann.“

„Danke für das Angebot, aber nein, ich war schon überall mit ihm. Seit dem letzten Schlaganfall ist er sehr beeinträchtigt. Auch wenn man seinen Zustand leicht verbessern könnte, glaube ich nicht, dass er ohne Pflege rund um die Uhr auskäme.“

„Was haben Sie dann vor?“

„Ich weiß es nicht. Ich hoffe, dass Jack bereit ist, einen Teil der Pflegekosten zu übernehmen. Er und mein Vater waren sich eine Zeit lang recht nahe, es wäre also denkbar. Wenn nicht, werde ich wohl eine Vollzeitstelle annehmen müssen, damit ich alles bezahlen kann.“

„Gibt es denn keine Unterstützung vom Staat?“

Kaum hatte Paul die Frage gestellt, wusste er auch schon die Antwort.

„Vielleicht hätte er Anspruch auf Unterstützung, aber die guten Häuser haben lange Wartelisten, und die meisten liegen ein paar Autostunden entfernt. Da könnte ich ihn nicht regelmäßig besuchen. Und ein weniger gut geführtes Haus möchte ich ihm nicht zumuten.“

Sie schwieg, ihr Gesichtsausdruck wurde weicher. „Sie würden ihn mögen, wenn Sie ihn kennen lernten. Selbst jetzt.“

„Das glaube ich gern. Aber würde er mich auch mögen?“

Adrienne lächelte. „Mein Dad mag jeden. Bevor er die Schlaganfälle hatte, kannte er kein größeres Vergnügen, als Leuten zuzuhören und herauszufinden, was sie dachten und taten. Er war unendlich geduldig, und deswegen öffneten sich die Menschen ihm schnell. Auch Fremde haben ihm Dinge anvertraut, die sie sonst niemandem erzählt hätten.“ Sie zögerte. „Soll ich Ihnen verraten, woran ich mich am deutlichsten erinnere?“

Paul hob leicht die Augenbrauen.

„Es ist etwas, was er immer zu mir gesagt hat, seit ich ein kleines Mädchen war. Ganz gleich, ob ich etwas gut oder schlecht gemacht hatte, ob ich traurig oder froh war – er hat mich immer in den Arm genommen und gesagt: ‚Ich bin stolz auf dich.'" Einen Moment lang war sie still. „Ich weiß nicht, warum, aber diese Worte haben mich immer berührt. Ich habe sie sicherlich tausende Male gehört, aber jedes Mal wenn er sie sagte, wusste ich, dass er mich lieb hatte, komme, was da wolle."

„Er muss ein besonderer Mensch sein."

„Das ist er auch", sagte sie und richtete sich in ihrem Stuhl auf. „Aber ich sitze hier und rede und rede ... Entschuldigung."

„Kein Grund, sich zu entschuldigen. Ich freue mich, dass Sie es mir erzählt haben."

Adrienne beugte sich leicht vor. „Was vermissen Sie am meisten, wenn Sie an Ihre Ehe denken?"

„Heißt das, dass wir nun das Thema wechseln?"

„Ich finde, dass Sie jetzt an der Reihe sind, etwas zu erzählen."

Paul seufzte gespielt und verdrehte die Augen zur Decke. „Also gut – was vermisse ich?" Er legte die Hände zusammen. „Ich glaube, ich vermisse die Gewissheit, dass jemand da ist, wenn ich nach Hause komme. Normalerweise kam ich spät heim, und manchmal war Martha schon im Bett. Aber dass sie da war, erschien mir selbstverständlich und beruhigend – so sollte es sein. Wie ist es bei Ihnen?"

Adrienne stellte ihren Becher auf den Tisch zwischen ihnen.

„Das Übliche: Ich vermisse jemanden, mit dem ich sprechen kann, der mit mir am Tisch sitzt, die flüchtigen Küsse am Morgen. Aber um ehrlich zu sein, bin ich mehr besorgt darüber, dass die Kinder etwas vermissen. Ich möchte nicht, dass meine Tochter denkt, alle Männer sind Schufte und verlassen ihre Familien. Aber wie soll ich ihr das Gegenteil vermitteln, wenn ihr eigener Vater das getan hat?"

„Das weiß ich nicht."

Adrienne schüttelte den Kopf. „Denken Männer eigentlich auch über solche Fragen nach?"

„Verantwortungsbewusste Männer schon. Wie bei allem."

„Wie lange waren Sie verheiratet?"

„Dreißig Jahre. Und Sie?"

„Achtzehn."

„Man sollte meinen, im Laufe dieser vielen Jahre hätten wir es herausgefunden."

„Was? Das Geheimnis, wie man für immer glücklich zusammenbleibt? Ich glaube, das gibt es nur im Märchen."

„Vermutlich haben Sie Recht."

Vom Flur drangen die Schläge der Standuhr zu ihnen herein. Als die

Uhr verstummte, rieb sich Paul den Nacken. „Ich glaube, ich ziehe mich jetzt zurück. Morgen geht der Tag früh los."

„Ich weiß", stimmte sie ihm zu, „ich wollte gerade dasselbe sagen."

Trotzdem standen sie nicht sofort auf, sondern blieben noch ein paar Minuten sitzen, umgeben von dem gleichen Schweigen, das sie auch am Strand verbunden hatte. Gelegentlich sah Paul zu Adrienne hinüber, wandte aber die Augen ab, bevor sie seinen Blick auffing.

Seufzend erhob sie sich schließlich von ihrem Stuhl und zeigte auf seinen Becher. „Ich nehme ihn mit in die Küche. Ich muss sowieso noch mal dorthin."

Mit einem Lächeln reichte er ihn ihr. „Ich habe den Abend sehr genossen."

„Ich auch."

Als er einen Moment später nach oben ging, sah Adrienne ihm nach. Dann drehte sie sich um und machte sich daran, alle Türen abzuschließen.

In ihrem Zimmer zog sie sich aus, öffnete ihren Koffer und suchte einen frischen Schlafanzug heraus. Plötzlich sah sie sich im Spiegel. Nicht übel – aber letzten Endes entsprach ihr Aussehen doch ihrem Alter. Paul war sehr freundlich gewesen, als er sagte, sie brauche keine Schönheitsoperation, fand sie. Es war lange her, dass jemand ihr das Gefühl gegeben hatte, attraktiv zu sein.

Sie zog den Schlafanzug an und legte sich ins Bett. In der Dunkelheit ließ sie den Abend noch einmal Revue passieren. Vor ihrem inneren Auge sah sie, wie sich seine Mundwinkel zu einem schiefen Lächeln verzogen, wenn sie etwas sagte, was ihn amüsierte. Eine gute Stunde lang wälzte sie sich hin und her und konnte nicht einschlafen. Davon, dass Paul Flanner in seinem Zimmer im ersten Stock genauso schlaflos im Bett lag, hatte sie keine Ahnung.

## Fünf

Obwohl Paul die Fensterläden geschlossen und die Vorhänge zugezogen hatte, wachte er am Freitag mit dem ersten Morgenlicht auf und musste sich erst eine Weile räkeln und seinen steif gewordenen Körper strecken. Dann stieß er die Fensterläden auf und ließ den Tag herein. Über dem Wasser schwebte ein dichter Dunst, und der Himmel war von einem metallenen Grau.

Gegen Abend wird der Sturm hier sein, dachte er, vielleicht schon am Nachmittag.

Er setzte sich auf die Bettkante und zog seine Joggingsachen an, darüber einen Anorak. Ein zweites Paar Socken nahm er als Fäustlinge mit. Als er die Treppe hinuntergestapft war, sah er sich erwartungsvoll um. Adrienne war noch nicht auf. Er spürte einen kleinen Stich der Enttäuschung und wunderte sich darüber. Kurz darauf setzte er sich draußen in Bewegung, erst langsam, damit sein Körper sich aufwärmen konnte, dann wurde er immer schneller.

Adrienne hatte ihn vom Schlafzimmer aus die knarrende Treppe herunterkommen hören. Sie setzte sich auf, warf die Bettdecke zurück und schlüpfte in ihre Hausschuhe. Dabei wünschte sie sich, sie hätte wenigstens schon Kaffee gemacht.

Langsam lockerten sich Pauls Muskeln und Gelenke, und er steigerte das Tempo. Es war ein wunderbarer Morgen zum Laufen. Dünne Nebelschwaden schwebten in der Morgendämmerung und bewegten sich wie in einer geisterhaften Prozession zwischen den Häusern hindurch. Er wäre gern am Strand gelaufen, weil ihm das nicht oft möglich war, aber er wollte den Lauf dazu nutzen, das Haus von Robert Torrelson zu finden. Er passierte die Ortsmitte, bog an der ersten Ecke ab und betrachtete aufmerksam seine Umgebung.

Rodanthe war ein altes Fischerdorf am Meer, ein Ort, in dem das moderne Leben erst spät Einzug gehalten hatte. Alle Häuser waren aus Holz, mit kleinen gepflegten Vorgärten und Beeten, aus denen im Frühling Blumen sprießen würden. In den Vorgärten lagen die Gegenstände, die in diesem Teil der Welt zum täglichen Leben gehörten: Boote, Bootsmotoren, Fischernetze, die als Dekoration benutzt wurden, Seile.

Beim Laufen sah Paul Rauch aus den Schornsteinen aufsteigen und beobachtete Männer und Frauen, die damit beschäftigt waren, ihre Fenster mit Holzlatten zu vernageln. Eifriges Hämmern erfüllte die Luft.

Er bog um die nächste Ecke, blickte auf das Straßenschild und lief weiter. Wenige Minuten später fand er die Straße, in der Robert Torrelson wohnte. Auch die Hausnummer hatte er sich gemerkt: Nummer 34.

Er lief an der Nummer achtzehn, dann an der zwanzig vorbei. Ein paar Menschen hielten in der Arbeit inne und blickten ihm ein wenig misstrauisch nach. Im nächsten Moment hatte er Torrelsons Haus erreicht.

Es war ein Haus wie die meisten anderen in der Straße auch, mindestens hundert Jahre alt, einstöckig und mit einem Blechdach. Auf der Veranda standen zwei Schaukelstühle einander leicht zugewandt. Um die Fenster herum war eine Weihnachtslichterkette angebracht.

Weiter hinten auf dem Grundstück befand sich ein kleiner Schuppen, dessen Türen offen standen. Darin entdeckte Paul zwei Werkbänke, auf denen Netze und Angelruten, Kisten und Werkzeuge lagen. Aus dem Schatten dahinter trat ein Mann mit einem Eimer heraus.

Paul war überrascht, jemanden zu sehen, und wandte sich rasch ab, bevor der Mann ihn bemerkte. Es war zu früh für einen Besuch, außerdem wollte er nicht in seinen Joggingsachen anklopfen. Also streckte er sein Kinn der Brise entgegen, bog im Lauftempo um die nächste Ecke und versuchte seinen Rhythmus wieder zu finden.

Das war nicht so leicht, denn das Bild von dem Mann blieb ihm im Kopf und machte ihn träge. Jeder Schritt war mühseliger als der davor. Trotz der Kälte stand Paul der Schweiß auf der Stirn, als er zu laufen aufhörte. Die letzten fünfzig Meter zur Pension ging er langsam, damit sein Körper sich abkühlte.

Von der Straße aus sah er, dass in der Küche Licht brannte. Er wusste, was das bedeutete, und lächelte.

WÄHREND Paul beim Laufen war, hatten Adriennes Kinder angerufen, und sie hatte mit jedem ein paar Minuten gesprochen. Kurz darauf, zur vollen Stunde, rief sie im Pflegeheim an.

Zwar konnte ihr Vater das Telefon nicht selbst abnehmen, aber sie hatte mit Gail, einer der Krankenschwestern, eine Zeit verabredet, und beim zweiten Klingeln nahm die Pflegerin ab.

„Pünktlich wie immer“, sagte Gail. „Gerade habe ich zu Ihrem Vater gesagt, dass Sie gleich anrufen werden.“

„Wie geht es ihm heute?“

„Er ist ein bisschen müde, aber sonst wohlauf. Warten Sie, ich lege ihm den Hörer ans Ohr, ja?“

Einen Moment später hörte Adrienne das heisere Atmen ihres Vaters.

„Hallo, Daddy“, sagte sie und plauderte mit ihm ein paar Minuten lang. Sie erzählte ihm von der Pension und dem Strand, von den Sturmwolken und den Blitzen, und obwohl sie Paul nicht erwähnte, hätte sie gern gewusst, ob ihr Vater das Zittern in ihrer Stimme bemerkte.

Paul stieg die Stufen hinauf und trat ins Haus, wo ihn sofort der Geruch von gebratenem Speck umfing. Einen Moment später kam Adrienne durch die Schwingtür. Sie trug Jeans und einen hellblauen Pullover, der die Farbe ihrer Augen betonte. Im Morgenlicht waren sie fast türkis und erinnerten ihn an den kristallklaren Himmel im Frühling.

„Sie waren aber früh auf“, sagte sie und strich sich eine lose Haarsträhne hinters Ohr.

„Ja, ich wollte das Laufen hinter mich bringen, bevor der Tag endgültig beginnt."

„War es gut?"

„Es ging schon mal besser, aber wenigstens habe ich mich dazu aufgerafft." Er trat von einem Fuß auf den anderen. „Es riecht köstlich hier."

„Ich habe mit dem Frühstück angefangen, während Sie draußen waren." Sie deutete über ihre Schulter. „Möchten Sie jetzt gleich frühstücken oder lieber später?"

„Ich würde gern erst duschen, wenn es Ihnen recht ist."

„Natürlich. Ich wollte Maisgrütze machen, das dauert ohnehin zwanzig Minuten. Möchten Sie Rührei oder Spiegelei?"

„Rührei, wenn's geht."

„Ich glaube, das kriege ich hin." Sie mochte es, dass er sie so offen ansah, und ließ seinen Blick noch einen Moment auf sich ruhen. „Jetzt muss ich aber den Speck vom Herd nehmen, bevor er anbrennt", meinte sie schließlich. „Bis gleich."

Paul sah ihr nach, stieg dann kopfschüttelnd die Treppe hinauf und dachte darüber nach, wie nett sie aussah. Er duschte und rasierte sich, zog sich eine Baumwollhose, ein frisches Hemd und Mokassins an. Dann ging er wieder nach unten. Adrienne hatte den Tisch gedeckt und stellte gerade einen Teller mit frischem Obst darauf.

„Es macht Ihnen hoffentlich nichts aus, wenn ich mich wieder zu Ihnen setze", sagte sie.

„Im Gegenteil, ich freue mich darüber. Bitte sehr!" Als Paul ihren Stuhl zurückzog, konnte er das Jasmin-Shampoo riechen, mit dem sie sich die Haare gewaschen hatte.

Sie setzte sich. „Ich habe versucht, eine Zeitung zu ergattern", berichtete sie, „aber der Zeitungsständer im Supermarkt war schon leer, als ich dort ankam."

„Wahrscheinlich sind alle Leute in Sorge wegen des Unwetters. Was hat Ihnen Jean für heute aufgetragen?"

Adrienne nahm sich von dem Rührei und reichte ihm die Schüssel.

„Also, die Möbel auf der Veranda sollen im Schuppen verstaut werden. Die Fenster müssen geschlossen und die Fensterläden von innen verriegelt werden. Dann soll ich die Sturmfenster anbringen. Angeblich lassen sie sich zusammenstecken, und an den Fensterrahmen gibt es Haken, an denen man sie befestigt. Danach werden sie mit Querstangen gesichert. Die Querstangen liegen offenbar bei den Sturmfenstern."

„Das klingt doch gar nicht so schlimm. Ich helfe Ihnen gern, wenn ich nachher zurückkomme."

„Wirklich?“ Zweifelnd sah sie ihn an. „Sie müssen das nicht tun.“

„Es macht mir nichts aus. Ich habe für heute sowieso nichts weiter geplant. Außerdem wäre es mir, ehrlich gesagt, unmöglich, im Zimmer zu sitzen, während Sie draußen die ganze Arbeit machen. Ich bekäme Schuldgefühle, auch wenn ich hier Gast bin.“

„Na dann – vielen Dank für das Angebot!“

Sie gossen sich Kaffee ein und begannen mit dem Frühstück. Paul sah zu, wie Adrienne sich Butter auf eine Scheibe Toast strich. In dem grauen Morgenlicht war sie noch hübscher als am Tag zuvor.

„Sie treffen sich mit dem Mann, den Sie gestern erwähnt haben?“

Paul nickte. „Gleich nach dem Frühstück.“

„Hört sich an, als wären Sie nicht ganz glücklich bei der Vorstellung.“

„Da mögen Sie Recht haben.“

„Warum?“

Nach kurzem Zögern erzählte er ihr von Jill und Robert Torrelson – von der Operation und der Obduktion und allem, was danach passiert war, auch von dem kurzen Brief, den er mit der Post bekommen hatte. Als er zu Ende gesprochen hatte, ruhte Adriennes Blick auf ihm.

„Und Sie haben keine Ahnung, was er will?“

„Ich nehme an, es hat mit dem Prozess zu tun.“

Adrienne war sich dessen nicht so sicher, sagte aber nichts. Sie goss Kaffee nach. „Also, wie auch immer es weitergeht, ich glaube, Sie machen das ganz richtig. So wie mit Mark auch.“

Er sagte nichts, aber das war auch nicht nötig. Sie verstand ihn, und das war mehr als genug.

NACH dem Frühstück kramte Paul die Autoschlüssel aus der Hosentasche und setzte sich hinters Steuer. Adrienne winkte ihm von der Veranda aus nach, als wollte sie ihm Glück wünschen.

Als er die Straße erreichte, in der Torrelson wohnte, hielt er am Straßenrand und stellte den Motor ab. Nachdem er sich einen Moment lang gesammelt hatte, stieg er aus und ging zu dem Haus. Auf dem Nachbargrundstück stand ein Mann auf einer Leiter und nagelte Sperrholzplatten vor ein Fenster. Er musterte Paul misstrauisch. Paul beachtete ihn nicht, sondern klopfte an Torrelsons Tür und trat einen Schritt zurück.

Als nicht geöffnet wurde, klopfte er erneut und lauschte, ob er im Haus Geräusche hörte. Nichts. Er ging zurück zum Wagen und öffnete den Kofferraum. Aus seinem Arztkoffer nahm er einen Kugelschreiber und ein Notizbuch, schrieb seinen Namen und die Adresse der Pension auf und die kurze Mitteilung, dass er im Ort sei. Dann faltete er das Papier, ging damit zur Haustür und klemmte es so im Türrahmen fest, dass es nicht weggeweht werden konnte. Als er zu seinem Wagen zurückkehrte, hörte er hinter sich eine Stimme.

„Kann ich Ihnen behilflich sein?"

Paul drehte sich um und sah einen jungen Mann, ungefähr dreißig, hager, mit schütterem schwarzem Haar. Er trug ein Sweatshirt und Arbeitsjeans und starrte Paul mit der gleichen Feindseligkeit an, mit der ihn schon der Nachbar gemustert hatte.

Paul räusperte sich. „Ja", sagte er, „ich möchte zu Robert Torrelson. Bin ich da richtig?"

Der junge Mann nickte, ohne eine Miene zu verziehen. „Das ist mein Dad. Er wohnt hier. Sind Sie von der Bank?"

Paul schüttelte den Kopf. „Nein. Mein Name ist Paul Flanner."

Es dauerte einen Moment, bis der junge Mann den Namen einordnen konnte. Seine Augen verengten sich. „Der Arzt?"

Paul nickte. „Ihr Vater hat mir einen Brief geschickt. Er will mit mir sprechen."

„Warum?"

„Das weiß ich nicht. Sagen Sie ihm bitte, dass ich hier bin?"

Der junge Mann steckte seine Daumen durch die Gürtelschlaufen. „Er ist nicht zu Hause", erklärte er. Dabei warf er einen raschen Blick auf das Haus, und Paul war sich nicht sicher, ob er die Wahrheit sagte.

„Würden Sie ihm bitte ausrichten, dass ich hier war? Ich habe einen Zettel an die Tür gesteckt, auf dem steht, wo er mich finden kann."

„Er will nicht mit Ihnen reden."

Paul senkte kurz den Blick und sah dann wieder auf. „Ich glaube, das sollte Ihr Vater selbst entscheiden, meinen Sie nicht?"

„Für wen halten Sie sich eigentlich? Sie glauben wohl, Sie können hier einfach so aufkreuzen und sich aus der Sache rausziehen, wie? Als ob das Ganze bloß ein Versehen war oder so?"

Paul sagte nichts. Der junge Mann spürte sein Zögern und machte einen Schritt auf ihn zu. Als er weitersprach, wurde seine Stimme schriller. „Machen Sie, dass Sie von hier wegkommen! Ich will Sie nicht sehen und mein Dad auch nicht!"

„Ist gut … in Ordnung …"

Der junge Mann griff nach einer Schaufel, die in der Nähe lag, und Paul hob schnell die Hände und ging rückwärts.

„Ich verschwinde ja schon …" Er drehte sich um und lief auf sein Auto zu.

„Und kommen Sie bloß nie wieder!“, schrie der junge Mann. „Finden Sie nicht, dass Sie schon genug angerichtet haben? Sie haben meine Mutter auf dem Gewissen!“

Bei diesen Worten zuckte Paul zusammen. Er setzte sich ins Auto, ließ den Motor an und fuhr los, ohne sich noch einmal umzublicken. Er sah nicht, wie im Haus die Gardine im Wohnzimmer wieder herabfiel. Und er sah nicht, wie sich die Haustür öffnete und eine runzlige Hand den Zettel aufhob, der auf die Veranda gefallen war.

KURZ darauf erzählte Paul Adrienne, was sich zugetragen hatte. Sie waren in der Küche, Paul lehnte an der Theke und hatte die Arme verschränkt. Er wirkte um einiges erschöpfter als am Morgen und starrte mit leerem Blick aus dem Fenster. Als er mit seinem Bericht fertig war, stand in Adriennes Miene eine Mischung aus Mitleid und Sorge.

„Wenigstens haben Sie es versucht“, meinte sie.

Paul schüttelte den Kopf. „Darum geht es nicht allein. Ich hatte gehofft, etwas in Ordnung bringen oder es wenigstens verständlich machen zu können, und nun habe ich die Gelegenheit dazu verpasst.“

„Das ist aber nicht Ihre Schuld.“

„Warum fühlt es sich dann so an?“

In der folgenden Stille konnte Adrienne das Knacken der Heizung hören.

„Weil es Ihnen etwas ausmacht. Weil Sie sich verändert haben.“

„Nichts hat sich verändert. Die beiden glauben immer noch, dass ich den Tod der Frau verschuldet habe.“ Er seufzte. „Können Sie sich vorstellen, wie man sich fühlt, wenn jemand so etwas von einem glaubt?“

„Nein“, gestand sie, „das kann ich nicht. Ich war noch nie in einer solchen Lage.“

Paul nickte. Er sah mitgenommen aus.

Adrienne sah ihn an – in der Erwartung, dass sich sein Gesichtsausdruck langsam wieder normalisieren würde. Als dies jedoch nicht geschah, trat sie zu ihrer eigenen Überraschung näher zu Paul und nahm seine Hand. Erst waren seine Finger steif, doch dann entspannten sie sich und legten sich um ihre Hand.

„So schwer es auch zu akzeptieren ist und ganz gleich, was man sagen kann“, begann sie vorsichtig, „Sie müssen verstehen, dass Sie wahrscheinlich keinen Einfluss auf die Sichtweise des Sohnes gehabt hätten, auch wenn Sie heute Morgen mit dem Vater gesprochen hätten. Er trauert um seine Mutter, und es ist leichter, Ihnen die Schuld zu geben, als zu akzeptieren, dass das Leben der Mutter einfach zu Ende war.

Ihr Versuch ist vielleicht gescheitert, aber Sie haben heute trotzdem etwas Wichtiges getan."

„Was denn?"

„Sie haben dem Sohn zugehört. Sie haben ihm die Möglichkeit gegeben, seine Gefühle auszudrücken, und vielleicht ist es genau das, was der Vater sich die ganze Zeit wünschte. Er wollte vielleicht, dass Sie die Geschichte aus seiner Perspektive hören. Damit Sie wissen, wie er sich fühlt."

Paul sagte nichts, aber er wusste in seinem Inneren, das sie Recht hatte. „Es überrascht Sie nicht, dass die ganze Geschichte so verlaufen ist, stimmt's?"

„Ich war nicht sicher, aber ich hatte eine Ahnung, dass es so kommen könnte."

Ein kleines Lächeln huschte über sein Gesicht. „Sie sind erstaunlich, wissen Sie das?"

„Ist das positiv oder negativ gemeint?"

Er drückte ihre Hand und stellte fest, wie gut sie in seine passte. Es fühlte sich so selbstverständlich an, als würde er sie schon seit Jahren halten. „Sie sind ganz wunderbar – so ist es gemeint."

Er wandte sich zu ihr um, und Adrienne wurde sich bewusst, dass er im Begriff war, sie zu küssen. Obwohl sie sich insgeheim genau das wünschte, erinnerte ihr Verstand sie daran, dass sie vernünftig bleiben musste. Sie hatten sich erst am Tag zuvor kennen gelernt, und bald würde er wieder abfahren, genau wie sie selbst. Außerdem war so etwas nicht ihr Stil. Es entsprach nicht der richtigen Adrienne – der besorgten Mutter und Tochter oder der Ehefrau, die wegen einer anderen Frau verlassen worden war, oder der Aushilfskraft, die in der Bibliothek Bücher ins Regal stellte. An diesem Wochenende erkannte sie sich selbst kaum wieder.

Sie machte einen kleinen Schritt zurück. Als Paul ihre Hand freigab, sah sie kurz die Enttäuschung in seinen Augen aufflackern, aber er hatte sich sofort wieder unter Kontrolle und blickte zur Seite.

Sie lächelte und zwang sich, mit fester Stimme zu sprechen. „Sind Sie immer noch bereit, mir mit dem Haus zu helfen?"

„Sicher." Paul nickte. „Ich zieh mir nur schnell etwas anderes an."

„Lassen Sie sich Zeit! Ich muss erst noch zum Supermarkt. Ich habe nämlich vergessen, eine Kühlbox zu kaufen, damit ich ein paar Lebensmittel frisch halten kann, falls der Strom ausfällt."

„In Ordnung."

Sie zögerte. „Macht es Ihnen wirklich nichts aus?"

„Nein, es ist alles bestens."

Sie verharrte noch einen Moment, als wollte sie sich versichern, dass sie ihm glauben konnte, dann wandte sie sich ab.

Ja, sagte sie sich, ich habe richtig gehandelt. Es war richtig gewesen, dass sie sich zurückgezogen hatte; es war richtig gewesen, dass sie seine Hand losgelassen hatte. Und doch spürte sie, als sie zur Tür hinausging, ganz deutlich, dass sie sich damit wohl auch von der Möglichkeit abgewandt hatte, ein bisschen Glück zu finden.

PAUL war im Obergeschoss, als er hörte, wie Adrienne ihr Auto startete. Er ging zum Fenster und beobachtete, wie sich die Wellen am Strand brachen. Er versuchte zu verstehen, was eben passiert war. Vor ein paar Minuten, als er sie ansah, war etwas Besonderes entstanden, das hatte er gespürt. Aber es war so schnell verschwunden, wie es gekommen war, und die Erklärung dafür hatte auf ihrem Gesicht gelegen.

Er konnte ihre Zurückhaltung verstehen – sie befand sich in einer anderen Lebensphase als er. Sie trug Verantwortung, und diese Verantwortung, das hatte sie ihm klar gemacht, erforderte Stabilität und Zuverlässigkeit. Früher war er auch in dieser Lage gewesen – jetzt konnte er nach anderen Regeln leben. Doch für Adrienne, das verstand er, bestand diese Möglichkeit nicht.

Trotzdem hatte sich in der kurzen Zeit, die er hier war, etwas verändert. Er wusste nicht genau, wann das geschehen war. Vielleicht am Abend zuvor, als sie am Strand spazieren gegangen waren, oder an diesem Morgen, als sie zusammen gefrühstückt hatten. Oder vielleicht auch, als er ihre Hand hielt und nahe bei ihr stand und der drängende Wunsch in ihm aufkam, seine Lippen sanft auf ihre zu legen.

Das Wann war nicht wichtig. Er wusste nur, dass er im Begriff war, sich in eine Frau zu verlieben, die Adrienne hieß und ihre Freundin in einer Pension in North Carolina vertrat.

## Sechs

Robert Torrelson saß in seinem Wohnzimmer an dem alten Schreibtisch und hörte, wie sein Sohn die Fenster an der Rückseite des Hauses vernagelte. Er hielt den Zettel von Paul Flanner in der Hand und konnte es noch nicht recht fassen, dass Flanner tatsächlich gekommen war.

Flanner war ein einflussreicher Arzt. Er wurde von Anwälten mit bunten Krawatten und breiten Gürteln vertreten, die sich über ein Jahr lang einen Teufel um ihn, Robert Torrelson, geschert hatten. So waren sie eben, die reichen Leute in der Stadt. Er für seinen Teil war froh, dass er sein Leben lang nichts mit Menschen zu tun gehabt hatte, die sich für etwas Besseres hielten, nur weil sie eine bessere Schulbildung hatten oder mehr Geld und ein größeres Haus. Als er nach der Operation mit Paul Flanner gesprochen hatte, wirkte der steif und unnahbar, und als er das Geschehen erklärte, tat er es mit knappen, präzisen Worten, sodass Robert den Eindruck gewann, die ganze Angelegenheit würde den Arzt keine Minute Schlaf kosten.

Das war nicht recht. Roberts Leben war von anderen Werten bestimmt, von Werten, die sein Vater und sein Großvater und auch schon dessen Großvater in Ehren gehalten hatten. Er konnte seinen Stammbaum auf den Outer Banks fast zweihundert Jahre zurückverfolgen.

Torrelson war 67, sah aber zehn Jahre älter aus. Sein Gesicht war wettergegerbt und sein Körper gebeugt. Er hatte eine lange Narbe auf der linken Gesichtshälfte, die vom Auge bis zum Ohr verlief. In den Händen litt er unter schmerzhafter Arthritis, und an seiner rechten Hand fehlte seit vielen Jahren der Ringfinger, der ihm beim Netzeinholen in einer Winde abgerissen worden war. Jill hatte daran keinen Anstoß genommen. Doch jetzt war sie nicht mehr da.

Auf dem Schreibtisch stand ein Bild von ihr, und Robert sah es immer wieder lange an, wenn er allein im Zimmer war. Er vermisste so vieles, was mit Jill zu tun hatte: Wie sie ihm die Schultern massiert hatte, wenn er an einem kalten Winterabend zurück ins Haus kam; wie sie zusammen auf der hinteren Veranda gesessen und Musik aus dem Radio gehört hatten. Wie sie gerochen hatte, wenn sie sich Deodorantpuder in den Ausschnitt gestäubt hatte – ein klarer, reiner Duft wie von einem Neugeborenen.

Paul Flanner hatte ihm all das genommen. Jill wäre noch am Leben, daran zweifelte Robert nicht, wenn sie an jenem Tag nicht ins Krankenhaus gegangen wäre.

Sein Sohn hatte dem Arzt seine Meinung gesagt. Nun war Robert selbst an der Reihe.

ADRIENNE bog auf den kleinen Kiesplatz vor dem Supermarkt ein. Das Geschäft war noch geöffnet, stellte sie mit einem erleichterten Aufatmen fest.

Ein paar ältere Männer mit Baseballmützen standen vor dem Gebäude, rauchten und tranken Kaffee. Als sie aus dem Auto stieg, sahen sie zu ihr herüber. Sie ging an ihnen vorbei in den Laden, und die Männer nickten ihr zur Begrüßung zu.

Das Geschäft war ein typischer Supermarkt, wie man sie in ländlichen Gegenden findet: ein blank gescheuerter Holzfußboden, Deckenventilatoren und die Regale voll gestopft mit den verschiedensten Artikeln. Die Kühlboxen standen in einer Ecke neben dem Kühlschrank mit Bier und anderen Getränken, und als Adrienne darauf zuging, sah sie sich plötzlich in der verspiegelten Scheibe des Kühlschranks.

Wie lange war es her, dass jemand, den sie eben erst kennen gelernt hatte, sie küssen wollte?

Sie fand Paul anziehend, das konnte sie nicht leugnen. Er sah gut aus und war interessant. Aber vor allem gefiel ihr sein aufrichtiger Wunsch, ein besserer Mensch zu werden. Darin lag etwas Edles. Er wollte den Unzulänglichkeiten, die er bei sich erkannt hatte, entgegenwirken, wollte eine Beziehung zu seinem entfremdeten Sohn aufbauen und war hierher gekommen, weil ein Fremder sich ein Treffen mit ihm gewünscht hatte.

Während ihr diese Gedanken durch den Kopf gingen, nahm sie eine der Styroporboxen und trug sie zur Kasse. Sie bezahlte und ging hinaus zum Auto. Einer der alten Männer stand noch immer vor dem Geschäft, und als sie ihm zunickte, machte sie ein Gesicht wie jemand, der am selben Tag bei einer Hochzeit und einer Beerdigung gewesen war.

WÄHREND ihrer kurzen Abwesenheit war der Himmel noch dunkler geworden, und als sie aus dem Wagen stieg, zerrte der Wind an ihr. Er pfiff um die Pension, und es klang, als würde auf einer Geisterflöte ein einzelner Ton geblasen. Unheimlich! Das Meer war übersät von weißen Schaumkronen, und die Wellen stiegen weit über die Flutmarke des Vortages.

Als Adrienne die Kühlbox aus dem Wagen holte, sah sie Paul durch das Tor kommen. „Haben Sie ohne mich angefangen?“, rief sie ihm zu.

„Nein, das nicht. Ich habe mich nur vergewissert, ob wir alles finden.“ Er deutete auf die Box. „Soll ich Ihnen tragen helfen?“

Adrienne schüttelte den Kopf. „Es geht schon. Das Ding ist nicht sehr schwer. Ich fange dann mal drinnen an. Haben Sie etwas dagegen, wenn ich in Ihrem Zimmer die Fensterläden schließe?“

„Nein, natürlich nicht. Machen Sie nur.“

Adrienne stellte die Kühlbox neben dem Kühlschrank ab und sah nach, ob im Eisfach Kühlelemente lagen. Dann machte sie sich daran, im Erdgeschoss die Fensterläden von innen zu verriegeln und alle

Fenster fest zu schließen. Im Obergeschoss kümmerte sie sich zuerst um die unbenutzten Schlafzimmer. Als Letztes betrat sie das Zimmer, in dem Paul schlief.

Sofort fiel ihr auf, dass er sein Bett gemacht hatte. Als sie im Bad das kleine Fenster verriegelte, blieb ihr Blick an dem Rasierpinsel hängen, der mit dem Rasierer auf der Ablage lag. Unvermutet hatte sie das Bild vor Augen, wie er frühmorgens am Waschbecken gestanden hatte, und in dem Moment wusste sie intuitiv, dass er sich ihre Nähe gewünscht hatte.

Sie schüttelte den Kopf und kam sich ein wenig wie ein Teenager vor, der im Schlafzimmer der Eltern herumspioniert. Sie trat an das Fenster neben seinem Bett. Als sie es schloss, sah sie, wie Paul draußen gerade einen der Schaukelstühle unter der Veranda verstaute. Er bewegte sich, als wäre er zwanzig Jahre jünger. Ganz anders als Jack, der im Lauf der Jahre infolge der vielen Cocktails an Leibesfülle gewonnen hatte, sodass ein leichtes Vibrieren durch seinen dicken Bauch ging, wenn er körperliche Arbeiten verrichtete.

Paul ähnelte Jack in keiner Hinsicht, und während Adrienne in seinem Zimmer stand, stieg ein vages Gefühl gespannter Erwartung in ihr auf.

Die Sturmfenster waren aus Aluminium, und die Beschriftung mit einem wasserfesten Stift zeigte Paul, für welches Fenster die einzelnen Elemente gedacht waren. Er stellte sie in Gruppen bereit und überlegte sich, wie er vorgehen sollte.

Als er gerade mit den Vorbereitungen fertig war, kam Adrienne nach unten. In der Ferne erklang Donnergrollen. Man konnte deutlich spüren, wie es kälter wurde. „Na, wie kommen Sie voran?“, fragte sie.

„Es ist leichter, als ich dachte“, erklärte er. „Ich muss die Einzelteile nur an diesen Fugen zusammensetzen und das Ganze an den Haken einhängen. Dann werden die Elemente mit diesen Querstangen befestigt.“

„Meinen Sie, es dauert lange?“

„Vielleicht eine Stunde. Sie können ruhig im Haus bleiben, wenn Sie wollen.“

„Kann ich nicht auch etwas tun? Um Ihnen zu helfen, meine ich.“

„Eigentlich nicht. Aber wenn Sie mögen, können Sie mir Gesellschaft leisten.“

Adrienne lächelte. „Sehr gern.“

Während der nächsten Stunde brachte Paul nach und nach die Sturmfenster an, und Adrienne begleitete ihn. Als er merkte, dass ihr Blick auf ihm ruhte, spürte er die gleiche Verlegenheit wie am Morgen, als sie seine Hand losgelassen hatte.

Nach einiger Zeit setzte ein leichter Regen ein, der bald heftiger wurde. Adrienne suchte an der Hauswand Schutz, doch das nützte bei dem böigen Wind nicht viel. Paul arbeitete weder schneller noch langsamer – es schien, als könnten ihm Wind und Regen nichts anhaben.

Wieder war ein Fenster versorgt, und das nächste folgte: Sturmfenster zusammenstecken, in die Haken einhängen, die Querstange darüber legen, die Leiter zum nächsten Fenster tragen. Inzwischen zuckten bereits Blitze über das Wasser, und der Regen prasselte heftiger. Paul arbeitete unermüdlich weiter.

Trotz des Regens unterhielten sie sich. Adrienne fiel auf, dass er über Unverfängliches sprach. Er erzählte ihr von Reparaturen, die sein Vater auf der Farm ausgeführt hatte, und dass er in Ecuador ähnliche Arbeiten machen würde und froh war, hier schon einmal einen Vorgeschmack zu bekommen. Während Adrienne ihm zuhörte, wurde ihr klar, dass Paul auf Distanz zu ihr ging, weil er glaubte, sie brauche und wolle es so. Doch sie erkannte immer deutlicher, dass sie nichts weniger im Sinn hatte, als ihn auf Abstand zu halten.

Als Paul fertig war, waren seine Jacke und sein Sweatshirt vom Regen durchweicht, und sein Gesicht war von der Kälte gerötet. Nachdem er die Leiter und die Werkzeuge unter der Veranda in Sicherheit gebracht hatte, kam er die Stufen herauf. Sie hatte sich die Haare aus dem Gesicht gestrichen. Die kleinen Locken waren verschwunden, ebenso jede Spur von Make-up. An dessen Stelle war ihre natürliche Schönheit getreten, und trotz der schweren Jacke, die sie trug, erahnte Paul den warmen weiblichen Körper darunter.

In dem Moment entfesselte der Sturm seine ganze Kraft. Ein langer, gezackter Blitz verband Himmel und Meer, und der Donner krachte, als hätte es irgendwo eine große Explosion gegeben. Der Wind toste und bog die Äste der Bäume mit Macht. Der Regen kam schräg von der Seite, als wollte er der Schwerkraft trotzen.

Einen Moment lang sahen Adrienne und Paul dem Naturschauspiel zu. Dann schienen beide zu spüren, dass sie sich in alles, was von nun an geschehen würde, einfach fügen mussten. Sie drehten sich um und traten wortlos ins Haus.

NASS und durchgefroren gingen sie in ihre Zimmer. Paul stieg aus seinen Kleidern, drehte den Hahn in der Dusche auf, doch erst als der Dampf hinter dem Vorhang hervorquoll, stellte er sich unter den heißen Strahl. Es dauerte eine Weile, bis sein Körper sich aufgewärmt hatte, und obwohl er besonders lange unter der Dusche verweilte und sich mit dem Anziehen Zeit ließ, war Adrienne noch nicht wieder aufgetaucht, als er nach unten kam.

Wegen der geschlossenen Fensterläden war es dunkel im Haus. Paul schaltete im Wohnzimmer das Licht an, bevor er in die Küche ging, um sich eine Tasse Kaffee zu kochen. Der Regen prasselte heftig gegen die Sturmfenster. Donner, gleichzeitig nah und fern, grollte unablässig. Paul ging mit dem Kaffee ins Wohnzimmer und trat zum Kamin.

Er öffnete den Schieber und schichtete Kleinholz und drei große Scheite so auf den Rost, dass die Luft dazwischen hindurchströmen konnte. Er suchte nach Streichhölzern und fand sie in einem Holzkistchen auf dem Kaminsims. Schwefelgeruch erfüllte die Luft, als er das erste Streichholz anzündete.

Das Kleinholz war trocken und fing schnell Feuer, und bald knisterten die Scheite. Nach wenigen Minuten strahlte das Eichenholz Wärme ab. Paul zog den Schaukelstuhl näher ans Feuer und streckte die Füße aus.

Wie angenehm, dachte er, aber irgendetwas stimmt noch nicht. Er stand auf, ging zum Lichtschalter und löschte das Licht. So ist es besser, dachte er. Viel besser.

Auch Adrienne ließ sich Zeit. Sie hatte beschlossen, Jeans Rat zu befolgen und ein Bad zu nehmen. Als sie den Hahn zudrehte und in die Wanne stieg, hörte sie das Wasser durch die Rohre rauschen und wusste, dass Paul oben unter der Dusche stand. In dieser Vorstellung lag etwas Sinnliches, und Adrienne erschauderte mit einem wohligen Gefühl.

Sie blieb in der Wanne liegen, bis der Schaum fast weg war und das Wasser langsam kühler wurde. Dann trocknete sie sich ab und nahm Jeans Lotion von der Konsole – sie wusste, dass die Freundin nichts dagegen gehabt hätte –, cremte sich Beine und Bauch, dann Brüste und Arme ein und genoss das belebende Gefühl auf der Haut.

Anschließend hüllte sie sich ins Handtuch und ging zu ihrem Koffer. Aus reiner Gewohnheit griff sie nach Jeans und Pullover, legte sie aber gleich wieder weg. Sie hatte nicht viel anderes dabei, schon gar keine festliche Kleidung, aber immerhin eine schwarze Hose und eine weiße Bluse, ein Weihnachtsgeschenk von Amanda. Sie hatte sie in der vagen Hoffnung eingepackt, dass sie vielleicht an einem Abend ausgehen würde, und obwohl jetzt von Ausgehen keine Rede sein konnte, schien es ihr angemessen, die Sachen anzuziehen.

Sie trocknete sich die Haare mit dem Föhn und bürstete sie. Dann legte sie Make-up auf: Wimperntusche, Lippenstift und eine Spur Lidschatten. Nur so viel, dass die Farbe ihrer Augen betont wurde. Als sie fertig war, zupfte sie so lange an der Bluse, bis sie richtig saß, und lächelte bei dem Anblick, der sich ihr bot. Es war viel zu lange her, dass sie so ausgesehen hatte.

Sie trat aus dem Schlafzimmer, und als sie durch die Küche kam, roch sie frisch gebrühten Kaffee. Normalerweise hätte sie zu dieser Stunde auch Kaffee getrunken – schließlich war es noch Nachmittag –, doch statt sich eine Tasse einzugießen, holte sie eine Flasche Wein aus dem Kühlschrank, nahm den Korkenzieher und zwei Gläser und kam sich dabei sehr weltgewandt vor, als wäre sie endlich Herrin ihres Geschicks.

Sie trug die Sachen ins Wohnzimmer und sah, dass Paul das Kaminfeuer angezündet hatte. Sein Gesicht wurde von dem Feuer erleuchtet, und Adrienne wusste, dass er ihre Nähe spürte, obwohl sie ganz leise war. Er drehte sich um und wollte etwas sagen, aber als er sie erblickte, schloss er den Mund wieder und sah sie einfach nur an.

„Zu viel?“, fragte sie schließlich.

Paul schüttelte den Kopf. Seine Augen wichen nicht von ihr. „Nein … überhaupt nicht. Sie sehen … sehr schön aus.“

Adrienne lächelte verlegen. „Danke“, sagte sie leise.

Sie sahen sich unverwandt an, doch schließlich hob Adrienne die Flasche ein wenig in die Höhe. „Möchten Sie ein Glas Wein?“, fragte sie. „Ich dachte, bei dem Wetter würde Wein vielleicht ganz gut passen.“

Paul räusperte sich. „Das klingt hervorragend. Soll ich die Flasche öffnen?“

Er erhob sich von seinem Sessel, und sie reichte ihm den Korkenzieher. Er öffnete die Flasche, dann hielt Adrienne ihm die Gläser entgegen, und er goss den Wein ein. Er stellte die Flasche auf den Tisch und nahm sein Glas. Als sie sich in die Schaukelstühle setzten, fiel Adrienne auf, dass sie näher beieinander saßen als am Tag zuvor.

Sie nahm einen Schluck Wein und senkte das Glas auf ihr Bein. Sie war mit allem zufrieden: mit ihrem Aussehen, ihrer Stimmung, dem Wein, dem Zimmer. „Wie herrlich“, sagte sie. „Ich bin froh, dass Sie ein Feuer gemacht haben.“

In der sich erwärmenden Luft konnte Paul ihr Parfum riechen. Er rückte sich behaglich zurecht. „Mir war noch immer kalt von der Arbeit draußen“, erklärte er. „Ich habe das Gefühl, dass es von Jahr zu Jahr länger dauert, bis ich wieder warm werde.“

„Obwohl Sie so viel Sport treiben? Und ich dachte schon, Sie könnten dem Zahn der Zeit Einhalt gebieten.“

Er lachte leise. „Schön wär’s.“

„Es scheint Ihnen einigermaßen zu gelingen.“

„Sie haben mich noch nicht kurz nach dem Aufwachen gesehen. Wenn ich aus dem Bett steige, krieche ich herum wie ein alter Mann. Das viele Laufen hat über die Jahre auch seinen Tribut gefordert.“

Während sie sanft hin- und herschaukelten, beobachtete er den Widerschein der Flammen in ihren Augen.

„Haben Sie heute schon etwas von Ihren Kindern gehört?“, fragte er.

Sie nickte. „Sie haben heute Morgen angerufen, als Sie weg waren. Die drei bereiten sich auf ihre Skiferien vor, wollten sich aber noch einmal melden, bevor es losgeht. Sie freuen sich schon lange darauf.“

„Das hört sich verheißungsvoll an.“

„Ja, Jack macht so etwas gut. Wenn sie ihn besuchen, plant er immer schöne Unternehmungen – als wäre das Leben bei ihm eine einzige große Party.“ Sie schwieg einen Moment. „Andererseits bekommt er vieles nicht mit, und ich würde nicht mit ihm tauschen wollen. Die Zeit mit den Kindern kann man nicht zurückholen.“

„Stimmt“, sagte er leise. „Ich weiß das nur zu gut, das können Sie mir glauben.“

Sie reagierte verlegen. „Entschuldigung. Ich hätte das nicht sagen sollen …“

Er schüttelte den Kopf. „Das macht doch nichts. Ich weiß, dass ich mehr versäumt habe, als ich je wieder aufholen kann. Wenigstens versuche ich jetzt zu handeln. Ich hoffe nur, dass es klappt.“

„Bestimmt. Ich glaube, Sie sind ein Mensch, dem fast alles gelingt, was er sich vornimmt.“

„Diesmal ist es wahrlich nicht leicht.“

„Warum nicht?“

„Mark und ich haben keine besonders gute Beziehung. Ehrlich gesagt – wir haben gar keine Beziehung. Wir haben seit Jahren kaum miteinander gesprochen.“

Adrienne sah ihn an und wusste nicht recht, was sie sagen sollte. „Das war mir nicht klar“, murmelte sie schließlich.

„Wie sollte es auch? Es ist nichts, womit ich mich unbedingt brüsten möchte.“

„Was werden Sie zu ihm sagen? Ich meine, wenn Sie ankommen?“

„Ich habe keine Ahnung.“ Paul sah sie an. „Haben Sie einen Vorschlag? Sie scheinen sich ziemlich gut auf schwierige Situationen mit Kindern zu verstehen.“

„Ich weiß nicht … Ich glaube, ich müsste erst mal wissen, worin das Problem besteht.“

„Das ist eine lange Geschichte.“

„Wir haben viel Zeit … wenn Sie darüber sprechen möchten."

Paul nahm einen Schluck aus seinem Glas, als wollte er sich Mut machen. In der nächsten halben Stunde erzählte er ihr von der Zeit, als Mark noch klein war, von dem Streit in dem Restaurant und seiner eigenen mangelnden Entschlusskraft, den Bruch zwischen sich und seinem Sohn zu heilen. Als er alles berichtet hatte, war das Feuer heruntergebrannt, und Adrienne war einen Moment lang still.

„Klingt ganz schön hart", gab sie zu.

„Ich weiß. Was soll ich tun?"

„Ich würde Ihnen raten, ihn nicht zu sehr zu bedrängen. Ich glaube, Sie müssen sich erst einmal kennen lernen, bevor Sie anfangen, über die Schwierigkeiten zu sprechen, die Sie miteinander haben."

Paul lächelte und dachte über ihre Worte nach. „Wissen Sie, ich hoffe, Ihre Kinder erkennen, was für eine kluge Mutter sie haben."

„Bisher tun sie es nicht. Aber ich habe die Hoffnung noch nicht aufgegeben."

Er lachte, und ihm fiel auf, dass ihre Haut in dem sanften Licht leuchtete. Ein Holzscheit sprühte Funken in den Kamin hinauf. Paul goss Wein nach.

„Wie lange wollen Sie in Ecuador bleiben?", fragte sie.

„Ich weiß es noch nicht. Das hängt vermutlich von Mark ab – wie lange er mich dort haben will." Er schwenkte den Wein in seinem Glas und sah sie dann an. „Aber ich nehme an, dass ich mindestens ein Jahr lang bleiben werde. Zumindest habe ich das dem Direktor der Gesellschaft gesagt."

„Und dann kommen Sie wieder zurück?"

Er zuckte mit den Schultern. „Wer weiß? Ich könnte im Grunde überallhin gehen. Um ehrlich zu sein, ich habe noch nicht darüber nachgedacht. Vielleicht passe ich auf Frühstückspensionen auf, wenn die Besitzer verreist sind."

Adrienne lachte. „Dazu müssten Sie kochen lernen."

„Da haben Sie Recht." Paul sah sie von der Seite an. „Vielleicht ziehe ich einfach nach Rocky Mount und überlege mir dann etwas."

Bei diesen Worten schoss Adrienne das Blut in die Wangen. Sie schüttelte den Kopf und wandte sich ab. „Sagen Sie so etwas nicht."

„Was soll ich nicht sagen?"

„Dinge, die Sie nicht ernst meinen."

„Wieso glauben Sie, dass ich es nicht ernst meine?"

Sie sah ihm nicht in die Augen und wollte ihm auch nicht antworten.

Er erkannte einen Schatten der Angst auf ihrem Gesicht, beugte sich zu ihr hinüber und legte ihr die Hand auf den Arm. Als er zu sprechen begann, war seine Stimme ganz sanft, als wollte er ein Kind trösten.

„Es tut mir Leid, ich wollte Ihnen nicht zu nahe treten", sagte er. „Aber dieses Wochenende … ich habe nicht gewusst, dass es so etwas gibt. Ich meine, es ist wie ein Traum. *Sie* sind wie ein Traum."

Die Wärme seiner Hand schien bis in ihr Innerstes vorzudringen.

„Es ist auch für mich etwas Besonderes", erwiderte sie.

„Aber Sie teilen meine Gefühle nicht."

Sie sah ihn an. „Paul … ich …"

„Nein, Sie müssen nichts sagen …"

Sie ließ ihn nicht ausreden. „Doch, ich muss etwas sagen. Als Jack und ich uns getrennt haben, war das mehr als nur das Ende einer Ehe. Es hat auch allem, was ich erhofft hatte, ein Ende gesetzt. Und es war das Ende des Lebens. Ich habe mich in ein Schneckenhaus zurückgezogen. Das ist mir an diesem Wochenende klar geworden, und ich muss das wohl erst verdauen."

„Ich verstehe nicht ganz, was Sie mir damit sagen wollen."

„Ich möchte Sie nicht vor den Kopf stoßen. Ich würde Sie gern wiedersehen. Sie sind charmant und intelligent, und diese beiden Tage bedeuten mir mehr, als Sie sich wahrscheinlich vorstellen können. Aber dass Sie nach Rocky Mount ziehen? Ein Jahr ist eine lange Zeit, und man kann nicht wissen, wie wir uns bis dahin entwickeln werden. Können Sie mir denn mit Gewissheit sagen, dass Sie in einem Jahr noch genauso fühlen werden wie jetzt?"

„Ja", sagte er ruhig, „das kann ich."

Mittlerweile hatte der Wind Sturmstärke erreicht und heulte um das Haus, dass die alten Wände ächzten.

Paul stellte sein Weinglas ab. Er sah Adrienne an und wusste, dass er noch nie einem schöneren Menschen begegnet war. „Weil Sie der einzige Grund wären, überhaupt zurückzukommen", erklärte er.

„Paul … nicht …"

Sie schloss die Augen, und einen Moment lang glaubte Paul, die Sache sei aussichtslos. Der Gedanke ängstigte ihn mehr, als er für möglich gehalten hätte, und er spürte, wie auch der letzte Rest seines Zögerns schwand. Als er aufstand, an ihre Seite trat und mit einem Finger ihr Gesicht zu sich drehte, wusste er, dass er sie liebte.

„Adrienne …", flüsterte er.

Sie erwiderte seinen Blick, sah die Gefühle in seinen Augen. Und in diesem Augenblick erkannte sie, dass auch sie in ihn verliebt war.

Eine ganze Weile lang schienen beide unfähig, sich zu rühren, bis Paul nach ihrer Hand griff. Mit einem Seufzer ließ sie es zu, und als er mit dem Daumen über ihren Handrücken strich, lehnte sie sich zurück.

Paul lächelte und wartete auf eine Reaktion, aber Adrienne schien damit zufrieden zu sein, einfach still dazusitzen. Weil er glaubte, sie brauche noch einen Moment, ließ er ihre Hand los und wandte sich ab.

„Ich werde mal Holz nachlegen", sagte er.

Sie nickte und beobachtete durch halb geschlossene Lider, wie er vor dem Feuer in die Hocke ging und seine Jeans sich eng um seine Schenkel spannten. Das kann nicht wahr sein, sagte sie sich. Sie war 45 Jahre alt und kein Teenager mehr! Sie war erwachsen genug, um zu wissen, dass so etwas nicht wirklich geschehen konnte. Der Sturm, der Wein, die Tatsache, dass sie hier allein mit ihm war – all das erzeugte dieses Gefühl in ihr. Liebe konnte es nicht sein …

Und doch, während sie Paul zusah, wie er ein weiteres Holzscheit auf das Feuer legte und ruhig in die Flammen blickte, wusste sie mit Gewissheit, dass es Liebe war.

Aber was bedeutete das? Für ihn? Für sie? Sein Blick hatte auch von Begierde gesprochen, und das machte ihr noch mehr Angst. Körperliche Liebe, so hatte sie immer geglaubt, ist mehr als nur eine angenehme Begegnung zweier Menschen – sie umfasst alles, was ein Paar miteinander teilt: Vertrauen und Verbundenheit, Hoffnungen und Träume, ein Versprechen, die Zukunft gemeinsam zu bestehen, was immer sie bringen mag.

Alles würde sich verändern, wenn sie ihrem Verlangen nachgab. Sie würden für den Rest ihres Lebens verbunden sein, und sie bezweifelte, ob sie dazu bereit war. Jack war der einzige Mann, mit dem sie körperlich zusammen gewesen war. Der einzige Mann, mit dem sie körperlich zusammen sein *wollte*.

Aber sie konnte sich nicht mehr zurückhalten. Jetzt nicht mehr. Nicht, nachdem er sie so angesehen hatte, nicht bei den Gefühlen, die sie für ihn empfand. Ihr Hals war trocken, und ihre Beine zitterten, als sie aufstand. Paul hockte noch immer vor dem Kamin. Sie trat zu ihm und legte ihre Hand auf die weiche Einbuchtung zwischen seinem Hals und den Schultern. Seine Muskeln spannten sich einen Moment lang an, doch als er den Atem ausstieß, entspannten sie sich wieder. Er drehte sich um und sah zu ihr auf, und in diesem Augenblick zerbrach ihr Widerstand endgültig.

Paul stand auf. Mit zärtlichem Gesichtsausdruck nahm er Adriennes

Hand. Sie erwartete, dass er sie küssen würde, doch das tat er nicht. Stattdessen presste er ihre Hand an seine Wange, und dabei schloss er die Augen, als wollte er die Berührung für immer in sein Gedächtnis einbrennen.

Bevor er die Hand losließ, küsste er ihren Handrücken. Dann öffnete er die Augen, neigte den Kopf und zog sie an sich. Seine Lippen streiften an ihrer Wange entlang und fanden schließlich ihre Lippen. Als er die Arme um sie schloss, lehnte sie sich an ihn. Sie spürte, wie sich ihre Brüste an seine Rippen pressten, sie fühlte seine raue Wange, als er sie zum zweiten Mal küsste.

Er fuhr ihr mit der Hand über den Rücken. Er küsste ihren Hals, ihre Wange, und als seine Hand über ihren Bauch streichelte, war die Berührung wie ein Stromschlag. Sie küssten sich immer wieder, während die Welt um sie herum zu zerfließen begann.

Er vergrub seine Hände in ihrem Haar. Sie legte ihren Kopf an seine Brust und hörte seinen Herzschlag, der so schnell ging wie der ihre.

Und als sie sich endlich voneinander lösten, griff sie nach seiner Hand. Sie machte einen kleinen Schritt zurück und zog ihn sanft zur Treppe und in das Zimmer im ersten Stock.

## Sieben

Sie liebten sich an jenem Nachmittag, während draußen das Unwetter wütete. Losgerissene Zweige von windgepeitschten Bäumen schlugen gegen die Fenster. Wellen brachen sich an den Dünen, und das Wasser umspülte die Grundmauern des Hauses. Die Antenne auf dem Dach wurde aus ihrer Verankerung gerissen und stürzte zu Boden.

Paul hielt Adrienne im Arm, küsste ihre Haare und ihr Gesicht. Er streichelte ihren Körper, sagte ihr immer wieder, wie schön sie sei.

Irgendwann gegen Morgen fiel der Strom aus. Adrienne und Paul liebten sich ein zweites Mal, in völliger Dunkelheit und nur von zärtlichen Berührungen geleitet, und als es vorüber war, schliefen sie endlich in enger Umarmung ein, während das Auge des Sturms über Rodanthe hinwegzog.

ALS SIE am Samstagmorgen erwachten, verspürten sie einen Riesenhunger. Paul räumte die restlichen Lebensmittel aus dem Kühlschrank in die Kühlbox um, trug die Box nach oben, und sie aßen in der Geborgenheit des Bettes, lachten und waren wieder ernst, neckten sich oder waren still – und kosteten einander und den Augenblick aus.

Gegen Mittag hatte der Wind so weit nachgelassen, dass sie auf die Veranda gehen konnten. Der Himmel über ihnen klarte auf, der Strand war mit Unrat bedeckt: alte Reifen, ausgetretene Holzstufen, die von Häusern in Strandnähe stammten ... Gegen zwei Uhr war das Elektrizitätsnetz wiederhergestellt, brach kurz noch einmal zusammen, aber zwanzig Minuten später hatten sie endgültig wieder Strom. Adrienne briet zwei Steaks, und sie verweilten lange bei ihrem Essen und der letzten Flasche Wein.

Danach gingen sie in den Ort, in den allmählich das Leben zurückkehrte, und verbrachten den Abend in einer schummerigen Bar, in der angenehme Musik lief. Zu einigen Stücken tanzten sie.

Am Sonntag nahm Paul die Sturmfenster ab und verstaute sie. Dann stellte er die Schaukelstühle wieder auf die Veranda. Der Himmel war klar, und sie gingen wie am ersten Abend am Strand entlang. Hier war deutlich zu sehen, wie heftig das Unwetter gewütet hatte: Das Meer hatte Kerben ins Land gefressen und den Strand stellenweise fortgespült. Mehrere Bäume waren umgestürzt. Nur ein paar hundert Meter von der Pension entfernt, standen Paul und Adrienne plötzlich vor einem Haus, das der stürmischen Brandung zum Opfer gefallen war. Es war halb in den Sand gesunken, die Fenster waren zerborsten und Teile des Daches fortgerissen worden. Ein Geschirrspüler lag umgekippt am Strand, daneben ein Bretterhaufen, der wohl einst die Veranda gewesen war.

Als sie umkehrten, kam die Flut. Sie gingen langsam und entdeckten eine Schneckenmuschel, deren geripptes Gehäuse halb im Sand steckte. Ringsherum lagen tausende von zersplitterten Muscheln. Paul gab Adrienne die Muschel, sie hielt sie ans Ohr, und er neckte sie wegen ihrer Behauptung, sie könne den Ozean hören. Als er die Arme um sie legte und ihr sagte, sie sei so schön wie die Muschel, die sie gefunden hatten, wusste Adrienne, dass sie die Muschel für immer aufheben würde. Sie lag in den Armen des Mannes, den sie liebte, und sie wünschte sich, dass er sie nie mehr loslassen möge.

Am Montagmorgen stand Paul auf, bevor Adrienne wach wurde, und überraschte sie mit dem Frühstück, das er ihr auf einem Tablett brachte. Der Geruch von frisch gebrühtem Kaffee weckte sie. Solange sie frühstückte, saß Paul neben ihr.

Dann brach er zum Laufen auf, während Adrienne duschte und sich anzog. Paul kehrte zurück, steckte seine Joggingsachen in die Waschmaschine und duschte ebenfalls. Als er später in die Küche kam, telefonierte Adrienne gerade mit Jean, die hören wollte, ob alles in Ordnung sei. Paul schlang die Arme um Adrienne und rieb seine Nase an ihrem Nacken.

Noch während Adrienne am Telefon war, hörte sie das unmissverständliche Knarren der Vordertür und die Schritte von Arbeitsstiefeln auf dem Holzboden. Sie sagte zu Jean, dass jemand an der Tür sei, beendete das Gespräch und ging dann nach vorn, um zu sehen, wer gekommen war. Im nächsten Moment war sie zurück und sah Paul entsetzt an, als hätte es ihr die Sprache verschlagen. Dann atmete sie tief ein.

„Er ist hier und will mit dir sprechen", sagte sie.

„Wer?"

„Robert Torrelson."

TORRELSON, der im Wohnzimmer auf der Couch saß, blickte zwar auf, als Paul eintrat, aber sein Gesicht blieb verschlossen und seine Miene undurchdringlich. Er betrachtete Paul, der den Schaukelstuhl so zurechtrückte, dass sie einander gegenübersaßen.

„Sie sind gekommen", sagte Torrelson. „Das hätte ich nicht gedacht."

„Eine Weile lang war ich mir nicht sicher, ob ich es tun würde."

Robert Torrelson schnaubte. Offenbar war das die Auskunft, mit der er gerechnet hatte. „Mein Sohn sagt, er hat mit Ihnen gesprochen."

„Das stimmt."

Robert lächelte bitter. „Er sagt, Sie hätten nicht versucht, ihm eine Erklärung zu geben."

„So ist es", antwortete Paul.

Robert griff in die Brusttasche seines Hemdes und holte eine Packung Zigaretten und ein Streichholzbriefchen hervor. Er zündete sich eine Zigarette an, zog einen Aschenbecher näher und lehnte sich dann zurück.

„Was ist schief gelaufen?", fragte er.

„Nichts", sagte Paul. „Die Operation verlief den Erwartungen entsprechend."

„Und warum ist sie dann gestorben?"

„Ich wünschte, ich wüsste es, aber ich weiß es nicht."

„Haben Ihre Anwälte Ihnen geraten, dass Sie das sagen sollen?"

„Nein", erwiderte Paul mit ruhiger Stimme, „es ist die Wahrheit. Und ich dachte, die wollen Sie hören. Wenn ich Ihnen eine Antwort auf Ihre Frage geben könnte, würde ich das tun."

Robert sog an seiner Zigarette. „Wissen Sie, dass sie den Tumor schon hatte, als wir uns kennen lernten?"

„Nein", sagte Paul, „das wusste ich nicht."

Robert nahm noch einen Zug. Als er weitersprach, war seine Stimme ruhiger, besänftigt durch die Erinnerungen. „Damals war er natürlich noch nicht so groß. Eher wie eine halbe Walnuss, und die Farbe war auch nicht so auffällig. Aber man konnte ihn sehen, ganz deutlich … als wäre etwas unter die Haut geschoben worden. Es war schlimm für sie, auch als sie noch klein war. Wenn sie zur Schule ging, hat sie immer auf ihre Schuhe geguckt. Warum, war nicht schwer zu erraten.“ Er schwieg und ordnete seine Gedanken.

„Sie hat die Schule nicht zu Ende gemacht, weil sie arbeiten musste, um ihre Familie zu unterstützen – das ging damals vielen so. Durch ihren Job hab ich sie erst richtig kennen gelernt. Sie arbeitete an dem Pier, wo wir unser Fanggut ausluden, bediente da die Waage. Mindestens ein Jahr lang hab ich versucht, mit ihr ins Gespräch zu kommen, bevor es mir gelang. Ich mochte sie trotzdem. Ihr Gesicht hatte sie hinter ihren Haaren versteckt, aber manchmal konnte ich einen Blick auf die hübschesten Augen, die ich je gesehen hatte, erhaschen. Sie waren dunkelbraun und sanft, wissen Sie, als könnte sie niemandem etwas zuleide tun. Ich hab immer wieder versucht, sie anzusprechen, aber sie hat mich gar nicht beachtet. Irgendwann ist ihr wohl klar geworden, dass ich nicht aufgeben würde. Also ist sie mit mir ausgegangen, aber sie hat mich den ganzen Abend kaum angesehen. Sie hat immer nur auf ihre Schuhe geguckt.“ Robert legte die Hände zusammen. „Ich hab sie trotzdem wieder gefragt, ob sie mit mir ausgehen will. Beim zweiten Mal war es schon besser. Ich hab gemerkt, dass sie lustig sein konnte, wenn sie wollte. Je besser ich sie kennen lernte, desto mehr gefiel sie mir, und nach einer Weile hatte ich mich tatsächlich in sie verliebt. Mir machte das Ding in ihrem Gesicht nichts aus. Es hat mir damals nichts ausgemacht und in den letzten Jahren auch nicht. Aber *ihr* hat es etwas ausgemacht, die ganze Zeit.“

Er schwieg eine Weile.

„Wir haben in zwanzig Jahren sieben Kinder bekommen, und es schien, dass das Ding immer größer wurde, wenn sie eines der Babys stillte. Aber all meine Kinder, auch John, den Sie getroffen haben, sagen, dass sie eine wunderbare Mutter war. Sie war streng, wenn es nötig war, und ansonsten der gutmütigste Mensch der Welt. Dafür habe ich sie geliebt. Ich war stolz, mit ihr gesehen zu werden, und ich hab dafür gesorgt, dass alle um uns herum das wussten. Ich dachte, das würde ausreichen, aber es war anscheinend nicht genug.“

Paul blieb reglos sitzen, während Robert weitersprach.

„Dann, eines Abends, hat sie im Fernsehen einen Bericht gesehen über eine Frau mit so einem Tumor, und sie haben Bilder von vorher und nachher gezeigt. Da hat sie sich in den Kopf gesetzt, dass sie das Ding ein für alle Mal loswerden möchte, dass sie sich operieren lassen will. Sie wusste, dass die Operation teuer war, und versichert waren wir auch nicht. Aber sie hat immer wieder gefragt, ob es nicht doch eine Möglichkeit gebe." Robert sah Paul an. „Ich konnte sie nicht davon abbringen. Ich hab ihr gesagt, dass es mir nichts ausmacht, aber sie hat nicht zugehört. Manchmal hab ich mitbekommen, wie sie im Badezimmer ihr Gesicht betastet und geweint hat, und ich wusste, dass sie sich die Operation mehr als alles andere wünschte. Also hab ich mich überreden lassen. Ich hab unser Erspartes hergenommen und bei der Bank einen Kredit beantragt, mit meinem Boot als Sicherheit, und dann sind wir zu Ihnen gekommen. Ich glaube, ich habe sie noch nie so glücklich gesehen wie damals, und da war mir klar, dass ich die richtige Entscheidung getroffen hatte. Ich sagte, dass ich draußen warten und sofort zu ihr kommen würde, sobald sie aus der Narkose aufwacht, und wissen Sie, was sie geantwortet hat? Was ihre letzten Worte waren?"

Mit einem kurzen Blick vergewisserte sich Robert, dass Paul ihm genau zuhörte.

„Sie sagte: ‚Mein ganzes Leben lang wollte ich für dich hübsch sein.' Dabei war sie für mich doch immer hübsch gewesen!"

Paul senkte den Kopf.

„Aber Sie wussten das alles nicht. Für Sie war sie einfach die Frau, die wegen einer Operation kam, und später die Frau, die gestorben ist. Die mit dem Ding im Gesicht oder die, deren Familie Sie verklagt hat. Es war nicht richtig, dass Sie ihre Geschichte nicht kannten."

Torrelson klopfte die letzte Asche von seiner Zigarette in den Aschenbecher und drückte dann den Stummel aus.

„Sie waren der letzte Mensch, mit dem sie gesprochen hat, der letzte Mensch, den sie in ihrem Leben gesehen hat. Sie war die beste Frau der Welt, und Sie wussten gar nicht, mit wem Sie es da zu tun hatten."

Er schwieg und ließ seine Worte wirken. „Aber jetzt wissen Sie es."

Damit stand er vom Sofa auf, und im nächsten Moment war er schon gegangen.

NACHDEM Paul Adrienne die Geschichte von Robert Torrelson erzählt hatte, wischte sie ihm die Tränen vom Gesicht.

„Wie geht es dir jetzt?"

„Ich weiß nicht", sagte er. „Ich fühle mich wie betäubt."

„Das ist nicht verwunderlich. Es war auch viel auf einmal für dich."

„Ja“, bestätigte Paul, „das stimmt.“

„Bist du denn froh, dass du hergekommen bist? Und dass er dir das alles erzählt hat?“

„Ja und nein. Ihm war es wichtig, dass ich erfuhr, wer sie war, und deshalb bin ich froh. Aber es macht mich auch traurig. Sie haben sich sehr geliebt, und jetzt ist sie tot. Es ist so schrecklich.“

Adrienne lächelte verhalten. „Das stimmt. Je größer die Liebe, desto tragischer ist es, wenn sie vorbei ist.“

„Denkst du dabei an uns beide?“

„Auch“, sagte sie leise. „Das Beste, was wir uns vom Leben erhoffen können, ist, dass das Ende so spät wie möglich kommt.“

Paul zog sie auf seinen Schoß. Er küsste sie auf den Mund, dann legte er seine Arme um sie und hielt sie an sich gedrückt. So saßen sie eine lange Zeit.

Als sie sich später am Abend liebten, musste Adrienne wieder an ihre Worte denken. Es war ihre letzte Nacht in Rodanthe, ihre letzte gemeinsame Nacht für mindestens ein Jahr. Und sosehr sie auch dagegen ankämpfte, konnte sie doch nicht verhindern, dass ihr Tränen über die Wangen liefen.

ADRIENNE war nicht mehr im Bett, als Paul am Dienstagmorgen aufwachte. Er faltete seine Sachen und legte die Dinge zurecht, die er für den kommenden Tag brauchte. Den Rest verstaute er in seinen Seesäcken. Nachdem er geduscht und sich angezogen hatte, setzte er sich auf die Bettkante, nahm einen Stift zur Hand und brachte ein paar Gedanken zu Papier. Er ließ das Blatt im Zimmer liegen, trug sein Gepäck nach unten und stellte es bei der Haustür ab.

Adrienne stand in der Küche am Herd, machte Rührei und trank dabei eine Tasse Kaffee. Als sie sich umdrehte, sah er, dass ihre Augen gerötet waren.

„Hallo“, sagte er.

„Hallo“, erwiderte sie und wandte sich ab. Unwillkürlich rührte sie das Ei schneller und hielt den Blick auf die Pfanne gerichtet. „Ich dachte, du möchtest vielleicht noch frühstücken, bevor du fährst.“

„Das ist nett“, sagte er.

„Ich hatte mir eine Thermoskanne von zu Hause mitgebracht. Wenn du für die Fahrt Kaffee mitnehmen möchtest, kannst du sie haben.“

„Danke, aber ich brauche nichts.“

Sie rührte weiter in der Pfanne herum. „Wenn du ein paar Brote einpacken willst – ich kann dir welche machen.“

Paul trat neben sie. „Das musst du doch nicht! Ich kann mir unterwegs etwas kaufen. Wahrscheinlich werde ich sowieso keinen Hunger haben."

Sie schien ihm nicht zuzuhören, und als er ihr die Hand auf den Rücken legte, hörte er, wie sie zittrig den Atem ausstieß, als könne sie nur mit Mühe die Tränen zurückhalten.

„Komm ..."

„Es geht schon", flüsterte sie, während sie die Pfanne vom Herd nahm. Sie rieb sich die Augen, blickte ihn immer noch nicht an.

„Adrienne ... bitte ..."

Sie sah zu ihm auf. „Bitte was? Ich soll nicht traurig sein? Kann ich etwas dafür, dass ich nicht möchte, dass alles schon vorbei ist?"

„Das möchte ich auch nicht."

„Und deshalb bin ich traurig. Weil mir das klar ist." Sie zögerte. „Weißt du, als ich heute Morgen aufgestanden bin, habe ich mir vorgenommen, nicht zu weinen. Ich wollte stark und glücklich sein, damit du mich so in Erinnerung behältst. Aber als ich das Wasser der Dusche rauschen hörte, wurde mir schlagartig bewusst, dass du morgen früh, wenn ich aufwache, nicht mehr da bist, und da kam es einfach über mich."

Paul griff nach ihrer Hand. „Adrienne ... heute Nacht, nachdem du eingeschlafen warst, habe ich mir überlegt, dass ich vielleicht ein wenig länger hier bleiben könnte. Ein, zwei Monate spielen jetzt auch keine Rolle mehr."

Sie schüttelte den Kopf und unterbrach ihn. „Nein", sagte sie. „Das darfst du Mark nicht antun. Und dir selbst auch nicht, Paul. Je mehr Zeit wir zusammen verbringen, umso schwerer wird der Abschied, wenn es dann so weit ist. Und ich könnte mir nicht mehr in die Augen sehen, wenn ich wüsste, dass ich diejenige bin, die dich von deinem Sohn fern hält."

Er nickte, weil er wusste, dass sie Recht hatte. Zugleich wünschte er sich verzweifelt, es wäre nicht so.

„Versprichst du mir, dass du auf mich warten wirst?", fragte er.

„Natürlich. Wenn ich wüsste, dass du für immer weggehst, würde ich so viel weinen, dass wir in einem Ruderboot frühstücken müssten."

Paul musste trotz allem lachen, und Adrienne lehnte sich an ihn. Sie küsste ihn, bevor sie in seine Arme sank.

„Ich weiß nicht, wie oder warum es passiert ist, aber ich glaube, meine Reise hierher folgte einer Vorsehung", murmelte er. „Ich habe das Gefühl, ich sollte dir hier begegnen."

Sie schloss die Augen. „Mir geht es genauso“, flüsterte sie.

Er küsste ihr Haar, dann lehnte er seine Wange an die ihre.

„Wirst du mich vermissen?“

Adrienne entrang sich ein Lächeln. „Jede Minute.“

SIE FRÜHSTÜCKTEN zusammen. Es war fast neun, als Paul mit Adrienne an der Empfangstheke vorbei zur Tür ging. Er lud sich erst einen, dann den anderen Seesack auf die Schulter. Adrienne trug die Ledertasche mit seinen Tickets und seinem Pass.

„Jetzt muss ich wohl los“, sagte er.

Sie presste die Lippen zusammen.

„Du weißt, wie du mich in der Klinik erreichen kannst. Ich habe keine Ahnung, wie gut die Post dort funktioniert, aber Briefe müssten eigentlich ankommen. Mark hat immer alles erhalten, was Martha ihm geschickt hat.“

„Gut.“

„Ich schreibe dir, wenn ich angekommen bin. Und ich rufe an, sobald sich eine Gelegenheit dazu ergibt.“

Er berührte ihre Wange, und sie lehnte sich an ihn. Beide wussten, dass alles gesagt war.

Sie folgte ihm zur Tür hinaus und die Stufen hinunter und sah zu, wie er die Seesäcke auf dem Rücksitz verstaute. Nachdem er die hintere Autotür zugeschlagen hatte, sah er Adrienne lange an, als brächte er es nicht über sich, sie zurückzulassen, und wünschte sich, dass er nicht fahren müsste. Schließlich trat er zu ihr, küsste sie auf beide Wangen und auf den Mund. Dann nahm er sie in den Arm.

Adrienne schloss fest die Augen. Er geht nicht für immer fort, sagte sie sich. Sie waren füreinander bestimmt, und wenn er zurückkäme, würden sie alle Zeit der Welt miteinander verbringen. Sie würden zusammen alt werden.

Paul atmete tief ein und löste sich von ihr. Er wandte den Blick ab, sah sie erneut an und rieb sich die Augen.

Er stieg ein, sie trat an die Fahrertür. Mit einem dünnen Lächeln steckte er den Schlüssel ins Schloss und ließ den Motor an. Sie trat von der geöffneten Tür zurück, damit er sie zuziehen konnte. Dann ließ er das Fenster hinunter. „Ein Jahr“, sagte er, „dann bin ich wieder da.“

„Ein Jahr“, sagte sie zur Bestätigung.

Er lächelte sie traurig an, und einen Moment später war er verschwunden.

# Acht

Adrienne hatte ihre Geschichte zu Ende erzählt. Sie reckte sich auf ihrem Stuhl und spürte das Zwicken der beginnenden Arthritis. Als sie ihrem Arzt davon erzählt hatte, hielt er ihre Arme in die Höhe und forderte sie auf, die Knie zu beugen. Dann stellte er ihr ein Rezept aus, mit dem sie gar nicht erst zur Apotheke ging. So ernst ist es noch nicht, sagte sie sich. Adrienne war der Ansicht, dass sie – wenn sie erst einmal damit anfinge – in kürzester Zeit immer mehr Tabletten gegen die verschiedenen Zipperlein nehmen würde. Und bald würde sie vor einer ganzen Palette regenbogenfarbener Pillen sitzen, von denen manche morgens und andere abends zu nehmen wären, manche mit dem Essen, andere nüchtern, und sie würde sich einen Plan an den Arzneischrank kleben müssen, um nicht die Übersicht zu verlieren. Das schien ihr viel zu viel Aufwand für den geringen Nutzen zu sein.

Amanda saß mit gesenktem Kopf am Tisch. Als Adrienne sie betrachtete, wusste sie, dass ihre Tochter Fragen stellen würde.

Sie trank den letzten Schluck Wein aus und schob dann das Glas von sich.

Vielleicht würde sie sich später gestatten zu weinen. Doch seit sie damals aus Rodanthe zurückgekommen war, hatte sie sich jeden Tag aufs Neue vorgenommen, trotz allem weiterzumachen. Sie war niemand, der sich unterkriegen ließ.

Adrienne stand auf und nahm die Schachtel von der Anrichte, die sie zu Beginn des Abends aus ihrem Schlafzimmer geholt hatte. Amanda verfolgte ihre Bewegungen mit gespannter Aufmerksamkeit. Sie hatte im Laufe des Abends erkannt, dass sie längst nicht so viel über ihre Mutter wusste, wie sie geglaubt hatte.

„Das ist ja vielleicht eine Geschichte“, seufzte Amanda. „Wissen Matt und Dan davon? Ich meine, hast du es ihnen auch erzählt?“

„Nein.“

„Warum nicht?“

„Ich glaube nicht, dass sie davon wissen müssen.“ Adrienne lächelte. „Ich weiß nicht, ob ich ihnen überhaupt je davon erzählen werde.“

Amanda nickte. Dann fragte sie: „Und warum erzählst du es mir?“

„Weil ich glaube, dass du es wissen solltest.“

Gedankenverloren drehte Amanda eine Haarsträhne um den Finger. „Mom?“

„Ja?“

„Warum hast du uns nie von ihm erzählt? Ich meine, du hast ihn nie erwähnt oder so.“

Adrienne lehnte sich zurück und atmete tief ein. „Anfangs hatte ich wohl irgendwie Angst, ich könnte mich getäuscht haben. Bevor ich euch davon erzählte, wollte ich sicher sein, dass es von Dauer war. Und später, als ich Briefe von ihm bekam und wusste, dass ich das alles nicht nur geträumt hatte … Ich weiß auch nicht … Es war noch so lange hin, bevor ihr ihn hättet kennen lernen können, und ich wusste nicht recht …“

Sie brach ab und wählte die nächsten Worte sehr sorgfältig.

„Du musst bedenken, dass du damals nicht der Mensch warst, der du heute bist. Du warst siebzehn, Dan erst fünfzehn, und ich wusste nicht, ob ihr bereit wart, so etwas aufzunehmen.“

Amanda veränderte ihre Sitzhaltung. Dann sah sie die Mutter an. „Bist du sicher, dass er dich geliebt hat?“, fragte sie.

„Ja“, antwortete Adrienne.

Im schwindenden Licht nahmen Amandas Augen eine blaugrüne Tönung an. Sie beugte sich mit bekümmerter Miene vor. „Und wo ist er jetzt?“

AM MORGEN von Pauls Abreise war Adrienne rastlos durchs Haus gewandert, unfähig, sich längere Zeit im selben Zimmer aufzuhalten. Nur wenn sie sich bewegte, konnte sie die Beherrschung über ihre Gefühle bewahren. Am späten Nachmittag, als der Sonnenuntergang den Himmel mit blassen Rot- und Orangetönen überzog, ging sie hinaus und versuchte in diesen Farben das Flugzeug auszumachen, in dem Paul saß. Dass sie es sehen würde, war ziemlich unwahrscheinlich, aber sie blieb dennoch draußen, bis die Abendluft kälter wurde und sie zu frieren begann. Zwischen den Wolken sah sie hin und wieder einen Kondensstreifen, doch ihr Verstand sagte ihr, dass die Spuren von den Flugzeugen der Marinebasis in Norfolk stammten.

Ein Teil von ihr hoffte, dass Paul zurückkehren würde. Sie deckte den Tisch für zwei Personen, und während sie aß, stellte sie sich vor, wie er zur Tür hereinkäme. Er würde seine Seesäcke absetzen und ihr erklären, dass er erst abreisen könne, wenn er noch eine Nacht mit ihr verbracht habe.

Aber er kam nicht. Die Haustür ging nicht auf, und das Telefon klingelte nicht. Sosehr sich Adrienne auch gewünscht hatte, dass er bleiben möge, so wusste sie doch, dass sie recht getan hatte, ihn in seinem Entschluss zur Abreise zu bestärken.

Am folgenden Morgen fing sie an, in der Pension sauber zu machen. Sie wusch das Geschirr und trocknete alles sorgfältig ab, bevor sie es wegräumte. Sie saugte die Flickenteppiche, kehrte den Sand im Flur zusammen, wischte den Staub vom Geländer und von den Lampen im Wohnzimmer. Dann machte sie Jeans Zimmer sauber, bis sie zufrieden feststellte, dass alles so aussah wie bei ihrer Ankunft.

Anschließend ging sie nach oben und schloss die Tür zum blauen Zimmer auf. Seit Pauls Abreise war sie nicht mehr darin gewesen. Er hatte das Bettzeug glatt gezogen, bevor er das Zimmer verließ, aber er hatte gewusst, dass er das Bett nicht richtig zu machen brauchte. Die Wolldecke warf unter dem Überwurf Falten, und das Laken war nicht überall festgesteckt und hing an manchen Stellen bis zum Boden.

Adrienne stand da, ohne sich zu rühren, und sah sich alles genau an. In dem Moment entdeckte sie auf der Kommode den Brief, den Paul geschrieben hatte. Sie nahm ihn und ließ sich langsam auf der Bettkante nieder. In dem stillen Zimmer, in dem sie sich geliebt hatten, las sie schließlich, was er am Morgen zuvor geschrieben hatte.

Als sie zum Ende gekommen war, ließ sie das Blatt sinken, saß ganz still da und stellte sich vor, wie er diese Worte an sie geschrieben hatte. Sie faltete den Brief sorgfältig und legte ihn später zu der Muschel in ihrem Koffer.

„PAUL ist in Ecuador", antwortete Adrienne. Ihre Stimme war erstaunlich fest.

„In Ecuador?", wiederholte Amanda. Sie klopfte mit den Fingern auf den Tisch und sah ihre Mutter an. „Und warum ist er nicht zurückgekommen?"

„Das ging nicht."

„Warum nicht?"

Anstelle einer Antwort nahm Adrienne den Deckel von der Schachtel. Sie griff hinein und holte ein Blatt Papier heraus, das in Amandas Augen aussah, als wäre es aus einem Ringbuch gerissen worden. Es war gefaltet und im Lauf der Jahre vergilbt. Amanda sah, dass der Name ihrer Mutter auf der Vorderseite stand.

„Bevor ich dir das erzähle", sprach Adrienne weiter, „möchte ich deine andere Frage beantworten."

„Welche andere Frage?"

Adrienne lächelte. „Du hast gefragt, ob ich mir sicher bin, dass Paul mich geliebt hat." Sie schob ihrer Tochter das Blatt über den Tisch zu. „Das hat er mir an dem Tag, als er abfuhr, geschrieben."

Amanda zögerte für einen Moment, dann nahm sie das Blatt und faltete es auf. Sie begann zu lesen, während ihre Mutter still am Tisch saß.

Liebe Adrienne,
als ich heute Morgen aufwachte, lagst du nicht neben mir. Ich weiß, warum du früher aufgestanden bist, trotzdem wünschte ich mir, du wärst geblieben – wie egoistisch. Vermutlich ist mein Egoismus einer der wenigen Charakterzüge, die ich beibehalten habe, eine Konstante in meinem Leben.

Wenn du dies liest, werde ich abgereist sein. Sobald ich mit dem Schreiben fertig bin, gehe ich nach unten und frage dich, ob ich länger bei dir bleiben darf, aber ich mache mir keine Illusionen, was deine Antwort angeht.

Dies ist kein Abschiedsbrief, und ich möchte nicht, dass du auch nur einen Augenblick lang denkst, ich hätte den Brief geschrieben, um mich von dir zu verabschieden. Im Gegenteil, ich betrachte das kommende Jahr als eine Möglichkeit, dich noch besser kennen zu lernen. Ich habe gehört, dass Menschen sich manchmal durch Briefe ineinander verlieben, und obwohl wir uns jetzt schon lieben, heißt das ja nicht, dass unsere Liebe nicht noch tiefer werden kann. Ich möchte glauben, dass das möglich ist, und wenn ich ganz ehrlich bin, so ist diese Überzeugung das Einzige, was mir helfen wird, das kommende Jahr ohne dich zu überstehen.

Wenn ich meine Augen schließe, sehe ich dich, wie du an unserem ersten gemeinsamen Abend am Strand entlanggegangen bist. Als der Widerschein der Blitze über dein Gesicht flackerte, fand ich dich unglaublich schön, und ich glaube, zum Teil war das der Grund dafür, dass ich mich dir so öffnen konnte, wie ich mich keinem anderen Menschen je geöffnet habe. Doch es war nicht nur deine Schönheit, die mich bewegt hat. Es war alles an dir – dein Mut, deine Leidenschaft, die bodenständige Weisheit, mit der du die Welt betrachtest. Ich glaube, ich habe das alles schon gespürt, als wir unseren ersten Kaffee zusammen tranken, und je besser ich dich kennen lernte, desto klarer wurde mir, wie sehr ich diese Eigenschaften in meinem eigenen Leben vermisst habe. Du bist ein seltener Schatz, Adrienne, und ich habe großes Glück.

Die Trennung von dir wird das Schwierigste sein, was ich je zu bewältigen hatte. Und wenn ich zurückkomme, das verspreche ich dir, werden wir uns nie wieder trennen. Ich liebe dich für alles, was wir miteinander geteilt haben, und in der Erwartung all dessen, was noch kommt. Du bist das Beste, was mir je widerfahren ist.

Paul

Das Jahr nach Pauls Abreise war ein ganz besonderes Jahr in Adriennes Leben. Oberflächlich betrachtet verlief alles normal. Sie nahm am Leben ihrer Kinder teil, sprach einmal am Tag mit ihrem Vater, arbeitete in der Bibliothek. Aber sie spürte einen neuen Schwung in sich, der sich aus ihrem Geheimnis nährte, und ihre Veränderung fiel den Menschen um sie herum deutlich auf. Sie lächelte häufiger, sagte man ihr, und ihre Kinder stellten fest, dass sie nun manchmal nach dem Abendessen einen Spaziergang machte oder eine Stunde in der Badewanne verbrachte.

Immer dachte sie in solchen Momenten an Paul, aber am deutlichsten stand sein Bild vor ihr, wenn sie das Fahrzeug des Briefträgers die Straße entlangkommen sah.

Gewöhnlich kam das Postauto zwischen zehn und elf Uhr am Morgen, und dann stand Adrienne am Fenster und beobachtete, wie es vor ihrem Haus hielt. Sobald es weitergefahren war, ging sie zum Briefkasten und suchte zwischen den Sendungen nach einem Brief von Paul – nach einem cremefarbenen Luftpostumschlag mit Briefmarken, die eine Welt abbildeten, von der sie nichts wusste, und mit seinem Namen, der links oben in der Ecke stand.

Seinen ersten Brief las sie hinten auf der Veranda. Kaum war sie fertig, las sie ihn ein zweites Mal, diesmal langsamer, und verweilte bei einzelnen Wörtern. So machte sie es auch mit jedem folgenden Brief, und als regelmäßig Post von ihm eintraf, erkannte sie, dass das, was Paul in Rodanthe auf das Ringbuchblatt geschrieben hatte, der Wahrheit entsprach. Natürlich waren die Briefe für sie nicht so beglückend, wie ihn zu sehen oder seine Arme um sich zu spüren, aber seine leidenschaftlichen Worte ließen die Entfernung zwischen ihnen schrumpfen.

Sie liebte es, sich in Gedanken vorzustellen, wie er diese Briefe schrieb, sah ihn an einem ramponierten Schreibtisch sitzen, über dem eine einzelne Glühbirne hing, die seine erschöpften Züge beleuchtete.

Auch sie schrieb ihm Briefe, beantwortete seine Fragen und erzählte ihm, was sich in ihrem Leben ereignete. An solchen Tagen konnte sie ihn fast neben sich sehen. Wenn ihr ein Windzug durchs Haar fuhr, war es, als würde Paul ihr sanft mit seinem Finger über die Wange streichen, und wenn sie das feine Ticken einer Uhr vernahm, war es wie das Schlagen seines Herzens, das sie hörte, wenn sie ihren Kopf auf seine Brust legte.

Hin und wieder rief Paul auch an – wann immer er die Möglichkeit hatte, in die Stadt zu fahren –, und wenn sie die Zärtlichkeit in seiner Stimme hörte, wurde ihr eng ums Herz. Auch sein Lachen oder der Schmerz in seiner Stimme, wenn er sagte, wie sehr er sie vermisse, hatte diese Wirkung. Er rief tagsüber an, wenn die Kinder in der Schule waren, und jedes Mal wenn das Telefon klingelte, verharrte Adrienne einen Moment und hoffte inständig, dass er es sein möge. Ihre Gespräche dauerten nicht lange – meistens sprachen sie keine zwanzig Minuten –, aber zusammen mit den Briefen halfen sie ihr, die nächsten Monate zu überstehen.

Ohne besonderen Anlass schickte er ihr im März Rosen ins Haus. Im Juni kam ein Brief mit einem Foto von ihm, das Mark aufgenommen hatte. Paul wirkte dünner als bei seiner Abreise, aber er sah gesund aus.

Der Sommer war heiß und stickig. Den größten Teil des Juli verbrachten Adrienne und ihre Kinder bei laufender Klimaanlage im Haus. Im August ging Matt zum Studieren an die Uni, während Amanda und Dan zurück zur Schule mussten. Als sich die Blätter an den Bäumen im milden Herbstlicht golden färbten, begann Adrienne sich auszudenken, was sie und Paul unternehmen würden, wenn er wieder zurück wäre. Sie stellte sich vor, dass sie nach Asheville fahren würden, um das weihnachtlich geschmückte Biltmore Estate, einen über hundert Jahre alten Landsitz, zu bewundern. Sie fragte sich, was wohl die Kinder denken würden, wenn Paul zum Weihnachtsessen zu ihnen käme, oder wie Jean reagieren würde, wenn Adrienne gleich nach Neujahr in der Pension ein Zimmer auf ihre beiden Namen buchen würde.

Als Adrienne jetzt mit ihrer Tochter in der Küche saß, dachte sie an diese Pläne und daran, dass sie seit damals immer wieder fast geglaubt hatte, es sei alles wirklich so geschehen – so lebhaft hatte sie sich die Szenen vorgestellt. Aber in letzter Zeit hatte sie sich das ganz bewusst abgewöhnt, denn auf die Freude an diesen Fantasien folgte immer eine allzu große Traurigkeit, die ein Gefühl der Leere in ihr hinterließ.

„O Mann“, murmelte Amanda, als sie das Blatt gelesen hatte und es ihrer Mutter zurückgab. Adrienne faltete es entlang der alten Knicke, legte es zur Seite und nahm das Foto zur Hand, das Mark gemacht hatte.

„Das ist er“, sagte sie.

Amanda betrachtete das Foto. Trotz seines Alters war der Mann attraktiver, als sie es sich vorgestellt hatte. Eingehend studierte sie die Augen, die es ihrer Mutter so angetan hatten, dann lächelte sie.

„Ich kann gut verstehen, dass du dich in ihn verliebt hast. Hast du noch mehr Fotos?“

„Nein“, erwiderte Adrienne, „nur das eine.“

Amanda nickte und blickte wieder auf das Bild. „Du hast ihn gut beschrieben.“ Sie zögerte. „Hat er dir mal ein Foto von Mark geschickt?“

„Nein, aber sie sehen sich ähnlich“, erklärte Adrienne.

„Bist du ihm mal begegnet?“

„Ja.“

„Und wo?“

„Hier.“

Amandas Augenbrauen schossen in die Höhe. „In *unserem* Haus?“

„Er hat da gesessen, wo du jetzt sitzt.“

„Und wo waren wir?“

„In der Schule.“

Amanda schüttelte den Kopf, als müsse sie diese Information erst verdauen. „Deine Geschichte bringt mich völlig durcheinander“, sagte sie.

Ihre Mutter wandte den Blick ab und stand vom Tisch auf. Während sie die Küche verließ, flüsterte sie: „Was glaubst du, wie es mir ergangen ist?“

IM OKTOBER hatte sich Adriennes Vater leicht von den Schlaganfällen erholt, doch nicht so weit, dass er aus dem Pflegeheim entlassen werden konnte. Er konnte nicht mehr sprechen, und seine rechte Gesichtshälfte war gelähmt. Adrienne leistete ihm Gesellschaft und gab sich die größte Mühe, ihm das Leben so angenehm wie möglich zu machen.

Sie hatte ausgerechnet, dass sie seinen Aufenthalt im Pflegeheim bei sorgsamer Haushaltsführung bis April würde bezahlen können. Wie es danach weitergehen sollte, war ihr ein Rätsel.

Wie die Schwalben, die immer wieder nach Capistrano zurückkehrten, landeten ihre Gedanken ständig bei dieser Sorge. Gleichzeitig versuchte sie angestrengt, sich ihrem Vater gegenüber nichts anmerken zu lassen.

Wenn sie bei ihm ankam, lief meistens der Fernseher in voller Lautstärke, als glaubten die Krankenschwestern, nur Lärm könne zum umnebelten Verstand des Patienten durchdringen. Jedes Mal schaltete Adrienne als Erstes den Apparat ab. Dann setzte sie sich ans Bett ihres Vaters, nahm seine Hand und fing an zu erzählen. Meistens schilderte sie ihm, was in ihrem Alltag in letzter Zeit passiert war, und berichtete, wie es den Kindern ging. Dabei hielt er den Blick unablässig auf ihr Gesicht gerichtet, in der wortlosen Kommunikation, zu der er noch fähig war. Sie musste unweigerlich an ihre Kindheit denken – an den Geruch seines Rasierwassers, an den Pferdestall, wo er das Heu in die Krippe füllte, an die Bartstoppeln, die sie kitzelten, wenn er ihr einen Gutenachtkuss gab, an die zärtlichen Worte, die er immer zu ihr gesagt hatte.

Auch am Tag vor Halloween besuchte sie ihren Vater. Sie fand, dass es an der Zeit war, ihm alles zu erzählen.

„Ich muss dir etwas sagen", begann sie. Und dann erzählte sie ihm in schlichten Worten von Paul und was er ihr bedeutete.

Sie erinnerte sich später, dass sie danach gern gewusst hätte, was er von der Geschichte hielt. Aufmerksam sah sie ihn an. Sein weißes Haar wurde immer schütterer, und seine Augenbrauen erinnerten sie an kleine Wattebäusche. Er lächelte sein schiefes Lächeln, und obwohl er keinen Laut hervorbrachte, wusste Adrienne, was er sagen wollte, als er die Lippen bewegte.

Ihre Kehle schnürte sich zu, während sie sich über das Bett beugte und ihren Kopf auf seine Brust legte. Mit seiner unversehrten Hand streichelte er ihr zart über den Rücken. Unter ihrer Schläfe fühlte sie seine Rippen und das sanfte Schlagen seines Herzens.

„Oh, Daddy", flüsterte sie, „und ich bin stolz auf dich."

IM WOHNZIMMER trat Adrienne ans Fenster und schob die Vorhänge zur Seite. Die Straße war leer, und die Straßenlaternen waren von hellen Lichtkreisen umgeben. Amanda saß noch immer in der Küche, aber Adrienne wusste, dass sie bald zu ihr kommen würde. Es war für sie beide ein langer Abend gewesen. Adrienne legte die Hand an die Scheibe.

Wie hätte man ihre Beziehung zu Paul beschreiben können? Noch heute war sie sich nicht sicher. Es ließ sich nicht leicht in Worte fassen. Er war nicht ihr Ehemann oder ihr Verlobter gewesen, und wenn sie ihn ihren Freund nannte, klang das zu schwach. Das Wort Geliebter erfasste nur einen kleinen Teil dessen, was sie miteinander erlebt hatten.

Paul war der einzige Mensch in ihrem Leben, so ging ihr plötzlich auf, der sich einer eindeutigen Bezeichnung entzog.

Oben am nachtblauen Himmel stand der Mond. Er hatte einen Hof und war von Wolken umgeben, die sich mit dem Wind in Richtung Osten bewegten. Am Morgen würde es an der Küste regnen.

Obwohl ihre Tochter bei ihr war, fühlte sich Adrienne allein. Und sie würde für immer allein bleiben. Das hatte sie gewusst, als sie Amanda in der Küche ihre Geschichte erzählte, und sie wusste es jetzt, da sie hier am Fenster stand. Manchmal fragte sie sich, was aus ihr geworden wäre, wenn Paul nicht in ihr Leben getreten wäre. Ob sie wohl jemals wieder geheiratet hätte?

Es wäre nicht leicht gewesen. Einige ihrer Freundinnen, die verwitwet oder geschieden waren, hatten wieder geheiratet, und ihre Ehemänner schienen auch ganz nett zu sein, aber sie waren nicht wie Paul. Adrienne glaubte, dass man sich in jedem Alter leidenschaftlich verlieben konnte, aber sie hatte sich oft genug mit ihren Freundinnen unterhalten, um zu wissen, dass die meisten Beziehungen letztlich nur zu Unzufriedenheit führten. Hätte ein neuer Ehemann ihr je die Worte zugeflüstert, die Paul ihr in seinem dritten Brief geschrieben hatte? Worte, die sie gleich an dem Tag, als sie sie las, auswendig gelernt hatte:

> Wenn ich schlafe, träume ich von dir, und wenn ich wach bin, sehne ich mich danach, dich in meinen Armen zu halten. Von dir getrennt zu sein hat mich in der Gewissheit bestärkt, dass ich meine Nächte an deiner Seite verbringen möchte und meine Tage in deinem Herzen.

Oder die Worte, die in seinem nächsten Brief standen:

> Wenn ich an dich schreibe, spüre ich deinen Atem und stelle mir vor, dass du meinen spürst, wenn du meine Briefe liest. Geht es dir ebenso? Diese Briefe sind Teil von uns, Teil unserer Geschichte, eine ewige Erinnerung daran, dass wir diese Zeit überstanden haben. Dank dafür, dass du mir durch dieses Jahr geholfen hast, und Dank schon jetzt für all die Jahre, die vor uns liegen.

Oder auch die Worte, die er schrieb, als er und Mark im Sommer eine Auseinandersetzung hatten, über die er sehr unglücklich war:

> Es gibt so vieles, was ich mir in diesen Tagen wünsche, doch vor allem wünsche ich mir, dass du hier wärst. Seltsam, aber bevor wir uns begegneten, hätte ich nicht sagen können, wann ich das letzte Mal geweint habe. Heute kommen mir leicht die Tränen … Dabei hast du eine Art, mir meinen Kummer erträglich zu machen und die Dinge so zu erklären, dass mein Schmerz leichter wird. Du bist ein Schatz, ein Geschenk, und wenn wir wieder zusammen sind, will ich dich immerfort in meinen Armen halten. Manchmal sind meine Gedanken an dich das Einzige, was mir durch den Tag hilft.

Adrienne hatte den Blick auf das ferne Gesicht des Mondes gerichtet. Hätte sie solche Worte von einem anderen Mann zu hören bekommen? Sie war sich der Antwort sicher. Nein, dachte sie, nie wieder werde ich einen Mann wie Paul kennen lernen.

Als sie den Kopf an die kühle Scheibe presste, spürte sie, dass Amanda hinter sie getreten war. Es war Zeit, das Begonnene zu Ende zu bringen.

„Er sollte zu Weihnachten kommen“, erzählte Adrienne so leise weiter, dass Amanda sich anstrengen musste, sie zu verstehen. „Ich hatte ein

Hotelzimmer gebucht, damit wir in der ersten Nacht zusammen sein konnten. Ich hatte sogar eine Flasche Pinot Grigio gekauft." Sie machte eine Pause. „In der Schachtel auf dem Küchentisch ist ein Brief von Mark, der alles erklärt."

„Was ist denn geschehen?"

Adrienne antwortete nicht gleich. Dann schwebten ihre Worte durch die Dunkelheit. „Ahnst du das nicht?", flüsterte sie.

## Neun

Marks Brief war, wie Amanda bemerkte, auf dem gleichen Papier geschrieben, das Paul für seinen ersten Brief benutzt hatte. Weil ihre Hände leicht zitterten, legte sie die Unterarme auf den Tisch.

Dann atmete sie tief ein und senkte den Blick.

Liebe Adrienne,

ich sitze hier und merke, dass ich keine Ahnung habe, wie ich diesen Brief anfangen soll. Wir kennen uns ja gar nicht, obwohl ich durch meinen Vater manches über Sie erfahren habe. Aber das ist nicht das Gleiche. Mir wäre es fast lieber, ich hätte persönlich zu Ihnen kommen können, aber wegen meiner Verletzungen darf ich noch nicht wieder reisen. Ich sitze also hier, ringe nach Worten und frage mich, ob das, was ich schreiben will, Ihnen überhaupt etwas bedeuten wird.

Ich weiß, dass mein Vater Ihnen von mir erzählt hat, aber ich glaube, es ist wichtig, dass Sie aus meiner Sicht von unserer Beziehung erfahren. Ich hoffe, es wird Ihnen ein deutlicheres Bild von dem Mann vermitteln, der Sie geliebt hat.

Als Kind habe ich keinen Vater gehabt. Sicher, er lebte im gleichen Haus, und er hat für Mom und mich gesorgt, aber er war nie da, es sei denn, um mich für die schlechten Noten zu tadeln, die ich im Zeugnis hatte. Nie ist er mit mir zu einem Baseballspiel gegangen, nie hat er im Garten mit mir Fangen gespielt oder eine Fahrradtour mit mir gemacht. Als ich nach Ecuador ging, hoffte ich aufrichtig, ihn nie wiederzusehen.

Dann beschloss er – ausgerechnet – hierher zu kommen, um in meiner Nähe zu sein. Sie müssen wissen, dass er im Grunde seines Wesens immer eine Arroganz besaß, die ich zu verachten gelernt hatte. Ich malte mir aus, wie er sich hier als Vater aufspielen und mir Ratschläge erteilen würde, die ich weder brauchte noch wollte. Oder wie er die Klinik neu organisieren würde, um sie effizienter zu machen. Dabei hätte ich mich nicht gewundert, wenn er sich vergewissert hätte, dass die Presse zu Hause bestens darüber informiert war, wer der Urheber der guten Taten war. Mein Vater war immer stolz gewesen, wenn er seinen Namen gedruckt sah. Kurz vor seiner Ankunft fragte ich mich ernsthaft, ob ich meine Sachen zusammenpacken und abreisen sollte. Ich legte mir jede Menge Antworten zurecht, für beinahe alles, was ich von ihm zu hören bekommen könnte.

Eine Entschuldigung? – Dafür ist es ein bisschen spät.

Ich freue mich, dich zu sehen? – Leider kann ich das Gleiche nicht von mir sagen.

Vielleicht können wir uns mal unterhalten? – Ich glaube nicht, dass das eine gute Idee wäre.

Doch stattdessen sagte er nur „Hallo!", und als er meinen Gesichtsausdruck sah, nickte er und ging weiter. Das war unser einziger Kontakt in der ersten Woche nach seiner Ankunft, und es wurde zunächst auch nicht viel besser.

Monatelang wartete ich darauf, dass er wieder in seine alten Muster zurückfallen würde. Ich lag auf der Lauer, um es ihm sofort unter die Nase zu reiben. Aber die Sache lief ganz anders. Er hat sich nie über die Arbeit oder die Bedingungen beklagt und Vorschläge nur dann gemacht, wenn er direkt gefragt wurde. Und als er all die Arzneimittel und neuen Geräte beschaffte, die wir so dringend benötigten, bestand er darauf, dass seine Zuwendung anonym blieb.

Am höchsten rechnete ich ihm wohl an, dass er nicht so tat, als hätten wir irgendeine Art von Beziehung. Ich sah ihn nicht als Vater, und er akzeptierte meine Haltung, setzte mich nie unter Druck. So ließ mein Misstrauen langsam nach.

Was ich sagen will, ist Folgendes: Mein Vater hatte sich verändert, und allmählich erkannte ich, dass er auch gute Seiten hatte und dass ich ihn nicht für alle Zeiten von mir stoßen sollte. Vermutlich hatte er sich schon ein wenig verändert, bevor er Sie kennen lernte, aber Sie sind der Hauptgrund, warum er ein anderer Mensch geworden ist.

Er hat oft von Ihnen erzählt, und ich habe keine Ahnung, wie viele Briefe er Ihnen geschickt hat. Er hat Sie geliebt, das wissen Sie bestimmt. Allerdings bin ich mir nicht sicher, ob er, bevor er Ihnen begegnet ist, überhaupt wusste, was es heißt zu lieben.

An jenem schrecklichen Abend letzte Woche ist er meinetwegen zu der Sozialstation in den Bergen gekommen. Es hatte tagelang geregnet, die Straßen waren von Schlamm überzogen. Als ich per Funk bei der Hauptklinik meldete, dass ich nicht zurückkommen könne, weil mein Jeep nicht ansprang, und dass vor einem Bergrutsch gewarnt worden sei, nahm mein Vater sich – gegen den heftigen Protest des Direktors – einen anderen Jeep, um zu mir heraufzufahren. Mein Dad kam, um mich zu retten! Ja, als ich ihn am Steuer des Geländewagens sitzen sah, betrachtete ich ihn zum ersten Mal in meinem Leben als meinen Dad. Bis dahin war er immer mein Vater gewesen, nicht mein Dad.

Wir konnten gerade noch rechtzeitig aufbrechen. Nur Minuten später hörten wir ein ohrenbetäubendes Krachen, als die ganze Bergflanke ins Rutschen geriet und die Sozialstation unter sich begrub. Ich weiß noch, dass wir uns sekundenlang ansahen und nicht fassen konnten, wie knapp wir der Katastrophe entkommen waren.

Es fällt mir sehr schwer, Ihnen zu berichten, was danach passiert ist. Er fuhr sehr vorsichtig, und wir waren schon fast am Ziel. Ich konnte bereits die Lichter der Klinik im Tal sehen. Aber plötzlich, als wir um eine scharfe Kurve bogen, geriet der Wagen ins Rutschen, und im nächsten Moment waren wir von der Straße abgekommen und schlitterten den Berg hinunter.

Ich habe mir nur den Arm und ein paar Rippen gebrochen, aber ich merkte sofort, dass Dad schwer verletzt war. Verzweifelt schrie ich ihn an, er solle nicht aufgeben, ich würde Hilfe holen, aber er nahm meine Hand und ließ mich nicht weg. Ich glaube, er wusste, dass er sterben würde, und wollte deshalb, dass ich bei ihm blieb. Und dann bat mich der Mann, der mir gerade das Leben gerettet hatte, um Verzeihung.

Er hat Sie geliebt, Adrienne. Vergessen Sie das nie! Ihre gemeinsame Zeit war nur kurz, aber er hat Sie verehrt. Sein Tod muss sehr schmerzlich für Sie sein, und das macht mich traurig. Aber wenn es Ihnen schlecht geht, dann denken Sie daran: Das, was er für mich getan hat, hätte er auch für Sie getan.

Sie haben aus meinem Vater einen Mann gemacht, der mir sehr fehlen wird. Durch Sie bekam ich die Chance, meinen Dad kennen und lieben zu lernen. Dafür möchte ich Ihnen von Herzen danken.

Mark Flanner

Amanda ließ das Blatt auf den Tisch sinken. Inzwischen war es fast dunkel in der Küche, und sie hörte nur ihren eigenen Atem. Adrienne war im Wohnzimmer geblieben, allein mit ihren Gedanken. Amanda faltete den Brief und dachte an Paul, an ihre Mutter und seltsamerweise auch an Brent. Mit Mühe lenkte sie ihre Erinnerung auf jenes Weihnachtsfest vor so vielen Jahren – wie still ihre Mutter damals gewesen war, wie ihr Lächeln immer ein wenig gezwungen gewirkt hatte, wie sie plötzlich in Tränen ausgebrochen war und alle geglaubt hatten, das habe mit ihrem Vater zu tun.

Und die ganze Zeit über hatte sie niemandem etwas gesagt.

Ihre Mutter und Paul hatten zwar nicht, wie sie und Brent, viele Jahre zusammengelebt, aber Amanda begriff mit einem Mal, dass Pauls Tod Adrienne einen ebenso grausamen Schmerz zugefügt hatte, wie sie selbst ihn empfunden hatte, als sie an Brents Sterbebett saß. Einen Unterschied gab es allerdings: Ihre Mutter hatte keine Möglichkeit gehabt, sich zu verabschieden.

ALS ADRIENNE das unterdrückte Schluchzen ihrer Tochter hörte, wandte sie sich vom Fenster ab und ging zurück in die Küche. Amanda blickte schweigend zu ihr auf. In ihren Augen stand unaussprechliche Trauer.

Adrienne blieb stehen und sah ihre Tochter an. Dann öffnete sie wortlos die Arme. Amanda versuchte vergebens, ihre Tränen zurückzuhalten, als sie auf die Mutter zutrat. Lange Zeit hielten sich die beiden eng umschlungen.

„Es tut mir so Leid, Mom“, schluchzte Amanda. „Alles! Was mit Paul passiert ist … Und dass du es allein durchmachen musstest … Ich kann mir gar nicht vorstellen, wie du es geschafft hast, das alles auszuhalten.“

„Das weiß ich heute auch nicht mehr“, gab Adrienne zu. „Mir ist nur klar, dass ich es nie ohne einen anderen Menschen geschafft hätte.“

Amanda schüttelte den Kopf. „Aber du *hast* es doch allein geschafft“, flüsterte sie.

„Nein“, sagte Adrienne. „Ich habe es überstanden, aber nicht allein.“

Amanda sah sie verdutzt an. Adrienne erwiderte den Blick mit einem schmerzlichen Lächeln. „Grandpa“, erklärte sie dann. „Mein Dad. Mit ihm habe ich geweint, viele Wochen lang, jeden Tag. Ich weiß nicht, was ich ohne ihn getan hätte.“

„Aber …“, begann Amanda, und Adrienne beendete den Satz für sie. „Aber er konnte doch nicht sprechen?“ Sie machte eine kleine Pause. „Das brauchte er auch nicht. Er hat zugehört, und das war es, was mir half. Er hätte ohnehin nichts sagen können, was meinen Schmerz gemindert hätte.“ Sie hob den Blick. „Das weißt du ebenso gut wie ich.“

Amanda presste die Lippen zusammen.

„Ich wünschte, du hättest mir das alles eher erzählt“, sagte sie dann.

„Wegen Brent?“

Amanda nickte.

„Nun, ich glaube, du wärst nicht bereit gewesen zuzuhören. Du brauchtest Zeit, um deine Trauer auf deine eigene Art zu bewältigen.“

Eine Weile lang sagte Amanda nichts.

„Es ist so schrecklich. Du und Paul, ich und Brent …“, flüsterte sie.

„Ja, es ist furchtbar.“

„Wie konntest du weiterleben, nachdem du von seinem Tod erfahren hattest?“

Adrienne lächelte zaghaft. „Ich habe mir einen Tag nach dem anderen vorgenommen. Das raten die Fachleute einem doch immer, oder? Ich weiß, es klingt banal, aber ich bin morgens aufgewacht und habe mir eingeredet, dass ich nur diesen Tag lang stark sein muss. Nur diesen einzigen Tag. Und dann habe ich immer so weitergemacht.“

„Das klingt, als wäre das sehr einfach“, sagte Amanda leise.

„Es war überhaupt nicht einfach. Es war schwieriger als alles andere, was ich je zu bewältigen hatte.“

„Schwieriger noch als die Trennung von Daddy?“

„Das war auch schwer, aber es war anders.“ Adrienne lächelte kurz. „Du warst diejenige, die mir das gesagt hat, weißt du noch?“

Amanda wandte den Blick ab. Ja, dachte sie, ich weiß.

„Ich wünschte, ich hätte Paul kennen gelernt“, sagte sie.

„Du hättest ihn gemocht. Vielleicht nicht gleich am Anfang, aber mit der Zeit. Damals hast du ja noch gehofft, dass dein Dad und ich wieder zusammenfinden würden.“

Amanda griff reflexartig nach ihrem Ehering, den sie immer noch trug, und drehte ihn am Finger. Ihr Gesicht wirkte verschlossen.

„Du hast in deinem Leben viel verloren.“

„Das stimmt.“

„Aber du wirkst so zufrieden.“

„Das bin ich auch.“

„Wie ist das möglich?“

Adrienne legte die Hände zusammen. „Wenn ich daran denke, dass Paul tot ist, oder wenn ich mir die Jahre ausmale, die wir zusammen hätten verbringen können, dann bin ich natürlich traurig. Damals wie heute. Aber so schwer es auch war – so furchtbar und ungerecht der Lauf der Dinge gewesen ist –, ich hätte die wenigen Tage, die wir zusammen waren, gegen nichts eintauschen mögen.“

Sie hielt inne und versicherte sich, dass ihre Tochter genau zuhörte. „Mark schreibt in seinem Brief, dass ich Paul verändert habe. Aber wenn man mich gefragt hätte, hätte ich geantwortet, dass wir uns gegenseitig verändert haben. Oder dass Paul mich verändert hat. Wäre ich ihm nicht begegnet – ich glaube nicht, dass ich Jack je hätte verzeihen können. Und ich hätte niemals die Mutter und die Großmutter sein können, die ich jetzt bin. Weil es ihn gab, konnte ich in der Gewissheit nach Rocky Mount zurückkehren, dass sich alles zum Guten wenden würde, dass ich es schaffen würde, ganz gleich, was geschähe. In dem Jahr, in dem wir uns schrieben, habe ich die Kraft gewonnen, die ich brauchte, als Mark mir mitteilte, was Paul zugestoßen war. Natürlich war ich am Boden zerstört, als ich von seinem Tod erfuhr. Aber wenn ich die Zeit zurückdrehen könnte – und genau wüsste, was auf mich zukommen sollte –, würde ich ihm trotzdem wieder raten abzureisen. Er musste die Sache mit Mark klären. Sein Sohn brauchte ihn, und es war noch nicht zu spät für die beiden."

Amanda sah Adrienne nicht an. Sie wusste, dass ihre Mutter damit auf Max und Greg anspielte.

„Deswegen habe ich dir die ganze Geschichte erzählt", fuhr Adrienne fort. „Nicht nur, weil ich das Gleiche durchgemacht habe wie du jetzt, sondern auch, weil ich wollte, dass du verstehst, wie wichtig Paul die Beziehung zu seinem Sohn war. Und was es für Mark bedeutete, das zu erkennen. Solche Wunden kann man nur schwer heilen, und ich will nicht, dass du noch mehr Verletzungen erleidest als bisher."

Adrienne streckte die Hand über den Tisch und legte sie auf die Hand ihrer Tochter. „Ich weiß, dass deine Trauer um Brent noch anhält, und ich kann nichts tun, um dir dabei zu helfen. Aber wenn Brent hier wäre, würde er sagen, dass du dich lieber um die Kinder kümmern solltest als um seinen Tod. Er würde wollen, dass du das Gute in Erinnerung behältst und damit weiterlebst. Und vor allem würde er sich wünschen, dass es dir gut geht."

„Das weiß ich ja …"

Adrienne unterbrach sie mit einem leichten Druck ihrer Hand und ließ sie nicht ausreden. „Du bist stärker, als du denkst", versicherte sie. „Aber nur, wenn du es zulässt."

„So leicht ist das nicht."

„Natürlich nicht. Ich meine auch gar nicht, dass du deine Gefühle bezwingen sollst. Die kannst du nicht beeinflussen. Du wirst weiterhin weinen müssen, und du wirst immer wieder glauben, dass du es einfach nicht schaffst. Trotzdem musst du dich so verhalten, als würdest du es ganz bestimmt schaffen." Sie schwieg einen Moment.

„Deine Kinder brauchen dich, Amanda. Ich glaube, sie waren nie so sehr auf dich angewiesen wie jetzt, doch in letzter Zeit warst du nicht für sie da. Ich weiß, dass du trauerst, und ich teile deinen Schmerz. Aber du bist auch Mutter, und darauf musst du dich besinnen. Brent hätte nicht gewollt, dass eure Kinder so sehr leiden."

Adrienne verstummte. Der Blick ihrer Tochter war auf die Tischplatte gerichtet. Dann hob sie wie in Zeitlupe den Kopf.

Adrienne konnte Amandas Gedanken nicht erraten, sosehr sie es sich auch wünschte.

ALS AMANDA zur Tür hereinkam, legte Dan gerade die letzten Handtücher zusammen und sah sich dabei eine Sportsendung im Fernsehen an. Er hatte die Wäsche in Stapeln auf dem Couchtisch sortiert. Jetzt griff er automatisch nach der Fernbedienung und stellte das Fernsehgerät ab.

„Ich hab mich schon gewundert, wo du so lange bleibst", meinte er.

„Hallo, Dan", sagte Amanda und sah sich um. „Wo sind die beiden?"

Ihr Bruder deutete mit dem Kopf nach oben. „Sie sind vor ein paar Minuten ins Bett gegangen. Wahrscheinlich sind sie noch wach – falls du ihnen Gute Nacht sagen willst."

„Und wo sind deine Kinder?"

„Ich habe sie und Kira auf dem Rückweg vom Kino bei uns zu Hause abgesetzt. Damit du gleich Bescheid weißt: Max hat sich sein Scooby-Doo-Hemd mit Pizzasoße bekleckert. Anscheinend ist es eins seiner Lieblingshemden, denn er war ziemlich unglücklich darüber. Ich habe es im Waschbecken eingeweicht, aber ich konnte keinen Fleckenentferner finden."

Amanda nickte. „Ich muss morgen sowieso einkaufen gehen. Dann bringe ich welchen mit."

Dan sah seine Schwester an. „Wenn du eine Liste machst, kann Kira die Sachen für dich besorgen. Ich weiß, dass sie zum Supermarkt fährt."

„Vielen Dank für das Angebot, aber es wird allmählich Zeit, dass ich ein paar Dinge wieder selbst erledige."

„Gut …" Er lächelte verunsichert.

Einen Augenblick lang schwiegen beide. „Und danke, dass du dich um die Jungs gekümmert hast", sagte Amanda schließlich.

Dan zuckte mit den Schultern. „Ist doch selbstverständlich. Wir wollten sowieso ins Kino, und ich dachte, es würde ihnen Spaß machen."

Amandas Stimme klang ernst, als sie erklärte: „Nein, ich meine, danke für all die Male, die du mich in letzter Zeit unterstützt hast. Nicht nur heute Abend. Du und Matt, ihr habt mir viel geholfen seit … seit

Brents Tod, und ich weiß nicht, ob ich schon einmal gesagt habe, wie dankbar ich euch dafür bin."

Dan senkte den Blick, als Brents Name fiel. Er nahm den leeren Wäschekorb. „Wozu sind Onkel denn da?" Verlegen hielt er sich den Korb vor den Bauch. „Soll ich die beiden morgen wieder abholen? Ich könnte mit allen Kindern eine Fahrradtour machen."

Amanda schüttelte den Kopf. „Danke, aber morgen nicht."

Dan sah sie mit zweifelndem Gesichtsausdruck an. Seiner Schwester schien das nicht aufzufallen. Sie zog sich die Jacke aus und legte sie zu ihrer Handtasche auf den Sessel.

„Ich habe heute Abend ziemlich ausführlich mit Mom gesprochen."

„Ach ja? Und wie war's?"

„Du würdest nicht glauben, was sie mir alles erzählt hat."

„Was denn?"

„Das kann ich jetzt nicht so schnell zusammenfassen. Jedenfalls habe ich heute viel über sie erfahren."

Dan hob eine Augenbraue und wartete.

„Sie ist stärker, als man glaubt", sagte Amanda.

„Klar … So stark wie unsere Mom sind nur wenige." Dan lachte. „Mensch, Amanda, sie weint sogar, wenn ein Goldfisch stirbt!"

„Das stimmt, aber in vielerlei Hinsicht wünschte ich mir, ich wäre so stark wie sie."

„Na, sicher doch!"

Erst als Dan den ernsten Gesichtsausdruck seiner Schwester sah, wurde ihm klar, dass Amanda keine Späße machte. Er runzelte die Stirn.

„Meinst du wirklich", fragte er, „*unsere* Mom?"

ALS DAN wenige Minuten später ging, hatte Amanda ihm trotz seines Drängens nicht erzählt, worüber sie mit ihrer Mutter gesprochen hatte. Sie verstand, weshalb Adrienne Stillschweigen darüber bewahrt hatte, sowohl damals als auch in den Jahren danach, und sie wusste, dass ihre Mutter Dan die Geschichte erzählen würde, wenn sich ein Anlass dafür ergab.

Amanda schloss hinter ihrem Bruder ab und sah sich im Wohnzimmer um. Dan hatte nicht nur die Wäsche zusammengelegt, sondern auch das Zimmer aufgeräumt. Bevor sie gegangen war, hatten neben dem Fernseher zahllose Videokassetten herumgelegen, der Couchtisch war mit leeren Tassen voll gestellt gewesen, und neben der Tür hatten sich die Zeitschriften der letzten Wochen angehäuft.

Um all das hatte sich Dan gekümmert – nicht zum ersten Mal.

Amanda schaltete das Licht aus. Sie dachte an Brent, an die vergangenen acht Monate, an die Kinder. Vor Brents Tod hatte sie immer mit den Jungen gebetet, ihnen vorgelesen und sie zum Schluss liebevoll zugedeckt. Heute Abend hatte ihr Bruder das für sie gemacht. Gestern hatte es niemand getan …

Amanda ging die Treppe hinauf. Das Haus war dunkel, der obere Flur voller schwarzer Schatten. Auf dem Treppenabsatz hörte sie ihre Söhne flüstern. Sie ging den Flur entlang, blieb an der Tür zum Kinderzimmer stehen und blinzelte hinein.

Die Betten der beiden standen nebeneinander. Die Decken waren mit Dinosauriern und Rennautos bedruckt, und vor den Betten lag lauter Spielzeug. Das Nachtlicht glomm in der Steckdose neben dem Kleiderschrank, und während sie die Jungen betrachtete, fiel ihr wieder einmal auf, wie sehr sie ihrem Vater ähnelten.

Die beiden rührten sich nicht. Sie wussten, dass ihre Mutter zu ihnen hereinsah, und taten so, als ob sie schliefen.

Die Dielen knarrten unter Amandas Gewicht. Max schien den Atem anzuhalten. Greg linste zu ihr herüber und machte die Augen schnell wieder zu, als sich Amanda auf sein Bett setzte. Sie beugte sich vor, gab ihm einen Kuss auf die Wange und fuhr ihm mit der Hand durchs Haar.

„Hallo, Greg“, flüsterte sie. „Schläfst du schon?“

„Ja“, sagte er mit zusammengekniffenen Augen.

Amanda lächelte. „Magst du heute Nacht bei Mommy schlafen? Im großen Bett?“

Es schien einen Moment zu dauern, bis Greg begriffen hatte. „Bei dir?“

„Ja, bei mir.“

„Au ja“, sagte er.

Amanda küsste ihn noch einmal, und er setzte sich auf, während sie zu Max ging. Auf seinem Haar lag ein goldener Schein vom Licht der Straßenlaternen, das durchs Fenster fiel. „Hallo, mein Süßer.“

Auch Max hatte die Augen fest zugekniffen. Er schluckte. „Kann ich mitkommen?“

„Wenn du magst …“

„Klar“, sagte er.

Amanda lächelte, und die Jungen krochen unter ihren Decken hervor. Auf dem Weg zur Tür zog sie die Kinder an sich und umarmte beide. Sie hatten den Geruch von kleinen Jungen: von Erde und Gras und kindlicher Unschuld.

„Wie wär's, wenn wir morgen in den Park gehen und ein Eis essen?", schlug sie vor.

„Dürfen wir auch unsere Drachen steigen lassen?", fragte Max.

Amanda drückte sie fester an sich und schloss die Augen. „Den ganzen Tag", murmelte sie. „Und übermorgen genauso, wenn ihr wollt."

## Zehn

Inzwischen war es nach Mitternacht. Adrienne saß in ihrem Zimmer und hielt die Muschel in den Händen.

Vor einer Stunde hatte Dan angerufen und allerhand über Amanda zu berichten gehabt. „Sie will morgen etwas mit den Jungen unternehmen, nur sie drei zusammen. Sie meint, die Kinder müssten wieder mehr Zeit mit ihrer Mutter verbringen." Er machte eine Pause. „Ich weiß ja nicht, was du zu ihr gesagt hast – aber was es auch war, es scheint zu funktionieren."

„Da bin ich froh."

„Worüber habt ihr denn gesprochen? Sie hat sich, na ja, ziemlich bedeckt gehalten."

„Ich habe nur wiederholt, was ich ihr schon die ganze Zeit predige. Das Gleiche, was ihr beide, du und Matt, auch immer sagt."

„Und warum hat es diesmal gewirkt?"

„Vermutlich", meinte Adrienne gedehnt, „weil sie es jetzt wollte."

Nach dem Telefongespräch las sie Pauls Briefe – sie hatte den ganzen Abend gewusst, dass sie das tun würde. Durch die Tränen hindurch konnte sie seine Worte kaum lesen, und noch größere Mühe hatte sie, ihre eigenen zu entziffern. Dabei hatte sie auch diese Briefe, die sie selbst in dem Jahr ihrer Trennung an Paul geschrieben hatte, bereits unzählige Male gelesen. Sie waren in einem zweiten Stapel gebündelt, den Mark Flanner mitgebracht hatte, als er Adrienne zwei Monate nach Pauls Beerdigung in Ecuador in ihrem Haus besucht hatte.

Amanda hatte vergessen, nach Marks Besuch zu fragen, und Adrienne hatte sie nicht daran erinnert. Vielleicht würde Amanda irgendwann darauf zurückkommen, doch Adrienne war sich nicht sicher, wie viel sie darüber erzählen würde. Das war der Teil der Geschichte, den sie in all den Jahren ganz für sich behalten hatte, fest unter Verschluss, genau wie die Briefe. Nicht einmal ihr Vater hatte erfahren, was Paul für sie – und ihn – getan hatte.

In dem matten Schein der Straßenlaterne, der in ihr Zimmer fiel, stand

Adrienne vom Bett auf, nahm eine Jacke und einen Schal aus dem Schrank und ging nach unten. Sie schloss die hintere Tür auf und trat auf die Veranda hinaus. Sterne funkelten am Himmel wie kleine Pailletten auf dem Mantel eines Zauberers. Die Luft war feucht und kalt. In den Fenstern des Nachbarhauses schimmerte Licht, und Adrienne bildete sich beinahe ein, dass der Geruch von Salz in der Luft läge.

Mark war an einem Februarmorgen zu Besuch gekommen. Sein Arm lag noch in der Schlinge, aber das fiel ihr kaum auf, denn sie musste unentwegt sein Gesicht anstarren, konnte ihren Blick nicht davon abwenden. Mark glich seinem Vater aufs Haar.

Als sie die Tür geöffnet hatte und er mit einem traurigen Lächeln vor ihr stand, war sie unwillkürlich einen kleinen Schritt zurückgewichen und hatte alle Mühe, die Tränen zurückzuhalten.

Dann saßen sie am Küchentisch, zwei Kaffeetassen zwischen sich, und Mark holte die Briefe aus der Tasche.

„Er hat sie aufgehoben", erklärte er. „Ich wusste nicht, was ich damit machen sollte, deshalb möchte ich sie Ihnen geben."

Adrienne nickte und nahm das Bündel entgegen. „Danke für Ihren Brief", sagte sie. „Ich weiß, dass es Ihnen sehr schwer gefallen sein muss, ihn zu schreiben."

„Gern geschehen", erwiderte er und schwieg eine ganze Weile, bevor er ihr erzählte, warum er gekommen war.

Jetzt auf der Veranda lächelte Adrienne, als sie daran dachte, was Paul für sie getan hatte. Mark hatte ihr erklärt, sein Vater habe Vorkehrungen getroffen, damit Adriennes Vater bis an sein Lebensende in dem Heim versorgt sein würde. Als Adrienne Einwände erhob, machte Mark ihr deutlich, dass es Paul das Herz gebrochen hätte, wenn sie sich weigern würde, das Geschenk anzunehmen.

„Bitte", hatte er gesagt, „mein Vater hat es so gewollt."

In den Jahren danach dachte Adrienne immer wieder mit Dankbarkeit an Pauls letzte Geste, so wie sie auch jeden Moment der wenigen Tage, die sie miteinander verbracht hatten, voller Dankbarkeit in ihrer Erinnerung bewahrte. Noch immer bedeutete Paul ihr alles, und so würde es bleiben. An diesem kühlen Abend gegen Ende des Winters wusste Adrienne, dass ihre Gefühle sich nie ändern würden.

Die Zeit, die sie schon auf der Welt war, war viel länger als die Zeit, die sie noch vor sich hatte, und dennoch kam sie ihr nicht besonders lang vor. Ganze Jahre waren ihrer Erinnerung entglitten, ausgelöscht wie Fußspuren im Sand. Abgesehen von den Tagen, die sie mit Paul Flanner verbracht hatte, glaubte sie manchmal, dass die Wahrnehmung, mit der sie durchs Leben gegangen war, der eines Kindes glich, das eine lange Autofahrt macht und die Landschaft vor dem Fenster vorbeiziehen sieht.

Sie hatte sich an einem Wochenende in einen Fremden verliebt, und sie würde sich nie wieder verlieben. Ihre Sehnsucht nach Liebe war auf einer Passstraße in Ecuador versiegt. Paul war dort für seinen Sohn ums Leben gekommen, und im Augenblick seines Todes war auch ein Teil von Adrienne gestorben.

Dennoch empfand sie keine Bitterkeit. Wäre sie in einer ähnlichen Situation gewesen, hätte sie auch versucht, ihr Kind zu retten. Ja, Paul war tot, aber er hatte ihr so vieles hinterlassen! Sie hatte Liebe und Freude gefunden und eine Stärke in sich entdeckt, von der sie nie vorher etwas geahnt hatte. Nichts davon konnte man ihr wieder nehmen.

All dies lag nun hinter ihr – alles außer den Erinnerungen, und die hütete sie mit großer Sorgfalt. Für sie waren sie so wahrhaftig wie das Bild, das sie jetzt vor sich sah. Sie blinzelte die Tränen weg und reckte das Kinn. Dann hob sie den Blick zum Himmel und atmete tief ein. Und in ihrer Vorstellung lauschte sie dem fernen Echo der Wellen, die sich an einem stürmischen Winterabend am Strand von Rodanthe brachen.

NICHOLAS SPARKS

Foto: Alice Arthur

# Ein Autor mit Ausstrahlung

*Nights in Rodanthe*, so der Originaltitel von *Das Lächeln der Sterne*, war noch keine Woche im Buchhandel, da hatte es Platz eins auf der Bestsellerliste der *New York Times* erobert – jüngster Höhepunkt einer außergewöhnlichen Karriere, die 1996 mit *Wie ein einziger Tag* begann. Sparks' Erstling stand damals 56 Wochen auf der Bestsellerliste, ein Rekord, der erst von *Harry Potter* gebrochen wurde. Mit ähnlichem Erfolg erscheinen seine Romane in 46 Ländern rund um die Welt.

Dabei beschränkt sich die Anziehungskraft des Autors nicht auf seine Bücher. Der 1965 geborene ehemalige Leichtathlet, der mit seiner Frau und den fünf gemeinsamen Kindern in North Carolina lebt, ist sportlich, sieht gut aus und hat eine faszinierende Ausstrahlung. Im Jahr 2000 wurde er von den Lesern des Magazins *People* zum „Sexiest Author" gewählt, zum attraktivsten Schriftsteller des Jahres.

Wo immer Nicholas Sparks auftritt, strömen die Menschen in Scharen zu Lesungen und Signierstunden, um ihn persönlich kennen zu lernen. Vor kurzem signierte er auf einer Lesereise innerhalb von fünf Tagen beinahe zehntausend Bücher. Trotz des Massenandrangs versucht er, mit seinen Lesern ins Gespräch zu kommen. „Häufig frage ich sie: ‚Welches meiner Bücher gefällt Ihnen am besten?' Und ich freue mich, dass die Antwort alles andere als einhellig ausfällt. Es wäre schrecklich, wenn alle ein bestimmtes Buch, zum Beispiel mein erstes, am meisten schätzen würden, denn das hieße ja, dass es mit dem Autor bergab geht."

DIE SCHULD
Originalausgabe: *The King of Torts*
erschienen bei Doubleday, New York


DAS HAUS DES KAPITÄNS


FELIX THIJSSEN
Originalausgabe: *Ingrid*
erschienen bei Uitgeverij Luitingh-Sijthoff B. V,. Amsterdam


DAS LÄCHELN DER STERNE
Originalausgabe: *Nights in Rodanthe*
erschienen bei Warner Books Inc., New York


Übersetzer:
*Die Schuld:* Dr. Bernhard Liesen, Bea Reiter, Kristina Ruhl und Imke Walsh-Araya
*Ingrid:* Stefanie Schäfer
*Das Lächeln der Sterne:* Susanne Höbel

Illustrationen und Fotos:
*Die Schuld:* S. 4 (links), 6/7: Wolkenkratzer: Getty Images/Photodisc; Mann: Getty Images/Stone; Fotomontage: Rick Lecoat@Shark Attack
*Das Haus des Kapitäns:* S. 4 (rechts), 184/185/186: Getty Images/Hulton Archive/William Vanderson
*Ingrid:* S. 5 (links), 330/331/332: Lodewijk Thijssen
*Das Lächeln der Sterne:* S. 5 (rechts), 484/485/486 und Kapitelvignetten: Ferenc Regös

Die ungekürzten Ausgaben von *Die Schuld, Das Haus des Kapitäns, Ingrid* und *Das Lächeln der Sterne* sind im Buchhandel erhältlich.